JOHANNA NICHOLLS

IN EINEM WEITEN LAND

JOHANNA NICHOLLS

IN EINEM WEITEN LAND

ROMAN

DEUTSCH
VON POCIAO
UND JEAN PAUL ZILLER

PAGE & TURNER

Die Originalausgabe erschien 2014
unter dem Titel »The Lace Balcony«
bei Simon & Schuster Australia

Dieses Buch ist auch als E-Book erhältlich.

MIX
Papier aus verantwortungsvollen Quellen
FSC® C014496

Verlagsgruppe Random House FSC® N001967
Das FSC®-zertifizierte Papier *München Super* für dieses Buch
liefert Arctic Paper Mochenwangen GmbH.

Page & Turner Bücher erscheinen
im Wilhelm Goldmann Verlag, München,
einem Unternehmen der Verlagsgruppe
Random House GmbH.

1. Auflage 2014

Published by Arrangement with Johanna Nicholls
Dieses Werk wurde vermittelt durch die Literarische Agentur
Thomas Schlück GmbH, 30827 Garbsen.
Redaktion: Kerstin von Dobschütz
Gesetzt aus der Janson-Antiqua bei omnisatz GmbH, Berlin
Druck und Bindung: GGP Media GmbH, Pößneck
Printed in Germany
ISBN: 978-3-442-20441-0
www.pageundturner-verlag.de

Besuchen Sie den Page & Turner Verlag im Netz:

ZUM GEDENKEN AN FREDRIC HUNDEY PARSONS

Fred war ein gefeierter Drehbuchautor, Dramatiker und Biograf, ein stolzer Australier aus Yorkshire. Seine ganze Liebe galt dem Theater, Kricket, australischer Geschichte, Legenden aus dem Busch und allen Facetten des Showbusiness, von Shakespeare bis zum Zirkus – und natürlich dem Zauber der Bücher.

DIESES BUCH IST FÜR DICH, DAD.

»Wenn diese Geschichte gelogen ist,
war es eine Lüge, die mir erzählt wurde.«

»My she breag t'aym breag cheayll mee.«

Traditioneller Anfang und Ende einer Geschichte auf Manx-Gälisch

»Wenn Europäer … gebeten werden, Australien zu beschreiben …, fallen den meisten nur Stricke, Galgen, Brandstiftung, Einbrüche, Kängurus, George Barrington und Gouverneur Macquarie ein.«

Blackwoods Magazine, in England veröffentlicht, November 1827

»Als echte Patrioten …
verließen wir unser Land zu dessem Wohle.«

Dem englischen Sträfling, Schauspieler und Dieb
George Barrington zugeschrieben (1775?–1804)

BUCH EINS

1827–1831

Sie liebten sich beide, doch keiner
Wollt es dem anderen gestehen …
Spitzbübin war sie, er war ein Dieb.

Heinrich Heine 1797–1856

EINS

STRAFKOLONIE VON NEW SOUTH WALES, NOVEMBER 1827

Fanny Byron blieb einen Moment stehen, um ihren ersten Sonnenaufgang in Australien zu betrachten. Eine atemberaubende Farbenpracht breitete sich am Horizont aus, vor einem so leuchtend blauen Himmel, wie sie ihn weder in England noch auf ihrer Überfahrt nach New South Wales jemals gesehen hatte.

Während sie sich einen Weg durch die Menschen in der George Street bahnte, die in beide Richtungen strömten, hatte sie den Eindruck, als wäre ganz Sydney Town auf Kundenfang aus.

»Hallo, Süße! Kaufst du oder verkaufst du? Bist du Bieterin, wäre ich interessiert!«

Fanny wandte den Blick von der Richtung ab, aus der die krächzende Cockney-Stimme kam, obwohl der Humor in der Anspielung nicht zu überhören war.

Sie unterdrückte ein Lächeln. *Frecher Kerl. Kann er eine ehrbare Frau nicht von den armen Straßenmädchen unterscheiden?*

Sie merkte, dass sie errötete, und hob den Kopf, um nach einer Lücke in der quirligen Menschenmenge zu suchen, während sie an den hohen Mauern der Militärkaserne entlangging.

Sie wurde hin und her gestoßen und von einer Flut aus Ballast und Treibgut mitgerissen – einem wechselnden Meer von Gesichtern, in dem es weitaus mehr Männer als Frauen gab. Hin und wieder sah man Edelleute mit Zylinder oder Offiziere in ihren roten Uniformjacken, mit Helmen und Degen, die gegen die engen weißen Reithosen schlugen. Die meisten Menschen aber hatten raue Gesichter, waren kahl geschoren oder ungekämmt und bärtig, viele trugen von der Sonne ausgebleichte, schmutzige

Kleidung. Offensichtlich war es die übliche Tracht von Sträflingen und alten Knastbrüdern.

Plötzlich wurden die Rufe der Straßenverkäufer, die ihre Waren anpriesen – »Kaninchen«, »Frische Austern«, »Reife Kirschen, kauft, Leute, kauft!« –, von einem lauten Schrei zerrissen: »Haltet den Dieb!« Fanny tastete nach der Geldbörse in ihrem Mieder. Ein zerlumpter Bengel stieß sie zur Seite, schlüpfte zwischen zwei Männern hindurch, die ihm im Weg waren, und warf dabei eine Wagenladung Pfirsiche um, die in alle Himmelsrichtungen davonrollten. Dann tauchte er in der Menschenmenge unter, während sein Opfer, ein beleibter Gentleman, keuchend stehen blieb.

Fanny musste an die unzähligen Taschendiebe in London denken.

Die wenigen Frauen auf der Straße reichten von grell geschminkten, abgerissenen Prostituierten bis zu erschöpften Matronen, die mit schweren Körben unterwegs waren, und barfüßigen kleinen Mädchen mit alten Gesichtern, die an den Röcken der Männer zupften und um Almosen bettelten. Weit und breit war keine einzige anständige Dame zu sehen.

Doch bei näherem Hinsehen war dieser fremde Hafen, wohin man nach dem Verlust der amerikanischen Kolonien die englischen Diebe und Landstreicher verbannte, keineswegs nur eine Kopie von London, wie man ihr erzählt hatte.

Sydney Town hatte bereits einen eigenen Charakter. In den Eingängen der Läden hingen Käfige mit Papageien in allen Farben des Regenbogens. Bemalte Schilder schaukelten an Ketten im Wind. Die Schrift konnte sie nicht entziffern, doch die Illustrationen darauf bewiesen, dass es in der Strafkolonie von Juwelieren, Hutmachern und Schneiderinnen nur so wimmelte. Das zumindest war tröstlich.

Sicher gibt es auch hier ehrbare Damen – zumindest reiche Emporkömmlinge. Ich muss eine finden, die ein Hausmädchen braucht, wenn ich auch nicht allzu wählerisch sein darf. Schließlich stand ich zuletzt bei einer Kurtisane im Dienst.

Trotz des lauten Feilschens und der gelegentlichen Streitigkeiten, die sie an Covent Garden erinnerten, war Fanny von der heiteren, fast ausgelassenen Stimmung der Menschen überrascht. Die feuchte Hitze und der üble Gestank nach Müll und Abwasser, schlimmer als in Londons berüchtigtsten Gassen, schienen ihnen nichts auszumachen. Vermutlich verfaulte hier wegen des beinahe tropischen Klimas alles viel schneller.

Bei jedem vorsichtigen Schritt über den Unrat hob Fanny den Rock und dachte daran, dass sie ihr letztes Paar guter Stiefel trug. In der Geldbörse steckten nur noch wenige Münzen; sie mussten reichen, bis sie eine Anstellung gefunden hatte.

Jedenfalls werde ich nicht in Panik verfallen, sondern mich auf den Priester verlassen. Ihm traue ich mehr als jedem anderen.

Von allen Mitreisenden an Bord der *City of Edinburgh*, die gestern in Port Jackson angelegt hatte, war der Priester der Einzige gewesen, der sich freundlich mit ihr unterhalten hatte. Er hatte ihr von seiner zukünftigen Arbeit als Gefängnisseelsorger erzählt und sie sehr damit beeindruckt, wie engagiert er versuchen wollte, die Seelen von Katholiken, aber auch anderen Sträflingen zu retten, die auf ihre Hinrichtung warteten. Pater Francis Xaviers väterliches Interesse an ihr hatte in krassem Gegensatz zu den offenen oder verdeckten Anspielungen der anderen Männer an Bord und der Geringschätzung der beiden Damen gestanden, die sie während der hundertzwölf Tage langen Überfahrt von Southhampton nach Port Jackson kaum beachtet hatten.

Ich bin sicher, dass der Priester Wort halten und mich für eine ordentliche Anstellung empfehlen wird. Bei Gott, ich werde seine Hilfe bitter nötig haben – ohne ein Empfehlungsschreiben von Madame Amora.

Als sie an das schöne Gesicht der alternden Kurtisane dachte, das ihr damals an dem Tag, als sie als zwölfjähriges Mädchen bei ihr angefangen hatte, zugelächelt hatte, und daran, wie übel es fünf Jahre später geendet war, kamen ihr die Tränen. *Anfänglich hat sie mir vertraut – dann aber wie eine Giftschlange nach mir geschnappt, und alles nur wegen eines Mannes! Ach, hätte ich es ihr nur erklären können!*

Plötzlich merkte Fanny, wie sehr sie hier auffiel. Die vornehmen Herren, die an ihr vorbeigingen, betrachteten sie mit unverhohlener Bewunderung, die Männer aus der Unterschicht hingegen mit einer Anzüglichkeit, die sie nur allzu gut kannte. Und alle zogen sie mit ihren Blicken förmlich aus.

Hastig zupfte sie den Schal enger um die Schultern. Es war besser, das Dekolleté des blauen Samtkleids zu verbergen, das nur von einem schmalen Streifen Spitze gesäumt war, um die nackte Haut zu verbergen. Als Madame Amora es ein oder zwei Mal getragen hatte, war es der letzte Schrei gewesen. Unterdessen hatte es seine Blütezeit hinter sich, war aber immer noch elegant genug, um Sydney Town zu beeindrucken, diese bunt zusammengewürfelte Stadt am anderen Ende des Britischen Reiches. Sie hoffte nur, dass es für das Gespräch mit Vater Francis Xavier akzeptabel wäre.

Ihr Blick fiel auf ein Schaufenster, in dem ein Paar winzige Stiefel ausgestellt waren, eine perfekte erste Schuhausrüstung für Daisy. Die Kleine hatte die ganze Überfahrt barfuß überstehen müssen.

Spontan betrat sie das Geschäft, musste jedoch einsehen, dass der Preis ihre Möglichkeiten überstieg. Sie schwor sich, dass diese Schuhe für ihre Stiefschwester das Erste wären, was sie sich leisten würde, sobald sie eine Anstellung hätte.

Auch die modischen Hauben waren verlockend. Bei ihrem Anblick kam sie sich noch schäbiger vor. Während sie eine anprobierte, fielen ihre wilden Locken, die sie mit Haarnadeln zu bändigen versucht hatte, wie ein goldener Umhang über ihre Schultern.

Der Verkäufer schnappte bewundernd nach Luft. »Lieber Himmel, Sie sehen aus wie eine Meerjungfrau!«

Das wird mir kaum helfen, wenn ich mich um eine Anstellung als Haushälterin bewerben will.

Hastig band Fanny das Haar wieder zusammen und investierte ein paar kostbare Münzen in eine weiße Straußenfeder, um ihre alte Haube ein wenig aufzufrischen. Damit würde sie noch einige stolze Zentimeter größer wirken und sich den Anschein einer Dame geben.

Mit neuem Selbstbewusstsein blieb sie vor einer in Stein gemeißelten Inschrift stehen, die das Gebäude als Gefängnis und Gerichtshof Seiner Majestät auswies. Während sie die Treppen hinaufstieg, verbarg sie ein nervöses Lächeln. Was für ein Witz, dass sie freiwillig einen solchen Ort aufsuchte! Erst gestern, nur wenige Stunden nach ihrer Ankunft, hatte sie den Ring, den sie aus Madame Amoras Schmuckkästchen in London entwendet hatte, ins Pfandhaus gebracht.

Wenn der Pfandleiher Verdacht geschöpft hat, würde die Polizei bereits nach mir suchen. Und wo würde man mich am allerwenigsten vermuten? Im Gefängnis natürlich!

Die Zeiger der altersschwachen Wanduhr schienen sich kaum zu bewegen, während die Minuten mit quälender Langsamkeit vorrückten und Fanny allein in dem kleinen Vorzimmer des Gefängnisgeistlichen wartete.

Dann brachte ein Wärter einen Sträfling herein und stieß ihn so weit wie möglich von ihr entfernt an die gegenüberliegende Wand. Ihre Nervosität verflog.

Der Wärter sah sie entschuldigend an und sagte mit irischem Akzent: »Keine Bange, Miss. Sie können sich darauf verlassen, dass ich den Kerl im Auge behalte.«

»Danke, Officer. Ich bin sicher, dass der Junge mir nichts zuleide tun will.«

Der Wärter warf dem Gefangenen einen warnenden Blick zu. »Bei diesen zum Tode Verurteilten kann man nie sicher sein.

Miss. Manche sind lammfromm, als fürchten sie sich davor, ihrem Schöpfer gegenüberzutreten. Andere hingegen würden sogar ein Kind umbringen, wenn sie dadurch dem Henker entgehen könnten.«

Dem Henker. Fanny war erst einen Tag in der Kolonie, wusste aber bereits, wie verhasst hier der Henker Alexander Green war. Selbst die abgebrühtesten Prostituierten verschmähten sein Geld. Es hieß, er sei so oft betrunken, dass er seiner Aufgabe nicht gerecht wurde und den Verurteilten ein qualvolles Ende bescherte. Kaum eine Woche verging in Sydney Town ohne die übliche Zahl von Hinrichtungen – die Quote war angeblich noch höher als die in England. Doch die Rolle des öffentlichen Henkers galt als derart verächtlich, dass Gouverneur Darling niemanden fand, der bereit gewesen wäre, ihn zu ersetzen.

Zum Tode verurteilt. Dieser arme Mann ist also das nächste Opfer des Henkers. Dabei sieht er aus wie ein verlorenes Kind.

Mit gesenktem Blick und gefesselten Händen lehnte der Junge an der Wand. Die nackten Füße waren schmutzig und so eng aneinandergekettet, dass er sich nur schlurfend fortbewegen konnte. Er war nicht größer als sie selbst, schlank, hatte lange Beine wie ein Kranich, einen kahl geschorenen Kopf voller Prellungen und das tragikomische Gesicht eines Zirkusclowns. Er schniefte, als wollte er seine Tränen unterdrücken. Kaum ein Anblick, der eine Frau zu erschrecken vermochte.

Wer bin ich, um über ihn zu urteilen? Wahrscheinlich haben sie den Jungen erwischt, als er einem feinen Herrn die Brieftasche stahl. Schon für den Diebstahl eines Taschentuchs wird man sieben Jahre verbannt. Wenn er einen Mord begangen hätte, wäre er in England hingerichtet worden, und sie hätten sich die Kosten für seine Überfahrt gespart. Was also hat er angestellt, dass er nun hingerichtet werden soll? Ob er ein Wiederholungstäter ist?

Als sie die Not des Jungen nicht länger mit ansehen konnte, schenkte sie dem Wärter ein strahlendes Lächeln. »Verzeihen Sie,

Officer, ich weiß, dass ich in Ihrer Gegenwart sicher bin. Hätten Sie etwas dagegen?«

Ohne seine Erlaubnis abzuwarten, trat sie zu dem Gefangenen, zog ein Taschentuch aus ihrem Mieder und sagte leise: »Darf ich? Es ist ganz sauber.«

Der Junge hob überrascht den Kopf und starrte sie an, als hätte er einen Engel vor sich.

Wie einem kleinen Kind wischte Fanny ihm vorsichtig die Tränen ab.

»So ist es besser. Jetzt sieht man wenigstens, wie hübsch du bist.«

Es war ein liebevoller, völlig absurder Satz, als Trost gemeint und von beiden als maßlose Übertreibung durchschaut, doch als sie ihm das Taschentuch in die gefesselte Hand drückte, blitzte ein Lächeln in seinen Augen auf.

»Sie haben das Gesicht einer Madonna, Miss. Ich werde Sie niemals vergessen – aber dafür bleibt mir auch nicht viel Zeit, daher ist dieses Kompliment nicht gerade fair.«

Fanny war von seiner wohlklingenden Stimme überrascht, sie war tiefer, als sie von einem so jungen Mann erwartet hätte, und von einem seltsamen Akzent gefärbt.

»Wie heißt du, mein Junge?«

Er warf dem Wärter, der an der Tür zum Korridor stand und sich eine Pfeife anzündete, einen hastigen Blick zu. »William Eden, Miss. Für Sie Will. Ich stamme aus einer guten Familie. Aber ich will Sie nicht belügen, ich wurde zu Recht verurteilt. Morgen soll ich gehenkt werden«, setzte er achselzuckend hinzu. »Immerhin, denn es könnte noch schlimmer sein. Man hätte mich auch nach Moreton Bay verbannen können!«

Fanny schnappte nach Luft angesichts von so viel Galgenhumor. Sie wusste nicht, ob sie ihm das mit der guten Familie abnehmen sollte, doch wer konnte den Hintergrund von einem zum Tode verurteilten Jugendlichen beurteilen? Kurz vor seiner Hinrichtung hatte er das Recht, sich seine eigene Version der Wahrheit zusammenzufabulieren.

»Ich würde deiner Familie schreiben. Aber auch ich will nicht lügen. Ich könnte nicht mehr tun, als mein Zeichen auf ein Blatt Papier zu kritzeln. Deshalb will ich, dass meine kleine Schwester Daisy es einmal besser hat.«

»Ich hätte Ihnen gerne Lesen und Schreiben beigebracht, Miss.« Der Junge sah auf seine gefesselten Hände. »Schade, dass uns keine Zeit dafür bleibt.«

»Kann ich sonst etwas für dich tun, Will? Im Augenblick habe ich kaum Geld, aber ich hoffe, dass der Gefängnispriester mir eine anständige Arbeit besorgt.«

»Dann wünsche ich Ihnen, dass Sie einen guten Arbeitgeber finden, Miss.« Er warf einen Blick zur Tür und war erleichtert, als er sah, dass der Wärter in ein Gespräch mit einem Kollegen verwickelt war. »Darf ich erfahren, wie *Sie* heißen, Miss?«

Fanny zögerte. Sie erinnerte sich an die drei goldenen Kugeln über der Tür des Mont de Piété, wo sie den Saphirring für eine enttäuschend niedrige Summe verpfändet und dem Pfandleiher ihren Namen genannt hatte, und an den misstrauischen Blick des Mannes, als er fragte, wie sie an einen so wertvollen Ring gekommen wäre.

Wie hätte ich ihm verraten können, dass ich ihn gestohlen habe, nachdem Madame Amora mich entlassen und mir den ausstehenden Lohn verweigert hatte? Jetzt ist mein Name im Pfandbuch verzeichnet, wo die Polizei ihn finden kann. Sollte ich deshalb meinen Namen vor diesem Jungen verbergen? Unsinn. Was könnte er schon damit anfangen? Morgen früh werden sie ihn hängen.

»Miss Fanny Byron«, sagte sie und machte aus lauter Gewohnheit einen Knicks.

William Eden warf einen nervösen Blick auf die Uhr. Die Zeit verstrich. »Ja, es gibt etwas, das Sie für mich tun könnten, Miss Fanny.«

»Sag es mir, mein Junge.«

»Der Henker hat eine schlechte Angewohnheit. Er lässt die Männer zu lange baumeln, was zu einem langsamen Tod führt. Es wäre mir ein Trost zu wissen, dass Sie morgen bei der Hinrichtung anwesend sind. Dann würde ich mich nicht so einsam fühlen.«

Das Blut in ihren Adern erstarrte, während Bilder aus frühesten Erinnerungen vor ihr aufblitzten. Als kleines Mädchen hatte sie in Newgate Gaol neben ihrer Stiefmutter gestanden und gesehen, wie der Körper eines Straßendiebs am Galgen hing … und dann schockiert festgestellt, dass der Mann das Gesicht ihres Vaters hatte …

»Nein! Das kann ich nicht!«, hätte sie dem Jungen am liebsten ins Gesicht geschrien, doch in seinen Augen lag eine derartige Verzweiflung, dass sie trotz ihrer Panik mit einem raschen Nicken zustimmte.

»Darf ich Sie um noch etwas bitten, Miss Fanny? Es ist die letzte Bitte eines zum Tode Verurteilten«, fuhr er fort. »Dürfte ich wohl morgen bei meiner Hinrichtung Ihren Schal tragen?«

Fanny sah ihn verwirrt an. »Aber ist das nicht ein alter Brauch der Unterwelt? So wie ein Ring? Ein Paar, das seine Schals austauscht, ist so gut wie verheiratet.«

»Aye, allerdings habe ich keinen Schal, den ich Ihnen geben könnte, also ist es nicht bindend. Nur einer von uns wäre verheiratet. Und Sie wären nur für ein paar Stunden mein Mädchen.« Seine Stimme zitterte, und er versuchte, fröhlich zu klingen. »Verzeihen Sie mir, Fanny. Ich habe kein Recht, darum zu bitten.«

Sein Mädchen! Mein Gott, wie jung er ist! Sie nahm ihren sittsamen Schal ab und wickelte ihn um seinen Hals. Er hielt ihren Blick in einem langen stummen Bündnis fest.

»Da«, sagte sie. »Jetzt siehst du aus wie ein vornehmer Herr.« Ihre Stimme stockte. »Wie alt bist du eigentlich?«

Er lächelte selbstironisch. »Alt genug, um zu heiraten«, antwortete er. »Ich weiß, man sieht es mir nicht an. Meine Mutter meinte immer, dass ich noch wachsen würde. Aber jetzt ist es ein bisschen spät, um darauf zu hoffen.«

»O Gott, so etwas müsste man verbieten!«

»In der Liebe und im Krieg ist alles erlaubt, so heißt es doch, nicht?«

Irgendetwas an seinem traurigen Lächeln rührte ihr Herz.

Er warf einen Blick auf die geschlossene Tür des Gefängnispriesters. »Ich bin dabei, meinen Frieden mit Gott zu machen. Trotzdem bleibt mir ein Schmerz, den mir kein Priester nehmen kann.« Er zögerte und sagte dann hastig: »Sie aber könnten es, wenn Sie es wollten, Fanny.«

»Ich?«

Der Wärter war jetzt wieder allein und sah gelegentlich zu ihnen herüber.

»Sie und nur Sie«, flüsterte William beschwörend. »Ich werde morgen sterben, ohne jemals erfahren zu haben, verzeihen Sie mir, Fanny, wie sich ein Kuss anfühlt. Abgesehen von dem meiner Mutter. Könnten Sie sich vorstellen, mir einen Abschiedskuss zu geben?«

Plötzlich kamen ihr die Tränen. Spontan beugte sie sich vor und küsste ihn auf die Wange. Als ihre Lippen seine Haut streiften, wandte er das Gesicht zur Seite, und sein Mund fand den ihren. Die Sanftheit seiner Lippen schockierte sie. Seine Augen waren halb geschlossen, sanfte, blaue Augen, vertrauensvoll und trotzdem verzweifelt, als würden sie ihr seine junge Seele anbieten.

Fanny schreckte zurück. Dieser Schwall von Emotionen ließ sie erschauern. Er hielt ihrem Blick stand, als hinge sein Leben an einem Faden, der beide verband. Sie spürte noch seine Lippen. Der erste Kuss eines Jungen – und sein letzter.

»He, du da!«, riss die Stimme des Wärters sie auseinander. »Ich kann nicht den ganzen Tag darauf warten, dass der Priester deine

Seele rettet. Du wirst noch Zeit genug haben, um auf dem Schafott zu beichten.«

Beim Verlassen des Raums lächelte William Eden ihr über die Schulter hinweg zu.

»Leb wohl, mein Junge, pass auf dich auf!« Fanny war böse auf sich selbst, dass ihr keine passenderen Worte eingefallen waren.

»Bis morgen dann?«, rief er zurück.

»Ich gebe dir mein Wort, Will. Ich werde da sein!«

Eine Viertelstunde später ging die Tür auf. Fanny war überrascht, als nicht ihr väterlicher Freund vom Schiff, sondern ein älterer Mann in einem grauen Priestergewand mit vom Alter vergilbtem Kragen sie in sein Allerheiligstes bat.

Sie setzte sich gegenüber von ihm an den Schreibtisch, nannte ihren Namen und kam sofort auf den Punkt. Sie habe sich mit Vater Francis Xavier treffen wollen, den sie auf der *City of Edinburgh* kennengelernt habe. Er habe netterweise angeboten, ihr dabei behilflich zu sein, eine anständige Arbeit zu finden, nachdem sie das Empfehlungsschreiben ihrer früheren Arbeitgeberin in England vergessen hatte.

Der Geistliche sah sie an und nickte vielsagend. »Sie sagten, Sie wären mit einem Kind in die Kolonie gekommen. Ist es Ihr eigenes, Miss Byron?«

Offensichtlich befürchtet er das Schlimmste – jedenfalls starrt er schon die ganze Zeit auf meinen Busen. Fanny zupfte an ihrem Ausschnitt.

»Daisy ist meine Stiefschwester, fast zwei Jahre alt. Kurz vor meiner Abreise ist meine Stiefmutter an Schwindsucht gestorben. Wie auch immer, ich bin die einzige Angehörige des Kindes, Sir. Sie haben sicher viel zu tun. Ist es möglich, mit Vater Francis Xavier direkt zu sprechen? Er kennt meinen Fall und weiß über die Einzelheiten meiner bisherigen Tätigkeiten Bescheid.«

»Ich bedaure, Ihnen mitteilen zu müssen, dass Vater Francis Xavier nicht mehr unter uns weilt.«

»Er ist *tot*? Noch vor zwei Tagen war er kerngesund.«

»Das ist er hoffentlich auch jetzt noch. Er wurde sofort an die Strafkolonie von Moreton Bay versetzt. Die Behörden hielten seine Anwesenheit dort für nötiger als hier bei mir.«

»Könnten *Sie* mir vielleicht helfen, Sir? Ich suche eine Anstellung als *femme de chambre*.« Als sie seinen misstrauischen Blick sah, fügte sie hinzu: »Als Haushälterin. Ich habe auch Erfahrung als Köchin, ich kann alles, was mit dem Haushalt zu tun hat. Ich kann Butter machen und auch Käse und …«

Der Geistliche schüttelte entschieden den Kopf. »Meine Aufgaben nehmen mich vollkommen in Beschlag, und ich bin ganz auf mich allein gestellt. Es liegt in meiner Verantwortung, die Seelen zahlloser Menschen zu retten – sie darauf vorzubereiten, vor ihren Schöpfer zu treten. Ich kann mich unmöglich auch noch darum kümmern, Arbeit für alleinstehende Frauen mit Kind zu suchen.«

Fanny spürte, wie sie angesichts dieser deutlichen Anspielung errötete. »Können Sie mir sagen, wie ich nach Moreton Bay komme? Ich bin sicher, dass Vater Francis Xavier sich für mich einsetzen wird.«

Der Geistliche seufzte. »Sie müssen noch viel lernen, Miss. Moreton Bay ist ein Strafgefangenenlager Hunderte Meilen von Sydney Town entfernt. Man kommt nur mit einem Strafgefangenentransport dorthin. Dem Kommandanten Captain Patrick Logan unterstehen fünf- bis sechshundert Sträflinge – von der übelsten Art. Sie und Ihr Kind haben dort nichts verloren.«

»Gott steh uns bei«, murmelte Fanny.

Der Geistliche hatte den Anstand, so zu tun, als sei ihm die Sache unangenehm. »Am Ende der George Street gibt es ein Heim für Waisenkinder. Sagen Sie der Oberin, dass ich Sie geschickt habe, vielleicht kann sie Ihnen einen Platz für Ihr … Ihre Stiefschwester zuweisen.«

Dann brachte er sie hastig zur Tür. »Ich werde für Sie beten.«

Fanny nickte ihm knapp zu und trat so würdevoll wie möglich hinaus. *Dieser Priester sorgt sich mehr um die Seelen toter Männer als um das Schicksal lebender Kinder. Er hat mir kein Wort geglaubt – weder die Wahrheit noch die Lügen!*

Auf dem Rückweg nach The Rocks, dem schmutzigen Ende der Stadt an den Kaianlagen, blieb sie vor dem Geschäft stehen, in dem sie die Straußenfeder gekauft hatte. Spontan trat sie ein und kaufte die kleinen Stiefel für Daisy. *Wenn schon, denn schon.*

Dabei fiel ihr das Versprechen wieder ein, das sie William Eden gegeben hatte, morgen bei seiner Hinrichtung dabei zu sein. Nun tröstete sie sich damit, dass es nur eine vorschnelle Zusage an einen Unbekannten gewesen war – im Überschwang des Augenblicks.

Fanny kämpfte mit ihrer Entscheidung – und gewann. *Es hat keinen Sinn, dass ich hingehe. Ich werde ohnehin in der Menschenmenge untergehen. Der Junge wird nicht einmal erfahren, ob ich mein Versprechen eingehalten habe oder nicht.*

Bis sie die Worte so deutlich hörte, als hätte ihre Stiefmutter sie ihr ins Ohr geflüstert.

»Nein, Mädchen, er nicht. Aber Gott wird es erfahren.«

ZWEI

ROCKINGHAM HALL, NOVEMBER 1827

Felix L'Estrange beobachtete den Sonnenaufgang vom schmiedeeisernen Balkon seines Schlafzimmers, der auf den tropischen Garten hinter dem Familienanwesen hinausging. Das farbenprächtige Spektakel am weiten Himmel erinnerte an das Gemälde eines betrunkenen Sträflingskünstlers. Doch dieser Anblick interessierte ihn weit weniger als die Reisen am sternenübersäten Firmament, die er mithilfe seines kostbaren Teleskops Nacht für Nacht unternahm.

Mit dem Tageslicht kehrte auch die ungeliebte Realität zurück – eine fast greifbare Wolke von Düsterkeit, die über der ganzen Familie lag, seit das Oberste Gericht wegen schweren Betrugs das schockierende Todesurteil gegen William Eden und seinen jungen Komplizen »Sean O'Connor« gefällt hatte.

Der Deckname war ein Akt außerordentlicher Ritterlichkeit. Hätten sie uns mit den Betrugsvorwürfen in Verbindung gebracht, wäre der Name der Familie in den Schmutz gezogen worden.

Obwohl er aufgrund seiner Verbindungen, wenn nicht sogar vor dem Gesetz schuldig war, hatte Felix das Angebot gemacht, als Leumundszeuge für die Verteidigung auszusagen, was jedoch von beiden Gefangenen abgelehnt worden war. Der Fall, in dem eine betrügerische Gesellschaft offenbar Aktien an einer unbekannten Insel im Südpazifik verkauft hatte, die von einem Vulkanausbruch zerstört worden war, wie sich später herausgestellt hatte, war ihm nicht unbekannt. Felix hoffte inständig, dass Gott ihm sein Schweigen im Gerichtssaal verzeihen würde. Oder sollte er lieber seine Feigheit sagen?

Unterdessen muss ich Vater helfen, alles in seiner Macht Stehende zu tun, um für beide einen Aufschub der Hinrichtung zu erwirken. Was für eine Ironie der Geschichte, dass ich nun dafür kämpfe, das Leben eines Jungen zu retten, der als Kind mein ärgster Feind war. Wie oft habe ich ihm den Tod gewünscht! Und wenn er morgen stürbe, wäre ich ein freier Mann – aber niemals wieder frei von Schuld.

Als er daran dachte, wie viel Wert seine Mutter auf Pünktlichkeit legte, zog Felix die Uhr, die ihm sein Vater kürzlich zum achtzehnten Geburtstag geschenkt hatte, aus der Westentasche und warf einen Blick darauf. Es war ein Wettlauf gegen die Zeit. Bis zur Hinrichtung blieben nur noch vierundzwanzig Stunden.

Er sah in den Spiegel. Mit seinem blonden Haar und seiner stattlichen Größe ähnelte er seinem angelsächsischen Vater, als dieser jung gewesen war, und wie immer fühlte er sich wie dessen blasse Replik. Der dunkle Gehrock und die dunkle Hose waren eine Maßanfertigung von Nathan Bloom, dem ehemaligen jüdischen Strafgefangenen und Schneider, der sich dank Kentigern L'Estranges Protektion einen Namen in den vornehmen Kreisen gemacht hatte. Sein Vater würde erwarten, dass er tadellos gekleidet war, wenn er heute Morgen im Government House dem Gouverneur, Generalleutnant Ralph Darling, ihre dringliche Petition übergab. Die ersten Eingaben hatten sie noch bei seinem Vorgänger Thomas Brisbane eingereicht, doch der hatte die Kolonie inzwischen verlassen.

Felix war bewusst, was sein Vater nicht wahrhaben wollte: Die Frist von sechzehn Tagen, die zwischen den Gouverneuren lag, erwies sich als fatal, da in dieser Zeitspanne niemand im Amt war, der willens wäre, sich für zwei Häftlinge einzusetzen, die bereits rechtskräftig zum Tode verurteilt waren.

Gouverneur Darling, dieses bislang unbeschriebene Blatt, war ihre letzte Hoffnung.

An den Spiegel gewandt sprach Felix die Worte laut aus, eher ein Gebet als ein Versprechen an »Sean O'Connor«: »Als ich noch ein Kind war, habe ich dich gehasst und dir den Tod gewünscht. Jetzt aber werde ich alles tun, um dein Leben zu retten.«

Wie auf ein Stichwort tauchten daraufhin zwei Köpfe vor ihm auf. So hatten sie ausgesehen, mit sieben Jahren, in diesem Spiegel. Er, Sohn des Masters, der andere Sohn einer Strafgefangenen, die seiner Familie als Dienstbotin zugewiesen worden war.

Mungo schaute ihm mit seinem schrägen Grinsen über die Schulter und pfiff spöttisch durch die Zähne, als bewunderte er seine Eleganz. Der maßgeschneiderte Anzug war eine Miniaturausgabe von dem seines Vaters, die Reitstiefel waren mit militärischer Präzision blitzblank poliert, das Haar mit Pomade geglättet.

Offensichtlich war Mungo belustigt über den makellosen Kontrast zu seiner eigenen zerlumpten Kleidung, seinen nackten Füßen und seinem flachsfarbenen Haar.

Er setzte ein gespielt ernstes Gesicht auf. »Sieh uns an! Was sind wir für ein schönes Paar, Felix!«

Die heitere Erinnerung verflog. Die düstere Wolke, das Gefühl von Schuld, kehrte zurück. Der wilde, fröhliche Bengel, der ihm immer nur Scherereien gemacht hatte, war inzwischen achtzehn und wartete unter dem Namen Sean O'Connor auf seine öffentliche Hinrichtung, mit demselben lässigen Gebaren, das er stets an den Tag gelegt hatte, wenn er sich einer Gefahr gegenübersah.

Und wie üblich bin ich derjenige, der sich vor Angst in die Hosen macht.

Das Läuten der Frühstücksglocke erinnerte Felix an seine bevorstehende Aufgabe. Es gab kein Entkommen. Das Wort seines Vaters war Gesetz.

Er durchquerte den überdachten Gang, der die beiden ersten Stockwerke der Zwillingshäuser miteinander verband. Sein Vater hatte vor langer Zeit den ihm zugewiesenen Zimmerleuten befohlen, diese Brücke zu bauen. Für Außenstehende bildeten die beiden Gebäude, die einander glichen wie ein Ei dem anderen, eine einzige Fassade: Great Rockingham Hall. In Wahrheit war das eine die Residenz seines Vaters und das andere die seiner Mutter. So war es gewesen, seit sich Felix erinnern konnte.

Als sie beide studierten, hatte Mungo die überdachte Verbindung »Seufzerbrücke« genannt, in spöttischer Anspielung auf Lord Byrons poetische Fantasie über die Seufzer verurteilter Sträflinge, die auf dem Weg zu ihrer Hinrichtung die berühmte Brücke überquerten.

Wie seltsam, dass Mungo jetzt selbst ein Verurteilter ist. Ein gnädiger Gott hat unser Schicksal vor uns verborgen, als wir noch Kinder waren. Trotzdem hatte ich immer das Gefühl, dass unsere Leben miteinander verflochten sind – die dritte Strähne allerdings blieb ein Rätsel.

Felix hatte akzeptiert, dass er als alleiniger Erbe von Kentigern L'Estrange die Rolle eines familiären Bindeglieds in mehrerer Hinsicht übernehmen musste. Obwohl ihm öffentliche Auftritte zuwider waren, hatte er seine Schüchternheit abgelegt, pflichtbewusst die Rolle des Botschafters gespielt und zwischen seinem Vater und den prominenten Kolonialisten vermittelt. Zu Hause hatte er die Aufgabe, die Spannungen zwischen seiner Mutter und den zahlreichen ihr zugewiesenen Bediensteten abzubauen, und schließlich hatte er sogar den Streit zwischen seinen Eltern schlichten müssen. Seit seiner Kindheit hatte Felix versucht, ihre strengen Eheregeln zu verstehen – und war gescheitert, obwohl er einiges aus ihrer Geschichte wusste.

Irgendwann müssen sie sich geliebt haben. Bestimmt hat Vater sie nicht wegen ihres Geldes geheiratet – ihre einzige Mitgift war das blaue Blut ihrer preußischen Vorfahren.

Als viertes Kind der altehrwürdigen L'Estrange-Familie hatte Kentigern keinerlei Aussicht gehabt, irgendwelche Ländereien zu erben, deshalb war er nach New South Wales gekommen, um hier sein Glück zu versuchen. Nachdem Gouverneur Macquarie ihm ein beträchtliches Grundstück geschenkt hatte, ermöglichte es ihm seine neue Stellung als Landbesitzer, seine preußische Cousine Albruna in die Kolonie zu holen und sie zu heiraten.

Mutter wirkt so jung und zuversichtlich auf ihrem Hochzeitsporträt. Und Vater baute dieses Haus für sie. Trotzdem standen sie auf Kriegsfuß, seit ich zurückdenken kann. Wenn meine Eltern ein vorbildliches Beispiel für eine Ehe sind, will ich auf keinen Fall in ihre Fußstapfen treten.

Unten im Frühstückszimmer nahm Felix allein am runden Tisch Platz. Als Kind hatte er sich vorgestellt, wie dort die Ritter von König Arthurs Tafelrunde saßen. Die stockenden Klänge eines Pianofortes, die durch den Korridor schwebten, zeugten davon, dass seine Mutter einem der Kinder ihrer Dienstboten Klavierstunden gab.

Wie üblich enthielten die Silbertabletts auf der Anrichte eine derartige Fülle an Speisen, dass sie das ganze 57. Regiment hätten beköstigen können. Felix hob die Deckel der Schüsseln und Schalen und sog das verlockende Aroma von gebratenen Würstchen, pochierten Eiern, Rühreiern, Speck, Tomatenscheiben und Blutwurst ein, doch noch ehe er Gelegenheit hatte, sich aufzutun, rauschte sein Vater herein.

Er strotzte vor Energie. Als er in seinem schwarzen Anzug auf ihn zukam, erinnerten die kräftige Statur, die edlen Patrizierzüge und das kurz geschnittene weiße Haar an einen römischen Senator. Wie üblich beherrschte er seinen Zorn, doch hinter der Oberfläche dieser Maske verbarg sich heute auch Angst, wie Felix erkannte.

Er stand auf, um ihn zu begrüßen, und spürte einen Hauch von Eifersucht, für den er sich sofort schämte.

»Guten Morgen, Vater. Ich stehe dir zur Verfügung. Wie kann ich dir am besten helfen?«

Kentigern überreichte ihm ein Dokument, entschied sich gegen ein richtiges Frühstück und nahm nur eine Tasse Kaffee und ein süßes Brötchen.

»Lies das. Da würde selbst ein Heiliger zur Waffe greifen.«

Zuerst verwirrte ihn die Lektüre des detaillierten Berichts, doch dann brach ihm der kalte Schweiß aus. Dabei war er sich bewusst, dass sein Vater, der vor innerer Anspannung totenblass war, seine Reaktion mit Argusaugen verfolgte.

Felix hielt die Kopie einer offiziellen Chronik in der Hand, die aus Moreton Bay herausgeschmuggelt worden war. L'Estrange hatte sicher eine ordentliche Summe Geld dafür hinblättern müssen. Es war eine Strichliste, die ein Beamter in Moreton Bay geführt hatte, mit genauen Daten und Einzelheiten der Strafen, die auf Befehl des Kommandanten, Captain Patrick Logan in seiner Doppelrolle als Kommandant und Richter von Moreton Bay, an den Gefangenen verübt worden waren. Der Informant hatte ausdrücklich darauf hingewiesen, dass in der Liste Gefangene, die ohne Verhandlung zur Schwerstarbeit verurteilt worden waren, Flüchtlinge, die sich in den Busch abgesetzt hatten, und Gefangene, die aufgrund von Züchtigungen, mangelnder Ernährung und Krankheiten gestorben waren, nicht berücksichtigt waren. Zweiundsiebzig Mal hatten Gefangene jeweils fünfundzwanzig Schläge bekommen, siebzehn waren mit je hundert, zehn mit zweihundert und einer sogar mit dreihundert Hieben bestraft worden, obwohl der Gouverneur und die Obrigkeit in Sydney das maximale Strafmaß angeblich auf fünfzig Schläge beschränkt hatten. Felix war wie gelähmt von dem Ausmaß der Strafen: elftausendeinhundert Hiebe in knapp acht Monaten! Vergeblich suchte er nach tröstenden Worten.

»Das ist furchtbar, Vater. Falls es der Wahrheit entspricht.«

»Daran gibt es nicht den geringsten Zweifel! Gott verdamme diesen Patrick Logan!«

»Warum regst du dich denn so sehr über Moreton Bay auf, Vater? Wir haben nur noch wenig Zeit, um einen Aufschub für Mungos und Wills Hinrichtung zu erwirken.«

Sein Vater stieß einen tiefen Seufzer aus. »Ich werde niemals vergessen, wie loyal die beiden Jungs unserer Familie gegenüber gewesen sind, obwohl es ihr Todesurteil bedeutete. Ich habe immer noch die Hoffnung, dass ich mit einer Begnadigung in letzter Minute Wills Leben retten kann.« Er hielt inne, als fiele es ihm schwer, die Worte auszusprechen. »Ein Kurier aus dem Government House hat soeben die Nachricht überbracht, dass Mungos Hinrichtung in eine Haftstrafe umgewandelt worden ist.«

»Gott sei Dank! Herzlichen Glückwunsch, Vater! Das ist eine wunderbare Neuigkeit.«

»Ist sie das? Oder habe ich den Jungen damit zu etwas verurteilt, das genauso schlimm ist wie der Tod? Du hast den Bericht gelesen. Überleg mal. Mungo soll vier Jahre in der Hölle von Moreton Bay verbringen – unter Logan! Er wird vielleicht nicht einmal lange genug leben, um seine Strafe abzusitzen! Genauso gut hätte ich ihn zum Tod durch Folter verurteilen können.« Er vergrub das Gesicht in den Händen. »Gott steh mir bei, was habe ich diesen Jungs angetan? Hätte ich selbst als Zeuge auftreten sollen? Unter Eid lügen und die Verantwortung für das Scheitern ihres großartigen Plans übernehmen? Mungo hat doch nur deshalb den Decknamen Sean O'Connor angenommen, um jede öffentliche Verbindung mit unserer Familie zu vermeiden – ganz abgesehen von der Schande, die es für uns bedeuten würde, mit Geschäftemachern assoziiert zu werden.«

Felix ging auf seinen Vater zu, er wollte ihn berühren, schreckte aber doch davor zurück, denn es war nicht ihre Gewohnheit.

»Du hast mit alldem nichts zu tun, Vater. Ihr Missgeschick hat Will und Mungo zu Verbrechern gemacht. Hätten sie Erfolg gehabt, wären sie jetzt Helden.«

»Sie werden geopfert, um die verdammte Exclusives-Fraktion zu besänftigen, die sich betrogen fühlt. Nur allzu gern investiert sie ihr Geld in den Traum eines ehemaligen Häftlings, aber wehe, es geht schief! Niemand hat es verdient, wegen einer falschen Geschäftsentscheidung zu sterben. Doch vor dem Gesetz sind sie Hochstapler und William Eden sogar ein Wiederholungstäter. Möge Gott ihm beistehen. Ich jedenfalls habe ihn im Stich gelassen!«

»Nein, Vater. Du hast dein Möglichstes getan, du hast die besten Anwälte der Kolonie beauftragt. Und sogar sie haben es nicht geschafft, einen Aufschub für die Hinrichtung zu erwirken. Aber noch ist nicht alles verloren. Seine Exzellenz, Generalleutnant Ralph Darling, ist neu hier. Möglich, dass er Gnade zeigt und Logans brutalen Methoden Einhalt gebietet.«

»Du glaubst tatsächlich daran, nicht wahr?«

Zum ersten Mal in seinem Leben wurde Felix Zeuge, wie sein mächtiger Vater nach einer Rechtfertigung suchte. Mit ansehen zu müssen, wie er zitterte und sein eigenes Urteilsvermögen infrage stellte, rührte Felix so sehr, dass er nur mit Mühe sprechen konnte. »Gott steht aufseiten der Gerechtigkeit, Vater. Als ich Will gestern in seiner Zelle besuchte, schien er seinen Frieden mit Gott gemacht zu haben. Er ist bereit zu sterben. Und was ›Sean O'Connor‹ angeht, nun ja, du kennst ja Mungo. Als ich ihm ein Paar neue Stiefel und ein Buch brachte, sah er mich lässig an und meinte, er sei noch nicht tot. Dann fragte er, warum ich ihm nicht lieber Grog mitgebracht hätte. Wenn überhaupt jemand vier Jahre in Moreton Bay überleben kann, dann ist es Mungo, Vater!«

»Stimmt. Also nichts wie los, mein Sohn. Sag Old Crawford, dass er die Kutsche bereit machen soll. Ich habe Kopien meiner Petition an den Gouverneur herstellen lassen. Wir werden sie *The Gazette*, Wentworth und Wardell beim *Australian* überreichen und auch dem Government House überbringen.«

»Ist das klug, Vater? Diese Redakteure sind radikale Hitzköpfe«, entgegnete Felix nervös und bereute im selben Moment, die Entscheidung seines Vaters infrage gestellt zu haben.

»Welchen Schaden kann es anrichten, verdammt noch mal?«, rief sein Vater aufgebracht. »Die Richter wollen William Eden morgen früh am Galgen hängen sehen. Gibt es etwas Schlimmeres?«

»Nein, natürlich hast du recht, Vater«, antwortete Felix, froh, dass sein Vater seine Tatkraft wiedererlangt hatte, auch wenn er in diesem Fall selbst zur Zielscheibe seines Zorns geworden war.

»Inzwischen überbring du in meinem Namen diese beiden Schreiben und benutz dein ganzes diplomatisches Geschick, hörst du?«

»Ich werde mein Bestes tun, Vater.«

An der Tür blieb Kentigern noch einmal stehen. »War mir nicht aufgefallen, wie sehr du gewachsen bist. Du hast nun fast meine Größe. Ich habe noch einen zweiten Traueranzug – falls es uns nicht gelingen sollte, Edens Hinrichtung aufzuschieben. Hoffentlich werden wir ihn nicht benötigen, aber falls doch, sag Jane Quayle, sie soll ihn dir aus meinem Schrank holen.«

Er war zur Tür hinaus, noch ehe Felix Zeit hatte, sich seine Befehle erläutern zu lassen.

Das Frühstück war jetzt nur noch lauwarm, zudem war ihm der Appetit vergangen, deshalb schenkte er sich lediglich eine Tasse Tee ein und strich Marmelade auf eine kalte Scheibe Toastbrot. Dann fiel sein Blick auf die beiden Umschläge, die sein Vater mit seiner festen Handschrift beschriftet und mit einem roten Siegel versehen hatte. Der erste war an seine Mutter adressiert, Mrs K. L'Estrange, der zweite an eine Hausbedienstete, die nicht lesen konnte. Er – Felix – würde ihr den Inhalt vorlesen müssen.

Mit größtem Unbehagen dachte Felix daran, was vor ihm lag. Wahrscheinlich würde er der Hinrichtung eines Mannes beiwohnen müssen, den er kannte, die erste Hinrichtung seines Lebens, dann stand ihm eine weitere Konfrontation mit seiner Mutter bevor. Am allerschlimmsten aber war das Schreiben, das er der armen Jane Quayle vorlesen müsste und ihren Kummer unweigerlich noch verstärken würde.

Warum überlässt Vater die heikelsten Situationen immer mir? Probleme, die ich nicht zu verantworten habe?

Aus Albruna L'Estranges Musikzimmer erklang eine Melodie, die Felix als *Der Mond ist aufgegangen* identifizierte, ein traditionelles Abendlied, zögernd von Kinderhänden gespielt.

Seufzend erinnerte er sich an die unzähligen Male, die er es als kleines Kind hatte wiederholen müssen, bis er den hohen Ansprüchen seiner Mutter gerecht wurde.

Er klopfte und steckte den Kopf durch den Türspalt. Wie erwartet stand sie mit dem Rücken zu ihm über einen kleinen Jungen gebeugt. Man hatte ihm zwei Kissen auf den Klavierhocker legen müssen, damit er die Tasten erreichte.

Felix erkannte ihn; es war der Sohn eines Dieners, der ihnen erst vor Kurzem zugewiesen worden war. Der Junge hörte auf zu spielen und sah seine Lehrerin mit ängstlichen Augen an.

Albrunas Stimme war entschieden, aber nicht unfreundlich, als sie ihm denselben Ratschlag erteilte wie Felix früher. »Fehler sind dazu da, um aus ihnen zu lernen, mein Junge. Fang noch einmal von vorn an.«

Sie sah zu Felix herüber, der sich höflich verbeugte und den Finger auf die Lippen legte, aus Respekt für den Schüler. Er wedelte stumm mit dem Brief und legte ihn auf ein Tablett neben der Tür.

Dankbar, dass die Anwesenheit des Jungen ihm ermöglichte, den Raum wieder zu verlassen und so der lang gehegten Empörung seiner Mutter darüber, dass Frauen keine Petitionen unterzeichnen durften, aus dem Weg zu gehen, bestellte er die Kutsche für seinen Vater und wappnete sich für einen weiteren zu erwartenden Gefühlsausbruch, sei es Kummer, Wut oder Verzweiflung.

Ich kann mich nicht davor drücken. Mutter verabscheut sie zutiefst, aber mich hat Jane stets freundlich behandelt.

Mit dem Hut in der Hand ging Felix auf einem gepflasterten Pfad quer durch den üppigen Garten bis zu den Stallungen und dem niedrigen, weiß gekalkten Cottage ganz am Ende, das die Grenze von Rockingham Hall markierten.

Vor der Tür, die er nur allzu gut kannte, blieb er stehen. Das Häuschen bestand aus zwei Räumen im Erdgeschoss und einem weiteren oben, einem kleinen Anbau, der als Küche diente, und einem Plumpsklo in Form eines Schilderhäuschens, das von seiner Mutter immer als der »Ort, wo der Kaiser allein hingeht« umschrieben worden war.

Das weiße Cottage war wie das Herrenhaus von den Sträflingen gebaut worden und hätte, wie Felix vermutete, im vergangenen Jahrhundert durchaus auf die Isle of Man passen können, wo Jane Quayle geboren worden war. Sie besaß keinen eigenen Garten, nur einen winzigen Vorplatz mit liebevoll gepflegten Tontöpfen, in denen verschiedene Kräuter wuchsen. Auch die Blumenkästen an den oberen Fenstern enthielten blühende Kräuter, die über die Fensterbänke herabhingen.

Jane war nirgends zu sehen. Durch die offene Tür drang der verführerische Duft von frischem Gebäck. Er erweckte nicht nur seine Erinnerungen, sondern auch seine Geschmacksnerven zum Leben. Bestimmt waren es die Kekse aus Cregneish, die wie Goldbarren aussahen. Das Aroma erinnerte ihn an jenen Tag, als er fünf Jahre alt gewesen war und sich zum ersten Mal mit Mungo einen Faustkampf geliefert hatte.

Felix war von Mungo zu Boden geschlagen worden und hatte vor Angst und Schmerz geschluchzt. Die kleine Militäruniform, die seine Mutter ihm geschenkt und die er voller Stolz trug, war mit Blut beschmiert. Mutter würde toben.

Jane Quayle, eine Frau, die der Familie als Dienerin zugeteilt worden war, hatte ihn in ihr winziges Haus geholt, in dem es, ganz anders als in dem großen Herrenhaus am Ende des Gartens, wo er mit seinen Eltern lebte, immer nach Gebäck und Kräutern duftete.

Während der in Ungnade gefallene Mungo vor der Tür lauerte, hatte Jane ihn mit ihren köstlichen Keksen von der Isle of Man gefüttert, sein Knie gesäubert und die Wunde mit frischen Kräutern verbunden. Tränen und Schmerzen waren verebbt unter dem Bann der Geschichte über eine Meerjungfrau auf ihrer magischen Heimatinsel, die sie ihm dabei erzählte.

Stolz wie ein verwundeter Soldat war Felix ins Herrenhaus zurückgekehrt, doch die Reaktion seiner Mutter hatte ihn verwirrt. Sie hatte Janes Verband abgerissen und seinen Vater angefaucht: »Bilde dir ja nicht ein, dass diese Hexe sich an *meinem* Sohn vergreifen kann, hast du verstanden!«

Sein Vater war schweigend aus dem Zimmer gegangen.

Sie hatte den Verband durch eine eigene »medizinisch wirksame Salbe« ersetzt und wollte nichts von der Geschichte der Meerjungfrau hören. Stattdessen hatte sie ihm die faszinierende Legende der Loreley erzählt, einer geheimnisvollen Sirene mit goldenem Haar, deren Gesang die Schiffer in den Tod lockte …

Felix' Erinnerungen wurden von Janes samtweicher Stimme vertrieben. »Komm rein, komm rein, ich habe dich schon erwartet.«

Zum ersten Mal fiel ihm auf, dass sie mit den Jahren ein paar Fältchen bekommen hatte und ihr rotgoldenes Haar von silbernen Strähnen durchsetzt war. Ihre Brüste waren üppiger, die Hüften runder, doch die Augen immer noch genauso jung und himmelblau wie damals, als sie sein Knie verarztet hatte.

Er sprach mit leiser Stimme, da er nicht wusste, wie sie auf den Inhalt des Briefes reagieren würde. »Du hast dich gar nicht verändert, Jane. Ich habe gerade daran gedacht, wie du mich damals mit deinen Kräutern behandelt und mit deinen leckeren Keksen getröstet hast.«

»Und was führt dich dieses Mal zu mir, mein Junge? Meine Kochkünste sind bescheiden. Aber mit meinen Kräutern kann ich alles heilen – nur ein gebrochenes Herz nicht.«

Felix spürte den Schmerz, der in ihrer scheinbar leichthin geäußerten Bemerkung mitschwang.

»Ich bringe dir einen Brief von Vater.«

»Sei so nett und lies ihn mir vor. Es hat sich nichts geändert. Ich kann immer noch weder lesen noch schreiben.«

Sie zeigte auf einen Stuhl. Dann lief sie in die Küche, wo das

Wasser im Kessel brodelte. Sie füllte eine große Teekanne und kam zu ihm zurück.

»Bringst du mir gute oder schlechte Nachrichten? Du brauchst nicht um den heißen Brei herumreden«, sagte sie leise, um ihre Nervosität zu verbergen.

Soll ich ihr von Mungo erzählen? Nein, besser, ich lese ihr Vaters Brief vor.

»Ich habe keine Ahnung. Vater hat mir auch nichts verraten.«

»Des Rätsels Lösung steckt in diesem Umschlag«, sagte sie und schob ihm das Schreiben über den Tisch zu.

Felix nahm einen Schluck Tee, um seinen trockenen Mund zu befeuchten. Dann räusperte er sich.

»›Liebe Jane Quayle‹, schreibt er. ›Ich schicke Dir meinen Sohn, statt selbst zu kommen, denn er hat, wie du weißt, ein großes Herz und weiß, wie man Frauen tröstet. Das ist eine Kunst, die ich niemals gelernt habe. Soeben habe ich vom Gouverneur erfahren, dass er Deinem Sohn einen Strafaufschub gewährt hat. Die Todesstrafe wurde in vier Jahre Moreton Bay umgewandelt. Du kannst versichert sein, dass ich auch weiterhin versuchen werde, seine Strafe zu reduzieren.‹«

Felix blickte auf und sah ihr in die starren Augen.

»Das bedeutet, dass Mungos Leben gerettet ist, Jane.«

Sie lächelte nicht, zeigte keinerlei Regung. Zweifellos stand sie unter Schock.

Dann fuhr er fort: »›Aufgrund Deiner treuen Dienste und Deiner unerschöpflichen Geduld verdienst Du mehr Dankbarkeit, als ich auf dem Papier oder von Angesicht zu Angesicht auszudrücken in der Lage wäre. Ich habe alles in meiner Macht Stehende getan, um die juristischen Angelegenheiten zu regeln. Ich habe Dir das Häuschen überschrieben, das Dir, wie ich weiß, sehr am Herzen liegt. Weder jetzt noch in Zukunft wird irgendwer Dich daraus vertreiben können. Das Cottage gehört nun Dir und Deinen Nachkommen, und Ihr könnt darüber verfügen, wie immer es Euch beliebt. Jane, Du weißt, ich würde niemals zulassen, dass man Dich zwingt, Dein Häuschen aufzugeben oder gegen Deinen Willen zu verkaufen.‹«

Jane nickte zustimmend und bedeutete Felix mit einer Geste fortzufahren. Er konnte es kaum erwarten, die Sache hinter sich zu bringen.

»›Ich habe Dir einst ein Versprechen gegeben, das ich nun nicht zu halten vermag. Mir sind, was meinen letzten Willen angeht, die Hände gebunden. Deshalb habe ich einen kleinen Treuhänderfonds angelegt zu Deinen Gunsten – und zugunsten der Kinder, die Du hast oder in Zukunft haben könntest, es sei denn, Du würdest heiraten.‹«

Felix wunderte sich über ihr verächtliches Schnauben, wusste aber, dass eine Frau nach englischem Recht mit der Heirat all ihr Vermögen und Eigentum auf ihren Mann übertrug. Unter dem Gesetz der Isle of Man jedoch besaßen Frauen mehr Rechte – so gehörte beispielsweise ihr gemeinsames Heim beiden zu gleichen Teilen.

»Das soll wohl ein Witz sein. In meinem Alter werde ich kaum noch einen guten Mann finden. Obendrein bin ich gar nicht wild drauf, mich mit dem erstbesten Hergelaufenen zusammenzutun. Von der Sorte habe ich genug.«

»Soll ich lieber aufhören? Ich sehe doch, wie nahe dir das Thema geht.«

»Es ist verdammt schmerzhaft, mein Junge! Weil Master L'Estrange die Worte meidet, die wichtig wären. Das Einzige, was mir wichtig ist. Ist das alles, was er gesagt hat? Nichts weiter?«

Insgeheim verfluchte Felix seinen Vater, weil er ihn in diese unmögliche Situation gebracht hatte. Er kam sich vor wie ein Arzt, der keinen Alkohol hatte, um die Schmerzen eines Patienten während der Operation zu lindern.

»Verzeih mir, Jane. Das war alles. Nur noch beste Wünsche und seine Unterschrift, Kentigern L'Estrange, Esquire. Aber ich kann dir versichern, dass Vater alles tut, was er kann, um dafür zu sorgen, dass dein Sohn vorzeitig entlassen wird. Wir werden keine Ruhe geben, bis wir ihn freibekommen haben.«

»Das soll mich wohl trösten, wie? Und was ist, wenn dein Vater stirbt? Dann ist Mrs L'Estrange das Oberhaupt der Familie. Und sie hasst mich. Ihre Zunge ist so scharf, dass man sich vor ihr in Acht nehmen muss. Meinst du, sie würde erlauben, dass *ihr* Sohn sich weiterhin für *meinen* Sohn einsetzt? Niemals.«

Felix wusste, dass er das Feuer ihres Zornes nicht löschen konnte, bevor es sich ganz verzehrt hatte. Schweigend hörte er zu.

»Und warum sollte ich *dir* trauen? Als kleiner Junge warst du sehr lieb. Aber gegen deine Mutter kommst du nicht an. Du bist von deiner Bildungsreise nach Europa als feiner Herr zurückgekehrt. Dein Spielkamerad von früher bedeutet dir nichts mehr. Du bezeichnest ihn immer noch als ›meinen Sohn‹. Du kannst dich nicht einmal dazu durchringen, ihn bei seinem Namen zu nennen. Mungo ist dein Halbbruder, um Gottes willen!«

Die Worte trafen ihn wie Peitschenhiebe. Felix beugte sich vor und versuchte, ihre Hand zu ergreifen, doch sie wich zurück, als hätte er die Pest.

»Jane, bitte hör mir zu. Seit ich vor einigen Jahren die Wahrheit erfuhr, habe ich Mungo stets als meinen Bruder betrachtet, und das weiß er auch. Trotzdem muss ich den Willen meiner Eltern respektieren. Wir werden ihn niemals in der Öffentlichkeit anerkennen können – die Gesellschaft würde ihn zum Bastard erklären. Mungo wird nie den Namen L'Estrange tragen. Du hast ihm den einzigen Namen von Vater gegeben, der möglich war: Mungo, nach dem keltischen Priester, der als heiliger Kentigern und heiliger Mungo bekannt ist. Das war der Name, den ursprünglich meine Mutter für *mich* vorgesehen hatte.«

»Mungo hatte das Recht dazu, er wurde hier geboren. Nicht du! Die Wahrheit ist, dass deine Mutter nach Preußen zurückging und ihre Ehe damit beendet war. Wie hätte ich wissen können, dass sie ein Jahr später mit dir zurückkommen und behaupten würde, du wärst gezeugt worden, kurz ehe sie die Kolonie verließ.«

»Willst du damit sagen, dass ich nicht …«

»Nein, nein! Sogar ein Blinder würde sehen, dass ihr beide Söhne eures Vaters seid! Sieh euch doch nur an, zwei Bohnen aus derselben Schote, im Abstand von nur wenigen Monaten geboren. Nur dass der Sohn deiner Mutter der Erbe der L'Estranges ist. Und mein Sohn ein Bastard.«

»Aber sein *Lieblings*sohn«, berichtigte Felix sie. Die Worte waren ihm über die Lippen gekommen, ehe er sie unterdrücken konnte. »Ja, ich trage den Namen der L'Estranges. Aber als Kind habe ich Mungo beneidet. Damals hätte ich nur allzu gern mit ihm getauscht. Ich hätte viel lieber hier bei dir im Cottage gelebt, das von Zuneigung, Fröhlichkeit, Geschichten und Liedern geprägt war.«

Schockiert legte Jane die Hand vor den Mund und schwieg.

Felix fuhr fort: »Willst du die ganze Wahrheit hören, Jane? Als Mutter aus Preußen zurückkehrte und Vater triumphierend den Jungen zeigte, den sie ihm angeblich nicht gebären konnte, wie er glaubte, entdeckte sie Mungo, deinen Sohn, der mit dir und Vater im Herrenhaus wohnte. Sie befürchtete, dass Mungo mich um mein Recht als Erstgeborener bringen würde. Du weißt schon, so wie Abrahams Frau Sarah, die dasselbe Ismael, dem Sohn ihrer Magd Hagar, zutraute.«

Jane nickte, sie kannte die Geschichte aus der Bibel.

Hastig sprach Felix weiter: »Mutter versuchte, Vater dazu zu bringen, dich in eine andere Familie versetzen zu lassen. Vater weigerte sich. Sie wollte dich loswerden, nicht nur, weil Vater sich mit einer Dienstbotin eingelassen hatte, das ist in der Kolonie nichts Ungewöhnliches. Welche Wahl wäre ihr denn geblieben? Sie besaß kein eigenes Vermögen. Eine Scheidung erfordert die Genehmigung durch das Parlament und bedeutet immer Schande für die Frau. Hätte sie ihn verlassen, hätte sie das Sorgerecht für ihr Kind verloren – mich. Deshalb war es das Einfachste, in der Gesellschaft das Gesicht zu wahren, indem man so tat, als lebte man zusammen – in zwei Häusern, die durch eine Brücke miteinander verbunden sind.« Er hielt inne. »Willst du die ganze Wahrheit erfahren?«

Jetzt schwieg Jane.

»Mutter ist kein Ungeheuer. Sie will nicht, dass Mungo stirbt. Sie hasst *dich*, weil du ihren Platz im Herzen ihres Mannes eingenommen hast. Vater hat das niemals geleugnet. Du bist die Liebe seines Lebens, Jane!«

Ihre Hand zitterte, als sie sie ausstreckte, um ihn zu berühren, dann aber doch wieder zurückzog. »Vergib mir«, sagte sie. »Wenn ich wütend bin, geht meine Zunge mit mir durch.«

»Es steht mir nicht zu, über dich oder meine Eltern zu urteilen. Dieses Recht bleibt Gott vorbehalten. Aber ich bin in einem Herrenhaus aufgewachsen, umgeben von Hass, Bitterkeit und Vorwürfen. Mungo dagegen durfte in diesem bescheidenen Häuschen groß werden, das von Liebe erfüllt war. Mungo und ich hatten denselben Lehrer und genossen dieselbe Erziehung, weil Vater es so wollte. Trotzdem wurden wir von Anfang an dazu erzogen, Rivalen zu sein, und zwar von unseren Müttern!«

Plötzlich zitterte Felix vor Entsetzen. Hier wurden Gefühle freigesetzt, die er seit seiner Kindheit unterdrückt hatte. Er ließ ihr Zeit, damit seine Worte in ihr Bewusstsein vordringen konnten.

»Nun, Felix, Mungo kommt jetzt nach Moreton Bay. Das dürfte Mrs L'Estrange freuen.«

Hilflos breitete Felix die Arme aus. »Ungerechtigkeit freut niemanden, Jane. Wo ist deine Bibel?«, fragte er.

Jane blinzelte überrascht, doch dann verriet sie sich mit einem Seitenblick auf den Schrank.

Felix machte zwei Schritte, nahm die King-James-Bibel aus dem Regal und legte die rechte Hand auf den ledernen Einband.

»Egal, was in der Vergangenheit geschehen ist, Jane, ich schwöre bei Gott, dass Vater und ich weiterhin für Mungo kämpfen werden, damit er lebend zu dir zurückkehren kann.«

Nach diesem unerwarteten Gefühlsausbruch verließ Felix erschöpft das Haus und eilte hinüber zu den Stallungen. Im Geiste sah er noch immer Jane vor sich. Ihre Augen waren von Tränen erfüllt, die er dort noch nie zuvor gesehen hatte.

Schöne Worte, aber ich bin kein Held. Ich kenne Mungo Quayle besser als jeder andere. Wie soll ich mein Versprechen halten, ohne meine eigene Mutter zu hintergehen und am Ende noch mein Erbe aufs Spiel zu setzen? Ich würde meinem Halbbruder ja nicht einmal das Familiensilber zum Polieren anvertrauen!

DREI

Am frühen Morgen überlegte Fanny Byron, wie sie den neuen Tag durchstehen sollte, und fütterte gleichzeitig die kleine Daisy gedankenverloren mit Haferbrei, den die Vermieterin ihr für ein paar Pennys extra zubereitet hatte. Die Vorderstube, die sie gemietet hatte, war verhältnismäßig sauber, trotzdem hatte Fanny nur für eine Nacht im Voraus bezahlt, denn sie hoffte, dass ihre Gebete erhört wurden und sie eine Anstellung fand, die es ihr ermöglichen würde, Daisy bei sich zu behalten.

Jedes Mal, wenn Fanny mit dem Löffel einen Kreis vor ihrer Nase beschrieb, öffnete die Kleine zutraulich den Mund. »Braves Mädchen! So ist's recht«, krächzte Fanny dann wie Kasperle aus dem Puppentheater.

Die Feuchtigkeit kräuselte Daisys feines Haar zu Löckchen. Ihre milchig blauen Augen strahlten sie an. Sie erinnerte Fanny an ihre verstorbene Stiefmutter, eine liebevolle bescheidene Frau, die Fanny auf dem Totenbett das Versprechen abgenommen hatte, sich um ihre Stiefschwester zu kümmern. Nie würde sie die Worte der Sterbenden vergessen: »Männer werden dich enttäuschen, Mädchen, das ist ihre Gewohnheit. Gott aber hält immer seine schützende Hand über dich – wenn du ihn reinen Herzens darum bittest.«

Fanny strich dem Kind über die Wange. »Ich weiß nichts über Gott, Daisy«, sagte sie. »Aber wenn überhaupt jemand ein reines Herz hat, dann du.«

Das Kind hatte denselben Nachnamen wie sie, Byron, obwohl sie keine Blutsverwandte waren. Fanny hatte keine Ahnung, wer der Vater der Kleinen war. Wahrscheinlich einer der vielen Untermieter, die ihre Stiefmutter hatte aufnehmen müssen, um sich durchzuschlagen, nachdem man Fannys Vater aufgeknüpft und Fanny selbst sich als Dienstmädchen hatte verdingen müssen.

Fanny hatte in einer Ecke des Zimmers geschlafen, das sie mit ihnen teilte, und sich an die grässlichen Laute gewöhnt, die die Männer nachts im Bett ihrer Stiefmutter von sich gaben. Sie konnte sich auch noch lebhaft an die Nacht erinnern, in der ihre Stiefmutter den Untermieter erwischt hatte, als er sich zwischen Fannys Beine zu drängen versuchte – an den körperlichen Schmerz, die Flüche des Mannes, als es ihm nicht gelang, in sie einzudringen, sein Stöhnen, als die Stiefmutter ihn die Treppe hinuntergeworfen hatte. Diese Erinnerungen waren nie verblasst. Wenig später war Fanny in Madame Amoras Dienste gegeben worden. Sie lebte in einem Stadthaus in St. John's Wood, und Fanny war von der Eleganz überwältigt gewesen. Es hatte sich angefühlt wie der endgültige Bruch mit ihrer Familie, doch am Ende hatte Fanny begriffen, dass dies die stumme Art ihrer Mutter war, sie zu beschützen, das kleinere von zwei Übeln. Als sich ihr zwölfjähriger Körper mit dem Einsetzen der Pubertät veränderte, war sie zum Objekt männlicher Begierde geworden.

Daisys Plappern erinnerte Fanny daran, dass die Kleine immer noch Hunger hatte, und auch ihr eigener Magen knurrte.

»Armes Mäuschen, jetzt hast du nur noch mich auf der Welt, und ich habe keine Ahnung von Babys. Ich könnte nicht einmal sagen, wie alt du genau bist, Kleines. Madame gab mir nur hin und wieder einen halben Tag frei. Einmal hatte Mutter einen neuen Untermieter, als ich kam, und das nächste Mal gab sie dir bereits die Brust. Als hätte dich der Storch gebracht.«

Daisy fasste nach ihrer Hand und versuchte, den Löffel erst zu ihrem und anschließend zu Fannys Mund zu führen.

»Du hast Hunger, stimmt's? Und du bist großzügig. Das ist ein gutes Zeichen. Du wirst mir zeigen, was du brauchst, nicht wahr, mein Engel? Soll ich dir was vorsingen, während du zu Ende isst?«

Sie stimmte *Here we go round the mulberry bush* an, während Daisy den Takt mit den Händen klatschte.

Daisy war das erste und einzige Baby, das sie je auf dem Arm gehabt hatte. Erst während der Überfahrt hatte sie gelernt, ihre wenigen Wörter zu interpretieren. Zudem hatten der Schiffsarzt und Vater Francis Xavier ihr mit Rat und Tat beigestanden. Fanny vertraute ihren Nähkünsten weit mehr als ihren Fähigkeiten, mit Kindern umzugehen, daher hatte sie einen der seidenen Unterröcke ihrer früheren Arbeitgeberin zerschnitten und zwei neue Kleidchen für Daisy geschneidert, die sie nun zusammen mit den neuen Schnürstiefeln in Reserve behielt.

»Eine Anstellung als Haushälterin wäre genau das Richtige für mich, dann könnte ich dich bei mir behalten. Aber im Moment bin ich so gut wie mittellos, Schätzchen. Wenn ich heute kein Glück habe, werde ich dich wohl oder übel für ein paar Tage in dieses Waisenhaus bringen müssen. Aber nur bis ich eine Arbeit gefunden habe. Mach dir keine Sorgen, es wird nicht länger sein als unbedingt notwendig. Du und ich sind nicht nur Schwestern, sondern auch Gefährtinnen, nicht wahr?«

Daisy streckte ihre mit Haferbrei verklebte Hand aus und patschte Fanny ins Gesicht.

»Danke vielmals, Daisy!« Sie lächelte ihr beschwichtigend zu. Daisy hatte einen sicheren Instinkt, wenn es darum ging, wahre Empfindungen von falschen zu unterscheiden, und weinte vor Anteilnahme mit, wenn Fanny in Tränen ausbrach.

Nachdem sie die Kleine gebadet und angezogen hatte, war es kurz vor Mittag. Fanny begutachtete ihr Werk.

»Jetzt bist du wieder schön sauber. Wer könnte dir widerstehen?«

Sie zählte ihre Münzen und gab der Vermieterin eine, damit sie auf Daisy aufpasste. Trotz ihres schäbigen Aussehens war die

Frau sauber, nur die Tonpfeife zwischen ihren Zähnen störte. Sie war ihr ständiger Begleiter.

»Keine Ahnung, wie lange ich heute unterwegs bin. Ich habe mehrere Vorstellungsgespräche und weiß noch nicht, welche Anstellung ich annehmen soll«, log Fanny sie an. »Aber vor Sonnenuntergang bin ich bestimmt wieder zurück.«

Fanny beugte sich vor und küsste die Kleine auf den Scheitel. Das helle, flaumige Haar erinnerte sie an die einheimischen weißen Papageien, deren schwefelgelbe Federn sich auf ihren Köpfen sträubten, wenn sie aufgeregt waren.

»Achten Sie darauf, dass sie viel Wasser trinkt, ja? In diesem Land ist es höllisch heiß, das ist sie nicht gewohnt.«

Die Frau sah sie mit unbewegter Miene an. »Ich habe sieben Kinder großgezogen. Und Sie?«

»Bislang keins, ich war immer vorsichtig oder hatte verdammtes Glück«, erwiderte Fanny vorlaut, was die Frau mit einem vielsagenden Grinsen quittierte.

An der Straßenecke hatte Fanny ein seltsam mulmiges Gefühl, als die Kleine ihren Namen rief. Fanny winkte ihr zu und rief: »Sei schön brav, Daisy. Ich bringe dir auch was Schönes mit, großes Ehrenwort!«

Die Brise, die vom Hafen herüberwehte, war angenehm angesichts des Gestanks nach Unrat in den schmalen Gassen von The Rocks. Die Menschen waren fröhlich, wütend oder stockbetrunken, manchmal sogar alles auf einmal.

Mehrere Vorstellungsgespräche! Was habe ich der Frau für einen Bären aufgebunden. Als könnte ich es mir aussuchen. Aber das ist einer der Tricks, die ich gelernt habe, als ich bei meiner Kurtisane arbeitete. Eine Frau ist das, als was sie sich ausgibt. Madame Amora gaukelte den Männern vor, die faszinierendste Frau von ganz London zu sein. Aristokraten und Politiker standen Schlange, um sie mit Juwelen, Geld, Kutschen und Dienern in Livree zu überhäufen. Oder ihr Reisen nach Paris zu ermöglichen, um modische Kleider und gewagte Dessous zu kaufen. Sogar hochwohlgeborene Damen folgten Madame Amoras modischen Allüren …

Fanny seufzte. *Hätte ich bloß halb so viel Glück! Ich habe nur ein paar ihrer abgelegten Kleider, einen Pfandschein, ein kleines Kind, um das ich mich kümmern muss … und die Einladung zu einer Hinrichtung.*

Ernüchternd fiel ihr ein, wie sie gestern Nacht, bevor sie erschöpft neben Daisy eingeschlafen war, ausnahmsweise gebetet und Gott um einen schnellen und gnädigen Tod für William Eden angefleht hatte, nicht ein qualvolles Ende wie das ihres Vaters.

Als sie nun die George Street entlangeilte, vertrieb sie den Gedanken. Es gab nichts, was sie tun könnte, um Will Eden zu helfen, sie konnte nur ihr gegebenes Versprechen einlösen und an der Hinrichtung teilnehmen. Abwesend strich sie sich über den Mund und erinnerte sich an die Berührung seiner Lippen. Den Kuss, der so anders gewesen war als der anderer Männer.

Als sie Hangman's Hill erreichte, sah sie, dass die Schaulustigen sich bereits um das Schafott drängten. Sie war erleichtert, denn es blieb ihr nichts anderes übrig, als sich ganz hinten anzustellen. Es war eine bunte Menge, abgesehen von einer eleganten Kutsche, aus deren komfortabler Abgeschiedenheit ein vornehmer Herr das Prozedere beobachtete.

Sie dachte an die vielen Taschendiebe, die hier ihr Unwesen trieben, und befestigte ihre Geldbörse am Gürtel. Männer, Frauen und Kinder drängelten sich an ihr vorbei, um eine bessere Sicht auf das Schafott zu ergattern. Als Green, der Henker, erschien, brüllten die versammelten Menschen ihn unisono nieder. Er war ein groß gewachsener Mann, der in seinem schäbigen schwarzen Frack und Zylinder wie ein schwerfälliger Zirkusaffe aussah. Sein taumelnder Gang ließ darauf schließen, dass er ordentlich gepichelt hatte – oder aber nie ganz nüchtern war.

Kein Wunder, dass die Prostituierten nichts mit ihm zu tun haben wollen. Er ist der hässlichste Mensch, den Gott jemals erschaffen hat.

Sein Gesicht wird offenbar nur von einer Narbe zusammengehalten, die von der Stirn bis zum Kinn verläuft. Angeblich hat er sie einem Gefangenen zu verdanken, der sich auf dem Weg zum Schafott auf ihn stürzte.

Sie reckte den Kopf, um einen Blick auf die Gesichter der Sträflinge zu erhaschen, die in Reih und Glied standen und darauf warteten, zum Schafott geführt zu werden. Ein Priester und der Gefängnisgeistliche, der Fanny gestern empfangen hatte, erteilten ihnen die Absolution.

Sie konnte William Eden nicht erkennen und versuchte, sich abzulenken. *Katholiken auf der linken Seite des Galgens, Protestanten auf der rechten. Oder ist es andersherum? Ich frage mich bloß, wo sie Juden, Sinti, Heiden und so weiter aufstellen. Und was hat es überhaupt für einen Sinn, sie aufzuteilen? In Kürze werden sie alle hängen und vor denselben Gott treten müssen.*

Jedes Mal, wenn man einem Verurteilten, dem man eine weiße Kapuze über den Kopf gestülpt hatte, den Strick um den Hals legte, schloss Fanny die Augen. Doch den lebendigen Bildern im Kopf konnte sie nicht entkommen, und ihre Wahrnehmung wurde noch mehr geschärft durch gelegentliche Worte der Anteilnahme, Abschiedsgrüße oder Pfiffe, wenn der Henker den Hebel der Falltür zog. Ein Verurteilter sprach ein Vaterunser, ehe er gehenkt wurde. Ein anderer rief herzzerreißend nach seiner Mutter in Irland. Mehrere Frauen in der Menschenmenge knieten nieder.

Als Fanny schließlich Will unter den anderen Männern erkannte, erstarrte sie, doch dann hüpfte sie auf und ab, um besser sehen zu können. Er hatte ihren Schal keck um den Hals gebunden und wurde mit auf dem Rücken gefesselten Händen von zwei Rotröcken zum Schafott geführt. Die Sonne umstrahlte seine Gestalt, sodass es aussah, als leuchtete ein Heiligenschein über seinem kahl geschorenen Kopf. Selbst aus dieser Entfernung hatte sie den Eindruck, dass sein Gesicht zerschrammt und geschwollen war, als hätte er sich mit jemandem geschlagen. Während er die Stufen zum Schafott hinaufstieg, sah Fanny, dass er trotz der Fußfesseln ein Paar nagelneuer, glänzender Stiefel trug, wie um sein letztes Abenteuer gebührend zu feiern.

Die tiefe Stimme des Priesters fragte: »Haben Sie Gott noch etwas zu sagen, Will Eden?«

Von oben auf dem Schafott schien Wills Blick über die Gesichter der Schaulustigen zu schweifen. Seine Stimme klang müde, als er einer Frau antwortete, die ihm auf Gälisch etwas zugerufen hatte.

»Heben Sie Ihr Mitleid für meinen Partner auf, Ma'am. Besser am Galgen zu enden, als zu diesem Ungeheuer von Logan nach Moreton Bay verfrachtet zu werden!«

Das zustimmende Raunen der Menschenmenge wurde von einigen mitfühlenden Schreien unterbrochen.

Wenn dieser Junge dem Tod so tapfer in die Augen schauen kann, schaffe ich es auch.

»Ich bin hier, Will!«, schrie Fanny. Entschlossen, sich zu zeigen, bahnte sie sich einen Weg durch die Menschenmassen, um auf eine niedrige Steinmauer zu klettern.

Ein junger Mann, ganz in Schwarz, zog den Hut vor ihr. »Erlauben Sie, Miss«, sagte er, schlang einen Arm um ihre Hüfte und hob sie auf die Mauer, wobei sich ihre Haube löste.

Rasch griff sie danach, streckte einen Arm über den Kopf und rief mehrmals hintereinander: »Ich bin hier, William Eden! Ich habe mein Versprechen gehalten.«

Rasch wandte er ihr den Blick zu. Seine Stimme war lebensüberdrüssig, bar jeglicher Gefühle und schicksalsergeben. »Aye, und Sie haben mein Versprechen. Im Angesicht des Todes lügt man nicht. Gott ist mein Zeuge, wo immer Sie hingehen, Miss, wird William Eden Sie beschützen!«

Die Menge hielt vor Mitgefühl den Atem an.

Kurz darauf wurde ihm die weiße Kapuze über den Kopf gestülpt und verdunkelte seine Welt. Dieses Mal behielt Fanny die

Augen auf; sie fühlte sich verpflichtet, ihn bis zum bitteren Ende zu begleiten. Der Henker griff nach dem Hebel der Falltür. Im gleichen Augenblick ließ die wütende Menschenmenge eine Tirade los, und Williams Körper kämpfte mit dem Tod. Die neuen Stiefel glänzten in der Sonne. Auch Fanny schrie vor Wut auf, doch es war vergeblich. Sie wusste, dass jeder Körper drei Minuten lang baumeln musste, ehe er vom Strick abgeschnitten wurde. Schließlich verließ das Leben den Körper, der jetzt wie eine Drahtpuppe aussah und sanft in der Brise schwang. Die Menge war völlig still. Drei Minuten wurden zu einer Ewigkeit. Dann schnitt der Henker den Körper los, legte ihn in einen Sarg aus schlichtem Kiefernholz und nagelte den Deckel darauf.

Blindlings bahnte sich Fanny einen Weg durch die Menschenmenge und hielt sich die Ohren zu, um nicht zu hören, wie die Menschen Green anbrüllten: »Häng dich selbst auf, verdammter Dreckskerl!«

Sie ließ ihren Ärger an Gott aus. *Ich habe dich nur um einen schnellen Tod für den Jungen gebeten. Doch nicht einmal das hast du ihm vergönnt!*

Als sie an der eleganten Kutsche vorbeikam, wo der vornehme Herr saß und ein Glas Wein genoss, kreuzten sich ihre Blicke. Sie blinzelte die Tränen weg und war überrascht, als er den Kopf neigte wie aus Respekt vor dem toten Jungen.

Im gleichen Moment bemerkte Fanny entsetzt, dass ihre Geldbörse verschwunden war.

Der junge Gentleman, der mich auf die Mauer gehoben hat! Nicht zu fassen, dass er mich bestohlen hat. Jetzt habe ich keinen Penny mehr, und sogar der Pfandschein ist weg!

Der Schock traf sie mit voller Wucht. Sie war nicht nur mittellos, sondern auch allein und ohne Empfehlungsschreiben, um eine Anstellung zu finden. Zudem war ihr die Polizei wahrscheinlich längst auf den Fersen. Erschöpfung und Hunger überwältigten sie. Was hatte sie jetzt noch für Optionen?

Sie ging die Dreiviertelmeile bis zum Ende der George Street, fragte nach dem Weg zum Waisenhaus und machte ein trauriges, aber auch entschlossenes Gesicht, als sie vor der Oberin saß, einer schmalen Frau mittleren Alters, die eine graue Quäkertracht trug.

»Der Gefängnisgeistliche sagte, ich solle mich auf ihn berufen. Ich brauche dringend einen Schlafplatz für meine Stiefschwester. Sie ist fast zwei Jahre alt. Ein braves Mädchen, das überhaupt keine Mühe macht. Ich werde sie nicht lange hierlassen, nur bis ich eine Anstellung habe. Man hat mir bereits zwei angeboten, daher werde ich für ihren Unterhalt aufkommen, sobald ich meine Anstellung angenommen und meinen Lohn erhalten habe.«

Die Stimme der Oberin klang erschöpft, aber nicht unfreundlich. »Du hättest die erstbeste Anstellung annehmen sollen, die man dir angeboten hat. Es tut mir leid, aber ich kann dir nicht helfen. Wir haben hier Frauen, die jeden Augenblick ihr Kind zur Welt bringen können. Bei uns schlafen die Kleinen zu dritt in einem Bett, selbst auf den Gängen. Und es gibt eine Warteliste mit ausgesetzten Kindern, die auf der Straße leben.« Die Oberin streckte die Hand aus und berührte ihren Arm. »Glaub nicht, dass ich herzlos bin, Mädchen. Aber in The Rocks wimmelt es nur so von Waisenkindern, Mädchen wie Jungen, die gezwungen sind, sich zu verkaufen, wenn sie überleben wollen.«

Kinderprostitution. Hier genauso wie in London.

Die Stimme der Quäkerin war ruhig, trotzdem merkte Fanny ihr das Grauen über das Schicksal der verlassenen Kinder an.

»Ich verstehe, Schwester Oberin. Daisy hat wenigstens mich.«

»Trag dich hier in die Liste ein, und wenn dein neuer Master dich oder deine Schwester schlecht behandelt, komm nächsten Monat wieder.«

Zum ersten Mal war es Fanny peinlich zuzugeben, dass sie nicht schreiben konnte. »Macht nichts. Ich werde es schon schaffen. Haben Sie vielen Dank für Ihre Mühe«, sagte sie und erinnerte sich daran, beim Abschied einen Knicks zu machen.

Das soll mir eine Lehre sein. Warum musste ich lügen, um einen guten Eindruck zu machen? Bei zwei Angeboten hat man keinen Grund, verzweifelt zu sein. Nicht, wenn andere Kinder gezwungen sind, sich zu prostituieren. Aber bevor Daisy Hunger leidet, verkaufe ich lieber mich selbst.

Der Rückweg durch die George Street schien doppelt so lang zu sein wie der Hinweg. Fannys Füße waren von der Hitze geschwollen. Madame Amoras feine, hochhackige Schuhe waren für den Tanzboden gedacht, nicht für die heißen, staubigen Straßen von Sydney Town.

Ohne Empfehlungsschreiben würde keine anständige Frau sie einstellen. Als sie einen Gastwirt fragte, ob er nicht eine Köchin oder eine Küchenhilfe brauchen könne, hatte er geantwortet: »Du kannst meine Kunden jederzeit bedienen, Süße, im Schlafzimmer oben – wenn du weißt, was ich meine.«

Jetzt machte sie sich nicht mehr die Mühe, ihren Ausschnitt zu verstecken, und war froh, die Hände frei zu haben. So konnte sie sich wenigstens wehren, falls Männer versuchten, sie zu begrabschen.

Im Hafen waren der leuchtende Himmel der einbrechenden Dunkelheit und die Weite von Port Jackson wie ein doppelschneidiges Schwert. Ihre Schönheit war tröstlich, doch der Geschmack nach Salzwasser auf den Lippen vergrößerte ihren rasenden Durst noch mehr.

Fanny wusste, dass sie nur zu lächeln brauchte, um irgendeinen Mann dazu zu bringen, sie in einer der vielen Hafenkneipen neben den Kais zu einem Glas Wein und einer Mahlzeit einzuladen. Doch sie wusste auch, dass dies der erste Schritt in die Prostitution wäre. Welche Wahl blieb ihr noch?

Ich könnte ins Wasser springen und meinem Leben ein schnelles Ende machen. Es heißt, zu ertrinken sei ein leichter Tod. Aber wer kennt schon jemanden, der aus dem Grab zurückgekommen wäre, um es zu bestätigen?

Sie erinnerte sich an die Worte eines alten Matrosen auf der *City of Edinburgh*, der sie davor gewarnt hatte, im Hafen zu baden. »In Port Jackson wimmelt es nur so von Haien, Mädchen. Aus Schwarzen machen die sich offensichtlich nichts. Sie scheinen weißes Fleisch wie deins zu bevorzugen!«

Fanny schauderte, als sie sich an die vom Tabak verfärbten Zähne des Mannes erinnerte, der sie wegen ihres entsetzten Gesichtes ausgelacht hatte. Jetzt warf sie einen Blick auf das Wasser im Hafen und fand die romantische Vorstellung zu ertrinken schon weit weniger anziehend.

Doch die Scham über ihre egoistischen Selbstmordfantasien hielt nicht lange an. Dann stieg eine Welle von Übelkeit in ihr auf, die heftiger war als die immer wiederkehrende Seekrankheit während der Schiffsreise. Ihr Kopf drehte sich. War es die Hitze, der Hunger oder gar ein Fieber?

Sie hörte das Echo von Madame Amoras warnenden Worten: »Sei vorsichtig, was du dir wünschst, es könnte in Erfüllung gehen!«

Noch vor einer Minute wollte ich sterben. Gott steh mir bei, ich will leben!

Die Erinnerung an jene eine Nacht im Haus ihrer Herrin in St. John's Wood kehrte so mächtig zurück wie die Szene eines Theaterstücks an der Drury Lane …

Die Uhr im Vorraum schlug die erste Stunde nach Mitternacht. Fanny saß im Gang vor Madame Amoras Schlafzimmer, sie war erschöpft, durfte aber ihren Posten nicht verlassen. Die Launen einer Kurtisane waren unberechenbar. Ihr aktueller Liebhaber, ein Herzog, war zu Besuch bei seiner Frau auf dem Land, und während seiner Abwesenheit hatte Madame ihre eiserne Regel gebrochen und war ihrem Herzen gefolgt statt ihrem Verstand. Heute Abend hatte Madame einen neuen Liebhaber empfangen. Kit strahlte das geballte Selbstbewusstsein eines jungen Schönlings aus, der weiß, wie man ältere Frauen befriedigt. Das silberne Lachen und ihr lustvolles Stöhnen, das durch die geschlossene

Tür drang, gehörten nicht zu dem üblichen falschen Repertoire einer Prostituierten.

Fanny seufzte resigniert. Kit war das perfekte Gegengift für Madames Langeweile. »Heute Nacht werde ich bestimmt nicht viel Ruhe haben.«

Als sich die Tür öffnete, schreckte sie auf. Unter dem Morgenmantel aus Brokat, der dem Herzog gehörte, war Kit unverkennbar nackt.

»Ist alles in Ordnung, Sir? Verlangt … Madame nach mir?«, stammelte sie.

»Nein, nein. Deine Herrin ist völlig erschöpft eingeschlafen. Ich bin derjenige, der nach dir verlangt.«

Mit einem entwaffnenden Lächeln breitete er die Arme aus, als wollte er sagen: Was soll ich machen?

Doch als er auf sie zukam, las sie den Ausdruck in seinen Augen.

»Ich langweile mich«, sagte er. »Bitte, bleib und unterhalte mich.«

»Sie haben mich missverstanden, Sir. Ich gehorche nur den Anweisungen meiner Herrin.«

»Und sie erhält ihre Anweisungen von mir.«

Er zog sie in den Schatten, drückte sie gegen die Wand, und seine Zunge, seine Hände fanden rasch ihr Ziel.

Fanny wehrte sich nach Kräften, als sich eine Hand um ihre Brust legte und die andere zwischen ihre Schenkel glitt. Sie biss ihn in die Zunge und erkannte sofort ihren Fehler. Die Gefahr und ihr Widerstand reizten ihn nur noch mehr. Er stöhnte vor Lust und Schmerz auf – doch dann erstarrte er plötzlich.

Wie eine Erscheinung stand Madame Amora in einem fließenden griechischen Gewand im Türrahmen. Ihr geisterhaft weißes Gesicht war ausdruckslos.

Fanny riss sich los und verbarg ihr zerrissenes Mieder. »Madame, Sie müssen mir glauben, ich …«

»Du wirst nicht mehr gebraucht, Fanny. Geh auf dein Zimmer.«

Erschüttert war Fanny in ihre Dachkammer geflüchtet. Vom Fenster aus hatte sie beobachtet, wie Kit die verschneite Straße überquert und eine Droschke angehalten hatte. Madame hatte ihn also rausgeworfen. Aber was bedeutete das für sie – Fanny?

Die Strafe ließ nicht lange auf sich warten. Da Madame Amora zu stolz war, um die Demütigung über das, was in ihren Augen doppelter Verrat war, zugeben zu können, hatte sie Fanny ohne Lohn oder ein Empfehlungsschreiben vor die Tür gesetzt.

Als es völlig dunkel im Haus geworden war, war sie über eine Feuerleiter geklettert und hatte einen Saphirring aus Madames Schmuckkasten gestohlen. Amora hatte ihn nur selten getragen und würde ihn nicht so schnell vermissen.

Nach der Beerdigung ihrer Stiefmutter waren Daisy und sie auf der City of Edinburgh *ans andere Ende der Welt gereist – nach New South Wales.*

Jetzt klammerte sich Fanny an die Ufermauer und rief sich Kits Gesicht und das Gefühl von fremdem, kaltem Fleisch zwischen ihren Schenkeln ins Gedächtnis zurück. *Er wusste, dass er mir wehtat, und es verschaffte ihm Lust. Rein theoretisch kannte sie sich mit allen Tricks des Gewerbes aus. In der Praxis aber hatte Madame Amora sie dermaßen beansprucht, dass Fanny nur einige ungeschickte Versuche von Männern erlebt hatte, die alle misslungen waren, wie der von Kit, und nichts mit der romantischen, aufregenden Welt der Romane zu tun hatten, die die Köchin ihr vorgelesen hatte.*

Plötzlich empfand sie einen Hauch von Erleichterung, als sie an die kleine Flasche dachte, die sich als ihr größter Schutz erweisen könnte.

Auf Betreiben von Madame hatten Fanny und die anderen Hausmädchen eine Medizin eingenommen, die ihre Periode unterdrückte und sie vor ungewollten Schwangerschaften bewahrte.

Ich glaube, dass ich das Recht habe, mein eigenes Leben zu bestimmen und Schwangerschaften zu vermeiden. Aber die kleine Daisy im Stich lassen kann ich nicht. Außerdem ist nichts mehr da, was ich verkaufen oder verpfänden könnte, also muss *ich bis morgen früh eine Lösung finden.*

Fanny drehte sich zum Hafen um und suchte in der Milchstraße nach einer Antwort. Die Venus leuchtete hell, bot aber keine Lösung.

Eine starke Bö blies ihr die Haube vom Kopf, und als sie hinter ihr herrannte, flatterte das Haar über ihre Schultern.

In diesem Augenblick hörte sie die Musik – wie ein Geschenk der Götter. Ein Straßenmusikant spielte die irische Ballade *The Black Velvet Band*, ein Lied, das sie seit Langem liebte. Spontan begann sie zu singen. Am Ende hatte sich eine kleine Menschenmenge um sie versammelt und warf Münzen in die Mütze des Iren.

»Danke, Kleines«, sagte er lächelnd. »Willst du im Lord Nelson ein Glas mit mir trinken?«

Fanny zögerte, dann schüttelte sie lächelnd den Kopf. *Ich habe nichts gegen Straßenmusik, aber ich werde mich nicht mit einem Mann einlassen, damit er weiter trinken kann.*

Sie betrachtete die Schiffe, die im Hafen vor Anker lagen, darunter auch die *City of Edinburgh*. Masten und Segel waren mit nautischen Zeichen geschmückt. *Ach, könnten wir doch einfach zurück! Kein Seemann der Welt würde zulassen, dass Daisy Hunger leidet.*

Plötzlich hatte sie das intensive Gefühl, dass jemand sie beobachtete. Auf der anderen Straßenseite stand jetzt die vornehme Kutsche, die sie am Hangman's Hill gesehen hatte. Mit einer herrischen Geste winkte der vornehme Besitzer sie herbei.

Vor lauter Erschöpfung den Tränen nahe empfand Fanny einen plötzlichen Anflug von Ärger. *Für wen hält er mich eigentlich? Ich bin doch kein Straßenmädchen. Jedenfalls noch nicht.*

Sie reckte das Kinn und kehrte ihm den Rücken zu. Kurz darauf stand er neben ihr, lehnte sich an die Mauer und blickte auf den Hafen.

»Es tut mir leid, dass Sie Ihren jungen Freund verloren haben. Hinrichtungen sind ein barbarischer Brauch, nicht wahr?« Er hatte eine gebildete Stimme, leise und seltsam beruhigend.

»Mir scheint, dass immer nur die Falschen aufgehängt werden«, sagte sie scharf, ohne dass ihr das Lächeln in seinen Augen entging.

»Ich bin ganz Ihrer Meinung. Es gibt Leute, die auch mir den Galgen wünschen – stattdessen hat man mich hierher verbannt.« Er zeigte mit einer ausholenden Geste auf den Hafen. »In dieses wunderschöne, geheimnisvolle Land.«

Sie war von dem überflüssigen Geständnis überrascht, da es von einem offenkundig vornehmen Herrn stammte.

»Ich bin freiwillig hier«, erklärte sie und beschloss dann instinktiv, ihr Misstrauen aufzugeben und genauso ehrlich zu sein wie er. »Aber wahrscheinlich hätte man mich ohnehin verhaftet.«

Der Herr nickte höflich. Er wirkte nicht im Geringsten überrascht. »Dürfte ich vorschlagen, dass wir unser Glück mit einem gemeinsamen Abendessen feiern?«

Fanny musterte ihn offen. Er war hochgewachsen, um die dreißig, tadellos ganz in Grau gekleidet, mit einem leicht schräg sitzenden Zylinder und einer hufeisenförmigen Diamantnadel im steifen Kragen. Der unverwechselbare Stempel von Generationen aristokratischer Erziehung spiegelte sich in seinen Zügen: ein belustigter, aber wachsamer Blick, ein müheloser Charme, graue Schläfen, die ihn eher attraktiv als gealtert wirken ließen.

Soll ich ihm beichten, dass mir jemand meine Geldbörse gestohlen hat? Nein, lieber nicht. Das würde mich allzu verletzlich machen.

»Nun, Hunger habe ich schon«, gab sie zu und errötete über ihre eigene Ungeschicklichkeit.

»Fabelhaft. Doch zuerst erlauben Sie mir, mich vorzustellen. Honorable Montague Severin, zu Ihren Diensten. Meine Freunde nennen mich Severin.«

Als Reaktion auf seine Verbeugung versank Fanny in einem tiefen Knicks. »Freut mich, Sie kennenzulernen, Mr Severin.«

»Severin genügt«, gab er höflich zurück. »Dürfte ich nun auch den Namen meiner charmanten Tischgefährtin erfahren?«

Fanny zögerte. Sie hatte dem verstorbenen William Eden ihren Namen genannt, doch jetzt hatte sie das Gefühl, eine neue Identität zu brauchen, um ein neues Leben zu beginnen und die Polizei von ihrer Fährte abzulenken. Unwillkürlich rutschte ihr der einer Kurtisane heraus, die im jungen Alter an Schwindsucht gestorben war. Den Familiennamen borgte sie sich von dem freundlichen Priester aus.

»Vianna Francis.«

»Ein ungewöhnlicher Name für eine ungewöhnliche Schönheit. Sind Sie Sängerin?«

»Nein, nein. Ich war Zofe – bei einer Kurtisane.« *Verflucht sei mein großes Maul, musste ich das ausplaudern?*

»Verstehe«, gab er vielsagend zurück und zog die Braue hoch.

»Aber verstehen Sie mich nicht falsch, Severin«, sagte sie rasch. »Ich kenne alle Tricks, wenn es darum geht, meine Herrin zu frisieren, ihre elegante Garderobe in Ordnung zu halten, mit ihren Launen umzugehen, ihre Kopfschmerzen zu vertreiben, sie auf Reisen zu begleiten oder Nachrichten an Herren zu übermitteln, die sich duelliert haben, nur um ihre Gunst zu gewinnen – aber das ist alles.«

»Loyal von Kopf bis Fuß, daran zweifele ich keine Sekunde. Doch mit einer solchen Stimme brauchen Sie keine neue Anstellung.« Er ließ sich den Namen auf der Zunge zergehen. »Vianna Francis. Ja. Ein Name, ein Gesicht und eine Stimme, die ich in dieser Kolonie berühmt machen könnte, meine Liebe. Sie erinnern mich an die Madonna von Botticelli mit der Stimme eines Engels. Dürfte ich vorschlagen, dass wir alles Weitere beim Essen besprechen?«

Botticelli? Wer das wohl ist? Ein Opernsänger? Ob dieser Severin wirklich ein freigelassener Sträfling und *Edelmann ist? Wie auch immer, offensichtlich hat er Verbindungen zu den richtigen Kreisen. Und diese elegante Kutsche hat er bestimmt nicht bei einem Ausverkauf erstanden.*

»Dagegen ist nichts einzuwenden«, entgegnete sie vorsichtig. »Solange Ihnen klar ist, dass ich bald zu meiner Schwester Daisy nach Hause muss.«

Severin zuckte nicht mit der Wimper. »Würde Ihre Schwester die Anstandsdame spielen wollen?«

»Mittlerweile müsste sie schlafen. Sie ist erst zwei Jahre alt.«

Severin lächelte verständnisvoll. »Nun, in dem Fall werden wir uns *tête-à-tête* begnügen.«

Weiß der Himmel, was das nun wieder heißt. Sie lächelte vorsichtig zustimmend.

Severin bot ihr seinen Arm an. »Ich wohne bei meinem Freund Major Dalby am Jack the Miller's Point, doch zuerst lassen Sie uns kurz an dem Haus vorbeifahren, das ich soeben gemietet habe, Severin House, und in einen Herrenclub verwandeln werde. Ich beabsichtige, dort eine Privatbühne für Konzertsänger zu errichten. Meine Zukunft – und vielleicht auch die Ihre – falls Sie Interesse haben …«

Mit erhobenem Kopf ging Vianna Francis an seinem Arm über die Straße auf die wartende Kutsche zu – und ihre potenzielle neue Zukunft.

Dieser Severin ist verdammt charmant, aber sind sie das nicht alle, bis sie haben, was sie wollen? Man stelle sich vor – ich soll dafür bezahlt werden, für die vornehme Gesellschaft zu singen! Nun, wenn es hart auf hart kommt, stecke ich ein paar Stücke Brot ein, damit Daisy und ich morgen etwas zu essen haben.

VIER

MORETON BAY

Mungo Quayle hielt sich für einen echten Überlebenskünstler, egal in welcher Situation. Doch im Strafgefangenenlager von Moreton Bay entdeckte er sehr bald, dass hier nichts so war, wie er es kannte.

Nach kaum mehr als einer Woche seiner vierjährigen Strafe hatte er begriffen, dass er in einer neuen Zeitzone gelandet war, die abseits der übrigen Welt existierte.

Als Sean O'Connor entdeckte Mungo, dass jede einzelne Stunde seines Wachseins von der Moreton-Bay-Zeit beherrscht wurde: einer endlosen Abfolge von trostlosen, grausamen Tagen und Nächten, die wie die Eisenfesseln an seinen Füßen unauflöslich aneinandergekettet waren. Die Zeit wurde durch den Klang der Triangel bestimmt, die jeden Aspekt ihrer täglichen Routine markierte. Im Morgengrauen standen sie hungrig auf, quälten sich durch die zermürbende Arbeitsschicht bis zum Frühstück und einer flüchtigen Katzenwäsche, bevor sie in glühender Hitze bis zum Mittagessen und auch danach weiterschufteten und schließlich vom Sonnenuntergang bis zum nächsten Morgengrauen erneut in ihre dunklen Zellen gesperrt wurden.

Nur der Sonntag mit der für alle obligatorischen Teilnahme am Gottesdienst brachte etwas Abwechslung – wenn man von den Gelegenheiten absah, an denen die Häftlinge an den regelmäßigen Auspeitschungen teilnehmen mussten, die Kommandant Logan in seiner selbst auferlegten Rolle als Richter anordnete. Schon geringfügige Vergehen wie Aufsässigkeit oder Arbeitsunfähigkeit brachte ihnen bis zu mehreren Hundert Schlägen ein.

Flüchtlinge hatten keine Wahl: Entweder sie verhungerten, fanden Aufnahme bei einem Aborigine-Stamm oder kehrten zurück und wurden erbarmungslos bestraft.

Mungo entdeckte bald, dass seine fünfhundert Mitgefangenen drei verschiedenen Rechtsprechungen unterlagen: Die erste folgte dem britischen Recht und war – theoretisch – ein Geburtsrecht aller britischen Bürger. Die zweite richtete sich nach dem britischen Recht, das in New South Wales angewendet wurde – dieses war anfällig für Missbrauch und verschiedene Auslegungen unter den speziellen Umständen einer Strafkolonie. Die dritte Rechtsprechung war Logans Erfindung. Er herrschte in Moreton Bay wie ein Tyrann. Als Kommandant hatte er eine Reihe strenger, aber humaner Richtlinien erhalten, die seine Befugnisse hinsichtlich der Bestrafung von Menschen einschränkten. Doch fünfhundert Meilen vom Gouverneur und den Behörden in Sydney Town entfernt hatte seine Rechtsprechung eine systematische Verletzung des britischen Rechts zur Folge und machte sie zu einem Synonym für äußerste Grausamkeit.

Trotzdem war Mungos erster Eindruck von Moreton Bay, an den er sich in seinen dunkelsten Stunden klammerte, eine Vision von überwältigender tropischer Schönheit.

Scheiß noch mal, es ist so atemberaubend, dass selbst ein Atheist auf die Knie fallen und an einen göttlichen Schöpfer glauben muss.

Der verschwenderische Überfluss an riesigen Eukalyptusbäumen, Palmen, Akazien und seltenen, noch unbekannten Spezies, die nur darauf warteten, dass ein Botaniker sie entdeckte und benannte, die goldenen, orangefarbenen, roten und violetten Blüten – all das erschien Mungo genauso verführerisch wie eine Frau. Er konnte beinahe hören, wie alles ringsum ihm zuflüsterte: *Komm, ich bin hier und warte auf dich.*

Seit seiner Ankunft hatte Mungo schon mehrmals das »rote Hemd« tragen müssen, in seinem Fall wegen Aufsässigkeit, weil er es gewagt hatte, seinem Aufseher zu widersprechen. Diese Auspeitschungen mit zweihundert Schlägen oder mehr galten als sogenannte Abschreckung, die der Auspeitscher sichtlich genoss. Mungo hatte sie ertragen, ohne vor Schmerzen aufzuschreien, obwohl er sich jedes Mal so sehr auf die Lippen gebissen hatte, dass sie bluteten.

Heute war seinem Rücken, der allmählich heilte, eine Ruhepause vergönnt, denn Logan war zu einem seiner Abenteuer aufgebrochen, um das Buschland zu erforschen. Dabei erklomm er unzugängliche Klippen, kartografierte und benannte Flüsse und Berge, zum einen auf der Suche nach Ruhm, zum anderen, um der offiziellen Korrespondenz mit Gouverneur Darling zu entfliehen.

Mungo wusste nicht mehr, als dass er zu einer Inspektion antreten musste, als er der Prozession von stolpernden, in Ketten gelegten Gefangenen unter dem Befehl eines Offiziers folgte, der sich trotz der Hitze und seiner verblichenen roten Uniformjacke mehr als sonst herausgeputzt zu haben schien.

Er wandte sich zu Stimson um, dem Gefangenen hinter ihm. »Sie haben uns angewiesen, Gesicht und Hände zu waschen, also muss es sich um ein hohes Tier handeln. Hoffen wir, dass eine Frau dabei ist; seit ich hier angekommen bin, habe ich keine mehr zu Gesicht bekommen.«

»Vergiss es. Bewahr dir lieber deine Erinnerungen, mein Junge.«

Im nächsten Augenblick wurde Mungo durch den überraschenden Anblick eleganter Militäruniformen vom Bild seines goldenen Mädchens abgelenkt. Eine Gruppe von Offizieren hatte sich um die Hauptfigur versammelt, dessen rosiges, rundes Gesicht nur eins ausstrahlte: Macht.

»Lieber Himmel«, schnaufte der ausgezehrte alte Ire neben Mungo. »Gouverneur Darling höchstpersönlich!«

Mungo dachte ernsthaft darüber nach. »Sehr anständig von ihm, fünfhundert Meilen hinter sich zu bringen, um uns für unsere gute Arbeit auf die Schulter zu klopfen. Wenn ich Papier und

Bleistift zur Hand hätte, würde ich ihm jetzt eine Petition überreichen. Ersetzen Sie Logan durch einen Kerl, der noch einen Funken von Menschlichkeit besitzt, falls Sie so einen hier überhaupt auftreiben können.«

»Halt den Mund, mein Junge«, warnte ihn der Ire. »Oder willst du schon wieder die Peitsche spüren?«

Mungos Worte waren eigentlich nur für Stimsons Ohren gedacht gewesen, doch dann bemerkte er an der Reaktion des verblüfften Offiziers, dass der Wind sie weiter getragen haben musste als beabsichtigt. Innerhalb von Sekunden spürte Mungo einen Gewehrlauf im Rücken, dann wurde er aus der Schlange herausgeführt.

Da er wusste, was ihm bevorstand, wollte er wenigstens das letzte Wort haben.

»Seien Sie nicht so herzlos, Officer. Ich habe den Gouverneur doch noch gar nicht gesehen!«

Zur Antwort erhielt er einen Schlag auf den Hinterkopf, der ihn zu Boden warf, und einen Tritt in den Hintern, als er versuchte, wieder aufzustehen. Mungo empfand ein kaltes, schleichendes Gefühl von Angst, als ihm aufging, was ihn jetzt erwartete.

Die Peitschenhiebe hatten nicht vermocht, ihn zu brechen. Jetzt kam die Feuerprobe. Einzelhaft.

Mungo bemühte sich, sich zu konzentrieren. War es seine erste oder gar die zweite Isolationshaft? Seine Lippen waren aufgesprungen, der Mund voller Geschwüre, das trockene Brot von Maden durchsetzt. War es das erste oder zweite Mal, dass man ihn ganz allein eingesperrt hatte? Die Moreton-Bay-Zeit hatte ihn verschluckt, nachdem er weiß Gott wie lange bereits in Einzelhaft gewesen war. Waren es Wochen, Monate, vielleicht schon mehr? Schrieb man das Jahr 1828 oder bereits 1829?

Wie ein Mantra wiederholte Mungo Quayle in der Dunkelheit seiner Zelle, wo seine Stimme an den Wänden widerhallte, immer wieder dieselben Worte, die er als Sean O'Connor seinen Mitgefangenen in der Sträflingskolonie eingetrichtert hatte.

»Moreton Bay unter Logan. Kein Ort für Helden. Kein Ort für Feiglinge. Kein Ort für Lebende. Nur die Toten können hoffen, hier zu überleben.«

Würde Vater Francis Xavier ihm antworten? Oder war es nur ein verzweifelter Versuch, sich einzureden, dass ein anderer Mensch dort war, der ihm die Angst vor Isolation und Wahnsinn nehmen könnte?

Das Echo seiner Stimme verstummte. Aus Höflichkeit wartete er auf eine Antwort, doch es kam nichts.

»Keine Debatte heute Nacht, wie, Vater? Keine Hoffnung auf Gottes Gnade? Verstehe. Sie haben mich wohl aufgegeben, was?« Dann fiel ihm der Grund für das Schweigen ein. Vater Francis Xavier war jetzt nur noch ein Name auf einem schlecht gemeißelten Grabstein. Dieser war das Werk eines gläubigen Gefangenen, der später dem Fieber erlegen war und für seine Mühe mit einem Platz in einem Massengrab belohnt worden war.

»Und was ist mit *dir*, Mädchen? Gehst du mir jetzt auch aus dem Weg?« Seit er vor zwei Jahren und vielen Monaten nach Moreton Bay gekommen war, hatte er sie nachts, wenn kein anderer in der Nähe war, der ihn hören konnte, herbeirufen können, um sich trösten zu lassen. Ihr Name war in seinem Herzen verborgen. Für ihn war sie so wirklich wie das Licht des Mondes, doch wenn er sie zwang, zu ihm zu kommen, war es immer eine sehr private Fantasie. Er klammerte sich an einen Rest von Stolz. Sollten die anderen bis zum Wahnsinn masturbieren, Gott anrufen oder den Namen einer längst verlorenen Frau, eines Mannes oder Knaben, der ihnen Erleichterung verschaffte. Wenn Mungo sich mit ihr traf, war er allein.

Er war entschlossen, seiner Frau Respekt zu zollen. Er hatte sie unzählige Male genommen, sanft, begierig, verzweifelt, jedes Mal, wenn ihn das Bedürfnis nach ihr übermannt hatte. Aber nur, wenn er allein war. Daher waren ihre Umarmungen seltene, heimliche

Momente. Eine Frau, kaum mehr als ein Mädchen, die ihm gab, was er brauchte. Nicht für Geld. Namenlos. Keine Versprechen. War sie Wirklichkeit oder nur die Summe all der Frauen, mit denen er geschlafen hatte? *Nein. Sie ist anders. Eine solche Frau gibt es nicht noch einmal.* Diese Erinnerung war alles, was er hatte …

Am Fuß des Schafotts beobachtete er, wie Will mit dem Lauf einer Muskete im Rücken die Stufen hinaufgeführt wurde, um seinen Platz in der Reihe der Todeskandidaten einzunehmen. Da entdeckte Mungo ihr Gesicht in der Menschenmenge … sie hob die Arme, um Will auf sich aufmerksam zu machen, während Felix L'Estrange sie auf die kleine Mauer hob, damit sie nach ihm rufen konnte … mit ihrer süßen, kräftigen Stimme, aus der Angst und Wut sprachen … die wilden goldenen Locken wurden vom Wind zerzaust …

»Ich bin hier, William! Ich habe mein Versprechen gehalten!«

Und Mungo hatte Gott gedankt, an den er nicht besonders glaubte, weil er Will diesen letzten Augenblick seines Lebens versüßt hatte. Denn als Will sie erblickte, rief er: »Aye, und Sie haben mein Versprechen. Wo immer Sie hingehen, wird William Eden Sie beschützen …«

Was immer er sonst auch im Leben falsch gemacht hatte, Mungo war froh, dass Will in seinem letzten Augenblick das Gesicht einer schönen Frau gesehen hatte, die ihr Versprechen gehalten hatte und mit ihm bis ans Ende der Welt gegangen war.

Und jetzt veränderten sich Nacht für Nacht in seiner Einsamkeit und gerade noch in seiner Fantasie erreichbar, die Worte dieses goldenen Mädchens und sogar die Farbe seiner Kleider, je nachdem, in welcher Stimmung er war. Trotz des verzweifelten Versuchs, sich an jedes Detail zu erinnern, verblich das Bild in seinem Kopf allmählich wie eine Kindheitserinnerung, nur das intensive Blau ihrer Augen war erhalten geblieben.

Mungo dankte Gott, dass ihr Körper niemals aufhörte, ihn zu erregen … der Körper dieser jungen Frau, die die ganze Nacht bei ihm lag und erst im Morgengrauen verschwand. Die ihn mit dem leisen Versprechen verließ: »Ich werde zu dir kommen, solange du dich an mich erinnerst …«

Heute brauchte Mungo sie ganz besonders. Er beschwor sie, zu ihm zu kommen, in dem hauchdünnen Hochzeitskleid, das sie manchmal trug, einer fließenden Masse aus Tüll, und dem Duft von Orangenblüten im Haar. Und plötzlich war sie da. Sein Herz klopfte heftig voller Vorfreude auf das, was kommen würde. Sie schwebte über ihm, winkte ihm zu, eine Braut, die sich nicht vor ihrer Hochzeitsnacht fürchtete. Wie er voller Leidenschaft, Sanftheit, Begierde.

»Ich werde dich niemals vergessen. Ich warte auf dich, Mungo Quayle.«

»Pst, Liebling. Es ist gefährlich, wenn du mich hier bei meinem Namen nennst. Verrat mich nicht. Weiß Gott, was dieser Dreckskerl von Logan anstellen würde, wenn er erführe, wer ich wirklich bin – wer mein Vater ist. Ich verspreche, dich zu suchen, sobald ich meine Strafe hier abgesessen habe. Dann will ich dich richtig heiraten. Die Urkunde mit meinem Namen unterschreiben. Mungo Quayle. Pst! Ich darf nicht einmal in Gedanken diesen Namen aussprechen. Sonst murmele ich ihn am Ende noch im Schlaf – oder schreie ihn beim nächsten Mal heraus, wenn dieser Schweinehund mir zweihundert Peitschenhiebe aufbrummt.«

Mit Tränen in den Augen wandte sie den Kopf ab. Er wollte sie unbedingt bei sich behalten.

»Nein, vergib mir. Ich darf unsere kostbare Zeit nicht damit verschwenden, über all das zu reden. Komm her zu mir, Liebling, komm und berühre mich … Ich schließe die Augen … Bitte leg deine Hände auf meine Haut … Ich möchte dich lieben …«

Mungo schloss die Augen und wartete, seine Schenkel waren angespannt, sein Becken wölbte sich, schmerzte vor Begierde nach ihr. Dann hörte er plötzlich dieses andere Geräusch. Das Scharren von Ratten. Mungo kroch in die Ecke zurück, mit weit aufgerissenen Augen, wütend darüber, sie verloren zu haben.

Er starrte in die Dunkelheit, konnte aber kaum die düsteren grauen Umrisse in der Ecke erkennen, aus der das leise Scharren kam.

Dann sah er ihn. *Stimson*. Den Sträfling, der zu dreihundert Peitschenhieben verurteilt worden war und bei jedem einzelnen vor Schmerz aufgeschrien hatte. Am folgenden Tag hatte Mungo eine rostige Metallfeile gestohlen, und Stimson hatte die Kette an seinen Füßen durchgefeilt, bis seine Knöchel bluteten. Mungo hatte zugesehen, wie er im Zickzack in den Busch gelaufen war, trunken vor Freiheit und heulend wie ein Dingo.

Stimson. Kein Zweifel. Mungo erkannte ihn an dem seltsamen Muster seiner Zahnlücken und einem stets zum Himmel gerichteten Auge, egal, wohin das andere blickte.

Heute Nacht lächelte Stimson, als hätte er das Geheimnis der Freiheit entdeckt und wäre gewillt, es mit ihm zu teilen. Für einen entsprechenden Preis.

»Verdammt noch mal, Stimson, ich hatte gerade jemanden bei mir. Eine echte Dame, und sie kommt nur dann, wenn ich allein bin.«

Stimson nickte verständnisvoll und pfiff durch seine Zahnlücke.

Mungo war neugierig. »Was zum Teufel machst du hier? Du warst so lange im Busch verschwunden, dass der Geistliche ein Gebet für deine Seele gesprochen hat. Ich habe dich für tot gehalten.«

Stimson lächelte immer noch. »Das bin ich auch«, sagte er.

Mungo hörte das Bellen eines Hundes, doch dann merkte er, dass es sein eigenes kehliges Lachen war. »Scheiße, das hat mir noch gefehlt. Ein gottverdammter Geist.«

»Es könnte schlimmer sein.«

»Wie denn?«

»Du könntest selbst ein Geist sein. Hast du dich noch nie gefragt, ob nicht du derjenige bist, der tot ist?«

»Können Geister etwa essen, pissen und scheißen?«

Stimson schien eine Menge Geduld zu haben. »Das ist alles vorbei, Kumpel.«

»Tja, das beweist, dass ich noch lebe. Halb verrückt von der Einzelhaft, das gebe ich zu. Aber tot bin ich noch lange nicht.«

»Ich bin gekommen, um dir einen guten Rat zu geben«, sagte Stimson leise.

»Was soll das bringen? Hast du ihn etwa direkt von der rechten Hand Gottes, dem heiligen Patrick, dem heiligen Petrus oder von einem deiner toten Kumpel?«

»Wenn du endlich mal die Klappe hältst, verrate ich ihn dir.«

»Schieß los. Ich hab ja sonst nichts zu tun.«

»Ich bin gekommen, um dich zu warnen. Du wirst in einen Mord verwickelt.«

»Ach ja? Was bist du eigentlich für eine Art von Geist? Jetzt erzähl mir bloß nicht, dass du dich auf die Seite der Engel geschlagen hast.«

»Im Augenblick bin ich auf deiner Seite. Du hast meine Wunden mit Salz behandelt, nachdem ich ausgepeitscht worden war. Ich habe geheult wie ein elender Köter. Du hast mich festgehalten und mir Wasser eingeflößt. Mich mit einem nassen Lumpen gewaschen, bis das Fieber nachließ. Und dann hast du die Feile gestohlen, um mich von meinen Fesseln zu befreien.«

»Ich muss vollkommen verrückt gewesen sein.«

»Du warst *freundlich*. So was vergisst man als Toter nicht.«

»Und? Wer ist der Kerl, den ich umbringen werde? Ich kenne da den perfekten Kandidaten. Würde mir Spaß machen, aber ich habe meiner Frau gerade versprochen, sie zu heiraten. Sie wartet auf mich. Ein Versprechen, das man einer Frau oder einem Kind gegeben hat, darf man nicht brechen. Das würde deinem Gott gar nicht gefallen, was?«

»Verdreh mir nicht die Worte im Mund. Mr L'Estrange mag keine Lügner.«

»Hey, wo hast du diesen Namen her? Ich bin Sean. Sean O'Connor!«

»Du redest im Schlaf. Aber dein Geheimnis ist bei mir gut aufgehoben. Du kannst das Versprechen, das du deinem Mädchen gegeben hast, einhalten. Viel Glück. Aber deshalb warne ich dich. Du wirst eine einmalige Möglichkeit bekommen, das Gleichgewicht wiederherzustellen. Mord. Du hast die Wahl.«

»Warum zum Teufel warnst du mich dann?«

»Um zu sehen, wie du reagierst. Du wirst beobachtet.« Stimson verdrehte die Augen und zeigte an die Decke.

Mungo nahm es wortwörtlich. »Die da oben? Meinst du den wachhabenden Offizier?«

»Mächtiger als der.«

»Logan?«

Stimson wirkte ungeduldig. »Nein. Jemand, der viel mächtiger ist.«

»Niemand ist mächtiger als der gottverfluchte Logan.«

»Du bist einfach schon zu lange hier.«

»Scheiße, wir *alle* sind schon zu lange hier.«

Stimson seufzte. »Wenn es so weit ist, denk an folgenden Spruch: Wer durch das Schwert lebt, wird durch das Schwert umkommen.«

»Dieser freundliche alte Priester hat es dir ja mächtig angetan, wie?«

Stimsons Stimme erhob sich zu einem schrillen Kreischen. »Du blöder kleiner Schlaumeier! Ich musste heute Nacht nicht herkommen, weißt du? Es war meine Entscheidung. Ich dachte, du könntest eine kleine Aufmunterung brauchen. Jetzt seh ich ein, dass ich meine gottverdammte Zeit vertan habe.«

Mungo wusste, was er meinte. Er konnte sich ein Grinsen nicht verkneifen.

»Geister dürfen fluchen?«

»Warum soll ich dir das verraten? Wenn du nicht an Gott

glaubst, wie kannst du dann an Geister glauben? Aber dass du mit mir redest, beweist immerhin, dass du es doch tust. Die meisten anderen halb Verrückten hier können mich nicht mal sehen. In Wirklichkeit hast du nämlich doch den stillen Verdacht, dass es irgendwo da draußen einen Gott gibt, stimmt's?«

Mungo wusste nicht, was er darauf antworten sollte. »Tja, also, danke für den guten Rat, Stimson. Du darfst jederzeit zurückkommen, um ein Schwätzchen mit mir zu halten.«

»Du brauchst mir keinen Gefallen zu tun«, herrschte Stimson ihn an. »Vergiss nur nicht, was ich dir gesagt habe. Du hast noch eine Chance zu beweisen, dass du ein Mann bist, ein echter Mann. Du hast Glück. Manche Gefangene krepieren, bevor sie eine zweite Chance kriegen.«

Mungo schlug nach einer riesigen Mücke, die sich mit Blut vollgesogen hatte. Befriedigt inspizierte er das Insekt, dessen Spezies Moreton Bay zu dieser Jahreszeit unerträglich machte. »Hab ich dich erwischt!«

Als sein Blick zu Stimson zurückkehrte, war die Ecke leer. Nur eine Ratte starrte ihn an, ihre roten Augen funkelten im Dunkeln.

Wahrscheinlich habe ich wirklich den Verstand verloren. Jetzt rede ich schon mit den Toten.

Trotzdem überkam Mungo ein seltsames Gefühl von Ruhe. »Gute Nacht, mein Schatz«, sagte er laut. Und dann versank er zum ersten Mal seit Langem in einem tiefen traumlosen Schlaf.

FÜNF

Wie ein wildes Tier rüttelte das Sommergewitter an den hohen Flügeltüren, die den schmiedeeisernen Balkon von Severin House auf drei Seiten umgab. Der Regen prasselte gegen die Fenster, wo die sichelförmigen Blätter der Eukalyptusbäume dunkle Muster auf die Scheiben zauberten.

Vianna saß in ihrem Schlafzimmer, das Severin so eingerichtet hatte, dass es den erotischen Fantasien eines Mannes entsprach, und bestickte ein Seidenkleidchen, das sie für Daisy genäht hatte. Hoffentlich würde es ihr noch passen.

Als der Sturm vorübergehend nachließ, hörte sie den fernen Klang einer Violine, die *The Black Velvet Band* spielte. Die schwermütige irische Melodie versetzte sie zurück an den Abend, als Severin sie gerettet hatte. *War das wirklich erst zweieinhalb Jahre her?*

Unbehaglich sah Vianna sich im Schlafzimmer um. Das riesige Himmelbett war passend zu den Vorhängen an Fenstern und Flügeltüren mit kunstvollen Girlanden und Verzierungen in schimmerndem Blau, Grün und Gold drapiert.

Es erinnert an die Unterwasserhöhle einer Meerjungfrau. Sehr romantisch, doch mein *Zimmer ist es nicht.*

Alle Spuren ihres persönlichen Lebens, ihre kleinen Schätze, wie Daisys erste winzige Stiefel, hatte Severin in die Abstellkammer hinter der unsichtbaren Tür in der Wand verbannt. Jetzt hingen an jeder Wand und sogar über dem Bett riesige Spiegel.

Viannas selbst gemalte Aquarelle und ihre nostalgischen englischen Landschaften hatte Severin durch Bilder seiner eigenen Wahl ersetzt. Eine Gruppe von halb nackten Nymphen posierte lässig vor einer idyllischen Kulisse. Ein anderes Gemälde war die Kopie eines Porträts von Veronica Franco aus dem sechzehnten Jahrhundert, die, wie er ihr erzählt hatte, eine berühmte venezianische Kurtisane gewesen war. Er hatte ihre Schönheit mit der eines gefallenen Engels verglichen, unschuldig – bis der Betrachter bemerkte, dass sein Blick auf subtile Art zu dem spitzenbesetzten Ausschnitt ihres Kleides gelenkt wurde, aus dem eine blutrot geschminkte Brustwarze lugte.

Braucht Severin das, um sich zu erregen? Ich muss unbedingt sein Interesse aufrechterhalten – ohne ihn bin ich nichts.

Vianna kam es vor, als hätte Severins Spiel alle Spuren von Fanny Byron ausgelöscht, nachdem sie sich einmal darauf eingelassen hatte, ohne die Konsequenzen richtig einschätzen zu können. Sie war zu Severins Schöpfung geworden – Madame Vianna Francis, eine geheimnisvolle Schönheit, eine ehemalige Londoner Kurtisane, zu deren Liebhabern angeblich auch der Prinzregent gehört hatte, und die jetzt von ihm – Severin – ausgehalten wurde. Je weniger Fakten in Sydney Town bekannt waren, umso wilder wurde spekuliert. Severin selbst hatte das Gerücht vom Selbstmord eines russischen Grafen in die Welt gesetzt, der sich das Hirn aus dem Schädel geblasen hatte, weil Vianna seine Liebe nicht erwiderte. In Wahrheit hatte der junge Graf das Vermögen seiner Familie verspielt.

Severins Versprechen, sie in der ganzen Kolonie bekannt zu machen, war so rasch in Erfüllung gegangen, dass die Linie zwischen Wahrheit und Dichtung zunehmend verwischte. Zuerst hatte es Spaß gemacht, die Kurtisane zu spielen. Severin überwachte ihre Ausbildung mit einer strengen Abfolge von Lektionen: Gesang, Pianoforte, Sport und Tanz, einen Sprachlehrer für die Aussprache der französischen, italienischen oder deutschen Texte, die sie abends sang, vor allem aber die Beseitigung aller Spuren ihres Londoner Unterschichtenakzents. Er war großzügig in jeder Hinsicht, wenn es um ihre Ausbildung ging, doch das, was sie sich am meisten wünschte – lesen und schreiben zu lernen –, verweigerte er ihr. Seine ständig wiederholten Worte hatten sich ihr eingeprägt: »Du bist nicht dafür geschaffen, Bücher zu lesen, Vianna. Vertrau mir. Wir müssen auf deine Schönheit bauen.«

Als sie mit ihrer Handarbeit fertig war, wandte sich Vianna dem Tagebuch zu, in dem sie ihre Fortschritte in Severin House verzeichnete. Dazu benutzte sie Zeichnungen statt Wörter als visuelle Schlüssel, die die wechselnden Umstände ihres Lebens festhielten.

Ihre Miniaturskizzen von Daisy trugen Spuren früherer Tränen. Während der ersten sechs Monate im Severin House hatte sich ein Kindermädchen um sie gekümmert, sodass Vianna genug Zeit hatte, Vorstellungen zu geben, zu proben und zu lernen. Nach einem Ausbruch der Cholera in der Kolonie hatte Severin das Kind in einem teuren Internat auf dem Land untergebracht, zum einen aus gesundheitlichen Gründen, zum anderen, um es vor dem schädlichen Einfluss ihres Luxuslebens zu schützen – den Auseinandersetzungen oder gar Duellen betrunkener Clubmitglieder.

Vianna strich zärtlich mit dem Finger über eine Skizze von Daisy. So hatte sie die Kleine zum letzten Mal gesehen, als sie aus dem Fenster der Kutsche schaute.

An Severins Großzügigkeit gab es nichts auszusetzen. *Er zahlt ein Vermögen, um ihr eine gute Ausbildung im Kreis aristokratischer Kinder zu ermöglichen. Zwar liest er mir die Berichte über ihre Fortschritte jeden Monat vor, blockiert aber zugleich jeden meiner Versuche, sie zu besuchen mit dem Hinweis, es sei nur in Daisys Interesse – bis wir unser Vermögen zusammenhaben.*

Das Tagebuch enthielt auch Stoffproben der prachtvollen Gewänder, die Severin für ihr Debüt als Sängerin bestellt hatte, und eine Skizze des kleinen Theaters, in dem sie sechs Abende pro Woche für Severins Gäste auftrat. Es zeigte Guido, der sie am Pianoforte begleitete, mit fliegenden Frackschößen, und Karikaturen von lüsternen Gesichtern – angeblichen Gentlemen, bis sie betrunken und nicht besser als jeder hergelaufene Sträfling mit Grog im Bauch waren.

Sie staunte über den Unterschied zwischen frühen und späteren Skizzen von Severin, wie sehr sich ihre Sicht auf ihn verändert hatte. Er war wie eine Reflexion in einem alten Spiegel, der so blind und fleckig war, dass er das Bild verzerrte – immer noch attraktiv, aber eine Spur düsterer als zuvor.

Sie war stolz darauf, Hauptattraktion für die vornehmen Zirkel zu sein, deren privilegierter Lebensstil durch die Arbeit der Strafgefangenen erst ermöglicht wurde. Allerdings hatte Vianna ein zunehmend mulmiges Gefühl, trotz der Tatsache, dass die Spieler unter ihnen Abend für Abend ein kleines Vermögen über die Spieltische wandern ließen. *Wo soll dieses Kurtisanenspiel hinführen?*

Der Regen prasselte nach wie vor gegen ihr Fenster und ließ sie erschauern. Es fühlte sich an wie die Vorahnung eines zukünftigen Grabes. Wenige Sekunden später flog eine Elster gegen die Scheibe und zertrümmerte sie. Ihr blutiger Hals steckte in der Öffnung wie in einer Schlinge. Der Vogel kreischte, bis er wenige Augenblicke später verschied – eine grausige Erinnerung an ihren Vater und den jungen Will Eden.

Auf Viannas panisches Geschrei hin eilte Severin aus seinen Gemächern am Ende der Halle herbei. Er hatte sich hastig einen seidenen Morgenmantel übergeworfen, war unrasiert und hatte nach kurzem Schlaf dicke Ringe unter den Augen.

»Was zum Teufel ist hier los? Ach, ich verstehe. Aber es ist doch nur ein Vogel.«

»Der Tod eines Vogels ist ein böses Omen, Severin.«

»Unsinn, das ist reiner Aberglaube. Beruhige dich. Ich werde Blewitt bitten, die Scheibe zu ersetzen.« Er legte ihr den Arm um die Schulter. »Warte hier, ich habe eine Überraschung für dich.«

Als sie wieder allein war und die entsetzliche Grimasse des toten Vogels betrachtete, zitterte Vianna.

Sie war sicher, dass er ein Vorbote des Todes war.

Plötzlich erkannte sie eine Gestalt in der Tür. *Wer um alles auf der Welt ist das?*

Die junge Frau unterschied sich deutlich von den einheimischen Schwarzen, die Vianna in den Straßen von Sydney Town gesehen hatte. Sie war groß, schlank, und ihre honigfarbene Haut wies sie als Mischling aus. Sie sah Vianna offen in die Augen, statt ihrem Blick auszuweichen, was die Aborigines für ein Zeichen von Höflichkeit hielten. Das Haar kräuselte sich wie ein Heiligenschein um ihr Gesicht. Sie trug das schlichte schwarze Kleid einer Dienstbotin, hatte aber nichts Unterwürfiges, als sie knickste und eine Kleiderschachtel auf den Tisch legte. Ihre Sprache besaß einen leichten schottischen Akzent in der Art, wie sie das R rollte.

»Ich bin Ihre neue Zofe, Madame. Der Master nennt mich Bessie. Er möchte, dass Sie dieses neue Kleid anziehen und in sein Büro hinunterkommen. Darf ich Ihnen beim Anziehen helfen?«

»Ist Bessie dein wirklicher Name? Oder haben die Missionare dich so genannt?«

Im gleichen Augenblick bereute Vianna ihre unbedachten Worte. *Dieses Mädchen sieht genauso zivilisiert wie ich aus und spricht perfekt Englisch.*

»Meine Mutter hat mich Wanda genannt, nach ihrem Stammesgebiet in den Sandhügeln. Für Papa war ich immer Elizabeth. Er war Highlander. Dr. Charles Stuart«, fügte sie mit gelassenem Stolz hinzu. »Er brachte mir Lesen und Schreiben und Französisch bei. Ich führte seine Geschäftsbücher.«

Vianna war irritiert. *Wie peinlich! Meine schwarze Dienerin ist eine gebildete Frau und ich – eine Analphabetin!*

»Wie ist es denn dazu gekommen, dass du in meine Dienste trittst?«

In der Stimme der jungen Frau lag keine Spur von Selbstmitleid. »Als mein Vater starb, erklärten seine Anwälte, ich müsse das Haus nun verlassen, weil es seiner Frau in London gehörte. Vaters Freund, Major Dalby, wusste, dass Master Severin eine vertrauenswürdige Zofe für Sie brauchte. Und so bin ich hier gelandet. Ich fürchte allerdings, dass ich keine Ahnung von den Pflichten einer Zofe habe.«

»Keine Sorge, ich war selbst …« Hastig korrigierte Vianna sich. »Ich bringe dir alles bei, was du wissen musst. Das Wichtigste ist, dass du loyal bist – *mir* gegenüber.«

Vielleicht kann ich mithilfe dieser jungen Frau Daisy finden. Es wäre schön, eine Freundin zu haben. Trotzdem muss ich vorsichtig sein, es könnte sein, dass sie sich Severin gegenüber verpflichtet fühlt. Schließlich ist er derjenige, der sie bezahlt.

»Darf ich dich Wanda nennen? Der Name ist so schön … fein, dann wäre das schon mal geregelt. Und wenn wir allein sind, musst du mich Vianna nennen.«

Um darüber hinwegzutäuschen, dass sie nicht lesen und schreiben konnte, fuhr sie leichthin fort: »Ich liebe Romane, aber meine Augen ermüden so schnell. Vielleicht könntest du mir vorlesen?«

Wanda lächelte strahlend. »Ich habe ein paar Bücher von Papa retten können, darunter alle Werke von Jane Austen. Wussten Sie, dass sie ursprünglich unter dem Pseudonym ›A Lady‹ publizierte? Die Leser erfuhren erst nach ihrem Tod mit einundvierzig Jahren davon, wer sie wirklich war. Sie hat nie erlebt, wie berühmt und populär sie auf der ganzen Welt ist.«

Vianna verschränkte die Hände. »Was für eine traurige Geschichte, aber auch schön! Lass uns noch heute Abend damit anfangen, gleich nach meiner Vorstellung!«

Der Inhalt der Schachtel überraschte Vianna. Anders als die verschwenderischen, provokanten Kleider, die Severin sonst auswählte, war dieses sittsam und schlicht. Mitternachtsblauer Taft mit einem keuschen, hohen Kragen und Ärmelaufschlägen aus feiner belgischer Spitze, der kurze Rock erinnerte an die Uniform einer Klosterschülerin im Theater.

Belustigt von Severins unerwarteter Auswahl zog Vianna das Kleid an. Die passenden schwarzen Seidenstrümpfe gaben über den erlesenen Schnürstiefeln mit eleganten französischen Absätzen den Blick auf ein paar gewagte Zentimeter Knöchel preis. Um das quasi-unschuldige Flair des Kleides auf die Spitze zu treiben, zeigte sie Wanda, wie sie ihr hüftlanges Haar auf schlichte Art mit einer mädchenhaften Schleife zusammenbinden konnte.

»Mein Gott, Wanda! Ich sehe aus wie eine zwölfjährige Jungfrau!«, rief sie und kicherte, während Wanda höflich versuchte, ein Grinsen zu verbergen.

Als sie ihre Erscheinung aus verschiedenen Winkeln des großen Spiegels überprüfte, bemerkte sie, wie gut das Mieder passte, dessen Verschluss von dem Spitzenjabot verdeckt wurde, und wie die Unterröcke beim Gehen schwangen. Das gesamte Ensemble schien Severins Suche nach immer neuen sexuellen Reizen widerzuspiegeln.

»Aber was ist denn das hier, unter dem Seidenpapier? So etwas kann nur aus Paris stammen!«

Wanda las das Etikett. »Tatsächlich.«

Vianna hielt die Luft an angesichts des gewagten, fast durchsichtigen Gespinsts aus Flor. Fasziniert streifte sie die beiden getrennten hauchdünnen Beine des Dessous über, die Wanda ihr mit einer daran befestigten Schleife um die Taille band. Beide erröteten, als sie das Ergebnis sahen. Eine frivole Überraschung, die unter dem sittsamen Kleid versteckt war.

»Das passt allerdings weniger zu einer zwölfjährigen Jungfrau!«

Vianna legte das Kleidchen für Daisy in die Schachtel. »Bitte bring das Severin, damit er es meiner Schwester Daisy schickt.« Dann setzte sie beiläufig hinzu: »Vielleicht könntest du dir die Adresse merken.«

Am Treppenabsatz blieb sie noch einmal stehen. »Ich hoffe, dass du hier glücklich wirst, Wanda.«

Sie fand Severin in seinem eleganten Arbeitszimmer über einen Stapel von Papieren gebeugt. Sie holte tief Luft, so wie sie es immer tat, ehe sie vor seinem auserwählten Publikum auf die Bühne trat, und schlüpfte in die Rolle, die das neue Kleid von ihr verlangte. Die private Rolle, die für Severin reserviert war, das ungezogene Schulmädchen, das ihn erregte und ihm zu seinen feurigsten Auftritten im Bett verhalf.

Instinktiv setzte sie ihre Gabe zur Nachahmung ein und kopierte das atemlose, gebrochene Englisch ihrer Französischlehrerin. Sie machte einen anmutigen Knicks vor Severin.

»S'il vous plaît, Monsieur. Nicht dass ich störe, *n'est-ce-pas?«*

Severin blickte kaum über die Schulter. »Die üblichen Probleme mit Geschäftsleuten in der Kolonie, die nicht wissen, was sich gehört.«

Sein finsterer Blick verriet, dass er irritiert war. *Was ist los? Haben wir etwa Geldprobleme? Ich darf mich ja nie in Geldangelegenheiten einmischen oder auch nur welches bei mir haben.*

Entschlossen, seine Aufmerksamkeit zu wecken, drehte sie sich auf dem Absatz um sich selbst wie ein rastloses Kind, das gern zusieht, wie sein Rock herumwirbelt. »Ich 'offe, dass Sie sind zufrieden mit Ihre Geschenke, Monsieur?«, setzte sie in einem gespielten Flüsterton hinzu. »Ich 'abe sie alle angezogen.«

Severin wandte sich auf seinem Drehstuhl um und sah sie an. »Ich weiß.«

»Wo'er Sie können wissen?«, fragte sie erstaunt. »Das eine aus Paris man kann nicht sehen.«

»Muss man auch nicht. Wenn eine schöne Frau aufreizende französische Unterwäsche trägt, sieht man es an ihren leuchtenden Augen und an ihren Bewegungen. Du wirst jeden Mann im Publikum erregen.«

Ohne ihre Antwort abzuwarten, wandte er sich wieder seinen Papieren auf dem Schreibtisch zu.

Vianna war verwirrt. »Ich soll dieses Kleid bei meinem Auftritt tragen? Es ist so schlicht. So unschuldig.«

»Genau. Deshalb ist es auch so aufreizend. Du wirst es tragen, wenn du das neue Lied singst, das ich für dich geschrieben habe. Heute Abend.«

Erschrocken vergaß sie ihren französischen Akzent. »Severin, ich kann ein neues Lied doch nicht in so kurzer Zeit lernen. Und was ist mit Guido? Wir brauchen Zeit, um es einzustudieren. Das geht nicht.«

»Du kannst und du wirst. Die Melodie ist die des irischen Liedchens, das du so oft gesungen hast. Aber der neue Text ist von mir. Ganz einfach. Die Männer im Publikum werden dir aus der Hand fressen.«

Vianna verbarg ihre Nervosität. Sie trat zu ihm und schlang von hinten die Arme um ihn wie ein kleines Kind. »Ich würde viel lieber mit dir …«

Sie flüsterte ein paar Worte, die die französischen Kurtisanen benutzten und Severin zufolge die schnellste Art war, einen feinen Herrn zu erregen. Sie zeigten augenblicklich Wirkung.

Seine Stimme klang heiser. »Ich frage mich, ob du auch so scharf darauf wärst, wenn du wüsstest, was es in Wirklichkeit bedeutet.«

Mein Gott, was habe ich bloß gesagt? Vianna senkte in gespielter Unschuld den Blick. »Isch war sehr unartig. Sie sollten mich schicken zu Bett, *n'est-ce-pas*?«

Sie spürte, wie Severins Schläfen pochten, ein Zeichen dafür, dass er erregt war.

»Komm her!«, sagte er.

Vianna setzte sich auf seinen Schoß und sah, wie sich sein Gesichtsausdruck veränderte, als er die Hand unter die Unterröcke schob und dem Rand ihres anzüglichen Höschens folgte.

»Wie schlau doch die Franzosen sind«, sagte er. »Bei diesem hauchdünnen Ding würde selbst ein Heiliger schwach und jedes Gelöbnis von Gehorsam und Keuschheit vergessen.«

Sie legte ihren Akzent ab und flüsterte heiser: »Aber es ist nur für deine Augen bestimmt.«

»Vergiss das nicht, Vianna. Du kannst mit meinen Gästen flirten, sie herausfordern, sie verführen. Aber am Ende warten wir auf einen Gentleman, der bereit ist, den Preis für dich zu zahlen, den wir festsetzen.« Dann fügte er beiläufig hinzu: »Die Entscheidung liegt natürlich bei dir.«

Vianna errötete. *Jetzt wird es also ernst?*

Kokett warf sie das Haar zurück und setzte sich auf die Tischkante, wo sie aufreizend die schwarz bestrumpften Beine baumeln ließ, wählte ihre Worte jedoch sorgfältig. »Ich singe gern für deine Gäste, Severin. Ich setze mich an ihre Tische und flirte mit ihnen. Gelegentlich esse ich mit einem deiner feinen Herren zu Abend, um *dich* zufriedenzustellen. Und zuweilen lasse ich sogar zu, dass sie sich kleine Freiheiten herausnehmen, nur um sie an deine Spieltische zurückzulocken.«

Severin schwieg. »Du hast mir gesagt, dass eine Kurtisane keine Prostituierte ist. Dass es allein ihre Sache ist, sich ihre Liebhaber auszusuchen, und ich habe *dich* ausgesucht, dich allein.«

Seine grauen Augen musterten sie kühl. »Du weißt nie, wann ich es ernst meine, Vianna. Komm her und küss mich.«

Dieses Mal war sein Kuss sanft, romantisch, und Vianna überließ sich seiner Leidenschaft.

»Dieses Kleid gibt nichts preis, beflügelt aber die Fantasie. Es wird einem gewissen Geistlichen gefallen, der in Zivil hierherkommt, um Pharo zu spielen. Er ist ganz entzückt von deinem Gesang. Er hat schon angefragt, ob du mit ihm zu Abend essen würdest, allein. Zweifellos will der arme Narr deine Seele retten.«

Severin nahm ein Schmuckkästchen aus der Schublade. »Als Beweis seines Respekts vor deiner *Stimme* hat er dir dieses Geschenk geschickt«, erklärte er und spielte mit einer Kette – einem Halsband aus mit Perlen geschmückten Diamantblüten.

Vianna schnappte entzückt nach Luft. »Sind sie echt?«

»Würde ich es zulassen, dass man dich beleidigt, indem man dir falsche schenkt, Vianna?«

»Und was verlangt dieser Mann als Gegenleistung?«, fragte sie beunruhigt.

»Alles, was du ihm zu geben bereit bist.«

Die Worte enthielten einen gefährlichen Unterton, der sie schaudern ließ. »*Du* bestimmst die Grenzen, Severin. Du weißt ja, dass ich mich daran halte«, antwortete sie vorsichtig.

Ohne etwas zu erwidern, legte er das Schmuckkästchen in seinen Wandsafe. Sein Rücken versperrte ihr den Blick, sodass sie die Kombination nicht erkennen konnte.

Sie erinnerte sich daran, dass sie kein Recht hatte, sich zu beklagen. Severin beobachtete ihre privaten Abendessen durch das Guckloch, das er in der Wand hatte anbringen lassen, um sie notfalls vor jedem Versuch eines Missbrauchs oder einer Vergewaltigung zu beschützen.

Sie brauchte all ihren Mut, um die Frage zu stellen, die sie sich bisher nie getraut hatte.

»Diese Flüssigkeit, die du mir jeden Monat zu trinken gibst … sie wäre doch nicht schädlich, wenn ich schwanger wäre, oder?«

»Kurtisanen stillen keine Kinder, Vianna. Das ist schlecht für das Geschäft. Woher kommen plötzlich solche mütterlichen Gefühle? Du willst doch nicht im Ernst ein Kind, oder?«

»Nein, nicht jetzt. Aber eines Tages, wenn Daisy wieder bei uns ist und wir genug Geld haben, würde ich …«

Sein zynisch belustigter Blick ließ sie verstummen, bevor sie das Wort »heiraten« aussprechen konnte. Dann sagte sie lahm: »Wie auch immer, das Zeug schmeckt wirklich scheußlich.«

»Du kannst froh sein, dass ich nicht eine der weniger attraktiven Verhütungsmethoden benutze. Die alten Ägypter steckten der Frau eine Paste aus Kameldung zwischen die Beine. Soll fabelhaft funktioniert haben.«

Als ihr vor Schreck die Luft wegblieb, lächelte Severin ihr spöttisch zu.

»Du hast das Gesicht eines Engels, Vianna, den Körper einer

Kurtisane und den naiven Charme eines Schulmädchens. Aber unseligerweise auch den Verstand eines Dorfkrämers, der jeden Kauf abwägt, ehe ein paar armselige Münzen den Besitzer wechseln.« Er seufzte. »Es gibt noch vieles, was ich dir beibringen muss, bevor du dein ganzes Potenzial erkennst. Erst dann werden wir das unwürdige Leben hinter uns lassen können, zu dem wir gezwungen sind.« Er nahm ihre Hand und küsste sie. »Vianna, du weißt doch, wie sehr ich dich vergöttere.«

Ihr Kopf schmerzte, trotzdem beschloss sie, dass Angriff die beste Verteidigung wäre. »Ich strenge mich sehr an, um etwas zu lernen. Frag meine Lehrer. Warum erlaubst du mir nicht, dass ich lesen und schreiben lerne? Selbst mein schwarzes Mädchen kann es.«

Er lächelte nachsichtig. »Wer will schon eine verführerische Frau, die das Alphabet singen kann? Würde es deine Auftritte auf der Bühne – oder im Bett – verbessern? Ich sage es dir immer wieder: Du bist zum Lernen nicht geschaffen. Aber das ist egal. Dafür hat der liebe Gott dir andere Talente geschenkt.«

»Meine Stimme?«, fragte sie und hoffte auf sein Lob. »Vielleicht könnte ich eines Tages im Barnett Levey's Theatre Royal auftreten.«

»Unsinn. Deine Rolle besteht darin, neue Kunden an meine Spieltische zu locken. Ich biete den Exclusives eine exklusive Mitgliedschaft an. Jeder Kandidat wird auf seinen Hintergrund hin überprüft. Geschäftsleute erhalten keinen Zutritt, egal, wie reich sie sind. Ich biete ein Haus von einmaliger Eleganz und Diskretion. Und du bist die Krönung *par excellence*. Wohlhabende Männer sind der Schlüssel zu deinem Vermögen.«

»Warum darf ich dann kein eigenes Geld haben?«

Des Themas überdrüssig hob er die Hände. »Braucht eine Göttin etwa Geld? Oder die Königin von England?«

Im Ballsaal erwartete sie Guido, ein Mann mit traurigen Augen, viel Pomade im Haar und einer Blüte im Knopfloch. Er saß am Pianoforte auf einer kleinen Bühne, die von einem Proszenium eingerahmt war. Vor der Bühne standen Regency-Sofas und kleine Tische. Hier konnten Herrschaften sitzen, die Ablenkung von den Spieltischen in den angrenzenden Räumen suchten.

Guido studierte das Notenblatt mit dem neuen Stück, als hinge sein Leben von der Qualität seines Spiels ab. Severin war ein schwieriger Arbeitgeber, der ihn als Viannas Begleiter für sechs Nächte in der Woche engagiert hatte. Obwohl er aus London stammte und auf Bewährung freigekommen war, behauptete er, dass sein Vater ein italienischer Musiklehrer gewesen sei.

Vianna erinnerte sich daran, dass sie Guidos Bewunderung im Zaum halten musste, ansonsten würde Severin einen Eifersuchtsanfall bekommen und ihn wieder ins Gefängnis stecken lassen. Dann würde Guido seine Bewährung und sie einen Musiklehrer verlieren, den sie um den Finger wickeln konnte.

Severin wiederholte den neuen Text mehrere Male. Das Lied handelte von einem romantischen Schulmädchen, das dem Zauber eines älteren Mannes verfallen ist.

Nach kurzer Zeit wusste Vianna den Text auswendig. Er passte sich dem ursprünglichen irischen Flair sehr gut an. Jedes Mal, wenn sie den Refrain sang, blickte sie in Severins ausdrucksloses Gesicht. Die Worte wirkten ganz unschuldig.

»Ich schenke Ihnen gerne ein Glas Wein ein, Sir.
Ich küsse Ihre Hand wie ein Juwel
Ich lese jeden Wunsch von Ihren Augen ab, Sir.
Ihr Wunsch ist mir Befehl.«

Am Ende des Liedes wartete sie nervös auf Severins Reaktion.

»Achte heute Abend darauf, dass du die Stimme der Dame nicht erstickst, Guido. Die Musik muss ihrer Stimme schmeicheln, sonst ist sie gezwungen, sich über dein Spiel zu erheben. Unsere Gäste kommen, um Madame Vianna Francis zu hören, nicht dich.«

»Verstehe, Sir«, sagte Guido bescheiden.

Dann wandte Severin sich Vianna zu. »Sehr beeindruckend, meine Liebe. Du verkörperst den Inbegriff der Unschuld. Aber es fehlt noch etwas auf dem Höhepunkt des Lieds.«

»Ich könnte mit einem französischen Akzent singen. Aus Sir Monsieur machen«, schlug sie vor.

Er fuhr sich nachdenklich über das Kinn. »Hm, gute Idee. Versuch es noch einmal. Und wenn du dann zum letzten Refrain kommst, sinkst du auf die Knie und streckst die Arme flehentlich aus. So.« Er machte es ihr vor. »Vergiss nicht, die Kleine bietet sich ihrem Schwarm an. Die Kunst besteht darin, jeden Mann glauben zu machen, dass er gemeint ist. Und nur er!«

Vianna nickte und wiederholte den Auftritt, doch dieses Mal steckte sie echte Gefühle in das Lied, als sie zur letzten Strophe kam. »Ich lese jeden Wunsch von Ihren Augen ab, Monsieur. Ihr Wunsch ist mir Befehl.«

Sie streckte die Arme aus, als wollte sie ihren Liebhaber willkommen heißen – und erstarrte. Das Mieder war aufgeplatzt, und ihre üppigen Brüste sprangen hervor.

»O mein Gott!« Sie errötete verwirrt und hielt sich instinktiv die Hände vor das Mieder.

»Perfekt!«, rief Severin. »Ein sehr inspirierter Höhepunkt. Merk dir diese Bewegung und bedeck deine Brüste bei jedem Auftritt, als wäre es ein Versehen.« Er sah Guido an. »Du kannst jetzt gehen. Sieh zu, dass du pünktlich zur Vorstellung wieder da bist. Und keinen Tropfen *vino* vor dem Auftritt, hast du verstanden?«

»Scusi, Signore.« Guido sammelte hastig seine Notenblätter ein und machte sich auf den Weg in den Keller, wo er sein Zimmer hatte.

Vianna wandte sich ab, um das Mieder wieder zu schließen und ihren Zorn zu bändigen. »Das war kein Versehen, Severin. Du hast dieses Kleid entworfen. Du hast genau gewusst, was passieren würde!«

»Natürlich. Ich bin doch kein Dummkopf. Ein Blick auf deine Brüste, und deine schlichte Aufmachung wird zu einer unwiderstehlichen Kombination. So wirst du jeden Mann im Saal entwaffnen.«

Severin erstickte ihren Protest mit einem langen Kuss. Nachdem er sie besänftigt hatte, schob er sie in Richtung Tür.

»Geh schon mal nach oben. Du hast dir eine Belohnung verdient.«

Vianna erwartete, dass er ihr ins Bett folgen würde. Stattdessen schickte er Wanda, die ihr half, sich für die nachmittägliche Sitzung bei dem französischen Maler umzuziehen, der ein Porträt von ihr anfertigte.

Severin wartete unten in der Halle. Wortlos verband er ihr die Augen mit einem seidenen Tuch und führte sie auf dem Weg durch den Garten zum Eingangstor des Hauses.

»*Voilà!* Deine Belohnung!«, sagte er und entfernte die Augenbinde.

Vianna war sprachlos beim Anblick der eleganten schwarzen Kutsche, die von zwei Grauschimmeln gezogen wurde. Die Zügel hielt Severins massiger Handlanger Blewitt, ein ehemaliger Faustkämpfer, dem sie nicht über den Weg traute. Severin dagegen verließ sich darauf, dass er jeden Unruhestifter beim geringsten Anzeichen für einen Streit an die Luft setzen konnte.

Heute trug Blewitt eine Livree, einschließlich Dreispitz, und hatte sein übliches mürrisches Gesicht aufgesetzt.

»Du bekommst auch noch einen Postillion, wenn du ein sehr braves Mädchen bist«, sagte Severin.

»Du meinst, die Kutsche und die beiden Pferde gehören mir? O Severin, du bist ein Schatz. Ich fühle mich wie Aschenputtel auf dem Weg zum Ball.«

Sie fiel ihm um den Hals. Eine Geste, der er sich entzog, bis er ihr in die Kutsche gefolgt war. »Und jetzt zeig mir, wie dankbar du bist.«

Vianna wusste, was er meinte. Sie setzte sich auf seinen Schoß, küsste und streichelte ihn. Was immer sie zu geben hatte, gehörte ihm. Allerdings war sie keineswegs von der Leidenschaft erfüllt, die sie ihm vorgaukelte. Während sie seine Bedürfnisse befriedigte, heckte sie eigene Pläne aus.

Jetzt habe ich eine eigene Kutsche und kann herausfinden, wohin er Daisy gebracht hat. Dann wird mich nichts davon abhalten können, sie in den Armen zu halten. Severin muss überhaupt nichts davon erfahren.

Schließlich löste er sich von ihr. »Ich muss vor der heutigen Vorstellung noch ein paar Sachen erledigen. Ab mit dir! Aber halt dir den Franzmann vom Leib, hörst du? Vergiss nicht: Ein Wort von mir entscheidet über das Schicksal von Jean-Baptiste Bonnard.«

Vianna versank in den weichen Polstern, während die Kutsche auf das Studio des Künstlers und ein winziges Stück Freiheit von Severins allumfassender Kontrolle zurollte.

Jean-Baptistes Hintergrund war ebenso nebelhaft wie romantisch. Manche Leute behaupteten, er sei ein Gefangener der Briten in den Napoleonischen Kriegen gewesen. Andere erzählten, er sei aus Paris in die Südsee geflohen, nachdem ihm eine Tänzerin das Herz gebrochen hatte. Was immer die Wahrheit war, Severin hatte seine Begabung erkannt, als er seine Porträts von exotischen tahitianischen Frauen sah. Da er stets bereit war, eine neue Mode zu kreieren, war er zu Bonnards Mäzen geworden, organisierte gerade seine erste öffentliche Ausstellung und hatte ihn beauftragt, Vianna zu malen.

Das Atelier des Franzosen lag unweit von Elizabeth Ville, der Bucht neben der Woolloomooloo Bay. Während ihre Kutsche der Kurve des hübschen kleinen Strands folgte, wo ein Bach in den Hafen mündete und eine gewaltige Port-Jackson-Feige stand, dachte Vianna ein wenig beklommen an die düstere Vergangenheit dieser Gegend.

Gerüchten zufolge war 1788 nach dem Eintreffen der ersten Flotte von Gefangenen eine Hungersnot in der Kolonie ausgebrochen. Ein Konflikt zwischen Sträflingen, die dort Binsen rodeten, und dunkelhäutigen Einheimischen endete schließlich in einem Blutbad. Daher stammte der Name des Platzes: Rushcutters Bay, Bucht der Binsenroder. Bei der Vorstellung, dass hier ein Massaker stattgefunden hatte, lief ihr ein kalter Schauer über den Rücken.

Ich wünschte, ich hätte jemanden, der mir die Wahrheit über diese kolonialen Legenden sagen könnte. Severin interessiert sich nicht für dieses Land, abgesehen davon, wie man Dummköpfen das Geld aus der Tasche ziehen kann.

Als sie im Atelier eintraf, ging Jean-Baptiste schon nervös auf und ab. Er verbeugte sich tief wie vor einer Königin und konnte wie üblich seine Bewunderung für sie nicht verbergen. Da er schnell lernte, hatte er es sich schon abgewöhnt, sein Englisch mit französischen Ausdrücken zu durchsetzen.

Sie schlug das angebotene Glas Wein aus, war aber gern bereit, ein Schwätzchen zu halten. »Nur noch zwei Wochen bis zu deiner Ausstellung, Jean-Baptiste. Bist du auch so aufgeregt wie ich?«

Er hatte dunkle Ringe unter den Augen, und sein jugendlicher, olivbrauner Teint zeigte Anzeichen von Erschöpfung. »Ich bin Ihnen nicht ganz gerecht geworden, Madame.« Wenn er traurig war, fand Vianna seinen Akzent noch romantischer als sonst.

»So ein Unsinn, ich bin sicher, dass die Porträts wundervoll sind. Im Übrigen heiße ich Vianna«, berichtigte sie ihn. »Komm schon, wir sind doch Freunde, oder etwa nicht?«

»Das ist nicht gestattet, Madame«, entgegnete er niedergeschlagen.

»Severin? Achte einfach nicht auf ihn. Ich weiß schon, wie ich mit ihm umgehen muss.« Begeistert erzählte sie ihm von ihrer neuen Kutsche, während sie sich hinter dem Paravent umzog. »Darf ich mein Porträt einmal ansehen, Jean-Baptiste? Ich war sehr brav und geduldig, oder? Mittlerweile müsste es doch fast fertig sein.«

Der Künstler stieß einen schmeichelhaften, bewundernden Seufzer aus, als sie in dem erlesen drapierten griechischen Umhang, der eine Schulter freiließ, hinter dem Paravent hervortrat. Wie vor jeder Sitzung hatte sie besondere Mühe auf das Haar verwandt, eine Hälfte war hochgesteckt, die andere hing ihr über die Schulter bis zur Taille. Anschließend nahm sie ihre Pose als Venus auf der Chaiselongue ein und versuchte, nicht zu sprechen, aus Respekt vor Jean-Baptiste, doch sein trauriger Ausdruck bekümmerte sie.

»Du bist heute außergewöhnlich still. Habe ich dich etwa ungewollt gekränkt?«

»Nein, nein, Madame, das ist nicht möglich.«

»Was ist denn dann mit dir los? Du bist drauf und dran, berühmt zu werden.«

»Dies ist unsere letzte Sitzung. Monsieur Severin hat gesagt, dass ich heute Abend sämtliche Details fertig haben muss. Er findet, dass ich viel zu lange brauche, weil ich Sie nicht gehen lassen möchte.«

»Das ist doch Unsinn, Jean-Baptiste. Wenn du länger brauchst, um dein Werk zu vollenden, werde ich Severin davon überzeugen«, sagte sie zuversichtlicher, als sie sich fühlte. Sie hatte für Severins Eifersucht schon mehr als einmal mit blauen Flecken bezahlen müssen.

»Verzeihen Sie. Mein Auftraggeber hat recht. Ich würde mir alles Mögliche ausdenken, um Sie unter – wie heißt das Wort noch mal, eine Lüge, eine Entschuldigung – hierzubehalten.«

»Vorwand?«

»Ja, ja, unter dem Vorwand, Sie in unterschiedlichen Stimmungen und Kostümen zu malen. Ich muss es gestehen. Ich kann es nicht länger verbergen, Madame. Für Sie würde ich mein Leben geben!«

Vianna erschrak, als der junge Mann ihre Hände nahm und neben der Chaiselongue niederkniete, den Kopf dicht vor ihrem. Nicht dass sie sich vor ihm gefürchtet hätte, aber sie hatte Angst, dass Severin plötzlich unangemeldet hereinplatzen könnte, so wie er es in der Vergangenheit schon mehrmals getan hatte.

»Du bist immer sehr reizend, Jean-Baptiste. Aber du weißt auch, dass ich Severin treu bin, obwohl ich eine *femme fatale* bin. Ich habe keine anderen Liebhaber.«

»Ich weiß. Deshalb verehre ich Sie.« Er warf die dunklen Locken aus der Stirn und küsste sie leidenschaftlich auf den Mund.

Was bin ich für ein Dummkopf. Ich habe es nicht kommen sehen. Ich dachte, es sei nur ein charmanter französischer Flirt, nichts Ernstes.

Vianna löste sich sanft von ihm. »Wir dürfen nicht vergessen, was wichtig ist. Severin hat deine erste Ausstellung organisiert. Du bist ein wunderbarer Künstler. Du wirst in der ganzen Kolonie Berühmtheit erlangen. Mrs Darling hat sich bereitgefunden, die Ausstellung persönlich zu eröffnen. Ihre Zustimmung ist ein echter Trumpf; es bedeutet, dass die Oberschicht in Massen kommen wird. Und ehe du dichs versiehst, werden auf all deinen Gemälden rote Punkte kleben!«

Der Franzose schüttelte den Kopf. Seine Augen blickten tragisch unter der wirren Masse der Locken hervor. »Ich muss gestehen, dass ich Sie betrogen habe.«

»Das glaube ich dir nicht. Du warst immer ein echter Gentleman.«

»Nicht mehr. Ich habe mein Wort gebrochen. Severin hat verboten, Ihnen die Porträts zu zeigen. Und ab heute darf ich auch nicht mehr mit Ihnen reden.«

»Das werden wir noch sehen«, entgegnete Vianna knapp. »Ich verspreche dir, dass wir uns wiedersehen. Ich werde zu deiner Ausstellung kommen und dich vor allen Leuten loben.«

Bei ihren Worten kamen ihm fast die Tränen. Hastig zog sie ihre Hand zurück.

Severin! Ich könnte seinen Schritt unter Tausenden von Soldaten erkennen.

Plötzlich stand er mit finsterem Blick an der Tür. Vianna lief auf ihn zu.

»Ach Liebling, wie nett von dir, dass du mich abholen kommst. Wir sind zwar noch nicht fertig, aber ich bin sicher, dass Monsieur Bonnard nichts dagegen hat, wenn du ihm bei der Arbeit zusiehst.« Sie warf dem Künstler einen Blick zu. »Nicht wahr?«

Jean-Baptiste sah aus, als hätte man ihn gerade vor der Guillotine gerettet. Er verbeugte sich tief. »Ich mich fühle von Ihrem Interesse geehrt, Sir.«

Die restliche Sitzung verging im Schweigen, doch die Zeichen waren klar. Severin schäumte vor Wut.

Der Tag war während des Sturms so schwül gewesen, dass die Sonne schon unterging, als Vianna auf der Chaiselongue erwachte. Es war nicht das erste Mal, dass sie während einer Sitzung eingeschlafen war. Im angrenzenden Zimmer übertönte Severins Stimme die Einwände des Künstlers. Hastig entledigte sie sich hinter dem Paravent des griechischen Umhangs und schlüpfte in das Kleid, das sie bei ihrer Ankunft getragen hatte. Da Severins Ärger nicht nachzulassen schien, trat Vianna zur Staffelei, auf der ihr Porträt nun gegen die Wand gekehrt war. *Verdammt noch mal, Severin, mit welchem Recht willst du mir verbieten, mir mein eigenes Porträt anzusehen?*

Nur wenige Sekunden bevor Severin wieder hereinkam und sie offenkundig besitzergreifend am Arm nahm, löste sie sich von dem Bild.

»Vergiss das nicht, Bonnard. Du wirst deine Bilder so ausstellen, wie ich es will. Ein Mäzen kann einen Künstler berühmt machen oder zerstören. Ruhm oder Scheitern liegen allein bei mir.«

An der Tür wandte Vianna unmerklich den Kopf und verabschiedete sich mit einem Zwinkern von Bonnard, ohne dass Severin es mitbekam. Die Augen des Künstlers strahlten.

Auf dem Rückweg zum Severin House umgarnte Vianna ihren Beschützer, um ihn von seiner Eifersucht abzulenken. »Bist du mit meinem Porträt zufrieden, Liebling?«

»Es geht«, entgegnete er. »Es ist nicht zum Verkauf bestimmt. Ich werde es in Severin House aufhängen.« Er warf ihr einen kühlen Blick zu. »Kannst du dich an den Abend erinnern, an dem wir uns kennengelernt haben? Du konntest deine Verzweiflung nicht verbergen, du hattest Angst, deinen Körper auf der Straße verkaufen zu müssen. Du warst zu allem bereit: als Küchenmädchen zu arbeiten oder den *erstbesten* Mann als Beschützer zu nehmen.«

Vianna spürte, wie alle Freude von ihr abfiel. »Wie ritterlich, mich daran zu erinnern, Severin.«

»Du warst reif, du wolltest gepflückt werden. Ich habe dich mit ins Bett genommen. Du hast mich nicht befriedigt, aber ich erkannte dein Potenzial. Das Gerät, das ich für dich besorgt habe, steigerte meine Lust ebenso wie deine. Erinnerst du dich?«

Vianna erblasste bei der Erinnerung an das Ding, das sie monatelang täglich hatte benutzen müssen – ein allmählicher Fortschritt, der schließlich den damit verbundenen Schmerz beendet hatte. Und obendrein Severin ein Maximum an Lust verschaffte.

»Deine Geduld war bewundernswert«, antwortete sie knapp. »Wenn ich mich recht erinnere, war ich diejenige, die es ertragen musste.«

»Es war notwendig, um dich in eine Kurtisane zu verwandeln, die sich mit den größten Schönheiten unserer Zeit messen kann. Du bist das, was ich aus dir gemacht habe, Vianna.«

Seine Finger schlossen sich um ihren Hals. Vianna wusste, dass sie weder Angst noch Schmerz zeigen durfte. Schweigen war ihre einzige Waffe.

»Ich habe diesen Schwachkopf von Bonnard benutzt, um meine Prophezeiung wahr zu machen. In zwei Wochen wird die ›Venus von Sydney‹ in ganz Sydney Town ein Begriff sein.«

Er lockerte seinen Griff um ihren Hals, doch seine Stimme war bedrohlich sanft.

»Nimm dich in Acht, Vianna. Ich bin kein Mann, den man betrügt. In England habe ich einen Namen zurückgelassen, der dies bezeugen kann. Den Namen einer Frau, der jetzt auf einem Grabstein steht.«

Trotz seines charmanten Lächelns spürte Vianna, wie ihre Hände plötzlich eiskalt waren.

Jetzt bin ich mir ganz sicher. Es gibt nur einen Ausweg.

SECHS

In der Morgendämmerung brachte man Mungo weder frisches Wasser noch die übliche Brotkruste. Stattdessen rüttelte jemand an der Tür zu seiner Zelle, und im grauen Halbdunkel erklang eine raue Stimme. Es waren die ersten Worte seit Wochen, die nicht seiner Fantasie entsprangen. Mungo erkannte die Stimme, sie gehörte einem alten Sträfling namens Ricketts, einem der wenigen Wächter, die sich ihre Menschlichkeit bewahrt hatten, im Gegensatz zu anderen, die in den Jahren unter der Knute der grausamen Master genauso unmenschlich geworden waren wie ihre Peiniger.

Mungos Rückkehr in die Realität zwang ihn, sich wieder hinter seiner gewöhnlichen Maske zu verstecken, um seine wahren Gefühle zu verbergen – es war das Einzige, das er noch unter Kontrolle hatte. Wie immer nach einer langen Einzelhaft, wenn er die zeitliche Orientierung verloren hatte, war seine Stimme vom Nichtgebrauch rostig geworden. Doch das war seltsam. Hatte er sich denn nicht bis spät in die Nacht mit Stimson unterhalten? Oder hatte sich all das nur in seiner Vorstellungskraft abgespielt?

»Hab dich seit mehr als einem Monat nicht gesehen, Ricketts. Wo hast du gesteckt?«

»Los, rapple dich auf, mein Junge. Du hast mehr als genug Zeit gehabt, um deine Sünden zu bereuen. Die Ferien sind vorbei. Du musst zurück an die Arbeit, auf Befehl von Captain Logan persönlich.«

»Wie nett von ihm. Ich glaubte schon, der große Häuptling

hätte mich vergessen.« Erstaunt, dass sich der Kommandant höchstpersönlich an ihn erinnert hatte, wälzte sich Mungo herum und stand dann taumelnd auf. »Sag mal, Ricketts, wieso schickt man mich nach Coventry, wenn die anderen armen Teufel weiterhin die Knute zu spüren bekommen und schuften müssen, bevor sie die Möglichkeit hatten, gesund zu werden?«

»Wer weiß? Vielleicht versucht Logan, deinen Willen zu brechen. Weil du zu den wenigen gehörst, die keinen Mucks von sich geben, egal, wie viele Hiebe sie abbekommen.«

»Was hat er denn so getrieben, während ich hier war?«

»Er war auf einer Expedition ins Hinterland, auf der Suche nach neuen Flüssen, mit denen er Gouverneur Darling beeindrucken kann. Er hat sich einen Namen gemacht, unser Kommandant.«

»Tja, wenn er nicht aufpasst, wird er am Ende noch in die Geschichtsbücher eingehen und geadelt werden.«

Ricketts grunzte nur.

»Wo schicken sie mich hin, Ricketts? Zurück in die Sträflingskolonne?«

»Das wirst du noch früh genug erfahren.« Ricketts drohte ihm mit dem Finger. »Streng deinen Grips an, mein Junge. Wenn du das nächste Mal zusehen musst, wie jemand ausgepeitscht wird, halt lieber den Mund, sonst stellt Logan dich wieder an den Pranger. Und so wie es aussieht, ist dein Rücken immer noch nicht ganz verheilt.«

Mungo zuckte vor der vergessenen Kraft des grellen Tropenlichts zurück und torkelte auf wackligen Beinen hinter dem Wächter her, an der Kaserne der Militäroffiziere vorbei. An diesem Morgen waren weder die Offiziere noch deren Frauen oder Kinder zu sehen. Er wusste, dass Logans 57. Regiment auf eine stolze Geschichte zurückblicken konnte und seine Männer wegen ihres Mutes *Die Hards* genannt wurden.

Sturköpfe, das kann man wohl sagen. Nur ist Logan ein x-mal grö-

ßerer Sturkopf als all seine Gefangenen zusammen und behandelt uns, als wären wir seine Feinde.

Ricketts schien auf das Hauptquartier des Kommandanten zuzusteuern, doch dann blieb er plötzlich neben einem uralten Pferdetrog stehen, der den Sträflingen als Waschplatz diente. Mungo gehorchte dem Befehl und zog seine stinkenden Kleider aus. Hastig wusch er sich den Schmutz vom Leib und stellte überrascht fest, dass die ewigen Wunden von den Fußfesseln fast geheilt waren, weil er sich so gut wie kaum hatte bewegen können.

Das ist der einzige Vorteil an dem Loch.

Nackt, muskulös und bleich wie eine weiße Rübe stand er in der Sonne und schüttelte sich wie ein Hund, der aus einem Bach steigt. Plötzlich fiel ihm ein, dass er an seinem Haar ablesen könnte, wie lange er ungefähr in der Isolationshaft verbracht hatte. Vor der Verurteilung hatte man ihm den Schädel kahl geschoren. Jetzt reichte ihm das Haar fast zum Kinn.

Ricketts drückte ihm einen Stapel sorgfältig gefalteter Sträflingskleider aus Baumwolle in die Hand, die Mungo, überwältigt von ihrem frischen Duft nach Sonne und Seife, instinktiv an die Nase hielt.

»Eukalyptusseife!«, rief er.

»Aye, die Isabella hat uns einen Haufen Freiwilliger beschert, darunter eine nette Matrone und acht männliche Weltverbesserer. Die Frau hat sich in Logans Abwesenheit die Wäsche der Gefangenen vorgeknöpft. Also genieß deine sauberen Klamotten, solange du kannst, mein Junge.«

Mit dem Gefühl, neugeboren zu sein, marschierte Mungo erhobenen Hauptes auf das Büro neben Logans Quartier zu. Aus dem Augenwinkel sah er die Gestalt einer Frau, die in einem dunkelgrünen Kleid auf Logans Veranda saß und einem kleinen Mädchen auf ihrem Arm Luft zufächelte. Neben den beiden stand ein Junge. Aus der Art, wie sie den Kopf hielt, schloss Mungo, dass die reizende Mrs Logan ihn beobachtete. Obwohl er darauf brannte, die Schönheit dieser selten idyllischen Szene in sich aufzunehmen, hielt er den Blick entschlossen geradeaus gerichtet.

Jede Katze darf einen König ansehen, aber wenn man mich dabei erwischt, dass ich Letitia Logan einen Blick zuwerfe, kostet mich das zweihundert Peitschenhiebe. Logan hat Männer schon wegen viel geringfügigerer Vergehen zu Tode peitschen lassen.

Dann erblickte er einen roten Militärrock, der zu Mrs Logan trat, und wandte den Kopf. *Kein Zweifel, das ist Logan.* Rotbraunes Haar und ein ansprechendes Gesicht, das bis auf den langen Backenbart sauber rasiert war; der Kommandant sah aus wie ein Edelmann. Jetzt beugte er sich zu seinem Sohn herab und fuhr ihm durchs Haar, woraufhin der kleine Robert Abraham ehrfürchtig zu seinem Vater aufsah. In seinen Augen war er ein Held.

Mungo wunderte sich über die widersprüchliche Natur des Mannes. Als Soldat war seine Tapferkeit unbestritten, er gehörte zu den legendären *Die Hards*, hatte an unzähligen Schlachten teilgenommen und während der Napoleonischen Kriege unter dem Duke of Wellington die Franzosen besiegt. Allerdings war nicht bekannt, welche Rolle er genau dabei gespielt hatte.

Er galt als wagemutiger Forscher und hatte einen fast senkrecht aufragenden Berg, den höchsten bislang bekannten Gipfel in der Kolonie, erklommen und Mount Lindsay genannt. Logans Offizierskollegen schienen ihn zu bewundern. Er galt als liebevoller und fürsorglicher Vater. Doch in Mungos Augen endete Logans Menschlichkeit hier. Als Kommandant und Richter war er ein Tyrann. Jeder Sträfling in Moreton Bay, der auch nur halbwegs bei Verstand geblieben war, wünschte ihm inbrünstig den Tod.

Ricketts zeigte auf ein neu errichtetes Holzgebäude mit Flachdach. »Da wären wir. Der Neue lebt und arbeitet hier auf eigene Faust, aber er soll irgendwas mit Logan zu tun haben. Ein neuer Siedler. Pass gut auf dich auf. Keiner weiß, ob er auf Gottes Seite steht – oder auf der von Logan.«

Dann machte sich der Wärter auf den Weg in die Kapelle, wo er als Laienprediger arbeitete. Mungo humpelte die Treppe zur Veranda hinauf und trat in das Büro.

Im Raum befand sich nur ein Mann, den Mungo auf etwa dreißig Jahre schätzte. Er unterbrach seine Arbeit und sah vom Schreibtisch auf, wo er diverse Papiere ordnete. Sein rotblondes Haar war zu einem altmodischen Pferdeschwanz gebunden; er hatte ungewöhnlich helle Augen, und seine Haut war mit einem Schweißfilm bedeckt, der entweder auf eine schlechte Gesundheit schließen ließ oder darauf, dass er mit dem halb tropischen Klima nicht zurechtkam. Er hatte überraschend sanfte Manieren und rollte das R wie ein Schotte.

»Dein voller Name, mein Junge?«, fragte er.

Mungo war so überrumpelt, dass er sich um ein Haar verraten hätte. »Sean O'Connor, Sir.«

»Ah, Ire. Aus dem Norden oder aus dem Süden?«, fragte er, als hätte er keinerlei Hintergedanken.

»Weder noch«, antwortete Mungo hastig. »Ich bin hier geboren, ein Currency Lad. Zu vier Jahren Moreton Bay verurteilt. Entgegen allen Erwartungen habe ich bereits mehr als zwei davon in dieser Hölle überlebt … Sir«, fügte er hastig hinzu.

Verdammt, wie konnte ich so etwas nur sagen? Genauso gut hätte ich erklären können, dass Logan ein Tyrann ist.

Der ältere Mann nickte verständnisvoll. »Aye. Nicht schlecht, wenn man sich die Statistiken der toten und vermissten Sträflinge ansieht. Ich heiße Gordon. Alexander mit Vornamen, aber Sandy ist mir lieber.«

Er reichte Mungo die Hand und forderte ihn auf, Platz zu nehmen, Gesten, die Mungo völlig unvorbereitet trafen.

Einer von Logans Offizieren hätte mich längst auspeitschen lassen. Was führt der Kerl im Schilde?

»Ich habe mir Ihre Akte angesehen, O'Connor, zusammen mit denen einiger anderer Gefangenen, die besondere Fähigkeiten und

Talente vorweisen können. Anscheinend sind Sie in die Kategorie der gebildeten Sträflinge eingestuft worden. Ist das richtig?«

»Ja, Sir.«

»Aus irgendeinem Grund, der aus den Akten nicht ersichtlich ist, wurden Sie herabgestuft und zu einhundert Hieben verurteilt – eine Strafe, die, soweit ich weiß, in dieser Gegend als ziemlich moderat gilt.«

»Nicht von demjenigen, den es trifft, Sir.« *Jetzt bin ich aber wirklich zu weit gegangen.*

Gordon warf ihm einen scharfen Blick zu und blätterte weiter in der Akte. »Als Folge wurden Sie den Sträflingskolonnen zugewiesen, von denen Sie sich zwei Mal für jeweils vierundzwanzig Stunden absetzten. Beide Male hat man Ihnen erneut einhundert Hiebe aufgebrummt. Ich kann diese schreckliche Handschrift kaum entziffern. Allerdings ist hier nicht aufgeführt, aus welchem Grund Sie sich ohne Erlaubnis entfernten.«

»*Zweihundert* Hiebe jeweils, Sir. Ich erinnere mich an jeden einzelnen. ›Ohne Erlaubnis entfernten‹ ist eine höfliche Umschreibung. Die Wahrheit ist, dass ich den Aufseher mit einer Schaufel niedergeschlagen habe. Anschließend sind wir zu viert in den Busch geflohen.«

»Verstehe. Und was ist der Grund für Ihren Freiheitsdrang?«

Was wird er tun, wenn ich ihm die Wahrheit sage? Mich hängen, strecken und vierteilen?

»Man hatte unsere Wasserrationen herabgesetzt, zur Strafe wegen Aufmüpfigkeit. Einer der Häftlinge war gerade an Durst verendet. Man kann bei dieser Hitze nicht lange ohne Wasser arbeiten. Ich weiß es, ich war dabei. Die Organe machen schlapp, die Muskeln verkrampfen, der Körper bläht auf und kann nicht mehr schwitzen. Erbrechen, Durchfall, Schock, Koma. Kein schöner Anblick. Wollen Sie wissen, wie seine Leiche aussah, Sir? Ich habe geholfen, ihn zu begraben.«

»Nicht nötig, O'Connor. Ich habe an der Universität von Edinburgh Medizin studiert und war als Schiffsarzt tätig. Ich wollte in meinem Beruf weiterkommen, aber dann machte mir die Lunge einen Strich durch die Rechnung. Man hat mich aus ›gesundheitlichen Gründen‹ nach New South Wales geschickt. Eine höfliche Umschreibung für ›zum Sterben‹.«

Mungo sah sich den Mann genauer an. Sein Gesicht hatte eine ungesunde, olivgraue Farbe, über den Wangenknochen spannte sich die Haut. Die Brust unter der Jacke wirkte eingefallen. *Schwindsucht. Er kann froh sein, wenn er Neujahr noch erlebt.*

Dr. Gordon gab einen Laut von sich, eine Mischung zwischen Husten und einem knappen, selbstironischen Lachen. »Ich wollte noch etwas von der Welt sehen, ehe ich … na ja, solange noch Zeit ist.« Dann fuhr er lebhaft fort: »Also, O'Connor, wie ich sehe, waren Sie mit dem Anbau von Mais und, ach ja, Tabak beschäftigt, ehe die Dürre alle Hoffnungen zunichtemachte, die Kolonie damit zu versorgen. Und dann wurden Sie offenbar zu den Sträflingskolonnen versetzt, um Straßen und eine Brücke über einen der vielen Flüsse zu bauen, die vermutlich der Captain entdeckt hat.«

Mungo versuchte, jeglichen Anschein von Kriecherei zu vermeiden, trotzdem hätte er gern gewusst, was man mit ihm vorhatte. »Angeblich hat Großbritannien vor, die ganze Gegend hier für Siedler freizugeben. Logan weiß, wie man es anstellt, so oder so.«

»Aye. Allerdings ohne Rücksicht auf Verluste, wie mir scheint. Der Strichliste eines hiesigen Beamten zufolge gab es allein im letzten Jahr unter den mehr als sechshundert Männern, die ihm zugewiesen worden waren, dreiundsechzig Todesfälle.« Er hielt inne und sagte bedeutungsvoll: »Aus verschiedensten Gründen. Männer, die Auspeitschungen oder Fieber zum Opfer gefallen waren, ertrunken sind, und Flüchtlinge, die man anscheinend für tot erklärt hat, nicht eingeschlossen. Halten Sie dreiundsechzig Tode für eine präzise Zahl, O'Connor?«

Mungo hatte das Gefühl, in die Enge getrieben zu werden. Aus

Furcht, dass Logan Wind von seiner Aussage bekommen könnte, versuchte er, vage zu bleiben. »Ich habe es aufgegeben, die Toten zu zählen, Sir.«

»Aye. Nun, Ihre Ausreißversuche gehören inzwischen wohl der Vergangenheit an. Wie ich sehe, sind Sie bemerkenswert belesen. Die Klassiker, Shakespeare, Goethe, die griechischen und römischen Philosophen. Sie können fechten, boxen und schwimmen. Und außerdem haben Sie angeblich noch ein besonderes Interesse an Botanik und Überleben im Busch, wenn man einem Brief glauben will, den ich auf Betreiben Ihrer Mutter von einer Familie namens L'Estrange erhalten habe. Sieht so aus, als bekämen Sie Unterstützung aus hohen Kreisen, O'Connor. Dieser Gentleman, Kentigern L'Estrange, kennen Sie ihn?«

Mungo war verblüfft. Nach jahrelangem Schweigen hatte endlich eine Nachricht den Weg hierhergefunden. *Aber könnte es eine Falle sein, um meine wahre Identität herauszubekommen? Das Risiko nehme ich auf mich …*

»Meine Mutter wurde mit siebzehn von der Isle of Man deportiert. Sie bekam lebenslänglich in der Kolonie, weil sie ihrem Bruder, einem Fischer, half, Brandy und Tabak nach England zu schmuggeln. Die königliche Flotte brachte sie auf. Ihr unbewaffneter Bruder wurde erschossen. Mit zweiundzwanzig Jahren. Dabei wollte er bloß die Exportsteuern umgehen.«

Dr. Gordon nickte. »Aye, auch in Schottland wird viel geschmuggelt. Die Fischer wollen sich damit ein Zubrot verdienen. Trotzdem frage ich mich, wo Sie eine so gute Bildung erhalten haben.«

Er ist wie ein Hund mit einem Knochen. Was will er denn? Meine ganze verdammte Lebensgeschichte?

Mungo wählte seine Worte vorsichtig. »Master Kentigern, dem meine Mutter zugewiesen wurde, war außerordentlich großzügig. Ich wurde zusammen mit seinem Sohn von einem Familienlehrer unterrichtet.«

»Verstehe. Und deshalb sind Sie der kultivierteste Sträfling in ganz Moreton Bay. Gebildeter als jeder Offizier. Eine Schande, so viel Wissen in einer Sträflingskolonne zu verschwenden. Daher habe ich beschlossen, Sie wieder in die Klasse der ›Gebildeten‹ zurückzuholen, um an einem speziellen Projekt zu arbeiten. Ich habe Captain Logans Erlaubnis, ein oder zwei Männer auszuwählen, um bestimmte Pflanzen und Mineralien, die er während seiner Expeditionen gefunden hat, zu suchen und zu katalogisieren. Mrs Logan und andere in dieser kleinen Gemeinde wären außerordentlich froh, wenn wir ein paar seltene Spezies für ihre Schmetterlingssammlung finden könnten.«

Schmetterlinge! Träume ich, oder bin ich von allen guten Geistern verlassen?

Mungo meinte zu sehen, wie der Schotte ihm zuzwinkerte.

»Unsere Arbeit wird hier im Büro und draußen im Busch stattfinden. Gefahr droht von einigen Einheimischen, die, wie ich verstanden habe, zunehmend feindselig auf Logans Expeditionen reagieren.«

»Richtig, ehe ich in Einzelhaft kam, wurden unten am Kai zwei Sträflinge von Speeren getötet.«

»Ja, ich habe davon gehört. Die Entscheidung ist Ihnen überlassen, O'Connor. Sie können mich bei den Feldexperimenten begleiten oder hierbleiben, in relativer Sicherheit.«

»Nun, dann entscheide ich mich für den Busch. Frische Luft tut immer gut.«

»Na schön. Sie werden nur mir unterstehen. Wir erledigen unsere Arbeit *ohne Einmischung von außen*.«

Dr. Gordon blickte über den Rand seiner Brille und fuhr ruhig fort: »Mrs Logan ist eine entfernte Verwandte aus der Familie meiner Mutter. Und Gouverneur Darling kennt mich sehr gut.«

Bei dem Gedanken, dass Gordon mit zwei so mächtigen Menschen verbunden war, wurde Mungo ein wenig mulmig, doch bedeutete die Anwesenheit dieses Mannes mit seinem seltsam undurchsichtigen Status hier vielleicht, dass Logan nicht mehr die uneingeschränkte Unterstützung von Darling genoss? Die Aussicht auf eine angenehme Arbeit und Übernachtungen im Freien war verlockend, sie kam der Freiheit schon sehr nahe.

Dr. Gordon musterte ihn aufmerksam. »Im Gegensatz zu Logans Expeditionen werden meine Tätigkeiten auf keinerlei militärische Unterstützung zählen können. Möglich, dass wir feindlich gesinnten Einheimischen begegnen. Noch ist es nicht überall bekannt, aber es gab kürzlich einen Attentatsversuch auf Logan.«

Noch einen. Soweit ich weiß, war der erste so etwas wie ein Racheakt von Flüchtlingen, die sich mit einer Bande von Schwarzen zusammengetan haben. Aber das behalte ich lieber für mich.

»Sind Sie sicher, dass Sie diese Aufgabe übernehmen wollen, O'Connor? Es wäre keine Schande, wenn Sie lieber ablehnen. Jedenfalls sind Sie für mich die erste Wahl. Sie werden mich beraten müssen, denn ich kenne mich in dieser gottverlassenen Gegend nicht aus.«

Mungo erinnerte sich an Stimsons Warnung und die Chance, die er bekommen würde. Er könnte jemanden töten – oder aber stark genug sein, um dieser Versuchung zu widerstehen. Im Moment war es ihm einerlei. *Zum Teufel mit den Gefahren – wenn ich jemanden umbringen muss, um der Einzelhaft zu entgehen, werde ich es tun.*

»Sie können auf mich zählen, Sir.« Dann wagte er noch eine Frage: »Bin ich im Busch gefesselt?«

Die Mundwinkel des Arztes zuckten leicht. »Ich glaube kaum, dass man es mit Fußeisen beim Fangen von Schmetterlingen sehr weit bringen würde, was meinen Sie?«

Zum ersten Mal seit Monaten war Mungos Lachen echt.

Dr. Gordon sah ihm in die Augen. »Noch etwas. Sollten wir angegriffen werden, ist jeder auf sich allein gestellt. Ich würde es Ihnen nicht verübeln, wenn Sie die Flucht ergriffen.«

»Ich bin ein Meisterschütze, Sir«, erwiderte Mungo hastig.

»Aye. Deshalb sind Sie ja auch meine erste Wahl. Ich bin Quäker. Ich trage keine Waffen. Sie bekommen eine Vogelflinte zum Jagen.« Damit schloss der Arzt die Akte. »Fein. Das wäre geregelt. Da heute Sonntag ist, gehe ich davon aus, dass Sie alle in die Messe müssen. Kommen Sie am Montagmorgen wieder, dann erkläre ich Ihnen meinen Plan für den ersten Ausflug in den Busch. Schönen Tag noch, O'Connor.«

Mungo schlurfte aus dem Raum und staunte darüber, welche Wendung sein Glück genommen hatte. Noch gestern Abend war er sicher gewesen, dass er den Verstand verloren hatte. Jetzt fühlte er sich wie neugeboren.

Ein Botaniker? Ein Schmetterlingssammler? Verdammt noch mal, ich werde mich schnell in das Thema einarbeiten müssen, ehe Sandy Gordon merkt, dass ich keine Ahnung habe. Felix wäre der Richtige gewesen, nicht ich. Er war derjenige, der in Botanik immer geglänzt hat.

Sobald er außer Sichtweite von Dr. Gordons Büro und Logans Privatquartier war, stieß Mungo einen triumphierenden Schrei aus und machte einen Luftsprung. Nur die Fesseln an seinen Füßen hinderten ihn daran, einen Freudentanz aufzuführen.

Dennoch war ihm bewusst, dass er zumindest halb verrückt war, als er im Geiste die Stimme seiner Traumfrau hörte. *»Tu, was du tun musst, um zu überleben. Du bist mein Mann. Ich warte auf dich.«*

SIEBEN

Es war der Geist der Venus, der ihm letzte Nacht erschienen war, davon war Felix überzeugt.

Er seufzte frustriert, während er den Deckel auf sein Teleskop schraubte. Es war seit Langem sein Gefährte, seine Möglichkeit zur Flucht in den Nachthimmel. Mit ihm beobachtete er die Sterne, um seine Seele zu erneuern und sich Gott so weit zu nähern, wie er sich traute. Doch jetzt musste er wieder zwölf Stunden warten, um das nächtliche Abenteuer fortzusetzen.

Er war nach wie vor verwirrt von der Offenbarung der letzten Nacht. Während er nach einem noch unbekannten Stern Ausschau hielt, hatte er für einen kurzen Moment das Antlitz einer Frau gesehen, das über der Milchstraße schwebte. Ihre tiefblauen Augen hatten bis in seine Seele geschaut. Ob es ein Engel gewesen war? Ein Traum?

Nein. Es sind ihre *Augen, bei Gott. Diese unbeschreiblich schöne Frau, die ich am Hangman's Hill sah, als Will Eden gehenkt wurde. Als ich ihr auf die kleine Mauer half, war sie so nah, dass ich sie hätte küssen können – wenn ich mich getraut hätte. Sie rief Wills Namen, und er antwortete ihr. Er muss sie geliebt haben. Doch was bedeutet das alles? Will ist nun drei Jahre tot. Und ich habe sie nicht vergessen können. Immer suche ich ihr Gesicht in der Menschenmenge. Wie konnte so viel Schönheit in Sydney Town so lange verborgen bleiben? Und warum habe ich ihr Gesicht gestern zwischen den Sternen gesehen?*

Als das Tageslicht ihn ganz in die Realität zurückgeholt hatte, fiel Felix' Blick auf zwei Gestalten im Garten unter seinem schmiedeeisernen Balkon. Es waren barfüßige Jungs, die zwischen

Bettlaken und Kleidern auf der Wäscheleine Nachlaufen spielten, während eine der ehemaligen Gefangenen, die ihnen zugewiesen worden waren und so viele Kinder hatten, dass man sie nicht auseinanderhalten konnte, hinter ihnen herrannte.

Der Anblick der spielenden Kinder löste eine seltsame Welle von Nostalgie aus. *Sie sind wie Mungo und ich, nur dass Mutter mir damals verboten hat, barfuß zu laufen oder meine Kleider schmutzig zu machen. Mungo brachte mir unweigerlich Ärger ein. Aber ohne ihn wäre meine Kindheit sterbenslangweilig gewesen.*

Er streifte das Nachthemd ab, schüttete Wasser aus dem italienischen Majolikakrug in das dazu passende Waschbecken und wusch sich hastig Gesicht und Körper, während er sich insgeheim für die Pflichten des Tages wappnete: getrennte Audienzen bei seinen Eltern.

Seine Mutter stand als Erste auf der Liste. Es gefiel ihm nicht, dass seiner geplanten Eröffnung die Ausgewogenheit zwischen kindlicher Pflicht und Durchsetzungsvermögen fehlte, deshalb unternahm er einen neuen Anlauf und probte seinen Text laut vor dem Spiegel, um die Wirkung zu prüfen.

»Bestimmt bist du dir darüber im Klaren, dass ich seit dem Prozess und William Edens Hinrichtung versucht habe, Vaters Wünschen bezüglich der Leitung der Familiengeschäfte bis ins kleinste Detail zu entsprechen, Mutter.« *Nein, nein! Ich darf nicht vergessen, Vermögensangelegenheiten zu sagen. Jede Erwähnung von Geschäften ist Mutter zuwider. Doch wie soll ich sonst Mungos Zukunft ansprechen?*

Felix war dankbar, dass die Rolle seiner Mutter in der Oberschicht der kolonialen Gesellschaft wenig Einfluss auf sein eigenes Leben besaß. Seit dem Schlaganfall seines Vaters, höchstwahrscheinlich eine Folge seiner Bemühungen, Mungos Entlassung zu beschleunigen, hatte Felix damit zu tun gehabt, vom Arbeitszimmer seines Vaters aus die Zügel des geheimen Familienimperiums in der Hand zu behalten. Dieses erstreckte sich von der Great Rockingham Street über die ländlichen Besitztümer in Nepean und Castelreagh, von jenseits der Blue Mountains bis nach Illawarra im Süden der Kolonie, fruchtbarem Weideland außerhalb aller Siedlungen, wo die weitläufigen inoffiziellen Besitztümer der L'Estranges von einsamen Strafgefangenen gehütet wurden.

Da er wusste, dass seine Mutter ihn wie ein Stabsfeldwebel begutachten würde, überprüfte Felix kläglich sein Aussehen vor dem Spiegel.

Nackt wirke ich jünger als einundzwanzig. Aber dieser Frack macht mich um Jahrzehnte älter. Ich komme mir vor wie Atlas, der die Last der ganzen Welt auf dem Rücken trägt.

Resolut straffte er die Schultern, bereit zum Gefecht, dann schloss er die Tür ab und steckte den Schlüssel in die Westentasche. Seine persönlichen Gemächer waren heilig. Keiner der ihnen zugewiesenen Diener durfte seine Papiere, Bücher oder Himmelskarten anrühren.

Albruna L'Estrange erwartete ihn im Musikzimmer und klopfte mit den Fingernägeln auf den Beistelltisch aus Mahagoni, als folgte sie im Geiste dem Takt des Metronoms, das sie benutzte, wenn sie dem Kind eines zugewiesenen Dieners das Klavierspielen beibrachte. Heute Morgen trug sie ein pflaumenfarbenes Seidenkleid. Der Spitzenkragen war mit einer kunstvollen Brosche verziert, die sie für besondere Gelegenheiten aufbewahrte und das von Gold umrandete Miniaturwappen ihrer preußischen Vorfahren zeigte.

Felix verbeugte sich höflich. »Guten Morgen, Mutter. Ich hoffe, du bist wohlauf?«

»Danke der Nachfrage. Dein Vater hat mich mit seinem Husten die halbe Nacht nicht schlafen lassen. Vielleicht siehst du nach dem Frühstück einmal nach ihm.«

Felix wusste genau, was das bedeutete. Seine Mutter hatte wach gelegen und dem Leiden ihres Mannes aus der Ferne gelauscht, war aber zu stolz gewesen, um die Seufzerbrücke zu seinem Bett zu überqueren. Es war ihr bitter bewusst, dass ihr Mann in seiner Krankheit lieber die Kräutersammlerin von der Isle of Man rief, die sie selbst als Hexe betrachtete und deren Namen sie niemals in den Mund nahm. Wenn sein Vater nach Jane Quayle verlangte, eilte diese mit einem Korb voller Kräuter aus ihrem Cottage am Ende des Gartens herbei, egal, zu welcher Tages- oder Nachtzeit, um ihren Master zu verhätscheln und zu beruhigen.

Felix versuchte, aufrichtige Anteilnahme zu zeigen. »Vielleicht solltest du deine Wohltätigkeitsarbeit für heute lieber ruhen lassen, Mutter. Ich werde Vater versichern, dass alle Unterlagen auf dem neusten Stand sind. Wir sind zutiefst besorgt, denn die Dürre scheint nicht nachlassen zu wollen. Wir haben einen bedeutenden Verlust an Rindern und Schafen zu beklagen. Trotzdem kannst du versichert sein, dass ich bereit bin, sämtlichen zusätzlichen Pflichten nachzukommen, die du von mir erwartest.«

»Ja, ja, ich weiß. Du bist ein bewundernswerter Sohn, wenn es um Familienangelegenheiten geht. Doch ich möchte über deine *gesellschaftlichen* Verpflichtungen sprechen, Felix. Du musst deinen Platz in der Gesellschaft einnehmen. Seit dieser schrecklichen Angelegenheit vor Gericht und den versteckten Anspielungen in der Presse hältst du dich bedeckt.«

»Glaub mir, Mutter, ich bin durchaus zufrieden mit meinem Leben, so wie es ist.« *Zum Glück kennt sie die Wahrheit nicht.*

»Wie auch immer, ich sehe die Sache anders. Es besteht keinerlei Grund dafür, dass der Sohn und Erbe der Familie L'Estrange sich wie ein Einsiedler von der Gesellschaft fernhält. Das führt nur zu unnötigem Tratsch. Es kommt einem Schuldbekenntnis gleich. Bislang wurde die Familienehre ja Gott sei Dank gewahrt.«

»Dafür bin ich Gott in der Tat sehr dankbar. Aber wir sind auch William Eden und Mungo Quayle zu Dank verpflichtet. Immerhin hat er den Namen Sean O'Connor angenommen, um davon abzulenken, dass unsere Familie etwas mit der Sache zu tun hatte, nicht wahr?«

»Daran musst du mich nicht erinnern, Felix«, erwiderte sie scharf. »Wie du weißt, erhält Edens verwitwete Mutter in England alle drei Monate eine stattliche Geldsumme. Im Übrigen lese ich auch die Berichte, die dein Vater von diesem schottischen Arzt in Moreton Bay erhält. Sean O'Connor scheint mehr Zeit in Einzelhaft verbracht zu haben als ein Mönch!«

Auch sie kann sich nicht dazu durchringen, Mungo beim Namen zu nennen! Felix verzichtete darauf, ihn zu verteidigen, es hätte seinem Vorhaben nur geschadet. »Offensichtlich hat er sich gebessert, seit er Dr. Gordon zugewiesen wurde. Ich würde gern freiwillig nach Moreton Bay reisen, um mich zu vergewissern, dass es Mungo gut geht.«

»Unsinn. Dein Platz ist hier. Die Gesundheit deines Vaters ist ungewiss. Ich kann seine Vermögensangelegenheiten nicht allein regeln, falls ... es ihm eines Tages gesundheitlich schlechter gehen sollte.«

Er registrierte ihre gewohnte Abneigung, den Namen der L'Estranges mit dem gesellschaftlichen Makel von Geschäftemacherei in Verbindung zu bringen, dennoch überraschte Felix das leichte Zittern in ihrer Stimme. *Ich frage mich, wie sehr Mutter ihn liebte, als sie herkam, um ihn zu heiraten. Ihr kleines Porträt zeigt, dass sie mit sechzehn eine echte nordische Schönheit war. Sie hat auch heute noch ein hübsches Gesicht, aber es ist von Bitterkeit getrübt. Ob sie daran schuld ist oder Vater? Wie soll ich das beurteilen? Ich bin noch nie verliebt gewesen. Wenn Vater wenigstens das Porträt aufhängen würde – dann könnte Mutter etwas von ihrem Stolz wiedergewinnen.*

Wie um den Gefühlen entgegenzutreten, die sie verraten hatte, wechselte Albruna jetzt das Thema. »Ich habe diverse Pläne für heute und will dabei zwei Fliegen mit einer Klappe schlagen. Ich bin im Government House zum Tee eingeladen. Nicht hier, sondern in der Sommerresidenz in Parramatta. Ihre Exzellenz ist eine höchst liebenswürdige Freundin und sehr an Deutschland interessiert. Wir haben also vieles gemein. Außerdem nimmt Mrs Darling großen Anteil an meinem Engagement für weibliche Sträflinge und die beängstigende Anzahl von Kindern, die auf der Straße leben.«

»Ja, dafür wirst du sehr bewundert«, sagte Felix in der Hoffnung, das Gespräch wieder auf sein Anliegen zu bringen, weg von dem Thema, von dem er wusste, das unweigerlich kommen würde. Doch seine Mutter ließ sich nicht beirren.

»Die L'Estranges sind eine ehrenwerte, alte Familie, so wie meine eigene. Ich bin überzeugt, dass dein Name schon Ende dieser Woche auf den Einladungslisten des Gouverneurs erscheinen wird.«

»Es tut mir leid, aber dafür habe ich einfach keine Zeit, Mutter«, antwortete Felix hastig.

»Unsinn! Du hast Zeit genug, um die ganze Nacht Sterne zu beobachten! Es ist viel wichtiger, dass du dich mit den jungen Damen deiner Gesellschaftsschicht beschäftigst. Der Kolonialminister Alexander McLeay zum Beispiel hat noch fünf unverheiratete Töchter, für die er passende Ehemänner sucht. Wir sind natürlich nicht auf die Mitgift aus. Aber alle sind kultiviert, gut erzogen, überaus charmant und die Jüngsten in deinem Alter.«

Sein Schweigen sprach Bände. Sie beugte sich vor, um zu sehen, was für ein Gesicht er machte. »Du willst doch nicht dein ganzes Leben lang Junggeselle bleiben, oder? Du bist nur ein wenig schüchtern im Umgang mit jungen Damen, nicht wahr?«

»Du irrst, Mutter. Ich bin keineswegs so schüchtern, wie du glaubst. Es fällt mir bloß schwer, Konversation mit kichernden jungen Dingern zu machen, die sich kein bisschen für das interessieren, was in der Kolonie los ist. Zu gegebener Zeit werde ich mich schon nach einer passenden Frau umsehen.«

»Die gegebene Zeit ist jetzt, Felix.«

Doch er ließ sich nicht in die Enge treiben. »Du hast von mehreren Plänen für heute gesprochen, Mutter. Was hast du sonst noch vor, wenn ich fragen darf?«

»Ich möchte bei Ihrer Exzellenz, Mrs Darling, das Thema des Gefangenen O'Connor zur Sprache bringen.«

Endlich. Danke, lieber Gott. Felix lächelte erleichtert. »Ich wusste, dass Vater und ich auf dich zählen können, Mutter.«

»Und ich will mich im Government House auch dem Privatsekretär Seiner Exzellenz vorstellen, ich vergesse immer seinen Namen. Wie ich gehört habe, ist er mit den Darlings verwandt. Aber sind sie das nicht alle?«

Felix hatte Angst, dass seine Mutter, die nie ein Blatt vor den Mund nahm, ins Fettnäpfchen treten könnte. »Darf ich dich auf etwas hinweisen, Mutter? Es ist wichtig.«

»Du befürchtest wohl, dass ich mich danebenbenehme, was?«, fauchte sie.

»Nein, das nicht, aber vergiss nicht, dass du das Schicksal eines jungen Mannes in den Händen hältst.«

»Ich kenne meine Pflichten.«

»Möglich, dass Mrs Darling deine Freundin ist. Aber Gouverneur Darling traut nicht jedem. Er hat sich mit Familienmitgliedern umgeben. Sein Privatsekretär ist sein Schwager, Henry Dumaresq, Mrs Darlings Bruder. Ein anderer Bruder, William Dumaresq, ist sein Bauingenieur, er ist mit einer Tochter von Darlings Kolonialminister verheiratet. Außerdem hat der Gouverneur seinen Neffen Charles Darling zum Assistenten seines Privatsekretärs berufen. Du siehst also, dass er alle wichtigen Positionen in seiner Umgebung mit Familienmitgliedern besetzt hat – um sich zu schützen.«

Sie schnappte nach Luft. »Sag bloß, man will ihn umbringen!«

»Nein, Mutter, Seine Exzellenz muss keinen Anschlag befürchten. Wir leben in einer britischen Kolonie, nicht in irgendeinem europäischen Staat.«

»Wie könnte ich das jemals vergessen?«, fragte sie.

»Denk daran, die kleinste Kritik, auch wenn sie noch so versteckt geäußert wird, würde dem Gouverneur unweigerlich zu Ohren kommen.«

Albruna hob erschöpft die Hände. »Für wie dumm hältst du mich eigentlich, Felix?«

»Du bist nicht dumm, Mutter. Aber Gefahr erkannt, Gefahr gebannt. Wenn du den Sekretär des Gouverneurs triffst, wirst du ihm doch sicher eine Petition überreichen, oder?«, fragte Felix hoffnungsvoll.

»Ja, ja, schon wieder eine Petition deines Vaters zugunsten von Sean O'Connor. Bislang haben all diese Petitionen seine Strafe nicht verringern können. Aber ich werde mein Bestes versuchen. Der Wunsch deines Vaters ist mir Befehl.«

Felix wusste, dass das keineswegs stimmte, trotzdem bedankte er sich rasch. »Wie kann ich dir dabei helfen, Mami?«

Diese zärtliche Anrede aus der Kinderzeit zauberte ein Lächeln auf ihr Gesicht.

»Du wirst mich nach Parramatta begleiten. Ich habe dafür gesorgt, dass du die Sternwarte des Gouverneurs besichtigen darfst.«

»Wie schön, seit Jahren träume ich davon. Wusstest du, dass sie von Gouverneur Brisbane gebaut wurde, der einen Landsmann von dir zum ersten Amtlichen Astronomen der Kolonie berief? Christian Carl Ludwig Rümker, ein bemerkenswerter Mann. Ich besitze Kopien von seinen astronomischen Beobachtungen; er war es, der den Encke'schen Kometen wiederentdeckte.«

Albruna lachte kurz auf. »Wusste ich doch, dass dies dein Interesse wecken würde. Wir müssen uns sputen! Sorg dafür, dass die Kutsche in einer Stunde bereit ist. Der Weg nach Parramatta scheint mit jeder Reise länger zu werden. Mein Gott, hoffentlich erhält der Gouverneur bald die nötigen Gelder von der britischen Regierung, um ein neues Government House hier in Sydney Town zu bauen, damit seine Untertanen nicht diese lange Reise auf sich nehmen müssen, nur um eine Tasse englischen Tee mit ihm zu trinken.«

Felix verbeugte sich und ging. Er wusste, dass dies die seltsame Art seiner Mutter war, die Bedeutung einer Reise herunterzuspielen, die für die Familie von größter Bedeutung war. Vermutlich war ihr plötzlicher Eifer durch die schockierenden Enthüllungen zweier Gefangener ausgelöst worden, die während ihres Prozesses in Sydney Town zugegeben hatten, einen Mitgefangenen umgebracht zu haben, weil sie es vorzogen, gehenkt zu werden, als weiterhin in der Hölle von Moreton Bay dahinzuvegetieren.

Nachdem Felix angeordnet hatte, eine Kutsche aus dem Mietstall der Little Rockingham Street hinter dem Familiensitz zu holen, eilte er ans Bett seines Vaters im ersten Stock. In der Gewissheit, willkommen zu sein, betrat er den Raum ohne großes Zeremoniell.

Kentigern L'Estrange saß aufrecht im Bett, gestützt von zahllosen Kissen. Sein dichtes weißes Haar war zerzaust von der leichten Brise, die durch das offene Fenster drang. Die rechte Hälfte seines Körpers war immer noch attraktiv und beweglich. Die linke hingegen war verzerrt und zeigte nur eine Karikatur des Mannes, der er einmal gewesen war. Ein Teil des Mundes war so verkrampft, dass nur noch wenige Menschen ihn verstehen konnten. Darunter war auch Felix, der die Geduld aufbrachte, sein Stammeln zu enträtseln, wenn sein Vater schnell und autoritär wie ein Orchesterdirigent vom Bett aus Anweisungen erteilte.

Als Felix eintrat, warf ihm die neue Dienerin einen hastigen Blick zu, dann stand sie auf und verließ ohne Aufforderung das Zimmer. Er nahm das dreizehnjährige Mädchen mit dem nussbraunen Haar, dem blassen Gesicht und der untersetzten Statur, die so typisch für die Kinder von Strafgefangenen war, kaum wahr. Sicher würde die neue Köchin, Mrs Baker, ihre Tochter mästen, und sei es nur, um sie für einen vollen Arbeitstag zu rüsten, der den strengen Maßstäben ihrer Herrin genügte.

Noch ehe Felix Zeit hatte, seinen Vater zu begrüßen und die gute Nachricht zu überbringen, gab dieser so etwas wie eine Begrüßung von sich. Felix hatte seine Lektion gelernt. Um nicht den Zorn seines Vaters herauszufordern, musste er jedes seiner Worte präzise deuten.

»Wenn ich mich nicht irre, hast du gerade gefragt: ›Hat der Drache von deiner Mutter sich bereitgefunden zu tun, worum ich sie gebeten habe?‹« Er hielt inne. »Ist das richtig, Vater?«

Der nickte zustimmend.

Felix setzte sich auf die Bettkante, nahm die klauenartigen Hände seines Vaters in die seinen und versuchte, aus Respekt seiner Mutter gegenüber ein Grinsen zu unterdrücken.

»Den Drachen will ich überhört haben, Vater, aber ich habe gute Neuigkeiten. Heute wird Mutter Seiner Exzellenz deine Petition zugunsten des Gefangenen in Moreton Bay überreichen. Die Bedeutung des Namens Sean O'Connor ist dir doch bewusst, nicht wahr, Vater?«

Die Antwort war ein wütender, völlig unverständlicher Wortschwall.

Felix beruhigte ihn. »Verzeih mir. Natürlich ist mir klar, dass nur deine Aussprache in Mitleidenschaft gezogen ist, nicht dein Verstand.«

L'Estrange griff nach dem Revers von Felix' Jackett und sah ihm ins Gesicht, während er verzweifelt versuchte, ein einziges Wort zu bilden.

Felix streichelte die andere verkrampfte Hand. »Ich soll es dir versprechen? … Ja, Vater. Ich gebe dir mein feierliches Ehrenwort. Ich werde nicht ruhen, bis Mungo Quayle als freier Mann aus Moreton Bay zurückkehrt.«

Gott steh mir bei! Dasselbe habe ich Jane Quayle versprochen. Ich wäre also doppelt verflucht, falls es mir nicht gelingt.

Felix nannte ihm die Namen derjenigen, die sich bereit erklärt hatten, seine Petition zu unterstützen. »Alle deine Kollegen aus der Freimaurerloge haben zugestimmt. Dein alter Freund Captain John Piper hat uns von seinem Anwesen in Alloway Bank aus mitgeteilt, dass er sich für uns einsetzen wird. Möglich, dass er nicht mehr so viel Einfluss ausübt wie früher, aber sein Name hat bei den Behörden immer noch Gewicht. Major James Dalby? Bislang noch keine Antwort, Vater. Offensichtlich ist er im Kolonialministerium in Ungnade gefallen, seit die Gerüchte über die Sittenlosigkeit der Sträflinge in Emu Plains aufgekommen sind. Genau wie Sir John Jamieson ist Dalby ein leidenschaftlicher Theaterfan und unterstützt das Sträflingstheater von Emu Plains. Und du weißt ja, dass Gouverneur Darling sämtliche Theateraufführungen in Sydney Town verboten hat, also haben sie sich nicht viel zu sagen.«

Um seinen Vater aufzumuntern, weckte Felix Erinnerungen an Mungo, als er noch klein war. Doch der unerwartete Schwall von Emotionen, den diese Geschichten auslösten, ernüchterte ihn. Er fragte sich, ob sein Halbbruder immer noch der waghalsige Draufgänger von früher war. Ein Schwindler und Träumer, den Felix als Kind bewundert, dem er aber auch misstraut hatte. Oder hatten die Jahre unter Logans Fuchtel inzwischen alles zerstört, was gut an ihm gewesen war?

Welchen Preis muss Mungo zahlen, um am Leben zu bleiben? Hat er wie Faust seine Seele an den Teufel verkauft? Seit wir klein waren, haben unsere Mütter Mungo und mich darauf getrimmt, um die Gunst unseres Vaters zu wetteifern. Doch was wäre, wenn unsere Positionen vertauscht würden? Was, wenn ich zu vier Jahren Moreton Bay verurteilt worden wäre? Würde Mungo Quayle auch darum kämpfen, mich freizubekommen? Oder würde er diese Zeit dazu nutzen, sich in Vaters Augen beliebt und mir mein Erbe streitig zu machen?

Felix gab sich damit zufrieden, dass er die Antwort nicht kannte. Das Problem mit Mungo war, dass man nie wusste, wie er reagieren würde. Würde er sich auf Gottes Seite schlagen oder auf die des Teufels? Für Mungo waren es einfach zwei Seiten derselben Medaille.

Bei Mungo kann ich mir nur einer Sache sicher sein: Er wird sich stets für die Seite entscheiden, von der er sich das größere Abenteuer verspricht.

Da er befürchtete, seinen Vater ermüdet zu haben, wollte er sich von ihm verabschieden.

Kentigern schlug die Augen auf und brachte eine letzte Frage heraus. Felix errötete, unsicher, ob sein Vater ihn auf die Probe stellen oder ihn nur ärgern wollte.

»Ja, Vater, die korsische Witwe in der Foveaux Street bezahlt ihre Miete immer noch pünktlich. Mrs Navarro ist überaus zuverlässig, Sir.«

An der Tür drehte sich Felix noch einmal um. »Aber wenn es dich beruhigt, gehe ich morgen bei ihr vorbei. Gibt es noch etwas anderes, das dir auf der Seele liegt?«

Die Antwort war eindeutig. »Schick mir Jane Quayle!«

ACHT

Als man Mungo die eisernen Fußfesseln abnahm, reagierte er beinahe euphorisch. Dr. Gordon, der Mann, dem er seine vorübergehende Freiheit verdankte, stand auf der Veranda seiner Hütte und beobachtete, wie Mungo mit einem triumphierenden Lächeln auf ihn zukam.

»Danke, Doc. Machen Sie sich keine Sorgen, ich habe nicht vor wegzulaufen. Aber wundern Sie sich nicht, wenn mich eine kräftige Brise davonweht.«

»Aye, Sie hätten es verdient, mein Junge. Der erste Schritt in die Freiheit. Wer weiß, sie könnte näher sein, als Sie vermuten.«

Mungo schnappte den Hinweis sofort auf. »Wissen Sie etwas, was ich nicht weiß, Doc?«

»Sie werden es als Erster erfahren. Aber Sie sollten wissen, dass die Familie L'Estrange sich an höchster Stelle für Sie eingesetzt hat. Also machen Sie keine Dummheiten. Ein weiteres rotes Hemd würde alles vermasseln.«

Mungo grinste schräg, als er diesen Sträflingsausdruck für Auspeitschungen hörte. »Sie können sich auf mich verlassen, Doc. Ich heiße nicht umsonst Mungo nach dem heiligen Kentigern.«

O Gott, jetzt habe ich mich verraten. Und er wird die Anspielung auf meinen Vater verstehen.

Dr. Gordon dachte einen Augenblick über Mungos Worte nach, ging jedoch nicht darauf ein. »Es ist Zeit, die Packpferde zu beladen, Sean«, antwortete er und trat wieder in die Hütte.

Dankbar, dass er ihn bei seinem Decknamen genannt hatte, sammelte Mungo in aller Eile die Geräte zusammen, die sie für ihre Feldarbeit benötigen würden, und salutierte ironisch, als er zurückkehrte.

»So gut wie fertig, Sir, fehlt nur noch die Vogelflinte.«

Der Arzt schwang sich in den Sattel und warf ihm einen vielsagenden Blick zu.

»Die werden wir nicht brauchen. Sie haben damit geprahlt, dass Sie im Busch überleben können wie die Einheimischen. Jetzt müssen Sie es beweisen.«

Mungos Lächeln erstarb, doch er erholte sich schnell. »Sie werden schon nicht verhungern, Doc.«

Als sie den Außenbezirk der neu gebauten Frauenwerkstatt in der Strafkolonie am Fluss von Brisbane Town erreichten, hatte die Sonne trotz des breitkrempigen Buschhuts bereits die blasse Haut des Arztes verbrannt.

»Eins muss man Logan lassen«, sagte Gordon anerkennend. »In weniger als vier Jahren hat er mit seinem Bauprogramm Moreton Bay zu einer vorbildlichen Strafkolonie gemacht, zumindest im Hinblick auf die Anlagen.«

Mungo nickte schweigend, obwohl er ganz anders darüber dachte. *Kein Wunder, dass Logan in Darlings Augen ein Sonnyboy ist. Allerdings gehört nicht viel dazu, wenn man auf sechshundert Zwangsarbeiter wie uns zurückgreifen kann, die man mit der Peitsche kontrolliert.*

Gordon schien seine Gedanken gelesen zu haben. »Aye, aber das war nur auf Kosten vieler Menschenleben möglich.«

Mungo konnte seinen Mund nicht halten. »Hoffen wir, dass das eines Tages auch in den Geschichtsbüchern steht.«

In der Frauenmanufaktur arbeitete eine kleine Anzahl von weiblichen Sträflingen, fast alles Wiederholungstäterinnen, die aus der Lake-Macquarie-Strafanstalt südlich von Moreton Bay stammten. Dort saßen inzwischen nur noch schwangere Frauen und weibliche Gefangene, die darauf warteten, Siedlern zugewiesen zu werden.

Hier waren sie damit beschäftigt, Flachs zu spinnen oder Strohhüte, Mützen und Arbeitskleidung für Häftlinge herzustellen. Die Frauen wurden nicht ausgepeitscht, und nur die widerspenstigsten wurden zu kurzer Einzelhaft bei Wasser und Brot verdonnert.

Mungo beneidete sie nicht um ihre menschlicheren Bedingungen. Viele hatte man gezwungen, ihre Kinder in England zurückzulassen, und es war unwahrscheinlich, dass sie sie je wiedersahen.

»Ich habe gehört, dass einige Gefangene als Krankenschwestern ins Krankenhaus von Moreton Bay versetzt wurden«, sagte Mungo.

»Aye, aber Sie werden hoffentlich nicht dem Beispiel einiger Gefangener folgen, die sich absichtlich verletzt haben, nur damit sie von einer Frau behandelt werden können.«

Mungo hatte tatsächlich mit dem Gedanken gespielt, dann aber der Versuchung widerstanden.

»Ich nicht, Doc. Ich kann warten«, log er. »Ich habe einer Frau versprochen, sie zu heiraten, sobald ich hier entlassen werde.«

Gordon hob eine Augenbraue. »Freut mich zu hören. Sie ist bestimmt eine wunderbare Frau. Ich will noch einmal nachschauen, ob vielleicht ein Brief an Sie verloren gegangen ist. Das Gesetz schreibt vor, dass den Gefangenen jeder Brief laut vorgelesen werden muss. Ist schon seltsam, dass Sie in all der Zeit nicht ein einziges Mal Post bekommen haben.«

Das Ausbleiben jeglicher Nachrichten von zu Hause machte Mungo schwer zu schaffen. Er war sicher, dass seine Mutter Felix gebeten hatte, ihm in ihrem Namen zu schreiben. In drei Jahren hatte er niemals irgendwelche Nachrichten erhalten, bis auf das, was erst jetzt über die Briefe seines Vaters an Dr. Gordon durchgesickert war, in denen es um das Wohl des Gefangenen Sean O'Connor ging.

Wenn ich den Kerl erwische, der meine Briefe hat verschwinden lassen, stopfe ich ihm das Maul mit dem Postsack.

In der zweiten Woche ihrer Expedition erreichten sie das Ufer eines Flusses, und Gordon warf einen Blick auf die Karte.

»Das scheint ein Ausläufer des Flusses zu sein, den Logan nach Gouverneur Darling benennen wollte, doch der hat es vorgezogen, ihn Logan zu taufen – als Verdienst für dessen Entdeckungen.«

»Was gibt es zum Abendessen?«, fragte Mungo hastig, um von seinem knurrenden Magen abzulenken. »Wie wäre es mit einem Feuerchen? Und dann könnten wir eine Büchse Pökelfleisch öffnen, was meinen Sie?«

»Kommt nicht infrage«, antwortete Gordon munter. »Das sind Notrationen, für den Fall, dass wir in einen Tropensturm geraten. Machen Sie sich auf den Weg. In der Zwischenzeit schlage ich das Lager auf. Für die Jagd sind Sie zuständig.«

»In Ordnung. Aber da Sie keine Vogelflinte mitnehmen wollten, können Sie nicht erwarten, dass ich Kängurus oder Wallabys mit bloßen Händen fange. Sie werden sich überraschen lassen müssen.«

Die Augen des Arztes unter dem breitkrempigen Hut leuchteten auf.

»Die Lösung des Problems überlasse ich gern Ihnen, mein Junge. Das Messer dürfte für einen ausgebufften Buschexperten wie Sie doch genügen, oder?«

Gordon setzte sich auf einen Felsen und zündete sich seine Pfeife an.

Mungo entfachte ein Lagerfeuer und zog dann los. Obwohl er scheinbar sorglos vor sich hin pfiff, war er sich bewusst, dass Gordon nur testen wollte, ob er tatsächlich im Busch überleben konnte.

Das wird mir eine Lehre sein, nächstes Mal den Mund nicht so voll zu nehmen. Wenn Vater und ich damals Ausflüge nach Illawarra machten, hatten wir immer Unmengen von Leckereien dabei. Der einzige Fisch, den ich jemals gefangen habe, war ein Winzling. Vater hat ihn wieder ins Wasser geworfen, damit er noch wachsen konnte.

Theoretisch wusste Mungo, wie die Aborigines einen flachen Bach teilweise mit Steinen eindämmten, um Fische zu fangen, kam aber dann auf die Idee, dass Rache süßer war.

Jetzt werde ich zur Abwechslung mal Sie auf die Probe stellen, Doc.

Mithilfe seines Messers schnitzte er sich aus einem abgebrochenen Ast einen Knüppel und begab sich auf die Suche nach der Buschnahrung, die bei Einheimischen als Delikatesse galt …

Als er mit seiner Beute zurückkehrte, lag Sandy Gordon im Schatten und schlief, den Hut über den Augen. Seine Hände waren über der Brust gefaltet, feine weiße Hände mit hervorstehenden blauen Adern wie die eines viel älteren Mannes. Mungo musste an die Bilder in den englischen Geschichtsbüchern denken, an die lebensgroßen Statuen von Rittern, die auf den Grabsteinen lagen, die Beine an den Knöcheln oder Knien gekreuzt, in ihren Rüstungen, um zu zeigen, wie sie in der Schlacht den Tod gefunden hatten.

Beim Anblick der Gestalt am Boden empfand er einen Anflug von schlechtem Gewissen.

Mein Gott, ein Schwarzer hätte ihm mit seinem Waddy das Hirn zertrümmern können. Ich muss besser auf ihn aufpassen. Hätte er sich meiner nicht angenommen, wäre ich entweder tot oder verrückt. Noch verrückter, als ich jetzt schon bin.

Er wusste, dass Sandy Gordon wahrscheinlich nicht älter als fünfunddreißig war, doch seine Lunge war angegriffen und machte ihm manchmal schwer zu schaffen.

Vorsichtig, um seinen Schlaf nicht zu stören, trug Mungo die oberste Schicht des Lagerfeuers ab, vergrub die Beute, in ein Palmblatt gewickelt, in einer Mulde, deckte sie mit einer weiteren Schicht von Palmblättern ab und häufte die heiße Holzkohle wieder darauf. Anschließend stapelte er sorgfältig frisches Holz auf den unterirdischen Ofen. Am Ende setzte er sich daneben, stopfte sich eine Tonpfeife mit dem rasch schwindenden Vorrat aus seinem Beutel und wartete.

Plötzlich fiel sein Blick auf ein Einmachglas, dessen Öffnung mit einem Stück Gaze und einer Kordel verschlossen war. Im Innern befand sich ein erstaunlich türkis-schwarz-golden leuchtender Schmetterling, wie er noch nie einen gesehen hatte.

Der Doc war also nicht untätig. Zumindest Letitia Logan wird sich freuen.

Die Hitze der Sonne machte ihn schläfrig, trotzdem war er entschlossen, wach zu bleiben. Er wusste, dass die Einheimischen sich für Weiße im Busch perfekt unsichtbar machen konnten und dann urplötzlich vor ihnen auftauchten.

Seine Waffe, das Messer, bot nicht viel Schutz vor ihren Speeren, falls sie einen Hinterhalt planten. Seine einzige Chance, sich zu verteidigen, lag darin, sie mit einem breiten Lächeln willkommen zu heißen, ihnen seinen Namen zu nennen, den Tabakbeutel anzubieten und sie einzuladen, sein Essen mit ihnen zu teilen. Gastfreundschaft war ein heiliges Gesetz für die Aborigines im Süden der Kolonie, und er konnte nur hoffen, dass es bei den hiesigen Stämmen genauso wäre.

Aber die Schwarzen sind bestimmt nicht glücklich über Logans Expeditionen in ihr Stammesgebiet. Hoffentlich wollen sie sich nicht an Sandy und mir rächen.

Mungo wartete so lange, bis der Doc einige Stunden später von selbst aufwachte. »Was ist mit unserem Abendessen?«, fragte er und zeigte auf das Feuer, auf dem sich nichts tat.

»Es ist unter der Holzkohle vergraben. Eine Technik der Einheimischen im Süden; sie nennen es ›faules Kochen im Bett‹. Frauen und Kinder bekommen als Letzte etwas ab, die Stammesältesten essen zuerst. In diesem Fall also Sie, Doc.«

»Klingt gut«, antwortete Gordon aufmunternd. »Ich glaube, dass nicht mal Captain Logan heute Abend etwas Besseres haben wird als Rindfleisch aus der Dose. Möglicherweise hat er irgendwo hier in der Nähe sein Lager aufgeschlagen. Er ist fest entschlossen, ins feindliche Hinterland der Einheimischen auf der anderen Seite des Flusses vorzustoßen. Und gegen seine Waghalsigkeit ist kein Kraut gewachsen.«

Mungo wollte eine Diskussion über Logan unbedingt vermeiden, also nahm er eine Gabel, die er aus Draht improvisiert hatte, schob die Kohle beiseite und probierte das Fleisch, um zu sehen, ob es schon gar war.

»Noch etwas, Sean. Außerhalb des Lagers können wir auf Formalitäten verzichten. Meine Freunde nennen mich Sandy.«

Mungo blickte auf und sah dem Mann, der nun sein Freund war, in die Augen.

»Sandy«, sagte er. »Dann können wir uns ab jetzt ja auch duzen. Ich glaube, das Abendessen ist fertig.«

Ohne eine Miene zu verziehen, zog er eine dicke, fast zwei Meter lange Schlange aus dem Feuer, die er unter der Kohle vergraben hatte, und kratzte lässig die Asche von ihrer Haut. Er schnitt mehrere gleich große Stücke ab, legte eins auf ein knuspriges Palmblatt, das die Form einer Muschel hatte, und überreichte es feierlich dem Arzt.

»Ich habe keine Ahnung, wie Pythonschlangen schmecken oder ob ihr Fleisch giftig ist. Aber da die Schwarzen es seit Jahrhunderten essen, denke ich, dass wir es auch riskieren können, Doc.«

Sandy blinzelte verwundert, nahm das Stück aber trotzdem höflich an.

Mungo probierte als Erster. »Hm, schmeckt ein bisschen wie zähes *chook* – unser Ausdruck für Hühnchen. Was meinst du?«

Sandy kaute und betrachtete seinen Gefangenen nachdenklich. »Ich würde sagen, es ist eine Mischung zwischen Hühnchen und den alten Stiefeln meines Großvaters in den Highlands.«

Mungo stimmte in sein Lachen ein, dann aßen sie in einträchtigem Schweigen weiter.

Schließlich griff Sandy nach der Whiskeyflasche und schenkte zwei kleine Gläser ein. Eins reichte er Mungo, dann streckte er den Arm aus und hielt das seine über die Wasserflasche.

»Was soll das werden?«

»Wir stoßen auf den Prinzen am anderen Ende der Welt an. Bonnie Prince Charlie.«

»Den englischen Thronanwärter? Aber der ist doch schon seit einer Ewigkeit tot. Wir werden seit Jahrhunderten von den Hannoveranern regiert.«

»Aye, aber trotzdem lebt Prinz Charles Edward Stuart in der Erinnerung der Highlander fort.«

An dem Ausdruck in seinen Augen erkannte Mungo, dass der Schotte es todernst meinte.

Sandy füllte erneut ihre Gläser. »Was gibt es zum Nachtisch, Sean?«

Mungo deutete auf das Feuer. »Schlange.«

Sandys Gelächter war ansteckend. Der Whiskey wärmte sie. Im Verlauf seiner Arbeit an Sandys Seite hatte Mungo gelernt, dessen unausgesprochene Gedanken zu lesen.

»Woran denkst du, Sandy?«

»An Patrick Logan. Er ist wie besessen von der Vorstellung, sein Ziel zu erreichen und das Land westlich von Brisbane und des oberen Laufs des Flusses Brisbane zu kartografieren. Diese Expedition könnte seine letzte Gelegenheit dazu sein. Wie du weißt, soll das 57. Regiment in ein paar Wochen nach Indien versetzt werden.«

Mungo versuchte beiläufig zu klingen. »Hat der Gouverneur schon einen Nachfolger ernannt?«

»Aye, einen Landsmann von mir, einen Schotten. Captain James Oliphant Clunie. Er steht Gewehr bei Fuß. Ihm zu Ehren hat Logan bereits einen Fluss nach ihm benannt.«

Der Whiskey hatte Mungos Zunge gelöst. »Ist er vom selben Schlag wie Logan?«

»Ein ebenso mutiger Offizier, aber ein anderer Mensch.« Sandys warnender Blick zeigte Mungo, dass er ihm bereits mehr verraten hatte, als er durfte. »Ich glaube, dass ich dich mittlerweile gut genug kenne, um eine ehrliche Antwort auf eine schwierige Frage erwarten zu dürfen. Ich glaube, dass Logan im Moment … in der Klemme steckt. Er ist fest entschlossen, sich mit seinen Expeditionen einen Namen zu machen. Aber er ist auch von Dingen besessen, die er nicht ändern kann. Während einer kürzlichen Expedition hat er sein Lieblingspferd verloren. Und jetzt will er es unbedingt finden, ehe sein Regiment nach Indien versetzt wird.«

Logans Lieblingspferd? Mein Gott, hat der Mann am Ende doch menschliche Züge?

Sichtlich besorgt fuhr Sandy fort: »Logan steht unter enormem Druck. Kürzlich hatte seine Frau eine Fehlgeburt. Erst letztes Jahr hat Darling ihm gedroht, ihn als Kommandant abzulösen. Obwohl er seine Gunst inzwischen wiedergewonnen hat, steckt er bis zum Hals in Schulden. Du würdest nicht glauben, wie schlecht er im Vergleich mit anderen Kommandanten bezahlt wird, denen weit weniger Gefangene unterstehen. Selbst sein neuer Sanitätsoffizier, der junge Murray, wird besser bezahlt als er. Ich kann nur vermuten, dass er kurz vor einem Nervenzusammenbruch steht.«

Mungo schwieg. *Du kannst nicht erwarten, dass ich Mitleid mit dem Mistkerl habe.*

Jetzt kam Sandy zur Sache. »Ich wäre dir sehr verbunden, wenn du mir gegenüber ehrlich bist. Ist dir an Logans Verhalten irgendetwas aufgefallen, oder hast du etwas mitbekommen?«

»Nichts, was vor einem Gericht Bestand hätte.« Mungo war zu dem Schluss gekommen, dass er wenig zu verlieren hatte. »Nur was ich vor einigen Wochen selbst gesehen habe. Niemand außer mir hat es mitgekriegt. Logan war allein unterwegs, zu Pferd. Er hat mich nicht bemerkt, sondern konzentrierte sich auf eine zerlumpte Gestalt, die sich im Busch versteckt hatte. Sie sah aus wie einer der Männer, die vor Kurzem aus dem Lager ausgerissen waren. Logan befahl ihm, stehen zu bleiben. Doch der Sträfling ging langsam auf Logan zu, streckte seinen ausgemergelten Arm aus – und griff nach den Steigbügeln.«

»Aye, und wie hat er reagiert?«

»Er wurde totenblass. Offensichtlich erkannte er den Mann, denn er rief ihn beim Namen. Ich konnte die Panik in Logans Augen erkennen.«

»Warum hatte er Panik? Logan ist doch immer bewaffnet.«

»Weil der Sträfling nur grinste und anschließend verschwand.«

»Im Busch?«

»Nein. Es war ein Flüchtling, den man vor einigen Wochen zuvor genau an dieser Stelle wieder eingefangen hatte. Logan hatte ihn zu fünfhundert Peitschenhieben verurteilt. Jetzt war er seinem Geist begegnet!«

Sandy beugte sich vor. »Woher willst du wissen, dass es ein Geist war?«

»Weil Logan und ich ihn gleichermaßen erkannt haben. Ich war dabei, als Stimson zu Tode gepeitscht wurde. Ich habe geholfen, ihn zu beerdigen.«

Die Stille wurde nur von den leisen, geheimnisvollen Geräuschen des Buschs unterbrochen.

»Wir Highlander glauben durchaus, dass die Toten die Macht besitzen, sich an den Lebenden zu rächen – wenn sie im Recht sind. Aber warum hast du mir nichts davon erzählt?«

»Hättest du mir denn geglaubt?«, entfuhr es Mungo. »Ich war monatelang halb verrückt gewesen, hatte sogar Halluzinationen gehabt. Nachdem ich weiß Gott wie lange im Loch gesteckt hatte, fing ich an, mit den Toten zu reden. Und sie mit mir.«

Sandy nickte aufmunternd, sagte aber nichts.

Mungo musste über sich selbst lachen. »Dabei war es gar nicht so schlimm! Eine schöne junge Frau erscheint mir. Ich weiß, dass sie nur in meiner Fantasie existiert, aber sie hält mich am Leben. Warum also hättest du mir das mit Logan abkaufen sollen, vor allem, da du weißt, wie sehr ich dem Mistkerl den Tod wünsche?«

Mungo brach ab, er verbarg das Gesicht in den Händen. Dann spürte er die Berührung von kühlem Metall auf der Haut, und als er aufblickte, sah er, dass Sandy ihm mit feuchten Augen den Flachmann in die Hand drückte. »Trink, mein Junge. Es wird dir helfen, Schlaf zu finden.«

Dann erhob er sich mühsam und stolperte zu seinem Schlafsack.

Mungo leerte den Flachmann bis zum letzten Tropfen und starrte im Liegen zum Firmament empor. *Gute Nacht, mein Mädchen. Eines Tages werde ich dich finden*. Er wartete. Doch dieses Mal kam sie nicht.

Die Nacht war noch rabenschwarz, als Mungo plötzlich aufschreckte und die Anwesenheit einer unsichtbaren Gestalt spürte. Seine Finger schlossen sich um den Griff des Messers, das er unter der Satteldecke, die ihm als Kopfkissen diente, aufbewahrte, obwohl er wusste, dass es ihm wenig Schutz vor dem Schlag eines Waddys bieten würde.

Mit klopfendem Herzen stammelte er: »Wer ist da?«

Aus der Richtung eines Gummibaums kam ein leises Rascheln. Im dunstigen Licht neben dem Baum erkannte er jetzt langsam die verschwommenen grauen Umrisse einer menschlichen Gestalt. Es war nicht Stimson.

Mungo gewann die Sprache wieder. »Was machst *du* denn hier? Du bist doch gar nicht nach Moreton Bay geschickt worden.«

»Im Gegensatz zu dir habe ich meine Karten gut ausgespielt, Mungo.«

»Ich heiße Sean O'Connor, um Gottes willen!«

»Keine Bange. Außer dir kann mich hier kein Mensch hören.«

Will Eden lehnte sich an den Gummibaum. Sein Gesicht war ebenso deutlich zu erkennen wie die feine Maserung auf dem Stamm, die aussah wie die ersten Schreibversuche eines Kindes. Ein selbstbewusstes Grinsen, das Mungo nur allzu gut kannte, lag auf seinem Gesicht.

»Was ist denn so witzig?«, fragte Mungo.

»Wir beide haben das bekommen, was wir wollten. Ich wollte lieber sterben, als hierher deportiert zu werden. *Du* wolltest leben.«

»Nennst du das etwa leben?«

»Ich weiß, dass es hart war, aber deine Tage in Moreton Bay sind gezählt, mein Junge.«

»Ja, Stimson hat mich vor einem Mord gewarnt. Meiner, nicht wahr?«

»Das hängt von dir ab. Ich wollte mich entschuldigen, weil ich deine Stiefel gestohlen habe.« Will zeigte auf die braunen Lederstiefel, die so blitzblank poliert waren, dass sie trotz der Dunkelheit glänzten.

»Hättest du mich gefragt, hätte ich sie dir freiwillig gegeben. Du brauchtest mich deswegen nicht gleich niederzuschlagen.«

»Versuch doch zu verstehen. Ich wollte anständig aussehen, wenn ich am Galgen meine letzte Rede halte. Ich wusste, dass die süße kleine Fanny kommen würde, um sich von mir zu verabschieden.«

»Ja, sie hat Wort gehalten. Wie könnte ich das vergessen«, sagte Mungo ausdruckslos. »Warum bist du gekommen?«

Will zupfte träge an dem Schal, den er um den Hals trug. »Ich wollte dich warnen. Du musst dich entscheiden. Keine Lügen, keine Mauscheleien.«

»Mist! Das musst du gerade sagen. Wegen deiner Gaunereien bin ich hier gelandet. Hast den vornehmen Herrschaften Aktien an einer Insel in der Südsee verkauft, die keiner von uns je gesehen hatte.«

Will blieb gelassen. »Es war nicht unsere Schuld, dass der Vulkan ausgebrochen ist und die Insel spurlos im Meer versank. Aber das ist doch Schnee von gestern. Ich bin gekommen, um dich zu warnen. Vermassle dir nicht die letzte Chance, hier lebendig rauszukommen. Möglich, dass man dir ein ganzes Jahr erlässt. Und dann könntest du Weihnachten zu Hause sein, es sei denn …«

»Es sei denn … was?«

»Vergiss nicht, wie es in der Bibel heißt: Mein ist die Rache, spricht der Herr.«

»Lieber Himmel, das klingt ja, als wärst du am Ende noch gläubig geworden.«

»Das will ich überhört haben. Also, mach's gut, mein Junge.«

»Verdammt noch mal, du kannst jetzt nicht einfach verschwinden!«

Doch Mungos Ruf hatte keine Wirkung. Will Eden löste sich bereits wieder in Luft auf. Zuerst verschwanden Mungos Stiefel, dann glühten auch die restlichen Konturen noch einmal auf, ehe sie wie Rauch zerflatterten.

Mungos letzter Gedanke vor dem Einschlafen war: *Du hattest schon immer allerlei Tricks auf Lager, Will Eden. Aber nicht nur du.*

NEUN

Heute war ein besonderer Tag, und Vianna hatte es eilig, ihr Ziel zu erreichen. Der erste Teil der Strecke nach Eliza Point war ihr vertraut; diesen Weg hatte die Kutsche regelmäßig genommen, um sie zu Jean-Baptiste Bonnards Atelier zu bringen.

Als die Kutsche in eine Privatstraße einbog, die Captain John Piper im Jahr 1826 gebaut hatte, wusste sie, dass sie die Villa Henrietta bald erreichen würden. Das berühmte Anwesen galt als bekannter Orientierungspunkt für die Schiffe, die nach Port Jackson einfuhren, denn es war das erste Gebäude, das man in Sydney Heads erblickte. Besucher aus Europa, die in die Kolonie kamen, behaupteten, der Ausblick von Eliza Point sei einer der schönsten auf der Welt.

Vianna wusste, dass dieses Anwesen und Pipers Gastfreundschaft legendär waren. Ihr Erbauer war immer noch unter dem Namen »The Prince of Australia« bekannt, obwohl er mittlerweile in Ungnade gefallen war und der Verlust seines Vermögens ihn gezwungen hatte, sich auf seinen Landsitz Alloway Bank bei Bathurst jenseits der Blue Mountains zurückzuziehen.

Sie schreckte zusammen, als die Kutsche ins Schlingern kam, weil sie dem Baumstamm eines riesigen Eukalyptusbaumes ausweichen musste, der während eines kürzlichen Sturms umgestürzt sein musste. Blewitt stieß einen Schwall von Flüchen aus, wie sie Vianna nicht einmal von den Matrosen in The Rocks gehört hatte. Severin hob belustigt eine Braue.

»Sieht ganz so aus, als wäre dein Blewitt nicht besonders erfreut, auch noch den Kutscher zu spielen, Severin«, sagte sie in dem Versuch, ihr Missfallen gegenüber dem ungehobelten Kerl, den Severin ihr als Leibwächter zugeteilt hatte, zu kaschieren.

»Mach dir keine Sorgen, er weiß, dass er sich an meine Anweisungen zu halten hat – ansonsten droht ihm in England ein Mordprozess, vor dem ich ihn bewahrt habe«, erklärte Severin träge. »Wenn alles nach Plan verläuft, wirst du dich ab heute kaum noch ohne ihn in der Öffentlichkeit zeigen können, meine Liebe.«

»Aber Wandas Gesellschaft ist mit viel lieber, Severin«, protestierte sie.

Er winkte verächtlich ab. »Eine Schwarze bietet keinen Schutz vor den Übergriffen von Bewunderern – oder Juwelendieben.«

Das brachte Vianna noch mehr auf die Palme. »Meine Güte, man könnte fast meinen, dass Blewitt die Kronjuwelen beschützt. Wozu? Du erlaubst mir doch ohnehin nicht, meinen Schmuck in der Öffentlichkeit zu tragen. Ständig schließt du ihn in deinem Tresor weg.«

»Er beschützt deine Tugend, Vianna, soweit dieser Ausdruck angebracht ist.«

Vianna spürte, wie ihr vor lauter Wut die Hitze in die Wangen stieg, als er wieder einmal auf ihren Status als Mätresse anspielte.

Trotz seiner lässigen Fassade ist er wegen Jean-Baptistes Ausstellung nervös. Vermutlich steckt viel mehr dahinter als nur der Verkauf seiner Bilder. Aber was? Severin hält sich dermaßen bedeckt, dass ich Kopfschmerzen bekomme, wenn ich versuche herauszufinden, was er als Nächstes vorhat.

Als die Kutsche durch das Eisentor des großen Anwesens fuhr, schnappte Vianna vor Bewunderung nach Luft. Die mit Türmchen und Zinnen versehene Villa Henrietta wurde ihrem Ruf mehr als gerecht. Vor dem Hintergrund des leuchtend blauen Himmels sah sie aus wie ein in Stein gemeißeltes Miniaturschloss.

»Stell dir vor, wir würden in so einem Haus wohnen!«

»Es hat seine besten Jahre schon hinter sich. Jetzt gehört es reichen ehemaligen Sträflingen, die es während der Depression für einen Spottpreis erstanden haben, als Pipers Imperium zugrunde ging. Sein Verlust war Coopers und Levys Glück.«

»Wie traurig!«, sagte sie.

»Wenn du dieses Haus beeindruckend findest, solltest du erst einmal das Anwesen meiner Familie in England sehen. Im Vergleich dazu sieht die Villa Henrietta aus wie das Cottage eines Gärtners.«

Severins finstere Miene erinnerte Vianna daran, dass seine vorläufige Strafaussetzung eine lebenslange Verbannung eingeschlossen hatte. Sollte er illegal nach England zurückkehren, würde er augenblicklich deportiert und seine ursprüngliche Strafe verdoppelt werden.

»Ich bin nicht gierig, Severin. Es reicht mir durchaus, die Häuser von anderen zu bewundern.« Sie beschloss, alles auf eine Karte zu setzen. »Wenn du dein Vermögen gemacht hast, wäre ich vollkommen zufrieden, in einem Haus auf dem Lande zu wohnen, mit einem Obstgarten und ein paar Kühen, die Milch geben.« Die unausgesprochenen Worte schwebten im Raum: »Und wo wir Daisy eine glückliche Kindheit bieten könnten.« Sie wusste, dass ihr sehnsüchtiger Blick sie verraten hatte, denn Severin wandte sich ab.

»Alles zur rechten Zeit, Vianna. Heute muss ich unsere neue Ära einläuten und mein Versprechen dir gegenüber einlösen.«

Was für ein Versprechen? Alle Männer kommen mit gebrochenen Versprechen auf der Zunge zur Welt.

Die Familienkutsche war blitzblank poliert, und ihr elegantes Interieur duftete nach Bienenwachs und dem Aroma von Akazien, das Albruna L'Estrange sogar französischem Parfüm vorzog.

Als Felix die Villa Henrietta in der Ferne sah, spürte er einen kindlichen Anflug von erwartungsvoller Vorfreude. Er war kein Fremder in dem Haus und hatte wundervolle Erinnerungen an Captain Pipers legendäre Gastfreundschaft. Er dachte daran, mit welcher Ehrfurcht er als Siebenjähriger seinem Vater gelauscht hatte, als der ihm erzählte, der Bau des Anwesens werde die astronomische Summe von zehntausend Pfund verschlingen. Er erinnerte sich an den Pomp und daran, wie er Zeuge der Grundsteinlegung geworden war, die Piper, sein Vater und ihre Freunde als erste öffentliche Freimaurerveranstaltung in der Kolonie gefeiert hatten. Wie ein stolzer kleiner Zinnsoldat hatte er neben seinem Vater gestanden, als die Inschrift verlesen wurde ... *Von Gottes Gnaden unter der Herrschaft von Georg III. und der Regierung von Lachlan Macquarie, Esquire ... wurde der Grundstein für dieses Haus gelegt ... durch den Ehrwürdigen Meister der Freimaurerloge für Gesellschaftliche und Militärsche Tugenden.*« Damals hatte Felix sich insgeheim vorgenommen, eines Tages selbst Freimaurer zu werden, damit sein Vater stolz auf ihn sein konnte.

Das Datum würde er niemals vergessen, 2. November 1816, sein siebter Geburtstag. Wie glücklich er gewesen war, die gesamte Aufmerksamkeit seines Vaters für sich zu haben. Mungo war nicht eingeladen gewesen.

»Ob Cooper wohl die Messingkanonen geerbt hat, die Piper zum Entzücken von uns Kindern abfeuerte, um seine Freunde auf den Schiffen zu verabschieden, die auf dem Weg nach Europa durch Heads segelten? Weißt du noch?«

In den Augen seiner Mutter blitzte ein kurzer Schmerz auf. »Ich war nie dabei, Felix. Pipers Frau Mary Anne hatte mich natürlich eingeladen, aber dein Vater und ich verkehrten in unterschiedlichen Kreisen.«

»Natürlich. Verzeih mir, Mutter. Tut mir leid, wenn ich dich an traurige Ereignisse aus der Vergangenheit erinnert habe.«

»Ach, das ist Schnee von gestern. Aber ich habe mein Bestes getan, um dir eine glückliche Kindheit zu ermöglichen, Felix, trotz unseres Rosenkriegs.«

»Ich bin dir dankbar für alles, was du für mich getan hast, Mama.«

»Schön. Dann kannst du dich revanchieren, indem du nett bist, wenn ich dich Sir George Quentons junger Tochter vorstelle. Sie gehört zu den dreizehn vornehmsten Familien der Kolonie.«

Felix zuckte zusammen. *Typisch Mutter! Ich wusste, dass ich einen Preis zahlen muss, wenn ich an dieser verdammten Kunstausstellung teilnehme. Warum kann Mutter es nicht lassen, mich verkuppeln zu wollen?*

»Ich kann nur hoffen, dass sie zwei Sätze hinkriegt, ohne zu kichern.«

»Es wäre schon hilfreich, wenn du es dir verkneifen könntest, ihr Lektionen in Astronomie zu geben«, gab sie zurück.

Wenn ich eine Frau finden würde, die meine Leidenschaft für die Sterne teilte, würde ich sie auf der Stelle heiraten.

Felix war dankbar für die Ablenkung, als sie die Kutsche des Gouverneurs erkannten, die im Schatten der Norfolktannen wartete. »Mrs Darling ist schon da. Du weißt ja, ich kann es nicht leiden, zu spät zu kommen«, fuhr sie ihn an. Dem verlorenen Blick Old Crawfords nach zu urteilen, schwelgte der Kutscher in Erinnerungen an seine dreizehntausend Meilen entfernte englische Heimat, daher half Felix seiner Mutter selbst beim Aussteigen und wappnete sich für die gesellschaftlichen Konventionen, mit denen er sich in den kommenden Stunden würde herumschlagen müssen.

Bestimmt ist die gesamte Gesellschaft von Sydney eingeladen.

Weder Felix noch seine Mutter waren ihrem Gastgeber jemals zuvor begegnet. Er stellte sich charmant als Severin vor, doch beide wussten, dass er ein freigelassener Sträfling war und den Titel eines Honorable tragen durfte, der ihm half, seinen Status in der Gesellschaft wiederzuerlangen. Er war hochgewachsen, makellos gekleidet und hatte dichtes schwarzes Haar mit leicht ergrauten Schläfen.

Als Severin Albruna die Hand küsste und sie in ein Gespräch über den jungen französischen Künstler verstrickte, den er protegierte, nahm Felix die Gelegenheit wahr und stahl sich diskret davon.

Trotz der Spuren der Zeit, die der Villa zugesetzt hatten, seit er zuletzt hier gewesen war, weckte der imposante Ballsaal mit seinem Kuppeldach und den italienischen Säulen Erinnerungen daran, wie er mit Pipers Töchtern blinde Kuh gespielt hatte – und zum ersten Mal geküsst worden war. Selbst jetzt, da man die Möbel entfernt hatte, um Platz für die Gemälde und die vielen Gäste zu schaffen, die darauf brannten, sich als Kunstliebhaber auszugeben, bot der Saal eine elegante Kulisse für die Arbeit eines Künstlers, aber auch einen herrlichen Blick auf den Hafen.

Als Felix Miss Quenton entdeckte, die hinter ihrem Fächer versteckt flirtete, tauchte er in der Menge unter. Um seine Schüchternheit zu kaschieren, griff er dankbar nach einem Champagnerglas auf dem Tablett, das ihm ein indischer Diener mit Turban anbot. Nach dem zweiten Glas fühlte er sich deutlich entspannter.

Während er hingerissen ein Gemälde mit dem Titel *Biwak in Illawarra* betrachtete, bemerkte er plötzlich, dass Severin neben ihm stand.

»Darf ich Sie fragen, was Sie von diesem Künstler halten, Mr L'Estrange?«

»Er hat eine bemerkenswerte Beobachtungsgabe. Mein Vater besitzt ein Stück Wald in Illawarra, daher bin ich mit der majestätischen Landschaft dort gut vertraut. Im Gegensatz zu den vielen Fremden, die unsere Eukalyptusbäume betrachten, als hätten sie nie etwas anderes als europäische Bäume gesehen, hat dieser Künstler die Seele des australischen Buschlands eingefangen. Dieser junge Franzmann ist der begabteste Maler, den ich seit Jahren gesehen habe.«

Severin kniff geschmeichelt die Augen zusammen. »Sehr trefflich beobachtet. Darf ich Sie mit dem Künstler bekannt machen, Monsieur Jean-Baptiste Bonnard.«

Mein Gott, und ich habe ihn Franzmann genannt. Was für ein Fauxpas, man müsste mich wirklich in Rockingham Hall einsperren!

Entsetzt wandte sich Felix dem gut aussehenden jungen Mann

zu, dessen dunkle Locken ihm nach romantischer Byron-Mode ins Gesicht fielen.

Nachdem sie sich voreinander verbeugt hatten, entschuldigte sich Felix hastig. »Verzeihen Sie, Sir. Ich wollte Sie keineswegs beleidigen. Wir Kolonisten haben die Angewohnheit, jedem einen Spitznamen zu geben.«

Die Augen des Künstlers lächelten. »Ich danke Ihnen von Herzen. Künstler haben nicht oft Gelegenheit, aufrichtige Kommentare zu ihren Werken zu hören. Zu Diensten, Monsieur L'Estrange. Das ist ein französischer Name. Sie wurden hier geboren? Aber vielleicht haben Sie selbst französisches Blut?«

»Nein. Ich kam in Preußen zur Welt, der Heimat meiner Mutter. Aber die meiste Zeit meines Lebens habe ich hier verbracht. Wenn man von einer Bildungsreise nach Europa absieht, natürlich.«

Severin war weitergegangen, während Felix überrascht feststellte, dass er die Unterhaltung mit einem Fremden genoss. Der Champagner hatte seine Nerven beruhigt.

»Darf ich Ihnen mein Lieblingsbild zeigen?«, fragte Bonnard, nahm einem vorbeikommenden Diener zwei weitere Champagnergläser ab und führte ihn zum Porträt einer unbeschreiblich schönen jungen Frau, die in einem griechischen Gewand auf einer Chaiselongue lag. Mehrere Männer hatten sich bewundernd darum versammelt.

Felix war fassungslos. *Mein Gott, das ist sie! Die junge Frau, die ich bei Wills Hinrichtung am Hangman's Hill gesehen habe! Was für ein Wunder, sie hier wiederzufinden.*

»Sie ist unbeschreiblich, *n'est-ce-pas*?«, fragte der Maler sehnsüchtig.

Felix geriet ins Stammeln. »Wer ist sie?«

»Ich habe ihr Porträt *Die Venus von Sydney* genannt. Sie ist wie der hellste Stern am Himmel – aber für normale Sterbliche unerreichbar.«

Felix empfand Zuneigung – nicht nur für die junge Frau, sondern auch für den Künstler, mit dem er sich plötzlich verbunden fühlte.

»Kann ich es kaufen? Nennen Sie mir einen Preis.«

»Vielen Dank, Sir, ich fühle mich außerordentlich geehrt, aber es ist unverkäuflich. Sowohl das Gemälde als auch das Modell, Vianna, gehören Monsieur Severin.«

Felix kam sich vor, als hätte ihm jemand einen Schlag in den Magen versetzt. *Das bedeutet, dass sie eine Mätresse ist. Doch das ist mir gleich. Jetzt hat sie einen Namen. Vianna. Ich muss sie unbedingt sehen.*

Er nahm all seinen Mut zusammen und fragte: »Ist sie heute hier?«

»Ja, Monsieur, sie wird jeden Moment erscheinen.«

Der Franzose zeigte auf das Podium, wo Severin neben Ihrer Exzellenz, Mrs Darling, stand. Nachdem diese eine reizende Ansprache gehalten hatte, erklärte sie die Ausstellung für eröffnet und war bald von ihrer Entourage umringt.

Anschließend rief Severin Jean-Baptiste Bonnard auf das Podium und hielt eine Lobeshymne auf das Werk und den feinfühligen Blick für die Motive, aber auch die exotische Landschaft Australiens.

Felix errötete heftig, als er hörte, wie Severin seine eigenen Worte wiederholte und die Gäste spontan Beifall klatschten.

In diesem Augenblick sah er sie. Vianna, seine Venus. Sie war die einzige Frau im Saal, die keinen extravaganten, überdimensionalen Hut trug. Ihr ätherisches Gesicht war von einer dichten Wolke aus schimmerndem Haar umgeben, das wie ein goldenes Tuch bis auf die Hüften fiel. Dazu trug sie ein schlichtes, weites Gewand, ähnlich wie das auf dem Porträt, und einen Schal um die elfenbeinweißen Schultern. Sie wirkte wie eine Mischung aus Unschuld und Entrücktheit.

Gebannt folgte Felix ihr, als sie sich einen Weg durch die Menschenmenge zum Podium bahnte. Dort stand ein von einem weißen Leinentuch bedecktes Gemälde auf einer Staffelei.

Severin streckte die Hände aus und half ihr auf das Podium. Vianna lächelte den anwesenden Gästen zu und senkte in respektvoller Anerkennung den Kopf vor dem Künstler, der, wie Felix zu sehen meinte, zunehmend beunruhigt wirkte, als Severin seine Erklärung abgab.

»Meine Damen und Herren, ich werde nun ein unvergleichliches Werk des Künstlers enthüllen. Die junge Dame, die für den Künstler posierte, ist Ihnen bereits als Venus von Sydney bekannt.« Er deutete auf das Porträt an der Wand. »Jetzt aber möchte ich Sie einladen, die *echte* Venus zu betrachten.«

Schwungvoll zog er das Tuch von der Staffelei und enthüllte, was auf den ersten Blick wie ein Duplikat des ersten Porträts aussah. Dasselbe ätherische Gesicht, dasselbe griechische Gewand, bis auf ein kleines Detail: Oberhalb des griechischen Gewands war eine Brust entblößt und offenbarte eine blutrote Brustwarze auf der elfenbeinfarbenen Haut.

Dann zerriss Viannas entsetzter Schrei die vollkommene Stille. »Jean-Baptiste! Wie konntest du mir das antun? So habe ich nie posiert!«

Bonnard war am Boden zerstört. »Verzeihen Sie mir! Ich schwöre, dass ich nie mein Einverständnis gegeben habe, dass dieses Gemälde in der Öffentlichkeit gezeigt wird.«

Unter den Zuschauern brach Empörung aus. »Pfui!«, riefen sie. »Flittchen!« Manche drängten sich durch den Saal, entweder auf den Ausgang oder auf den Verkaufstisch zu, um für das skandalöse Gemälde zu bieten.

Schockiert musste Felix entdecken, dass seine Venus sterblich war. Kreidebleich stolperte Vianna einen Schritt zurück, in Severins kräftige Arme. Ein Schwall von Emotionen erfasste Felix, als sie sich aus Severins Umklammerung löste, um sich einen Weg durch die Traube von Männern zu bahnen, die trotz ihrer gespielten Empörung versuchten, sie am Verlassen des Saals zu hindern und ihr Fragen zu stellen.

Zum ersten Mal im Leben verspürte er das Bedürfnis, sich zu prügeln. Blindlings stieß er alle beiseite, die ihm im Weg standen, und kämpfte sich bis zu ihr hindurch.

Ein kurzer Blick in ihre schockierten blauen Augen verriet ihm, was er zu tun hatte. Er hob sie hoch und rief: »Aus dem Weg, ihr Dreckskerle! Die Dame braucht frische Luft!« Dann trug er sie zum Ausgang und hinaus in die kühle Nacht.

Felix war wie berauscht, als sie sich schluchzend wie ein kleines Kind an ihn klammerte und das Gesicht an seinen Schultern vergrub. Er nahm keine Rücksicht auf seine Mutter, die er allein zurückließ. Er hatte nur einen Gedanken: *Ich muss sie von hier fortbringen. Sie mit nach Hause nehmen, nach Rockingham Hall.*

Er hatte die sichere Kutsche schon fast erreicht, als ein riesiger Mann mit gebrochener Nase und kampflustigem Ausdruck ihm Vianna entriss und ihm gleichzeitig einen Faustschlag ins Gesicht verpasste.

»Schon gut, Blewitt, der Gentleman hat es nur gut gemeint.«

Auf den scharfen Befehl von Montague Severin hin erstarrte der Riese in Boxerpose.

Da er nicht wusste, was er als Nächstes tun würde, machte Felix einen Schritt auf die schluchzende junge Frau zu. »Bitte erlauben Sie, dass ich Sie nach Hause begleite, Miss Vianna.«

Sie riss die Augen auf und öffnete den Mund, um zu antworten, als Severin ihr mit trügerischer Lässigkeit zuvorkam. »Haben Sie vielen Dank für Ihre Ritterlichkeit, Mr L'Estrange. Aber die Verantwortung für die Dame übernehme ich. In meinen Händen ist sie sicher. Wenn Sie erlauben, Sir.«

Nach einer leichten Verbeugung führte er Vianna eilig zu seiner Kutsche, stieg neben ihr ein und wies Blewitt an loszufahren.

Ein Peitschenhieb, und die Pferde galoppierten davon.

Erst jetzt spürte Felix den Schmerz im Kiefer. Er atmete heftig, während der Wind ihm den Hut vom Kopf wehte und sein Haar zerzauste. Aus seiner Nase strömte Blut und tropfte auf die Hemdbrust. Er nahm es kaum wahr. Er war schockiert über die öffentliche Erniedrigung der Frau, schockiert über den Verrat des Künstlers an ihr, am meisten aber verblüfft von seiner eigenen Reaktion.

Er war völlig durcheinander, wahrscheinlich benebelt vom Champagner.

Sie wirkte aufrichtig entsetzt. Doch auch der Franzmann hat seine Unschuld beteuert. Severin ist sein Mäzen. Wer sagt die Wahrheit?

Felix sah der Kutsche nach, die sich rasch entfernte. *Severin ist zweifellos ein Gentleman, aber trotz seines Charmes traue ich ihm nicht über den Weg … O Gott, da kommt auch noch Mutter, und sie ist offensichtlich auf dem Kriegspfad.*

Albruna L'Estrange ging erhobenen Hauptes an ihm vorbei, warf ihm einen von Grauen erfüllten Blick zu und schlug seine Hand aus, als er ihr in die Kutsche helfen wollte.

»Wir werden kein Wort darüber verlieren, Felix. Ich kann nur hoffen, dass Mrs Darling nie erfährt, wie schrecklich vulgär sich mein Sohn benommen hat.«

Verwirrt und verärgert über ihre ungerechte Reaktion schloss Felix die Tür der Kutsche und wies Old Crawford an, seine Mutter nach Hause zu bringen und ihn in einer Stunde abzuholen.

»Wir sehen uns beim Abendessen, Mutter.« Sie starrte ihn konsterniert an, sagte jedoch nichts, als sich die Kutsche in Gang setzte.

Felix stand vom Wind gebeutelt da und ignorierte die vornehmen Herrschaften, die verächtlich sein blutverschmiertes Äußeres musterten. Als er daran dachte, was in seinem Innern passiert war, musste er schmunzeln.

Ich kann nicht glauben, dass ich das war. Ich habe die Exclusives von Sydney als Dreckskerle bezeichnet! Mungo wäre stolz auf mich.

In der Villa Henrietta wimmelte es immer noch von Gentlemen und weniger vornehmen Herrschaften, die sich aufgeregt um den Verkaufstisch drängten. Ein kurzer Blick durch den Ballsaal offenbarte zahllose rote Punkte. Die meisten Bilder waren bereits verkauft.

Als er nach Bonnard fragte, wies man ihn zu einem Vorzimmer, wo der Künstler zusammengesunken in einem Sessel saß und in sein Weinglas starrte. Trotz des Skandals empfand Felix einen Schwall von Mitleid mit dem Maler, der inzwischen auf dem besten Weg war, sich zu betrinken.

»Offensichtlich sind Sie jetzt berühmt, wie?«, sagte Felix argwöhnisch.

Der Künstler warf ihm einen gehetzten Blick zu. »Die ganze Kolonie wird glauben, dass Vianna ein Flittchen ist oder ich sie betrogen hätte.«

»Ich würde gern Ihre Version der Geschichte hören.«

»Ich habe sie hintergangen und auch wieder nicht«, antwortete er pathetisch. »Vianna wird mir nie mehr glauben. Ich habe mich in sie verliebt. Welcher Mann könnte ihr widerstehen? Ich wusste, dass ich sie niemals besitzen könnte. Severin hat sie vollkommen unter Kontrolle.«

»Verstehe«, entgegnete Felix in der Hoffnung, mehr über sie zu erfahren.

»Seit ich sie zum ersten Mal im Severin House singen hörte, hat sie mich verzaubert. Ich hatte so viel an seinen Spieltischen verloren, dass ich meine Schulden niemals hätte begleichen können. Severin hat versprochen, mir die Schulden zu erlassen, wenn ich seine Mätresse malte. Und das habe ich getan.«

»Hat sie Ihnen erlaubt, sie … so zu malen?«

»Nein. Aber während sie für mich posierte, ist sie eines Tages auf der Chaiselongue eingeschlafen. Der Wind entblößte ihre Brust.« Er deutete auf seine eigene Brust. »Ich gestehe es, als Künstler geriet ich in Versuchung. Ich weckte sie nicht auf. Ich malte die Schönheit, die ich sah. Nur für mich. Welchen Schaden sollte es anrichten?«

»Sie wollten das Gemälde nur für sich behalten?«

»Ja, genau. Doch dann hat Severin die zweite Venus entdeckt. Er bestand darauf, es zu besitzen. Er wollte es nicht für die Ausstellung, und ich glaubte ihm!«

Felix dachte eine Weile über die Geschichte nach. »Und ich glaube *Ihnen*.«

»Danke! Aber Vianna wird mir niemals glauben. Ich kenne sie. Für die Leute ist sie eine Kurtisane. Aber für mich ist sie unschuldig und sehnt sich nach wahrer Liebe!«

Felix suchte verzweifelt nach einer Lösung. Der Champagner war nicht gerade hilfreich.

Was würde Mungo tun? Wahrscheinlich das Porträt stehlen.

»Ich habe eine Idee. Erlauben Sie mir, das Bild zu kaufen, um die Ehre der Dame zu retten. Egal zu welchem Preis.«

Jean-Baptiste schüttelte verwirrt den Kopf. »Wie soll das gehen?«

»Sie haben mein Wort als Gentleman. Das Porträt würde in Ihrem Besitz bleiben, nicht in Severins. Und da es legal mir gehörte, könnte Severin es niemals für sich beanspruchen.«

Jean-Baptiste sprang auf und küsste Felix zu dessen Verwunderung überschwänglich auf beide Wangen. »Monsieur L'Estrange! Sie sind ein Genie!«

Sie verloren keine Zeit, den Sekretär davon zu überzeugen, dass das Porträt zum Verkauf stand. Mit dem Scheck, den Felix ausfüllte, hätte Bonnard mehr als genug Kapital, um seine Schulden bei Severin abzubezahlen.

Als Felix auf das schmiedeeiserne Tor der Villa Henrietta zuging, fühlte er sich, als wäre ihm ein Stein vom Herzen gefallen.

Es ist das erste Mal, dass ich Vaters Geld für eine ehrenwerte Sache ausgebe. Vater ist kein Heuchler, er wird sicher verstehen, dass ich die Ehre einer Dame retten musste – schließlich hat er selbst jahrelang alles getan, um seine Mätresse Jane Quayle zu beschützen.

Als er an Mungo dachte, spürte er einen Stich von Eifersucht.

Egal, wie sehr ich versuche, alles richtig zu machen, der verlorene Sohn wird in der Gunst meines Vaters immer ganz oben stehen.

Auf der Rückfahrt zum Severin House sagte Vianna kein Wort, bis sich ihre Wut urplötzlich entlud. »Du hast mich betrogen, Severin. Das werde ich dir nie verzeihen!«

Er reagierte gelassen. »O doch, das wirst du, meine Liebe. Ich habe mein Versprechen eingelöst. Ich habe aus dir die Frau gemacht, über die in der ganzen Kolonie am meisten geredet wird. Die Legende von Vianna Francis, der Venus von Sydney, hat begonnen – und das hast du nur mir zu verdanken.«

Severins Lächeln strotzte vor Selbstsicherheit. »Heute Nacht erwarte ich *ganz besondere Dankbarkeit*, Vianna.«

ZEHN

Mungo saß auf einem umgestürzten Baumstamm und war in das Tagebuch vertieft, das er im Auftrag von Dr. Gordon führte. Hier hielt er die Beschreibungen, Skizzen und Fundorte der verschiedenen Spezies von Bäumen, Pflanzen und Felsen fest, die sie auf ihrer Expedition untersucht und von denen sie Proben genommen hatten.

Dr. Gordon war froh, dass sie nicht nur Logans Identifizierung von Eukalyptus- und Ironbark-Bäumen, blauem Eukalyptus, *Eucalyptus melliodora*, *Eucalyptus angophoroides* und den noch namenlosen Bäumen mit breiten Blättern hatten bestätigen können, sondern überdies eine beeindruckende Anzahl neuer Schmetterlinge für Mrs Logans Sammlung ausfindig gemacht hatten.

Mungo hatte akzeptiert, dass Sandy nichts anderes übrig blieb, als Befehlen zu gehorchen und Logans Trupp zu folgen, der aus einem Diener, dem Gefreiten Collison aus dem 57. Regiment, drei Sträflingen – alles erfahrene Buschmänner –, ihren Pferden und zwei mit Proviant, Waffen und Munition beladenen Packochsen bestand.

Mungo kam ihre armselige kleine Abteilung aus zwei berittenen Männern – einer davon angeschlagen – und einem Packpferd, das mit Gesteinsproben und botanischer Ausrüstung beladen war, wie das zerfranste Schlusslicht von Captain Logans ferner, bewaffneter Expedition vor.

Der Unterschied zu ihnen war ein Witz. *Dank Sandys Überzeugung als Quäker haben wir nur mein Messer, falls wir uns verteidigen müssen.*

Nicht dass Mungo einen Grund zur Klage gehabt hätte. Er wusste, dass diese Erkundungsreise Logans letzter Versuch war, zu Ruhm zu gelangen, ehe das 57. Regiment zu seinem neuen Bestimmungsort aufbrach. *Indiens Verlust ist unser Glück – das ist fast so gut, als wäre der Scheißkerl abgekratzt.*

Jetzt, da er unter Sandy Gordons großzügiger Leitung keine Fußfesseln mehr tragen musste, konnte Mungo die Freiheit in seinem Mund bereits schmecken. Die Oktoberluft war mild und der unvergleichliche Regenwald von einer so wilden, exotischen Schönheit, dass Mungo hingerissen war. *Das ist das Paradies. Wäre ich nicht hierher deportiert worden, hätte ich mir eine solche Gegend ausgesucht, um mich mit meiner Braut niederzulassen und für viele neue kleine Quayles zu sorgen. Aber selbst wenn ich lang genug lebe, um meine Strafe abzusitzen, komme ich sicher nicht so schnell zurück. Zu viele Geister.*

Nach dem Pythonmahl hatte Mungo einen Wallaby-Eintopf und gebackene Echse versprochen, war aber erleichtert, als sein Vorgesetzter sich für die schmackhaften Barramundifische aussprach, die Mungo jeden Tag fing. Später würde er sich gern an diese letzten entspannten, fröhlichen Tage erinnern, die sie zusammen verbracht hatten.

Trotz der spektakulären Landschaft, die mit Ausnahme der früheren Expeditionen von Alan Cunningham und Logans Vorstößen ins Landesinnere über den Horizont hinaus bislang noch kein Weißer erkundet hatte, spürte Mungo allmählich einen dunklen Schatten, der sich über sie gesenkt hatte. Er hatte das Gefühl, dass Sandys Anspannung parallel zu seiner Vision und Entschlossenheit, weiter vorzustoßen, zunahm, trotz aller Warnungen vor der wachsenden Feindseligkeit der Einheimischen angesichts von Logans rücksichtslosen Expeditionen in ihr Stammesgebiet.

Mungo fiel auf, dass Sandy jedes Mal zusammenfuhr, wenn sie das Echo eines Musketenschusses hörten. Trotz seiner schlechten Gesundheit war Sandy alles andere als ein Feigling. Dennoch machte er keinen Hehl daraus, dass er Logans Befehl, über die Köpfe der Einheimischen zu schießen, um sie abzuschrecken, wenn sie sich ihnen im Busch in den Weg stellten, für nicht besonders klug hielt. Die Schwarzen waren so geschickt darin, sich unsichtbar zu machen, dass man unmöglich wissen konnte, wie viele sie waren oder ob und wann man gerade von ihnen umzingelt war.

Während der Sonnenuntergang den Himmel mit tropisch leuchtenden Farben überzog, hielt Mungo die Einzelheiten ihres Tageswerks und ihre Funde fest und versuchte, ihre Position anhand von Logans früheren handschriftlichen Aufzeichnungen und den Namen, die er auf einer mittlerweile zerfledderten und von der Reise fleckigen Karte verzeichnet hatte, zu bestimmen. Es waren anschauliche Namen wie Limestone Hills, Lockyer's Creek, Pumice Stone River, Glass House, Mount Warning. Manche hatte Captain James Cook während seiner Entdeckungsreise persönlich benannt, andere Bezeichnungen stammten offensichtlich von Logan, der damit Gouverneur Darlings Gunst zu gewinnen suchte, darunter Dumaresq River, den er zu Ehren von Mrs Darlings Brüdern so getauft hatte.

Mungo versuchte, zuversichtlich zu wirken, doch das war nicht einfach.

Wo zum Teufel sind wir? Auf einer sinnlosen Expedition zwischen Moreton Bay und Logans neuer Limestone Station? Oder schon jenseits davon? Zweifellos weiß Logan genau, wo er ist. Und ich habe mit meiner Buscherfahrung übertrieben, damit Sandy sich für mich entscheidet.

Mungo wurde immer nervöser, bis er sich schließlich entschuldigen musste.

»Ich habe diese Karte eingehend studiert und habe keine Ahnung, wo wir sind. Weißt du es?«

Sandy zog an seiner Pfeife. »Meines Erachtens sind wir auf der Limestone-Seite des Flusses. Wir können nicht sehr weit von Logan entfernt sein. Ich schlage vor, dass wir uns während der Nachtwache abwechseln. Irgendwie habe ich das Gefühl, dass wir hier nicht wohlgelitten sind.«

Während Mungo Wache schob, machte er die Umrisse von drei schwarzen Schatten auf der anderen Seite des Flusses aus. Es waren keine Geister, sondern Einheimische, die mit Speeren bewaffnet waren. Als er dann beobachtete, wie ein halb nackter Mann zu ihnen aufschloss, der viel hellere Haut und rötliches Haar hatte, wusste er, dass es einer der geflohenen Sträflinge sein musste, die sich angeblich mit den Einheimischen verbündet hatten, um zu lernen, wie man sich im Busch ernährt, und so ihre Überlebenschancen zu vergrößern. Mungo weckte Sandy aus dem Tiefschlaf und erklärte ihm leise, was er gesehen hatte; anschließend blieben beide die ganze Nacht wach. Im Morgengrauen tranken sie Wasser und aßen Kekse, statt das Risiko einzugehen, ein Feuer zu machen, um Tee zu kochen.

»Wir müssen uns orientieren. Du mit deinen Erfahrungen als Buschgänger kannst doch bestimmt auf den Baum da drüben klettern, oder?«, sagte Sandy mit einem Anflug von Sarkasmus.

Der fragliche Baum war eine gewaltige Kiefer, deren unterste Äste etwa dreißig Meter über dem Boden begannen. Als Mungo einen beiläufigen Blick darauf warf, wurde ihm schwindelig, doch er hatte keine Wahl. »Nichts leichter als das, Sandy.«

Er hatte gesehen, wie mühelos Einheimische solche Bäume erkletterten. Er aber brauchte Hilfe. Er band das Ende eines Seils um seine Taille, das andere knotete er locker um den Baumstamm. Er stemmte die Füße gegen den Stamm und arbeitete sich Stück für Stück nach oben wie bei einem Leiterspiel. Manchmal rutschte er teilweise wieder ab, doch er gab nicht auf, bis er sein Ziel erreicht hatte: den ersten Ast, der kräftig genug war, um sein Gewicht zu tragen.

»Großartig, offensichtlich kennst du dich damit aus«, rief Sandy stolz.

Mungo hatte nicht den Mut, ihm die Wahrheit zu gestehen.

Von seiner Position aus hatte er einen weiten Blick auf das Tal. In mittlerer Entfernung entdeckte er etwa zweihundert Aborigines, die den Berghang bedeckten wie eine dunkle Decke. Am diesseitigen Flussufer ritt eine einsame Gestalt entlang, es war der unverwechselbar arrogante Patrick Logan in seinem Rotrock, der versuchte, den Fluss zu überqueren. Wie immer war er seiner Gruppe um Längen voraus.

Ist dieser Logan wirklich so furchtlos oder einfach nur völlig verrückt? Aber wer bin ich, um jemand anders als verrückt zu bezeichnen?

»Siehst du was, Sean?«

»Eine Menge.« Er bemühte sich, sein Schwindelgefühl zu ignorieren, und beschrieb der jetzt winzigen Gestalt am Fuß des Baumes die Szene. Sandy war sichtlich frustriert, alles nur aus zweiter Hand erfahren zu müssen.

Plötzlich hörte Mungo an seinem gefährlichen Aussichtspunkt ein Krachen, das er zunächst für einen Donnerschlag hielt, doch der Himmel war wolkenlos, von Regen keine Spur. Dann sah er, was los war. Die Schwarzen rollten große Steine den Hang hinab auf den Weg, den Logan nehmen wollte. Es blieb ihm nichts anderes übrig, als auf seine Männer zu warten. Mungo hörte, wie einer von ihnen einen Warnschuss abgab, der die Einheimischen abschrecken sollte. Doch diesmal hatte es keinerlei Wirkung. Nicht einer von ihnen wich zurück. Im Gegenteil, sie setzten ihre Warnschreie fort und stießen ihre Speere in die Luft.

»Logan hat den Fluss überquert. Die Schwarzen brüllen. ›Commidy, Wasser.‹ Hörst du sie?«

»Aye, aber was zum Teufel soll das heißen?«

»Keine Ahnung. Vielleicht ist Commidy ihr Ausdruck für Kommandant. Jedenfalls scheinen sie ihm sagen zu wollen, dass er umkehren soll. Den Fluss wieder überqueren und zurückreiten, dahin, von wo er gekommen ist.«

Mungo ärgerte sich über Logans blinde Entschlossenheit, weiter vorzustoßen. »Die Schwarzen ziehen sich in den Busch zurück, aber wahrscheinlich werden sie ihm aus einiger Entfernung folgen. Und Logan wird nicht einmal ahnen, dass sie da sind.«

Punkt für Punkt schilderte er, wie Logans Gruppe den Fluss erreichte, sich mittels Zeichen und Gesten mit Logan verständigte und ihren Weg dann in eine andere Richtung fortsetzte.

»Ich bin nicht sicher, aber es scheint so, als hätte Logan seinen Männern signalisiert, dass sie sich später in Limestone Station treffen sollen. Jedenfalls reiten sie in diese Richtung. Was machen wir jetzt?«

Sandy ließ sich nicht beirren. »Es ist Logans Expedition. Ich habe keine anderslautenden Befehle erhalten, also bleiben wir hier in unserem Lager und suchen – so sinnlos das auch sein mag – weiter nach den Basaltformationen, die er sich in Mount Irwin erwartet.«

Nach einem Hustenanfall, der ihn völlig erschöpfte, murmelte Sandy: »Hoffen wir, dass Logan sein verschwundenes Pferd findet. Dann können wir unsere Sachen packen und nach Moreton Bay zurückkehren. Ich hätte nichts gegen ein heißes Bad einzuwenden.«

Mungo behielt seine Gedanken für sich. *In dem Fall wollen wir hoffen, dass Logan sein Pferd* nicht *findet! Ich würde lieber hierbleiben, als nach Moreton Bay zurückzukehren.*

Froh, wieder festen Boden unter den Füßen zu haben, entfachte Mungo ein kleines Lagerfeuer und setzte den Teekessel darauf. Als zufällig ein Schmetterling mit einem ungewöhnlichen Muster an ihnen vorbeiflatterte, waren beide sprachlos.

»Wenn du eins dieser Prachtstücke fangen kannst, gewinnst du womöglich deine Freiheit wieder, Sean«, sagte Sandy mit unbewegter Miene. »Ich kann dieses verdammte Dosenfleisch nicht mehr sehen, aber sosehr ich Barramundi schätze, solltest du heute lieber nicht riskieren, zum Flussufer zu gehen. Die Schwarzen könnten dich entdecken.«

Mungo stand auf und tastete nach dem Messer an seinem Gürtel. »Überlass das mir«, entgegnete er. »Ich werde schon was zum Essen auftreiben.« Dann wandte er sich noch einmal um und warf dem mühsam atmenden Schotten einen Blick zu. »Woher weißt du eigentlich, dass ich nicht einfach verschwinde?«

»Ich weiß nur, dass du kein Dummkopf bist«, erwiderte Sandy gelassen.

Mungo machte sich auf den Weg. Doch sein übliches Gefühl von Freiheit allein im Busch war von einer bösen Vorahnung getrübt.

Die Zeit existierte nicht mehr. Jedes Gefühl für Entfernungen war verschwunden. Die leuchtenden, feuchten Lianen und Äste des Regenwaldes waren so dicht, dass er kaum mehr sah als ein paar zerfaserte Streifen von Sonnenlicht, die durch das dichte Blätterdach drangen und nur von seinen schwankenden Schritten und Scharen bunter Papageien unterbrochen wurden, die kreischend über ihn hinwegflogen. Gelegentlich kam er an einer Schlange vorbei, die um ein Vielfaches länger als er träge von einem Ast herabhing und ihn mit ihren roten Augen beobachtete, bereit zum Angriff, falls sie sich bedroht fühlte.

Verloren in Zeit und Raum bahnte sich Mungo verbissen einen Weg durch das dichte Gestrüpp. Es war ihm nur schwach bewusst, dass er irgendwo in dieser Zeitlosigkeit seine Identität verloren hatte. Keine Tür führte in seine Vergangenheit oder seine Zukunft, seine Erinnerungen waren ausgelöscht, als wäre er soeben zur Welt gekommen – oder aber gestorben. Taub vor Angst roch er den Tod ringsum. Er hatte sich nicht einfach im Busch verloren, sondern war der Welt abhandengekommen. Verlassen von Erinnerungen, die zu düster waren, um sie zurückzuholen, war er mit jeder Faser seines Ichs auf einen einzigen primitiven Instinkt reduziert: Überleben.

Der Hunger nagte an seinen Eingeweiden. Er konnte nichts anderes essen als Beeren, von denen er nie wusste, ob sie nahrhaft oder giftig waren. Er benetzte die Lippen mit Wasser aus den wächsernen Blütenkelchen der Pflanzen. Und er fand keinen

Schlaf, denn sein Instinkt sagte ihm, dass er sich sein eigenes Grab schaufelte, wenn er sich in diesem Dschungel hinlegte.

Grab. Bei den verbotenen Bildern, die vor seinem geistigen Auge auftauchten, erschauerte er und schlug sich mit dem Messer einen Weg durch das dichte Gebüsch in einem letzten verzweifelten Versuch, einen neuen Pfad zu finden, der ihn zurück ins Leben führte – oder aber in unwiderrufliche Vergessenheit.

Nicht einmal seine Geister würden ihn finden.

Dann lag er im Gebüsch und sah, wie ein Gesicht auf ihn herabspähte. Er konnte die Umrisse kaum erkennen. Es war das Gesicht eines schwarzen Mannes. Er hielt einen Speer in der Hand, doch seine Augen waren eher neugierig als bedrohlich.

Plötzlich wurde er aufgerichtet, und sein Arm legte sich wie von selbst um die schwarzen nackten Schultern des Mannes, der ihn stolpernd zu einer Lichtung schleppte. Sie lag am Ufer eines vom Sonnenlicht überfluteten Flusses. Das Licht blendete ihn so sehr, dass seine Augen schmerzten.

Er sah, wie der Arm des Schwarzen auf das andere Ufer zeigte, doch bevor seine ausgetrocknete Kehle auch nur ein Wort des Dankes herausbrachte, war die dunkle Gestalt im Busch verschwunden.

Mungo sah den dünnen Rauchfaden eines Lagerfeuers und kroch darauf zu.

Ich werde leben. Dann wurde alles um ihn herum schwarz.

Als er aufwachte, lag er auf einem weichen Lager unter einem Moskitonetz und roch den Duft einer heißen Suppe, die ihm in einem Becher gereicht wurde. Ein vertrautes Gesicht beugte sich über ihn, dessen Augen besorgt zusammengekniffen waren.

»Sandy? Bist du das?«

»Aye. Ich bin erleichtert, dass du beschlossen hast, in die Zivilisation zurückzukehren.«

»Ich wollte nicht flüchten. Ich habe mich nur ein paar Stunden verirrt. Aber ich wusste immer, wo ich war«, log er.

»Von wegen ein paar Stunden! Du warst zwei Tage verschwunden und hast dann rund um die Uhr geschlafen. Ich habe dir ein Schlafmittel verpasst, damit ich deine Wunden verarzten konnte.«

Mungo nickte stumm und verschlang alles, was Sandy ihm vorsetzte. Er hatte einen Bärenhunger und keine Lust, sich über die verlorene Zeit auszulassen.

»Wo ist mein Hemd?«, fragte er, als er merkte, dass er eins des Doktors trug, das zu eng war, um es zuzuknöpfen.

»Es war voller Blut, Sean. Du warst in einem erbärmlichen Zustand, als du angetaumelt kamst, mit dem Messer in der Hand, als wolltest du jeden Augenblick einen Angriff abwehren. Wo bist du gewesen?«

Mungo fuhr zusammen, unfähig, die Worte zu bilden. In diesem Moment hörten sie das Stampfen von Hufen und sahen einen Reiter in roter Uniform auf sich zukommen, was ihn vor einer Antwort rettete. Ein erschöpfter junger Soldat saß ab und überreichte Sandy eine völlig absurde Nachricht von Logans Diener.

»Befehl von Collison, sich dem Suchtrupp anzuschließen. Captain Logan wird vermisst.«

Sandy sprang auf. »Wie? Seit wann?«

»Er wurde nicht mehr gesehen, seit er den Fluss überquerte und allein in Richtung Mount Irwin ritt. Seine Männer meinten später gehört zu haben, wie er *Coo-ee* rief. Sie antworteten mehrmals. Während der Nacht gaben sie mehrere Schüsse ab. Am nächsten Morgen folgten sie den Spuren von Logans Pferd. Sechzig oder mehr Schwarze, die mit Speeren, Schildern und Waddys bewaffnet waren, brüllten ihnen entgegen, aber es fielen keine weiteren Schüsse.«

Der Korporal leerte dankbar den Wasserbecher und dann auch das Whiskeyglas, bevor er fortfuhr: »Es ist alles ziemlich konfus. Einige seiner Männer sind nach Limestone Station zurückgekehrt, weil sie glaubten, ihn dort anzutreffen, so wie sie es abgemacht hatten. Doch es gab keine Spur von ihm. Ich bin mit einem Suchtrupp aufgebrochen. Wir haben ein paar Meilen entfernt den Sattel des Captains gefunden, neben den Überresten eines Lagerfeuers. Die Lederriemen der Steigbügel waren zerschnitten, die Steigbügel selbst aber nirgends zu finden.«

Mungo und Sandy wechselten einen erschrockenen Blick; beide mussten an die Geschichte von Stimsons Geist denken, der Logans Steigbügel berührt hatte.

Der junge Soldat kämpfte damit, sich zusammenzureißen. »Wir brauchen jeden verfügbaren Mann, Doc.«

»Aye, wir kommen sofort mit.«

Mungo verlor keine Zeit, das Lager abzubrechen. Ein stummer Blick hinüber zu Sandy, und es war klar, dass beide denselben Gedanken hatten. *Suchen wir nach Logan oder nach seiner Leiche?*

Mungo ritt an Sandys Seite, als der Suchtrupp unter der Leitung von Sergeant Cowper auf eine Lichtung kam, in der ein Pferd angebunden gewesen sein musste, denn dort war das Gras kreisförmig abgefressen. Geröstete Kastanien lagen in der Asche eines Feuers, das jemand im Stumpf eines Baumes angezündet hatte. Die Blätter von Logans Notizbuch waren vom Wind in alle Richtungen zerstreut worden. Den Sattel fanden sie ein Stück weiter weg. Aus Fuß- und Hufspuren schlossen sie, dass er auf sein ungesatteltes Pferd gesprungen war und das Weite gesucht hatte. Als sie dann auch noch die blutbefleckte Weste fanden, verstummten alle.

Mungo befand sich in einiger Entfernung von Cowper, als der das tote Pferd entdeckte. Es lag in einem seichten Bach, sein Kadaver war mit den Zweigen eines Eukalyptusbaumes bedeckt. Der Gestank nach Verwesung war überwältigend. Ein abgebrochener Speer führte sie ans gegenüberliegende Ufer.

Mungo war sich der wütenden und traurigen Schreie ringsum

bewusst, ihn hingegen ließ die Entdeckung kalt. Logans Leiche lag bäuchlings in einer flachen Mulde. Sein Hinterkopf war zertrümmert. Die Soldaten behaupteten, die Wunden stammten von den Waddys der Einheimischen. Dem Gestank der Leiche und der Hitze der vergangenen Tage zufolge musste Logan seit mehreren Tagen tot sein. Cowper untersuchte ihn kurz.

Gordons Gesicht war angespannt und grau, als die Soldaten des 57. Regiments die nackte Leiche ihres Kommandanten in eine Decke wickelten und auf dem Rücken eines Pferdes zuerst nach Limestone Station zurückbrachten.

Mungo brachte kein Wort des Mitgefühls über sich, wich aber nicht von Sandys Seite.

Als Logans Tod in Moreton Bay bekannt gegeben wurde, zerriss das Freudengeschrei der Sträflinge die Luft. Sie sangen, als wären sie trunken vor Rache. Wetten wurden abgeschlossen, in denen es darum ging, ob Logan von Einheimischen oder geflüchteten Sträflingen getötet worden war.

Mungo hielt sich zurück, aus Respekt vor seinem Freund, der mit Logans Witwe verwandt war.

Wenn Sandy gefragt wurde, sagte er nur: »Es sieht nicht so aus, als könnte man für diesen Mord jemals jemanden zur Rechenschaft ziehen.«

Mungo tröstete sich mit dem sarkastischen Gedanken, dass Captain Clunie wohl kaum sechshundert Gefangene erschießen würde, weil sie den Tod des Tyrannen feierten.

Erneut mit Fußeisen gefesselt stand Mungo am Kai und sah zu, wie der Sarg mit Logans sterblichen Überresten an Bord des regierungseigenen Schoners *Isabella* gebracht wurde. Mrs Logan hatte sich geweigert, ihren Mann in Moreton Bay begraben zu lassen, und darauf bestanden, seine Leiche nach Sydney zu begleiten. Sandy Gordon stand im dunklen Anzug neben Mungo, es war das erste Mal, dass Mungo ihn in formeller Kleidung sah.

»Es ist meine Pflicht, meiner Familie beizustehen, Sean. Ich muss darüber wachen, dass Logan in Sydney mit militärischen Ehren bestattet wird. Und dass Gouverneur Darling seine Verdienste in aller Öffentlichkeit würdigt … als Entdecker«, fügte er hinzu.

Mungo gab keine Antwort.

Sandy fuhr fort: »Nur dann kann meine Cousine möglicherweise eine Witwenrente beziehen, die ihr hilft, ihre Kinder großzuziehen. Die verdammte britische Regierung zahlt keine Pensionen für Offiziere, die das Pech hatten, in den Kolonien zu sterben. Letitia muss darauf hoffen, dass Gouverneur Darling Lord Bathurst in London die Gewährung einer Rente empfiehlt.«

Sie beobachteten, wie die kleine, vom Wind zerzauste Gestalt Abraham Logans formvollendet wie ein siebenjähriger Soldat seiner Mutter an Bord half. Mrs Logans Gesicht war von einem Witwenschleier verhüllt. Auf dem Arm hatte sie den Säugling, der ihren Namen trug. Sie presste das Kind so eng an die Brust, als wäre es ein Schild. Als sie auf dem Landungssteg stolperte, hielt ihr Sohn sie augenblicklich fest.

»Der junge Robert benimmt sich wie ein richtiger Soldat. Er hat seinen Vater angebetet.«

Mungo konnte sich nicht beherrschen. »Wollen wir hoffen, dass wenigstens seine Erinnerung an ihn ungetrübt bleibt.«

Jetzt sah Sandy Gordon ihm direkt in die Augen. »Nach Logans Staatsbegräbnis muss ich mich vergewissern, dass seine Familie sicher an Bord eines Schiffes gelangt, das sie nach Irland bringt. Ich werde nicht nach Moreton Bay zurückkehren. Meine Arbeit hier ist beendet.«

Mungo spürte, wie sich Leere in ihm ausbreitete. »Für Sie zu arbeiten war das einzig Gute, was mir hier widerfahren ist, Sir.«

»Aye, dasselbe Gefühl habe ich auch. Es wird Zeit, dass du mich auch in der Öffentlichkeit Sandy nennst.« Der Handschlag des Arztes war herzlich und für einen Kranken wie ihn überraschend fest.

Mungo umklammerte seine Hand wie ein Rettungsseil, das er jetzt loslassen musste. »Es war mir eine Ehre, Sandy.«

Der Doc konnte sich ein Lächeln nicht verkneifen. »Aye, mir auch, Mungo Quayle!«

Mungo starrte ihn mit offenem Mund an. »Lieber Himmel! Seit wann weißt du das?«

»Ich habe bloß zwei und zwei zusammengezählt. Andeutungen in den Schreiben der L'Estranges. Und dann habe ich noch diesen Brief aufgetan.« Er zog einen Umschlag aus der Tasche, den er Mungo reichte. »Anscheinend wurde deine Post an einen anderen O'Connor geleitet, der im Lager verrückt geworden ist. Armer Kerl. Tut mir leid, dass ich diesen Brief lesen musste, Vorschrift.«

Mungo wollte ihn noch mehr fragen, doch sein Freund war bereits auf dem Weg zur *Isabella*. Er blieb nicht mehr stehen, rief ihm aber über die Schulter zu: »Wer weiß, vielleicht treffen wir uns in Sydney Town wieder.«

Mungo blieb lange stehen und sah der *Isabella* nach, bis sie nur noch ein winziger Punkt am Horizont war. *Jetzt habe ich auch noch den einzigen Freund verloren, den ich in Moreton Bay je hatte – abgesehen von den Geistern und meinem goldenen Mädchen.*

Dann las er den Brief.

Lieber Sean O'Connor,
dies ist der zehnte Brief nach Moreton Bay, der liebenswürdigerweise von dem jungen Master L'Estrange geschrieben wurde. Ich streiche jeden Tag im Kalender an und bete, dass Sie heil wieder zurückkehren.

Es wird Sie freuen zu erfahren, dass ich eine kleine verletzte Beutelratte gerettet habe. Sie ist tapfer, hat runde Bäckchen und allen Widrigkeiten zum Trotz überlebt. Natürlich habe ich sie Mungo getauft.

Ich befehle Ihnen, den Mut nicht zu verlieren und aus dem Vorbild Ihrer Wikinger-Vorfahren Kraft zu schöpfen.

Gott sei mit Ihnen. Ihr Vater lebt auf den Tag zu, an dem Mungo zurückkehrt.

Gezeichnet, Jane Quayle.

Der Brief erreichte, was weder Peitschenhiebe noch Einzelhaft vermocht hatten. Mungo weinte.

ELF

Für die letzte Zugabe ihres gewagten französischen Stücks, das Vianna mit entwaffnender Unschuld vortrug, erhielt sie tosenden Beifall von Severins feinen Spielerfreunden. Sie deutete in eleganter Anerkennung auf ihren musikalischen Begleiter; dann verbeugte sich Guido vor dem Publikum, und sie versank in einem tiefen Hofknicks.

Ihr Blick schweifte über die versammelten Männer, die alle eine Menge Champagner und besten Portwein aus Severins Beständen getrunken hatten. Wie üblich setzten Guido und sie inmitten des lauten Applauses ein starres Lächeln auf und zischten sich gegenseitig etwas zu, ohne die Lippen zu bewegen.

»Ist der grässliche Händler heute Abend da?«

»Stockbesoffen. Musst du mit ihm essen?«

»Nur über Severins Leiche.«

Guido unterdrückte sein schrilles Kichern.

Bevor Vianna die Bühne verließ, warf sie dem Publikum noch eine Kusshand zu, dann raffte sie ihre Röcke zusammen und steuerte geradewegs auf die Treppe zu, die zu ihren Privatgemächern führte.

Severin hielt sie auf. »Ich habe ein Privatessen mit Humphreys für dich vereinbart, meine Liebe. Er braucht deinen fachmännischen Trost für seine zerzausten Federn. Der Mann hat diese Woche ein Vermögen beim Pharo verloren.«

Vianna entschlüsselte seine Worte – nur allzu gut wusste sie, was ihr fachmännischer Trost beinhaltete. »Du musst eine andere Möglichkeit finden, ihn zu beruhigen. Warum lässt du ihn zur Abwechslung nicht mal gewinnen?«

»Aber Vianna, das wäre höchst unmoralisch«, gab Severin mit gespieltem Spott zurück.

»Ich werde nur mit Wanda zu Abend essen. Ich habe schreckliche Kopfschmerzen.«

Beide wussten, dass dies eine Lüge war, doch sie küsste ihn auf die Wange und lief nach oben.

In ihrem Salon zog sie ihre Kleider aus, streifte ein seidenes Negligé über und setzte sich mit gekreuzten Beinen aufs Bett wie ein Schulmädchen, das sich auf ein mitternächtliches Festmahl freut.

»Ist alles in die Wege geleitet? Das war wirklich schlau von dir, wie du dem Kutscher aus der Nase gezogen hast, wo dieses Internat liegt. Bist du sicher, dass er keinen Verdacht geschöpft hat?«

»Sam ist einer von hier, vom Land. Ich habe ihm weisgemacht, dass ich es wissen wollte, weil es einen Aborigine-Namen hat. Goulouga ist mehrere Stunden von hier entfernt, deshalb müssen wir in aller Frühe aufbrechen.«

»Gut. Sorg dafür, dass ich nicht verschlafe!«

Wehmütig setzte Wanda hinzu: »Nicht dass ich wüsste, was Goulouga bedeutet. Mein Vater hat mir Latein, Französisch und Deutsch beigebracht, aber meine Mutter ist gestorben, bevor sie mir die Sprache der Aborigines beibringen konnte. Mein Vater hat sie wirklich geliebt. Nach dem Tod meiner Mutter hat er nie wieder geheiratet.«

Vianna nickte mitfühlend. »Er muss auch dich sehr geliebt haben, Wanda, da er dich wie einen Sohn erzogen hat. Ich bin so froh, dass du mir immer Geschichten vorliest.«

»Möchtest du ein neues Kapitel aus *Stolz und Vorurteil* hören?«

»O ja! Glaubst du, dass Lizzie Mr D'Acry jemals akzeptieren wird?«

»Ich kenne die Geschichte, Vianna. Aber ich will sie dir nicht verderben, indem ich dir das Ende verrate.«

»Du könntest sie mir gar nicht verderben. Nur ein Kapitel. Ich muss so viel Schlaf bekommen wie möglich. Ich will morgen sehr gut aussehen. Ob Daisy mich wiedererkennt?« Nervös setzte sie hinzu: »Sam weiß doch, dass Blewitt und Severin keinesfalls Wind davon bekommen dürfen, oder?«

»Ich habe Sam ein paar Münzen in die Tasche gesteckt«, sagte Wanda.

»Gott segne dich, Wanda.« Vianna küsste sie spontan auf die Wange, schlüpfte unter das Laken und überließ sich ganz der Spannung des Romans.

Wenn es im wirklichen Leben doch auch so wäre. Man hat mich oft bezahlt, damit ich Männer küsse, aber mit keinem war es so wie mit Will Eden. Ich kann mich kaum erinnern, wie er ausgesehen hat, aber an diesen Kuss werde ich mich noch auf dem Totenbett erinnern.

Es war noch dunkel, als Vianna aus einem Alptraum aufschreckte. Ihr Herz raste. In dem Traum hatte ein altes Weib, das aussah wie eine Hexe, sie verspottet. »Du wirst als Bordellmutter enden, die für ihren Beschützer junge Prostituierte in die Tricks deines Berufes einweiht. Du glaubst mir nicht? Wie sollst du dich sonst ernähren? Du hast nichts gelernt, mein Kleines. Eine schöne Venus! Du könntest höchstens in den Straßen von The Rocks deinen Körper an fremde Männer verkaufen – für ein bisschen was zu essen oder eine Flasche Gin. Und sag mir nicht, ich hätte dich nicht gewarnt!«

Als Wandas Stimme sie in die Realität zurückholte, löste Vianna sich aus dem Alptraum. »Sam wartet, wir müssen uns beeilen.«

Wanda half ihr in das einfache schwarze Kleid, das Vianna sich von ihr geborgt hatte. Anschließend betrachtete sich Vianna in dem großen Spiegel.

Sie entfernte den üppigen Blumenstrauß von dem Hut, sodass nur der schwarze Strohkorpus übrig blieb, der sie vor der Sonne schützen würde. Schwarze Spitzenhandschuhe. Ein mit Spitze verzierter Sonnenschirm und ein schlichter Schal vervollständigten das Ensemble.

»Sei ehrlich, Wanda. Wie sehe ich aus?«

»Traurig. Wie eine echte Witwe, Vianna.«

»Perfekt! Und jetzt lass uns keine Zeit verlieren. Wir treffen uns in der Kutsche. Und vergiss nicht die Schachtel mit Daisys Kleid aus Severins Arbeitszimmer. Diesmal kann ich es ihr selbst überreichen.«

Vianna schlich sich auf Strümpfen die Treppe hinunter, um nicht das ganze Haus zu wecken. Als sie sich nervös mit der Zunge über die Lippen fuhr, entdeckte sie einen unbekannten Geschmack. *So also schmeckt die Freiheit!*

Hinter den Stallungen des Hauses versteckt wartete die Kutsche auf sie. Die Pferde waren angeschirrt und bereit. Sie fand Samuel, der mit verrutschtem Dreispitz dabei war, sein Jackett zu bürsten, und zwinkerte ihm verschwörerisch zu. »Mach dir deshalb keine Sorgen. Noch ehe wir das Zolltor an der Parramatta Road erreichen, wirst du von rotem Staub bedeckt sein.«

Ohne auf Hilfe zu warten, hob sie ihre Röcke und stieg in die Kutsche, wobei sie ihm über die Schulter zurief: »Sobald Wanda kommt, fährst du los.«

Alle Fensterläden waren noch verschlossen. *Verdammt, warum braucht sie so lange?*

Sie öffnete ihren Pompadour und stellte erschrocken fest, dass sie aus reiner Gewohnheit vergessen hatte, Geld einzustecken. *Warum war ich nicht mutig genug, um mir etwas Geld aus Severins Tresor zu nehmen? Jetzt ist es zu spät. Immer wenn ich hinter eine Kombination gekommen bin, hat er sie wieder verändert.*

Vianna ärgerte sich über ihre Feigheit. Plötzlich hörte sie schwere Stiefelschritte auf dem Kopfsteinpflaster und schreckte zusammen. Die Tür der Kutsche wurde aufgerissen, und vor ihr stand Severin, gekleidet, als wäre er auf dem Weg zum Abendessen mit Gouverneur Darling. Ohne ein Wort setzte er sich ihr gegenüber und schlug mit dem vergoldeten Kopf seines Gehstocks an die Decke. Sein Zeichen loszufahren.

»Bestimmt bist du entzückt, mich als Begleiter auf deiner langen Reise begrüßen zu dürfen, Vianna«, sagte er mit einem Anflug von Spott.

»Ich wollte doch nur …«, Vianna hielt rechtzeitig inne, bevor sie Wanda hineinzog.

»Ich habe deiner Zofe einen Tag freigegeben. Aber meine Diener werden dafür bezahlt, dass sie loyal *mir* gegenüber sind, Vianna. Wenn wir von Wegelagerern überfallen werden, bin ich am besten geeignet, dich auf dem Weg nach Goulouga zu beschützen«, erklärte er und griff nach der Pistole, die er unter seinem weiten Umhang verbarg.

»Ich hätte es dir gesagt, Severin.«

»Schwindlerin«, erwiderte er mit nachsichtigem Lächeln. »Aber es spielt keine Rolle. Eines Tages wollte ich dich sowieso selbst hinbringen.« Er sah sie an. »Gratuliere zu der gelungenen Verkleidung. Kein Rouge. Kein Parfüm. Alles sehr puritanisch. Mein Gott, Vianna, würde ich dich nicht so gut kennen, würde ich sagen, du könntest als ehrbare Witwe durchgehen.«

Vianna schenkte ihm ihr charmantestes Lächeln. »Ich habe gelernt, viele Rollen zu spielen. Ich bin das, wozu du mich gemacht hast, Severin: alles Mögliche für alle möglichen Männer.«

Er warf ihr einen kühlen Blick zu. »Sei vorsichtig, Vianna. Was am Ende der Reise passiert, hängt allein von *mir* ab.«

Mehrere Stunden starrte Vianna schweigend auf die Landschaft, während die Kutsche über die mit Schlaglöchern übersäte Straße holperte. Sträflingskolonnen hatten sie gebaut. Ihr war gar nicht bewusst, wie nervös sie war, bis sie das Blut sah, das durch die Handschuhe sickerte und von ihren ins Fleisch gekrallten Fingernägeln stammte.

Um sich von dem Schmerz abzulenken, brach sie schließlich ihr Schweigen. »Keine Anzeichen von Siedlungen, nicht ein einziger Grenzstein. Kein Wunder, dass sich in diesem gottverlassenen Land so viele Reisende verirren.«

Wortlos zeigte Severin auf ein Gebäude am Horizont. Den Tränen nahe hielt sich Vianna die Hand vor den Mund. *So lange habe ich auf diesen Augenblick gewartet.* Das einsame Gebäude erhob sich mitten in der Landschaft und war ein zweistöckiges Sandsteinhaus im georgianischen Stil, etwas abseits der Straße. Wie die Kulisse eines Theaters erhob sich dahinter ein bewaldeter Hügel, so dicht am Haus, dass er einen tiefen Schatten über die Rasenflächen warf.

Das Haus hatte die eleganten architektonischen Züge, die man von Francis Greenway, dem Architekten des ehemaligen Gouverneurs Macquarie, gewohnt war. Die von Weinreben überdachte Terrasse war offensichtlich als Hommage an das Klima erst später angebaut worden. Die Türen verfügten über Fensterläden im Stil einer indischen Plantage. Doch trotz seines traditionellen Charmes strahlte es eine Aura von Traurigkeit und schäbiger Eleganz aus: schön, vornehm, aber heruntergekommen. Warum? Dies war eine teure Schule für die Kinder der gehobenen Gesellschaft. Plötzlich war Vianna verwirrt.

Ihr Herz schlug heftig in einer Mischung aus Vorfreude und Angst.

Severins Anweisungen waren eindeutig. »Du wirst keine Fragen stellen, sondern genau das tun, was ich sage. Benimm dich wie eine Witwe, die sich für die Arbeit mit den Kindern interessiert. Sonst verbindet dich nichts mit diesem Ort. Für diese tugendhaften Frauen wäre eine Kurtisane so etwas wie der Todeskuss.«

Mit geballten Fäusten folgte ihm Vianna und schluckte hinunter, was sie ihm am liebsten ins Gesicht geschleudert hätte. *Wenn du ihnen nicht verrätst, dass ich eine Kurtisane bin, behalte ich für mich, dass du ein Gauner bist, der alle Spieler an seinen Spieltischen betrügt.*

Ein Hausmädchen mit roten Wangen namens Mary servierte ihnen den Nachmittagstee auf der Terrasse und erklärte dann an

Severin gewandt: »Die Oberin lässt Sie nun in ihr Arbeitszimmer bitten, Sir.« Vianna stand auf, um ihm zu folgen, doch er bedeutete ihr mit einer Handbewegung, sitzen zu bleiben.

So blieb sie allein zurück und hörte in der Ferne Kinderstimmen, die zur Musik eines Pianofortes sangen. Sie drehte sich in die Richtung, aus der die Stimmen kamen, und warf dabei versehentlich ihre Tasse zu Boden. Wie konnte sie nur so ungeschickt sein? Verlegen kniete sie nieder, um die Scherben aufzuheben, und stellte überrascht fest, dass das Geschirr billige Importware aus China war.

Die bisherige Schroffheit des Hausmädchens verflog. »Machen Sie sich keine Sorgen. Wir benutzen es ohnehin nur an Sonntagen und wenn der Priester zu Besuch kommt. Normalerweise essen die Kinder von Blechgeschirr.«

Vianna schenkte ihr ein höflich interessiertes Lächeln. »Wie viele kleine Mädchen wohnen hier?«

»Das ändert sich von Woche zu Woche. Aber ich glaube, zwischen dreißig und vierzig. Hin und wieder finden welche ein neues Zuhause. Wenn sie Glück haben. Und wir haben weniger Mäuler zu stopfen.«

Vianna lief es kalt über den Rücken. »Soll das heißen, es sind alles Waisenkinder?«

»Das ist eine höfliche Umschreibung, wenn Sie wissen, was ich meine«, antwortete die Frau.

Als jemand nach ihr rief, grummelte sie: »Schon gut, immer mit der Ruhe«, und stapfte ins Haus zurück.

Der Klang der Kinderstimmen lockte Vianna in den Garten auf der anderen Seite des Hauses, wo sie sich hinter einer Hecke versteckte, um ihnen beim Spielen zuzusehen.

Acht etwa fünfjährige Mädchen spielten Blindekuh und versuchten, nicht zu kichern, um der Kleinen mit den verbundenen Augen, die mit ausgestreckten Armen umherwanderte, nicht zu verraten, wo sie waren. Alle trugen schwere Kattunkleider in verschiedenen Abstufungen von Braun, die durch das viele Waschen oder die Sonne ausgebleicht waren. Aber alle hatten weiße saubere Schürzen und anständige Socken und Stiefel an. Ihr Haar war entweder sehr kurz geschnitten oder zu Zöpfen geflochten.

Hektisch schweifte Viannas Blick über die Gesichter der Kinder, die dem Mädchen mit den verbundenen Augen auswichen.

Wenn sie doch nur einen Augenblick stehen bleiben könnten, damit ich ihre Gesichter richtig erkennen kann! Alle haben angelsächsische Gesichter und blondes Haar, sie könnten beinahe aus derselben Familie stammen. Mein Gott, ich kann sie ja kaum auseinanderhalten.

Als jemand sie unsanft an der Schulter packte und umdrehte, zuckte sie zusammen. Severin hielt ihre Arme an beiden Seiten ihres Körpers fest und zwang sie, ihn anzusehen.

»Habe ich dir nicht gesagt, dass du sitzen bleiben sollst? Ich hatte einen guten Grund dafür.«

Sie hatte erwartet, dass er wütend wäre, doch dann stellte sie verwirrt fest, dass er die Kinder mit einem ungewöhnlich ernsten Ausdruck betrachtete.

»Warum denn, Severin? Ich habe Jahre darauf gewartet, sie zu sehen und mit ihr zu sprechen. Sie an mich zu drücken. Nur ein einziges Mal!«

»Nein! Es ist zu ihrem eigenen Schutz. Du kannst ihr nicht das geben, was sie braucht.«

»Ich könnte sie *lieben*. Wer wäre geeigneter dafür als ich? Schließlich bin ich die einzige Verwandte, die Daisy noch hat.«

»Willst du ihr die Schande zumuten, dass ihre Schwester eine Kurtisane ist?«

»Das muss sie gar nicht wissen.«

»Sei doch vernünftig, Vianna. Die Kolonie lebt von niederträchtigen Gerüchten. Welche Chancen hättest du wohl, deinen Ruf als infame Venus von Sydney Town zu verbergen?«

»Wir könnten die Kolonie verlassen und ein neues Leben beginnen.« Noch während sie die Worte aussprach, kannte Vianna die Antwort. Severins Begnadigung bedeutete lebenslängliche Verbannung. Er konnte nie wieder nach Großbritannien zurück. *Selbst wenn ich mir genug Geld zusammenstehlen würde, wie sollte ich ihr ein anständiges Leben ermöglichen? Ich kann weder schreiben noch lesen. Ich kann nur gewagte Lieder singen und Severin befriedigen – im Bett.*

Traurig sah sie den immer kleiner werdenden Gestalten der Mädchen nach, die jetzt auf die Grenze zwischen dem offenen Grasland und dem dichten Busch zuliefen. Mit einem Seufzer gab sie sich geschlagen.

Severin nutzte diesen Vorteil aus. »Jetzt weißt du, warum ich dich nicht hierherbringen wollte. Mir war klar, dass du versuchen würdest, sie nach Hause zu holen. Aber bei dem Leben, das wir führen, ist das unmöglich.«

Er zeigte auf das Feld, wo die Mädchen sich in zwei Reihen aufgestellt hatten, die erhobenen Arme zu einer Art Spalier verschränkten und das alte Lied *Oranges and Lemons* anstimmten.

Sie erstarrte angesichts der Ironie: Dieses seltsam makabre Kinderspiel war nicht nur eine Parodie auf den Tod durch eine Hinrichtung, sondern auch ein Echo auf das Ende ihres eigenen Vaters.

»Orange und Zitrone, sagen die Glocken von St. Renone. Du schuldest mir fünf Viertelpennys, sagen die Glocken von St. Ennis …«

Vianna sang leise mit, als wollte sie dem Kind in der Runde, das ihre Schwester war, näher sein. »Wann wirst du's mir vergüten?, fragen die Glocken von St. Luten …«

Herausfordernd erhob sie ihre Stimme. »Wenn ich einmal reich bin, sagen die Glocken von Glaisin.« Dann verstummte sie und zischte Severin an: »Ich habe *dich* zu einem reichen Mann gemacht!«

Demonstrativ sprach er die nächste Zeile. »Wann wird das sein?, fragen die Glocken von Fayne.«

Als die Kinder zur letzten Strophe kamen, hörte Vianna auf zu singen. Sie wusste, dass das Spiel ihr nun die Gelegenheit bieten würde, ihre Gesichter besser zu sehen.

»Ich bin sicher, ich weiß es nicht, sagt die Glocke von Heredith. Hier kommt die Schere, schnipp, schnapp, schnipp, schnapp; hier kommt ein Beil, und der Kopf ist ab!«

Auf dieses Stichwort hin lief ein schmales Mädchen mit großen Augen, dessen flachsblondes Haar im Wind flatterte, durch das Spalier, während die anderen Mädchen sangen: »Schnipp, schnapp, schnipp, schnapp, der Kopf ist ab!« Dann senkten sich die verschränkten Arme über sie und hielten die Kleine fest, während die anderen Kinder fröhlich lachten.

Vianna stockte das Herz. *Ist das ein Zeichen Gottes? Ist die Kleine etwa Daisy?*

Severin deutete auf die laut kreischenden Kinder. »Siehst du, wie fröhlich sie sind? Wenn du Daisy wirklich liebst, wirst du sie hierlassen – bis sich unser Schicksal ändert.«

Viannas Hand zitterte, als sie auf die Kinder deutete, die mittlerweile auf der Suche nach einem anderen Spiel waren. »Heißt das, du weißt, dass eins davon Daisy ist?«

Er stritt es nicht ab. Sie packte ihn am Revers und schüttelte ihn. »Sag es mir, um Gottes willen. Diese Kleinen sehen alle gleich aus! Jede von ihnen könnte Daisy sein.«

Severin nickte zustimmend. Endlich war seine Stimme ausnahmsweise sanft. »Ja, sie ist eins von diesen Kindern. Mehr kann ich dir nicht sagen. Nur die Oberin weiß es genau.«

»Wieso darf ich nicht wissen, wer sie ist?«

Er packte Viannas geballte Faust, um ihren Protest zu ersticken. »Hör zu. Daisy wird hier gut behandelt. Man bringt ihr Lesen und Schreiben bei, Musik, Kunst und Tanz. Als wäre sie ein Kind aus gehobenen Kreisen. Wir haben sie nicht im Stich gelassen. Sie weiß, dass sie einen ›Onkel‹ hat, der für ihre Ausbildung und ihre besonderen Bedürfnisse aufkommt. Eines Tages, wenn sie alt genug ist, um die Welt zu verstehen, wirst du sie wiedertreffen. Glaub mir, es ist das Beste, was wir für sie tun können. Jedenfalls vorläufig.«

»Das Beste für *dich*, Severin. Ich werde sie nicht wieder hergeben, jetzt, da ich sie gefunden habe. Sag mir nur, welche von ihnen sie ist. Ich schwöre dir bei meinem Leben, dass ich sie nicht anspreche.«

Vianna versuchte, ihre Tränen zu unterdrücken. Sie wusste, dass er ihre Lüge durchschaute, doch sie hatte nicht jahrelang gewartet, um jetzt kampflos aufzugeben.

»Ich verspreche dir, dass wir sie wieder zu uns holen, sobald ich mein Ziel erreicht habe, Vianna.«

»Lüg mich nicht an, Severin! Diese Kinder werden adoptiert oder in Pflege gegeben. Das Dienstmädchen hat es mir erzählt!«

»Das werde ich nicht zulassen, du hast mein Wort.«

»Dein Wort als Gentleman – was ist *das* wohl wert?«

Seine Augen blitzten. »Nimm dich zusammen! Merkst du nicht, welche Szene du machst? Es war ein Fehler herzukommen. Wir fahren augenblicklich zurück!«

Severin bog ihr den Arm auf den Rücken und zwang sie, zur Kutsche zurückzukehren. Sein Gesicht war eine Maske und nahm weder ihre Bitten noch Drohungen oder Tränen zur Kenntnis.

Als die Kutsche über die Straße Richtung Sydney Town ratterte, saß Vienna abwesend in der Ecke und starrte vor sich hin. Ihr lang gehegter Traum hatte sich in Luft aufgelöst. *Severin kontrolliert nicht nur mein Leben, sondern auch das Schicksal des einzigen Menschen, den ich auf dieser Welt je wirklich geliebt habe.*

Schließlich fasste sie sich ein Herz und fragte ihn: »Was hast du eigentlich mit *besonderen Bedürfnissen* gemeint?«

»Spielst du jetzt ›Ich sehe was, was du nicht siehst‹? Na schön, auf deine eigene Verantwortung. Ist dir aufgefallen, wie ungeschickt einige der Kinder sind? Und hast du gesehen, wie die beiden Frauen in grauer Uniform sie beim Spielen beobachten?«

Vianna horchte auf. »Ich hatte nur Augen für die Kinder.«

»Diese Kinder sind aus einem guten Grund hier. Jedes wurde mit einem Problem geboren und braucht besondere Zuwendung. Manche sind taub, andere blind, manche haben einen Klumpfuß, eine gelähmte Hand oder sind sonst wie behindert. Die Lehrer sind dafür ausgebildet, sie auf ein normales Leben vorzubereiten, besser als du und ich es jemals könnten.«

»Das glaube ich dir nicht! Daisy war völlig gesund.«

»Bis ich sie wegen der Epidemie hierherschicken musste. Du wolltest die ganze Wahrheit erfahren. Jetzt kennst du sie. Diese Schule ist für die Kinder feiner Leute, die man vor der Gesellschaft verbergen will. Sie kostet mich ein Vermögen, Jahr um Jahr.«

»Ist das der Grund, weshalb wir … weshalb Severin House …?« Ihre Stimme verebbte.

»Was soll ich machen? Meine Familie hat mich enterbt. Ich darf nie wieder in meine Heimat zurück und habe nie einen Beruf ausgeübt. Bin gezwungen, wie ein schäbiger Robin Hood zu leben und spielsüchtige Kolonisten um ihr Geld zu erleichtern. Und dir dabei zuzusehen, wie du sie unterhältst mit den Mitteln, die die Natur dir gegeben hat und die du so unnachahmlich gut beherrschst. Wir müssen alle beide Rollen spielen, die wir nicht wollen, aber es bleibt uns nichts anderes übrig.«

Er beugte sich vor und ergriff ihre Hände. Ohne den Blick von ihr abzuwenden, zog er ihr die Spitzenhandschuhe aus und küsste sanft die warme Haut ihrer Hände, auf der das Blut getrocknet war.

»Verstehst du jetzt, meine kleine Venus? Ich bin nicht *ganz* der Schurke, für den du mich hältst.«

Vianna spürte, wie ihr Herz vor Angst klopfte. Sie hörte, wie spöttische Stimmen die letzte Strophe von *Oranges and Lemons* sangen.

Zwei Reihen von eleganten Spielern standen sich gegenüber,

die Arme über den Köpfen zu einem Spalier über dem schmalen Weg vor ihr erhoben. Sie kannte die Gesichter und das anzügliche Grinsen. Sie hatte keine Wahl, als darunter herzulaufen, und die Männer sangen: »Hier kommt ein Beil, schnipp, schnapp, schnipp, schnapp, der Kopf ist ab …«

Am Ende des Spaliers stand ein junger Mann und streckte ihr die Arme entgegen.

Verzweifelt rannte sie auf ihn los, doch ihre mit Ketten aneinandergefesselten Füße waren schwer wie Blei. Sie sah das Gesicht des jungen Mannes, kam jedoch nicht voran.

Wenn ich ihn erreiche, bin ich in Sicherheit.

Doch es war zu spät. »… der Kopf ist ab!«, riefen die Spieler triumphierend, und sie versank in dem Meer aus grinsenden Gesichtern. Das Gewicht ihrer Körper erdrückte sie, und dann rissen sie ihr die Kleider vom Leib …

Als sie schrie, rüttelte Wanda sie mit ihren sanften Händen wach.

»Schon gut, Vianna. Es war nur ein Alptraum.«

Vianna klammerte sich an sie und weinte sich an der warmen Schulter des Mädchens aus, erleichtert, dass sie dem Alptraum entkommen war, wenn auch nur vorübergehend. Dennoch fühlte sie sich leer, überwältigt von dem Gefühl eines Verlustes, weil sie es nicht geschafft hatte, den jungen Mann – und damit Sicherheit – zu erreichen.

Ich bin dir zu spät begegnet, Will Eden.

ZWÖLF

Felix warf nur einen kurzen Blick auf den blutfleckigen Horizont, der einen neuen brütend heißen Januartag verhieß, als er über die Seufzerbrücke Richtung Gästezimmer ging. Sein Vater hatte es ursprünglich als Schulzimmer für die beiden Halbbrüder in seinem Flügel von Rockingham Hall einrichten lassen.

Seit den frühen Morgenstunden hatte er wach gelegen und gehört, wie die Familienkutsche im Schutz der Dunkelheit endlich aus Port Jackson eingetroffen war.

Er trug einen maßgeschneiderten Gehrock mit passender Hose in der Hoffnung, dass diese Aufmachung konservativ genug für diesen ungewöhnlichen Anlass war, der außerhalb aller Regeln der Etikette stand. Es wäre ihm nie eingefallen, den Reichtum der Familie L'Estrange offen zur Schau zu tragen, ganz besonders aber nicht an diesem Morgen.

Durch die sonnenüberfluteten Fenster der Brücke zwischen den Zwillingshäusern konnte er eine dünne Rauchschwade erkennen, die aus dem Kamin von Jane Quayles weiß gekalktem Cottage am Ende des Anwesens aufstieg. *Bestimmt hat Jane genau wie ich die ganze Nacht kein Auge zugetan. Zum ersten Mal konnte ich mich nicht auf den Sternenhimmel konzentrieren. Und Mutter hat garantiert keine Sekunde geschlafen.*

Er erinnerte sich an ihre letzte Warnung. »Ich bin dein Wachhund, Felix. Ich habe meine Pflicht getan, aber ich werde auf der Hut sein, falls dein Vater jemals versuchen sollte, dein Geburtsrecht zugunsten der Quayles zu beschneiden.«

Ein resignierter Seufzer entfuhr ihm, als er an diese jüngste Eskalation im Streit seiner Eltern dachte, der bis weit in seine Kindheit zurückging. Die Wunde, die die Zeit niemals heilen würde, der Schandfleck im Haus der L'Estranges, der wie ein dunkler Schatten auf ihrem ganzen Leben lag.

Er straffte die Schultern und murmelte: »Genug! Das ist alles längst Vergangenheit. Ich muss Vaters Wünschen nachkommen und meine Pflicht erfüllen – eine schier unermessliche Aufgabe.«

Vor der Tür des Gästezimmers zog er die Uhr an der goldenen Kette, die ihm sein Vater zum einundzwanzigsten Geburtstag geschenkt hatte, aus der Westentasche.

Halb acht, sicher nicht zu früh, um ihn zu wecken. Ich bin ganz schön nervös. Das letzte Mal habe ich Mungo in seiner verdammten Zelle gesehen, als er darauf wartete, zusammen mit dem armen Will Eden gehenkt zu werden. Ich frage mich, wie ihn die Zeit in Moreton Bay verändert haben mag. Ob ich ihn überhaupt wiedererkenne?

Als er die Gestalt neben sich bemerkte, wurde Felix aus seiner Träumerei gerissen. Es war dieses unscheinbare kleine Hausmädchen mit dem verkniffenen Gesicht, das eine Weinflasche mit dem neuen Etikett der L'Estrange-Familie in der Hand hatte. *Verdammt, ich habe schon wieder ihren Namen vergessen.*

»Meine Güte, was machst du denn hier? Wie heißt du noch?«

»Molly Baker, Sir. Ich bin die Tochter Ihrer neuen Köchin, aber hier geboren«, antwortete sie und strahlte dabei die lässige Selbstsicherheit der Generationen aus, die in Australien geboren waren.

»Ein echtes Currency Lass, was? Bist du nicht zu jung, um schon als Dienstmädchen zu arbeiten?«

»Ach wo. Ich bin schon fast vierzehn. Mit der Schule bin ich fertig, jetzt lerne ich allein weiter, aber wenn Ma mich braucht, helfe ich ihr.«

»Und was machst du mit dem Wein aus unserem Keller?«

Sie zeigte auf die Tür. »Der Master hat mir aufgetragen, *ihm* die Flasche zu bringen.«

»Danke, ich gebe sie ihm selbst.« Als sie sich abwandte, um die

Treppen hinunterzulaufen, rief er ihr nach: »Noch etwas, Molly. *Niemand* in diesem Haus rührt mein Teleskop oder meine Bücher an.«

»Ich weiß. Die anderen haben mich bereits gewarnt, dass man mit der Todesstrafe rechnen muss, wenn man sich an Ihren Sachen zu schaffen macht.«

Felix war verwirrt. Hatte sie das ironisch gemeint, oder war es nur die Wiedergabe dessen, was der naseweise junge Cockney George ihr erzählt hatte? Die Vorstellung, dass er wegen seines Interesses für die Astronomie zum Gespött der Dienerschaft werden könnte, ärgerte ihn.

Er wollte gerade klopfen, als er seine Stimme hörte.

»Komm rein, es ist nicht abgeschlossen. Ich hab genug von Schlössern und Riegeln.«

Die körperlose Stimme klang rau und erwachsener als früher, doch es war unverkennbar Mungo.

Als er dann vor ihm stand, verbarg Felix seine Verwirrung mit einem Schwall hastiger Worte. »Willkommen zu Hause, Mungo. Ich hoffe, du hast gut geschlafen nach der langen Reise. Wie ich sehe, hast du meinen Zettel noch nicht gelesen. Ich habe dir ein paar Anzüge in den Schrank hängen lassen. Ich hatte keine Ahnung, welche Größe du jetzt hast, aber ich hoffe, sie tun ihren Dienst, bis du den Herrenausstatter aufsuchen kannst, einen ehemaligen jüdischen Strafgefangenen, der dank Vaters Protektion eine Menge Kunden in gehobenen Kreisen hat.«

Als er sah, dass ihn Mungo mit demselben spöttischen Lächeln musterte, über das er sich schon als Kind aufgeregt hatte, gingen ihm die Worte aus.

»Du bist gewachsen, Bruderherz«, sagte Mungo.

»Du auch«, entgegnete Felix lahm. Sie starrten sich gegenseitig an und versuchten einzuschätzen, wie sehr sie sich in der vergangenen Zeit verändert hatten.

Überrascht registrierte Felix, dass von dem schwächlichen Jungen, den er zuletzt in der Zelle gesehen hatte, keine Spur übrig geblieben war. Mungo stand braun gebrannt und mit breiten Schultern vor ihm. Er trug eins von Felix' Nachthemden aus feinem irischem Leinen, das so gar nicht zu seinem wirren schulterlangen Haar passte. Der goldene Flaum auf den Armen war erstaunlicherweise frei von den Tätowierungen, mit denen sich die Sträflinge üblicherweise brüsteten. Sein Gesicht hatte sich verändert. Zweifellos war es von der harten Arbeit in der Sträflingskolonne und von Erfahrungen gezeichnet, die Felix sich nicht einmal ansatzweise vorstellen konnte. Er wirkte zäher als früher, doch das war nicht alles. Mit einem Anflug von Eifersucht wurde Felix bewusst, dass Mungo nun noch mehr Ähnlichkeit mit Kentigern L'Estrange in seiner Jugend hatte als früher.

Wie immer übernahm Mungo das Kommando. »Danke für die gebrauchten Klamotten, Kumpel. Und den Wein. Wollen wir auf meine Rückkehr anstoßen?«

Felix sah zu, wie er zwei Gläser bis zum Rand vollschenkte. Seine Hände waren rauer als die eines Landarbeiters.

Mungo hob das Glas in der traditionellen Art der Kolonialisten. »Auf das Land, in dem wir leben!«

Felix erwiderte den Trinkspruch und nippte nur leicht an seinem Glas, während Mungo das seine in einem Zug austrank. Dann sagte er: »Ich hoffe, dass du dich hier wohlfühlst. Ich habe das Zimmer renovieren lassen, aber die Bücherregale sind natürlich eine Hinterlassenschaft aus unserer gemeinsamen Schulzeit.«

»Ja, dank unserer Lehrer hängen mir die griechischen Philosophen, Shakespeare und Goethe bis heute zum Hals heraus. Versteh mich nicht falsch. Ich bin dankbar, dass Vater uns dieselbe Ausbildung zukommen ließ. Das hat sich in Moreton Bay ausgezahlt, ich wurde der sogenannten Klasse der Gebildeten zugewiesen.«

Zufrieden mit dem offensichtlichen Unbehagen von Felix fuhr er fort: »Nun, und was hat Mrs Less für mich geplant? Ich muss garantiert einen Preis für meine Freiheit zahlen, und dem will ich mich keinesfalls verweigern.«

Felix fuhr innerlich zusammen, als er den Spitznamen hörte, den Mungo als Kind seiner Mutter gegeben hatte, erwiderte jedoch nichts. *Bitte, lieber Gott, mach, dass Mutter sich daran erinnert, wie sehr Mungo gelitten hat, und ihn taktvoll behandelt. Sonst wird sich die Geschichte wiederholen und Vater erneut das Herz brechen.*

»Du bist dir hoffentlich im Klaren darüber, dass deine Zuweisung eine reine Formalität ist. Eigentlich ist Sean O'Connor von diesem Kontinent verschwunden und wird nie wieder auftauchen.«

»Dann habe ich jetzt also meine echte Identität wieder, richtig? Und wo genau bin ich gewesen?«

»Was die Dienerschaft angeht, so warst du in Kororareka und hast erfolgreich Geschäfte mit amerikanischen, britischen und französischen Walfängern rund um die Insel im Norden gemacht.«

»Neuseeland also? Hör mal, ich habe einen großartigen Plan, der uns beide reich machen könnte.«

Felix wechselte hastig das Thema. »Ich schlage vor, dass wir erst mal nach unten gehen. Mutter will dich sehen – um mit dir über deine Zukunft zu sprechen. Natürlich kann ich gern mitkommen.«

»Willst wohl Mrs Less nicht allein treffen, wie?«

Felix ignorierte die Stichelei und drängte seinen Bruder zur Eile.

»Moment mal. Ich muss erst mal zu meiner eigenen Mutter!«

»Es wird nicht lange dauern – Vaters Anweisung.«

»Immer noch der perfekte Sohn?«

»Zieh dich an, ich warte draußen.«

Vor der Tür von Albrunas Privatsalon, aus dem unsichere Noten drangen, auf die anschließend die korrekte Wiedergabe des Stücks folgte, blieben sie stehen.

Mungo erkannte das deutsche Kinderlied wieder. »Daran erinnere ich mich. *Der Mond ist aufgegangen*, stimmt's? Du musstest immer alle sieben Strophen spielen.«

»Mutter bringt den Kindern der Dienerschaft jetzt das Klavierspielen bei als Belohnung für die Fortschritte, die sie beim Lesen und Schreiben machen. Die Leute sind ihr sehr dankbar dafür.«

Er klopfte. Als sie die Tür öffneten, senkte Albruna L'Estrange den Kopf, um ihnen den Zutritt zu gestatten. Dann wandte sie sich mit sanfter Stimme ihrem Schüler zu: »Geh jetzt in die Küche, mein Kleiner, und bitte Mrs Baker, dir ein Stück Kuchen zu geben. Du hast deine Sache gut gemacht.«

Als sie sich umdrehte, um Mungo zu mustern, bemerkte Felix ein überraschtes Flackern in ihren Augen, das sie hastig unterdrückte. *Armes Mütterchen. Sie hat dasselbe gesehen wie ich. Mungo hat sich so verändert, dass er jetzt eine erstaunliche Ähnlichkeit mit Vater als jungem Mann hat.*

»Du kannst gehen, Felix.«

Mungo verbeugte sich verbindlich, woraufhin Felix unbehaglich lächelte, entschlossen, die Stimmung aufzuhellen. »Ich würde lieber bleiben, Mutter. Schließlich habe ich nicht jeden Tag Gelegenheit, meinen Halbbruder willkommen zu heißen.«

Albruna warf ihm einen scharfen Blick zu angesichts seiner höflichen, aber unerwarteten Weigerung. Felix zog einen Stuhl für Mungo heran und blieb steif hinter ihm stehen.

»Setz dich, Felix. Ihr seht aus, als wolltet ihr für eine Lithografie posieren.« Sie wandte sich Mungo zu. »Was hast du mir zu sagen?«

»Zuallererst möchte ich mich bei Ihnen – und Vater – bedanken, dass Sie mir das Leben gerettet haben, aber auch für Ihre langjährigen Bemühungen, mich wieder freizubekommen.«

»Du kannst dich bei meinem Gatten bedanken. Deine Zuweisung an mich war *seine* Idee.«

Felix stammelte beschwichtigend: »Das ist nur eine Formalität. Es war die schnellste Art, dich freizubekommen, nachdem du im Fall Logan als Zeuge ausgesagt hattest.«

Als sein Halbbruder Logans Ermordung erwähnte, erstarrte Mungo. Seine Reaktion entging Felix' Mutter nicht.

»Keineswegs nur eine Formalität, Felix«, erklärte sie. »Sean O'Connor hat seine Strafe verbüßt. Wir werden ihn nie wieder erwähnen. Aber von dem verlorenen Sohn erwarte ich, dass er sich bessert und seiner Familie in Zukunft loyal dient.«

Felix zuckte zusammen. *Verlorener Sohn und dienen. Muss sie denn auch noch Salz in die Wunde reiben?*

Doch Mungo wirkte ungerührt. »Es gibt ein weises altes Sprichwort auf Manx: ›Sag mir nicht, was ich war, sondern was ich bin.‹«

Felix unterbrach hastig Mungos versteckte Anspielung auf Jane Quayle. »Mungo wird uns von unschätzbarem Wert sein, Mutter. Auf Vaters ausdrücklichen Wunsch habe ich in einem neuen Zweig des Familienunternehmens eine Aufgabe für ihn gefunden. Wie du weißt, kann ich seit seiner Erkrankung besser mit Vater kommunizieren als jeder andere.«

»Gewiss.« Trotz des Affronts hielt seine Mutter ihre Würde aufrecht. »Wenn das so ist, junger Quayle, dann beginnt hiermit eine Probezeit für dich. Ihr könnt jetzt beide gehen.«

Mutter will einfach nicht zur Kenntnis nehmen, dass Mungo in diesem Haus geboren wurde. Ich weiß, dass die Erinnerung schmerzlich ist, aber sie behandelt Mungo wie ihren Leibeigenen.

Sobald Felix die Tür hinter ihnen geschlossen hatte und sie die unheilvoll schweren Klänge von Händels Totenmarsch aus *Saul* hörten, wechselten sie einen vielsagenden Blick.

»Nun, die erste Runde habe ich dank deiner Hilfe überlebt«, sagte Mungo und fuhr dann leichthin fort: »Ich würde einen elenden Diener abgeben, hab einfach zu viel von einem Currency Lad in mir. Ich bin froh, mich auf einem neuen Feld bewähren zu können.« Dann setzte er zögernd hinzu: »Ich stehe in deiner Schuld.«

»Es ist das Mindeste, was du verdienst. Jetzt bringe ich dich zu Vater. Aber ich muss dich bitten, ihn nicht zu sehr anzustrengen. Er erwartet dich sehnsüchtig, aber bekomm keinen Schreck. Seit dem Schlaganfall ist er nicht mehr derselbe. Die meiste Zeit wirst du sprechen und ich übersetzen müssen.«

Mungo runzelte die Stirn. »Ist es so schlimm? Das habe ich nicht gewusst. Du hast mir nicht ein einziges Mal geschrieben.«

»Wir haben dir regelmäßig geschrieben, das kannst du mir glauben«, erwiderte Felix gereizt.

Auf ihr Klopfen hin hörten sie eine unverständliche, aufgeregt laute Männerstimme.

Aufmerksam beobachtete Felix den Augenblick ihres Wiedersehens. Welche Wirkung würde es auf die Gesundheit seines Vaters haben? Angesichts des erschreckenden Anblicks blieb Mungo wie versteinert an der Tür stehen. Doch dann kaschierte er seine Reaktion, ging mit wenigen großen Schritten rasch durchs Zimmer und fiel seinem Vater in die ausgebreiteten Arme.

Sie klammerten sich aneinander wie zwei schiffbrüchige Matrosen, die jeweils ein rettendes Floß in dem anderen gefunden hatten.

»Du alter Schuft!«, rief Mungo, dessen Stimme vor lauter Emotionen schroffer klang als beabsichtigt. »Wenn du abgekratzt wärst, während ich in Moreton Bay saß, hätte ich dich umgebracht!«

Diese absurde Drohung kam dermaßen von Herzen, dass Kentigern vor Lachen losbrüllte und mit beiden Händen, der gesunden und der verkrüppelten, Mungo über das Haar und das Gesicht fuhr, als wollte er ihn liebevoll neu modellieren.

Mit einem Stich von Eifersucht musste Felix feststellen, dass seine Gegenwart überflüssig war. Die aufrichtige Zuneigung zwischen Vater und Sohn brauchte keinen Übersetzer. Gerührt und zugleich mit einem Gefühl von Leere verließ Felix das Zimmer und schloss leise die Tür hinter sich.

Mungos kräftiges Lachen und der heisere Versuch seines Vaters, sich daran zu beteiligen, verfolgten ihn, als er die Treppe zum Arbeitszimmer der Familie hinabging.

Wenigstens hier bleibe ich Vaters rechte Hand.

DREIZEHN

Als Mungo am späten Nachmittag in das ehemalige Schulzimmer zurückkehrte, zog er Felix' förmlichen Anzug aus und schlüpfte in die legeren Sachen, die sein Bruder ihm ebenfalls hingelegt hatte. Er kämmte sich das Haar, wusch sich erneut Gesicht und Hände mit Seife – ein Luxus, den er ganz vergessen hatte – und schlang ein Halstuch um den offenen Kragen des feinen Leinenhemdes. In der Hose aus Moleskin-Baumwolle und den Reitstiefeln fühlte er sich viel wohler, kam sich aber plötzlich vor wie ein kleiner Junge, der nicht wusste, welche Strafe er nach einem Kinderstreich von seiner Mutter zu erwarten hatte.

Nach der Begegnung mit seinem Vater, den er friedlich schlafend zurückgelassen hatte, war Mungo erschöpft. Die Vorstellung, dass die geliebten, patriarchalischen Züge seines Vaters jetzt von einer Lähmung entstellt waren, machte ihm schwer zu schaffen. Sein Gesicht erinnerte ihn an einen Wasserspeier: Eine Hälfte lächelte im Schlaf, die andere war eine Grimasse, die sich hoffentlich mit der Zeit wieder zurückbilden würde.

Er erinnerte sich, dass er gerade zum ersten Mal in seinem Leben im Herrenhaus hatte übernachten dürfen, obwohl er früher hier zusammen mit seinem Halbbruder gelernt hatte. *Ich musste erst zum Verbrecher werden, bevor mir Mrs Less dieses Privileg gestattete.*

Als das schlaksige Mädchen mit dem offenen Gesicht ihm ein silbernes Tablett mit einem Umschlag brachte und dazu einen linkischen Knicks machte, musterte Mungo sie überrascht.

»Danke, Molly. Ich frage mich, wer schon alles weiß, dass ich zurück bin.«

»Machen Sie den Umschlag auf, Mr Quayle. Vielleicht erwartet man eine Antwort«, sagte sie.

»Wenn ich dich Molly nennen soll, ist es nur fair, dass du Mungo zu mir sagst, oder?«

Er öffnete den Umschlag und dachte darüber nach, wie seltsam es war, dass er nach seiner Rückkehr derart schnell Post bekam, nachdem er sich in Moreton Bay drei Jahre lang danach gesehnt und erst kurz vor seiner Entlassung einen Brief erhalten hatte.

Es war ein Schreiben von Nathan Bloom & Sons, der Herrenausstatter seines Vaters, mit dem er den Termin bestätigte, den Felix für ihn vereinbart hatte, um Maß für die neue Garderobe zu nehmen. Gleichzeitig bedankte er sich in dem üblichen blumigen Geschäftsstil für Mungos Vertrauen.

»Danke, Molly. Eine Antwort ist nicht nötig.« Sie machte erneut einen Knicks, und er lächelte anerkennend, als er sah, wie leichtfüßig sie die Treppe hinunterhüpfte.

Molly ist das erste junge Mädchen, das ich seit drei Jahren sehe. Ich hatte völlig vergessen, wie gut und wie sauber Mädchen riechen.

Aus Gewohnheit nahm er die Hintertreppe der Dienerschaft und traf auf dem Treppenabsatz einen Bediensteten. So lange Mungo sich zurückerinnern konnte, hatte er im Dienst der L'Estranges gestanden.

Mein Gott, dieser Kerl müsste seine Strafe doch längst verbüßt haben. Es sei denn, er ist ein Lebenslänglicher. Verdammt, ich habe seinen Namen vergessen! Und er erkennt mich nicht wieder.

Als der alte Mann seine Verlegenheit spürte, verbeugte er sich und sagte: »Willkommen zu Hause, Sir. Sie werden sich wahrscheinlich nicht an mich erinnern. Ich bin Old Crawford, Sir.«

»Wie könnte ich Sie vergessen, Crawford? Rockingham wäre schon längst zusammengebrochen, wenn Sie nicht dafür gesorgt hätten, dass alles reibungslos funktioniert. Und ich bin Mungo.«

»Ich hätte Sie beinahe nicht wiedererkannt, mein Junge! Neuseeland hat einen Mann aus Ihnen gemacht.«

»Das können Sie laut sagen, trotzdem bin ich derselbe Mungo, der ich als Kind war. Erinnern Sie sich noch an den Tag, als die Bettlaken der L'Estranges auf der Wäscheleine hingen und ich sie mit Schlammbällen beworfen habe?«

»O ja. Sie waren ein richtiger Lausebengel. Mrs L'Estranges Meinung lautete: ›Wer sein Kind liebt, der züchtigt es.‹ Daher bekam ich den Befehl dazu. Aber Sie ertrugen es wie ein Mann. Nicht ein einziges Mal haben Sie geschrien.«

Mungo zuckte zusammen, als ihm Moreton Bay einfiel.

Das Knallen der Peitsche zerriss die Luft. Die Stimme seines Peinigers verhöhnte ihn. »Du wirst winseln, ehe ich dir dreihundert verpasst habe, O'Connor.«

»Wetten, dass nicht?« Mungo hatte die Zähne zusammengebissen, und beim nächsten Hieb war alles um ihn herum schwarz geworden.

Old Crawfords Abschiedsworte rüttelten ihn auf. »Aber ich will Sie nicht aufhalten. Jane Quayle sitzt schon seit Wochen auf heißen Kohlen.«

Der Pfad, der durch den weitläufigen Garten führte, war dichter bewachsen, als Mungo ihn in Erinnerung hatte. Die exotischen Bäume und Büsche hatte Albruna als junge Braut gepflanzt, die mit ihrem ambitionierten Versuch, einen Garten zu gestalten, die Liebe ihres Mannes zu der einheimischen Flora widerspiegeln wollte. Mittlerweile säumten diese Bäume alle Grenzen des Anwesens, flankiert von Reihen niedrigerer einheimischer Büsche mit unpassenden lateinischen Namen, wie Mungo wusste.

Er erkannte eine Spezies, die Sandy Gordon in Moreton Bay bewundert und als *Xanthorrhoea macronema* bezeichnet hatte, wunderhübsche kleine Zylinderputzer, von deren schwarzen Stämmen lange schilfartige Blätter kaskadenartig herabhingen.

Die Aborigines hatten diese Pflanze *balga*-Gras genannt. Es war ihre Bezeichnung für »schwarzer Junge«, und sie hatte tatsächlich Ähnlichkeit mit einer kindlichen dunklen Gestalt.

Sie blühten cremefarben den ganzen Sommer über, genau wie die Beete mit den englischen und deutschen Blumen, die Mrs L'Estrange trotz des völlig anderen Klimas und der regelmäßigen Invasionen von tropischen Käfern hatte anlegen lassen und ihren strengen Maßstäben entsprechend am Leben erhielt.

Das muss man ihr lassen. Trotz aller Widrigkeiten gibt sie niemals auf. Sie hasst mich, aber sie hat mich nie aufgegeben. Und sie ist fest entschlossen, ihre Rivalin zu überleben – aber dasselbe gilt für meine Mam. Weiß Gott, wie das enden soll.

Es entging ihm nicht, dass die Bäume ringsum, die scheinbar wild und auf sich allein gestellt wuchsen, in Wirklichkeit sorgfältig gestutzt worden waren, um die Sicht zwischen den Zwillingshäusern und den Gebäuden am Ende des Gartens nicht zu verdecken. Als er das Cottage sah, fiel ihm ein Stein vom Herzen. Der lange Weg von Moreton Bay hatte ein Ende.

Er ging den schmalen Weg entlang, der zwischen ihrem Cottage und den Stallungen verlief, die er immer als »das schäbige Ende« von Rockingham Hall empfunden hatte. Er war nicht überrascht, dass die Tür offen stand. In ihrem winzigen Wohnzimmer duftete es nach Essen und Kräutern.

Jane saß im Schaukelstuhl am Kamin, auf dessen Rost Töpfe mit Lavendel und Salbei standen. Die Luft roch sauber und süß.

»Tut mir leid, dass du warten musstest, Mam«, entschuldigte sich Mungo. Er war nicht sicher, ob es wie eine respektlose Anspielung auf seinen Aufenthalt in Moreton Bay klang – oder auf seinen späten Besuch bei ihr seit seiner Rückkehr letzte Nacht.

Sie nickte. »Dein Vater hat diesem Tag entgegengefiebert. Es war richtig, dass du zuerst zu ihm gegangen bist.«

»Willst du mich denn gar nicht umarmen?«, fragte er sanft und streckte ihr die Arme entgegen.

Sie stand halb auf, um ihn zu begrüßen, ließ sich dann aber doch wieder in den Stuhl fallen, weil sie nicht wusste, ob ihre Beine sie tragen würden.

»Nimm dir Zeit, dann kommt sie zu dir.« Leise zitierte Mungo die alte Redensart von der Isle of Man, und der Klang ihrer Muttersprache gab ihr die Kraft, lachend und weinend zugleich auf ihn zuzustolpern und ihm um den Hals zu fallen. Dann trat sie einen Schritt zurück und sah ihn an, als wollte sie sich vergewissern, dass er aus Fleisch und Blut war.

»Rühr dich nicht von der Stelle!«, befahl sie und nahm eine Flasche Glen Kella Manx aus ihrer Heimat aus dem Regal. Mit zitternden Händen zog sie den Korken ab.

»Die hat mir dein Vater an dem Tag geschenkt, als du begnadigt wurdest, damit wir später auf deine Rückkehr anstoßen könnten. Drei Jahre! Hoffen wir, dass das Zeug noch genießbar ist.«

Sie stießen auf die traditionelle Art der Fischer auf der Isle of Man an, die, wie Mungo wusste, häufig ertranken, während sie versuchten, sich ihren spärlichen Lebensunterhalt auf See zu verdienen.

»Leben den Menschen, Tod den Fischen«, sagte Jane auf Manx-Gälisch und Mungo auf Englisch, aber beide gleichzeitig.

»Schäm dich. Du hast deine Muttersprache vergessen.«

»Ja, sie ist mir entfallen«, gab Mungo zu, »aber ich habe nicht vergessen, dass ich dem Alkohol meine Geburt verdanke!«

Jane warf ihm einen verdutzten Blick zu. »Was meinst du? Willst du etwa behaupten, dass ich betrunken war, als ich dich empfing?«

»Nein, aber überleg doch mal. Hättest du deinem Bruder nicht geholfen, Brandy nach England zu schmuggeln, hätte man dich nicht von der winzigen Isle of Man auf die größte Insel der Welt deportiert. Du wärst niemals Vater zugewiesen worden und ich niemals zur Welt gekommen. Da siehst du es, Mam, das Verbrechen lohnt sich doch! Ich bin die Belohnung für deinen Verstoß gegen das Gesetz – Brandyschmuggel!«

»Halt den Mund!«, sagte Jane und unterdrückte ein Lachen. »Wie üblich übertreibst du maßlos. Felix L'Estrange wurde mit einem Silberlöffel im Mund geboren. Und du mit einer gespaltenen Zunge!«

»Aber es ist doch wahr, Mam. Ich verkleide die Wahrheit nur ein bisschen, um sie interessanter zu machen.«

Plötzlich roch es nach Verbranntem, und eine schwarze Wolke stieg aus dem Ofen nebenan, sodass sie fluchend hinausstürzte. Niedergeschlagen kehrte sie mit einer rauchenden Auflaufform zurück. Die Oberfläche des Essens war völlig verbrannt. Bevor sie es in den Müll werfen konnte, nahm Mungo ihr die Form aus der Hand.

»Nein, das tust du nicht! All die Jahre habe ich von deinem Lammbraten mit Klößen geträumt. Ich esse alles auf, warte nur.« Er probierte das Stück, das sie ihm auf den Teller legte, und ließ sich nicht anmerken, dass er sich schon beim ersten Bissen die Zunge verbrannte.

»Ah, der alte Manx-Zauber«, sagte er verzückt.

Er spürte ihren Blick, der zufrieden auf ihm ruhte, während er die Mahlzeit verschlang, aber es war ihm klar, dass nun auch die Fragen kommen würden, die sie all die Jahre für sich behalten hatte.

»Wirst du jetzt endlich Problemen aus dem Weg gehen, Mungo?«

Sie schenkte ihre Gläser noch einmal bis zum Rand voll. Er wusste, dass sie normalerweise kaum Alkohol trank, doch heute würde sie sich nicht zurückhalten.

»Sagen wir mal so, ich werde mich nicht darum reißen, das zumindest kann ich dir versprechen. Und was hast *du* so gemacht, als ich weg war? Ich brenne darauf, Neuigkeiten zu erfahren.«

»Ich habe eine stattliche Summe für meine Beerdigung gespart«, antwortete sie stolz. »Allerdings würde ich sie lieber für deine Hochzeit ausgeben.«

»Lieber Himmel, Mam! Ich bin kaum einen Tag hier, da willst du mich schon verkuppeln.«

Jane Quayle ließ sich nicht so leicht von ihrem Vorhaben abbringen, wenn sie sich einmal etwas in den Kopf gesetzt hatte. »Du würdest endlich zur Ruhe kommen, wenn du eine Frau hättest und ein oder zwei Kinder. Früher, bevor du weggegangen bist, hast du dich ja überhaupt nicht für Mädchen interessiert.«

»Hast du eine Ahnung!« Mungo zwinkerte ihr zu. »Alle Mütter aus der Nachbarschaft haben meinetwegen ihre jungfräulichen Töchter eingesperrt. Aber zum Glück gab es noch andere, die gern die Nacht mit mir verbracht haben. Damals kam ich erst im Morgengrauen nach Hause. Du hast mir doch nicht etwa geglaubt, wenn ich erzählte, ich hätte mit meinen Freunden getrunken?«

»Du solltest dich schämen«, entgegnete sie, doch ihre Augen lachten.

Dann wurde Mungo ernst. »Wie auch immer, allmählich verstehe ich, was du meinst.«

Seine Mutter schluckte den Köder. »Wer ist sie? Hat sie etwa die ganze Zeit auf dich gewartet?«, fragte sie ehrfürchtig.

»Das hat sie tatsächlich«, antwortete Mungo, und er war sich nicht einmal sicher, wo die Grenze zwischen Wahrheit und Lüge lag – sein goldenes Mädchen.

»Weißt du noch, was man auf der Isle of Man immer sagt? Heirate nie eine Frau, wenn du nicht von deinem Misthaufen aus den Rauch im Schornstein ihres Vaters sehen kannst.«

Mungo gab sich Mühe, nicht zu lachen. »Und wie war noch der andere Spruch, den du bei jeder Gelegenheit zum Besten geben musstest? Heirate nie eine Erbin, es sei denn, ihr Vater baumelt am Galgen?«

»Mach dich nicht lustig, mein Sohn. An Redensarten ist immer etwas dran. Eine reiche Frau ist hochnäsig, stolz und schwierig, es sei denn, in ihrer Familie gibt es irgendeinen Makel, der sie daran erinnert, dass sie keinen Grund hat, sich für besser als ihr Mann zu halten.«

»Verstehe«, sagte Mungo respektvoll. »In diesem Fall gebe ich am besten eine Anzeige im *Australian* auf. Suche reiche Braut, deren Vater aufgeknüpft wurde.«

Jane war dafür bekannt, dass sie stets das letzte Wort haben musste. »Spotte nur, aber versprich mir, dass du mir das Mädchen vorstellst, *bevor* du sie heiratest.«

Mungo fragte sich, wie seine Mutter wohl reagieren würde, wenn er ihr die Wahrheit erzählte. *Zu spät, Mam. Innerlich habe ich sie schon in Moreton Bay geheiratet.*

Nach einem weiteren Whiskey wurde Mungo ernst.

»Glaubst du an Liebe auf den ersten Blick?«

»Ich habe sie am eigenen Leib erfahren«, gab sie zu und seufzte.

»Das ist etwas anderes. Du bist eine Frau. Aber glaubst du, dass jemand wie ich eine Frau ansehen kann und weiß, dass sie die Einzige ist, mit der man für den Rest deines Lebens zusammenbleiben will?«

»Ja, das glaube ich. Aber es passt nicht zu dir. Wo hast du sie kennengelernt?«

»Im Gefängnis. Zwei Tage bevor man mich nach Moreton Bay brachte.«

»War sie eine Gefangene? Natürlich habe ich kein Recht, darüber zu urteilen.«

»Nein, sie war nur zu Besuch im Gefängnis. Ein Dienstmädchen, das gerade mit dem Schiff angekommen war und verzweifelt Arbeit suchte. Ich hatte das Gefühl, dass sie auf der Flucht vor dem Gesetz war. Du weißt schon, so was riecht man einfach.«

»Aye. Das haben wir alle durchgemacht. Sie ist bestimmt sehr hübsch, oder?«

»Gute Figur, mit einem Engelsgesicht. Und Augen, das würdest du nicht glauben.«

»Hat dieser Engel auch einen Namen?«

»Fanny Byron.« Mungo ließ sich ein weiteres Glas Whiskey einschenken. »Das Problem ist, ich war damals selbst etwas verzweifelt, da ich wusste, dass mir vier Jahre Moreton Bay bevorstanden und sie das letzte Mädchen wäre, das ich für eine lange Zeit sehen würde. Die Idee kam mir wie ein Geistesblitz. Um ihre Zuneigung zu gewinnen, habe ich ihr eine Lüge aufgetischt. Ich habe mir Will Edens Namen ausgeliehen und ihr erzählt, dass ich am nächsten Morgen gehenkt werden sollte.«

Jane sah ihn verwirrt an. »Ich muss schon sagen, du hast eine seltsame Art, einer Frau den Hof zu machen. Wie um Himmels willen wolltest du sie damit für dich gewinnen?«

Mungo wirkte verlegen. »Ich erklärte ihr, dass ich noch nie von einer Frau geküsst worden wäre … abgesehen von meiner Mutter.«

»Uff! Das war allerdings eine üble Masche für den Anfang.«

»Ja, aber sie hat gewirkt. Sie hat mich geküsst.«

»Na ja, vielleicht ist doch mehr an dir dran, als man meint.«

»Außerdem habe ich sie überredet, mir ihren Schal zu geben, nur für einen Tag, bis ich gehenkt würde. Wie du siehst, sind wir nach altem Brauch schon so gut wie verheiratet. Fanny hat ihr Wort gehalten und ist zu meiner Hinrichtung gekommen, nur dass es natürlich Will war, der da aufgeknüpft wurde. Man hatte uns beiden den Kopf kahl geschoren, und damals war ich noch kleiner, etwa so wie Will. Also hielt Fanny ihn für mich. Sie glaubt, ich sei tot.«

»Darauf brauche ich noch ein Glas«, sagte seine Mutter. »Armer Will Eden. Dich hat man nach Moreton Bay verfrachtet, aber ihn hat man gehenkt.«

»Oh, es ist halb so schlimm, Mam. Will wollte es so. Ich habe mich vor dem Tod gefürchtet, und Will fürchtete sich vor Moreton Bay, also bekamen wir beide die Strafe, die wir uns wünschten.«

»Moment mal, eins musst du mir noch mal genauer erklären. Dieser Engel ging zu Will Edens Hinrichtung und dachte, du seist der Mann, den sie geküsst und mehr oder weniger geheiratet hatte, nachdem sie ihn nur wenige Minuten kannte?«

»Ich wusste, dass du es verstehen würdest, Mam.«

»Ich verstehe nur eins, mein Junge. Du bist ein elender Schwindler. Keine Frau sollte dir auch nur ein Wort glauben. Du lügst ja schon, wenn du nur den Mund aufmachst!«

»Aber Mam, Will hat es nicht wehgetan. Er wollte sowieso sterben. Und nachdem ich mich in der letzten Nacht mit ihm gestritten hatte, nahm er mir die Stiefel weg, die mir Felix geschenkt hatte, damit er wie ein feiner Pinkel vor seinen Schöpfer treten konnte. Er war im Reinen mit sich, als er auf das Schafott stieg. Das ist nicht ungewöhnlich, Mam. Viele zum Tode verurteilte Männer denken so. Für sie ist der Tod allemal besser als Moreton Bay oder Norfolk Island.«

»Und was ist mit Fanny, dem Engel? Was ist aus ihr geworden?«

»Tja, das ist ja das Problem. Ich habe keine Ahnung. Ich weiß nur, dass sie mich all die Zeit am Leben erhalten hat. Die Vorstellung, dass sie zu mir gehört. Ich war fest entschlossen zu überleben, ganz egal, was Patrick Logan mir antat.«

Jane versuchte, es ihm schonend beizubringen. »Nun, jetzt bist du zurückgekommen, um sie zu finden. Aber wie willst du wissen, dass diese Fanny noch zu haben ist? Drei Jahre sind eine lange Zeit im Leben einer jungen Frau, mein Junge.«

»Ungelogen, Mam: Ich habe in Fannys Augen etwas gesehen, als ich sie küsste. Es war, als hätte sie mir ihr Herz geschenkt. Es klingt vielleicht verrückt, aber ich bin mir sicher, dass sie irgendwo hier ist und auf mich wartet.« Als seine Stimme zitterte, lachte er, um seine Verlegenheit zu verbergen.

Seine Mutter griff nach seiner Hand, um ihm Kraft zu geben. »Mungo, mein Junge! Ausnahmsweise will ich dir glauben. Für dich war es tatsächlich Liebe auf den ersten Blick.« Sie hatte schon immer einen sechsten Sinn gehabt. »Also, wo ist das Problem?«

»Was ist, wenn sie verheiratet ist?«, meinte er beunruhigt. »Wie soll ich sie finden?«

»Denk an deine Vorfahren, die Wikinger. Sie hatten ein Motto: Sag niemals nie!«

Als Mungo sah, wie zuversichtlich sie war, entspannte er sich wieder. Sie redeten beide drauflos, um all die Jahre aufzuholen, die sie verloren hatten. Und dann fiel Mungo ein, dass er noch eine Schuld begleichen musste. »Ich schulde meine Freiheit mehreren Menschen. Vater, Felix und sogar Mrs Less. Aber in Moreton Bay gab es einen schottischen Arzt, der wirklich mein Freund war. Er lebt inzwischen wieder in Sydney Town. Aber er wird bald den Löffel abgeben, wie es so schön heißt. Vielleicht können deine Kräuter ihm helfen, die letzten Monate seines Lebens leichter durchzustehen oder es sogar verlängern. Das schulde ich Sandy Gordon, Mam. Er hat sich meiner angenommen und mir eine anständige Arbeit gegeben, die mich vor Tod und Wahnsinn bewahrt hat.«

»Dann bin auch ich ihm etwas schuldig. Bring mich zu ihm.«

Sie stand auf, etwas wacklig, aber entschlossen, ihre Tasche mit Kräutern und Tinkturen zu holen.

»Danke, Mam. Sobald ich ihn ausfindig gemacht habe, bringe ich dich zu ihm.«

Es war Abend geworden. Mungo steckte den Korken wieder auf die Flasche. Er konnte es kaum erwarten, sich neben dem Kamin zur Ruhe zu legen, unter der Steppdecke auf dem alten Strohsack, der nun zu klein für ihn war. Und noch während seine Mutter singend die Treppe hinaufstieg, würde er einschlafen.

Er hoffte, dass ihn seine wiederkehrenden Alpträume heute Nacht verschonen würden. Und jetzt, da er in der Geborgenheit von Jane Quayles Cottage lag, dem Heim seiner glücklichen Kindheit, ließen ihn die Geister von Moreton Bay tatsächlich in Ruhe.

VIERZEHN

Die Fahrt nach Regency Park weckte bittersüße Erinnerungen an Viannas ersten Besuch vor drei Jahren, als Severin Daisy und sie hierhergebracht hatte.

Severins Gesicht sah aus, als wäre es aus Stein gemeißelt. Er saß in der schlingernden Kutsche neben ihr und schwieg eisern. Was in seinem Kopf vorging, blieb unergründlich, und die Augen hatte er hinter der getönten Brille verborgen, die er bei starkem Sonnenlicht immer aufsetzte. Vianna hoffte, ihr Besuch bei dem pensionierten Major James Dalby würde etwas Licht in Severins unberechenbare Stimmungen bringen. Sie waren Zeichen für seine »dunkle Seite«, die in letzter Zeit zunahmen.

Regency Park war Severins Welt gewesen, als man ihn nach seiner Ankunft in der Kolonie als »privilegierter Strafgefangener« dem Major zugewiesen hatte. Dalby hatte Severin quasi Freiheit gewährt und nur verlangt, dass er gelegentlich ein Schreiben für ihn verfasste. Er wurde behandelt wie ein Familienmitglied und regelmäßig zu Dalbys Banketts eingeladen, wo er ungehinderten gesellschaftlichen Kontakt mit den Exclusives der Oberschicht und dem Landadel pflegte, die ihren Lebensstil zwischen Ländereien und Stadthäusern der unbezahlten Arbeit der ihnen von der Regierung zugewiesenen Sträflinge verdankten. In Sydney Town hatte Severin Dalbys Stadthaus und seine Kutsche benutzen dürfen, die Vianna so beeindruckt hatte, als sie sich kennengelernt hatten.

Vianna hatte das ungeschriebene Gesetz der Kolonie akzeptiert: Die Oberschicht achtete streng darauf, dass ihre eigenen

Mitglieder – die vornehmen Sträflinge – von gemeinen Dieben und Vagabunden getrennt blieben, egal, gegen welche Gesetze sie verstoßen hatten. Sie vermutete, dass Dalby Severins Familie noch von zu Hause kannte.

Das elegante Landhaus war genauso, wie sie es in Erinnerung hatte. Das Gebäude war aus einem rosa angehauchten Sandstein gebaut, der jetzt von der Sonne überflutet wurde. Die Obst- und Blumengärten ringsum verliehen dem Anwesen die Aura einer englischen Oase, die von einem Eukalyptushain und gold blühenden Akazien gesäumt war.

Schon von Weitem sah sie, wie Mrs Dalby in einem Schaukelstuhl auf der Terrasse saß und den Horizont in der Ferne betrachtete. Neben ihr stand steif eine Dienerin.

»Sieh mal, dort drüben ist Mrs Dalby«, erklärte Vianna, woraufhin Severin nur knapp antwortete: »Bilde dir bloß nicht ein, dass sie dich wiedererkennt.«

Vianna fuhr zusammen. *Bin ich denn in der Oberschicht so verpönt? Sogar unter Severins Freunden? Ein hoher Preis, den ich dafür zahlen muss, die verruchte Venus von Sydney zu sein.*

Als sein Gastgeber ihn überschwänglich begrüßte, schlug Severins Stimmung um. Plötzlich war er die Liebenswürdigkeit in Person.

Man trug ihre Koffer ins Haus, danach zeigte man Blewitt die Quartiere der Bediensteten. Vianna war verstimmt, weil Severin verboten hatte, dass Wanda sie auf der Reise begleitete und ihr damit die Gesellschaft der jungen Frau, die nach wie vor ihre heimliche Verbündete war, verwehrte. Überrascht stellte Vianna fest, dass man sie in getrennten Schlafzimmern untergebracht hatte, obwohl alle von ihrer Beziehung zu Severin Kenntnis hatten. Severin erklärte ihr, dass dies auf seinen Wunsch hin erfolgt sei, denn er habe die Absicht, bis spät in die Nacht mit Dalby zu spielen und zu trinken und wolle sie nicht stören.

Am Nachmittag ging Severin mit Dalby und einigen benachbarten Landbesitzern auf Kängurujagd. Vianna kam das vor wie die seltsame Parodie auf eine englische Fuchsjagd.

Da Jean Dalby nirgendwo zu sehen war, entschloss sich Vianna zu einem Spaziergang an dem Bach entlang, der Dalbys Namen trug. Entzückt beobachtete sie die Galahs, leuchtend rosa, und graue Papageien, die durch die Baumwipfel flogen und ihr schrilles Gelächter ausstießen.

Wie beneide ich sie – dumme kleine Geschöpfe, frei von jeglicher Bosheit, Arglist und menschlicher Entartung. Sie tun nichts anderes, als sich miteinander zu vergnügen … glückselig und ohne zu wissen, welche Delikatesse sie für die Schwarzen darstellen.

Dalby hatte zwar nicht gewusst, wann sie eintreffen würden, doch seine Haushälterin hatte ein üppiges Büfett vorbereitet, das für ein Dutzend Gäste gereicht hätte. Vianna machte sich sorgfältig zurecht und zog das gewagte, mit Gold durchwirkte Abendkleid an, das Severin für sie ausgesucht hatte, um »ihre Schönheit bekannt zu machen«.

»Kommen die Nachbarn der Dalbys auch?«

»Nein, James will uns für sich ganz allein haben, besser gesagt, dich. Er bewundert dich schon lange.«

»Er hat sich stets wie ein Gentleman benommen«, gab Vianna rasch zurück.

»Dann sieh zu, dass es so bleibt. Lass dich nicht dazu verlocken, heute Abend die Kurtisane zu spielen.«

Während des Essens beobachtete Vianna amüsiert, wie die beiden alten Freunde versuchten, sich gegenseitig mit ihren Geschichten aus der Kolonie zu überbieten, um sie zu unterhalten, während ihre Gastgeberin stumm am Ende des Tisches saß und vage lächelnd vor sich hin starrte.

Mrs Dalby hatte sich den ganzen Tag nicht blicken lassen, doch jetzt hatte Vianna zum ersten Mal Gelegenheit, sie zu studieren. Jean Dalby war knapp unter vierzig und strahlte eine verblühte

Schönheit aus, doch Kleid und Frisur gehörten einer vergangenen Epoche an. Ihr Teint war seltsam glatt, als hätte die Zeit sie von weltlichen Sorgen und Emotionen unberührt gelassen.

Jean Dalby reagierte mit keinem Wort, wenn ihre Dienstboten ihr jeden neuen Gang präsentierten, rührte jedoch weder ihren Wein noch das Essen an. Sicher war sie krank, aber Vianna war es unangenehm, dass Dalby nicht den geringsten Versuch unternahm, seine Frau in die Gespräche einzubeziehen, und die Dienerschaft ihre Herrin kaum zur Kenntnis nahm, als wäre das vollkommen normal.

Als Severin und Dalby bei der dritten Weinflasche angelangt waren und sich über die jüngsten skandalösen Angriffe radikaler Zeitungsreporter auf Gouverneur Darling ereiferten, wurden sie laut und ausfällig. Offensichtlich handelte es sich um eine seit Langem etablierte Rivalität zwischen zwei ebenbürtigen Gegnern aus derselben gesellschaftlichen Schicht, trotzdem entging es Vianna nicht, dass Severin seinem Gastgeber die Oberhand ließ.

Severin spielt ein Spiel, aber welches? Und was ist meine Rolle darin?

Als hätte James Dalby sich plötzlich an seine Pflichten als Gastgeber erinnert, wandte er sich jetzt Vianna zu. Seine Augen leuchteten vor unverhohlener Bewunderung nach all dem Wein.

»Sie sind das Beste, was meinem Freund jemals widerfahren ist, meine Liebe. Severin ist wirklich ein Glückspilz.«

»Pass auf, was du sagst, James«, scherzte Severin. »Vergiss nicht, weshalb ich in diese seltsame Kolonie verbannt wurde.«

Vianna staunte angesichts dieser kaum verhüllten Anspielung. Severin war auf die Insel verbannt worden, weil er einen Mann im Duell getötet hatte, der seiner Geliebten Avancen gemacht hatte.

»Du solltest dem Richter, der dich zu uns geschickt hat, dankbar sein. Er hat dir einen Gefallen getan. In diesem großartigen Land bist du ein freier Mann, der ungehindert seiner Bestimmung nachgehen kann.« Dalby wandte sich liebenswürdig wieder Vianna zu. »Ich habe keinerlei Zweifel, dass Severin sich Ihnen gegenüber anständig benimmt. Sollte ich mich irren, dann kommen Sie zu mir. Ich würde liebend gern die Rolle Ihres Beschützers übernehmen und Sie so verwöhnen, wie Sie es verdienen.«

Severin brach in lautes Gelächter aus, das wie eine Mischung aus Spott und Gereiztheit klang. »Du hast nicht den Hauch einer Chance, James!«

Vianna spürte, wie sie errötete, nicht aus eigener Verlegenheit, sondern um Mrs Dalbys willen. »Ich weiß, dass Sie scherzen, James, aber sicher hätte unsere Gastgeberin bei diesem Angebot ein Wörtchen mitzureden.«

Der Wein hatte James' Zunge gelöst, trotzdem klang er wehmütig. »Meine Frau würde es nicht einmal merken, wenn ich sie vor ihren Augen betrügen würde. Sehen Sie das süße, leere Lächeln, den starren Blick? So ist sie, seit unser kleiner Sohn an der Scharlachepidemie starb.«

»Verzeihen Sie, das habe ich nicht gewusst«, sagte Vianna bestürzt.

»Meine Jeannie lebt in ihrer eigenen kleinen Welt. Vielleicht ist das ein Segen. Weder Gutes noch Böses kann sie berühren. Sie zögerte, mich in die Kolonie zu begleiten, und als sie es dann doch tat, lebte sie nur für den Tag, an dem wir nach England zurückkehren würden. Sie wissen ja, wie es ist: Manche Siedler blühen in der Kolonie auf, andere fassen niemals Fuß. Meine Jeannie lebt nur in ihren Erinnerungen an die englische Landschaft.«

»Wie schrecklich muss das für sie sein«, bemerkte Severin.

»Noch schrecklicher ist es für diejenigen, die sie lieben. Haben Sie gesehen, wie sie blinzelte, als von England die Rede war? Das ist das einzige Wort, das die Hülle durchbrechen kann, die sich um ihr Bewusstsein und ihre Erinnerungen gelegt hat.«

Er leerte sein Weinglas und verscheuchte den Diener, um Severin selbst nachzuschenken. »Meine Frau besucht nicht einmal das Grab unseres Sohnes. Es ist so, als hätte er nie existiert. Sie hat mich verlassen – und trauert allein um unseren Sohn.«

Vianna brach die Stille, indem sie Dalby zuflüsterte: »Würden Sie mir erlauben, mich mit Mrs Dalby zu unterhalten? Ich will sie nicht aufregen, ich würde nur über England reden, die Blumen, Wälder und Flüsse. Das kann doch nicht schaden, oder?«

In Dalbys Augen schimmerten Tränen. »Liebes Kind, Sie haben ein großes Herz. Kein Wunder, dass Severin Sie ganz für sich haben will. Ich kann gar nicht sagen, wie ich den Teufelskerl beneide!«

Severin konnte es kaum abwarten, Dalbys Wehmut zu vertreiben. »Komm, James, du hast mir eins deiner Marathonspielchen versprochen.«

Er legte ihm den Arm um die Schultern, und so verließen die beiden den Raum und gingen ins Herrenzimmer.

Vianna folgte der Gastgeberin, die in ihren Salon geführt wurde. Sie zog ihren Stuhl heran, um Blickkontakt herzustellen, und ergriff die schlaffen weißen Hände der Frau. In dem folgenden Monolog kam sie immer wieder auf England zu sprechen, als wäre dieses Wort der Schlüssel, um ein paar angenehme Erinnerungen zu wecken. *Ich lasse die Formalitäten beiseite. Es ist ja ohnehin niemand da, der mich zurechtweisen könnte.*

»Ich heiße Vianna. Erinnern Sie sich an mich, Jean? Ich habe Sie mal mit meiner kleinen Schwester Daisy besucht. Sie waren sehr nett zu uns. Ich möchte mich bedanken, dass wir bei Ihnen zu Gast sein dürfen. Eigentlich sind wir ja in England zu Hause, nicht wahr? Darf ich Ihnen von meinen Erinnerungen an England erzählen? Ich weiß zum Beispiel noch genau, wie ich als Dreijährige mit meiner Mutter auf dem Land war.«

Zum ersten Mal schien Jean Dalby ihren Blick auf etwas in der Gegenwart zu richten.

Vianna fuhr fort: »Sie wissen ja, wie zauberhaft der Frühling in England sein kann. Wilde Blumen, Osterglocken, Narzissen und Glockenblumen.«

Bilde ich mir das ein, oder hat Jean gerade tatsächlich geblinzelt?

»Ich erinnere mich an diesen Tag, als wäre es gestern gewesen. Das Feld war mit einem Teppich von Löwenzahn bedeckt. Mutter brachte mir bei, wie man sie aneinanderreiht, um einen Kranz zu bilden. Den setzte sie mir dann auf den Kopf, etwa so.«

Vianna setzte Jean eine imaginäre Krone aus Löwenzahn auf den Kopf. »Und dann sagte sie, ich sei eine englische Löwenzahnprinzessin.« Sie drückte Jeans Hände. »Ist das nicht die schönste erste Erinnerung, die man sich als kleines Mädchen an seine Mutter wünschen kann? Wenn ich heute irgendwo Löwenzahn in der Kolonie sehe, denke ich immer an die wundervolle Landschaft von England.«

Ach, ich scheine sie überhaupt nicht zu erreichen. Obendrein beschwindle ich sie. Ich bin im nebligen London aufgewachsen und war nur ein einziges Mal überhaupt auf dem Land, zur Beerdigung meiner Großmutter.

Gerade als Vianna resigniert den Kopf senkte, spürte sie, wie Jeans Hand ihr über das Haar strich. Für einen kurzen Augenblick erkannte sie ein Lächeln in den Augen ihrer Gastgeberin, bevor ihr Blick wieder glasig wurde und sie sich in ihre eigene Welt zurückzog.

Die Haushälterin hatte ein raues, zerfurchtes Gesicht, doch ein sanftes Wesen. Als sie ihrer Herrin beim Aufstehen half und sie zur Tür brachte, warf sie Vianna einen Blick über die Schulter hinweg zu.

»Danke, Ma'am. Es ist das erste Mal seit Jahren, dass Mylady jemanden berührt hat.«

Vianna sah zu, als die Hausherrin wie ein artiges Kind zu ihrem Schlafzimmer gebracht wurde.

Wie kann Gott zulassen, dass unschuldige Menschen so leiden? Sie hat alles verloren, ihr Kind, ihre Heimat und ihr Gedächtnis. Sie ist wie ein Gespenst, das durch sein eigenes Leben spukt.

Vianna schlief zu den Wellen von derbem Gelächter ein, die aus dem Herrenzimmer heraufdrangen. Irgendwann hörte sie ein leises Klopfen an der Tür und erstarrte. Es war stockdunkel.

Das ist Dalbys Stimme. Er ruft mich. Was soll ich machen? Wenn Severin ihn in meinem Zimmer entdeckte, wäre der Teufel los.

Reglos blieb sie unter dem Laken liegen und war erleichtert, als sie hörte, wie sich seine Schritte entfernten. Wenig später, im fahlen Licht des Morgengrauens, kam Severin zu ihr, sichtlich berauscht von seinem Triumph am Spieltisch.

»Ich habe einen Spaziergang im Garten gemacht. Aber alles ist nach Plan gelaufen. Bis gegen drei habe ich James gewinnen lassen und dann den Spieß umgedreht und ihm alles Geld abgeknöpft, das er im Haus hatte. *Unfair*? Ach was, er hat noch viel mehr. Dieses Geld wird es mir ermöglichen, meine Pläne für dich in die Tat umzusetzen. Und in der Zwischenzeit können wir das Leben führen, das wir verdienen.«

»Aber zuerst zahlen wir unsere Schulden ab, nicht?«, fragte sie besorgt.

»Gott bewahre! Du bist eine echte Krämerseele, Vianna! Wir tun den Leuten einen Gefallen, wenn wir Geschäfte mit ihnen machen, verstehst du: Es geht nicht ums Geld.«

Vianna wollte ihm die Stichelei nicht durchgehen lassen. »Hat nicht Napoleon die Engländer als eine Nation von Krämern verhöhnt? Und trotzdem haben wir ihn am Ende besiegt.«

Severin hob überrascht die Augenbraue. »Nun, zumindest war das Geld, das ich für deine Lehrer ausgegeben habe, nicht reine Verschwendung.«

Vianna zögerte, als ihr das Ausmaß von Severins Doppelspiel bewusst wurde. *Wenn er von Dalbys nächtlichem Besuch wüsste, wäre er dann wütend? Oder ist es möglich, dass es ihm gar nichts ausmacht? Was um Himmels willen soll ich sagen?*

»War Dalby betrunken?«, fragte sie schließlich. »Hat er angesichts deiner Fingerfertigkeit keinen Verdacht geschöpft?«

»James ist ein großzügiger Mensch, aber mit Geld kann er nicht umgehen. Er kann einen Falschspieler nicht von einem erregten Bullen unterscheiden.«

Achtlos warf er die Geldscheine auf den Tisch, als wäre es Hochzeitskonfetti, ließ sich auf das Bett fallen und streckte ein Bein aus. Vianna kniete sich auf den Boden und zog ihm den Stiefel aus.

»Heißt das, dass wir Daisy bald zu uns holen können?« Ohne dass sie es wollte, schwang ein flehender Unterton in ihrer Stimme mit.

»Alles zu seiner Zeit, Vianna. Vertrau mir. Ich habe Pläne, große Pläne.« Er fuhr ihr abwesend durchs Haar, wobei sie unweigerlich das Gefühl hatte, wie ein Hund behandelt zu werden. »Aber jetzt sei ein braves Kind und zeig mir, was du alles kannst.«

Er zog ihr das Nachthemd aus und warf es quer durch das Zimmer. »Zieh mich aus, so wie ich es dir beigebracht habe«, sagte er und hielt sie an der Schulter fest, sodass sie weiter vor ihm knien musste. Es war ein Ritual, das Feinfühligkeit und Kraft gleichermaßen erforderte. Schließlich stöhnte er befriedigt. »O ja, du bist wirklich eine kleine Expertin. Du hättest selbst Amora noch was beibringen können.«

Vianna war verblüfft. »Du kanntest sie?«

»Sehr gut«, sagte er beiläufig. Dann schlief er ein, während Vianna rastlos und unbefriedigt zum schwarzen Himmel hinaussah und in seinen Worten nach versteckten Andeutungen suchte. Nichts, was Severin sagte, konnte man für bare Münze nehmen.

Ohne die Augen aufzuschlagen, regte er sich im Schlaf. »Du wirst doch nicht versuchen, mich zu verlassen, oder, Vianna? Das wäre sehr unklug …«

Am Morgen ihrer Abreise stellte Vianna zu ihrer Bestürzung fest, dass ihr Koffer durchwühlt worden war, wahrscheinlich von einem der Dalby zugewiesenen Dienstboten. Sie wagte es nicht,

Severin zu erzählen, dass das hauchdünne französische Höschen fehlte, das sie auf seine Anweisung hin tragen sollte. Außerdem war es ihr nach wie vor unangenehm, wie sie zu ihrem neuen Reichtum gekommen waren. Auf der Terrasse bedankte sie sich mit herzlichen, persönlichen Worten von Jean Dalby und mit einem tiefen Knicks von ihrem Gastgeber.

»Haben Sie vielen Dank für Ihre großzügige Gastfreundschaft, Sir. Ich hoffe, Sie beehren uns mit einem Besuch, wenn Sie das nächste Mal in Sydney Town sind.«

James Dalby ergriff ihre Hand und drückte einen langen Kuss darauf. »Ich komme sehr gern ins Severin House, wenn *Sie* mich ausdrücklich einladen, meine Liebe. Sie müssen es nur sagen.«

Die beiden Männer verabschiedeten sich wie alte Freunde mit großem Getue, doch kaum waren sie unterwegs, änderte sich Severins Stimmung schlagartig.

Sie hatte ihn oft halb betrunken von einem nächtlichen Gelage erlebt, wenn er einen neuen Anreiz brauchte, um sich auszutoben. Doch diesmal war es anders. Trotz der Hitze ließ Severin nicht zu, dass sie das Verdeck des Landauers schlossen. Als sie den holprigen Weg, der nach Regency Park führte, verließen und in die von Sträflingen gebaute Straße einbogen, wusste Vianna, was sie von Severin zu erwarten hatte. Die dunkle Seite seines Wesens, die nur selten unter der charmanten Maske hervorlugte, die er für die Welt der Vornehmen aufsetzte, war mittlerweile Teil ihrer Beziehung geworden.

Ist es der Alkohol, sein gelegentlicher Laudanumkonsum, sind es Geldsorgen?

In einer Kurve der unfertigen Straße, wo eine Sträflingskolonne ihre Spuren hinterlassen hatte, nahm ihre Angst zu. Ohne Vorwarnung befahl Severin anzuhalten, kletterte auf den Kutschbock neben Blewitt und nahm ihm die Zügel aus der Hand. Dann peitschte er rücksichtslos auf die Pferde ein.

Ein Teil der Straße vor ihnen wurde von einem ockerfarbenen Felsen begrenzt, die andere Seite schien über einem fast vertikalen, dreißig Meter tiefen Abgrund zu hängen. Die Schlucht darunter war mit riesigen Norfolktannen bewachsen, die zu weit entfernt standen, um als schützende Barriere zu dienen. Wenn die Pferde auch nur wenige Zentimeter näher an den Abgrund kamen, würden sie alle unweigerlich in den Tod gerissen.

Vianna geriet in Panik. *Er spielt mit dem Tod! So wie in der Geschichte von dem Mann, den er im Duell getötet hat. »Der Schurke bekam, was er verdiente, eine schöne Beerdigung.« Und diesmal steht* meine *Beerdigung auf dem Spiel.*

Severins Schreie wurden vom Wind zerrissen. Immer wieder gab er den Pferden die Peitsche. Als Blewitt versuchte, ihm die Zügel aus der Hand zu reißen, versetzte Severin auch ihm einen Schlag und schwang anschließend die Peitsche, als dirigierte er ein Orchester.

Vianna stemmte die Füße an den gegenüberliegenden Sitz und betete. *Lieber Gott, bitte sorge für Daisy, wenn ich sterben sollte.*

Die Pferde waren halb verrückt vor Angst. Der Rücken von Blewitts Jackett war unter dem Peitschenhieb geplatzt, trotzdem versuchte er mit aller Kraft, die Pferde aus der Gefahrenzone zu steuern.

»Severin!«, rief sie. »Willst du uns alle umbringen?«

»Unmöglich! Ich bin unsterblich!«, lachte er.

Mit dem nächsten Peitschenschlag zerfetzte er Blewitts Wange. Sein Blut spritzte über Viannas Gesicht und in ihre Augen, sodass sie vorübergehend nichts mehr sah.

Im nächsten Moment schlingerte die Kutsche um eine Biegung, und der abrupte Anstieg der Straße ermöglichte es Blewitt, die Pferde wieder unter Kontrolle zu bringen und anzuhalten.

Instinktiv raffte Vianna ihre Röcke zusammen, sprang von der Kutsche hinunter und rannte geradewegs in den Busch. Nach wenigen Hundert Metern waren ihre Satinschuhe zerfetzt, doch sie spürte keinen Schmerz.

Sie hatte nur noch einen Gedanken: Flucht. Ohne auf die dornigen Büsche und Farne zu achten, die ihr Arme und Beine zerfetzten, bog sie in einen schmalen Pfad ein, der tiefer in den Busch hineinführte. Hier war es dunkel, doch sie stolperte immer weiter durch das Dickicht – kühl war es hier, sicher, von allen menschlichen Stimmen abgeschnitten. Schließlich ließ sie sich erschöpft auf einen dunklen Moosteppich fallen und starrte auf die Bruchstücke des blauen Himmels, die durch den Baldachin der tropischen Baumfarne schimmerten.

Wo soll ich hin? Ich könnte Hunderte von Meilen laufen, ohne einer Menschenseele zu begegnen. Es kommt mir vor, als wäre ich in einem Märchen der Gebrüder Grimm gefangen.

Bei der absurden Vorstellung musste sie einen Anflug von Hysterie unterdrücken. Mit geschlossenen Augen lauschte sie den unbekannten Geräuschen ringsum. Das feine Summen war wie ein unfassbares Wirrwarr aus fremden Klängen. War der Busch ihr Freund oder ihr Feind? Sie konzentrierte sich nur auf den Moment und genoss diese kleine, isolierte Atempause von Severins Welt.

Doch die Realität holte sie schnell wieder ein. Das Geräusch von Stiefeln und Stockschlägen, die das Dickicht zerfetzten, kam immer näher. *Was mache ich jetzt? Er ist vollkommen verrückt.*

Mit gespreizten Beinen pflanzte sich Severin vor ihr auf und starrte sie an, seine Augen waren glasig vor Erregung, sein Atem hing in der Luft wie eine weiße Dampfwolke.

»Dein Gesicht ist mit dem Blut eines fremden Mannes beschmutzt. Das finde ich ziemlich *erregend.*«

Als sie aufstehen wollte, herrschte er sie an: »Bleib liegen!« Als sie gehorchte, grinste er wohlwollend. »Braver Hund!«

Er schnippte mit den Fingern, damit sie den Rock hochschob und ihm ihre Unterwäsche zeigte. »Warum trägst du das französische Höschen nicht, das ich dir aus Paris besorgt habe?«

Sie versuchte, ihre Verwirrung zu überspielen. »Was? Es muss irgendwo in meinem Koffer sein. Was um Himmels willen willst du damit sagen?«

»Du hast es angezogen, um James Dalby zu erregen. Gib es zu!«

»Das ist nicht wahr! Wie kannst du mich oder Dalby so verdächtigen?«

»Er war letzte Nacht bei dir. Lüg mich nicht an!«

Ihre Gedanken rasten. *Soll ich es abstreiten? Würde er mir glauben? Ist das nur eins seiner schrecklichen Spiele? Soll ich mich verteidigen oder zum Gegenangriff übergehen?*

»Wenn es so war, warum hast du ihn dann nicht daran gehindert? Du bist doch angeblich mein Beschützer.«

Als sich seine Augen verengten, wusste sie, dass sie zu weit gegangen war. Jetzt stand er über ihr und presste die Metallspitze seines Stocks gegen ihren Kehlkopf.

»Sag es, du kleine Hure. Sag mir, wonach du dich sehnst. Was nur ich dir geben kann. Was kein anderer Mann kaufen kann.«

Er sah ihr in die Augen, während sie das verhasste Mantra wiederholte, das er ihr beigebracht hatte. »Ich war unartig, Severin. Mach mit mir, was du willst. Ich werde dich niemals verlassen.«

»Mehr Überzeugung!«, befahl er.

Sie wiederholte die Worte, bis er endlich zufrieden war.

»Gut. Du weißt, wo dein Platz ist. Hier ist deine Belohnung.« Schwungvoll wie ein Zauberer zog er das französische Höschen aus der Tasche.

Vianna schnappte verwirrt nach Luft. »Du warst es also. Warum?«

»Ich habe es mir ausgeliehen. Als ich mein Geld verspielt hatte, habe ich es als Talisman benutzt in meinem letzten angeblich verzweifelten Versuch, James zum Weiterspielen zu bewegen. Es versetzte mich in die Lage, ihn um sein ganzes Geld zu erleichtern – wie geplant.«

Vianna war so schockiert, dass sie fröstelte. »Willst du damit sagen, dass dieser – Talisman *mich* symbolisierte? Dass Dalby im Falle eines Sieges eine Nacht mit mir gewonnen hätte?«

»Natürlich, meine Liebe«, sagte er geduldig. »Das war der ganze Grund für meine Bitte um zwei getrennte Schlafzimmer.«

»Und wenn du verloren hättest – wäre ich entbehrlich gewesen.«

»Glaub mir, Vianna, ich verliere nie.«

Er streckte ihr die Hand entgegen. »Komm. Es ist Zeit, nach Severin House zurückzukehren.«

Blewitt lehnte an der Kutsche und rauchte seine Tonpfeife. Auf seiner Wange klebte Blut.

»Du kannst von Glück reden, Blewitt. Ich verfehle nur selten mein Ziel.«

Blewitt nickte. »Ich weiß.«

Als er ihr beim Einsteigen half, waren seine Worte zärtlich. »Du weißt, dass ich dich liebe, Vianna.«

Liebe. Das Wort war obszöner als alles, was er ihr je angetan hatte.

Auf dem Weg zur nächsten Schenke, wo sie sich Blewitts Blut vom Gesicht spülte, dachte Vianna an eine alte Redensart, die Ah Quong, ein wohlhabender chinesischer Kaufmann, benutzt hatte, um Severin zu beschreiben. Er hatte ihr angeboten, jeden Preis zu bezahlen, den Severin verlangen würde, wenn sie als seine Konkubine mit ihm nach China ging.

Diese Redensart ging Vianna jetzt durch den Kopf. Es war eine perfekte Definition von Severin, und liebend gern würde sie eines Tages diese Worte auf seinem Grabstein wiederfinden.

Außen hui – innen pfui!

FÜNFZEHN

Mungo war gewillt, hart zu arbeiten und den Wünschen seines Vaters zu entsprechen – was auch immer das mit sich bringen mochte. Gleichzeitig aber wollte er sich mit allen Kräften darauf konzentrieren, Fanny Byron wiederzufinden. Einer letzten Verpflichtung musste er jedoch noch nachkommen – in der Foveaux Street.

Manches ändert sich nie. Als Mungo in dem Haus, das er früher so oft besucht hatte, auf der Treppe wie immer zwei Stufen auf einmal nahm, knarzte die dritte Stufe.

Essie, Köchin und Hausmädchen in einer Person, sah ihm vom Kücheneingang aus nach. Ein kleiner Knirps, der ihr auf Schritt und Tritt folgte, musterte ihn abschätzend, als überlegte er, ob Mungo ihnen Scherereien machen könnte. Essie hätte Marias Schwester sein können, sie war fast genauso alt wie sie, allerdings nur ein blasser Abklatsch von Marias dunkeläugiger korsischer Schönheit. Die anderen »Schwestern des Vergnügens«, die hier wohnten, kamen und gingen, Essie jedoch gehörte praktisch zum Inventar.

Mungo blieb auf der Treppe stehen. »Wie geht es dir, Essie? Es ist lange her. Ich bin Mungo Quayle, erinnerst du dich an mich?«

»O ja, aber Sie haben sich mächtig verändert! Freut mich, Sie zu sehen, Mr Quayle. Nun, ich kann mich nicht beklagen. Mein Rheuma macht mir im Winter zwar zu schaffen, aber jetzt habe ich das Kerlchen hier, das die Botengänge für mich erledigt und die Polizei ruft, wenn es nötig wird, sodass ich nicht mehr so viel laufen muss.«

Sie bewunderte Mungos maßgeschneiderten Anzug, eine sichtbare Verbesserung zu der schlampigen Kleidung, die er in seiner Jugend getragen hatte. »Der Junge kann wunderbar Schuhe putzen, wenn Sie über Nacht bleiben.«

»Danke. Ich werde es mir merken«, sagte Mungo vorsichtig, da er nur wenige Münzen in der Tasche hatte. »Ist Maria allein?«

»Ja, Sir. Seit sie Ihre Nachricht bekommen hat, wartet sie auf Sie.«

Auf dem Treppenabsatz begegnete Mungo einem untersetzten, alten Mann und stellte überrascht fest, dass der bunt karierte Schal, den er um den Hals hatte, das einfache Jabot im puritanischen Stil, das so charakteristisch für Missionare und Geistliche war, kaum verbarg. Und das Buch in seiner Hand sah verdächtig nach einer Bibel aus.

»Ist Mrs Navarro frei?«, fragte Mungo leichthin, um den Mann zu piesacken.

»Frei, um ihre eigenen Entscheidungen zu treffen, so wie es uns der Herrgott erlaubt«, entgegnete der Mann knapp und eilte die Treppe hinab.

Als er an die Tür klopfte, begrüßte ihn Marias Stimme genau, wie Mungo sie in Erinnerung hatte, jung und seidenweich, mit dem entzückenden Hauch eines längst verlorenen italienisch-französischen Akzents, der so wunderbar wirkungsvoll war. Als er sie so da sitzen sah, in raschelnder schwarzer Seide, und die vollen Brüste und die Biegung des Halses über dem Ausschnitt ihres Kleides betrachtete, stand die Vergangenheit mit einem Schlag wieder vor ihm.

Drei Jahre hatten ein Gesicht, das nie klassisch schön, aber ungewöhnlich verführerisch gewesen war, mit leichten Fältchen gezeichnet. Mungo versuchte, sich seine Reaktion auf die Spuren der Zeit, die das spärliche Kerzenlicht nicht zu verdecken vermochte, nicht anmerken zu lassen.

Er lehnte sich an die Tür und musterte sie lächelnd. »Du bist immer noch so, wie ich dich in Erinnerung habe, Maria. Eine Frau, die kein Mann je vergessen könnte. Die Zeit hat es gut mit dir gemeint.«

»Und du bist so groß und kräftig geworden. Ich erkenne dich kaum wieder, Mungo. Damals warst du noch ein Junge, der gerade seinen Kleidern entwuchs. Drei Jahre haben einen Mann aus dir gemacht. Jetzt bist du ein feiner Herr.«

»Der Schein trügt, Maria. Für die Aufmachung ist Nathan Bloom & Sons verantwortlich. Und was das andere angeht, nun ja, Moreton Bay kann einen umbringen oder über sich hinauswachsen lassen. Die Muskeln habe ich den Sträflingskolonnen zu verdanken.«

Seltsam schüchtern wie der Sechzehnjährige, als der er sie zum ersten Mal besucht hatte, nahm er auf dem angebotenen Stuhl Platz. Er musste die Stimmung aufhellen.

»Auf der Treppe bin ich einem Kerl begegnet, der verdächtig nach Priester aussah. Wollte er etwa eure Seelen retten?«

»Er ist ein guter Mensch. Eine harmlose Ablenkung für die Mädchen. Er liest ihnen aus der Bibel vor. Er ist ein überzeugter Abstinenzler, bringt sich aber um für meinen Spezialtee und merkt nicht einmal, dass Essie immer einen Schuss Brandy hineingibt.«

»Du bist ganz schön gerissen«, sagte Mungo bewundernd. »Immer noch dieselbe wie früher.«

Nachdem er ein Glas korsischen Wein aus ihrer Heimat getrunken hatte, kam er auf den eigentlichen Grund seines Besuchs zu sprechen.

»Als wir uns das letzte Mal gesehen haben, kämpfte ich an allen Fronten: gegen die Justiz, die Exclusives und die Banken. Ich kann mich noch gut an unsere letzte Nacht erinnern. Ich ging, ohne mich bei dir – zu bedanken«, erklärte er und vermied das Wort Geld. »Deshalb möchte ich heute meine Schulden begleichen.«

»Das ist nicht nötig, Mungo. Du hast damals um dein Leben

gekämpft«, entgegnete Maria und winkte ab. Ihre zarte Hand war mit altmodischen, schweren Goldringen geschmückt. »Es tut mir leid, dass dein Partner mit dem Leben zahlen musste.« Hastig bekreuzigte sie sich.

»Armer Teufel. Ich werde nie vergessen, dass du zur Verhandlung gekommen bist. Und zu mir stehen würdest, egal, wie sie ausging. Deine Augen und dein Lächeln gaben mir Mut. Es war eins der wenigen freundlichen Gesichter inmitten des Mobs, der nur gekommen war, um uns hängen zu sehen. Als wären wir Christen, die den Löwen zum Fraß vorgeworfen wurden.«

»Du bist der geborene Überlebenskünstler, Mungo. Auch ich hatte einen guten Grund, mich an dich zu erinnern.« Sie berührte die goldene Brosche an ihrem Hals. »Ich werde ihn mit ins Grab nehmen.«

Es war als Scherz gedacht, doch dann fiel ihm ein leichtes Hüsteln auf, das ihre Unterhaltung immer wieder unterbrach.

»Geht es dir nicht gut? Kann ich irgendetwas für dich tun?«, fragte er hastig, und an dem Lächeln in ihren Augen erkannte er, dass sie sein Angebot ernst nahm.

»Bisher hatte ich ein leichtes Leben. Ich kann mich nicht beklagen. Aber die Zeit ist unerbittlich. Egal. Meine Landsleute sagen: ›Beweine die Menschen, wenn sie geboren werden, nicht wenn sie sterben.‹«

Sie sagte es leichthin, und dann lächelte sie. »Trotzdem, danke, Mungo. Wenn ich jemals Hilfe brauchen sollte, komme ich als Erstes zu dir.«

»Es wird mir eine Ehre sein. Du hast mir alles beigebracht, was man wissen muss.«

Er legte den Umschlag mit einem Abschlag auf sein künftiges Gehalt auf den Tisch; es war buchstäblich alles, was er hatte. »Nur ein kleines Geschenk, nicht mehr.«

Er spürte, dass er sie ermüdete. Einerseits wollte er mit ihr schlafen, nicht aus reinem Verlangen, sondern um ihr zu zeigen, welche Art von Mann er sein wollte, ein Liebhaber, der gab, statt zu nehmen. Andererseits wusste er nicht, wie er ihr die Wahrheit sagen sollte. Sie gab ihm die Antwort wie ein Geschenk, mit einem verständnisvollen Lächeln, das in ihren traurigen dunklen Augen begann und schließlich ihre Lippen erreichte.

»Du würdest gerne über Nacht bleiben, aber du kannst nicht. Du hast dich verliebt, glaube ich.«

Mungo versuchte, sich die Erleichterung nicht anmerken zu lassen. »Du hast schon immer meine Gedanken lesen können, Maria. Es ist verrückt, ich weiß. Aber ich fühle mich so, als wäre ich verheiratet. Mit einer Frau, die ich nur einmal gesehen habe, am Tag, bevor Will gehenkt wurde. Trotzdem habe ich sie irgendwie im Blut. Ich werde erst frei sein, wenn ich sie gefunden habe, egal, wo sie ist. Das verstehst du doch, oder? Andernfalls wäre ich sehr gerne geblieben.«

»Mungo, Mungo, du brauchst dich doch nicht zu rechtfertigen. Liebe auf den ersten Blick ist ein wunderbarer Zauber. Ich hoffe, du findest sie – und wirst glücklich.«

Als Maria ihm die Hand entgegenstreckte, ergriff er sie und küsste sie dann aus einem plötzlichen Impuls heraus auf die Wangen, so wie die Franzosen.

Erst da erkannte er die Traurigkeit in ihren Augen, über das auch ihr süßes, professionelles Lächeln nicht hinwegtäuschen konnte.

Ich habe ihr die Wahrheit gesagt, aber ich habe sie auch verletzt. Was bin ich für ein Esel!

»So wollte ich mich ausgerechnet von dir eigentlich nicht verabschieden, Maria.«

In ihrer Muttersprache flüsterte Maria die verführerischen Worte, die er gehört hatte, als er das erste Mal mit ihr ins Bett gegangen war.

Mungo war von der versteckten Einladung gerührt. »Ich will es ja auch«, schwindelte er, »mehr als je zuvor.«

Dann hob er sie sanft hoch, trug sie zu ihrem Bett und hoffte, ihr all das geben zu dürfen, was sie glücklich machte, damit sie sich wieder jung und schön fühlte.

Noch ehe die Hähne auf den Bauernhöfen rings um Surry Hills krähten und sie im Schlaf lächelnd neben ihm lag, brach Mungo auf. Vor lauter Angst, sie mit einem seiner Alpträume zu erschrecken, hatte er keine Sekunde geschlafen.

Verwirrt stellte er fest, dass seine Stiefel verschwunden waren, und stahl sich barfuß die Treppe hinab. Der kleine Botenjunge erwartete ihn bereits mit seinem Hut und blitzblank polierten Stiefeln.

Mungo runzelte die Stirn, als er sich bewusst wurde, dass der Junge sich in der Nacht ins Schlafzimmer geschlichen haben musste, um sie zu holen.

»Danke, mein Junge, meine Stiefel haben noch nie so geglänzt«, sagte Mungo und drückte ihm eine Münze in die Hand. »Sieht zwar aus wie ein ganz gewöhnlicher King-George-Penny, aber es ist was ganz Besonderes. Er wird dir Glück bringen.«

Die dunklen Augen des Jungen weiteten sich. »Und was ist mit *Ihrem* Glück, Sir?«

»Keine Bange, mein Freund, dafür sorge ich schon.«

Abwesend strich er dem Jungen über den Kopf und eilte in die kühle Nachtluft hinaus.

Am Rand seines Bewusstseins klangen Marias Worte nach. *Sie hat recht. Liebe auf den ersten Blick ist ein mächtiger Zauber. Ich werde Fanny finden und sie dazu bringen, mich zu lieben.*

SECHZEHN

Verwirrt schreckte Mungo aus einem Alptraum, der anders war als alle anderen. Er wurde gerade von einem der gefürchtetsten Auspeitscher in ganz Moreton Bay gezüchtigt, als ein Offizier in roter Uniform auftauchte, dessen krummer Säbel in der Sonne blitzte. Mit einem einzigen kräftigen Hieb durchtrennte er die eisernen Ketten und erklärte zum Klang einer Fanfare: »Auf Befehl Seiner Exzellenz, Gouverneur Darling, wird Felix L'Estrange und Mungo Quayle die Erlaubnis erteilt, Venus zu heiraten!«

Mungo richtete sich auf und erkannte noch etwas benommen, dass er in seinem neuen Schlafzimmer in Rockingham Hall war. Neben seinem Bett stand ein Silbertablett mit einem herzhaften Frühstück und einer Teekanne, die noch warm war. Auf dem Boden lag ein großer Stapel alter Zeitungen und obendrauf ein Zettel mit einer Nachricht: »Sie werden dir helfen, einige Lücken zu füllen. Dein Halbbruder.«

Die Zeitungen, die sowohl aus der Kolonie als auch England stammten, datierten bis in das Jahr 1827 zurück, in dem Will und er verurteilt worden waren.

Als Kind war Felix ein arroganter, aufgeblasener Wicht, aber vielleicht hat er sich ja zum Guten hin verändert. Anscheinend weiß er, wie es sich anfühlt, von der Welt abgeschnitten zu sein, und man unbedingt erfahren will, was es Neues gibt.

Lieber Himmel, offenbar hatte sich die Welt in den letzten drei Jahren radikal verändert. Felix hatte manche Ereignisse unterstrichen, um Mungo darauf aufmerksam zu machen.

Da Mungo der Mord an Logan noch frisch in Erinnerung

war, übersprang er die grellen Berichte über Mordprozesse, doch dann weckte der Name eines Mannes, den er kannte, seine Aufmerksamkeit. Es handelte sich um James Pearson, Organist in der St. James' Church. Er war Zeuge eines Verbrechens geworden, bei dem eine Aborigine-Frau von sieben oder acht Rüpeln nacheinander vergewaltigt worden war. Pearson holte zwei Polizeibeamte herbei, die James Wright und James Hunter auf frischer Tat ertappten und festnahmen. Die Aussagen von Mr Pearson und den Beamten wurden zu Protokoll genommen. Felix hatte handschriftlich danebengekritzelt: »Der Fall wurde nie verhandelt.«

Verfluchte Heuchler! Diese Dreckskerle sind davongekommen, weil Aborigines vor Gericht keine Aussagen machen dürfen – und das dürfen sie nicht, weil sie nicht an den Gott der Weißen glauben.

Später stieß er auf einen Artikel, der davon berichtete, dass Captain Charles Fremantle das westliche Drittel des Kontinents formell in Besitz genommen hatte und das Land in der neuen Swan River Colony auf der Basis von vierzig Morgen für drei Pfund an Siedler verkauft werden sollte, bezahlbar in Form von Vieh, landwirtschaftlichen Geräten oder in bar.

Klingt fast so, als wollte Felix mir einen Tipp geben, damit ich meine Sachen packe und in den Westen ziehe. Wie auch immer, es ist die Gelegenheit, ein Vermögen zu machen, ohne auf das Geld der L'Estranges angewiesen zu sein.

Mungo grinste. Offensichtlich hatte Felix seine wilden Pläne instinktiv erahnt, denn er hatte die Kopie eines Briefes an seine Mutter dazugelegt. Er stammte von einer gewissen Mrs Elizabeth Shaw, einer offensichtlich gebildeten neuen Siedlerin aus der Swan River Colony.

»Wir leben wie die Zigeuner. Sie würden schmunzeln, wenn Sie sehen könnten, wie Damen, Kinder und Arbeiter, viele barfuß, Holz sammeln, um Feuer zu machen. Seine Exzellenz, Gouverneur Stirling, empfing die Herrschaften bei ihrer Ankunft ohne

Schuhe oder Socken im Morgenmantel in seinem Garten – wenn man es so nennen kann, denn es war kein einziges grünes Blatt darin zu sehen. Als Gouverneur Stirling und seine Gemahlin eine neu angekommene Siedlerin besuchten, war diese von einem riesigen Durcheinander umgeben und entschuldigte sich für ihre Aufmachung. Der freundliche Gouverneur erklärte, sie solle nicht überrascht sein, Mrs Stirling am Waschbottich anzutreffen, wenn sie einmal bei ihnen vorbeischaute. Meine liebe Mrs L'Estrange, das Leben hier ist wirklich eine einzige Posse!«

Mungo lächelte. *Du wirst schon noch rauskriegen, wie es läuft, Verehrteste.*

In Van Diemen's Land hatte Gouverneur Arthurs Black-Line-Kampagne, die alle Aborigines der Insel zusammentreiben sollte, sieben Wochen gedauert und dreißigtausend Pfund verschlungen; fünftausend Mann – ein Sechstel der Bevölkerung – waren daran beteiligt gewesen, aber sie hatten nur einen alten Mann und einen Jungen auftun können. *Und sie behaupten, die Schwarzen seien weniger schlau wie wir!*

Eine Hälfte der Welt führte Krieg gegen die andere – und wechselte anschließend die Seiten. Frankreich hatte sich Algerien unter den Nagel gerissen, in Paris war es zu einer weiteren Revolution gekommen, Mysore war dem britischen Imperium in Indien hinzugefügt worden. Der neue amerikanische Präsident Andrew Jackson hatte gar in einer Rede vor dem Kongress gegen die Second Bank der Vereinigten Staaten gewettert.

Die britischen Royals hatten viel zu tun gehabt. Die Krönung von William IV. war allerdings keine Überraschung gewesen. *Eins der wenigen Male, dass wir in Moreton ein paar Stunden freibekamen, um diesen Anlass zu feiern.*

Der Papst hatte die Ehe zwischen Maria II. von Portugal und ihrem Onkel sanktioniert, nur damit er Regent werden konnte. Ein Jahr später wurde die kindliche Königin abgesetzt und ihr »Mann« bestieg den portugiesischen Thron. *Frauen haben es schwer, egal, welcher Schicht sie angehören.*

Louis Philippe wurde zum »Bürgerkönig von Frankreich« ernannt, und in Deutschland war ein gewisser Kaspar Hauser aus dem Nichts aufgetaucht, als »Kind von Europa« bekannt geworden und hatte behauptet, Erbe eines der deutschen Fürstenhäuser zu sein.

Als er in den albernen Modenachrichten las, dass steife Kragen nun zur Aufmachung eines jeden Gentlemans gehörten, musste er laut lachen. *Ohne mich!*

Mungo schwirrte der Kopf, während er versuchte, drei Jahre Nachrichten aus aller Welt auf einmal zu verdauen. Er wandte sich Felix' Liste von kürzlich erschienenen Büchern zu, darunter Benjamin Disraelis *Vivian Grey*, James Fenimore Coopers *Der letzte Mohikaner* und Heinrich Heines *Buch der Lieder*. *Ich verstehe genug Deutsch, um diese Liebesgedichte zu übersetzen und mein goldenes Mädchen damit zu beeindrucken.*

Aber wo sollte er die Suche beginnen?

Er ritt über die kurvenreiche, verlassene Straße, die nach South Head führte. Es war ein perfekter Tag, um das wundervolle Geschenk auszuprobieren, das ihm sein Vater zur Rückkehr gemacht hatte: die schwarze Vollblutstute Boadicea.

Die Sonne glänzte wie ein frisch geprägter Penny. Der Himmel war wolkenlos, die Luft duftete süß nach Eukalyptusbäumen, und eine leichte Brise kam von Port Jackson zu seiner Linken, während rechts die stärkeren Winde vom Pazifik bliesen. Vor ihm erhob sich Greenways großer Leuchtturm, der zu Ehren von Lachlan Macquarie benannt worden war, jenem weitsichtigen Gouverneur, dem Sydney Town die schönsten georgianischen Gebäude und Kirchen zu verdanken hatte.

Diese Straße war von Sträflingskolonnen aus den Felsen gehauen worden. Die Umgebung erschien Mungo so geheimnisvoll, dass er nach den Ereignissen in Moreton Bay plötzlich meinte, im Busch einen Schatten gesehen zu haben. *War das der Geist eines Strafgefangenen, der hier in Ketten gestorben war? Oder ein lebendiger Schwarzer auf der Jagd nach Beute?*

Der Schatten beschwor eine Reihe von Bildern von seiner ersten Flucht in Ketten herauf … als die Sonne gnadenlos seine Haut versengt hatte … als er erschöpft, mit vom Durst geschwollener Zunge, am Boden gelegen hatte … als die mit Speeren bewaffneten Aborigines ihn mit ihren dunklen Gesichtern anstarrten, verwirrt und aufgebracht zugleich über die Ketten an seinen Füßen … als das dunkle Gesicht eines Mannes, dessen Nase von einem dünnen Knochen durchbohrt war, seine Lippen mit süßem Wasser benetzte, während das Licht ihn von hinten beleuchtete und er weniger wie ein Mensch denn ein gnädiger Engel aussah …

Die Erinnerung löste sich auf. *Logans Regiment glaubt, ihr Kommandant sei von den Schwarzen ermordet worden. Ich glaube eher an Flüchtlinge, die so verzweifelt waren, dass sie das Risiko nicht scheuten, für den Mord am Galgen zu enden.*

Mit Gewalt verscheuchte er weitere Bilder aus seinem Bewusstsein, an die er sich nicht erinnern wollte.

Hoch zu Ross genoss er den gesegneten Tag. Vollkommene Freiheit. Nichts von Menschenhand Geschaffenes weit und breit. Keinerlei Lärm bis auf das Kreischen der Gelbhaubenkakadus und Regenbogenloris, die durch den Busch schossen.

Es kam ihm vor wie der Himmel auf Erden – doch im nächsten Augenblick wurde seine Welt plötzlich heftig erschüttert.

Ohne jede Vorwarnung tauchte ein eleganter schwarzer Landauer wie eine Phantomkutsche aus einer fernen Legende seiner Kindheit vor ihm auf. Mungo spürte, wie sich Boadiceas Muskeln anspannten und ihm die Zügel entglitten wie von Zauberhand. Die Stute reagierte nervös, als hätte ein Geist sie erschreckt. Sie kam aus dem Tritt und stieß ein schrilles Wiehern aus.

Die Sonne blendete ihn und zeigte nur die Umrisse der Insassen in dem offenen Landauer. Ein modisch gekleideter Mann mit einem lässig verrutschten Zylinder. Eine Frau ganz in Weiß, das goldene Haar umstrahlte ihren Kopf wie die Sonne selbst. Jede Nuance ihrer Schönheit wurde sichtbar, Mungo konnte sogar sehen, wie sich der Ausdruck in ihrem Gesicht veränderte, während der Landauer auf ihn zukam.

Dann spürte er einen kurzen Stich, Schmerz und Schuld zugleich, etwas, das die Frauen auf der Isle of Man »ein Knöchelchen im Herzen« nannten. *Meine Sünden können es nicht sein, ich empfinde keine Schuld. Und diese Leute sind Fremde – oder etwa nicht? Warum also klopft mein Herz dermaßen?*

Das Gefühl war so heftig, dass Mungo den Eindruck hatte, sie seit einer Ewigkeit zu kennen, als hätte dieser Augenblick auf ihn gewartet, zusammen mit dem Schmerz und der Freude, die er bei ihrem Anblick empfand. Das aufgesetzte Lächeln, der Blick, den sie dem gut aussehenden Gentleman neben sich zuwarf, das spöttische Wedeln der Hand, mit der sie eine Frage abtat, all das zeugte von einer Frau, die sich ihrer Macht über Männer bewusst war.

Doch als der Mann sie besitzergreifend an der Schulter packte, entdeckte Mungo in ihren Augen etwas, das ihr kokettes Lächeln Lügen strafte. Niedertracht, Verachtung oder war es gar Angst? Er spürte einen unwillkürlichen Stich von Eifersucht, das Verlangen, sie zu beschützen.

Mungo sah ihr von goldenen Lichtsplittern erleuchtetes Gesicht, die jedes Detail verstärkten. Nur wenige Meter trennten ihn von dem Landauer.

Er hielt den Atem an. *Es ist Fanny! Gleich ist sie an mir vorbei, und ich habe sie für immer verloren!*

»Ruhig, Boadicea!« Es ging alles so schnell, dass Mungo einen Moment abgelenkt war, als er versuchte, sein Pferd zu beruhigen. Es scheute und scharrte mit den Hufen. Mungos Mund war wie ausgetrocknet, als er sie anstarrte. Hatte sie sich tatsächlich umgedreht und ihm einen anzüglichen Blick von der Seite zugeworfen? *Hat sie mich auch wiedererkannt?*

Er konzentrierte sich darauf, sein Pferd am Durchgehen zu hindern, und kam sich vor wie ein Narr, der sich in aller Öffentlichkeit blamiert hatte. Der vornehme Gentleman wies seinen Kutscher an anzuhalten. Offensichtlich genoss er Mungos Unbehagen, sprach ihn jedoch auf charmant lässige Art an.

»Könnte es sein, dass Sie oder Ihr Gaul Hilfe brauchen, junger Mann?«

Mungo spürte, wie ihm die Hitze ins Gesicht stieg und sein Kragen sich wie eine Schlinge zusammenzog.

Gaul? Diese Stute hat bessere Manieren als du, mein Freund!

Der Schweiß rann ihm über das Gesicht, als er den Hut vor der Dame zog, doch war er dabei so ungeschickt, dass ihm der Wind ihn aus der Hand blies, sodass er in einer roten Staubwolke davonkugelte.

Obwohl Mungo darauf brannte, ihren Namen zu erfahren, erinnerte er sich an die ungeschriebenen gesellschaftlichen Verhaltensregeln. Er durfte seinen Namen nicht nennen, bevor der Gentleman sie einander vorstellte. Dann kam ihm ein schrecklicher Gedanke. *Sie ist ganz in Weiß. Vielleicht ist sie seine Braut.*

Er zwang sich, höflich zu sein, und schwindelte über das unbekannte Temperament seines Pferdes. »Danke der Nachfrage, Sir. Es ist mir ein Rätsel. Boadicea hat noch nie so reagiert, normalerweise ist sie absolut friedlich. Es sei denn, sie ist rossig, und ein Hengst ist in der Nähe, um sie zu … Ach herrje! Bitte um Verzeihung, Ma'am. Ich wollte nur sagen …«

»Herrgott, junger Mann, passen Sie auf, was Sie sagen!« Das Lachen des Mannes ließ durchblicken, dass man von jemandem, der ihm gesellschaftlich so offenkundig unterlegen war, nichts anderes erwarten konnte.

Die Dame winkte mit einer behandschuhten Hand, um ihren Begleiter zu beschwichtigen. »Nein, nein, Severin. Die Beschreibung passt sehr gut auf den bewundernswerten Charakter des Pferdes.« Sie sah Mungo direkt in die Augen. »Sie sind bestimmt neu in der Kolonie, stimmt's, junger Mann? Offensichtlich ist Ihnen der Grund für Boadiceas Warnung entgangen.«

Mit einer knappen Geste zeigte sie auf die Straße hinter ihnen. Direkt auf Mungos Weg lag eine große Schlange. Es gab keinen Zweifel: Die blättrigen Schuppen bildeten ein Muster aus abwechselnd beigefarbenen und grauen Streifen. Mungo schätzte ihre Länge auf ein Meter achtzig, doch es war schwer zu sagen, da sie zusammengerollt war. Der herzförmige Kopf war abgeflacht wie der einer Kobra. Sie zischte, bereit zum Angriff im Fall einer Bedrohung.

»Nehmen Sie sich in Acht, junger Mann«, sagte Severin herablassend. »Dieser Python ist zwar harmlos, aber jedes Jahr werden unzählige ahnungslose neue Siedler von Schlangen getötet.« Er zündete sich ein Zigarillo an und ließ das Streichholz achtlos zu Boden fallen.

Mungo konnte seine Wut nur mit Mühe unterdrücken. »Danke für die Warnung, Sir. Ich bin ein Currency Lad, hier geboren. Diese Schlange könnte auch grün, braun, rötlich oder fast schwarz sein; sie ist kein Python, sondern eine Getigerte Katzennatter, und ihr Gift ist tödlich. Ihre Spezies ist enorm fruchtbar. Ich habe schon als Kind Schlangen gefangen und bin noch nie gebissen worden. So soll es auch bleiben, bis ich mein Vermögen gemacht habe!«

Augenblicklich bereute Mungo die nervöse, unfeine Äußerung, die von seiner Jugend zeugte. Zugleich war er stolz darauf, sich als Currency Lad offenbart zu haben, obwohl waschechte Briten diesen Status verachteten.

Ich höre mich an wie ein Idiot. Mir ist klar, dass ich mich sehr verändert habe. Aber dasselbe gilt auch für sie – und ich habe sie trotzdem wiedererkannt.

Entschlossen, sein Selbstbewusstsein wiederzugewinnen, stieg

Mungo ab, behielt die Zügel in der Hand und verbeugte sich vor der Dame. »Zu Diensten, Ma'am.«

Sie nickte, als wöge sie seinen Ehrgeiz gegen seine Jugend ab. »Ein echter Currency Lad, der bereit ist, sein Glück in der Welt zu suchen, bewundernswert. Ich hoffe, dass Sie Erfolg haben, junger Mann. Ich wünsche Ihnen alles Gute auf dem Weg. Schönen Tag noch.«

Daraufhin stieß Severin dem Kutscher seinen Gehstock in den Rücken, und der Landauer raste davon.

Umgeben von einer Wolke aus rotem Staub, die die Kutsche aufgewirbelt hatte, vergewisserte sich Mungo, dass die Schlange sich tatsächlich ins Dickicht verzogen hatte.

Ohne die Kutsche aus den Augen zu lassen, bedankte er sich anschließend bei Boadicea für die rechtzeitige Warnung. Ein letzter Blick auf Fanny zeigte ihre Umrisse, die sich scharf vor dem blauen Himmel abhoben, ehe der Landauer in der Ferne verschwand.

Mungo verfluchte sich für seine gottverdammte Blödheit. *Habe ich überhaupt auf ihren höflichen Abschied reagiert? Oder nur dagestanden wie ein Esel? Bei Gott, ich kann mich nicht einmal erinnern.*

Ihm war schwindelig von der Begegnung, während er tapfer versuchte, die Bruchstücke der Szene zusammenzusetzen und die unausgesprochene Botschaft in ihrem Blick zu deuten.

Innerlich kochte er vor Wut über die spöttische Äußerung des Gentlemans und dessen Weigerung, sich ihm vorzustellen. Alle möglichen Fragen flogen ihm durch den Kopf. *Gehört sie zu diesem arroganten Mistkerl – oder ist er nur ihr Begleiter? Verbirgt sich ein Ehering unter ihrem Handschuh? Werde ich sie je wiedersehen? Hat sie Severins Namen bewusst ausgesprochen – um mir zu helfen, sie wiederzufinden?*

Was auch immer stimmen mochte, Fannys Schicksal hatte sich zweifellos verbessert. Keine Spur mehr von dem naiven Hausmädchen in einem Kleid aus zweiter Hand. Heute trug sie Kleider und Schmuck, die offenkundig kostspielig waren, obgleich sie ein bisschen theatralisch wirkten. Aber sie hatte immer noch das reine Gesicht und das dichte blonde Haar eines Botticelli-Modells, obwohl sie ihm jetzt weltgewandt und selbstbewusst erschien.

Und da war noch etwas, das Mungo zu schaffen machte. *Ihre Haut ist blass wie der Mond. Wie bei einem Geschöpf der Nacht. Ich bezweifle, dass die Farbe ihrer Wangen ein Geschenk der Natur ist.*

Während er nach Hause ritt, versuchte er, seine Zuversicht wiederzufinden. *Es ist unausweichlich, dass wir uns wiederbegegnen. Severin ist ein Gentleman – wenn auch nur in den Augen der Gesellschaft. Vermutlich wirkt er anziehend auf Frauen. Modisch gekleidet, doch die Diamantnadel im Halstuch und die protzigen Ringe sind wohl weniger Zeichen seines Reichtums als ein Zeichen für …? Glück! Ja! Ein Spieler – darauf würde ich wetten.*

Wenn ich Severin finde, werde ich auch Fanny wiedersehen.

»Was glaubst du, Boadicea?«

Die Ohren der Stute zuckten bei ihrem Namen, ein deutliches Zeichen, dass sie die Ruhe wiedergewonnen hatte und sich auf ihren Reiter konzentrierte.

Mungo nickte. »Ja, ich glaube, dass er zu diesen vornehmen Sträflingen gehört. So wie er aussieht, hat er noch nie in seinem Leben einen Finger krumm gemacht. Und seine Augen sind kalt wie die Antarktis. Wenn dieser aufgeblasene Pinkel ihr auch nur ein Haar krümmt, sind seine Tage gezählt, bei Gott.«

Mungo spornte die Stute zum Galopp an, um die verlorene Zeit aufzuholen. Die Vorstellung, Felix um Hilfe zu bitten, war ihm ein Gräuel. *Aber er ist der einzige Mensch, der mir jetzt weiterhelfen kann.*

Nach seiner Ankunft in der Little Rockingham Street kümmerte er sich zuerst um Boadiceas Bedürfnisse. Dann lief er durch den Garten, sprang über die kleine Steinmauer und nickte der Köchin und Molly zu, als er die Hintertreppe der Dienerschaft erreichte. Er nahm wie immer zwei Stufen auf einmal, überquerte die Seufzerbrücke und betrat das Zimmer.

Erst als er Felix' tadellose Aufmachung sah, fiel ihm ein, dass sein eigenes Haar zerzaust war, das Hemd an seinem Körper klebte und seine Reitstiefel mit rotem Staub bedeckt waren.

Felix sah vom Buch auf, das er gerade las, musterte Mungo von oben bis unten und sagte dann verhalten: »Wo brennt's denn?«

Mungo beschloss, sich nicht in die Karten sehen zu lassen. »Ich habe soeben die schönste Frau meines Lebens getroffen. Eine solche Erscheinung bleibt in der Kolonie nicht verborgen.«

Er beschrieb sie bis ins kleinste Detail und wartete auf Felix' Reaktion, bis er mit seiner Geduld am Ende war. »Nun? Kennst du sie oder nicht?«

»Ich kann nur sagen, dass deine Beschreibung eine gewisse Ähnlichkeit mit einem Porträt einer jungen Frau aufweist, das ich neulich in einer Ausstellung gesehen habe. Weißt du, wie sie heißt?«

»Nein«, log Mungo. »Aber sie hat den Kerl, der bei ihr war, Severin genannt.«

Kreidebleich sprang Felix halb auf. »Warum hast du das nicht gleich gesagt?«

»Du kennst ihn also.«

»Wir sind uns kurz begegnet. Der Kerl hat einen Spielsalon. Sie ist seine *Mätresse*.«

Mungo war erleichtert. *Wenigstens nicht seine Frau*. Rasch verteidigte er sie. »Die Hälfte der Frauen in dieser Kolonie sind Mätressen. Man nennt sie nur Huren, weil sie mit Männern zusammenleben, mit denen sie nicht verheiratet sind.«

»Ja, natürlich«, erwiderte Felix rasch. »Ich will keineswegs schlecht über gefallene Frauen reden. Trotzdem muss ich dir leider sagen, dass diese einen schlechten Ruf hat.«

»Warum? Was hat sie getan?«

»Vianna Francis ist die Venus von Sydney Town. Das Übrige kannst du dir denken.«

Mungo starrte seinen Halbbruder an, bis Felix den Blick abwandte.

»Mir ist es egal, was sie getan hat. Ich werde sie finden – und befreien.«

»Was hast du vor? Seine Ziele mögen zwielichtig sein, aber er ist ein geborener Gentleman mit einflussreichen Freunden.«

An der Tür drehte sich Mungo um. »Und wenn schon. Du bist auch ein Gentleman mit einflussreichen Freunden. Aber du ziehst es vor, eine große Klappe zu haben, statt zu handeln. Und ich? Nun ja, man muss kein Gentleman sein, um einen anderen Gentleman zu töten. Der Mord an Logan ist der beste Beweis dafür.«

»Um Gottes willen, Mungo. Wir haben schwer kämpfen müssen, um dich aus Moreton Bay freizubekommen. Setz dein Leben nicht aufs Spiel wegen eines hübschen …« Felix führte den Satz nicht zu Ende.

»Flittchens? Wolltest du das sagen?«

»Severin ist ein stadtbekannter Gauner, aber die Obrigkeit unternimmt nichts gegen ihn. Gott steh mir bei, Mungo. Wenn dir irgendwas zustößt, würde Vater mir niemals vergeben. Dir mögen seine Gefühle gleichgültig sein, mir nicht.«

Mungo vermutete, dass sein Halbbruder mehr wusste, als er zugab. *Was ist das für ein Spiel, das Felix spielt? Er ist genauso hintertrieben wie ich.*

»Und was, wenn sich herausstellen sollte, dass sie die Frau ist, der Will Eden begegnet ist? Schulden wir es nicht seiner Erinnerung, dass wir sie in Sicherheit vor Severin bringen? Ich habe die Angst in ihren Augen gesehen, Felix.«

Seinem Bruder stockte der Atem. »Severin! Hab ich's mir doch gedacht.«

Mungo begriff, dass er gerade über die Wahrheit gestolpert war. »Du wusstest also die ganze Zeit, wer sie ist. Du willst sie für dich haben!«

Felix kämpfte darum, seine Würde wiederzuerlangen. »Ich werde die Sache auf meine Art regeln, so wie ein Gentleman. Du kannst machen, was du willst. Aber erwarte nicht, dass ich dich decke, wenn du erneut gegen das Gesetz verstößt.«

Jetzt platzte Mungo der Kragen. »Das Problem mit dir ist, dass du dir deine Welt zusammenträumst. Dieses Mädchen muss gerettet werden, und zwar schnell! Du aber tust so, als wäre das Leben ein Spiel, so wie Kricket.«

»Ja, für mich ist es das.«

»Na gut. Dann spielen wir eben nach deinen Regeln. Hast du eine Münze bei dir?«

»Brauchst du jetzt schon Geld? Ich stelle dir einen Scheck aus, bis Vater ...«

»Nein, du Idiot, ich meine eine Silbermünze, einen Penny, egal was.«

Felix kramte in seiner Tasche.

»Kopf oder Zahl?« Mungo warf die Münze in die Luft. »Na?«

»Kopf«, rief Felix, als die Münze zu Boden fiel.

»Zahl«, sagte Mungo hastig und warf ihm die Münze zu. »Ich habe gewonnen, also darf ich es zuerst versuchen. Möge der Bessere gewinnen – oder der schlechtere Bruder!«

Mungo streckte ihm die Hand entgegen. »Ich gehe hier nicht weg, bis wir unser Abkommen besiegelt haben.«

Sie sahen sich in die Augen und gaben sich die Hand – eine Kriegserklärung.

Dann ließ Mungo seine letzte Spitze los. »Viel Spaß beim Sternegucken. Du kannst ja deine Venus in der Milchstraße suchen; das ist ungefährlich.«

Doch sein Selbstbewusstsein schwand, sobald er die Tür hinter sich schloss. *Fanny weiß nur, dass sie Wills Hinrichtung gesehen hat. Ich kann mich ja wohl kaum als Lazarus hinstellen, der von den Toten auferstanden ist. Irgendwie muss ich es hinkriegen, dass Vianna Francis sich verliebt – und zwar in Mungo Quayle.*

SIEBZEHN

Sonntagmorgens war es in Severin House so still wie in einem Kloster während der Fastenzeit. Normalerweise gab Severin strikte Anweisung, ihn nicht vor dem Mittag zu wecken, um einige Stunden schlafen zu können, nachdem Blewitt die letzten Gäste zu ihrer Kutsche begleitet hatte – entweder im triumphalen Gefühl eines Gewinns oder aber, und das war viel öfter der Fall, mit leereren Taschen als bei ihrer Ankunft.

Doch dieser Sonntag war anders. Vianna hatte das unangenehme Gefühl, dass Severin größere Geldsorgen hatte, als er zugeben wollte. Seit Tagen schärfte er ihr ein, wie wichtig es war, dass sie neue Kunden für ihre nächsten Vorstellungen anzog, deren Details er ihr jedoch bislang verschwieg.

Als Guido nicht zum Frühstück erschien, um Severins Anweisungen für ihre gemeinsamen Proben mit ihr zu besprechen, machte sie sich besorgt auf den Weg, um ihn zu suchen. In der Halle stieß sie auf Severins Handlanger. Er nahm gerade einen Blumenstrauß in Empfang, den ein Bote gebracht hatte.

»Natürlich für Madame. Wollen Sie die Karte selbst lesen, oder soll ich sie Ihnen vorlesen?«, fragte er. Es war ein kleines Spiel zwischen ihnen, da keiner von beiden lesen konnte.

»Später, Blewitt. Wo zum Teufel steckt Guido? Sein Bett ist unbenutzt.«

»Das darf ich Ihnen nicht sagen, Madame«, entgegnete Blewitt bedeutungsvoll. »Aber das Gemälde, das der Master bestellt hat, befindet sich im Ballsaal.«

Sie geriet beinahe in Panik. Rasch raffte sie ihre Röcke zusammen und rannte wieder nach unten. *Was für ein Gemälde? Und was will er mir über Guido verheimlichen?* Sie wusste, dass das Porträt, das Jean-Baptiste von ihr gemacht hatte, die *Venus im Licht*, sich unter Schloss und Riegel in Severins Arbeitszimmer befand, aber wo war das andere Gemälde abgeblieben, das für so viel Aufruhr gesorgt hatte?

Jean-Baptiste hat mir versichert, dass es von einem unbekannten Gentleman gekauft wurde. Er hat es in seine Obhut genommen, damit niemand es sieht, angeblich aus Respekt vor mir. Die Geste eines wahren Gentlemans, falls es so etwas überhaupt gibt.

Der Ballsaal war makellos, die Sofas, Sessel und Tische kunstvoll vor der Bühne arrangiert, bereit für die Vorstellung am morgigen Abend. Nicht einmal Severins Gentlemen wagten es, die strengen Gesetze der Kolonie bezüglich des heiligen Sonntags zu übertreten.

Entsetzt stellte Vianna fest, dass nicht nur Guido verschwunden war, sondern auch das Klavier. In der Mitte der Bühne stand eine klassische Chaiselongue und dahinter, unter einem Tuch verborgen, ein großes rechteckiges Gemälde, das fast das gesamte Proszenium einnahm.

Resigniert breitete Vianna die Arme aus. »Was zum Teufel führt er jetzt wieder im Schilde?«

»Er hat einen genialen Einfall gehabt, meine Liebe.«

Sie drehte sich hastig um und stand vor Severin in seinem safrangelben Morgenmantel. Wie üblich hatte er sich sonntags nicht rasiert, sodass sein Kinn von grauen Bartstoppeln bedeckt war. Sie fragte nach Guido.

»Er ist weg. Ich habe ihn gefeuert.«

Wutentbrannt stampfte Vianna mit dem Fuß auf den Boden. »Wie konntest du das tun? Guido und ich haben so gut zusammengearbeitet. Wie soll ich morgen Abend ohne ihn auftreten?«

»Führ dich nicht auf wie eine Primadonna, Vianna. Du wirst keinen Musiker brauchen. Deine Vorstellungen nächste Woche finden ohne Musik statt.« Entschlossen führte er sie um die Bühne herum.

»Ich werde deine Neugier jetzt befriedigen. *Voilà*!«

Als er das Tuch von dem Gemälde entfernte, war Vianna noch verwirrter. Es gab gar kein Gemälde. Nur den riesigen prunkvoll verzierten Rahmen.

»Hör auf mit deinen Spielchen, Severin. Was hat das zu bedeuten? Wie soll ich so auftreten?«

Er führte sie zum Sofa, setzte sich neben sie und hob ihre Hand an seine Lippen.

»Vertrau mir, meine Liebe. Diese Woche wirst du uns ein Vermögen verdienen. Weißt du noch, was ich dir über Lord Horatio Nelsons Mätresse erzählt habe? Wie die berüchtigte Lady Emma Hamilton die Gesellschaft mit ihren Darbietungen, den sogenannten ›Attitüden‹, verzauberte? Mit Posen, die klassischen Gemälden nachempfunden waren?«

»Lady Hamilton war eine erfahrene Schauspielerin. Ich habe solche Ambitionen nicht.«

»Du wirst großartig sein. Ich habe mir ein Programm mit dem Titel ›Die Venuspassage‹ ausgedacht. Du wirst jeden Abend ein lebendes Bild erschaffen, das von einem alten Meister inspiriert ist. Morgen ist der erste von sechs Abenden. Du wirst hier auf dieser Chaiselongue liegen, in demselben griechischen Gewand, eine lebendige Nachahmung von Bonnards *Venus im Licht* in diesem Rahmen. Ich habe mir eine Theaterbeleuchtung ausgedacht, die die vollkommene Illusion vervollständigen wird.«

»Du bist ja völlig wahnsinnig, Severin!«

»Ganz im Gegenteil, mein Wahnsinn hat Methode. Bonnards Original wird sich auf einer Staffelei seitlich dahinter befinden. Verstehst du? Es wird ein einmaliges, stummes Beispiel dafür sein, wie das Leben die Kunst imitiert.«

Viannas Stimme überschlug sich, so empört war sie. »Das Gewand ist durchsichtig! Genauso gut könnte ich nackt sein. Das ist was anderes, als wenn die Männer mein Porträt anstarren. Auf keinen Fall werde ich hier liegen und mich von einem Haufen anzüglich grinsender Männer begaffen lassen.«

»Nicht Männer, sondern *Gentlemen*. Kunstliebhaber, die die Anspielung auf die klassische Venus zu schätzen wissen, Göttin der Liebe und der Schönheit.« Beiläufig setzte er hinzu: »Jeden Abend wird einer davon für das Privileg bezahlen, mit der Venus zu Abend zu speisen – in ihrem Schlafzimmer.«

Privatessen an sechs aufeinander folgenden Abenden. Was hat Severin vor?

»Am Samstagabend wirst du die letzte öffentliche Vorstellung geben. Ein Gentleman aus den sechs Kandidaten wird auserwählt werden. Danach gibt es nur noch *private* Vorstellungen ...« Severin vervollständigte seinen nicht beendeten Satz mit einer so theatralischen Handbewegung, als hätte er ihr einen Herzenswunsch erfüllt.

Vianna wartete schweigend, bis die Bedeutung seiner Worte in ihr Bewusstsein eingedrungen war. »Du hast mir versprochen, dass ich immer die Wahl hätte.«

»Und so soll es auch sein«, erklärte Severin hastig, »vorausgesetzt, dieser Gentleman verfügt über die nötigen Mittel, um das Privileg in vollem Umfang zu nutzen.«

Vianna musste der Realität ins Auge blicken. *So weit ist es also gekommen. Aber warum gerade jetzt?* Sie versuchte, Zeit zu gewinnen, um nicht seine Wut herauszufordern, und beschloss, sich eines Tricks zu bedienen.

»Sag mir die Wahrheit, Severin. Neulich bei einem privaten Abendessen mit einem deiner Gentlemen deutete dieser an, du wärst ziemlich pleite. Ein Berufsspieler habe sozusagen die Bank gesprengt. Stimmt das?«

Severin sah aus, als fühlte er sich in die Enge getrieben. »Würde ich dich sonst um so etwas bitten?«

»Verstehe.« Sie wartete. »Wie viele Schulden genau hast du?«

»Mehrere Monatsmieten für Severin House. Man könnte mich jeden Augenblick verhaften und als Schuldner ins Gefängnis stecken. Mir ist es einerlei, was mit mir geschieht, aber weiß Gott, was dann aus dir werden soll – und Daisy natürlich.«

Vianna wurde beinahe schwindelig, als sie daran dachte, dass sie für Daisys kostspielige Unterkunft aufkommen musste, wenn sie nicht wollte, dass man sie zur Adoption freigab. Sie versuchte, ihre Angst zu verbergen.

Severin jedoch sah, dass seine Worte Wirkung zeigten. Als hätte er ein quengeliges Kind vor sich, fuhr er fort: »Betrachte die ›Venuspassage‹ als vorübergehende Maßnahme, mit der wir etwas Zeit gewinnen. Der Gentleman, den *du* erwählst, wird sich aller unserer … deiner Ausgaben annehmen. Du wirst weiter im Severin House wohnen. Und ich werde dafür verantwortlich sein, dass das Vergnügen dieses Gentleman – und auch das deine – in keiner Weise behindert wird …«

Das heißt, dass er mich weiterhin davon abhalten wird, schwanger zu werden.

»Vertrau mir, Vianna, diese Liaison wird so diskret sein, wie der Gentleman wünscht, aber sie wird allen zugutekommen – ein wasserdichter Vertrag. Möglicherweise wird dein neuer Beschützer seine Ehe oder seine gesellschaftliche Stellung nicht gefährden wollen. Es wird eine vorübergehende Liaison sein.«

»Wie lange? Wochen? Monate?«

»Nicht mehr als ein Jahr.« Er wandte den Blick ab. »Höchstens zwei. Bis wir ihn nicht mehr brauchen. Natürlich wirst du ihm Tag und Nacht zur Verfügung stehen müssen, wann immer er will …«

Vianna sprach die Worte aus, noch ehe sie deren Folgen ganz überdacht hatte. »Ich werde einen Liebhaber nehmen, aber nur einen. Ich will nicht, dass er mit mir spielt oder mich seinen Freunden zur Verfügung stellt.«

Im gleichen Augenblick erkannte sie ihren Fehler. Severin hatte nicht damit gerechnet, dass sie so schnell nachgeben würde.

»Natürlich, Liebste. Du bist eine Mätresse, keine Hure.«

»Dieser Unterschied wird stündlich kleiner«, gab sie zurück.

Severin spielte wieder einmal das unschuldige Opfer. »Vianna, du musst verstehen, es wird mich umbringen, dich an einen anderen Mann abtreten zu müssen. Ich bete dich an. Ich habe mir niemals vorstellen können, dass es so weit kommen würde, aber die Götter haben es anders gewollt.«

Sie hätte gern gesagt, was sie dachte, nur um ihm zu zeigen, dass sie keineswegs so dumm war, wie er glaubte.

Ich werde an den Meistbietenden verkauft, damit du in der Kolonie das Gesicht wahren kannst. Du bist nichts anderes als ein Zuhälter im Gewand eines Gentlemans, Severin.

Doch sie brachte den Mut dafür nicht auf. »Und du, Severin, musst verstehen, dass ich diese Rolle nicht übernehme, um dich zu retten – oder gar mich selbst. Ich will nur Daisy schützen. Und ich verlange, dass ich sie nach Belieben besuchen darf.«

»Genehmigt«, sagte er.

Vianna bezweifelte, dass er es ernst meinte. »Dann haben wir nichts weiter zu besprechen, Severin. Ich muss mich jetzt vorbereiten«, fügte sie kühl hinzu. »Wir dürfen die Erwartungen an die Venus von Sydney Town, die du zum Vergnügen deiner Gentlemen erschaffen hast, nicht enttäuschen.«

Severin kniff die Augen über diese kaum verhüllte Stichelei zusammen, doch sie ließ ihm keine Zeit zu antworten. Ohne sich umzusehen, verließ sie erhobenen Hauptes, aber mit heftig pochendem Herzen den Raum. Die angebliche Enthüllung des Kunden war eine Lüge gewesen, aber sie hatte die Wahrheit ans Tageslicht gebracht.

Severin hat mir geschworen, niemals selbst zu spielen. Er hat gelogen. Er hat alles verloren, wofür wir gearbeitet haben. Was bin ich bloß für ein dummes, naives Ding! Jetzt hat er mich zu einer echten Hure gemacht, der Mann, der mich angeblich liebt. Keine Zeit für Tränen. Ich werde tun, was nötig ist, um Daisy zurückzuholen. Nur sie zählt …

Am Sonntag bot die George Street ein ganz anderes Bild als sonst. Normalerweise erinnerte diese Straße mit ihren vielen Märkten an einen orientalischen Basar. Doch heute hatten alle Geschäfte aus Respekt vor dem gesetzlichen Feiertag der Christen geschlossen, auch die der jüdischen Händler, die ihren Sabbat schon einen Tag vorher begangen haben.

Der Verkehr bestand hauptsächlich aus den Kutschen der Oberschicht, die langsam zu den Kirchen der verschiedenen Konfessionen und Synagogen unterwegs waren und an Trauben von einfachen Leuten vorbeikamen. Sie wollten zum Hafen oder an die Strände, um ein Picknick abzuhalten oder im Wasser zu planschen. Die gewaltigen Wellen an den goldenen Stränden der pazifischen Küste waren zum Schwimmen zu gefährlich – außer für die Einheimischen.

Vianna gab Blewitt lässige Anweisungen, den Landauer über die George Street zum Gothic Toll Gate am Ende der Parramatta Road zu fahren. Es war ein unausgesprochener Test, um herauszufinden, ob der Reiter, der sie diskret begleitete, seit sie am Severin House aufgebrochen waren, sie tatsächlich verfolgte. Er war ganz in Schwarz und trug einen breitkrempigen Hut, der sein Gesicht abschirmte, ritt in den Verkehr hinein und wieder hinaus, vor ihr her oder hinter ihr, ohne sie je direkt anzusehen. War es einer von Severins Spielern? Oder ein Mann, der wusste, welche Reputation sie hatte?

»Ich habe es mir anders überlegt, Blewitt. Drehen Sie um und lassen Sie die Pferde galoppieren. Richtung Macquarie Street.«

Mit dem Trick schien sie ihn abgeschüttelt zu haben. Unweit der Hyde Park Barracks fiel ihr Blick auf eine Prozession von kleinen Mädchen in Zweierreihen, ganz in Weiß wie Miniaturbräute. Eine ließ ihre Bibel fallen und küsste sie, als sie sie wieder aufhob. Vianna fiel ein, dass ihre Stiefmutter es genauso gemacht hatte, was ihr Vater als blinden Aberglauben zu bezeichnen pflegte, da sie nicht einmal lesen und schreiben konnte.

Ich frage mich, ob sie recht hatte. Dass Gott alles sieht, was wir tun. Bestimmt ist er entsetzt über mich. Aber wie soll ich an jemanden glauben, den man nicht sehen kann?

Aus einem plötzlichen Impuls heraus sagte sie: »Fahren Sie mich zu einer Kirche.«

Blewitt sah sie überrascht an. »Welche Konfession?«

»Ich habe keine besondere Religion. Jede ist mir recht. Gott hat diesbezüglich keine Vorlieben, denke ich.«

Er hielt die Kutsche vor der St. James' Church, einem prächtigen Sandsteingebäude, das einem griechischen Tempel aus der Renaissance nachempfunden und von Sträflingen erbaut worden war.

»Holen Sie mich in einer Stunde wieder ab, Blewitt«, wies sie ihn an und spürte, wie sie der Mut verließ, sobald die Kutsche außer Sichtweite war.

Das Sonnenlicht spielte auf den mehrfach unterteilten Fenstern und den weichen Sandsteinmauern. Eindringliche Orgelmusik drang durch das Portal nach draußen. Vianna stand auf den Stufen und war plötzlich unsicher, ob sie ein derart imposantes und herrliches Gebäude überhaupt betreten durfte. Ein Gotteshaus. Für sie war Gott ja nicht mehr als ein Name, den ihre Mutter im Schlaf gerufen hatte.

Ich bin überall bekannt. Was, wenn der Priester mich als Sünderin wiedererkennt?

Sie stellte sich vor, wie sich die Gemeinde zu ihr umdrehte und rief: »Schande über dich! Nutte, Hure!«, wie bei Bonnards Ausstellung. Ein Alptraum.

Sie wollte gerade wieder gehen, als sie den jungen Mann entdeckte, der seine Zügel um eine Pferdestange schlang und sich auf der Straße zwischen den Kutschen hindurchschlängelte. Kein Zweifel: Er hatte sie im Blick. In der Kirche wäre sie ebenso sicher wie überall anders.

Sittsam zog sie den Schal fester um die Schultern, drückte sich den Hut in die Stirn, um das Gesicht zu verbergen, und lief hastig die Stufen hinauf.

Stehend sang die Gemeinde ein Kirchenlied. Da sie mit den Ritualen der Messe nicht vertraut war, setzte sich Vianna in eine der hinteren Bänke. Alle hielten ein aufgeschlagenes Buch in der Hand, also nahm sie sich auch eins und schlug es auf.

Zum Glück weiß ich, wo oben und wo unten ist.

Der Chor aus Knaben und jungen Männern trug weiße Chorhemden und einfache schwarze Talare. Sie studierte den süßen Ausdruck der Gesichter in der ersten Reihe und ahmte die Bewegung ihrer Münder nach, während sie sangen.

Ich komme mir vor wie ein Goldfisch, aber die Orgelmusik ist wunderschön.

Plötzlich entdeckte sie, dass auf einer Seite der Empore Strafgefangene saßen, die von Soldaten in roter Uniform bewacht wurden. Das gelegentliche Klirren ihrer Fesseln bildete einen seltsamen Kontrapunkt zu der Orgelmusik. Sie lächelte einem alten Strafgefangenen zu und erhielt zur Belohnung ein Augenzwinkern und ein zahnloses Grinsen.

Gott sei Dank schaut niemand in meine Richtung. O nein, ich war zu schnell. Da ist dieser schreckliche Humphries, der unser gemeinsames Abendessen neulich in ein Handgemenge ausarten ließ. Bitte, lieber Gott, mach, dass er mich nicht erkennt!

Der Priester betrat die Kanzel, und Vianna lauschte entrückt der Geschichte von einem jungen Mann, einem Lehrer, der eine lange Reise auf sich nahm, um einen Freund zu besuchen. Sein Gastgeber jedoch bot ihm nicht das im Morgenland übliche Wasser an, um seine Füße zu waschen. Daraufhin zog ihm eine schöne Frau, die von seinen Freunden als Hure verachtet wurde, die Sandalen aus, wusch seine Füße mit ihren Tränen und trocknete sie mit ihrem Haar.

Als sie hörte, wie die Freunde des Lehrers die Frau aus dem Haus jagen wollten und der junge Mann ihr die Sünden der Vergangenheit vergab, war Vianna so gerührt, dass ihr die Tränen in die Augen stiegen.

Die folgenden Gebete und Lieder waren Vianna unbekannt. Wie ein Bild, das von der Sonne auf ihre Lider gebrannt wurde, sah sie das Gesicht der gefallenen Frau vor sich, Maria Magdalena. Als sie bemerkte, dass sie beobachtet wurde, drehte sich Vianna zu der Kirchenbank hinter sich um.

Der junge Mann in dem schwarzen Umhang betrachtete sie aufmerksam. *Das Gesicht kenne ich doch. Es ist der junge Currency Lad, dessen Pferd vor einer Pythonschlange scheute.*

Schließlich zerstreuten sich die gut gekleideten Gemeindemitglieder, und die Sträflinge wurden in ihre Baracken zurückgeführt. Vianna zog sich hastig in eine Nische am Ende der Kirche zurück, um Humphries aus dem Weg zu gehen, und studierte die marmorne Gedenktafel an der Wand.

Als die Kirche fast leer war, bemerkte sie, dass der junge Mann neben ihr stand. Er zeigte auf die Gedenktafel. »Sie sind traurig. Verzeihen Sie, aber kannten Sie Major Brisbane?«

»Ist die Gedenktafel für ihn? Nein, ich war traurig wegen der Geschichte, die der Priester erzählt hat. Hatte sie wenigstens einen glücklichen Ausgang?«

Mungo dachte ernsthaft darüber nach. »Darüber gibt es mehrere Theorien. Manche sagen, es habe sich um Maria Magdalena gehandelt. Einer Legende nach ging sie nach Frankreich, und ihr Sohn war der Begründer einer Reihe von französischen Königen. Der Priester aber würde vermutlich die traditionelle Version bevorzugen, in der sie einfach aus der Geschichte verschwindet.«

»Verstehe. Es gibt nur selten ein glückliches Ende im Leben.«

Als ihr die Tränen über die Wangen liefen, reichte er ihr sein weißes Taschentuch.

»Sehr freundlich«, bedankte sie sich und betrachtete die Initialen in der Ecke. »Ist das Ihr Name?«

»Meine Initialen stehen für Mungo Quayle. Verzeihen Sie, ich hätte den Priester gebeten, uns miteinander bekannt zu machen, aber er scheint verschwunden zu sein. Darf ich mich vorstellen? Immerhin begegnen wir uns heute schon zum zweiten Mal.«

Vianna sagte, sie sei Madame Francis, Witwe.

Er verbeugte sich. Sie machte einen Hofknicks. Er schlug vor, sich einen Augenblick hinzusetzen und dem Organisten James Pearson zuzuhören, der offenbar ein unbekanntes Kirchenlied probte. Als Vianna gestand, dass sie nicht lesen konnte, aber gern Geschichten hörte, erzählte Mungo ihr Geschichten über bekannte Persönlichkeiten in Sydney, von der wohlhabenden, ehemaligen Gefangenen Mrs Mary Reiby bis hin zu dem gefeierten Theaterdirektor Barnett Levey. Alle Figuren in seinen Geschichten schienen ein abenteuerliches und romantisches Leben zu führen – bis auf den jungen Entdecker, der auf tragische Weise umgekommen war und eine untröstliche junge Frau hinterlassen hatte.

»Mein Ehemann war auch noch jung, als er kurz nach unserer ersten Begegnung starb, aber ich werde ihn niemals vergessen. Vom ersten Augenblick an wusste ich, dass William ein Mann war, dem ich wirklich *vertrauen* konnte.«

Mungo sah sie seltsam verlegen an. »Verzeihen Sie, ich habe Sie traurig gemacht. Ich würde Ihnen gerne eine Liebesgeschichte erzählen, die ein wundervolles Ende nahm.«

Vianna hörte aufmerksam zu, während sie sein Profil studierte. Er war nicht auf konventionelle Art attraktiv, aber er hatte hohe Wangenknochen, kräftige, harmonische Züge und einen großzügigen Mund. Seine Augen schienen zu lächeln. Breite kräftige Schultern, dichtes blondes Haar, das ihm immer wieder in die Stirn fiel, sodass er die nervöse Gewohnheit hatte, wie ein Fohlen den Kopf nach hinten zu werfen.

Seltsam. Er sieht überhaupt nicht aus wie der arme Will Eden, doch da ist etwas … Ich kann nur nicht genau sagen, was. Ich fühle mich angezogen – von seinen Augen.

Seine Kleidung war von feinster Qualität, aber seine wohlgeformten Hände waren rau, die Fingernägel abgebrochen. Er hatte gute Manieren, und doch konnte sie sich des Eindrucks nicht erwehren, dass er nicht *ganz* ein Gentleman war.

Vielleicht ist er ein ehemaliger Sträfling. Na und? Samuel Terry und Garnett Gamble sind es auch, und sie zählen zu den reichsten Männern der Kolonie. Mit Mungo Quayle würde ich viel lieber ein privates Abendessen haben als mit den alten Lustmolchen, die Severin für mich im Auge hat. Die Frage ist nur: Hat er Geld?

»Als wir uns zum ersten Mal begegnet sind, hatten Sie sich gerade vorgenommen, ein Vermögen zu machen. Das ist Ihnen doch sicher gelungen, oder?«, neckte sie ihn.

»Ja, in der Tat. Aber das spielt keine Rolle. Mein Vater ist einer der reichsten Grundbesitzer in der Kolonie.«

Offensichtlich will er mir imponieren. Aber ich kenne keinen Grundbesitzer oder wohlhabenden Kaufmann namens Quayle. Severin weiß immer genau, was ein Mann wert ist.

»Sagen Sie, Mr Quayle, waren Sie schon einmal im Severin House?«

Mungo war keineswegs überrascht. »Ich habe vor, dort Mitglied zu werden – um Sie auf der Bühne zu sehen.«

»Dann werde ich versuchen, Sie zu unterhalten, Mr Quayle. Diese Woche werde ich eine neue aufregende Vorstellung geben, die noch nie in der Kolonie gesehen worden ist. Ich porträtiere sechs lebende Bilder unter dem Titel *Die Venuspassage*.«

»Ich *weiß*. Ein so verlockendes Ereignis in Sydney geheim zu halten ist ein Ding der Unmöglichkeit«, erwiderte Mungo.

»Darf ich auf Ihre Anwesenheit zählen, Sir?«

»Ich bin mehr als nur ein Zeuge, Madame. Ich gehöre zu den *Bewerbern*.«

Eine kühne Behauptung. Seine Art gefällt mir. Aber das alles zählt nichts, wenn seine finanziellen Möglichkeiten Severins Maßstäben nicht gerecht werden.

Jetzt fiel ihr auf, dass der Organist sein Spiel beendet hatte.

»Dann sage ich lieber *au revoir* als leben Sie wohl. Ich muss jetzt gehen. Die Proben sind sehr anstrengend«, sagte sie beiläufig. Sie streckte ihm die Hand entgegen. Angesichts der intensiven Botschaft in seinen Augen durchfuhr sie ein angenehmer Schauer.

Rasch lief Vianna die Kirchentreppe hinunter, denn sie wollte nicht, dass Blewitt von ihrer Begegnung etwas mitbekam. Höchstwahrscheinlich unterrichtete er Severin über jeden ihrer Schritte.

Als sich der Landauer in Bewegung setzte, sah sie, dass Mungo allein auf der Straße stand und ihr nachsah. Plötzlich war sie auf der Hut.

Männer sind dafür gemacht, Frauen zu hintergehen. Er ist ein begnadeter Geschichtenerzähler, und ich weiß, dass er mich begehrt. Wenn er Severins genauer Überprüfung standhält, wird sein Vermögen ihn im Rennen halten. Doch sollte Severin auch nur den geringsten Verdacht hegen, dass er ein Schwindler sein könnte, wäre Mungo Quayle erledigt.

Severin, der größte aller Schwindler, hatte sie in eine Falle gelockt. Doch er hatte sie auch gezwungen, ehrlich über ihre eigene Rolle nachzudenken.

Wer ist der größere Schwindler? Ich habe mich selbst belogen, als ich so tat, ich könnte mir meinen Liebhaber selbst aussuchen. In Wahrheit hängt mein Schicksal von sechs Männern ab – und der Größe ihres Vermögens. Vianna Francis war dumm genug, sich einzubilden, sie wäre eine Kurtisane. Ich bin Fanny Byron, eine ganz gewöhnliche Hure …

Bei ihrer Rückkehr kam ihr die elegante Fassade von Severin House verändert vor. Bislang hatte sie das Haus wie durch einen blendenden Schleier aus Sternenstaub gesehen. Jetzt durchschaute sie es als das, was es in Wirklichkeit war: ein betrügerischer Spielsalon und ein Bordell.

Ein Gassenjunge kam auf ihre Kutsche zugelaufen. Er riss sich die Mütze vom Kopf, verneigte sich tief und streckte ihr die kleine schmuddelige Hand entgegen, um ihr beim Aussteigen zu helfen.

Vianna war von seiner höflichen Verbeugung entzückt und wollte gerade seine Hand ergreifen, als Blewitt den Kleinen barsch beiseitestieß. »Verschwinde!«

»Warte! Wie heißt du, mein Junge?«

Er murmelte etwas.

»Toby? Mach die Hand auf, Toby.«

Vianna stülpte ihre Handtasche um, sodass ein paar Münzen in die ausgestreckten Hände des Jungen fielen. Mit großen Augen starrte er auf den Geldsegen.

Als sie vor Blewitt auf den Eingang zuging, schimpfte er: »Wenn das Schule macht, haben wir bald eine ganze Horde von Rotznasen am Hals.«

»Es ist doch nur Geld, Blewitt.« Sie hörte die bittere Ironie in ihrer Stimme. »Hat Severin es Ihnen nicht gesagt? Die Venus von Sydney wird uns bald alle reich machen.«

Im Vorraum zu ihrem Schlafzimmer half Wanda ihr beim Ausziehen. Im heißen Wasser des frisch eingelassenen Bades schwammen Rosenblüten.

»Du hast wirklich einen sechsten Sinn, Wanda. Du weißt immer genau, wann ich zurückkomme. Von wem sind die Blumen?«

Wanda las ihr die Karte vor. »Eine kleine Aufmerksamkeit, um Sie daran zu erinnern, dass ich schon einmal eine Dame aus einer Notlage gerettet habe und es jederzeit wieder tun würde – im Severin House. Unterzeichnet von Felix L'Estrange, Esquire.«

»Soso, allmählich wird es interessant. Severin hat mir bestätigt, dass er der einzige Sohn und Erbe von Kentigern L'Estrange ist, einem der reichsten Landbesitzer in der Kolonie.«

»Soll ich eine Karte schreiben, um ihm in deinem Namen für die Blumen zu danken?«

»Ja, tu das.« Vianna schloss die Augen und versank tiefer im Wasser. »Gott sei Dank gibt es nun wenigstens einen attraktiven *jungen* Mann in der Kandidatenreihe. Vielleicht ja sogar zwei.

Versuch doch mal, einen Blick in Severins Liste zu werfen. Schau nach, ob der Name Mungo Quayle dabei ist. Wahrscheinlich sind beide krasse Außenseiter, aber wer weiß, manchmal braucht man eine unbekannte Größe, um das Rennen zu gewinnen.«

ACHTZEHN

Während Mungo Quayle beobachtete, wie der Landauer um die Ecke in die Macquarie Street einbog, kämpfte er mit widersprüchlichen Gedanken und Gefühlen: Freude, Verzweiflung, Eifersucht und der festen Überzeugung, dass er zu einem Mord fähig wäre. Heute war er Fanny Byron zum dritten Mal in seinem Leben begegnet und hatte zum zweiten Mal gesehen, wie sie in Severins elegantem Landauer davonfuhr.

Dieses Mal werde ich auf keinen Fall zulassen, dass du mir durch die Finger schlüpfst, Mädchen!, schwor er sich. *Ich kenne deinen Decknamen und auch Severins verdammten Plan, dich ins älteste Gewerbe der Welt einzuschleusen. Nur über meine Leiche! Aber wie um alles in der Welt kann ich dich befreien?*

Mungo sagte sich, dass ihre Vergangenheit ihm egal sei. Sie war seine Frau, seit er sie zum ersten Mal gesehen hatte. Ein nervöses kleines Hausmädchen und er ein Sträfling in Ketten, der es unbedingt hatte küssen wollen.

Die Lüge, die er ihr damals erzählt hatte, um sich diesen Kuss zu sichern, erwies sich jetzt als Problem. Das war ihm klar nach dem, was sie ihm in der Kirche anvertraut hatte: die romantische, idealisierte Erinnerung an »ihren Mann«. Will Eden – der einzige Mann in ihrem Leben, *dem sie wirklich vertraut hatte* und den sie tatsächlich am Galgen hatte baumeln sehen.

Wenn ich ihr die Wahrheit sage, habe ich mich selbst als Schwindler entlarvt. Diese Brücke muss ich erst überqueren, wenn es so weit ist. Im Moment geht es darum, sie aus Severins Fängen zu befreien. Das Problem ist, dass ich bloß sieben Tage Zeit dafür habe und keinen Penny in der Tasche.

Als er Boadicea von der Pferdestange losmachen wollte, fiel ihm der Umhang ein, den er in der Kirche vergessen hatte. Der Umhang, der Felix gehörte und den er sich ohne sein Einverständnis ausgeliehen hatte. *Verdammt noch mal, was bin ich achtlos!*

Er lief zurück in die Kirche, gerade noch rechtzeitig, ehe der Kirchendiener die Tore abschließen wollte. Mungo bat ihn, seinen Umhang holen zu dürfen, und der Mann nickte. Er werde in ein paar Minuten noch einmal wiederkommen, um abzuschließen.

In der leeren Kirche war es ganz still, nur seine Schritte auf den Fliesen waren zu hören, als er den Weg zurückging, den er mit Vianna gegangen war. Er glaubte schon, der Umhang sei gestohlen worden, als er ihn zwischen zwei Kirchenbänken unweit der Gedenktafel entdeckte. Erleichtert bückte er sich, um ihn aufzuheben, und da packte ihn plötzlich ein seltsames Gefühl. Es kam ihm vor, als hätte er seine Orientierung verloren.

Einen Augenblick lang schien der Boden unter ihm leicht zu zittern. War es eins der gelegentlichen Erdbeben von Sydney? Sein Blick verschwamm, er hatte das Gefühl, die Wände schwankten. Vom Schwindel überwältigt richtete er sich auf und hielt sich an einer Kirchenbank fest.

Und in diesem Augenblick wurde es ihm bewusst. Er war nicht mehr allein. Vor dem Altar stand mit dem Rücken zu ihm ein Offizier in Uniform. Er hatte den Kopf zum Gebet gesenkt. Ein dünner Sonnenstrahl fiel auf die roten Schultern seiner Uniform.

Mungo rührte sich nicht, denn er wollte ihn nicht stören. Dann drehte sich der Mann um und sah direkt zu ihm hinüber. Mungo gefror das Blut in den Adern. Unfähig, sich wegzudrehen, blickte er dem Mann ins Gesicht. Und erkannte die nackte Angst in seinen Augen.

Der Offizier hob die Hände, als wollte er etwas abwehren.

Diese Augen. Ich werde sie niemals vergessen.

Und dann war die Kirche wieder leer.

Mit dem Umhang in der Hand stolperte Mungo den Mittelgang entlang und sah, dass der Diener am Portal auf ihn wartete.

»Haben Sie gefunden, wonach Sie gesucht haben, Sir?«

Mungo drehte sich um und deutete auf den Altar; sein Mund war so trocken, dass er kaum sprechen konnte. »Captain Patrick Logan. Ist er – wurde er hier …?«

»Ja, genau, Sir. Captain Logan hat die größte Bestattung bekommen, die es hier je gegeben hat. Halb Sydney Town war anwesend, um seiner Frau zu kondolieren. Ein feiner Mann. Eine große Tragödie. War er ein Freund von Ihnen, Sir?«

»Nicht unbedingt. Aber man könnte sagen, dass Logan alle Menschen, mit denen er zu tun hatte, irgendwie geprägt hat.«

Mungo bedankte sich bei dem Kirchendiener. Auf dem Weg nach draußen griff er in die Taschen von Felix' Umhang und warf die Silbermünzen, die er dort fand, in den Opferstock.

Eine letzte Frage hatte er noch. »Können Sie mir sagen, wo Captain Logan begraben liegt?«

Der Friedhof in der Devonshire Street war in mehrere Sektionen unterteilt, für Anglikaner, Katholiken, Presbyterianer, und eine Ecke gab es auch für Juden. Er war menschenleer, abgesehen von einem zerlumpten alten Mann, der, alle viere von sich gestreckt, hinter einem Grabstein lag und eine Flasche mit billigem Fusel im Arm hatte. Auf den ersten Blick sah der Mann aus wie eine Leiche, die darauf wartete, begraben zu werden, doch dann stimmte er ein Seemannslied an; offenbar hatte er doch noch ein Quäntchen Leben in sich.

Logans Gruft befand sich neben der von Major John Ovens, der ebenfalls dem 57. Regiment der *Die Hards* angehört hatte und 1825 gestorben war.

Zwei berühmte Entdecker, die nun für alle Ewigkeiten nebeneinanderliegen.

Die Inschrift auf Ovens' Grab war eine Biografie, in der seine militärische Laufbahn und seine Entdeckungen in allen Einzelheiten beschrieben wurden. Die Grabstelle entsprach seinem Wunsch, zusammen mit seinem großen Freund begraben zu werden, dem stellvertretenden Rechtsoffizier, Ellis Bent.

Im Gegensatz dazu schien Patrick Logans Inschrift über das Wesen des Mannes mehr zu verbergen als preiszugeben. »Captain Patrick Logan. Gestorben in Moreton Bay am 17. Oktober 1830.«

Mungo las den Text laut vor. »Tja, Logan. Ich wollte mich nur vergewissern, dass man den Richtigen begraben hat.«

Mungo machte sich nichts vor. Er wusste, dass die bittere Ironie seiner Worte nichts weiter war als ein durchsichtiges Ablenkungsmanöver für die entsetzlichen Bilder, die zu den unberechenbarsten Zeiten Tag und Nacht vor seinen Augen aufblitzten.

Würde er sie erst loswerden, wenn er selbst zu Staub geworden war?

Mungos Stimme klang heiser: »Deine Mit-Offiziere sind der Meinung, dass es die Schwarzen waren, die dich auf dem Gewissen haben. Die meisten offiziellen Berichte bestätigen diese Sichtweise. Ich aber glaube, dass du und ich es besser wissen, nicht wahr, Logan?«

NEUNZEHN

Weiß der Teufel, warum Mrs Less heute Abend ausgerechnet *mich* eingeladen hat«, sagte Mungo und rutschte wie ein kleines Kind auf dem Küchenstuhl hin und her, während seine Mutter ihm das Haar schnitt. Seit er aus Moreton Bay zurückgekehrt war, trug er es lang, im Stil eines Currency Lads; es fiel über den steifen Kragen des Fracks, den ihm Bloom & Sons für die Feier heute Abend geschneidert hatte.

»Halt still«, befahl Jane. »Ich bin gleich fertig. Du kannst deinen Vater nicht enttäuschen und mit diesem wirren Haar auftauchen, du siehst ja aus wie eine Vogelscheuche.«

»Ich fühle mich eher wie ein Schiff, das vom Stapel gelassen wird, während Mrs Less ihre Breitseiten abfeuert. Ich kann mit Felix frühstücken, das macht mir nichts aus, aber dieses formelle Bankett mit der ganzen Familie und irgendeinem hohen Tier als Ehrengast entspricht nicht gerade meiner Vorstellung von einem angenehmen Abend.«

»Vielleicht wirst du eine schöne Überraschung erleben«, entgegnete sie geheimnisvoll.

»Weißt du vielleicht etwas, das ich nicht weiß?«

»Nun, ich höre das Gras wachsen.« Sie legte die Schere beiseite und bürstete die Haare von seinem Jackett. »Pass auf, dass dir der Wein nicht die Zunge lockert und du redest, als wärst du was Besseres. Das sind nur Luftschlösser, mein Junge. Ich bin nach wie vor die Kentigern L'Estrange zugewiesene Dienerin, und so wird es bis zum Ende meines Lebens bleiben. Nicht dass ich mich beklage. Ich bin froh, dass mir dein Vater das Cottage überschrieben hat. Aber unter seinem Dach leben zu dürfen ist deine große Chance, so wirst du endlich lernen, dich wie ein echter Gentleman zu benehmen.«

»Wer sagt denn, dass ich ein Gentleman sein will?«

»*Ich*. Du bist genauso viel wert wie Felix.«

Mungo wusste, dass er eine offene Wunde berührt hatte, die niemals heilen würde.

»Ich werde dich nicht blamieren, Mam. Dieses Mal nicht.«

»Wenn du es tust, werde ich es früh genug von den anderen Bediensteten erfahren. Und jetzt mach, dass du wegkommst. Ich muss noch eine Mischung aus frischer Kamille und Bergamotte zusammenstellen, damit der Master heute Nacht gut schlafen kann.«

Mungo zuckte die Achseln. Es war einer ihrer Euphemismen, die sie schon in seiner Kindheit benutzt hatte, und bedeutete, dass sie erst am nächsten Morgen zurückkehren würde. Sie war ans Bett des Masters gerufen worden. Als Junge hatte es nichts bedeutet. Jetzt aber fand er es seltsam peinlich.

»Danke, Mam, dass du mir die Wolle geschoren hast.« Er schüttelte die Haarsträhne zurück, die ihm in die Augen fiel. »Bis morgen dann.«

An der Tür zögerte er. »Ich habe dir doch von meinem Mädchen erzählt. Im Moment kann ich nicht viel darüber sagen. Es ist kompliziert. Aber ich habe es gefunden. Ich werde es mir zurückholen. Die Sache ist, ich habe nur sieben Tage Zeit. Und der verfluchte Felix ist mein Rivale. Drück mir die Daumen, ja?«

Jane blinzelte heftig, antwortete dann aber zuversichtlich: »Du wirst es schon schaffen, mein Junge. Vergiss nicht, Gott hat die ganze Welt in sieben Tagen erschaffen.«

Während Mungo durch den Garten ging, mit der Aussicht auf die gesellschaftliche Feuertaufe, die vor ihm lag, kam er sich fremd vor in dem ersten maßgeschneiderten Anzug, der nicht ursprünglich für Felix gemacht worden war.

Früher hatte er diesen Weg jeden Tag genommen, wenn er zum Klassenzimmer im ersten Stock unterwegs war. Die Gesellschaftsräume des Hauses hatte er nur ein einziges Mal betreten, als er in Abwesenheit der übrigen Familie mit Felix Verstecken gespielt hatte. Heute Abend war es schwer, nicht beeindruckt zu sein, als Old Crawford die Flügeltüren aufstieß und er hinter Albruna L'Estrange herging, die an Felix' Arm den Speisesaal betrat.

Lieber Himmel, da kommt ja selbst das Government House nicht mit!

Der lange Mahagonitisch war derart poliert, dass sich das Licht der Kerzenleuchter darin widerspiegelte. Auf den silbernen Bestecken und Kristallgläsern an jedem Platz prangten die alten Initialen der L'Estranges. Er erkannte das berühmte österreichische Geschirr, das zu Albrunas heiß geliebter Mitgift gehört hatte. Einmal hatte Jane ihn eindringlich gewarnt: »Jeder Dienstbote, der einen Porzellanteller zerbricht, wird auf der Stelle nach Norfolk Island verbannt.«

In der Mitte des Tisches prangten ein Tafelaufsatz mit einem exotischen Blumenarrangement und daneben jeweils zwei silberne Kerzenhalter. Weinkühler standen an beiden Tischenden, flankiert von Wasserkaraffen. Terrinen und Schüsseln enthielten Suppe, Fisch, Gemüse, geschmolzene Butter, Austernsauce, Zunge, Hühnchen und Spargel, und das war erst der erste Gang! Die kleine Molly hatte ihm verraten, was ihn noch erwartete: zum zweiten Gang gekochter Truthahn, Rindfleischcurry und Reis, Pastete, Kalbsragout, Krabbenfrikassee und Koteletts à la Maintenon. Und anschließend Blätterteiggebäck, Törtchen, weiße Pilze, italienischer Käse, Pudding und der sogenannte Tipsy Cake: in Sherry und Brandy getränkte Schichten von Biskuitkuchen mit Marmelade bestrichen und mit Vanillesauce übergossen.

Dieses Festessen stellt mein kärgliches Mahl aus Pythonfleisch wahrlich in den Schatten.

Der Lehnstuhl am Kopfende des Tisches war noch leer und wartete auf die Ankunft des Hausherrn. Mungo war nervös und ermahnte sich, seinen Vater in der Öffentlichkeit mit Sir anzusprechen.

Heute Abend durfte nichts schiefgehen. Kentigern L'Estrange erschien zum ersten Mal wieder in der Öffentlichkeit, nachdem er monatelang im Bett gelegen hatte und auf Betreiben des älteren Arztes regelmäßig zur Ader gelassen worden war.

Die Dienstboten in Livree kamen Mungo heute sehr fremd vor, das flackernde Licht der Kerzen und Ölbüchsen in den Kandelabern warf seltsame Schatten auf ihre Gesichter. Mungo war sich bewusst, dass er unter ihrer verschärften Beobachtung stand – der Ausdruck reichte von den bewundernden Blicken der Mädchen über Old Crawfords zustimmendes Nicken bis zu Cockney Georges zynischem Blick, der eine klare Botschaft enthielt: »Du kannst mich nicht täuschen, du Gockel, du bist nicht besser als wir.«

Ein Diener stand links von der Gastgeberin, ein weiterer links von dem leeren Stuhl des Hausherrn, jeweils einer hinter jedem Stuhl der übrigen Anwesenden. Mrs Less wirkte gelassen, doch ihre Blicke verrieten die Nervosität, als sie Old Crawford immer wieder etwas zuraunte, um sich zu vergewissern, dass alles perfekt war. Mungo wusste um ihre hartnäckigen Versuche, die ihr zugewiesenen Diener auszubilden, doch die konnten sich nirgends in der Kolonie mit englischen Dienstboten messen, die zu diesem Dienst geboren waren und ihren Platz kannten.

Sie hatte schon vor langer Zeit akzeptiert, dass ihr Mann Old Crawford, der ihm gleich nach seiner Ankunft in der Kolonie zugewiesen worden war, als altem Faktotum der Familie besondere Freiheiten gewährt hatte. Old Crawfords zunehmende Verwirrung bedeutete, dass seine Rolle als Kammerdiener, Butler und Kutscher von Tag zu Tag wechselte.

Heute Abend wirkte Albruna L'Estrange ein wenig verändert auf Mungo. Das königliche Purpur ihres Abendkleides betonte ihre blauen Augen. Im Spitzenbesatz ihres tief ausgeschnittenen Dekolletés blitzte eine Brosche mit der Miniaturausgabe des L'Estrange-Wappens. Ihr blondes Haar, das kaum eine graue Strähne enthielt, fiel weicher um ihr Gesicht als sonst.

Mungo empfand einen Anflug von schlechtem Gewissen, als er die Rivalin seiner Mutter bewunderte. *Wäre sie nicht die Frau meines Vaters, fände ich sie sogar schön.*

Nur das Ticken der Uhr unterbrach die Stille. Mungo betrachtete die goldgerahmten Porträts des neuen Königs William IV. und seiner deutschen Gemahlin Adelheid, die Mrs Less so bewunderte, und eine ansprechende Landschaft von Augustus Earle. Der gewaltige Spiegel reflektierte Felix' Hinterkopf mit den romantischen Locken im Stil von Lord Byron.

Auf einem Stuhl mit hoher Rückenlehne ihm gegenüber saß Felix in einwandfreier militärischer Haltung, sein Kopf wurde vom hohen Kragen seines Abendjacketts aufrecht gehalten, die Halsbinde aus Leinen saß perfekt.

Er sieht aus wie ein Prinz, ich dagegen wie ein Emporkömmling. Aber ich muss zugeben, dass er sich alle Mühe gibt, es mir leichter zu machen. Keine einfache Aufgabe angesichts der vielen Ohren und Augen der Dienerschaft, die auf uns gerichtet sind.

Mungo war überrascht, als der erste Gang serviert wurde, ohne auf die Ankunft seines Vaters und des unbekannten Gastes zu warten.

Felix beugte sich diskret zu Mungo hinüber. »Vaters Ehrengast wurde im Government House aufgehalten. Du weißt ja, Vater ist seine Behinderung der linken Hand ein wenig peinlich, deshalb speist er oben in seinem Zimmer allein, bevor er zu uns herunterkommt. Aber man muss ihn bewundern für seine Entschlossenheit, wieder ein normales Leben zu führen, findest du nicht?«

»O ja. Ich wünschte nur, dass dieser alte Blutegel Johnson aufhören würde, ihn zur Ader zu lassen. Das hat auch Lord Byron umgebracht, nicht die Wunden, die er sich im griechischen Befreiungskampf zuzog.«

Albruna mischte sich in das Gespräch ein. »Dann wird es dich interessieren, dass Mr L'Estrange seinen allseits respektierten Arzt gegen meinen Willen entlassen hat. Ich fürchte, dass er den Ideen der sogenannten modernen Medizin auf den Leim gegangen ist, die ich für höchst bedenklich halte.«

Damit kann sie unmöglich meine Mutter meinen. Ihre Kräutermedizin wird seit Urzeiten praktiziert.

Mungo war erleichtert, als Cockney George ihm Wein einschenkte. Er bemerkte, wie gut die Dienstboten unter dem wachsamen Blick ihrer Herrin parierten. Die Einzige, die etwas unsicher war, war die schüchterne Molly, die heute zum ersten Mal am Esstisch bediente. Mit großen Augen schenkte sie Mungo vorsichtig Wasser ein.

Er zwinkerte ihr zu und flüsterte: »Du lernst sehr schnell, Molly. Füll das Glas bis zum Rand.«

Sie belohnte ihn mit einem strahlenden Lächeln und erinnerte Mungo daran, dass sie nur wenige Monate vom heiratsfähigen Alter entfernt war. *Dreizehn ist viel zu jung, aber Cockney George wird sich nicht zurückhalten, wenn er die Gelegenheit bekommt. Ich muss ihn im Auge behalten.*

Albruna wandte sich leise an Old Crawford: »Bitte schau nach, ob Mr L'Estrange Hilfe braucht.«

Wie zur Antwort taten sich im selben Augenblick die Flügeltüren auf, und Kentigern L'Estrange stand auf der Schwelle. Sein großer, kräftiger Körper hielt sich so aufrecht, wie es mit einem Gehstock nur möglich war. Die Augen leuchteten, und das ein wenig schiefe Lächeln strahlte Triumph aus.

»Verzeihung! Hab euch warten lassen.« Die Worte waren überraschend deutlich, und Mungo hätte ihm beinahe Beifall geklatscht. Felix und er sprangen gleichzeitig auf, doch als Felix auf seinen Vater zueilte, um ihm zu helfen, winkte dieser ab. Er brauchte keine Hilfe.

Mungo empfand einen Anflug von Stolz. »Was für eine schöne Überraschung. Sie sehen großartig aus, Sir.«

Der Hausherr nahm das zustimmende Gemurmel wohlwollend zur Kenntnis und untermauerte sein Selbstbewusstsein damit, dass er sich Wein einschenken ließ. Dann stand er auf und hob mit der gesunden rechten Hand sein Glas.

»Auf das Land, in dem wir leben, Freunde – auf Australien!«

Mungo war tief beeindruckt. Sein Vater musste den Trinkspruch, den jetzt alle wiederholten, vorher eingeübt haben, um ihn so deutlich aussprechen zu können. Auf einen Wink des Hausherrn hin trugen die Diener eine ganze Prozession von Schüsseln mit Essen herein, das üppiger war als alles, was Mungo sich je hatte träumen lassen.

Jetzt, da alle vier am Tisch entspannt waren, musterte Mungo sie. Er spürte, dass das Machtverhältnis innerhalb der Familie, das seit der Lähmung seines Vaters erschüttert worden war und die unangefochtene Führungsrolle seines Vaters infrage gestellt hatte, allmählich wieder ins Lot kam.

Der Patriarch beobachtete sie mit wachsamen Augen und folgte trotz seiner ihm deutlich bewussten Einschränkungen belustigt der Unterhaltung. Er vermied es, in ihrer Anwesenheit ungelenk zu essen, genehmigte sich aber gelegentlich einen Keks oder ein paar Trauben aus der gekühlten Schale, die sich in Reichweite seiner rechten Hand befand.

Als Felix aufstand, wusste Mungo, dass er auserwählt worden war, im Namen seines Vaters zu sprechen. »Vater liebt die Geheimnistuerei. Daher weiß auch ich nicht, wer heute Abend unser Ehrengast sein wird, aber leider von seinen Pflichten aufgehalten wurde.«

Mit erhobener Braue wies Kentigern ihn an fortzufahren. »Das heutige Abendessen ist Vaters Wunsch geschuldet, Mungos Rückkehr … aus Neuseeland zu feiern.«

Das gilt den Dienern, aber ich wette, dass sie sich nicht in die Irre führen lassen.

»Mungo, ich bedauere, dass du beim Festessen zu meinem einundzwanzigsten Geburtstag nicht anwesend sein konntest.«

»Leider haben mich anderweitige Verpflichtungen daran gehindert«, erklärte Mungo hastig und war erleichtert, als das Gelächter seines Vaters die Anspannung löste.

Felix lächelte gequält. »Freut mich, dass die Zeit deinem Sinn für Humor keinen Abbruch getan hat, Mungo. Aber um fortzufahren, Vater bedauert, dass wir nicht auch deine Volljährigkeit zusammen feiern konnten. Der heutige Abend soll dir zeigen, dass wir dich nicht vergessen haben.«

Kentigern gab Old Crawford ein Zeichen, und zu Mungos Überraschung überreichte dieser ihm eine kleine, mit einer silbernen Schleife geschmückte Schachtel auf einem Silbertablett.

»Mach sie auf!«, rief sein Vater.

Überrascht öffnete Mungo das Geschenk und fand darin eine goldene Uhr mit einer Kette, genau wie die, die Felix bekommen hatte.

Mungo hatte einen Kloß im Hals, als er stumm die Inschrift auf der Uhr las. »Für meinen geliebten Sohn Mungo, an dem ich großen Gefallen finde.« In der Mitte waren die »drei Beine der Isle of Man« eingraviert, das alte Emblem von Jane Quayles Heimat.

Mungo konnte die Gefühle, die in ihm aufstiegen, nicht in Worte fassen. Die Jahre, in denen er »der andere Sohn« gewesen war, der nie anerkannt wurde, die Rivalität zwischen Felix und ihm, die von der bitteren Feindschaft zwischen der Frau seines Vaters und dessen Sträflings-Geliebten befeuert wurde.

Die Botschaft war eindeutig. *Vater sagt mir, was er der Welt nicht mitteilen kann. Dass Felix und ich in seinen Augen ebenbürtig sind.*

»Ich bin überwältigt, Sir! Vielen Dank an Sie beide«, fügte er hinzu, als er den Ausdruck von Schmerz in Mrs Less' Augen erkannte.

Zumindest sitzt Felix' Mutter heute Abend neben ihm – meine eigene dagegen ist gerade gut genug, um an sein Bett gerufen zu werden.

Felix räusperte sich, bevor er seinen Pflichten weiter nachkam. »Vater hat eine wichtige Entscheidung getroffen. Wie ihr wisst, haben wir vor Kurzem die öffentlichen Stallungen in der Little Rockingham Street erworben. Ab jetzt werden unsere Pferde und Kutschen dort untergebracht werden. Das bedeutet, dass die jetzigen Stallungen und die Quartiere für die Stallknechte nicht mehr benötigt werden.«

Felix nahm einen Umschlag aus seiner Brusttasche und reichte ihn Mungo.

»Das sind die Grundbucheintragungen für unsere ehemaligen Stallungen. Vater hat dir das kleine Gebäude überschrieben, Mungo, damit du Boadicea dort unterbringen kannst oder was auch immer. Vater bedauert, dass er keine Zeit hatte, dir seine Entscheidung rechtzeitig mitzuteilen, Mutter.«

Mungo spürte, dass Felix die Entscheidung seines Vaters peinlich war. Mrs L'Estrange war von der offenkundigen Lüge sichtlich überrumpelt, fasste sich jedoch rasch wieder.

»Wir werden dafür sorgen, dass die Stallungen und der Speicher so umgebaut werden, dass du dort wohnen kannst«, sagte sie.

»Verdammt noch mal! Nein!« Kentigerns Ärger war nicht zu überhören, als er mit der Faust auf den Tisch schlug und sein Weinglas umstieß.

Felix errötete, reagierte aber prompt. »Das war nicht Vaters Absicht, Mungo. Natürlich kannst du hier im großen Haus wohnen, solange du willst. Vater möchte, dass du diese Besitzurkunde als kleine Geste unserer Dankbarkeit für deine Dienste der Familie L'Estrange gegenüber betrachtest.«

Eine hübsche Art zu sagen, dass Sean O'Connor die Familie vor der Schande gerettet hat.

Da er keine entsprechenden Worte fand, um seinen Dank auszudrücken, trat Mungo zu seinem Vater und umarmte ihn stumm.

Anschließend drehte er sich um und verneigte sich vor der Hausherrin. »Ich möchte mich ebenso bei Ihnen bedanken, Mrs L'Estrange. Sie wissen ja, was es mir – und meiner Mutter – bedeutet.«

Mein Gott, wenn Blicke töten könnten, wäre ich jetzt sechs Fuß unter der Erde.

Nachdem er seine Pflicht getan hatte, ließ Felix die Etikette fallen, und Mungo tat es ihm nach. Sie tranken ihren Wein so schnell, als hätten sie eine Wüste ohne Wasser durchquert.

Mungo zwang sich, auch Felix gegenüber seine Schuldigkeit zu tun. »Nette Rede! Der perfekte Sohn heißt den verlorenen Sohn willkommen. Beide in den Rollen, die uns von Anbeginn bestimmt waren.«

Felix' Reaktion überraschte ihn. »Hast du je mit mir tauschen wollen?«

»Ja. In Moreton Bay!«

Mungo gefiel es, wie sein Vater die Konversation aufrechterhielt, doch seine eigenen Gedanken pendelten zwischen Freude und Angst. Er berührte die goldene Uhr, um sich daran zu erinnern, dass nichts unmöglich war.

Jetzt bin ich Grundbesitzer, ich kann Mitglied einer Jury werden und darf wählen.

Der unerwartete gesellschaftliche Aufstieg wurde plötzlich von lästigen Gedanken über Viannas Zukunft und was mit der *Venuspassage* bezweckt wurde, getrübt.

Felix hat den Namen und das Vermögen der Familie, die Attribute eines wahren Gentlemans und einen Platz in der gehobenen Gesellschaft, er hat alles, was man benötigt, um ins Severin House eingelassen zu werden und für sie zu bieten. Ich dagegen bin kein Gentleman. Ich habe nur eine goldene Uhr und einen Stall, in dem ich mein Pferd unterbringen kann. Mir bleibt nicht viel anderes übrig als Falschspiel – oder Brudermord.

Felix, der zum Glück keine Ahnung von Mungos mörderischen Gedanken hatte, war dabei, Darlings Verleumdungsklage gegen die Zeitungsredakteure zu erörtern.

Mungo versuchte sich einzureden, dass er seinem Bruder einen Schritt voraus war. *Jede Wette, dass Felix noch nie mit einer Frau im*

Bett war. Er ist ja sogar zu schüchtern, um sich mit Frauen zu unterhalten. Ich dagegen kann sie so lange beschwatzen, dass ich sie immer rumkriege. Mit meinen Geschichten habe ich Fanny zu Tränen gerührt, das beweist, dass sie trotz Severin immer noch ein weiches Herz hat. Felix kann ein Ass nicht von einem Joker unterscheiden. Ich aber kann beim Kartenspielen schummeln, ohne dass mir einer auf die Schliche kommt. Jetzt muss ich nur noch dafür sorgen, dass ich Zutritt zum Severin House bekomme.

Mungo hörte nur mit halbem Ohr auf die subtilen Zwischentöne in der Unterhaltung von Albruna und seinem Vater. Felix' ruhige Zuversicht machte ihn plötzlich unruhig.

In dem Versuch, ihn zu ärgern, nahm er demonstrativ seine neue Uhr aus der Tasche und warf einen Blick darauf: »Wird es nicht langsam Zeit für deine Sternguckerei, Felix?«

Der fuhr zusammen und sah ebenfalls auf seine Uhr. »Lieber Himmel, tatsächlich!«

Mungo folgte Felix' nervösem Blick aus dem Fenster, wo die Familienkutsche wartete.

Ich kann in ihm lesen wie in einem Buch. Felix hat noch etwas vor – aber was?

In diesem Moment schlug die Uhr halb neun. Die Doppeltür wurde aufgestoßen. Kentigern L'Estranges Ehrengast stand vor ihnen.

ZWANZIG

Überrascht erhob sich Felix angesichts des schmächtigen, aber auf stille Art beeindruckenden Mannes, den seine Mutter abschätzig als »den Scharlatan« bezeichnet hatte.

Felix wollte den neuen Gast im Namen seines Vaters begrüßen, musste aber irritiert feststellen, dass Mungo ihm zuvorkam. Er war aufgesprungen und hatte ihn mit ausgebreiteten Armen begrüßt.

»Sandy! Wie schön, dich zu sehen. Ich hatte keine Ahnung, dass *du* unser Ehrengast bist.«

»Ich glaube auch kaum, dass ich diesen Titel verdiene, aber Mr L'Estrange wollte dich überraschen, mein Junge. Ich nehme an, dass niemand etwas dagegen hat, wenn ich dir nachträglich meinen Glückwunsch zum einundzwanzigsten Geburtstag ausspreche.«

Dr. Gordon verneigte sich vor der Gastgeberin und entschuldigte sich für seine Verspätung, was diese huldvoll akzeptierte.

Nachdem er mit einem Weinglas in der Hand Platz genommen hatte, wandte er sich an den Hausherrn. »Ich will Ihnen nichts vormachen. Es ist nur fair, wenn ich Sie davon in Kenntnis setze, dass mein Treffen mit dem Minister des Gouverneurs das Ziel hatte herauszufinden, ob Gouverneur Darling dem Kolonialministerium die Bewilligung von Captain Logans Pension für dessen Frau nahegelegt hat oder nicht. Mir ist durchaus bewusst, mit welcher Grausamkeit er als Kommandant gegen seine Sträflinge vorgegangen ist, aber seine Frau und die Kinder dürfen dafür nicht bestraft werden. Verzeihen Sie, aber Ungerechtigkeit macht mich rasend.«

Mungo und Felix waren über Albrunas spontane Reaktion erstaunt. »In dieser Hinsicht stimme ich Ihnen zu, Dr. Gordon. Ich werde bei nächster Gelegenheit Mrs Darling auch darauf ansprechen. Wir werden an die Behörden schreiben, nicht wahr, Mr L'Estrange?«

»Einverstanden!«, rief Kentigern aus und schlug mit der Faust auf den Tisch.

Mungo fragte Sandy nach seiner neuen Stellung in Sydney Town aus. Er arbeitete mittlerweile in der Arztpraxis von Dr. Adam Golding.

»Ein Jude und ein Quäker, das klingt vielleicht nach einer merkwürdigen Partnerschaft, aber es funktioniert ganz gut. Es ist schön, zum ersten Mal seit meiner Zeit als Marinearzt wieder eine eigene Praxis zu haben.«

Felix fühlte sich gestärkt von dem Champagner, den sein Vater für diesen besonderen Abend aufgehoben hatte. Er zwang sich, lächelnd den Geschichten zuzuhören, die Sandy und Mungo erzählten, um die anderen zu unterhalten, doch mit seinen Gedanken war er ganz woanders.

Ich habe alles, was ich brauche, um Severins Bedingungen für den Vertrag zu erfüllen. Vater hat sich einverstanden erklärt, die notwendigen Gelder lockerzumachen. Er steht auf meiner Seite, bestimmt versteht er mich, nachdem Jane seit Jahren seine Geliebte ist. Auf seine Diskretion kann ich mich verlassen. Wahrscheinlich wäre die Hölle los, wenn Mutter entdeckte, dass ich seit Jahren eine Kurtisane aushalte.

Mittlerweile erzählte Mungo von der Pythonschlange, die er für eine Mahlzeit im Busch erlegt hatte. Der Dienerschaft wegen verlegte er die Szene nach »Neuseeland«.

»Vielleicht sollte ich der Köchin, Mrs Baker, beibringen, wie man Schlangen nach Art der Aborigines in der Erde vergraben röstet, Mrs L'Estrange?«

Sie senkte lächelnd den Kopf. »Nein danke. Mir reicht die *Geschichte* deiner kulinarischen Abenteuer, und ich will dir gern glauben, dass Schlange wie Hühnchen schmeckt.«

Unwillkürlich war Felix fasziniert von Mungos Lässigkeit, der ungezwungenen Art, mit der er einen modischen Anzug tragen und doch gegen jede Etikette verstoßen konnte, indem er sich auf seinem Stuhl herumlümmelte und mit übertriebenen Gesten seine Geschichten illustrierte. *Mit seiner Wortgewandtheit hält er die Zuhörer in Bann. Doch genau dieses Talent hätte ihn um ein Haar Kopf und Kragen gekostet. Ich kam mit vielen Vorteilen zur Welt – bis auf einen. Ich werde nie ein Herzensbrecher wie Mungo sein.*

Das Gespräch wandte sich dem Klatsch und Tratsch der Kolonie zu, in dem es auch um Männer in hohen Positionen ging. Dann folgte ein peinlicher Moment, als Sandy sich nach »der hübschen Frau mit einem Korb voller Kräuter« erkundigte, der er in der Halle begegnet war. Felix beneidete Mungo um sein Talent, humorvoll die gefährlichen Klippen einer Konversation zu umschiffen.

»Das war bestimmt meine Mutter, Jane Quayle«, sagte Mungo hastig, »sie hat ihr gutes Aussehen von mir geerbt.«

Gelächter belohnte seine schlagfertige Äußerung und löste die Spannung für alle – bis auf Albruna. Im nächsten Augenblick entschuldigte sie sich, wenn auch, ohne sich etwas anmerken zu lassen.

Kentigern schwang seinen Gehstock und geleitete die drei Männer ins Herrenzimmer, wo sie Männergespräche führen und eine gute Flasche aus seinem Weinkeller genießen konnten. Felix kam mit, doch jetzt, da die Diener nicht anwesend waren und sie keine Angst vor Tratsch haben mussten, konzentrierte sich sein Vater offen auf Moreton Bay und Gordons Rolle als Held, dessen Intervention Mungo das Leben gerettet hatte. Zwar war es Felix gewesen, der die Korrespondenz seines Vaters mit dem Arzt geführt hatte, doch nun hatte er das Gefühl, unsichtbar zu sein.

Meine Rolle als Vaters Dolmetscher wird zunehmend unwichtig. Ich sollte mich darüber freuen, aber irgendwie habe ich das seltsame Gefühl, etwas verloren zu haben. Vater braucht mich nicht länger. Er zieht

Mungos abenteuerliche Geschichten vor. Es ist keine Rede mehr von der dunklen Seite in Moreton Bay oder dem Mord an Logan. Mungo erzählt allen das, was sie hören wollen – zur Hölle mit der Wahrheit.

Nachdem er sich höflich entschuldigt hatte, begutachtete er sein Erscheinen im großen Spiegel der Halle. Das Gesicht, das er sah, verriet das Gefühl, das ihn seit seiner Kindheit wie ein Schatten verfolgte: Eifersucht. *Na schön, diesmal übernehme ich Mungos Rolle.*

Dann trat er eilig hinaus in die Nacht zu der wartenden Kutsche.

Im Flur brannte ein trübes Licht, als Felix die Tür mit seinem Schlüssel öffnete. Wie immer empfand er einen Anflug von Unbehagen, als er an der Abbildung einer Heiligen vorbeiging, die ihre Augen fromm zum Himmel erhoben hatte. An der Tür, durch die man zum Abort und in die Küche im Hof gelangte, stand die ältliche Haushälterin und machte einen Knicks. Der kleine Knirps mit den dünnen Beinchen lugte hinter ihrem Rock hervor. Er hatte seine Mütze in der Hand, bereit, zu jeder Tages- oder Nachtzeit mit einer Botschaft loszulaufen.

»Guten Abend, Mr L'Estrange«, sagte sie und hielt sich die Hand vor den Mund, um ihre Zahnlücke zu verbergen. »Ich habe einen Auflauf aus Hackfleisch und Kartoffelbrei gemacht, wenn Sie mögen.«

»Danke, Essie, heute Abend nicht.«

Felix stieg die Treppe hinauf zu den oberen Zimmern und klopfte gebieterisch an eine Tür.

Maria Navarro trug wie üblich ein schlichtes schwarzes Witwenkleid aus Faille; das dunkle Haar, in dem keine einzige graue Strähne zu sehen war, hatte sie zu einem aufwendigen Knoten geschlungen. Sie tastete nach der kleinen Goldbrosche am Hals, eine nervöse Angewohnheit, die Felix irritierte, als wäre sie ein Andenken an eine glücklichere Zeit. Auf dem kleinen Tisch neben dem Kamin stand die übliche Flasche korsischer Rotwein neben einem Stück französischem Käse und gesalzenen Keksen.

Felix versuchte, die automatischen Erinnerungen an die Stunden zu vertreiben, die er mit ihr verbracht hatte. Obwohl sie ihn mit einem warmen Lächeln begrüßte, entgingen ihm nicht die müden Falten um die großen dunklen Augen, die ein Zeichen für ihr korsisches Blut waren. Im Kerzenlicht sah sie aus wie höchstens dreißig, doch Felix vermutete, dass sie beträchtlich älter war.

Höflich lehnte er den Wein ab. »Leider kann ich nicht lange bleiben, Mrs Navarro. Heute Abend habe ich eine Verabredung, die ich nicht verschieben kann.«

Seine Mätresse wartete schweigend auf eine Erklärung.

Felix geriet ins Stammeln. »In Wahrheit bin ich … bin ich gekommen, um mich für Ihre … Liebenswürdigkeit in den vergangenen Jahren zu bedanken. Doch jetzt haben sich die Umstände verändert. Dies ist mein letzter Besuch. Um ganz ehrlich zu sein, ich habe eine junge Frau kennengelernt.«

Sie nickte. Offensichtlich war sie nicht überrascht. »Das ist nur allzu natürlich. Sie sind ein junger Mann.«

O Gott, wie taktlos, die Aufmerksamkeit auf ihr Alter zu lenken.

Er legte den Umschlag auf den Tisch. »Sie haben mein Wort, dass ich die Miete für das Haus weiterhin bezahlen werde, bis Sie ein anderes Arrangement gefunden haben. Es ist keinerlei Eile geboten. Sie sollen keine Not haben und weiterhin für Essie und ihren Sohn sorgen können.«

»Verstehe. Ich danke Ihnen für den Respekt, den Sie mir gezollt haben so wie der junge Mr Quayle. Sie beide haben sehr viel gemein.«

Überrascht rief Felix: »Was? Mungo Quayle war hier? Warum haben Sie mir das nie gesagt?«

»Ich bin eben diskret, Sir. Ein amüsanter junger Mann und großzügig obendrein. Es ist schon Jahre her, bevor seine Probleme ihn nach … Neuseeland führten.«

Sie weiß also, dass das eine Lüge ist. Ob sie auch weiß, dass wir Halbbrüder sind?

Ihre Frage klang vorsichtig. »Wie gut kennen Sie Mungo, Sir?«

»Gut genug. Wir haben wenig gemein. Doch jetzt muss ich gehen, Mrs Navarro. Sollten Sie je in Not geraten, werde ich alles tun, um Ihnen zu helfen.«

Als er wieder in der Kutsche saß, war er verstimmter, als er sich eingestehen wollte.

Verdammt, er muss sie Jahre vor mir gekannt haben, aber sie spricht mit echter Zuneigung von ihm. Bestimmt war ich im Vergleich mit Mungo ein schlechter Liebhaber. Schon wieder nur Zweitbester.

Felix versuchte, sich zu beruhigen, während die Kutsche über die kurvenreiche Straße holperte. *Ich hoffe, dass ich nicht allzu viel Wein getrunken habe. Für das Glücksspiel habe ich mich noch nie begeistern können. Aber heute Abend muss ich alles auf eine Karte setzen.*

Als er ausstieg, blickte er zur Venus auf, dem hellsten Stern am Himmel, der ihn wie kein anderer fasziniert hatte, bis er der lebendigen Venus begegnet war. Schweigend tadelte er sich für seine Angst und rief sich Galileo Galileis Grabinschrift ins Gedächtnis zurück. *Ich liebte die Sterne zu sehr, um die Nacht zu fürchten.*

Das Ziffernblatt seiner goldenen Uhr zeigte eine halbe Stunde vor Mitternacht. Felix wählte die dunkelste Ecke des Ballsaals, in der Hoffnung, dass keiner der anwesenden Gentlemen seine Anwesenheit bemerkte und seiner Mutter davon berichtete.

In der vergangenen Stunde hatte er viel Geld verloren, doch das spielte keine Rolle. Vor ihm lag der größte Einsatz seines Lebens.

Es herrschte eine erwartungsvolle Atmosphäre in der auserlesenen Gruppe von Gentlemen. Sie saßen vor den geschlossenen Vorhängen, hinter der sich die Bühne verbarg, tranken und warteten auf die erste Vorstellung der *Venuspassage*.

Felix musterte verstohlen jedes einzelne Gesicht, während er sich fragte, wer sein wahrscheinlichster Konkurrent um die Gunst von Vianna Francis sein würde. Er nahm ein weiteres Glas Champagner an, und als Severin neben der Bühne auftauchte, spürte er die Anspannung in jeder Faser seines Körpers und zog sich noch weiter in den Schatten zurück.

Der Mann wirkte so selbstbewusst wie ein Zauberkünstler. Mit einer kurzen Ansprache machte er ihnen Appetit auf die magische Transformation und sprach von dem »Privileg, sie zum ersten Mal auf der Welt erleben zu dürfen«.

Als sich der rote Vorhang öffnete, schnappte das Publikum hörbar nach Luft. Beschämt stellte Felix fest, dass er nicht besser war als die anderen Männer im Saal. Er war fasziniert, und zugleich überschwemmte ihn eine solche Begierde, wie er es noch nie erlebt hatte.

In der Mitte der Bühne befand sich eine lebende Nachahmung von Bonnards Gemälde *Venus im Licht* in einem lebensgroßen goldenen Rahmen. Sie lag reglos auf einem römischen Sofa, in einem Gewand, das so durchsichtig war, dass es die rosaroten Brustwarzen nicht verbergen konnte. Das goldene Haar war im klassischen Stil antiker Wandbilder arrangiert, wirkte aber durch das Licht der intelligent verborgenen Beleuchtung auf wunderbare Art lebendig.

Diese Venus zuckte weder mit der Wimper noch wies irgendetwas darauf hin, dass sie atmete. Ihr unbewegter Blick war auf niemanden im Saal gerichtet, der Ausdruck war entrückt und verträumt, als wäre sie über jedes Bedürfnis nach menschlicher Bewunderung erhaben.

Eine fleischgewordene Venus, die schönste Kreatur, die Gott je erschaffen hat.

Felix war sich bewusst, wie unpassend diese Vermischung von Monotheismus und Heidentum war, vertraute jedoch darauf, dass Gott ihm seine Blasphemie verzeihen würde.

Ein Mann nach dem anderen erhob sich und betrat die Bühne.

Jeder Einzelne gab sich das Flair eines Kunstkritikers, der Bonnards Gemälde mit der lebenden Venus verglich. Nur Felix blieb im Schatten verborgen.

Dann schloss sich der Vorhang wieder. Wilder Applaus. Ein paar Minuten später erschien Severin erneut und versicherte ihnen, dass es sechs Gelegenheiten geben werde, die Gesellschaft der Göttin der Liebe allein zu genießen, heute Abend jedoch habe sich die Venus bereits entschieden! Alle blickten in die Richtung, in die er zeigte, mit erröteten, berauschten, feindseligen oder neugierigen Gesichtern.

Felix' Herz klopfte wie verrückt. Dann wusste er, für wen sich die Venus als Ersten entschieden hatte.

EINUNDZWANZIG

»Gott sei Dank ist es vorbei!«, rief die Göttin aus, als sich der Bühnenvorhang schloss und eine willkommen Barriere zwischen ihr und dem Publikum bildete. Im gleichen Augenblick gab sie ihre Pose als Venus auf und atmete wieder normal.

In den Kulissen wartete Wanda mit einem Glas Champagner und einem Schal, doch als Erstes hatte Vianna das Bedürfnis, einen Blick durch das Guckloch der Vorbühne zu werfen.

»Sind irgendwelche neuen Gesichter da, Wanda? Es ist so dunkel, dass ich nichts erkennen kann.«

»Ein junger Mann, der sich im Hintergrund hält. Groß, blond und ziemlich gut aussehend.«

Könnte es Mungo Quayle sein?

»O ja, jetzt sehe ich ihn. Es ist dieser junge Romantiker, wie heißt er noch? L'Estrange. Der mich in Jean-Baptistes Ausstellung rettete.«

Severin legte ihr die Hand auf die Schulter. »Das hast du sehr gut gemacht, Vianna. Du hast die Zuschauer elektrisiert. Jetzt werde ich verkünden, dass du dir als ersten Begleiter des Abends Sir John Humphries ausgesucht hast.«

»Auf keinen Fall! Der Mann hat mehr Arme als ein Krake. Ich werde mit Felix L'Estrange zu Abend speisen.«

»Sei nicht kindisch. Du kannst Humphries nicht zweimal in einer Woche ablehnen. Er ist einer der reichsten Männer im Rennen.«

»Der Erbe der L'Estrange oder ich esse und schlafe heute Nacht allein!«, drohte sie. »Komm, Wanda, ich muss baden und mich vorbereiten.«

Sie wandte Severin den Rücken zu und genoss ihren kleinen Sieg, als sie hörte, wie Severin ihre Entscheidung verkündete.

Ihr Salon war so eingerichtet, dass es wie ein Portal zu verbotenen Abenteuern wirkte. Durch einen Rundbogen erhaschte man einen betörenden Blick auf ihr Schlafgemach, wo weiches Kerzenlicht auf den seidenen Vorhang ihres Bettes fiel. Seine Unterwasserfarben weckten Assoziationen an die Höhle einer Meerjungfrau, geschmückt mit schimmernden Fransen wie Seetang. Jeder Mann würde es als offene Einladung an seine Fantasie definieren.

Nach dem Bad hüllte sich Vianna in ein hauchdünnes türkisfarbenes Gewand aus Seide, ließ das Haar lose bis auf den Rücken fallen und streckte sich auf dem Sofa aus. Dabei gaben die Falten ihres Gewandes einen gewagten Blick auf die Knöchel frei: Ein Fuß war nackt, von dem anderen baumelte eine goldene Sandale.

»So trifft man sich wieder, Mr L'Estrange. Ich möchte mich dafür bedanken, dass Sie mich in der Villa Henrietta so galant vor dem Mob gerettet haben.« Dann setzte sie leicht schmollend hinzu: »Aber warum hat es so lange gedauert, bis Sie mich besuchen? Hatten Sie mich vergessen?«

Felix verneigte sich. »Ich wünschte, ich könnte Sie für immer retten, Madame Francis.« Kaum hatte er die Worte ausgesprochen, errötete er vor Verlegenheit, und sie war gerührt von seiner Jugend, Eleganz und Unerfahrenheit.

»Bitte, lassen Sie uns auf die Förmlichkeiten verzichten. Was immer die Zukunft bringen mag, ich hoffe, dass wir Freunde werden – oder vielleicht sogar mehr? Darf ich Sie verführen?« Als er erstaunt blinzelte, schloss sie: »Zu einem Glas Champagner.«

Dann zog sie einen Sessel neben sich und reichte ihm einen Pokal, während sie ihn über den Rand ihres eigenen Glases musterte, eine der unschuldigen Verführungskünste in ihrem Repertoire, die es ihr ermöglichte, ihn zu studieren. *Der Erbe der L'Estranges ist wirklich sehr attraktiv, bei Weitem die beste Wahl heute Abend. Mungo*

Quayle ist nicht gekommen, ein weiterer Beweis dafür, dass er nicht den Status oder das Vermögen besitzt, die er vorgibt.

»Sie wissen so viel von mir, Felix, bitte, erzählen Sie mir etwas über sich. Wie amüsiert sich ein müßiger Gentleman in Sydney Town? Sie sind doch sicher kein erfahrener Spieler, oder?«

»Nein, Vianna. Ich bin tatsächlich nur gekommen, um Sie zu sehen.«

»Dann ist Ihnen sicher bekannt, dass die Vorstellung heute Abend eine ganz besondere ist. Ich bin Sängerin. Doch werde ich meine Karriere bald beschränken und nur noch einen einzigen Gentleman unterhalten. An welchen Dingen finden Sie Gefallen, Felix?«

Seine Augen funkelten wie die eines Tiers, das vom Lichtstrahl des Jägers in die Ecke getrieben wird.

»Meine Leidenschaft gilt der … äh, Astronomie«, stammelte er. »Jede Nacht reise ich mithilfe meines Teleskops zu den Sternen. Sie würden nicht glauben, wie faszinierend die Galaxie in der südlichen Hemisphäre erscheint. Stellen Sie sich vor, wie aufgeregt Captain Cook gewesen sein muss, als er 1769, während seiner ersten Entdeckungsreise mit Sir Joseph Banks auf der *Endeavour*, die Venuspassage entdeckte …«

Vianna hörte seinem jungenhaft begeisterten Bericht kaum zu, so verzaubert war sie von seiner Naivität. Seine Zurückhaltung faszinierte sie. Felix machte keinen Versuch, sich irgendwelche Freiheiten herauszunehmen. Obwohl er sich ihrer körperlichen Anziehungskraft offensichtlich bewusst war, blickte er ihr nur ins Gesicht. Vianna kam zu dem Schluss, dass es höchste Zeit war, ihn ein wenig zu reizen. Als sie ihm eine Haarlocke aus der Stirn streichen wollte, fuhr er zurück, als hätte ihre Berührung ihn verbrannt.

Hastig fuhr er mit seinem nervösen Monolog fort, noch schneller als zuvor, und schweifte in eine Traumzeitgeschichte der Aborigines über die Entstehung der Milchstraße ab.

Felix ist ein ungewöhnlicher Gentleman, aber nicht mehr jungfräulich. Ich erkenne es sofort, wenn ein Mann nur blufft und keine Erfahrung hat. Aber er strahlt eine liebenswerte Reinheit aus. Als wollte er mir denselben Respekt zollen wie einer Frau, die nicht nackt unter ihrem Gewand ist.

Vianna schenkte ihm erneut ein und vertraute darauf, dass Felix L'Estrange sich auch in betrunkenem Zustand nicht auf sie stürzen und ihr die Kleider vom Leib reißen würde.

Mittlerweile war er ernsthaft dabei, ihr das Verhältnis zwischen Venus, Erde, Sonne und Mond zu erläutern. Die seltsamen Namen der Konstellationen verwirrten sie. *Meine Güte, Felix macht mir den Hof unter dem Deckmantel der Astronomie. Wie süß und naiv er ist! Aber wie ist er wohl als Liebhaber – im Bett?*

»Wirklich, Felix, Sie könnten ein Astronomieprofessor sein. Bestimmt würde Gouverneur Darling Ihre Dienste zu schätzen wissen. Wie ich gehört habe, verfügt er in seiner Sommerresidenz in Parramatta über ein Observatorium.«

»In der Tat, und James Duncan, der Amtliche Astronom, hat mich schon eingeladen, es zu besuchen. Vielleicht hätten Sie Lust, mich zu begleiten?« Felix errötete vor Verlegenheit. »Ich will Ihnen nichts vormachen, Vianna. Ich bin nur ein Laie. Ich verbringe Stunden damit, durch mein Teleskop die Milchstraße zu erforschen. Oft wird es Tag, bevor ich merke, dass ich gar nicht zu Bett gegangen bin.«

»Wirklich? Würden Sie auch vergessen, zu Bett zu gehen, wenn Sie mit *mir* allein wären, Felix?«

Seine Augen weiteten sich. Offenbar war er sich nicht sicher, ob die Zweideutigkeit ernst gemeint war. Dann sagte er hastig: »Nein, kein Stern, kein Planet und kein Sternbild könnte mich je von der Venus ablenken.«

»Flirten Sie etwa mit mir, Felix?«, fragte sie unschuldig.

Seine Verwirrung nahm zu. »Nein! Das heißt, ja. Nur ein Dummkopf oder Heiliger würde es abstreiten.«

»Erzählen Sie mir, was Sie sonst tun, wenn Sie nicht gerade die Sterne beobachten, Felix. Ich habe gehört, dass Kentigern L'Estrange riesige Ländereien in allen vier Himmelsrichtungen besitzt, von der Swan River Colony bis Moreton Bay, in Van Dieman's Land ebenso wie auf den neuseeländischen Inseln«, sagte sie, ohne genau zu wissen, wo diese Regionen lagen. »Ist Ihr Vater ein großzügiger Mensch?«

»In der Tat. Vater war so freundlich, mich zu seiner rechten Hand zu machen. Ich verfasse all seine Berichte und führe seine Korrespondenz mit Whitehall und Gouverneur Darling. In meiner Freizeit halte ich meine bescheidenen Beobachtungen über die Sterne in diesem Teil unseres Kontinents fest. Aber ich fürchte, ich langweile Sie mit meinen astronomischen Ausführungen.«

»Keineswegs. Sie sind ein wahrer Gentleman, mit Leidenschaft für alles, was Ihr Herz und Ihren Verstand berührt. Haben Sie auch schon einmal wahre Leidenschaft für eine Frau empfunden, Felix?«

Felix nahm einen großen Schluck Champagner, um Zeit zu gewinnen. »Es ist nur fair, wenn ich Ihnen reinen Wein einschenke, Vianna.«

Ich darf auf keinen Fall losprusten! Aber er hört sich an wie ein Möchtegernschwerenöter.

»Ich habe mehrere Jahre lang eine diskrete Beziehung zu einer Witwe unterhalten. Ich habe sie unterstützt, finanziell. Heute Abend habe ich diese Liaison beendet, weil ich vermutlich zum ersten Mal im Leben verliebt bin. Und das ist auch der eigentliche Grund, aus dem ich jetzt hier bin, Vianna. Verzeihen Sie meine Vermessenheit. Aber darf ich hoffen?«

Vianna streckte den Arm aus und ergriff seine Hand. »Danke, Felix. Ich bewundere Ihre Ehrlichkeit ... ebenso wie Sie als Mann.«

Er lachte nervös und erleichtert zugleich. »Sie machen mir Mut. Trotzdem will ich Sie nicht um Ihren Schönheitsschlaf bringen. Nicht dass Sie ihn nötig hätten«, sagte er ernsthaft. »Doch ehe ich mich verabschiede, hätten Sie Lust, sich eine letzte Geschichte anzuhören?«

Wetten, dass sie etwas mit den Sternen zu tun hat? Vianna beugte sich vor und heuchelte Interesse, während sie gleichzeitig dafür sorgte, dass ihr Gewand verrutschte und noch mehr von ihrer nackten Haut entblößte.

»O ja, bitte, Felix. Ich liebe Gutenachtgeschichten.«

»Sie stammt von der Isle of Man, einer magischen kleinen Insel voller Legenden, die von den Wikingern, Pikten und Schotten mitgebracht wurden. Diese Geschichte habe ich als Kind von einer meinem Vater zugewiesenen Dienerin gehört, die von dort in die Kolonie deportiert wurde, weil sie im Fischerboot ihres Vaters Brandy geschmuggelt hatte.«

Viannas Interesse war geweckt. Genüsslich rekelte sie sich auf dem Sofa. »Erzählen Sie weiter, Felix.«

Bald lauschte sie fasziniert und füllte die bloßen Fakten der Legende mit ihrer Vorstellungskraft.

»Vor Hunderten von Jahren verließ König Gottfried, ein gut aussehender blonder Wikinger, mit seinen Kriegern die Heimat und segelte über das Meer, bis sein prächtig geschnitztes Boot zur Isle of Man kam, die nach dem heidnischen Meeresgott der Kelten Mannin hieß. Die Bewohner der Insel waren voller Bewunderung für seine Größe, seine Kraft und sein mächtiges Boot, dessen Bug dem Kopf eines Drachen glich. Für diese einfachen Heiden war dieser Anführer der Wikinger wie ein Wesen aus einer anderen Welt. Die Verständigung war schwierig, denn weder sprachen sie seine Sprache noch er die ihre.«

Er machte eine kurze Pause.

»Ein schönes Mädchen von der Insel war mutig genug, den Wikinger zu fragen, woher er stammte. Und er zeigte auf den sternenübersäten Himmel in Richtung seines Heimatlandes im Norden. Die Dorfbewohner nahmen es wortwörtlich. Sie gaben ihm einen neuen Namen, König Orry, und seitdem bezeichnen die Manx die Milchstraße als ›die Straße von König Orry‹.«

»Wie romantisch, Felix! Hat er sie geheiratet, was glauben Sie? Ich liebe Geschichten mit glücklichem Ausgang«, sagte Vianna und seufzte. »Im wirklichen Leben gibt es nicht viele.«

Felix wollte ihr gern die Wahrheit sagen. »Die Wikinger blieben viele Jahre auf der Isle of Man und hatten keine Frauen dabei. Deshalb bin ich ziemlich sicher, dass König Orry sich in sie verliebte und sie heiratete.«

»Bestimmt haben Sie recht«, flüsterte sie.

Jetzt war sie überzeugt, dass Felix der Richtige war, um ihr neuer Beschützer zu werden.

Die Zeit läuft ab. Ich muss ihm eine klare Botschaft mit auf den Weg geben.

»Darf ich Sie noch einmal von Ihrem Teleskop entführen und Sie bitten, am Samstag zu meiner letzten Vorstellung zu kommen? Ich hoffe, dass Sie ein großzügiges Herz haben, Felix, sonst wäre ich für immer verloren.«

Felix verbeugte sich, um ihr die Hand zu küssen. »Sie können sich auf mich verlassen, Vianna«, sagte er leise. »Wenn Sie mich auswählen, werde ich alles tun, um Ihnen einen glücklichen Ausgang Ihrer Geschichte zu bieten.«

Dann zog er sich zurück, und seine Augen leuchteten vor Liebe.

Wanda half ihr beim Ausziehen. Vianna war plötzlich erschöpft, als sie an die lange Woche dachte, die noch vor ihr lag. Wie immer vertraute sie sich Wanda an.

»Was denkst du? Dieser junge Mann ist zwar naiv, aber kein Dummkopf. Kentigern L'Estrange besitzt einen großen Teil von New South Wales und jede Menge weiterer Ländereien. Aber in welchem Maß sein *Sohn* über das Geld verfügen kann, bleibt die Frage.«

»Er sieht gut aus, Vianna, und wie es scheint, ist er bereits bis über beide Ohren in dich verliebt.«

»Das wird ihm nicht helfen, wenn er Severins Prüfung nicht besteht. Die Liebe spielt in dieser Kalkulation keine Rolle, zumindest nicht, bis der Vertrag unterzeichnet ist.«

Ich frage mich, wie es wohl ist, nur aus Liebe mit einem Mann ins Bett zu gehen.

Wanda blieb an der Tür stehen, unsicher, ob sie etwas sagen sollte oder nicht.

»Was ist los, Wanda? Du siehst aus wie der Überbringer schlechter Nachrichten.«

»Sie sind nicht unbedingt schlecht, aber ich will dich auch nicht traurig machen.«

»Was kann schlimmer sein als das, was ich durchmache?«

»Heute, als ich aus dem Haus ging, kam ein junger Mann zu Pferd auf mich zu. Er behauptete, ein Freund von dir zu sein, und wollte wissen, ob Severin dich gut behandelt.«

»Warum sollte mich das traurig machen?«

»Weil er auch nach deiner kleinen Schwester gefragt hat. Natürlich habe ich so getan, als wüsste ich von nichts. Es tut mir leid, wenn ich dich beunruhige.«

Mit weichen Knien setzte Vianna sich hin. »Hat er dir seinen Namen verraten?«

Wanda zog einen Brief aus der Tasche.

»Lies ihn mir bitte vor!«, befahl Vianna.

Wanda gehorchte.

Mein goldenes Mädchen,
aufgrund von Umständen, auf die ich keinen Einfluss habe, konnte ich an der Vorstellung im Severin House nicht teilnehmen. Ich muss Sie unbedingt sprechen. Ich bitte Sie, keine endgültige Entscheidung zu treffen, bevor wir uns wiedergesehen haben. Ich werde Ihnen ein Angebot machen, das Sie einfach nicht ablehnen können.

Verzeihen Sie mir, mein Vorgehen muss Ihnen wie das eines

Wahnsinnigen erscheinen. Die Liebe zu Ihnen hat mich zu dem gemacht, was ich bin. Ich verspreche, Ihnen fortan nichts als die Wahrheit zu sagen.

Irgendwie werde ich einen Weg finden, mit Ihnen allein zu sprechen.

Stets der Ihre
Mungo Quayle

Vianna versuchte, die Bedeutung der Nachricht zu entschlüsseln. »Romantische Worte, aber er ist wirklich verrückt, wenn er meint, Sydneys wohlhabendste Männer übertrumpfen zu können. Und ›fortan nichts als die Wahrheit‹ klingt so, als hätte er zuvor gelogen.«

Nachdem Wanda die Tür hinter sich geschlossen hatte, schlüpfte Vianna unter die seidenen Laken. Die Gesichter der beiden jungen Männer kämpften um einen Platz in ihrem Bewusstsein. Sie sagte sich, dass sie sich keinesfalls den Luxus leisten konnte, Mitleid mit einem romantischen jungen Mann zu haben, der kein Vermögen besaß. Nicht einmal Felix bot Sicherheit. Severin würde sie drängen, den Vertrag mit einem Mann zu schließen, der selbst über sein Vermögen verfügte, nicht einen jungen Spund, der eines Tages das Erbe seines Vaters antreten würde.

Felix L'Estrange ist ein Lamm, das nur darauf wartet, von Severin zum Schlachter geführt zu werden. Doch welches Spiel spielt Mungo Quayle? Was weiß er über Daisy? Ich habe ihm nie etwas von ihr erzählt. Er sieht nicht arm aus, aber kann man den Reichtum eines Mannes an seinem maßgeschneiderten Anzug ablesen? Was soll das für ein Angebot sein, das ich nicht ablehnen kann? Das alles wäre sehr romantisch, wenn nicht Daisys ganze Zukunft auf dem Spiel stünde.

Das letzte Bild, das sie vor Augen hatte, bevor der Schlaf sie übermannte, war wie eine schnell verblassende Lithografie – das geschundene Gesicht und der kahl geschorene Kopf von William Eden, sein Herz in seinen Augen, als er sie küsste.

Felix nahm eine der Pferdekutschen, die vor Severin House warteten. Er hatte gerade die schönste und zugleich verwirrendste Stunde seines Lebens verbracht, trotzdem war er jetzt hin- und hergerissen zwischen Euphorie und Realität. Es sah nicht gut aus für ihn.

Verzweifelt erwog er alle möglichen Optionen – sein Bankkonto, seine Anteile an der East India Company und John Macarthurs Australian Agricultural Company sowie seine hohen Erwartungen an die Schiffsgesellschaft der L'Estranges, die Handelsrouten nach Neuseeland aufbaute, ohne dass jemand davon Kenntnis hatte. Er wusste, dass seine Referenzen auf dem Papier einwandfrei waren, aber besaß er das nötige Kapital, um mit anderen zu konkurrieren, die viel wohlhabender waren als er? Und wenn Vianna ihn wirklich zu ihrem Beschützer erwählte – wo um alles in der Welt konnte er sie verstecken?

Das Severin House ist zu öffentlich. Und in Rockingham Hall könnte sie niemals auch nur einen Fuß setzen. Mutter würde sie aus der Ausstellung von Bonnard wiedererkennen. Vater! Ja. Gleich morgen rede ich mit ihm! Gott behüte, dass Mutter Wind davon bekommt, sie würde mich sofort mit irgendeiner blöden Tochter aus gutem Hause verkuppeln. Lieber Himmel, warum muss die Liebe nur so kompliziert sein?

Nervös suchte Felix den Nachthimmel ab – und stellte Gott eine ernsthafte Frage. »Ist es schlimm, zugleich echte Liebe und ungezügelte Lust zu empfinden?«

Die Venus schien vom Himmel verschwunden zu sein. Und Gott schwieg.

Das Licht in der Vorhalle brannte noch, als Felix das Haus betrat. Im Herrenzimmer war es still. Sein Vater war sicherlich schon im Bett, gut umsorgt von Jane Quayle. Zum ersten Mal empfand er echte Sympathie für die Geliebte seines Vaters, wenn nicht sogar für ihren Sohn.

Das ganze Leben lang waren wir Rivalen. Jetzt sind wir es auch in der Liebe. Ich habe die Abmachung mit einem Handschlag besiegelt und mein Wort schon gebrochen. Zum Teufel damit. Mungo wird bis ans Ende seiner Tage ein Lügner bleiben. Jetzt spiele ich nach seinen Regeln.

Er schloss die Tür zu seinem Schlafzimmer auf und stellte wütend fest, dass trotz seiner ausdrücklichen Anweisungen jemand hier herumgestöbert hatte. Das Mondlicht durchflutete das Zimmer. Die Balkontüren standen offen, die Gardinen bauschten sich in der Brise, die vom Garten hereinwehte. Auf dem Schreibtisch lag ein Buch. Es war auf der Seite aufgeschlagen, wo beschrieben wurde, wie Captain Cook 1769 die Venuspassage entdeckt hatte. Das Buch war ein Geschenk von William Eden. Das Beunruhigendste jedoch war, dass jemand den Deckel des Teleskops abgenommen und falsch wieder aufgesetzt hatte.

Ausnahmsweise konnte er nicht Mungo dafür verantwortlich machen, der sich noch nie für Astronomie interessiert hatte. Niemand außer Will hatte seines Wissens seine Leidenschaft für die Sterne geteilt.

Er beschloss, sich erst morgen auf die Suche nach dem Übeltäter zu machen. Jetzt musste er schlafen, um sich am nächsten Tag mit seinem Vater über Severins Vertrag und eine diskrete Residenz für Vianna zu beraten.

Kurz ehe er einschlief, schreckten ihn Stimmen auf, die aus dem Schulzimmer kamen, wo Mungo schlief. Mungos Stimme wurde so laut, dass Felix beschloss, dem Streit ein Ende zu machen.

Das ehemalige Schulzimmer war leer, abgesehen von einer schlafenden Gestalt im Bett, auf die der Mondschein fiel. Nackt und schweißgebadet lag Mungo im Bett und starrte voller Panik in eine Ecke des Zimmers, ohne Felix wahrzunehmen.

»Logan – dieses Schwein ist tot, aber er wird nie Ruhe finden.« Er streckte die Hand in seine Richtung, doch Felix erkannte, dass er nicht ihn meinte, sondern etwas anderes, das hinter ihm lag. *Aber was? Hinter mir ist nur eine leere Wand.*

Felix schüttelte ihn sanft, um ihn aus seinem Alptraum zu wecken, doch Mungo hielt seine Hand verzweifelt fest wie ein Ertrinkender.

»Du willst ein Freund sein, Will? Dann beweis es. Sorg dafür, dass der Mistkerl mich in Ruhe lässt.«

Will Eden! Entsetzt sah Felix seinem Bruder in die weit aufgerissenen, blinden Augen.

»Schon gut, Mungo, ich bin jetzt bei dir. Du bist in Sicherheit.«

Die beruhigenden Worte brachten eine gewisse Erleichterung. Mungo fiel wieder ins Bett zurück, ließ aber seine Hand nicht los. Schließlich zog sich Felix einen Stuhl an das Bett.

Wie ein diensttuender Soldat hielt er Wache, bis das Licht des Mondes erlosch und der blasse Glanz der Morgenröte am Horizont erschien.

Wir werden immer Erzrivalen bleiben. Aber ich denke, im Moment ist es besser, einen Halbbruder zu haben als gar keinen.

ZWEIUNDZWANZIG

Mungo erwachte aus den letzten Fetzen eines Alptraums und entdeckte zu seiner Überraschung einen leeren Stuhl neben seinem Bett. Hatte Will Eden etwa die ganze Nacht bei ihm Wache geschoben?

Hastig zog er sich im fahlen Morgenlicht an und stahl sich dann die Treppe hinunter ins Büro seines Vaters. Sollte jemand ihn entdecken, hatte er eine legitime Ausrede: Er sollte die Kassenbücher der Familie überprüfen.

Er hatte den Verdacht, dass Felix ihre Abmachung bezüglich Vianna gebrochen hatte, und stöberte durch einen Stapel von Schriftsätzen aus der jüngsten Vergangenheit, bis er fand, was er suchte: den Entwurf eines Briefes an Severin mit allen Details eines großzügigen Angebots von Felix, das durch Kentigern L'Estrange abgesichert werden sollte. Felix hatte in seiner gestochen scharfen Handschrift bereits mit seinem vollen Namen unterzeichnet. Die Linie über dem Namen seines Vaters war noch frei und wartete auf dessen Unterschrift.

Jetzt kenne ich also die Wahrheit. Felix hat sein Angebot bereits gemacht, braucht aber Vaters Zustimmung als Bürge. Vaters perfekter Sohn ist also offizieller Mitbieter bei Severins mieser Auktion. Vater kann ich keinen Vorwurf machen. Er hat keine Ahnung, dass ich einen früheren Anspruch auf Vianna habe – sie gehört zu mir!

Den Brief als Vorlage nutzend griff Mungo nach einem Blatt teuren Briefpapiers und unterbreitete Severin ein eigenes Angebot, mit dem er die großzügige Summe von Felix leicht überbot. Außerdem fügte er eine Fußnote hinzu, die hoffentlich Severins

Habgier und Viannas romantische Ader ansprechen würde: »Sie haben mein Wort als Gentleman, dass ich alle erwähnten finanziellen Verpflichtungen bis zum Ende des zwölften Monats übernehmen werde, selbst wenn die Dame die Verbindung vor Ablauf des vereinbarten Jahrs aufzulösen wünscht.«

Befriedigt las er seinen Brief noch einmal durch. Nur eine Sache fehlte: Anders als Felix konnte er keinen wohlhabenden Vater als Bürgen benennen. Mungo dachte sehr ernsthaft darüber nach und fälschte dann die Unterschrift eines Knights of the Realm, der, wie er gehört hatte, vor Kurzem an Bord eines Schiffes nach England gegangen war.

»So ist's recht!«, wie Kasperle sagen würde.

Jetzt hing alles davon ab, ob Wanda, Viannas schwarze Zofe, seine Nachricht überbracht hatte – und ob Vianna einwilligen würde, ihn allein zu treffen.

Mungo wartete unter der großen Port-Jackson-Feige gegenüber von Severin House. Er hatte Boadiceas Zügel an den Zaun gebunden und geschworen, sich nicht von der Stelle zu rühren, bis die Venus von Sydney sich bereitfand, ihn zu treffen.

Gestern hatte er in dem verzweifelten Versuch, Geld aufzutreiben, um im Severin House beim Pharo einsteigen zu können, mit Boadicea an einem Pferderennen für Dreijährige teilgenommen, das ein hohes Preisgeld versprach. Boadicea hatte das erste Ausscheidungsrennen gewonnen, doch den zweiten Durchgang hatte ein Wallach für sich entschieden. Beim entscheidenden Rennen liefen die beiden Pferde Kopf an Kopf. Es sah so aus, als könne seiner Stute niemand mehr den Sieg nehmen, bis der andere Jockey Mungo »versehentlich« die Peitsche ins Gesicht schlug. Nur eine Sekunde lang verlor er die Konzentration, doch sie kostete Boadicea schließlich den Sieg.

Er streichelte Boadicea über die Nüstern. »War nicht deine Schuld, Mädchen. Du hast dein Bestes für mich gegeben.«

Frustriert dachte er an das Geld, das seine Mutter für seine Heirat gespart hatte. Er hätte es benutzen können, um ins Spielkasino zu gehen, doch er verwarf die Idee. Seine Mutter war keine Heuchlerin und würde Vianna, eine ehemalige Hure, als Braut seines Sohnes bestimmt akzeptieren, wenn sie sie erst einmal kennengelernt hatte, aber sie hasste das Glücksspiel.

Würde Vianna ihm die Möglichkeit geben, ihn zu treffen, ohne dass ihr Leibwächter dabei war? Vor dem Mann selbst, einem ehemaligen Faustkämpfer, der jetzt als Severins Handlanger fungierte, hatte Mungo keine Angst, aber er wollte unbedingt vermeiden, dass Severin sich an Vianna rächte. Nie würde er die Angst in ihren Augen vergessen, als er ihr zum ersten Mal in Severins Anwesenheit begegnet war.

Plötzlich wurde er von krachenden Musketenschüssen und Kanonendonner abgelenkt, die aus der Richtung von Port Jackson kamen. Galten sie der Begrüßung einer befreundeten Flottille im Hafen? Oder riefen sie zu den Waffen, weil sich eine feindliche Flotte näherte?

Selbst wenn wir gegen ein Land Krieg führten und die Nachricht aus England uns noch nicht erreicht hätte, rühre ich mich nicht von der Stelle, bis sie mit mir gesprochen hat.

Um zehn Uhr, wie ihm ein Blick auf seine goldene Uhr verriet, zahlte sich seine Beharrlichkeit aus.

Auf dem schmiedeeisernen Balkon des zweiten Stockes tauchte Wanda auf und winkte ihm diskret zu. Er atmete erleichtert auf.

Kurz darauf erschien der Landauer vor dem Severin House. Vianna trug ein Kleid in lauter warmen Farben und drehte kokett einen passenden Sonnenschirm über der Schulter. Blewitt half ihr in Begleitung von Wanda in die Kutsche.

Mungo wusste nicht, ob sie ihn bemerkt hatte, hoffte jedoch, dass ihre Worte für ihn bestimmt waren, als sie Blewitt fragte: »Warum müssen wir denn zuerst bei Samuel Lyon vorbei? Es ist doch alles nur Ware aus zweiter Hand. Nichts, was mich interessiert.«

»Anweisung von Severin, Madame«, gab Blewitt knapp zurück.

Vorsichtig, um nicht den Eindruck zu erwecken, dass er ihnen folgte, lenkte Mungo sein Pferd in einem raschen Zickzack durch Gassen, die zu schmal für eine Kutsche waren, und kam noch vor ihnen in Lyons Auktionshaus an.

Samy Lyon war ein großer, langbeiniger Mann und trug seine übliche förmliche Aufmachung aus Zylinder, Frack und gestreifter Hose. Mit Befriedigung überwachte er die Menge, die seine ausgestellte Ware in Augenschein nahm. Wie alle in Sydney Town kannte auch Mungo die Erfolgsgeschichte des ehemaligen Sträflings. Erst vor fünf Jahren war er auf Betreiben des Gouverneurs Darling auf Bewährung freigekommen, der ihn als einen der »fleißigsten und respektabelsten Männer der Gesellschaft« bezeichnete.

»Die Geschäfte laufen ja nicht schlecht, Sam«, sagte Mungo und schüttelte ihm die Hand.

»Potztausend, wenn das nicht Mungo Quayle ist! Ich hätte dich kaum wiedererkannt, mein Junge.«

»Meiner Mam ging es genauso«, gab Mungo zurück. Dann ging er weiter, als er sah, wie Blewitt auf Lyon zusteuerte. Vianna und Wanda betrachteten die Auslage eines Tisches in der Nähe.

Mungo war dankbar, als Wanda ihm zulächelte. Sie willigte ein, Severin seinen Brief zu überbringen, und zog sich in einen anderen Bereich des Geschäfts zurück, damit Mungo unter vier Augen mit Vianna sprechen konnte.

Er tat so, als würde er sich im Geschäft umsehen, ohne Blewitt aus den Augen zu lassen. Erstaunt bemerkte er, wie der Mann auf eine etwa achtzig Zentimeter hohe, fächerförmige Muschel zeigte und Anweisungen gab, sie ins Severin House zu liefern.

Was will Severin mit so einem Dekorationsstück in seinem luxuriösen Spielsalon?

Als Blewitt Lyon in dessen Büro folgte, trat Mungo zu Vianna.

»So trifft man sich wieder, Mungo Quayle. Hoffentlich hat Ihnen der Jockey keine Narbe beschert.«

Mungo sah sie erstaunt an. »Wie zum Teufel können Sie das wissen?«

»Boadicea hätte das Rennen gewonnen, und dieser Rüpel hätte disqualifiziert werden müssen.«

Er bemerkte das Grübchen in ihrem Mundwinkel und empfand ein überwältigendes Verlangen, sie zu küssen.

»Severin hat auf Boadicea gesetzt«, erklärte sie. »Und er hasst es zu verlieren.«

»Ich auch.«

Sie tat so, als interessierte sie sich für einen Smaragdring. »Sagen Sie, Mr Quayle, sollte ich dieses Geschenk von einem Verehrer annehmen?«

»Ich glaube nicht, dass dieser Herr Ihrer würdig ist.«

Was mache ich, wenn sie mich bittet, ihr ihn zu kaufen? Ich hätte ja nicht einmal genug Geld in der Tasche, um sie zum Tee einzuladen.

»Im Gegensatz zu Ihnen, Mr Quayle?«

»Ich bin das, was ich bin. Hören Sie, ich muss irgendwo mit Ihnen allein sprechen, ohne diesen Affen von Blewitt in der Nähe.«

»Vielleicht wäre das möglich. Ich bin zu einer Privatbesichtigung von Macquaries Leuchtturm eingeladen.« Sie neigte kokett den Kopf. »Was glauben Sie, soll der Kanonendonner Franzosen, Russen oder Yankees willkommen heißen oder sie das Fürchten lehren?«

Mungo hatte keine Lust, mit ihr die Weltpolitik zu erörtern. Als er sah, wie Blewitt aus Lyons Büro kam, fragte er verzweifelt: »Wen interessiert das schon? Nennen Sie mir eine Uhrzeit und einen Ort, ich bitte Sie, Vianna.«

»Darf ich hoffen, Sie heute Abend im Severin House zu sehen?«, fragte sie mit gedämpfter Stimme.

»Ich habe vor zu kommen.« Zum ersten Mal hatte Mungo keine Lust zu lügen.

Als ihr Leibwächter zurückkehrte, wandte Vianna Mungo den Rücken zu und hakte sich bei Wanda ein. Wenig später verlor

Mungo sie aus dem Blick und sah nur noch den breitschultrigen Blewitt, der sie durch die Menschenmenge führte.

Wogen von Frustration und Wut überschwemmten ihn. *So, jetzt weiß ich zumindest, woran ich bin. Sie will lieber, dass ich im Severin House mein Geld verprasse, als mich allein zu treffen. Aber noch ist das Spielchen nicht zu Ende.*

Mungo suchte den Himmel nach Anzeichen eines möglichen Gewitters ab, dann nahm er eine Abkürzung durch den Busch und gab Boadicea die Sporen, als wäre der Teufel hinter ihm her. Als er durch die South Head Road galoppierte, die zu Macquaries Leuchtturm führte, fiel Mungo ein, dass er genau an dieser Stelle Severin und ihr zum ersten Mal begegnet war.

Das Leben mit Severin hat sie berechnend gemacht. Sie will die Männer ausnehmen wie eine Gans. Aber ich weiß, dass ein weiches Herz in ihr schlägt. Ich werde sie nicht aufgeben. Und ich werde sie freibekommen, auch wenn ich selbst dafür sterben muss.

Er hatte seine Ankunft gut geplant – keine einzige Kutsche weit und breit – und führte Boadicea zu einem schattigen Platz, wo sie grasen konnte.

Auf den ersten Blick war zu erkennen, warum der eindrucksvolle Leuchtturm mit seinen weißen, von Strafgefangenen errichteten Sandsteinwänden dem Architekten Francis Greenway die Freiheit verschafft hatte. Mit seinen fast dreißig Metern war er das höchste Gebäude, das Mungo je gesehen hatte. Es gelang ihm, sich Einlass zu verschaffen, indem er den Leuchtturmwärter davon überzeugte, dass er ein Freund des Honorable Montague Severin sei – der Titel schüchterte den jungen Mann sichtlich ein –, der hier mit Madame Francis verabredet war.

Um Blewitt aus dem Weg zu gehen, beschloss er, ganz oben auf Vianna zu warten. Doch auf halbem Weg über die Wendeltreppe an der Innenwand überfiel ihn ein seltsames Schwindelgefühl. Von ganz oben hatte er einen Panoramablick auf den herrlichen

Hafen von Port Jackson. Die wilde Landschaft zu beiden Seiten des Hafens dehnte sich nach Norden, Süden und bis zum Horizont im Westen aus. Im Osten erstreckte sich die endlos blaue Weite des Pazifischen Ozeans.

Er trat hinaus auf den breiten Balkon, der sich um die Spitze des Leuchtturms zog und mit einem Drahtgeflecht geschützt war. Er betete, dass die salzige Luft sein Gleichgewicht wiederherstellte.

Mit ausgetrocknetem Mund blickte er nach unten und sah Viannas Kutsche, die gerade ankam. Aus dieser Entfernung wirkte sie wie ein Kinderspielzeug. Von plötzlicher Panik überwältigt merkte er, dass sein Atem in kurzen schmerzhaften Schüben kam. Der Schweiß stand ihm auf der Stirn. Wenn er die Augen schloss, schien sich die ganze Welt um ihn zu drehen. Wenn er sie wieder aufschlug, hatte er das krankhafte Gefühl, an den Rand gezogen zu werden – wie ein Vogel, der sich im nächsten Augenblick in die Luft schwingen würde. Die Versuchung, sich einfach fallen zu lassen, war erschreckend real. Er presste sich gegen die Wand und bewegte sich Zentimeter um Zentimeter zurück zur Tür.

Wie viel Pech kann man denn bloß haben? Da habe ich die Chance, mit ihr allein zu sein, und was passiert? Mir wird schwindelig!

Gerade als er sich über das Drahtgeflecht stürzen und seiner Panikattacke ein Ende setzen wollte, hörte er weit unter sich Vianna lachen, als sie anfing, die Treppe hinaufzusteigen.

Sie kommt herauf! Allein. Bitte, lieber Gott, lass nicht zu, dass ich mich blamiere. Welche Frau will denn einen Feigling zum Mann? Schließlich soll ich sie beschützen!

Mungo kroch auf allen vieren bis zur Tür, schaffte es, sich aufzurappeln, und stolperte durch die Tür ins Innere, gerade als Viannas lächelndes Gesicht am Ende der Wendeltreppe erschien.

»Ihnen über den Weg zu laufen wird allmählich zu einer Gewohnheit, Mr Quayle.«

Er rang sich ein Lächeln ab. »Ja, manche Gewohnheiten wird man nicht so schnell wieder los.«

»Nun, jetzt haben Sie mich ganz für sich allein. Wollen Sie sich erklären? Gehen wir doch hinaus und sehen uns die Schiffe an.«

In dem Augenblick rüttelte eine Windböe an der Tür, und Mungo hatte das Gefühl, als würde der ganze Leuchtturm schwanken.

»Nein! Das geht nicht! Von hier haben wir eine herrliche Aussicht. Hören Sie, Vianna, ich bin nicht gekommen, um mit Ihnen zu flirten. Ich habe sehr ernsthafte Absichten. Nur bin ich im Augenblick … nun ja, irgendwie nicht ganz bei mir. Ich bin kein Feigling … aber, o Gott!«

Vianna wischte ihm mit einem Taschentuch sanft über die Stirn. Mungo erinnerte sich, dass sie dasselbe bei »Will« getan hatte.

Es gab nirgendwo einen Stuhl. Sie löste behutsam seine Hände von der Wand, zog ihn zu Boden und setzte sich wie ein Kind neben ihn, Seiden- und Unterröcke um sich gebauscht.

»Sie sind nicht weniger männlich, wenn Sie zugeben dass Sie an Höhenangst leiden, Mungo Quayle. Ich weiß, dass Sie nicht zögern würden, mir zu Hilfe zu kommen, sollte ich in Gefahr sein.«

»Danke«, murmelte er verlegen.

»Niemand muss sich die russische Flotte ansehen oder was immer da draußen sein mag. Ich würde viel lieber eine von Ihren schönen Geschichten hören. Es ist mir einerlei, ob sie wahr ist oder nicht, Hauptsache, ich kann sie *glauben*. Ein Kindermärchen täte es auch. Meistens gehen sie gut aus.«

Der Ausdruck in ihrem Gesicht half ihm, seine Stimme und die Magie der Geschichte wiederzufinden, die er zum ersten Mal mit fünf Jahren gehört hatte, nach einem Kampf mit Felix, bei dem er ihn niedergeschlagen hatte. Jane hatte gezetert wie ein Fischweib, ihm die Ohren lang gezogen und anschließend Felix in die Hütte getragen. Sie hatte sein verschrammtes Knie gewaschen, es mit frischen Kräutern verbunden und ihm dann eine Geschichte erzählt, die Mungo, der sich vor der Tür herumdrückte, mithörte. Diese Geschichte seiner Mutter erzählte er jetzt aus dem Gedächtnis, erwähnte allerdings weder sie noch Felix.

»Wenn diese Geschichte gelogen ist, war es eine Lüge, die mir erzählt wurde. So beginnen alle Geschichten auf Manx. Es geschah vor vielen Jahren im Dorf von Braddon auf der Isle of Man, wo es viele Geschichten über Seeleute gibt, die sich in Meerjungfrauen verliebten – und ertranken. Nun, in dieser Nacht fischten zwei Brüder in ihrem Boot vor der Küste Calf of Man. Der eine hatte eine Frau und viel zu viele Kinder, die er alle durchfüttern musste. Der andere Bruder war traurig, weil seine Frau und er keine Kinder bekommen hatten. Es waren kräftige Männer, aber in dieser Nacht hatten sie ein oder zwei Gläser Brandy getrunken, um die Kälte zu vertreiben, verstehen Sie? Sie fingen keinen einzigen Fisch. Doch was sahen sie am Ufer, als sie mit ihrem leeren Boot gerade wieder nach Hause segeln wollten?«

»Einen Piratenschatz?«, fragte Vianna hoffnungsvoll.

»Etwas viel Seltsameres«, entgegnete Mungo. »Sie fanden die Körper von zwei kleinen Kindern, die die Strömung an Land gespült hatte. Sie hatten langes goldenes Haar, schokoladenbraune Gesichter und wunderschöne violette Augen. Doch statt stämmiger Beinchen waren ihnen Schwänze gewachsen, die mit schimmernden grünen, violetten und goldenen Schuppen bedeckt waren wie bei Fischen.«

»Zwei kleine Meerjungfrauen?«, fragte Vianna und hielt den Atem an.

»Ja, genau, aber ich war damals erst fünf und glaubte, ich wüsste alles. ›Meerjungfrauen gibt es nicht!‹, erklärte ich. ›Natürlich gibt es sie‹, gab die Geschichtenerzählerin ärgerlich zurück. ›Wer ist hier der Geschichtenerzähler, du oder ich?‹ Ich entschuldigte mich, woraufhin sie mit der Geschichte fortfuhr. Leider war eine der Meerjungfrauen bereits tot. Aber die andere öffnete die Augen und redete sie in einer Sprache an, die sie nicht verstehen konnten. Es war weder Manx noch Englisch, Schottisch oder Gälisch, sondern es klang wie eine wunderschöne Musik, die man hört, wenn man untergeht und ertrinkt, das zumindest hat man mir erzählt.

Wie auch immer, der Fischer, der keine Kinder hatte, wickelte die kleine Meerjungfrau in seinen Pullover und trug sie auf dem Rücken nach Hause, nachdem er seinen Bruder gebeten hatte, niemandem etwas zu sagen, denn sonst würden die Dorfbewohner sie auslachen und behaupten, sie wären betrunken gewesen.«

»Hat die Meerjungfrau überlebt?«, wollte Vianna wissen.

»O ja. Der Fischer und seine Frau liebten sie sehr und waren froh, am Ende nun doch noch ein Kind zu haben. Sie brachten ihr Manx bei, und sie lebte viele Jahre glücklich mit ihnen zusammen, ohne dass die Dorfbewohner sie zu sehen bekamen. In der Nacht schlief sie in einer Wanne mit Wasser, tagsüber schwamm sie im Fluss hinter dem Haus, und manchmal fuhr sie mit dem Fischer hinaus aufs Meer. Dann kam der Tag, an dem die Meerjungfrau ihnen sagte, dass sie zurück ins Meer müsse, wo sie hingehörte. Der Fischer und seine Frau waren sehr traurig. Aber es ist falsch, ein Kind gegen seinen Willen zu behalten, daher fuhr der Fischer sie in seinem Boot ein letztes Mal hinaus und übergab sie dem Meer.«

Mungo hielt inne und sah, wie Viannas Augen sich mit Tränen füllten.

Dann fuhr er rasch fort: »Aber die Meerjungfrau versprach ihnen ein Geschenk. Im Frühling bekam die Frau des Fischers ein Kind. Ein kleines Mädchen mit goldenem Haar und violetten Augen, das so aussah wie die kleine Meerjungfrau. Nur hatte sie richtige Beine statt eines Schwanzes, und ihr Körper war frei von Schuppen.«

Vianna beugte sich fasziniert vor. »Woher wussten sie, dass es das Geschenk der Meerjungfrau war?«

Mungo machte eine Pause. »An beiden Füßen hatte das Kind kleine Schwimmhäute zwischen zwei Zehen, es war wie der Anfang eines Schwanzes.«

Vianna holte Luft. »Wie seltsam! Aber ist die Geschichte auch wirklich wahr?«

Mungo nickte weise. »Ich konnte mich mit eigenen Augen davon überzeugen, dass das Kind halb Meerjungfrau war. Die Geschichtenerzählerin zog nämlich ihre Pantoffeln aus und zeigte uns die beiden kleinen Zehen an ihren Füßen, die zusammengewachsen waren.«

Vianna sah ihn ehrfürchtig an. »Heißt das, dass die Geschichtenerzählerin die Meerjungfrau war?«

Mungo nickte. »Wenn diese Geschichte gelogen ist, war es eine Lüge, die mir erzählt wurde …«

Vianna berührte andächtig seinen Arm, als wäre er ein heiliges Relikt.

»Das ist die schönste Geschichte, die ich im ganzen Leben gehört habe, Mungo Quayle.«

Mungo fasste Mut. »Dann werde ich Sie zu dieser Frau aus Manx bringen, die noch viele andere Geschichten kennt.«

Als sie die goldene Kette sah, die aus seiner Westentasche lugte, sagte sie: »Ach herrje, ich habe die Zeit vergessen, ich muss fort.«

Mungo hielt sie fest. »Nein. Ich habe Ihnen noch nicht mein Angebot unterbreitet!«

»Kommen Sie heute Abend ins Severin House, und ich werde mit Ihnen zu Abend essen!«

An der Treppe fiel ihr ein, dass er Höhenangst hatte.

»Wir steigen gemeinsam die Treppe hinunter. Schauen Sie nicht nach unten, sondern nur in meine Augen.«

Mungo hielt ihre Hand fest. *Vielleicht hat der Schwindel doch etwas Gutes.*

Als Mungo abends am Severin House ankam und sein Pferd anband, war es vom weichen Licht der Kerzen und Lüster, von Musik und Gelächter erfüllt. Dicht an dicht standen die Kutschen auf der Straße, während die Kutscher entweder auf ihrem Sitz saßen und eine Pfeife rauchten oder sich mit einem Glas Rum in der Hand unterhielten, um sich in den langen Stunden, die sie auf ihre Herrschaften warteten, warm zu halten.

Mungo hatte sich in Felix’ Abwesenheit einen dunkelblauen Abendanzug von ihm ausgeliehen. Heute meinten die Götter es gut mit ihm. Vater hatte ihm gerade einen zweiten Vorschuss auf sein Monatsgehalt gegeben, damit er sich Reitstiefel und Arbeitskleidung kaufen konnte. Stattdessen hatte Mungo beschlossen, das Geld beim Pharo einzusetzen. Selbst wenn er es verlor, würde es ihm zumindest den Zutritt zum Severin House ermöglichen, damit er mit Vianna zu Abend essen konnte.

Mungo versuchte, sich nicht anmerken zu lassen, wie sehr ihn die funkelnde Eleganz des Hauses beeindruckte, als Severin ihn begrüßte und die Augen zusammenkniff. »Mungo Quayle. Ach ja, Ihr Schreiben. Der Name sagt mir nichts. Aber ich kenne Sie irgendwoher. Wenn ich einmal jemanden gesehen habe, vergesse ich sein Gesicht nicht mehr«, sagte er. »Vorausgesetzt, es handelt sich um einen Gentleman.«

»Wir sind uns schon einmal begegnet und wurden einander von einer Giftschlange vorgestellt«, erwiderte Mungo lässig. »Aber meinen alten Freund werden Sie sicherlich kennen, Sir Miles.«

Severin nickte. Und obwohl er sichtlich nicht überzeugt war, ließ er Mungo eintreten und zu einem der Spieltische geleiten.

Während der ersten Stunde spielte er vorsichtig und vergrößerte nach und nach seinen Gewinn. Dann hatte er mehrmals hintereinander Glück und wurde abenteuerlustig. Er ging von Tisch zu Tisch, um auch andere Spiele auszuprobieren, und merkte, dass seine Glückssträhne Aufsehen erregte.

Plötzlich spürte er eine schwere Hand auf der Schulter. »Folgen Sie mir, Quayle«, raunte Blewitt ihm mit einem drohenden Unterton zu.

In der Hoffnung, dass diese Einladung etwas mit Vianna zu tun hatte, stand Mungo auf und sammelte seine Chips ein.

»Die lassen Sie besser liegen«, befahl Blewitt. »Ihresgleichen ist hier nicht wohlgelitten.«

»Wie bitte? Was meinen Sie damit?«

»Sie sind ein Falschspieler!«, entgegnete Blewitt und verdrehte Mungo den Arm. Argumentieren schien zwecklos. Dann stieß er ihn einen Gang entlang bis zum hinteren Teil des Hauses, riss die Tür des Dienstboteneingangs auf und trat ihm mit voller Wucht in den Magen, sodass Mungo auf den Steinplatten zusammensackte.

»Lass dich nie wieder hier blicken, oder ich reiß dich in Stücke!«

Dann fiel die Tür zu. Mungo hatte sein Geld verloren, seine Ehre und, was am schlimmsten war, das Abendessen mit Vianna. Er war außer sich vor Wut. *Verdammt, dabei habe ich nicht mal geschummelt!*

Boadicea bekam die ganze Wucht seiner Tirade gegen sich und die Welt ab. Er fluchte wie ein Kesselflicker, um sich Luft zu machen.

Zurück in den Stallungen in der Little Rockingham Street nahm Mungo ihr den Sattel ab, striegelte sie und entschuldigte sich.

»Tut mir leid, Boadicea. Aber der Krieg ist erst verloren, wenn der letzte Schuss abgegeben worden ist. Ich bin zwar völlig pleite, aber ich habe noch einen Trumpf im Ärmel. Der ehrenwerte Zuhälter Severin wird mich noch kennenlernen.«

Das klang nicht schlecht. Das Problem war nur, er hatte keine Ahnung, wie er es in die Tat umsetzen sollte.

Er schloss die Tür des Stalls und nahm den Pfad, der am Cottage seiner Mutter entlangführte. So leise wie möglich, um sie nicht zu wecken, steuerte er auf das große Haus und sein Zimmer zu. Der Garten verströmte einen schweren Duft, vertraut und fremd zugleich, der die Sinne reizte. Auf halbem Weg fiel sein Blick auf das einsame Licht in Felix' Zimmer. Das Teleskop schien seinen Bewegungen zu folgen.

Bestimmt versteckt er sich wieder zwischen den Sternen, wo er sich sicher fühlt. Ich kenne meinen Halbbruder in- und auswendig. Er hält sich an die Spielregeln, ich dagegen mache mir meine eigenen.

In diesem Augenblick fiel ihm eine kleine Bewegung auf dem Balkon auf. Felix trat im Morgenmantel auf den Balkon und blickte mit einem provozierenden Ausdruck von Arroganz auf ihn herab.

Mungo fühlte sich plötzlich sehr unbehaglich. Felix war nicht allein. Neben ihm in der Dunkelheit stand ein anderer Mann. Mungo erkannte sein Gesicht erst, als er in den Mondschein trat. Er legte Felix die Hand auf die Schulter und blickte ebenfalls auf Mungo herab. Der Mann war glatt rasiert und hatte kurz geschnittenes Haar. Um den Hals trug er ein weißes Tuch, Fannys Halstuch.

Auf welcher Seite stehst du, Will Eden?

DREIUNDZWANZIG

Jane Quayle saß auf der Bettkante ihres Herrn. Das für gewöhnlich im Nacken zusammengeschlungene Haar fiel lose in feuchten Locken über ihren Rücken. Obwohl sie völlig bekleidet war, erschrak Felix über die Anzeichen von Intimität, die hier gerade eben noch geherrscht haben musste.

Ihr Kleid stand über den Brüsten offen, der Hals war mit roten Malen bedeckt, Ausdruck von Kentigerns Leidenschaft. Sie war barfuß, und in ihren Augen lag ein Ausdruck verträumter Sanftmut, die Felix nur einmal zuvor im Gesicht einer Frau gesehen hatte – nachdem er ausnahmsweise eine ganze Nacht bei Mrs Navarro verbracht hatte.

Sein unfreiwilliger Blick auf ihre nackten Füße erinnerte ihn an die Geschichte der Meerjungfrau, die sie ihm als kleines Kind erzählt hatte.

Als ahnte sie, woran er dachte, verbarg Jane ihre Füße hastig unter ihrem Rock.

Felix fühlte sich unbehaglich wie ein Eindringling im eigenen Haus, weil er Jane im Bett seines Vaters erwischt hätte. Es war eine Sache zu wissen, dass diese Frau seit fast fünfundzwanzig Jahren die Geliebte seines Vaters war, aber ganz was anderes, mit eigenen Augen etwas mitzuerleben, was nicht für die Öffentlichkeit bestimmt war.

»Entschuldige, Vater. Tut mir leid, dass ich dich zu so früher Stunde störe. Aber ich muss dringend mit dir sprechen – allein.«

Kentigern nickte und lächelte Jane auf eine Art zu, die keiner weiteren Worte bedurfte. Die nahm ihre Schuhe und ihren Korb mit den Kräutern, machte einen raschen Knicks und ließ die beiden allein. Doch ehe sie den Raum verließ, drehte sie sich noch einmal zu Felix um.

»Nur um Sie zu beruhigen, Sir, Dr. Gordon hat meine Kräuterbehandlung gebilligt. Sie wird Ihrem Vater bei der Genesung helfen. Gordon ist höchst aufgeschlossen – für einen Arzt.«

Ihr Auftreten war weder vertraulich noch unterwürfig. Felix blieb nichts anderes übrig, als die würdevolle Art der Frau zu bewundern.

»Also, raus mit der Sprache, mein Sohn«, blaffte sein Vater ihn an, aber nicht unzufrieden, so als wäre in seiner Welt alles in Ordnung.

Wie traurig, dass nur eine ehemalige Strafgefangene meinen Vater trösten kann, nachdem meine Eltern so lange eine so schwierige Ehe geführt haben. Meine arme Mutter, sie hat niemanden, der sich um sie kümmert.

Dann erinnerte sich Felix daran, weshalb er gekommen war. »Dir ist bestimmt nicht entgangen, dass Mutter mich zur Heirat drängt, Vater – eine Frau meines Standes natürlich.«

Kentigern warf ihm einen aufmerksamen Blick zu. »Und?«

»Nun, ich habe nichts gegen die Vorstellung, eines Tages zu heiraten. Aber ich bin erst dreiundzwanzig. Tatsache ist, dass ich eine junge Frau kennengelernt habe, die mich verzaubert hat. Ich bete sie an.«

»Ach so. Schön für dich.«

»Diese Frau ist ein Engel. Zum einen ist sie unfassbar schön, und darüber hinaus hat sie ein gutes Herz. Aber Mutter würde sie nie akzeptieren. Sie ist ein gefallenes Mädchen.«

»Eine Strafgefangene?«, wollte sein Vater wissen.

»Nein, sie ist freiwillig hergekommen. Aber sie ist an einen sehr üblen Mann geraten. Deshalb ersuche ich dich um deine Hilfe. Ich hoffte, dass du Verständnis hättest für mein Dilemma, weil …«

Sein Vater machte eine ungeduldige Geste, damit er endlich auf den Punkt kam.

»Vater, ich bitte dich um Erlaubnis, diese Frau in einem unserer Häuser unterbringen zu dürfen, vielleicht auf dem Land, aber nicht allzu weit entfernt, damit ich sie besuchen kann. An einem Ort, wo niemand ihre … Reputation kennt. Wo sie schreiben und lesen lernen, in die Kirche gehen und sich ein neues Leben aufbauen kann, ein ehrenwertes Leben.«

»Eine Mätresse also«, sagte sein Vater mit zusammengekniffenen Augen, doch sein Tonfall war nicht feindselig.

»Ja, Vater. Aber ich sollte ehrlich sein, auch wenn sie keinen guten Ruf hat, würde ich sie vielleicht eines Tages heiraten wollen. Dafür gibt es viele Beispiele in der Kolonie. Dein Freund, Captain John Piper, hat seine Mätresse geheiratet, sie war die Tochter einer Strafgefangenen. Sie sind sehr glücklich und haben ein Dutzend Kinder oder sogar mehr. Esther Abraham war die Mätresse von Lieutenant-Colonel George Johnston und Mutter seiner Kinder, ehe Gouverneur Macquarie darauf bestand, dass sie heiraten, damit man sie im Government House akzeptieren konnte, und …«

»Ja, ja, alles alte Geschichten. Was hindert dich?«

»Nichts. Es sei denn, Mutter …«

Kentigerns verächtliches Schnaufen war unmissverständlich. »Bist du ein Mann oder eine Maus?«

Felix errötete vor Verlegenheit. »Ein Mann natürlich, aber gegen den Willen meiner Mutter könnte ich niemals eine Braut ins Haus unserer Familie bringen.«

Aufgebracht stieg Kentigern aus dem Bett. »Crawford!«, rief er und zog an der Klingelschnur.

»Vater, das Problem liegt darin, dass ich eine Unterschrift von dir als Bürge brauche. Ich muss einen Vertrag unterschreiben, um sie von dem Honorable Montague Severin freizukaufen und sie beschützen zu können.«

»Von diesem Mistkerl? Gehen wir nach unten.« Er fuchtelte mit dem Zeigefinger, um ihm zu bedeuten, dass er den Vertrag in seinem Büro unterschreiben und Felix' Plan unterstützen würde.

Felix hätte ihn am liebsten umarmt, doch er traute sich nicht, weil er nicht wusste, ob eine solche Geste willkommen wäre. *Mungo würde nicht zögern, aber er kann sich Vaters Liebe sicher sein.*

»Danke, Vater. Ich verspreche dir, dass du deine Entscheidung nicht bereuen wirst. Ich werde sehr diskret sein. Der Familienname soll keinen Schaden nehmen.«

»Zum Teufel mit dem Familiennamen!« Kentigerns Ton war derb, unmissverständlich. »*Liebe* sie einfach.«

Felix stolperte erleichtert durch die Tür. *Jetzt muss ich meine Venus nur noch retten. Ich weiß, dass sie mich bewundert, sie hat es selbst gesagt! Jetzt, da ich Vaters Segen habe, könnte ich Severin das Blaue vom Himmel versprechen.*

Nachdem sein Vater die Urkunde unterzeichnet hatte, kehrte Felix in sein Zimmer zurück, um sich umzuziehen. Er sollte seine Mutter zu einer Adresse bringen, die er nicht kannte, und sie in zwei Stunden dort wieder abholen. Sie hatte ihm den Grund für ihr ungewöhnlich geheimnisvolles Verhalten nicht verraten wollen und nur gesagt, dass er es zu gegebener Zeit erfahren würde.

Als er sich in seinem Zimmer umsah, stellte er fest, dass erneut jemand in seiner Abwesenheit hier gewesen sein musste. Er konnte denjenigen, die sein Zimmer reinigten, keinen Vorwurf machen, es war sauber und aufgeräumt. Abgesehen von einem Detail: Carl Ludwig Rümkers Aufzeichnungen über die Wiederentdeckung von Enckes Kometen lagen so aufgeschlagen da, wie er sie verlassen hatte, aber eine Ecke des Buchs war jetzt mit einem Eselsohr markiert worden.

Als Mungo sich ins Cottage schlich, lag Jane nach dem Frühstück auf dem Sofa und schlief. Er betrachtete sie, und es machte ihn traurig, als er sah, dass die Fältchen um ihre Augen und Mundwinkel tiefer geworden waren. Sie musste sehr gelitten haben, als er in Moreton Bay gesessen hatte. Sie war des Schreibens und Lesens unkundig und hatte nichts von ihm gehört. Jeder wusste, dass dort unter Logans Regime Hunderte von Strafgefangenen gestorben waren. Wahrscheinlich hatte sie in ständiger Angst gelebt, ihren einzigen Sohn nie wiederzusehen.

Mungo setzte sich ihr gegenüber, er konnte es kaum erwarten, seine Mission zu Ende zu führen, wollte sie aber nicht wecken. Sie lächelte im Schlaf, als hätte sie einen angenehmen Traum.

Ich war ein schlechter Sohn, Mam. Aber ich verspreche dir, dass ich alles wiedergutmachen werde. Sobald ich reich bin, werde ich dafür sorgen, dass es dir an nichts mangelt.

Schließlich sah er ein, dass die Karten anders gefallen waren, als er es sich gewünscht hatte, und stand auf, um zu gehen. In diesem Moment schreckte sie auf.

»Liebe Güte«, sagte sie mit klarer Stimme. »Das soll mir eine Warnung sein, die Tür nicht offen stehen zu lassen. Du hättest auch ein Dieb sein können. Hast du Hunger? Ich habe gebacken, du wirst also nicht mit leerem Magen wieder gehen müssen.«

»Ich sage nie Nein zu deinem Essen, Mam. Aber ich wollte dich auch um einen Gefallen bitten.«

Sie setzte sich auf und warf ihm einen besorgten Blick zu. »Hast du etwa wieder etwas angestellt?«

»Nein, nein. Ich bin nur völlig verrückt nach dem schönsten Mädchen der Welt.«

»Hast du schon eine andere gefunden? Hab ich mir doch gleich gedacht, dass die Sache mit dem Goldmädchen nicht lange dauern würde. Wie hieß sie noch? Fanny?«

»Sie ist es immer noch«, erwiderte er. »Und nun bin ich sicher, dass sie mich auch lieben will.«

»Lieben *will*? Was zum Teufel hält sie davon ab? Sag mir nicht, dass sie bereits verheiratet ist. So eine will ich hier nicht sehen.«

»Nein, Mam. Aber es ist ziemlich kompliziert.«

Sie drohte ihm mit dem Finger und sprach ganz offen, etwas, das er an ihr immer geschätzt hatte. »Es ist schlimm genug, eine Mutter wie mich zu haben, die vor den Augen Gottes eine Ehebrecherin ist. Mein Sohn hat etwas Besseres verdient. Eine gute Frau, die nur dir gehört und dir eheliche Kinder gebärt.«

»Irgendwie ist sie bereits verheiratet – mit mir. Erinnerst du dich, wir haben uns im Gefängnis kennengelernt, und sie hat mir ihr Halstuch geschenkt, sodass wir nach Gewohnheitsrecht so gut wie verheiratet sind.«

»Ach was, das spielt keine Rolle. Deine Kinder wären trotzdem Bastarde. Und deine Frau hätte kein Dach über dem Kopf.«

»Aber jetzt habe ich mein *eigenes* Dach, Mam. Sie wird deine Nachbarin. Vater hat mir die alten Stallungen neben deiner Hütte überschrieben.«

»Ist das wirklich wahr, oder nimmst du mich auf den Arm?«

»Die Urkunden tragen seine Unterschrift und sein Siegel. Ich will ein gemütliches kleines Häuschen daraus machen, so wie deins. Ich könnte je zwei Zimmer oben und unten haben.«

Seine Mutter musterte ihn. »Langsam glaube ich, dass du es doch ernst meinst mit diesem Mädchen.«

Ich sage ihr besser nicht, dass Fanny nun unter dem Namen Vianna bekannt ist. Mam ist bereits verwirrt genug, und wer könnte es ihr verübeln?

»Wenn ich den Stall ausmiste und das ganze Pferdezeug rausschmeiße, würdest du mir helfen, es für sie herzurichten? Sobald mir Vater das nächste Monatsgehalt auszahlt, hätte ich genug Geld dafür.«

Mungo sah sie flehentlich an, so wie damals, als er noch ein kleiner Junge war und etwas von ihr wollte. »Kann ich in der Zwischenzeit dein zusätzliches Bett ausleihen und auch ein paar Laken, bis ich es mir leisten kann, die Zimmer ordentlich einzurichten?«

Jane war bereits auf den Beinen. »Wenn deine Fanny nicht allzu wählerisch ist, wird sie sich hier wohlfühlen, dafür werde ich schon sorgen. Ich habe mehr als genug Töpfe, Pfannen und Geschirr. Ich werde ihr Vorhänge nähen und die Flickendecke beenden. Am besten fange ich gleich damit an. Wie viel Zeit habe ich?«

»Ich hoffe, sie herzubringen, am Samstag, wenn sie … mit ihrer Arbeit fertig ist.«

»Ich muss schon sagen, du vergeudest keine Zeit mit Blümchenpflücken, nachdem du die Frau deines Lebens gefunden hast. Ganz wie dein Vater.«

Mungo nahm sie in die Arme und hob sie in die Luft. »Ich wusste, dass ich auf dich zählen konnte, Mam. Du wirst sie lieben.«

»Mir genügt es, wenn sie es ernst mit dir meint und ehrlich zu dir ist. Was sie in der Vergangenheit getan hat, ist Schnee von gestern. Aber bevor ihr heiratet, will ich genau wissen, wer sie ist. Es heißt, ein Hochzeitsmarsch hätte viele Wendungen.«

An der Tür drehte er sich noch einmal um. »Das sagst du immer, aber was heißt das eigentlich genau?«

»Die Hochzeiten auf der Isle of Man sind öffentlich. Die Kapelle spielt *The Black and The Grey* und führt den Hochzeitsumzug drei Mal um die Kirche herum, ehe die Braut und der Bräutigam sie betreten.«

»Soll das eine Warnung sein? Dass ich Pläne für eine Hochzeit mache, die vielleicht gar nicht stattfindet? Nun, ich werde dir beweisen, dass dieser Aberglaube falsch ist. Ich werde meine Braut herbringen, egal, was passiert.«

Mungo marschierte hinüber zum ehemaligen Stall und trug den Müll und das alte Zaumzeug der Pferde in die Little Rockingham Street hinaus. Er arbeitete den ganzen Tag, fegte und schrubbte. Nach einiger Zeit brachte Jane ihm als stummes Zeichen der Reue über ihre unbedachten Worte eine Schüssel Kanincheneintopf mit Kartoffeln, Zwiebeln und Sodabrot, die ihm auf der Zunge zergingen. Dazu gab es eine Kanne Tee und eine kleine Flasche.

»Ein Schluck Glen Kella Whiskey wird dir Mut machen. Obwohl ich nicht glaube, dass du welchen nötig hättest.«

Sie stießen an. »Leben den Menschen, Tod den Fischen!« Danach stieg Jane auf die Leiter und vermaß die Fenster des Dachbodens, um Vorhänge zu nähen.

Als sie begann, ein fröhliches altes Lied zu singen, das sie als kleines Mädchen gelernt und später auch ihm beigebracht hatte, musste Mungo grinsen. »Sie kann stricken, nähen, Kartoffel schälen, du solltest froh sein, so eine auszuwählen …«

Mungo stimmte ein, denn er wusste, dass es ihr Friedensangebot war.

Als sie sich auf der Leiter umdrehte und ihn anstrahlte, hatte Mungo einen Kloß im Hals. Die Fröhlichkeit verwandelte seine Mutter wieder in ein junges Mädchen.

Nun, zumindest eine freut sich, dass ich heiraten will. Jetzt muss ich nur noch Vianna überzeugen.

Im Schutz der späten Nacht ritt Mungo zum Severin House. Dieses Mal trug er den langen schwarzen Umhang seines Bruders und einen schwarzen, tief in die Stirn gedrückten Filzhut. Felix würde nicht einmal merken, dass sie weg waren. Er hatte den Auftrag, seine Mutter zu einem Wohltätigkeitsdinner bei Mrs Darling zu begleiten.

Außer Sichtweite von Severin House stieg er ab, schlang die Zügel um eine Pferdestange und streichelte Boadicea beruhigend mit dem Handrücken.

»Als wir das letzte Mal hier waren, hat dieser verdammte Blewitt mich an die Luft gesetzt. Aber keine Sorge, ich finde bestimmt einen Weg.«

Die Ausführung seines Plans hing von mehreren Faktoren ab. Er hatte jede Einzelheit des majestätischen Hauses studiert, das sich vor dem nächtlichen Himmel abhob. Ursprünglich war es von einem wohlhabenden Emanzipisten gebaut worden, der sich vorgenommen hatte, die luxuriösen Häuser der Exclusives in den Schatten zu stellen. Es hatte Dutzende von Ein- und Ausgängen, Fenstern und Balkonen, die Mungo jetzt helfen oder aber seinen Plan zum Scheitern bringen konnten. Die großen Läden waren geschlossen, um zu verbergen, was sich hinter den Balkontüren abspielte. Nur durch das Buntglas über dem Eingang drang Licht.

Der schmiedeeiserne Balkon, der sich im ersten Stock über drei Seiten erstreckte, die eisernen Säulen, die feinen Schnörkel und filigranen Verzierungen an den Traufen verwandelten die klassischen Proportionen in einen gotischen Hochzeitskuchen. Mungo hatte sich alle Details eingeprägt in der Hoffnung, irgendwo in seinem architektonischen Panzer einen Riss zu entdecken, durch den er sein Ziel – Viannas Schlafzimmer – erreichen konnte.

Ein Gast nach dem anderen verließ das Spielkasino und ging oder taumelte zu den wartenden Kutschen. Die einzige, die am Ende übrig blieb, gehörte dem Unternehmer John Humphries, der dafür bekannt war, dass er seine Strafgefangenen misshandelte und auch mit Frauen nicht gerade zimperlich umging. Bei der Vorstellung, dass dieser Rüpel Viannas nächster Beschützer werden könnte, kochte Mungo vor Wut, und sie steigerte sich noch, als Humphries schließlich selbst erschien, mit dem großspurigen Gehabe eines Mannes, der zum Herrschen geboren ist und den Missbrauch seiner Macht als Selbstverständlichkeit betrachtet.

Als sich auch seine Kutsche in der Dunkelheit verlor, warf Mungo einen Blick auf seine goldene Uhr. Drei Uhr früh. Seine Stunde war gekommen.

Als hätte sie seine Gedanken gelesen, erschien Vianna am Ende des Balkons im oberen Stockwerk. Sie trug ein flatterndes Negligé und hatte einen Schal um die Schultern. Das Haar fiel ihr in goldenen Locken, die ihn an die legendären Meerjungfrauen seiner Mutter erinnerten, bis auf die Hüften. In Gedanken versunken blickte sie auf den Garten hinunter und seufzte derart tief, dass Mungos Herz zu rasen begann. Dann trat sie wieder ins

Zimmer zurück und schloss die Balkontür, ließ aber die Holzläden offen.

Das Spielkasino hatte für heute geschlossen. Mungo zerbrach sich den Kopf darüber, ob Severin nun die Nacht in ihrem Bett verbringen würde. *Es gibt nur einen Weg, um das herauszukriegen.*

Er betrat den Garten so leise, wie es auf den Kieselsteinen möglich war, und versteckte sich hinter einem dichten Gebüsch in der Nähe einer Säule, die das eine Ende des Balkons stützte. *Wie hoch werde ich wohl kommen, ehe mir wieder schwindlig wird?*

Er wickelte seinen Umhang um den Arm und kletterte die Säule hinauf, froh, die Schnörkel im Design als Fußstützen benutzen zu können. Er schwor sich, nicht nach unten zu schauen, erstarrte jedoch, als er sah, wie Blewitt aus dem Haus kam und mit der Pfeife im Mund durch den Garten schlenderte. Erst als Severins Handlanger um die Ecke des Hauses verschwand, atmete er erleichtert auf.

Schließlich erreichte er den Balkon im ersten Stock und vernahm eine tiefe männliche Stimme, die aus Viannas Zimmer kam. Er presste sich an die Wand und hörte dann auch ihre Stimme.

»Heute Nacht schlafe ich lieber allein, Severin.«

Als er Severins unverwechselbare Stimme hörte, sträubten sich seine Nackenhaare. *Was bist du bloß für ein gottverdammter Dreckskerl, Severin!*

»Ich habe dir erlaubt, Männer abzuweisen, die dir nicht behagen, aber das gilt nicht für mich, Vianna.« Sein Ton wurde weicher und verführerischer. »Ist dir klar, dass dies vielleicht die letzte Nacht ist, in der wir uns vergnügen können, egal, ob ich wegen meiner Schulden in den Schuldturm komme oder nicht?«

»Das ist mir nicht entgangen. Da ich aber gezwungen bin, mich zwischen Pflicht und Vergnügen zu entscheiden, werde ich von nun an meinen Beruf immer vor meine persönlichen Wünsche stellen.«

»Und wo bleibt deine Loyalität mir gegenüber?«

Mungo nahm das Zittern in ihrer Stimme wahr. »Ich habe bereits einen hohen Preis für diese Loyalität bezahlt. Doch der einzige Mensch, der meinen Schutz verdient, ist Daisy. Keine Sorge, ich werde jedem Mann, der auserwählt wird, zu seinem Vergnügen verhelfen. Du bist bereit, mich an den Meistbietenden abzutreten, nur damit wir unseren Lebensstil halten. Ich habe diesem Abkommen zugestimmt, damit du nicht ins Gefängnis musst, aber in meinem Bett hast du fortan nichts mehr zu suchen.«

»Hast du schon vergessen«, sagte Severin sanft, »dass ich dich aus der Gosse geholt habe, wo du der Gnade von betrunkenen Walfängern und miesen Matrosen ausgesetzt warst?«

»Das ist wahr, aber es gibt Männer, die noch schlimmer sind. Du zum Beispiel, Severin.«

Dem Geräusch einer Ohrfeige folgte ein gedämpfter Aufschrei. Nur das Knallen einer Tür hielt Mungo davon ab, die Scheibe einzuschlagen.

Vianna weinte leise, es klang nicht nach einem gebrochenen Herzen, sondern nach schierer Verzweiflung. Mungo klopfte leise an die Balkontür. Plötzlich verstummte das Weinen, dann ging die Balkontür auf, und Vianna stand vor ihm. Mungo hasste sich selbst wegen seines nächsten Schrittes. Er legte ihr die Hand auf den Mund und presste sie an sich.

»Nicht schreien. Ich tue dir nicht weh!«

Vianna reagierte prompt. Sie machte sich los und stieß ihm das Knie zwischen die Beine, sodass er sich vor Schmerz krümmte und verzweifelt versuchte, nicht laut aufzustöhnen.

Sie wollte gerade mit den Fäusten auf ihn losgehen, als sie mitten in der Bewegung erstarrte.

»Bist du das, Mungo? Was machst du hier? Ich habe auf dich gewartet. Und als du nicht gekommen bist, musste ich mit einem schrecklichen Kerl zu Abend essen, der Dinge mit mir machen wollte, die du dir nicht einmal vorstellen kannst. Wieso hast du mich im Stich gelassen? Und ich war auch noch dumm genug, dir zu vertrauen.«

Mungo konnte vor Schmerz kaum sprechen und hob nur eine Hand.

»Bitte, hör mir zu«, keuchte er verzweifelt, als er sah, dass ihre Wange noch immer von der Ohrfeige rot gefärbt war.

Obwohl sie vor Wut kochte, senkte sie die Stimme, damit niemand sie hören konnte. »Es wundert mich nicht, dass du keine richtige Entschuldigung hast! Geh zurück, woher du gekommen bist. Mir ist es egal, ob du Höhenangst hast oder nicht. Egal, ob du stürzt und dir das Genick brichst. Du bist ein Schwindler! Severin hat Erkundigungen über dich eingeholt. Und selbst wenn du der reichste Mann in der Kolonie wärst, würde ich lieber verhungern, als dir zu gehören!«

»Hat er dir sehr wehgetan, Liebling?« Mungo berührte zärtlich ihre Wange. »Wenn der Kerl noch einmal Hand an dich legt, bringe ich ihn um!«

Sie wandte sich ab, doch Mungo versperrte ihr mit ausgestreckter Hand den Weg.

»Ich war hier wie versprochen. Bitte, lass es mich erklären.«

Sie schwankte. »Komm rein, aber nur kurz.«

Mungo warf nur einen flüchtigen Blick auf das erotische Dekor und wusste, dass er in einem Luxusbordell war, in einer Venusfliegenfalle, die Severin entworfen hatte, um die Frau, die er liebte, auszubeuten. Er war verzweifelt. Er hatte nur wenige Minuten Zeit, um sie davon zu überzeugen, dass er der Mann war, den sie wollte, sonst würde sie in einer Welt versinken, aus der nur wenige Frauen sich befreien konnten.

Er legte die Hand auf die Brust. »Du willst die Wahrheit wissen, nicht wahr? Nichts als die Wahrheit, so wahr mir Gott helfe. Ich bin letzte Nacht gekommen. Ich war sogar dabei zu gewinnen. Dann beschuldigte mich Blewitt des Betrugs und setzte mich vor die Tür. Er hat mir wer weiß was angedroht, wenn ich mich hier wieder blicken ließ. Verzeih mir, aber du musst verstehen, dass mein Leben in deinen Händen liegt, falls Severin mich hier findet.«

»Severin nimmt Laudanum zum Schlafen. Aber Blewitt dreht jede Nacht wie ein Wachhund seine Runden um das Haus.« Sie biss sich auf die Lippen, um ein Lächeln zu unterdrücken. »Und? Hast du wirklich geschummelt?«

»Nein. Aber nur, weil ich in der Hoffnung gekommen war, du würdest mit mir zu Abend essen.«

»Um mir ein Angebot zu machen, das ich nicht ablehnen kann«, sagte sie. »Also raus damit.«

Vianna deutete auf das Sofa und setzte sich neben ihn. »Blewitt kann jeden Augenblick zurückkommen. Sag mir einfach die Wahrheit. Keine Lügen. Was genau willst du mir anbieten?«

Mungo schaute ihr tief in die Augen. *Jetzt ist der Augenblick der Wahrheit gekommen.*

»Um dir die Wahrheit zu sagen, Vianna, muss ich dir die größte Lüge gestehen, die ein Mann je erfunden hat. Ich bin nicht derjenige, für den du mich hältst. Ich habe den Namen eines anderen Mannes gestohlen. Denn ich habe den Kopf und mein Herz an dich verloren, als ich dich zum ersten Mal sah.«

»Wenn du nicht Mungo Quayle bist, wer dann?«

»Ich bin Mungo Quayle. Aber in Wahrheit sind wir uns bei dem Zwischenfall mit der Schlange nicht zum ersten Mal begegnet. Wir waren uns schon einmal über den Weg gelaufen, drei Jahre zuvor, im Gefängnis. Erinnerst du dich an den Gefangenen, der sich dir als William Eden vorstellte?«

Vianna schüttelte verwirrt den Kopf. »Du kanntest William Eden?«

»Wir wurden beide wegen desselben Verbrechens verurteilt.«

»Wie hättest du mir begegnen können? Ich war mit ihm allein, abgesehen von dem Gefängniswärter.«

»Ich war derjenige, mit dem du gesprochen hast. Du hast mich geküsst. Ich habe mir Wills Identität ausgeborgt und behauptet, zum Tode verurteilt zu sein, um dein Mitleid zu erwecken. Für mich war es Liebe auf den ersten Blick.«

»Du lügst! Du siehst ihm gar nicht ähnlich! Will war höchstens so groß wie ich und dünn. Du aber musst fast eins neunzig groß sein und doppelt so kräftig wie er.«

»Ich bin ein Spätzünder. Und die Muskeln habe ich mir in der Sträflingskolonne zugelegt.«

»Aber dein Gesicht, dein Haar?«

»Ich war damals kahl geschoren, weißt du noch? Und mein Gesicht war voller Prellungen, von den Prügeln, die ich im Gefängnis hatte einstecken müssen.«

Vianna schüttelte ungläubig den Kopf. »Nein! William hat mich um meinen Schal gebeten, um nach altem Gewohnheitsrecht seine Frau zu werden, nur für einen Tag. Und er hat ihn damals getragen. Ich habe mit eigenen Augen gesehen, wie sie ihn aufgeknüpft haben.«

»Das ist der einzige Teil, der nicht gelogen ist. Du hast gesehen, wie Will Eden gehenkt wurde mit deinem Schal. Ich war da, am Fuß des Schafotts, einer der Gefangenen, die man gezwungen hat, der Hinrichtung beizuwohnen zur Abschreckung. Du hast auf einer Mauer ganz hinten gestanden.«

Viannas Augen füllten sich mit Tränen der Wut. »All die Jahre habe ich an den jungen William gedacht. Ich wusste instinktiv, dass er der einzige Mann war, dem ich vertrauen konnte. Und jetzt erzählst du mir, dass das alles eine Lüge war?«

»Aber nein! Du kannst mir vertrauen, Vianna. Ich schwöre es bei meinem Leben.«

»Dir vertrauen? Du bist ein elender Lügner. Wenn du es warst, dann müsstest du ja wissen, was du mir damals gesagt hast.« Jetzt trumpfte sie auf, weil sie glaubte, ihn in die Falle gelockt zu haben. »Was wolltest du mit mir machen, wenn man dich nicht hängen würde?«

Mungo ließ sich Zeit mit der Antwort. Ich weiß, was ich jetzt am liebsten mit ihr machen würde, aber was zum Teufel habe ich damals gesagt? Ich habe mir doch alles aus den Fingern gesogen. Egal, was im-

mer es war, es muss wichtig gewesen sein, denn sie hat es bis zum heutigen Tag nicht vergessen.

»Ich stand kurz davor, nach Moreton Bay geschickt zu werden. Ich hätte zehn Jahre meines Lebens dafür geopfert, frei zu sein und dich lieben zu können. Aber ich konnte nichts tun als *reden.*« Da er sich nicht erinnern konnte, musste er raten. »Als du gesagt hast, dass du nur dein Zeichen machen könntest, sagte ich, dass ich dir gerne Lesen und Schreiben beigebracht hätte, wenn man mich nicht am folgenden Tag hängen würde.«

Als er sah, wie Vianna in Tränen ausbrach, hielt Mungo den Atem an.

»Wie grausam du bist! William Eden muss es dir erzählt haben, bevor er starb.«

»Nein! Sieh mal, es stimmt, dass wir in derselben Zelle waren und ich ihm in der Nacht erzählt habe, dass eine wundervolle Frau zu seiner Hinrichtung kommen würde, damit er nicht allein sterben muss. Du hast ihn also tatsächlich getröstet, Vianna. Er ist mit dem Bewusstsein gestorben, dass du an ihn denkst. Er hat gehört, wie du ihn gerufen hast. ›Ich bin hier, Will, ich habe mein Versprechen gehalten.‹ Und er antwortete. ›Gott ist mein Zeuge, wo immer Sie hingehen, Miss, wird William Eden Sie beschützen!‹«

Vianna liefen die Tränen über das Gesicht. »Das beweist nur, dass du die Hinrichtung gesehen hast, aber nicht, dass du es warst, den ich geküsst habe!«

»In den Jahren, die ich in Moreton Bay verbracht habe, bin ich vor Einsamkeit fast wahnsinnig geworden. Dann sah ich dein Gesicht vor mir, sprach mit dir, mit der Frau, die auf mich wartete. Und diese wunderbare Lüge hielt mich am Leben.«

»Es tut mir wirklich leid, dass du so viel gelitten hast, aber das beweist nicht …«

»Verstehst du denn nicht, Fanny? Deshalb bin ich zurückgekommen. Um dich zu finden.«

»Fanny? Das habe ich dir nie gesagt. Nur Will kannte meinen Namen.«

»Ich *war* Will. Diese knappe halbe Stunde, die wir im Gefängnis zusammen verbracht haben.« Mungo rückte etwas näher an sie heran. »Es gibt eine Möglichkeit herauszufinden, ob ich lüge. Küss mich, so wie du Will geküsst hast.«

Er presste die Hände zusammen, als wären sie gefesselt. Dann beugte er sich langsam vor, während er sie unverwandt ansah. In dem Moment, als sie ihn sanft auf die Wange küsste, drehte Mungo den Kopf, sodass sich ihre Lippen fanden. Er küsste sie, lange, leidenschaftlich und doch romantisch – mit offenen Augen.

Schließlich gab sie sich diesem Kuss hin, indem auch sie den Mund öffnete, dann holte sie tief Luft. »Mein Gott, du warst es tatsächlich!«

Mungo nahm ihr den Schal von den Schultern, und sie ließ es zu, dass er ihren Hals und ihre Brüste küsste. Als sie ihr Negligé fallen ließ, konnte er sich nicht mehr beherrschen und zog sie aufs Bett.

»Mungo, nicht! Wenn Blewitt uns findet, bringt er dich um.«

Bei Gott, warum müssen Frauen immer den falschen Zeitpunkt wählen, um vernünftig zu sein?

»Das wäre mir egal. Für dich würde ich sterben.«

»Es ist zu spät, Mungo. Ich habe zugestimmt, einen reichen Beschützer anzunehmen.«

Mungo umschloss ihr Gesicht mit beiden Händen. »Zugegeben, ich bin nicht reich, noch nicht, aber ich bin ein freier Mann. Ich habe ein eigenes Haus. Eine feste Arbeit, sodass ich uns beide ernähren kann. Glaub mir, Vianna, wenn du mich heiratest, wird Severin keine Macht mehr über dich haben. Und deine kleine Schwester kann bei uns leben.«

»Daisy! Daher kanntest du ihren Namen. Ich habe nur Will von ihr erzählt.«

»Mir«, verbesserte er.

»Ich werde dein Angebot niemals vergessen, Mungo, aber es kommt zu spät.« Sie zeigte auf die erotischen Gemälde und das Bett. »Ich gehöre hierhin. Ich bin nicht Fanny, ich bin nicht mehr das einfache Hausmädchen von damals. Ich bin das, was Severin aus mir gemacht hat, ein leichtes, wenn auch nicht ganz billiges Mädchen.«

Mungo erschrak vor der kalten Ablehnung in ihrer Stimme. Sie lag immer noch in seinen Armen, doch er spürte, wie sie ihm entglitt.

»Das akzeptiere ich nicht. Wir werden uns ein neues Leben aufbauen und die Vergangenheit begraben.«

Die Bitterkeit in ihrem Gesicht schockierte ihn. »Mein armer Mungo, du verstehst diese Welt nicht. Severin hält alle Trümpfe in der Hand. Er kontrolliert nicht nur mein Leben, sondern auch das von Daisy. Ich kann ihm nicht entkommen, ohne sie zu verlieren.«

Als sie hörte, wie die Haustür ins Schloss fiel, löste sie sich abrupt von ihm. »Blewitt! Du musst fort, schnell!«, sagte sie und schob ihn auf den Balkon zu.

»Ich werde gehen. Aber ich verspreche dir, dass ich einen Weg finde, um dich zu befreien.«

»Du bist per Gesetz ein freier Mann, Mungo. Mich kann niemand befreien.«

»Nein? Dann warte ab.«

Mungo kletterte in den dunklen Garten hinunter. Im Schutz der Schatten warf er ihr von der Straße aus noch einen letzten Blick zu. Viannas Gesicht war ausdruckslos wie ein unfertiges Porträt, umrahmt von einer Wolke aus goldenem Haar, das im Wind flatterte. Sie sprach leise, aber die Brise trug ihre Worte bis zu ihm herüber.

»Ich werde dich niemals vergessen, Mungo Quayle«, sagte sie traurig. Dann verschwand sie.

Ein Mann löste sich aus der Dunkelheit und blickte in dieselbe Richtung wie er – zum Severin House.

Will Eden schüttelte warnend den Kopf. »Pass auf dich auf, Kumpel.«

»Ja, das hat Fanny auch zu dir gesagt, kurz bevor man dich gehenkt hat. Nur der Name hat sich geändert.«

VIERUNDZWANZIG

Während sie sich auf Hangman's Hill einen Weg durch die Menschenmenge bahnte, wurde Vianna von einem überwältigenden Gefühl der Angst übermannt, das jeden ihrer Schritte in Richtung Schafott bleischwer machte.

Unter den vielen Fremden erkannte sie auch vertraute Gesichter wieder, die den Henker in seinem schwarzen Frack und Zylinder schweigend anblickten – Felix, Blewitt, Wanda, Major Dalby und andere anonyme Spieler aus dem Severin House.

Warum sind sie alle hier? Wo ist Mungo?

Sie erstarrte, als ihr plötzlich bewusst wurde, dass sich die Geschichte wiederholte und sie gezwungen war, an dieser Hinrichtung teilzunehmen – so wie sie Will Eden hatte sterben sehen.

»Wer wird heute gehenkt?«, fragte jemand leise.

»Niemand Besonderes«, antwortete ein anderer.

Der Henker war bereit. Sein dem Publikum zugewandter Rücken verbarg die Identität des Sträflings, während er ihm die Schlinge um den Hals band.

Als er sich der Menschenmenge zuwandte, ging ein Raunen durch die Menge. »Es ist ein Kind.«

Mein Gott, es ist Daisy! Vor Panik schreiend lief Vianna auf sie zu. Daisy starrte sie in stummem Flehen an wie ein kleiner Engel, der sich in sein Schicksal ergeben hatte … Der Henker hob die weiße Kapuze, setzte sie ihr auf …

»Nein, nicht sie! Nehmt mich an ihrer Stelle!« Noch während sie schrie, sah sie das Gesicht des Mannes. Es war nicht der Henker. Es war Severin, der ihr triumphierend zulächelte.

In der Dunkelheit ringsum sah sie nur das Flackern einer Kerze.

Wanda rüttelte sie wach. »Ist schon gut, ich bin bei dir. Es war nur ein böser Traum.«

»O Gott, es war so *echt*, Wanda. Daisy muss in schrecklicher Gefahr sein.«

Sie klammerte sich an Wanda und versuchte verzweifelt, die schrecklichen Bilder zu vertreiben.

»Erzähl es mir, Vianna, dann brichst du den Fluch des Traums.«

Schweißgebadet klammerte Vianna sich an sie und versuchte verzweifelt, den eindringlichen Bildern zu entkommen. Ganz allmählich wirkten Wandas beruhigende Stimme und das erste fahle Licht, das durch die Fenster drang, und die Traumfetzen lösten sich auf. Wanda überzeugte sie, dass der Traum keine Vorahnung gewesen war, sondern nur eine Reflexion ihrer Ängste über die letzte Vorstellung an diesem Abend und Severins Druck, sich für seinen Kandidaten zu entscheiden.

»Ganz egal, wen er aussucht, Daisys Schicksal wird nach wie vor in seiner Hand liegen.«

»Gib nicht ohne Kampf auf, Vianna. Wir fahren gemeinsam nach Goulouga.«

Vianna umarmte sie, in der tröstenden Vorstellung, dass sie ihre Verbündete war. »Aber vorerst muss ich Severins Spiel mitspielen. Es ist eine Probe unten angesagt, aber ich weiß nicht, wen ich heute Abend porträtieren soll. Welches Kleid ich anziehen, wie ich mich frisieren soll, ob ich meine brünette Perücke oder die der gepuderten Madame Pompadour aufsetzen kann.« Sie seufzte resigniert. »Ich weiß nur, dass er Guido erneut engagiert hat, um mich zu begleiten, alles andere ist ein Rätsel.«

Wanda half ihr, das scharlachrote Kleid zuzuschnüren, das ihr immer Selbstvertrauen einflößte, dann eilte sie nach unten.

Severin saß mit einem Glas Wein in der Hand im Büro und blätterte müßig in einer englischen Zeitung.

»Tja, in Frankreich ist wieder einmal die Hölle los – oder war es vor drei Monaten. Schon wieder ein Aufstand der Arbeiterklasse. Doch nicht alles ist eine Katastrophe. Die Franzmänner haben eine Fremdenlegion gegründet, um ihre Kolonien im Ausland zu verteidigen. Belgien hat sich von den Niederlanden getrennt, und Prinz Leopold von Sachsen- Coburg wurde zum König von Belgien gewählt.« Er sah sie belustigt an. »Du kannst nicht behaupten, dass ich dich nicht auf dem Laufenden halte, meine Liebe.«

Vianna errötete ob seines Spottes. Ihr Wissen von dem, was in der Welt passierte, beschränkte sich auf Karikaturen und Zeichnungen, die für die Analphabeten veröffentlicht wurden. Sie erinnerte sich an eine, auf der der verstorbene Kaiser mit einer Locke auf der Stirn und der Hand im Schlitz seiner Jacke als Gefangener auf der Insel St. Helena dargestellt war. In ihrer Welt war es wichtiger, dass das populäre Kartenspiel Nap oder Napoleon der Grund für Jean-Baptistes Spielschulden bei Severin war und damit letztendlich der Grund für ihren eigenen Ruhm.

Mit raschelnden Röcken setzte sie sich Severin gegenüber, entschlossen, ihren Platz zu behaupten. »Es ist an der Zeit, dass wir uns über die Liste unterhalten. Mir steht das Recht der Entscheidung zu, oder hast du das vergessen?«

»Wenn ich mit deiner Wahl einverstanden bin«, wandte er sanft ein. »Es gibt vier infrage kommende Bewerber und ein oder zwei Außenseiter.«

»Sollte Humphries auf der Liste stehen, kannst du ihn direkt streichen«, sagte sie eisig.

»Na schön, aber erst, nachdem er heute Abend beim Kartenspiel tüchtig verloren hat. Und dafür werde ich schon sorgen. Einer ist ein Exclusive, der in der Politik mitmischt und auf den Spitznamen Georgie Porgy hört.«

»Im Kinderlied heißt es, dass Georgie Porgy die Mädchen küsst und sie traurig macht. Bedeutet das, dass er mit Frauen nicht umgehen kann?«

»Du kannst dich darauf verlassen, dass ich nach dem Rechten sehen werde, meine Liebe.«

Dann ging er die restlichen Namen durch. »Hier ist einer, der sich relativ spät entschieden hat, ein älterer Herr, der vor Kurzem in die Kolonie gekommen ist. Sein Angebot traf erst heute mit einem beeindruckenden Siegel ein. Er gehört zur Entourage des Gouverneurs.«

Vianna klammerte sich nicht mehr an die Hoffnung, dass Mungo Quayle eine Chance haben könnte. *Er konnte mir nur einen Ehering anbieten. Und das wird weder Severin davor bewahren, als Schuldner ins Gefängnis zu kommen, noch Daisy aus Goulouga herausholen. Mungo ist ein nichtsnutziger Romantiker, der eine Ehefrau mit einem Haufen Kinder zurücklässt, sodass sie gezwungen ist, sich als Wäschefrau zu verdingen, damit etwas zu essen auf den Tisch kommt … Mit mir nicht!*

»Nun, wenn er nicht gerade zwei Köpfe hat, bin ich mit ihm einverstanden. Wer noch?«

Severin musterte sie seltsam. »Der naive Sternengucker, Felix L'Estrange. Sein erstes Angebot lag unter denen der anderen Anwärter, aber dann hat sein Vater Kentigern L'Estrange versprochen, Porgys Angebot zu überbieten. Ich vermute, dass die beiden politische Gegner sind.«

Vianna empfand eine Woge der Erleichterung. Felix ist jung, attraktiv, freundlich und obendrein in mich verliebt. Es gibt Schlimmeres, als sich mit einem langweiligen Astronomen einzulassen.

Severin zögerte. »Das Problem ist nur, dass der junge L'Estrange dich irgendwo im Busch auf ein Grundstück der Familie bringen will. Mir wäre es dagegen lieber, dass du unter meiner Obhut bleibst, um für deine Sicherheit zu sorgen – so wie immer.«

Zärtlich strich er ihr über die Wange, als wäre diese Geste Entschuldigung genug für die Ohrfeige von neulich.

Vianna fuhr zurück. »Ich lasse dich später wissen, wie ich mich entschieden habe. Jetzt würde ich gern erfahren, worum es bei meinem *öffentlichen* Auftritt heute Abend gehen soll.«

»Natürlich. Geh schon mal vor in den Ballsaal. Ich komme gleich nach.«

In der Halle traf sie Blewitt. »Wie ich gehört habe, haben Sie neulich einen Falschspieler entlarvt?«

»Wenn dieser Quayle sich je wieder hier blicken lässt ...« Blewitt fuhr sich mit dem Finger über den Hals.

Während sie nach unten lief, wurde sie fast sentimental bei der Vorstellung. *Mungo hat also doch versucht, ein Angebot für mich abzugeben. Wahrscheinlich sagen sogar geborene Schwindler manchmal die Wahrheit.*

Die Bühne war leer, abgesehen von der riesigen fächerförmigen Muschel im Zentrum des falschen Bilderrahmens. Als sie eintrat, wurde sie vom Klang einer magischen Flöte und dem Anblick des freudestrahlenden Musikers begrüßt. Sie umarmte ihn herzlich.

»Guido! Einige Wünsche werden also doch wahr. Ich habe darum gebetet, dass du wiederkommst. Aber weißt du, was ich heute Abend darstellen soll?«

Severin ersparte ihm die Antwort. »Die ultimative Kunst der Illusion.« Er enthüllte das Bild auf der Staffelei. »Botticellis Meisterwerk. Niemand auf der Welt könnte seine Venus so fabelhaft darstellen wie du heute Abend. Siehst du die erstaunliche Ähnlichkeit? Sie hat dein Gesicht, dein herrliches Haar, deinen Ausdruck träumerischer Unschuld. Du bist die perfekte Reinkarnation von Botticellis Gemälde – der *Geburt der Venus*.«

Vianna schreckte zurück. »Aber seine Venus ist vollkommen nackt.«

»Natürlich«, sagte er nüchtern. »Venus wird aus dem Meer geboren. Niemand kommt mit Kleidern zur Welt, sie würden nur ihre Schönheit verbergen.«

»Was für eine Unverschämtheit«, entgegnete Vianna wutentbrannt. »Nicht einmal du kannst mich zwingen, das zu tun. Ich weigere mich, nackt vor all diesen Männern zu stehen, die mich nur begaffen wollen! Hast du verstanden, Severin? Es kommt nicht infrage!«

»Beruhige dich, Liebling. Es ist nicht so, wie du denkst. Botticellis Venus«, sagte er andächtig, »ist *klassische Kunst*. Jeder Gentleman wird um die Bedeutung wissen und vor Ehrfurcht erstarren. Die Beleuchtung, die ich mir dazu ausgedacht habe, wird so diskret sein, dass sie deine Nacktheit nur *andeutet*. Dein Haar wird so fallen, dass es deinen Körper fast bedeckt. Verstehst du? Es ist nicht mehr als eine vollkommene Illusion.«

»Von wegen! Ich werde splitternackt sein. Niemals!«

»Du musst mir vertrauen, Vianna.«

»Dir vertrauen? So reden nur Lügner!« Vianna hatte keine Ahnung, was sie als Nächstes sagen würde, bis die Worte aus ihrem Mund sprudelten. »Du hast Jean-Baptiste versprochen, dass sein Porträt niemals in der Öffentlichkeit gezeigt werden würde, trotzdem war Sydney wie von Sinnen, als es meine nackte Brustwarze sah. Und jetzt soll ich vom Scheitel bis zur Sohle nackt auftreten! Was kommt als Nächstes, Severin? Wirst du den Gentlemen Geld abnehmen, damit sie zusehen können, wie man mir auf der Bühne Gewalt antut?«

Severin wirkte aufrichtig schockiert. »Vianna, wie kannst du so etwas von mir denken?«

»Ganz einfach, Severin. Der Abgrund, den du für mich aufgetan hast, ist bodenlos. Ganz allmählich, Schritt für Schritt, ein Spiel, das außer Kontrolle geraten ist.«

Als er versuchte, sie aufzuhalten, schob sie ihn einfach beiseite.

»Wenn es deine sogenannten Gentlemen nach klassischer Kunst gelüstet, sollen sie in ein Museum gehen. Mein Körper ist nicht öffentlich. Es ist vorbei, Severin. Such dir eine andere Hure aus, die nach deiner Pfeife tanzt.«

Severins Gelassenheit verwirrte sie. »Du bist eine freie Frau, Vianna.«

Er ließ sie bis zur Tür kommen, um ihr die Illusion eines Sieges zu geben. »Aber vergiss nicht, wenn ich ins Gefängnis komme, stehen deine Chancen schlecht, Daisy wiederzusehen. Ich wollte dich nicht unnötig mit der Wahrheit belasten. Sie ist nicht mehr in Goulouga. Als ich mit den Zahlungen in Rückstand geriet, hat man sie ohne mein Wissen in Pflege gegeben.«

»Nein! Ohne meine Erlaubnis hätten sie das nicht tun dürfen. Wo ist sie?«

»Sie arbeitet als Magd bei einem Herrn und seiner Frau. Ich werde sie natürlich ausfindig machen, aber es wird einige Zeit dauern.« Dann setzte er leise hinzu: »Wir können nur hoffen, dass sie nichts mit dem Missbrauch von Kindern zu tun haben. Heute sind auf den Straßen von Sydney Town nicht einmal mehr kleine Kinder sicher.«

Vianna erstarrte vor Panik. *Daisy ist erst sechs. Aber es gibt ganz kleine Kinder, die gezwungen sind, sich auf den Straßen von The Rocks zu verkaufen, um etwas zu essen zu haben. Ich muss Zeit gewinnen. Ich bin sicher, dass Severin die Wahrheit kennt. Egal, was es für mich bedeutet. Es geht nur um Daisy.*

Schließlich fand sie ihre Stimme wieder. »Wir müssen zusammenarbeiten, Severin.«

»Ich wusste doch, dass du es verstehen würdest«, sagte er freundlich.

»Ich habe eine bessere Idee, ein Porträt, das auf verbotene Freuden anspielt. Ich werde Wanda bitten, mich entsprechend zu verkleiden, und Guido soll exotische, heidnische Musik spielen. Heute Abend werde ich eine Vorstellung geben, die jeden Mann erregt. So wie du es mir beigebracht hast, Severin. Meine Rolle im Leben ist es, die wildesten Fantasien der Männer zu erfüllen.«

Severin hob eine Braue. »Vielleicht habe ich dich unterschätzt, Vianna.«

Felix war der Erste, der im Ballsaal Platz nahm. Er entschied sich für einen diskreten Tisch im Dunklen und trank ein Glas Champagner, um seine Nerven zu beruhigen.

Ich habe alles genauso vorbereitet, wie Vater mir geraten hat. Die Kutsche wartet draußen, um sie nach Mookaboola zu bringen – einer perfekten Oase, in der uns niemand stören wird.

Er vergewisserte sich, dass er die Schlüssel in der Tasche hatte. Er hatte allen Grund zu der Annahme, dass sein Angebot das Rennen machen würde. Als er den Namen seines ärgsten Rivalen erwähnt hatte, der des Exclusive, über den sich die ganze Pressewelt lustig machte, hatte sein Vater getobt. »Dieser verfluchte Tory. Ich verdopple sein Angebot!«

Das wird die längste Nacht meines Lebens. Warum spannt uns Severin dermaßen auf die Folter? Für meine Rivalen ist sie nur eine Kurtisane, eine Trophäe, die man gewinnen kann. Für mich ist sie Venus – mein Leben!

Felix war trunken von der Vorstellung, dass er zum ersten Mal im Leben die Kontrolle über sein Schicksal übernommen hatte. Trotzdem war er hin- und hergerissen zwischen Angst und Euphorie. Er nahm noch ein Glas Champagner.

Männer in Abendanzügen, manche ganz offen mit Operngläsern ausgestattet, strömten pünktlich zur Vorstellung in den Ballsaal. Felix' Uhr bestätigte ihm, dass es nur noch wenige Minuten waren, bis sich sein Schicksal entscheiden würde – Verzweiflung oder Sieg. Die gleiche Uhr hatte auch sein Halbbruder bekommen. Bei jedem Blick darauf bekam er ein schlechtes Gewissen, weil er die Absprache mit seinem Halbbruder gebrochen hatte. *Verdammt noch mal! Werde ich das Bestreben, der perfekte Sohn zu sein, je abschütteln können – und so menschlich sein wie Mungo?*

Durch die roten Samtvorhänge drang eine überirdische Musik, die an eine Panflöte erinnerte. Bei den heidnischen Tönen lief es ihm kalt über den Rücken. Vor seinem geistigen Auge tauchten wilde Fantasien auf.

Im Gegensatz zu seiner früheren Rolle als Zeremonienmeister stand Severin allein im hinteren Teil des Ballsaals, der von der Flügeltür aus Eichenholz eingerahmt war. Sein Gesicht war erhitzt, seine Augen leuchteten. Trotzdem merkte Felix, dass heute Abend etwas nicht stimmte.

Will er sie nicht gehen lassen? Liebt er sie tatsächlich so wie ich, oder braucht er sie, um seinen dekadenten Lebensstil aufrechtzuerhalten?

Die Musik steigerte sich zu einem Crescendo. Der Bühnenvorhang öffnete sich und offenbarte eine unwirkliche Szene, die auf den ersten Blick schwer zu durchschauen war. Silberne, blaue und grüne Lichter tanzten wie in einem Prisma, sodass man den Eindruck hatte, man befände sich in einer ätherischen Unterwasserwelt, in deren Mitte sich eine große Muschel erhob. Hauchdünne seidene Fäden schwebten und schwankten wie Seetang in unterschiedlichen Strömungen zwischen den Fischernetzen. Der Meeresgrund war mit goldenem Sand, Muscheln und Treibholz bedeckt. Aus einer Seemannskiste lugten die Beutestücke von Piraten: Perlenketten, goldene Pokale und glitzernde Edelsteine.

Die wechselnden Lichtmuster fielen auf die Seemuschel, und als sie sich langsam öffnete und die Gestalt einer schlafenden Frau offenbarte, deren entblößte Arme und Schultern unter dem wilden goldenen Haar verborgen waren, hielt Felix den Atem an. Als erwachte sie aus dem Schlaf, stieß sie einen Seufzer aus, der sogleich im verzückten Raunen der Zuschauer widerhallte.

Felix erstarrte, so schockiert war er. Trotz des langen Haars und des flackernden Lichts war Vianna von der Hüfte aufwärts völlig nackt. Sie beugte sich mit kindlicher Unschuld vor und nahm eine glitzernde Perlenkette aus der Kiste. Mit einer Hand verbarg sie ihre Brust, scheinbar ohne sich dessen bewusst zu sein, dass die andere einen verlockenden Blick durch die Strähnen ihres Haars gewährte.

Felix war wie verzaubert. Jetzt offenbarte sie mit einer anmutigen Bewegung einen grünsilbernen Schwanz. Ruhelos schnippte sie mit diesem Schwanz, als wäre sie sich ihrer Wirkung auf die Zuschauer gar nicht bewusst. Die Schuppen auf ihren Hüften begannen so tief, dass ein blutroter Rubin in ihrem Bauchnabel sichtbar war.

Die aufreizenden Ausschläge des Schwanzes inspirierten Humphries zu heftigem Applaus – eine Anerkennung, der sich alle Männer im Saal anschlossen bis auf Felix. Er war gleichermaßen fasziniert und abgestoßen, sodass er sich nicht rühren konnte.

Mein Gott, Vianna ist so unschuldig, dass sie nicht einmal merkt, welche Lust sie erzeugt! Hat denn Severins Niedertracht kein Ende?

Als die Flöte immer durchdringender wurde, sträubten sich ihm die Haare. Die Meerjungfrau breitete die Arme aus, und die Klänge, die ihren Lippen entströmten, waren so überirdisch wie der legendäre Ruf der Sirene, der die Seeleute ins Verderben zog.

Die Loreley! Beseelt von der verführerischen Meerjungfrau standen die Männer auf. Felix war bereit, für sie zu sterben.

Könnte ich sie nur für ein Jahr besitzen, würde ich als glücklicher Mensch sterben.

Der stürmische Beifall lockte auch Severin an die Bühne. Vianna lag reglos in der Muschel, die Augen sittsam gesenkt, als hielte die glitzernde Perlenkette in ihren Händen sie ganz im Bann.

Mit einer Handbewegung bat Severin um Ruhe, und als die Beifallsstürme verebbten, dankte er jedem der hier versammelten Gentlemen für seine Großzügigkeit, sein außerordentliches Kunstverständnis und seine Geduld. »Doch nur einer von Ihnen kann gewinnen. Die Dame hat sich entschieden. Die Meerjungfrau erwartet *Sie*, Sir.«

Severins mitreißend dramatische Geste deutete auf den Politiker der Torys, doch im gleichen Augenblick rief Viannas unverkennbar süße Stimme: »Felix L'Estrange.«

Severin lief rot an vor Zorn, doch da er ihr unmöglich öffentlich widersprechen konnte, wiederholte er rasch den Namen und führte den Beifall an.

Felix hatte das Gefühl, aus seinem Körper herauszutreten, ein Geist ohne Flügel, unfähig, seinen Schock und sein Glück zu fassen, als Vianna ihm einen Handkuss zuwarf. Die Zeit stand still. Kaum war er aufgesprungen, als alle durch ein lautes Getöse im hinteren Bereich des Saals aufgeschreckt wurden. Die Tür sprang auf, und ein riesiger Körper flog durch den Raum und landete auf der Bühne.

Blewitt! Verblüfft sah Felix, wie der Mann mit gefesselten Händen und aneinandergeketteten Füßen vergeblich versuchte, sich aufzurichten. Als dann zwei Polizisten in blauer Uniform das Kommando übernahmen, brach Chaos im Saal aus. Der jüngere Beamte stand mit erhobenem Schlagstock da, bereit, jeden niederzuschlagen, der Widerstand leistete.

Der ältere Kollege rollte ein Dokument aus und stellte seine Autorität unter Beweis, indem er den Inhalt mit lauter Stimme verlas, die im ganzen Saal widerhallte. »Im Namen Seiner Exzellenz, Gouverneur Darling, nehme ich Sie, Montague Severin wegen der Durchführung eines anstößigen öffentlichen Spektakels und Öffnung eines Spielkasinos am Sonntag fest.« Dann rückte er seine Schirmmütze zurecht und warf Vianna einen strengen Blick zu. »Vor dem Gesetz ist dies ein eindeutiger und beabsichtigter Akt der Prostitution unter dem Deckmantel der Kunst und somit eine offene Verletzung der Rechtsverordnung Nummer 7342.« Er ließ seinen Blick über die vornehmen Glücksspieler schweifen. »Des Weiteren habe ich den Auftrag, von jedem, der Zeuge dieses Rechtsverstoßes geworden ist, eine Aussage zu Protokoll zu nehmen. Hiermit weise ich darauf hin, dass jeder von Ihnen morgen früh im Obersten Gerichtshof zu erscheinen hat, um seine Anwesenheit in diesem berüchtigten Spielkasino zu erklären.«

Es folgte ein großes Durcheinander, als die Männer unter lautem Geschrei und Protest versuchten, sich abzusetzen. Wie gelähmt verfolgte Felix die Szene auf der Bühne. Der Flötenspieler Guido kniete neben der Muschel, legte seinen Arm schützend um die Meerjungfrau und erklärte in gebrochenem Englisch und Italienisch seine Unschuld. Vianna verbarg mit weit aufgerissenen Augen ihre Brüste unter ihrem Haar. Blewitt lag gefesselt auf dem Boden und stieß großspurig gutturale Drohungen und derbe Flüche aus. Und der jüngere, bärtige Polizist versetzte ihm jedes Mal, wenn er versuchte aufzustehen, einen Tritt.

Severin war aschfahl geworden. »Das ist ein schreckliches Missverständnis, Officer …«

»Sie werden morgen früh Gelegenheit haben, Ihren Standpunkt vor Gericht darzustellen, Sir. Doch ich warne Sie, die Anschuldigungen sind schwerwiegend. Falls Sie Wiederholungstäter sind, können Sie damit rechnen, nach Moreton Bay deportiert zu werden.«

Severin stand aufrecht da und sah sich im Saal um, der sich jetzt rasch leerte. »Ich bin ein Freund des Gouverneurs. Ein Mitglied seiner Entourage ist mein Gast.«

»In diesem Fall können Sie morgen früh alle beide Ihre Aussage machen.« Er wandte sich an den jungen Polizisten. »Trödeln Sie nicht herum, Constable. Schaffen Sie die Kronzeugin fort!«

Schließlich fand Felix seine Stimme wieder und rief in autoritärem Ton: »Erlauben Sie mir, die Dame nach Hause zu bringen, Officer!«

»Bitte, mischen Sie sich nicht ein, Sir. Die Meerjungfrau ist die Kronzeugin.«

Felix wurde von dem bärtigen Beamten wieder auf seinen Platz gezwungen. Machtlos musste er mit ansehen, wie der Beamte mit zwei Schritten auf die Bühne sprang und Vianna trotz ihres Geschreis auf die Schulter hob und mit ihr auf den Ausgang zustapfte.

»Lass mich sofort los, du Rüpel«, schrie sie und bohrte dem Polizisten die Nägel ins Gesicht.

Dann flog ein pelziger brauner Gegenstand durch die Luft und offenbarte das frisch rasierte Gesicht des Constable. Felix war verblüfft. *Ein falscher Bart! Mein gottverdammter Halbbruder!*

Ohne anzuhalten, verließ Mungo mit der Kronzeugin auf der Schulter den Saal. Jetzt vergaß Felix seine guten Manieren. »Lassen Sie mich vorbei, verdammt! Die Dame braucht meine Hilfe«, rief er, während er sich einen Weg durch den Engpass in der Vorhalle bahnte.

Die Straße war verstopft von Kutschen, die die Flucht ergriffen. Felix stellte sich mitten auf die Straße und konnte gerade noch rechtzeitig zur Seite springen, bevor Boadicea ihn niedertrampelte und im vollen Galopp Richtung Surry Hills verschwand.

Das Haar des falschen Beamten flatterte in der Luft, während er mit einer Hand die heftig strampelnde Kronzeugin auf dem Sattel festhielt. »Lass mich runter, Mungo Quayle, oder ich rufe die Polizei!«, schrie sie.

»Ich *bin* die Polizei, Liebling!« Mungos triumphierendes Lachen hallte in Felix' Ohren nach, während Boadicea über dem Hügel verschwand.

Wutentbrannt und frustriert zugleich stieß er obszöne Verwünschungen auf Englisch, Deutsch und Französisch aus, ohne zu wissen, woher er sie kannte.

Als er sich umdrehte, stand Dr. Gordon neben ihm und knöpfte die dunkelblaue Uniformjacke auf, mit der er sich in dem Chaos als Polizist getarnt hatte. »Ich bin überrascht, *Sie* hier zu sehen, Felix.«

»Dasselbe könnte ich von Ihnen behaupten. Was für eine Schande, sich als Polizist auszugeben!«

»Mungo hat mich gebeten, eine in Not geratene Dame zu retten. Er erwähnte nicht, dass *Sie* an seiner Hilfsaktion ebenfalls beteiligt sind.«

Felix war außer sich. »*Hilfsaktion?* Ich werde diesen Dreckskerl umbringen!«

Jane Quayle wurde vom Stampfen schwerer Stiefel aus dem Schlaf gerissen. Mungos unverwechselbare Stimme wies jemanden an, Ruhe zu geben. Überzeugt, dass der Plan, seine zukünftige Braut nach Hause zu bringen, fehlgeschlagen war, warf sie sich den Schal über ihr Nachthemd und stieg die Leiter zum Dachboden hinauf.

Mit blutig zerkratztem Gesicht stand Mungo in Hemdsärmeln da und versuchte vergebens, die Gestalt auf dem Bett zu beruhigen. Eine Meerjungfrau! Das wilde goldene Haar fiel halb über ihr Gesicht, die Augen rollten heftig hin und her, der Mund war mit einem roten Halstuch geknebelt. Sie bedeckte ihre Brüste mit einer dunkelblauen Uniformjacke und schlug mit ihrem Schwanz nach Mungo, als wäre er eine Waffe.

Er machte ihr ein Zeichen, still zu sein, und nahm ihr den Knebel ab.

»Tut mir leid, dass ich dich fesseln musste, Liebling. Ich wollte meine Mutter nicht wecken, sie wohnt nebenan. Willkommen in deinem neuen Zuhause.«

»Meinem neuen was? Glaubst du etwa, ich will in einem Stall leben?« Die Meerjungfrau öffnete den Mund, um zu schreien, doch Mungo war schneller und brachte sie mit einem leidenschaftlichen Kuss auf den Mund zum Schweigen. Zufrieden registrierte Jane, wie die Frau in seinen Armen dahinschmolz. Ein diskretes Hüsteln war wohl angebracht.

Mungo wirkte beinahe erleichtert, als er sie sah. »Keine Angst, Mam. Das ist die Braut, von der ich dir erzählt habe. Ich wollte sie beruhigen und ein wenig zurechtmachen, bevor ich sie dir vorstelle. Du wirst sie wirklich mögen.«

Jane zuckte die Achseln. »Ich wage gar nicht erst, dich zu fragen, warum sie so verkleidet ist. Bitte, binde deine Meerjungfrau los, damit sie es mir selbst erklären kann. Du wirst ja wohl in meinem Haus nicht eine Frau gegen ihren Willen festhalten wollen!«

Streng genommen war es nicht ihr Haus, doch Mungo begriff, was sie sagen wollte. Er löste das Tuch, mit dem er ihr die Hände gefesselt hatte, und hatte den Anstand, Verlegenheit zu heucheln.

»Tut mir leid, Liebling. Aber all das war nötig, um dich aus Severins Klauen zu befreien.«

Jane versuchte, die junge Frau nüchtern zu betrachten. *Stimmt, sie ist wirklich eine Schönheit. Kein Wunder, dass er verrückt nach ihr ist. Doch zuerst wollen wir sehen, ob Fanny ihn auch verdient hat.*

Dabei war sie sich bewusst, dass die Meerjungfrau sie ebenfalls aufmerksam musterte – das uralte Nachthemd, das geflochtene Haar. Offenbar wollte sie herausfinden, ob sie ihr trauen konnte.

»Danke, Ma'am. Bitte machen Sie Mungo klar, dass ich nicht im Traum daran denke, ihn zu heiraten.« Ihre Stimme wurde sanfter. »Obwohl sein Angebot sehr ehrenwert war. Er ist kein schlechter Mensch, nur ein bisschen verrückt. Wenn er mich nicht wieder dahin zurückbringt, wo ich lebe, wird er mein ganzes Leben zerstören. Er soll mich bitte gehen lassen. Ich habe einen Vertrag unterschrieben, von dem das Leben eines kleinen Mädchens – meiner Schwester – abhängt.«

Als Mungo das Wort »Vertrag« hörte, flammte seine Wut erneut auf. »Dieser Vertrag ist null und nichtig. Du gehörst zu mir.«

Vianna war überrascht, als die Frau Mungo gar nicht beachtete, sondern sanft und mitfühlend mit ihr sprach. »Du armes Lämmchen. Du musst vor Angst ja halb tot sein. Ich bin Jane Quayle, Mungos Mutter. Du hast mein Wort als Manx-Frau: Niemand wird dich gegen deinen Willen hier festhalten. Jetzt mache ich dir erst einmal einen heißen Grog. Und morgen, wenn du ausgeschlafen hast, werden wir deine Probleme lösen. Ich sorge persönlich dafür, dass du heil wieder nach Hause kommst, wenn es wirklich das ist, was du willst.«

Doch Mungo wollte seinen Besitz verteidigen. »Du verstehst nicht. Sie ist ernsthaft gefährdet …«

»Und was dich angeht«, unterbrach ihn seine Mutter, »so halte dich zurück und geh ins große Haus, wo du hingehörst. Ich bleibe hier und passe heute Nacht auf das Mädchen auf. Aber zuerst hole ich euch einen Grog, um die Nerven zu beruhigen.«

Die jungen Leute schwiegen, und als Jane mit einem Krug zurückkam, der nach Brandy und Kräutern duftete, verflog ihr Ärger. Jane behandelte Vianna wie ihre eigene Tochter.

»Du hast bereits genug Schaden für heute Nacht angerichtet, Mungo. Ab mit dir.«

Mungo ging ein paar Schritte, dann stieß er resigniert die Arme in die Luft. An der Leiter blieb er stehen.

»Es ist nicht so, wie es aussieht, Mam.« Er warf Vianna einen traurigen Abschiedsblick zu. »Ich liebe dich. Das war schon immer so und wird auch so bleiben. Wenn du mich nicht willst, werde ich dich nicht davon abhalten, einen guten Mann zu heiraten. Aber mehr nicht. Ich werde nicht zusehen, wie dich Severin zerstört und von einem Mann zum anderen reicht, hast du verstanden?«

Als er die Leiter herunterkletterte, legte Jane Vianna einen Arm um die Schulter. Der Brandy zeigte Wirkung, Vianna fielen bereits die Augen zu.

»Ich war einmal Fanny, aber jetzt bin ich unter dem Bühnennamen Vianna bekannt«, sagte sie. »Es ist eine lange Geschichte.«

»Das glaube ich dir, aber sie hat Zeit bis morgen. Warte, meine kleine Meerjungfrau, ich helfe dir aus dieser seltsamen Verkleidung. Wo ist sie festgebunden?«

»Nirgendwo. Meine Zofe musste mich hineinnähen und sie mit Leim festkleben, damit sie sich nicht löst und einen Riesenwirbel verursacht.«

»Das war bestimmt sehr vernünftig«, antwortete Jane, ohne auf die Zofe, den Grund für ihre Nacktheit oder den möglichen Riesenwirbel einzugehen.

»Dann muss ich dich wohl oder übel aus dieser Verkleidung herausschneiden. Du willst sie doch sicher so schnell nicht wieder tragen.«

»Lieber sterbe ich!«, sagte Vianna leidenschaftlich, und ihre Augen füllten sich mit Tränen. »All diese Männer, die mich lüstern angestarrt haben. Aber mir blieb keine andere Wahl. Ich dachte, es wäre das kleinere Übel. Sonst hätte ich völlig nackt auf der Bühne stehen müssen, als Venus, die aus einer Muschel geboren wird.«

»Das war bestimmt die richtige Entscheidung, mein Lämmchen. Meerjungfrauen haben eine sanfte Seele, kein Wunder, dass mein Sohn sich Hals über Kopf in dich verliebt hat.«

»Aber ich war nicht als Meerjungfrau verkleidet, als wir uns das erste Mal im Gefängnis trafen«, erwiderte Vianna und seufzte. »Sie sind so nett zu mir, Mrs Quayle, ich wusste, dass Sie mich verstehen würden. Mungo hat mir die Geschichte von der Meerjungfrau und dem Kind erzählt, aber wahrscheinlich ist es auch nur eine von seinen reizenden Lügen, oder?«

Jane warf ihr ein geheimnisvolles Lächeln zu, streifte einen Pantoffel ab und zeigte Vianna ihre Zehen. »Beantwortet das deine Frage?«

Vianna machte große Augen. »Dann hat er doch nicht gelogen.«

Jane schnitt die letzten Zentimeter ihrer Verkleidung auf und half ihr aus ihrem Kostüm. »Selbst geborene Geschichtenerzähler wie Mungo sagen hin und wieder die Wahrheit.«

Vianna schien freudig überrascht, als Jane ihr in ein spitzenbesetztes Nachthemd mit langen Ärmeln half, das sie ihr in Erwartung von Mungos Braut unter das Kopfkissen gelegt hatte. Danach steckte sie Vianna ins Bett und deckte sie zu.

»Schlaf schön, mein Kleines. Morgen früh bringe ich dir Frühstück, und wir besprechen alles. Eines kann ich dir jetzt schon versprechen: Wenn mein Mungo sich erst einmal etwas in den Kopf gesetzt hat, gibt er so schnell nicht auf.«

Vianna spürte, wie ihr die Augen zufielen, doch Janes Stimme klang so tröstlich.

»Egal, ob du dich für ihn entscheidest oder ihn zum Teufel schickst, ich kenne meinen Sohn. Möglich, dass er sich wie ein

Berserker aufführt, aber Mungo ist ein echter Quayle, er hat ein aufrichtiges Herz, verstehst du? Hör gut zu, Mädchen, ich halte niemanden gegen seinen Willen fest, aber …«

Jane merkte, dass ihre letzten Worte schon zu spät kamen. Die Meerjungfrau war fest eingeschlafen. Jane wickelte sich ihren Schal wieder um und machte es sich in dem Schaukelstuhl gemütlich, fest entschlossen, auf sie aufzupassen, bis die ersten Hähne am Morgen krähten.

Junge Liebe. Ich hatte fast vergessen, wie schmerzhaft sie ist. Möge der Himmel Mungo beistehen, mit dieser Meerjungfrau wird er alle Hände voll zu tun haben. Ich werde zu ihr halten, wenn sie es ehrlich mit ihm meint. Doch wenn sie meinem Sohn das Herz bricht, werfe ich sie wieder ins Meer, woher sie gekommen ist …

BUCH ZWEI

1831–1832

Der Fürst der Finsternis ist ein Gentleman.

Samuel Johnson 1709–1784

FÜNFUNDZWANZIG

Ein sintflutartiger Regen prasselte gegen die Fenster der Seufzerbrücke und verschleierte den Blick auf den Garten, sodass er jetzt aussah wie eine verschwommene Luftspiegelung. Perfekt förmlich gekleidet war Felix auf dem Weg in den anderen Flügel des Hauses. Er hatte Ringe unter den Augen, nachdem er kaum geschlafen hatte, war jedoch fest entschlossen, nach der demütigenden Entführung Viannas durch seinen Halbbruder für seine Rechte zu kämpfen.

Vianna hat sich klar und deutlich für mich entschieden. Mungos unverschämter Plan ist gescheitert, sie hat ihn angeschrien, dass er sie loslassen soll. Wahrscheinlich hält er sie in irgendeiner schäbigen Hütte gefangen. Nicht einmal Mungo brächte den Mut auf, sie in Vaters Haus unterzubringen.

Als er ein Geräusch hörte, das aus dem alten Schulzimmer zu kommen schien, riss er in seiner Ungeduld, Mungo zur Rede zu stellen, die Tür auf und schrie: »Du unverschämter Schuft!« Erst da bemerkte er, dass das Zimmer leer war. Neben einem neuen Buch lag ein Papiermesser, um die Seiten aufzutrennen.

Felix war selbst entsetzt über sein heftiges Verlangen, das Messer zu ergreifen und damit auf Mungo loszugehen. *Vielleicht ist es ja wahr, dass unter bestimmten Umständen jeder Mensch zu einem Mord fähig ist.*

Er lief nach unten und fand Kentigern L'Estrange in seinem Arbeitszimmer. Er war bereits dabei, im Morgenrock einen Stapel von Dokumenten zu bearbeiten. Die Reste seines Frühstücks standen auf einem Tablett neben ihm. Er zwinkerte Felix triumphierend zu, stolz auf die Fortschritte, die er beim Sprechen gemacht hatte. »Hast die Dame für dich gewonnen, was? Georgie Porgy in die Schranken verwiesen!«

Felix wunderte sich, wie schnell sich die Neuigkeit bei den Dienstboten herumgesprochen hatte, doch wie bei den meisten Gerüchten war es nur die halbe Wahrheit.

»Nicht ganz, Vater. Meine Gebieterin hatte mich auserkoren, das ja, aber dann wurde sie von diesem elenden Lügner, dem Taugenichts von deinem Sohn entführt.«

»Mungo? Mein Gott, was hat er mit Severins Machenschaften zu tun?«

Der Patriarch schien aufrichtig bestürzt zu sein, als Felix ihm aufgebracht berichtete, was sich letzte Nacht zugetragen hatte. Sein Bericht entsprach der Wahrheit, bis auf eine Kleinigkeit: Aus Dankbarkeit für die Unterstützung seines Vaters verheimlichte er ihm, welche Rolle Dr. Gordon gespielt hatte. Er wollte das Vertrauen seines Vaters in den neuen Arzt nicht erschüttern, dessen Methoden offensichtlich beachtliche Fortschritte bei seiner Genesung bewirkten. Felix glaubte Dr. Gordon, der ihm versichert hatte, nichts von Felix' Beziehung zu Vianna gewusst zu haben.

»Tut mir leid, wenn ich dich mit diesem absurden Melodrama behelligen muss, Vater. Aber die Dame hatte *mich* als ihren neuen Beschützer auserkoren. Mungo wird ihre Entscheidung anerkennen müssen.«

»Verdammt ärgerlich für mich, Felix. Streit zwischen Brüdern. Da halte ich mich lieber raus.« Mehr brachte sein Vater trotz aller Anstrengung nicht heraus.

Felix hatte mehr oder weniger mit dieser Entscheidung gerechnet, trotzdem ärgerte es ihn, dass sein Vater versuchte, ein Schmunzeln zu verbergen. *Warum sollte mich das überraschen? Wahrscheinlich bewundert er Mungos Piratenstil auch noch – ein Sohn ganz nach seinem Geschmack.*

Felix' vorrangige Sorge galt dem Versprechen seines Vaters, ein

Anwesen an der nördlichen Küste benutzen zu dürfen, das von dem nächstgelegenen Grundstück, das ursprünglich Mrs Mary Reiby gehörte, nicht eingesehen werden konnte. Da man nur per Boot dorthin gelangen konnte, war es der ideale Ort, um eine berüchtigte Mätresse zu verstecken.

»Ich gehe davon aus, dass dein Angebot bezüglich Mookaboola nach wie vor gilt, Vater?«

Kentigern nickte, verlor jedoch sichtlich die Geduld.

»Sobald ich Mungo gezwungen habe, mir Vianna zurückzugeben, brechen wir auf. Mutter darf nichts von der Existenz meiner Geliebten erfahren.«

Kentigern verdrehte die Augen, da er nicht glaubte, dass Felix vor seiner Mutter etwas geheim halten konnte. *»Bonne chance!«*, sagte er gereizt.

Schließlich gewann die Sonne wie üblich im ewigen Kampf um die Vorherrschaft die Oberhand gegenüber dem Regen. Sie trocknete die Straße so schnell, dass der Boden in der Hitze dampfte. An diesem Morgen strahlte das Severin House eine Atmosphäre von heruntergekommener Dekadenz aus, die Felix zuvor nicht aufgefallen war. Bald erkannte er den Grund dafür. Durch den Garten trampelten Händler, die die Möbel des Hauses wegschleppten und in die wartenden Wagen und Karren stapelten.

Zwei schlampige Frauen stürzten aus dem Dienstboteneingang und kreischten vor Aufregung über die erbeuteten Luxuskleider, die zweifellos Vianna gehört hatten. Fest entschlossen, dem Diebstahl ein Ende zu setzen, eilte Felix zum Haupteingang.

In der Vorhalle reichte er einem Mann, den er noch nie zuvor dort gesehen hatte, seine Visitenkarte. »Teilen Sie bitte Ihrem Herrn Severin mit, dass ich ihn sofort sprechen muss.«

»Er ist nicht mein Herr, Sir. Ich bin der Gerichtsvollzieher. Severin hat sich aus dem Staub gemacht.«

Als sich herumsprach, dass die Polizei sein Haus durchsucht

hatte, und die Gläubiger angelaufen kamen, um zu retten, was noch zu retten war, hatte sich Severin abgesetzt.

»Woher wollen Sie wissen, dass er nicht mehr wiederkommt?«, fragte Felix.

Der Gerichtsvollzieher zeigte auf Severins Büro. Der Tresor war leer geräumt, und die Dokumente waren von seinem Schreibtisch verschwunden. »Alles weg. Dieser Halunke, verzeihen Sie, Sir, dieser Gentleman hat sämtliche Gegenstände von Wert mitgenommen, seine Kutsche, den Landauer seiner Mätresse, die Pferde, alles.«

»Es heißt, er hätte ein Porträt der Venus von Sydney besessen. Ist das …?«

»Auch das ist verschwunden. Hätte gutes Geld eingebracht. Schließlich war sie eine berüchtigte Hure«, sagte er und zwinkerte Felix zu.

Felix wurde stocksteif. »Sie sollten wissen, dass ich ein Bekannter von Madame Francis bin. Ich würde gerne mit der Zofe der Dame sprechen.«

»Der Dunkelhäutigen? Die hat sich sicher auch verdrückt. Sie wissen ja, wie die sind«, antwortete der Gerichtsvollzieher nachsichtig. »Die gesamte Dienerschaft hat sich abgesetzt, Sir. Es muss hier gestern Nacht ziemlich was los gewesen sein. Eine nackte Meerjungfrau, und das am heiligen Sonntag.«

Felix errötete, entgegnete dann aber mit einem Hauch moralischer Überlegenheit: »Hören Sie, guter Mann, Madame Francis hat sich nichts zuschulden kommen lassen. Ihr persönlicher Besitz ist nicht Teil von Severins Schulden. Ich werde ihn an mich nehmen und bin gerne bereit, Sie für Ihre Mühe zu entschädigen.«

Er griff nach seiner Brieftasche, um auf die in Sydney Town übliche Art das Gesetz zu umgehen.

»Tut mir leid, aber Sie kommen zu spät, Sir. Es befindet sich bereits auf den Weg zu Sam Lyons Auktionshaus. Alles, was die berühmte Venus von Sydney getragen hat, lässt sich verkaufen wie warme Semmeln. Wahrscheinlich wird die Venus irgendwann wieder auftauchen, Sir. Frauen ihres Schlages nehmen gern reiche Herren aus, wenn Sie verstehen, was ich meine?«

Felix wandte dem Gerichtsvollzieher den Rücken zu. Es war unter seiner Würde, in aller Öffentlichkeit um ihren Schmuck und ihre Kleider zu feilschen. Er würde ihr neue Kleider besorgen, die besser zu ihrem neuen Leben passen würden.

Eilig stieg er die marmorne Treppe hinauf, die zu Viannas Schlafzimmer führte, und blieb in der Tür stehen, erschüttert von dem Gefühl eines schweren Verlusts. Sein erstes romantisches Treffen mit ihr hatte in diesem Zimmer stattgefunden, das der Lust hatte dienen sollen. Doch jetzt war es geplündert und machte im Tageslicht einen trostlosen, ja schäbigen Eindruck. Felix durchsuchte den Raum und fand in einem verborgenen Schrank den einzigen Gegenstand, den die Plünderer zurückgelassen hatten: eine zerbrochene grüne Flasche, deren Etikett klar beschriftet war: »Oral einzunehmen am Ende jeden Monats.«

Felix konnte ihren Zweck nur erahnen. Er hatte gehört, dass Kurtisanen so gut wie nie Kinder bekamen. Die Beschriftung des Etiketts führte Felix vor Augen, wie weltfremd er war. Während seiner einzigen früheren Liaison mit Maria Navarro hatte er keinen Gedanken an die möglichen Folgen verschwendet, nur ein Kondom wegen der möglichen Ansteckungsgefahr benutzt. Die gefürchtete Syphilis war so gut wie ein Todesurteil. Die zerbrochene Flasche erinnerte ihn daran, dass er jetzt die Verantwortung für seine Geliebte übernehmen musste.

Bei seiner Rückkehr nach Rockingham Hall lief er Mungo in die Arme, der gerade aus dem Arbeitszimmer seines Vaters kam. Noch ehe Felix ihn fragen konnte, wo er Vianna gefangen hielt, ergriff Mungo die Initiative. »Ich habe Vater soeben von den Ereignissen gestern Nacht unterrichtet. Wir müssen uns unter vier Augen unterhalten. Oben. In meinem Zimmer. Ich erwarte dich.«

Felix stand kochend vor Wut da, nachdem Mungo ihn erst seiner moralischen Überlegenheit beraubt und dann einfach hatte stehen lassen. *Was für eine Frechheit. Er tut so, als wäre er ein Held und nicht ein Schurke. Ich will verflucht sein, wenn ich ihm das durchgehen lasse. Das Blatt hat sich gewendet, Mungo Quayle!*

Mungo stand auf dem Balkon des alten Schulzimmers und blickte quer durch den Garten auf Janes weiß gekalktes Cottage und seine Remise hinunter, als Felix hereinstürzte.

»Ich will wissen, was du mit Vianna angestellt hast.«

Mungo hob lässig die Hand, um ihn zum Schweigen zu bringen. »Alles zur rechten Zeit, Bruderherz. Ich habe Vater versichert, dass es Vianna gut geht und sie in Sicherheit ist. Er ist ebenfalls der Meinung, dass sie Zeit braucht, um klar zu denken, und wir sie beide nicht unter Druck setzen dürfen, bis sie eine Entscheidung getroffen hat.«

Felix staunte wieder einmal über Mungos Gabe, seinen Vater mit links auf seine Seite zu ziehen.

»Wer gibt dir das Recht, meine Privatangelegenheiten mit *meinem* Vater zu besprechen? Vianna ist meine Sache. Wo zum Teufel steckt sie?«

Mungo zeigte auf das Ende des Gartens. »Da drüben.«

»Lieber Himmel! Hält Jane Quayle sie etwa gefangen?«

»Sei nicht albern. Nicht im Cottage meiner Mutter. Vater hat mir die Stallungen geschenkt, oder hast du das bereits vergessen? Keine Bange, dein Erbe ist dir sicher. Du wirst eines Tages all seine Landgüter erben und dir Rockingham Hall mit Mrs Less teilen, aber die Remise gehört mir!«

»Die Remise! Wie kannst du dieses wundervolle Geschöpf dermaßen kränken und es in einem Stall unterbringen?«

»Es ist keine Kränkung, wenn man einer Frau ein ehrliches Dach über dem Kopf besorgt, Felix. Ich habe ihr angeboten, sie zu heiraten. Du hast dich nur dazu durchringen können, sie zu deiner Mätresse machen zu wollen und sie vor der Gesellschaft zu verstecken, damit du dich an ihrem Körper erfreuen kannst, unter dem Vorwand, ihre Seele zu retten. Was bist du doch für ein verdammter Heuchler!«

»Das musst du gerade sagen! Du, ein verurteilter Strafgefangener, ein Dieb und ein Lügner. Wer weiß, welche Rolle du bei dem Mord an Patrick Logan gespielt hast!«

Die Stille, die auf diese letzte unbeabsichtigte Anschuldigung folgte, und Mungos Reaktion versetzten Felix in Staunen. Das Gesicht seines Bruders war ausdruckslos, doch in seinen Augen glänzte etwas, das Felix bei jedem anderen für Angst gehalten hätte.

Er schämte sich, Moreton Bay erwähnt und damit böse Erinnerungen geweckt zu haben, schließlich hatte Mungo die Familie vor Schaden bewahrt, indem er alle Schuld auf sich genommen hatte. Felix war sich der Absurdität seiner Anschuldigung bewusst. Niemand war des Mordes an Logan beschuldigt worden, die ganze Kolonie war der Meinung, dass feindlich gesinnte Aborigines für die Tat verantwortlich waren.

Mungo antwortete mit dem spöttischen Unterton, der sein Markenzeichen war. »O ja, ich bin sicher, dass du ein ganzes Buch über mein lasterhaftes Leben schreiben könntest. Aber das Einzige, worum es jetzt geht, ist Viannas Zukunft. Stell dich den Tatsachen, Felix. Wir beide wollen sie. Aber im Augenblick will sie von keinem von uns etwas wissen. Es könnte sogar sein, dass sie zu Severin zurückkehrt. Dieser Dreckskerl hat sie in der Hand, er erpresst sie mit irgendwas. Ob du es glaubst oder nicht, ich habe sie nicht entführt, um dir eins auszuwischen. Bis letzte Nacht wusste ich nicht einmal, dass du in dieses schmutzige kleine Spiel, das kaum besser ist als Sklaverei, verstrickt warst.«

Bei dieser Beleidigung zuckte Felix zusammen, doch er musste zugeben, dass sie teilweise berechtigt war. »Ich wäre der beste Beschützer, den sie haben könnte.«

»Dasselbe könnte ich auch behaupten! Tatsache ist, dass Vianna Severins Trumpf ist. Wenn er merkt, dass unsere Polizeirazzia ein Schwindel war, wird er keine Ruhe geben. Und was ist dann, Felix?«

Besänftigt von der Gewissheit, dass Vianna in Sicherheit und in der Nähe war, erzählte Felix ihm widerwillig, was er in Erfahrung gebracht hatte. »Severin hat bereits das Weite gesucht. Sein Haus ist nun in den Händen des Gerichtsvollziehers. Ich bin sicher, dass Vianna sich an den Vertrag hält«, entgegnete Felix steif. »Sie hat ihr Zeichen darunter gesetzt. Und sie hat mich öffentlich zu ihrem neuen Beschützer auserkoren.«

»Aber nur, weil ich nicht das Geld hatte, um ein Angebot abzugeben.« Er deutete mit dem Daumen in Richtung Remise. »Vermögen macht neun Zehntel des Gesetzes aus, Felix.«

»Nicht im Fall einer Entführung!«

Mungo versuchte, Zeit zu schinden. »Ich stimme Vater zu. Wir müssen ihr Zeit geben, um sich zu beruhigen, damit sie sich entscheiden kann. Kein Druck. Keine Verführung. Abgemacht?«

Felix sprang auf. »Während sie unter *deinem* Dach wohnt? Wer ist hier der Heuchler?«

»Reg dich ab, Felix. Ich wohne im großen Haus. Meine Mutter wird über Vianna wachen und aufpassen, dass keiner von uns auf dumme Gedanken kommt. Du weißt ja selbst, dass Jane Methodistin ist«, erklärte Mungo.

»Scheint mir ein ziemlich biegsamer Moralkodex zu sein«, entgegnete Felix und errötete augenblicklich vor Scham, weil er Jane unbeabsichtigt gekränkt hatte. »Tut mir leid, ich wollte deine Mutter nicht beleidigen. Nur dich.«

Mungos Lächeln erstarb. »Du dagegen bist über alle Zweifel erhaben, Felix. Wie die Mutter, so der Sohn.«

»Vergiss nicht, dass du nur dank der Intervention meiner Mutter ein freier Mann bist. Vater und ich haben uns jahrelang für deine Entlassung ins Zeug gelegt, aber es war Mutters Audienz bei Gouverneur Darling, die am Ende den Ausschlag gab. Möglich, dass sie die Vergangenheit nicht vergessen kann«, sagte er spitz, in Anspielung auf Jane Quayle, »aber sie bewundert Mut über alles.«

»Unsinn. Will Eden hat den vollen Preis bezahlt. Ich habe nur getan, was zum Überleben notwendig war. Seitdem ist eine Menge Wasser unter der Seufzerbrücke entlanggeflossen.«

Felix nahm Mungos Angeberei hin. Er schämte sich, den Mord an Logan angesprochen zu haben, und versuchte, die Wogen zu glätten. »Du bist dem Galgen entkommen und hast Moreton Bay überlebt. Ist das nicht ein Beweis für Gottes Gnade? Du hast viele gute Jahre vor dir, Zeit, um dir ein neues Leben und einen neuen Moralkodex aufzubauen.« *Mit Gottes Hilfe hoffentlich weit weg von Vianna.*

Mungo umklammerte die Armlehne, um nicht die Beherrschung zu verlieren und Felix quer durch den Raum zu schleudern.

»Moral? Gottes Gnade? Du Narr! Lieber würde ich tausend Peitschenhiebe einstecken, als Gott um Hilfe zu bitten – oder dich.«

Im nächsten Augenblick kehrte er zu der spöttischen Haltung zurück, mit der er als Kind gelernt hatte, seinen Schmerz zu verbergen. »Als Kinder hat man uns eingetrichtert, dass Gott überall ist. Tja, in Moreton Bay habe ich keine Spur von ihm gesehen.« Mungo zuckte die Achseln. »Aber eine neue Moral habe ich mir trotzdem zugelegt. Ich glaube, wer Patrick Logan überlebt hat, übersteht auch alles andere. Aber ich will verflucht sein, wenn ich das aufgebe, was mir zusteht.«

»Niemand stellt deinen Mut infrage, Mungo. Trotzdem tust du mir leid. Am Vorabend deiner Hinrichtung hast du dem Tod ins Gesicht gelacht. Aber als du begnadigt wurdest, hast du da nicht eingesehen, wie barmherzig und gnädig Gott ist?«

»Weißt du, was das Problem mit dir ist, Felix? Du lebst nach den Zehn Geboten und erwartest, dass du dafür belohnt wirst. In der Strafkolonie gibt es keine Regeln. Die Exclusives nehmen den Schwarzen ihr Land weg und verdienen sich mit Zwangsarbeitern eine goldene Nase. Wenn es einen Gott gibt, dann ist er wahrscheinlich zu beschäftigt, um uns, die wir ganz am Ende der Schlange stehen, Gerechtigkeit und Gnade zukommen zu lassen.«

Felix zwang sich zu einem nachsichtigen Lächeln. »Wie ich sehe, hängst du immer noch deiner einfachen Definition von Atheismus nach.«

»Wach endlich auf, Felix. Um in dieser Kolonie zu überleben, muss man sich seine eigenen Gesetze machen. Als ich sah, wie dieser Gentleman Severin Vianna ausbeutete, hatte ich nur eine Wahl: Ich musste sie ihm erst wegnehmen, dann konnte ich streiten.«

»Trotzdem ist dein Plan nicht wirklich aufgegangen, oder?«, entgegnete Felix kühl. »Ich werde Vianna nicht zwingen, mein Angebot anzunehmen, aber mit der Zeit wird sie die Vorteile sicher einsehen.«

»Als wir das letzte Mal abgemacht haben, fair zu spielen, haben wir uns beide nicht daran gehalten. Was mich anbelangt, ist nun alles möglich.«

Felix schäumte vor Wut. Sie schauten sich schweigend in die Augen. Mungo war gefährlich ruhig. »Der Gewinner bekommt alles.«

Felix stand würdevoll auf und ging, doch bei Mungos Worten hielt er an der Tür inne. »Vater wusste von deinem Angebot, also weiß er um Viannas Ruf. Wenn du das vor Mrs Less geheim halten willst, sollten wir sie lieber Fanny nennen, ihrem richtigen Namen, bis sie sich entschieden hat.«

Felix verließ den Raum und verfluchte insgeheim Gouverneur Darling, weil er Mungo vor dem Galgen gerettet hatte. *Verdammt noch mal, er hat recht. Wie lange wird es wohl dauern, bis Mutter erfährt, dass die Venus von Sydney unter unserem Dach wohnt – und öffentlich eingewilligt hat, meine Mätresse zu werden?*

Als Felix und sein Vater später geschäftlich in der Stadt zu tun hatten, kam Molly, die Tochter der Köchin, mit einem Päckchen zu Mungo, das an Madame Francis, c/o Felix L'Estrange, adressiert war, wohnhaft in Rockingham Hall.

»Hey, wann ist denn das angekommen, Molly?«

»Eine schwarze Frau hat es am Dienstboteneingang abgegeben. Was soll ich damit tun?«

Mungo ergriff die Gelegenheit beim Schopf. »Gib es mir, Molly. Ich sorge dafür, dass sie es bekommt.«

Dann eilte er Richtung Remise und lief seiner Mutter direkt in die Arme.

»Ich dachte, ich hätte mich deutlich ausgedrückt. Weder du noch Felix solltet euch hier blicken lassen, damit die Meerjungfrau sich erholen kann. Ich werde ihr das Päckchen geben.«

Mungo nickte gehorsam. »Ja gut, aber wer soll ihr den Brief darin vorlesen?«

Jane kapitulierte seufzend. »Na schön, lies ihr den Brief vor. Aber behalte deine Hände bei dir, sonst bist du im Nu wieder draußen. Ich meine es ernst.«

Es war seltsam, Vianna in einer einfachen weißen Bluse seiner Mutter und einem selbst genähten bunten Rock zu sehen, das Haar zu einem losen Knoten im Nacken geschlungen. Sie hatte dunkle Ringe unter den Augen, wahrscheinlich hatte sie kaum geschlafen. Auf den ersten Blick sah sie wie ein verlorenes kleines Mädchen aus.

Aber ihr Tonfall war scharf. »Welchem Umstand verdanke ich die Ehre, Mungo Quayle? Ich glaubte, du wärst bei Gericht, um über meine obszöne Vorstellung gestern Abend auszusagen.«

»Keine Sorge, du bist hier sicher«, sagte er leichthin. »Ich wollte dir nur dieses Päckchen bringen, das deine Zofe hier abgegeben hat.«

»Wanda? Wo ist sie? Warum darf ich sie nicht sehen?«, fragte Vianna und stand aufgeregt auf.

»Tut mir leid. Sie hat das Päckchen abgegeben und ist wieder gegangen. Wenn ich davon gewusst hätte, hätte ich sie zu dir gebracht«, fügte er sanft hinzu. »Es ist ein Brief dabei. Soll ich ihn dir vorlesen?«

Vianna war nicht bereit, einen Gefallen von ihm anzunehmen. Sie öffnete das Päckchen und überprüfte hastig den Inhalt: ein weißes Kleid, hauchdünne Unterwäsche, ein Schal, hochhackige Tanzschuhe, eine Haube, ein Sonnenschirm, Handschuhe, eine kleine Handtasche und eine in ein Seidentuch gehüllte schwarze Perücke. Mungo bemerkte den Anflug von Traurigkeit, der ihr Gesicht verdüsterte, als sie das seidene Kinderkleid entdeckte.

»Das habe ich für meine kleine Schwester Daisy genäht. Severin wird mir jetzt niemals verraten, wo sie ist, dank deiner Unbedachtheit.«

»Vergib mir, das habe ich nicht gewusst.«

Das Päckchen enthielt eine kleine Flasche und zwei Bücher. Das eine war ein Tagebuch, das andere ein Exemplar von Jane Austens *Mansfield Park*. Die Andacht, mit der sie in den Seiten des Romans blätterte, obwohl sie ihn gar nicht lesen konnte, rührte ihn.

»Es ist eine großartige Geschichte. Die Heldin heißt Fanny, stimmt's? Vielleicht könnten wir es zusammen lesen«, sagte er hoffnungsvoll.

In ihrem Lächeln erkannte er einen Hauch von Zustimmung und wusste plötzlich, wenn überhaupt jemand ihm helfen könnte, Vianna für sich zu gewinnen, dann war es Jane Austen.

»Vielleicht«, wiederholte sie und nickte lächelnd. Dann reichte sie ihm Wandas Brief und forderte ihn auf, sich zu setzen.

Gott segne dich, Wanda. Die makellose Rechtschreibung und einwandfreie Grammatik einer schwarzen Dienstbotin überraschten ihn.

Mylady,
ich hoffe, dass dieses Päckchen Dich in der Anschrift von Mr L'Estrange erreicht. Ich wurde von den Ereignissen letzte Nacht so überrumpelt, dass ich keine Gelegenheit mehr hatte, mit Dir zu sprechen, ehe die Beamten Dich mitnahmen. Ich habe mich im Gericht erkundigt, was aus Dir geworden ist, und war überrascht, als man mir erklärte, es lege nichts gegen Dich vor. Diese wenigen Gegenstände waren alles, was ich retten konnte, bevor der Gerichtsvollzieher kam. In der Handtasche liegt die Kette mit dem kaputten Schloss, die ich zum Reparieren zum Juwelier bringen sollte. Master Severin und Blewitt sind verschwunden, also muss ich mich nach einer neuen Arbeit umsehen. Ich werde versuchen, Dich zu finden. Hoffentlich behandelt Dich Dein neuer Gentleman gut. Ich werde niemals vergessen, wie liebenswürdig Du zu mir warst.
Ich verbleibe für immer Deine Freundin
Wanda

Gerührt sah Mungo, wie ihre Augen in Tränen schwammen. Er zögerte, bevor er ihr das Postskriptum vorlas, doch er hatte nicht das Recht, es ihr vorzuenthalten.

PS: Das ist die letzte Flasche des Medikaments, das Severin Dir jeden Monat gegeben hat. Wenn Dein neuer Herr Dich gut behandelt, wirst Du es hoffentlich nicht brauchen.

»Wanda ist loyal bis zum Ende«, sagte Vianna und wandte rasch den Blick ab.

»Es ist nicht das Ende, Kleines«, sagte Mungo leise. »Es ist der Anfang von etwas Besserem. Wie immer du dich auch entscheidest«, er hob die Hände wie ein Soldat, der kapituliert, »von mir hast du keinen Druck zu befürchten. Aber lass bitte zu, dass ich dir helfe. Du würdest mir einen Gefallen tun, wenn wir dieses Buch gemeinsam zu Ende lesen. Darf ich dich morgen besuchen?«

Vianna lächelte ihn durch ihre Tränen hindurch an. »Das kann vermutlich nicht viel schaden.«

Mungo vergaß nicht, sich höflich zu verbeugen, ehe er die Leiter wieder hinunterstieg.

Im Garten erwartete ihn Jane mit in die Hüften gestemmten Armen.

»Ich habe nichts getan, Mam«, versicherte er ihr grinsend.

»Mach, dass du wegkommst«, erwiderte sie mit einem widerwilligen Lächeln. »Du bist genau wie dein Vater als junger Mann. Mit seinem Charme konnte er die Vögel von den Bäumen herunterlocken.« Dann ging sie kopfschüttelnd fort, als hielte sie die Chancen ihres Sohnes für nicht besonders groß.

Seinen nächsten Schritt hatte Mungo perfekt geplant. Albruna wollte gerade in ihrer Kutsche aufbrechen, zu einem Ort, den niemand kannte und den sie dem Tratsch der Dienstboten zufolge zwei Mal pro Woche aufsuchte. Misstrauisch beobachtete sie, wie Mungo sich der Kutsche in den Weg stellte.

»Mrs L'Estrange, ich wollte Sie um einen Gefallen bitten, um den ich sonst niemanden fragen kann. Es ist nicht für mich. Es ist für eine junge Frau, die dringend Hilfe braucht. Ich glaube, Sie könnten ihr helfen.«

»Worum geht es, Quayle? Braucht sie Arbeit? Ich bin spät dran.«

»Nein, es ist eine heikle Angelegenheit. Bitte behandeln Sie es vertraulich. Ich möchte keine falschen Hoffnungen wecken. Ich wende mich an Sie, weil Sie für das Waisenhaus tätig sind.«

»Ja?«, gab sie argwöhnisch zurück.

»Ich suche nach einem kleinen Mädchen, ungefähr sechs Jahre alt. Daisy wurde ins Waisenhaus gesteckt und anschließend adoptiert, ohne die Erlaubnis ihrer älteren Schwester, die jetzt völlig am Boden zerstört ist, aber nicht die Mittel hat, sie suchen zu lassen. Ich habe ihr versprochen, ihre Schwester zu finden. Wollen Sie mir dabei helfen?«

»Steig ein und fahr bis zur Kreuzung an der South Head Road mit. Aber fass dich kurz.«

Mungo erzählte ihr das wenige, was er wusste, bauschte die emotionale Seite der Geschichte auf und umschiffte die skandalösen Aspekte.

Am Ende beugte sich Albruna vor, und ihre Stimme war sanfter. »Der Verlust eines Kindes ist immer eine schreckliche Sache. Ich werde sehen, was ich tun kann.«

Als sie ihn an der Kreuzung absetzte, hatte Mungo plötzlich das Gefühl, dass er die Drachenfrau seines Vaters zum ersten Mal von einer ganz anderen Seite kennengelernt hatte.

Die Frau hat also doch noch etwas Menschliches an sich. Jetzt hat sie angebissen. Aber wie würde sie reagieren, wenn sie erfahren würde, dass sie mir hilft, die Pläne ihres eigenen Sohns zu durchkreuzen, der sich eine Mätresse zulegen will … Ich glaube, Mrs Less wäre auf meiner Seite. Weiche von mir, Satan!

Mungo grinste, als er zum Himmel aufsah, der weit und blau war wie der Pazifische Ozean, ohne eine einzige Wolke.

Vielleicht gibt es doch einen Gott, der ein Auge auf uns Kerle am Ende der Schlange hat …

SECHSUNDZWANZIG

Vianna starrte ihr Spiegelbild an. In dem ausgeblichenen Kleid von Jane Quayle, ungeschminkt, ohne Rouge, aufwendig frisiertes Haar und all den anderen Putz einer Kurtisane war diese Frau plötzlich eine Fremde.

»Was hätte Fanny Byron getan, wenn sie an diesem ersten Abend nicht mit Severin ins Bett gegangen wäre? Höchstwahrscheinlich wäre ich nie in diese Welt hineingeraten und hätte auch Daisy nicht verloren.«

Zusammen mit dem Severin House war auch jede Spur des luxuriösen Lebens verschwunden: ihre Garderobe, die modischen Kleider, der Schmuck, den Severin im Tresor aufbewahrt hatte, ihr geliebter Landauer und die Pferde, ihre Zofe und Vertraute Wanda, der freie Zugang zu den führenden Schneidern, Schuhmachern und Friseuren. Sie hatte nie mehr als ein paar Münzen bei sich haben müssen.

Und jetzt muss ich mich wie eine Straßenbettlerin auf die Güte und Nächstenliebe fremder Menschen verlassen. Alles, was mir geblieben ist, sind mein Körper und die Tricks, die mir Severin beigebracht hat: Wie man Männer reizen und befriedigen kann und sie gegeneinander ausspielt, um das zu erreichen, was man will.

Sie war komplett von Severin abhängig geworden. Sosehr sie ihn gehasst und gefürchtet hatte, seine Abwesenheit hatte eine Leere hinterlassen, die ihr Angst einjagte.

Ich traue mich ja nicht einmal, vor die Tür dieses absurden Gefängnisses zu treten, das nach Heu und Pferden riecht.

Sie rief sich ins Gedächtnis zurück, dass eine wahre Kurtisane wie Madame Amora Felix und Mungo gegeneinander ausspielen würde. *Aber wie wäre es, wenn ich einen eigenen Plan hätte – der nicht von einem Mann abhängig ist?*

Da sie niemanden hatte, der ihr gute Ratschläge geben konnte, verlegte sie sich darauf, alles um sich herum genau zu beobachten. Sie musste das seltsame Gleichgewicht der Macht zwischen Kentigern L'Estrange, dem unsichtbaren Herrn von Rockingham Hall, dessen Sohn und Erben Felix und Mungo, dem Sohn der Dienstbotin Jane Quayle, verstehen. Aus irgendeinem Grund wurde Mungo vorübergehend im Haus geduldet.

Ihr einziger Trost war Janes praktischer Humor, doch selbst deren Freundlichkeit hatte ihre Schattenseite. Mungos Mutter war nicht frei von Voreingenommenheit.

Vianna saß auf dem schmiedeeisernen Balkon auf der Rückseite der Remise und ließ ihr Haar in der Sonne trocknen. Dabei betrachtete sie über den Garten hinweg die Zwillingshäuser – Zentrum der Macht in ihrer neuen Welt. Es war eine Szene von ungewöhnlicher Schönheit. Die Sommersonne ging auf, ein Feuerball aus heißen Regenbogenfarben, die sich über den östlichen Horizont ergossen. Der Garten lag wie eine abgeschiedene Oase zwischen den Zwillingshäusern und den beiden bescheidenen Cottages.

Vianna musterte Türen und Fenster des großen Hauses in dem Versuch, mehr über die Beziehung zwischen dem Hausherrn und seinen Bediensteten herauszufinden. Sie kannte die gehobene gesellschaftliche Stellung des Patriarchen, und es war eindeutig, dass hier sein Wort Gesetz war. Jane Quayle eilte ins Haus, wann immer nach ihr verlangt wurde. Und wer war die schöne blonde Frau, die in dem anderen Flügel wohnte?

Plötzlich weckte ein Schwarm von Gelbhaubenkakadus ihre Aufmerksamkeit, die sich kreischend auf einem gewaltigen, völlig kahlen Eukalyptusbaum niederließen.

Vom Blitz getroffen. Es heißt, ein Blitz würde niemals zwei Mal in derselben Stelle einschlagen, aber das gilt wohl nicht für mich. Gestern noch lebte ich im Luxus und war das Gesprächsthema von ganz Sydney Town. Und heute besitze ich nur noch den zerfetzten Schwanz einer Meerjungfrau.

Während sie sich das Haar mit einem Handtuch trocken rubbelte, färbte die Ruhe, die von der wilden, exotischen Verbindung einheimischer und europäischer Pflanzen, den Bäumen, Vögeln, Eidechsen und einem züngelnden Waran ausging, auf sie ab.

Das spektakuläre Farbspiel der Sonne, Ouvertüre zu einem goldenen Sommermorgen, die Vianna im Severin House nur selten erlebt hatte, lenkte ihre Aufmerksamkeit auf ein Fenster im oberen Stockwerk, wo ein zum Himmel gerichtetes Teleskop zu sehen war. *Das muss wohl Felix' Reich sein.*

Dann erschien auf einem identischen Balkon im Zwillingshaus eine Gestalt mit nacktem Oberkörper, die sich ebenfalls das Haar trocken rieb. Seine sonnengebräunte, muskulöse Brust bildete einen starken Kontrast zu dem von der Sonne gebleichten Haar. Mungo. Unwillkürlich machte ihr Herz einen Satz.

Wie kann es sein, dass Severin mir alle erotischen Tricks beigebracht und mich zu einer Expertin in Sachen Liebe gemacht und trotzdem kein Mann mich so geküsst hat wie Mungo? Ach, das vergesse ich lieber.

Als sie bemerkte, wie er sie ansah, wandte sie rasch den Blick ab. Sekunden später war Mungo verschwunden.

Im nächsten Augenblick wurde die friedliche Szene durch einen Ausbruch von Gewalt unterbrochen. Ein junges Mädchen in Dienstbotenuniform kam unter wildem Geschrei aus dem westlichen Haus gerannt. Es hörte sich an wie ein gälischer Schlachtruf.

Daraufhin flogen die Gelbhaubenkakadus laut kreischend in wilden Spiralen davon und ließen eine Wolke von Federn zurück, die wie aus den Schwingen eines gefallenen Engels zur Erde schwebten.

Dann erschienen an Türen und Fenstern die neugierigen Gesichter von Frauen und Kindern, mit einer Ausnahme: Im oberen

Fenster blieb das Teleskop unbeweglich wie ein blindes Auge aufgerichtet. Stimmen mit den unterschiedlichsten Akzenten spekulierten über die Köchin und »Mad Molly Baker«.

Vianna vermutete, dass die Frau mit dem feisten, rauen Gesicht, die mit in die Hüften gestemmten Armen in der Mitte der staunenden Diener stand, die Köchin war, und das zerzauste Mädchen, das ihr einmal Blumen von Felix gebracht hatte und jetzt um Hilfe schrie, ihre Tochter Molly.

»Schnell, Kleines, beeil dich! Ich schließe dich im Keller ein«, rief die Köchin, doch Molly weigerte sich.

»Nein, Mam, dann wird er dich nur wieder schlagen.«

Hände zeigten, Stimmen schrien wie Kinder bei einem Schauspiel, die die Heldin vor der Ankunft des Teufels warnten. Mollys Panik war echt, als sich der kräftige Körper eines Mannes über die Steinmauer schwang und auf sie stürzte. Vianna stimmte in den Chor der warnenden Stimmen ein.

Die Flucht des Mädchens endete an dem verschlossenen Eisentor, das den Pfad zwischen den beiden Hütten schützte. In die Ecke getrieben stieß Molly einen herzzerreißenden Schrei aus und schlug mit beiden Fäusten, ihrer einzigen Waffe, wild um sich.

Meine Güte, die Kleine hat Mumm!

Vianna beugte sich über die Brüstung des Balkons, um den Angreifer besser sehen zu können. Es war ein großer, schwerfälliger Mensch mit einem blassen, pockennarbigen Gesicht. Unter dem zerrissenen Hemd lugte der tätowierte Oberkörper eines ehemaligen Sträflings hervor. Seine rauen Gesichtszüge erinnerten an das hastig gezeichnete Werk eines Karikaturisten. Der taumelnde Gang und das undeutliche Lallen ließen darauf schließen, dass er völlig betrunken war.

»Komm schon, Molly, Kleines. Gib deinem Vater einen Kuss, und alles ist verziehen.«

Bakers Versuch, seine Tochter zu umarmen, misslang. Molly

stieß ihn mit ausgestreckten Armen von sich. Er versuchte, sie mit seinem Grölen zum Schweigen zu bringen. Als sie nicht aufhörte zu schreien, versetzte er ihr einen derart heftigen Schlag mit dem Handrücken, dass sie gegen das Eisentor prallte und gleich wieder zurück gegen seine Brust flog. Daraufhin prügelte er wie von Sinnen auf ihren Kopf ein.

Vianna erstarrte, als sie daran erinnert wurde, wie sie selbst Opfer männlicher Brutalität geworden war. Obwohl sie auf seinen Schutz vor aufdringlichen Freiern angewiesen war, hatte Severin sich eingebildet, sie gelegentlich züchtigen zu müssen.

Vianna verdrängte ihre eigenen Ängste, hielt sich an der Brüstung fest und schrie: »Lass sie in Ruhe, du Feigling!«

Die Menge schrie: »Blöder Baker, blöder Baker!«

Baker sah von ihrem gebieterischen Ruf erschreckt zu Viannas Balkon auf und starrte sie mit seinen blutunterlaufenen Augen an, ohne von Molly abzulassen. Ihr lief es kalt über den Rücken. *Jetzt weiß er, wo er mich finden kann.*

Die Dienstboten drängten sich zusammen, stießen die Fäuste in die Luft und riefen Molly aus sicherer Entfernung Ratschläge zu. Ihre Gesichter hatten den Ausdruck von Zuschauern eines ungleichen Kampfes zwischen Faustkämpfern. Kinder, die kaum gehen konnten, verkrochen sich unter die Röcke ihrer Mütter. Lausbuben stiegen auf die Steinmauer oder kletterten auf den vom Blitz verkrüppelten Eukalyptusbaum, um mehr sehen zu können.

Entsetzt beobachtete Vianna einen Jungen, der mit baumelnden Beinen auf dem hohen Ast eines Eukalyptusbaumes saß und den Mann, der Molly ins Gesicht schlug, anfeuerte.

»Ja, gut gemacht! Gib's ihr, Baker!«

Eine Frau sprang zum Fuß des Baums, zeigte dem Jungen die Faust und schrie ihn mit einem schweren irischen Akzent an.

»Halt die Klappe, du Rotznase! Und mach, dass du da runterkommst, sonst schlag ich den Baum ab und mach Kleinholz aus dir!«

»Scheiße!« Der Junge sprang hinunter, landete auf dem Steinpfad des benachbarten Gartens und lief davon, als wäre der Teufel hinter ihm her.

Mollys Gesicht war inzwischen so blutverschmiert, dass man sie kaum wiedererkannte. Vianna wollte schon auf die Straße laufen, um einen Polizisten zu holen, als sie sah, wie die Dienerschar vor einem Gentleman im Gehrock und Zylinder zurückwich.

Aus der Entfernung war sie sich nicht sicher, ob es Felix oder Mungo war. Doch dann erkannte sie Mungos unverwechselbar stolzen Schritt.

Die Sonne streifte sein blondes Haar, als er seinen Hut absetzte und einem der um ihn herumschwirrenden Hausmädchen reichte. Sie alle bedrängten ihn, etwas zu unternehmen. So kannte sie Mungo nicht. *Diese Leute vertrauen ihm.*

Er hob die Hand und forderte Ruhe. Die Stille wurde nur von der Stimme eines Kindes unterbrochen, das an Mungos Hemdsärmel zupfte.

»Du wirst es dem Rüpel zeigen, nicht?«

Mungo streichelte dem Knirps abwesend den Kopf, ohne den Blick vom Ende des Gartens zu wenden.

Als Baker die Gefahr erkannte, die von dem Mann ausging, zog er ein langes Messer aus seinem Gürtel. Er fuchtelte damit herum, sodass alle es sehen konnten, drehte Molly um, sodass sie mit dem Gesicht zu der Menge stand, und presste sie wie ein Schutzschild an seine Brust. Dann bleckte er triumphierend die Zähne, setzte Molly das Messer zwischen die Brüste und hob es anschließend in die Luft, damit jeder das Blut sehen konnte.

Mehrere Frauen bekreuzigten sich, ihre Lippen bewegten sich in einem stummen Gebet, doch Vianna war viel zu aufgebracht, um himmlischen Beistand zu erflehen. *Wenn ich ein Mann wäre, dann … ja, was würde ich tun? Mungo ist unbewaffnet und der Kerl völlig betrunken.*

Seelenruhig zog Mungo seinen Gehrock aus, den ihm die Köchin respektvoll abnahm. In seinem mit Rüschen besetzten Hemd und der engen dunklen Hose wirkte er so unbekümmert, als würde er gerade von einem Fechtkampf zurückkehren.

Er schlenderte den Pfad entlang und blieb dann stehen, um die Blüten eines einheimischen Zylinderputzers zu bewundern, wobei er den Mann, an den er sich anschließend wandte, nicht einmal ansah.

»So trifft man sich wieder, Mr Baker.«

Der Trunkenbold grunzte verwirrt.

Vianna hielt den Atem an. *Was führt Mungo im Schilde? Wieso spricht er den feigen Hund auch noch respektvoll mit Mister an?*

Mungo trat einige Schritte näher und lehnte sich lässig an die Steinmauer.

»Hätte ich gewusst, dass ich Sie hier antreffe, hätte ich Sie mit einer Flasche des neuen L'Estrange-Jahrgangs begrüßt. Damit Sie mir Ihre Meinung als Kneipier mitteilen.«

»Soll das ein Scherz sein?«, entgegnete Baker. »Ich bin Kellermeister, besser gesagt, war Kellermeister, bevor mich der Wirt des Red Dragon auf die Straße gesetzt hat.«

»Ach, das ist sicher nur eine vorübergehende Maßnahme. Es kann nicht lange dauern, bis Sie zum Gastwirt aufsteigen, glauben Sie mir.«

Als Molly unwillkürlich stöhnte, zog der Mann sie noch fester an sich.

»Nun, jedenfalls würden wir uns freuen, wenn Sie den Inhalt unseres Weinkellers unter die Lupe nehmen würden, wann immer Sie Zeit dafür haben«, schlug Mungo höflich vor.

Ein wenig besänftigt von Mungos Einladung hielt Baker das Messer nicht mehr ganz so bedrohlich nah an Mollys Kehle, schwankte aber deutlich.

Beschwichtigend fuhr Mungo fort: »Ich weiß die Sorge eines guten Vaters um das Wohlergehen seiner Tochter zu schätzen, Mr Baker, und darf Ihnen versichern, dass auch Mrs L'Estrange der Schutz ihrer Dienstboten am Herzen liegt. Molly ist äußerst beliebt und ein sehr braves Mädchen, nicht wahr?«

Baker nahm die Gelegenheit wahr, seine eigene Ehre zu verteidigen. »O ja, aber ihre Mutter ist eine Hure! Sie hat mich gezwungen, in Sünde zu leben, weil sie auf dem Sträflingsschiff behauptet hat, sie wäre verheiratet gewesen, ehe sie deportiert wurde. Das war gelogen, sie ist *Witwe*. Und das faule Stück hatte nichts anderes im Sinn, als mein Geld durchzubringen. Ich nehme meine Tochter jetzt mit, *zu Mollys eigenem Wohl.*«

»Das werden Sie nicht tun, Baker!« Die gottähnliche Stimme kam von oben.

Für einen Moment war Baker abgelenkt, als er aufsah. In diesem Augenblick machte Mungo einen Satz, stürzte sich auf Baker und versuchte, ihm das Messer zu entreißen.

»Lauf, Molly, lauf!«, rief Felix L'Estrange von seinem Balkon aus.

Molly löste sich von dem Mann, lief der Köchin in die Arme und vergrub das Gesicht an ihrer üppigen Brust. Beide weinten. Ihre Mutter flüsterte ihr etwas zu, woraufhin die Kleine zu dem jungen Master aufsah und einen Knicks machte. »Danke, Sir.«

Doch Vianna beobachtete, dass Molly nur Augen für Mungo hatte, nachdem sie ihre Pflicht getan hatte.

Ich kann es ihr nicht verübeln. Mungo ist der eigentliche Held. Hoffentlich am Ende kein toter Held.

Mungo kämpfte wie ein Tiger. In einer tödlichen Umarmung mit dem Kerl wälzte er sich mit ihm am Boden hin und her.

Vianna war wütend, weil die Menschenmenge sich heiser brüllte, als wäre das Ganze ein Spiel.

Ein kleiner Junge rief: »Ich setze auf Mungo Quayle!«

Was dann folgte, geschah so schnell, dass Vianna der Atem stockte.

Die Klinge war nur noch Zentimeter von Mungos Gesicht entfernt. Schweißüberströmt zwang Mungo das Messer in Bakers

Hand Zentimeter um Zentimeter herunter, bis es sich in den Boden bohrte. Dann stieß er dem Kerl das Knie zwischen die Beine, woraufhin der sich stöhnend zusammenkrümmte. Das Messer blitzte in Mungos Hand auf, als er es ihm vor die Augen hielt.

»Ein Mucks, und ich spieße deinen Augapfel auf!«

Als Baker feige um Gnade flehte, stieß Vianna einen triumphierenden Schrei aus.

Dann erschien Felix, tadellos gekleidet wie immer, und reichte Mungo einen Strick. Er hielt Baker mit dem Messer in Schach, während Mungo ihm Arme und Beine derart eng zusammenschnürte, dass der Gefangene sich kaum bewegen konnte.

Frauen und Kinder liefen auf Mungo zu, um ihn zu feiern. Trotz der geschwollenen Augen unter dem blutverschmierten Haar fand Molly die Kraft, ihrem Vater eine Ohrfeige zu versetzen.

»Das soll dir eine Lehre sein, meine Mutter zu schlagen!«

Felix hinderte sie sacht daran, weitere Gewalt anzuwenden.

Vianna war begeistert. *Das ist ja wie in einem Roman!*

Die Menschenmenge johlte, als Mungo spöttisch sagte: »Tut mir leid, wenn der Strick zu eng ist. *Es ist nur zu Ihrem eigenen Wohl*, Mr Baker.«

Dann drehte er ihn um, damit die Leute ihn sehen konnten.

Felix übernahm die Kontrolle mit der unverwechselbaren Autorität der herrschenden Klasse. »Wenn du es je wagen solltest, einer Frau oder einem Kind zu nahe zu treten, werden mein Vater und ich persönlich dafür sorgen, dass du nach Norfolk Island verfrachtet wirst – und zwar für immer!«

Vom Balkon aus beobachtete Vianna, wie Jane das Gesicht des Mädchens geschickt mit einem Kräuterumschlag behandelte. Eine ältere Frau küsste dem jungen Master L'Estrange ehrerbietig die Hand. Kleine Kinder klammerten sich an Mungos Beine und blickten bewundernd zu ihm auf.

Vianna empfand einen Anflug von Stolz auf sie beide. Sie war entzückt, Zeugin eines seltenen Sieges misshandelter Frauen über einen Mann geworden zu sein. Trotzdem schnappte sie nach Luft, als sie sah, wie Mungo das Seil zu einer Schlinge band. Doch er legte sie dem Mann nur um den Hals wie eine Hundeleine, an der er seinen Gefangenen durch das Eisentor abführte.

Vianna lief zum vorderen Fenster, das auf die Rockingham Street hinausging, um einen letzten Blick auf den kunterbunten Zug zu erhaschen, der johlend und singend Baker ins Gefängnis begleitete.

Jetzt, da die Anspannung verflogen war, fiel Vianna auf das Bett und lachte, bis ihr die Tränen kamen.

Das war ein erstaunliches Beispiel der Zusammenarbeit zwischen den beiden Rivalen. Mungos Geschick und Felix' rechtzeitiges Eingreifen haben Molly davor bewahrt, von ihrem eigenen Vater umgebracht zu werden.

Doch eine Schlüsselfrage war noch nicht geklärt: Welche Beziehung bestand zwischen diesen Häusern, einschließlich der Remise, in dem sie nun saß wie bestellt und nicht abgeholt?

Jetzt wirkte der Garten in der sengenden Sonne friedlicher als je zuvor.

Dann fiel Viannas Blick auf eine beeindruckende Gestalt am Fenster des Westflügels, ein Mann mit weißer Löwenmähne. Kein Zweifel, das musste Kentigern L'Estrange sein. Als Jane mit Molly fertig war, sah sie direkt zu seinem Fenster auf. Auf sein kaum merkliches Nicken hin ging sie auf das Haus zu.

Erst da erspähte Vianna an einem Fenster des anderen Flügels eine blonde Dame, die Jane reglos beobachtete, bis sie das Haus betrat. Anschließend zog sie die Vorhänge zu.

Da liegt also die Antwort! Die eine ist Herrin über das Haus. Jane dagegen ist Herrin über sein Herz. Das bedeutet, Felix und Mungo sind Halbbrüder, die um mich kämpfen! Mein Gott, was hätte Jane Austen daraus machen können!

SIEBENUNDZWANZIG

Es war einmal ein krummer Mann, der ging 'ne krumme Meile. Er fand ein krummes Sixpencestück nach einer krummen Weile …« Als Mungo nach einer Nacht voller grausamer, verzerrter Erinnerungen an Moreton Bay aufwachte, schwirrten ihm diese Worte durch den Kopf.

Was hat wohl ausgerechnet diesen alten Kinderreim aus meiner Kindheit zutage gefördert? Mam würde ihn bestimmt für eine Art Warnung halten. Ich hatte noch nie Lust, einen geraden Weg zu gehen. Könnte es sein, dass der letzte Rest von Gewissen, den ich noch habe, mich auf etwas stoßen wollte? Hey! Das Versprechen, das ich dem Polizisten gegeben habe!

In der Kolonie gab es keine einheitlichen Polizeiuniformen, nur ein Sammelsurium von ähnlichen dunkelblauen Jacken und Mützen. Die örtlichen Polizisten waren bekanntermaßen unterbezahlt und anfällig für Schmiergelder, um über die Runden zu kommen, sodass sich Mungo von einem Korporal für den Gegenwert eines halben Monatsgehalts zwei alte Jacken und Mützen ausgeliehen hatte, um sie »auf einem Kostümball« zu tragen. Und dann hatte er vergessen, ihm die Uniformen wie ausgemacht am nächsten Morgen zurückzubringen.

Zum Teufel mit meinem Gewissen. Ich bringe sie ihm noch heute Morgen zusammen mit einer Flasche zurück.

Hastig schlüpfte er in seine Arbeitskleidung und fuhr mit einem Lappen über die Reitstiefel. Ihr goldbrauner Glanz erinnerte ihn an die neuen Stiefel, die Will ihm abgenommen hatte, um sie bei seiner Hinrichtung zu tragen.

Trotz der morgendlichen Hitze fröstelte Mungo, als ihn ein kalter Windzug erfasste. Die Flügeltüren des Balkons standen weit offen; aus dem Garten drangen laute Kinderstimmen und das Rauschen des Windes in den Bäumen. Doch mit einem Mal war alles unnatürlich still, als wäre eine unsichtbare Tür zugeschlagen worden und hätte alle Geräusche ausgesperrt, selbst das Zwitschern der Vögel. Die roten Spitzen der Eukalyptuszweige streiften geräuschlos den Balkon. Obwohl die Kinder im Garten durcheinanderschrien, kam aus ihren offenen Mündern kein einziger Ton. Alles war totenstill.

Mungo stand wie angewurzelt da. Er musste sich nicht umdrehen, um zu wissen, wer in seinen Raum eingedrungen war. Er putzte weiter seine Stiefel, doch sein Blick schweifte zu einer dunklen Ecke des alten Schulzimmers, wo der Vorhang einen großen Schrank verbarg.

»Ich weiß, dass du da bist, Will.«

Keine Antwort. Trotzdem hatte er das Gefühl, als würde ihm jemand kalte Luft in den Nacken blasen.

Mungo versuchte es erneut. »Hör mal, es tut mir wirklich leid, dass unser Plan, ein Vermögen zu machen, schiefgegangen ist, Kumpel. Hätte man uns nicht reingelegt, wären wir jetzt steinreich. Die Zeit war gegen uns. Der Aktienmarkt in der Kolonie ist eingebrochen. Sogar Captain Piper musste seine Ländereien zu einem Schleuderpreis abstoßen. Wir haben mit wertlosen Papieren gezockt. Was sollten wir machen?«

Immer noch keine Antwort. Mungo polierte weiter seine Stiefel. *Hoffentlich ist es wirklich Will und nicht irgendwer anders.*

Patrick Logans Erscheinung in der Kirche neulich hatte ihm einen Heidenschreck eingejagt. Doch vor Will brauchte er sich nicht zu fürchten, also machte er weiter.

»Hey, warum erzähle ich ausgerechnet dir das, Will? Du musst doch jetzt ohnehin alles wissen – Vergangenheit, Gegenwart und Zukunft. Soll das eine Art Warnung sein? Was hast du eigentlich in Rockingham Hall zu suchen? Ach egal, ich hatte dich immer gern, sogar wenn wir uns gestritten haben. Aber erschrick bitte nicht die Kinder. Sie kennen dich nicht so wie ich. Kinder machen sich in die Hose, wenn sie einen Geist sehen. Als ich klein war, ging es mir genauso.«

In der allumfassenden Stille kam Mungo sich vor wie ein Esel, weil er sich mit einem Geist unterhielt, der gar nicht da war. Doch dann krachte hinter ihm etwas zu Boden, und er schrie unwillkürlich auf, während er sich mit schwitzenden Händen umwandte.

In der Mitte des Raums entdeckte er eine große Kiste, ein ziemliches Stück weg vom Bücherregal. Vom Deckel stieg feiner Staub auf und tanzte in der Sonne, die durch die Fenster ins Zimmer fiel. Im obersten Regalfach standen noch mehr von diesen Kisten, nur eine einzige leere Stelle klaffte darin wie eine Zahnlücke. Sie standen so eng nebeneinander, dass unmöglich eine davon spontan herausgefallen sein konnte.

»Willst du mir vielleicht irgendwas sagen, Will? Was ist da drin? Goldbarren oder Rohdiamanten? Etwas Bargeld könnte ich gut brauchen. Eine Kurtisane auszuhalten ist nicht gerade billig.«

Der Inhalt war enttäuschend. »Und du willst mein Freund sein? Jagst mir einen Schrecken ein mit einem Haufen von Felix' altem Spielzeug?«

Mungo hockte sich neben die Kiste und betrachtete einen Hund aus Holzringen, die von einer Kordel zusammengehalten wurden, sodass er laufen und mit dem Schwanz wedeln konnte. Der Hund war Felix' Lieblingsspielzeug gewesen, bis Mungo und er eines Tages Tauziehen damit gespielt hatten. Seitdem war er kaputt und konnte nicht mehr laufen. Kentigern hatte Felix einen neuen besorgt, doch Felix hatte seinen alten Hund so gerngehabt, dass er ihn noch Wochen danach mit ins Bett genommen hatte.

In der Kiste befand sich auch eine Schiefertafel, die vor langer Zeit sauber gewischt worden war.

Aber unter all dem anderen Zeug lag auch ein altes Tagebuch, auf dessen Umschlag »Felix L'Estrange« stand. Neugierig las Mungo den ersten Eintrag. Er stammte vom ersten Februar 1817, ein denkwürdiges Datum, denn es war der Tag, an dem er zum ersten Mal zusammen mit Felix am Unterricht des Hauslehrers hatte teilnehmen dürfen. Der Eintrag in Felix' gestochen scharfer Handschrift in seiner originellen phonetischen Rechtschreibung gab eine private Unterhaltung wieder, die der Siebenjährige mit Gott geführt hatte.

Lieber Gott, vergieb mir meine Sünden. Ich hasse diesen Strefflingsjungen, aber Vater sagt, ich muss jetz mit ihm zusammen lernen. Er bekommt immer die besten Noten für seine Aufsetze. Aber in Latein schlage ich ihn. Und auch in Deutsch, dank Mutters Ekstraläktionen. Warum hat Vater Janes Sohn so lieb? Das ist ungerächt. Wenn er seine Merchen erzehlt, lacht Vater, aber wenn ich lüge, wärde ich bestrahft.

»Der Sträflingsjunge, das bin ich, der sich mit seinen Schwindeleien durchs Leben schummelt.«

Mungo riskierte einen Blick auf die dunkle Ecke. Unter dem Vorhang lugte ein Paar Stiefel hervor, das blitzblank poliert war. *Meine gottverdammten Stiefel. Will trägt sie immer noch.*

»Komm schon, Will. Du willst mir doch mit diesem Trick irgendwas zeigen.«

Bei dem folgenden Geräusch sträubten sich ihm die Haare, es war ein unverwechselbares Geräusch aus seiner Kindheit, das ihm schon damals durch Mark und Bein gegangen war – das Quietschen eines Kreidestücks auf der Schiefertafel. *Die schwarze Tafel – und jetzt steht da was!* Sein Mund fühlte sich wie ausgetrocknet an, als er den Text laut vorlas.

»Die Liebe kommt zu einer Zeit und an einem Ort, die man sich nicht aussuchen kann. Für die einen zu früh, für die anderen zu spät.«

Mungo sank zurück auf die Fersen und zitterte vor Kälte – oder war es Angst?

»Ich weiß nicht, ob es deine Worte sind, aber ich bin ziemlich sicher, dass es deine Schrift ist.«

Mungo grinste ins leere Zimmer. »Verstehe. Du meinst Vianna, nicht wahr? Du hast sie kurz vor deiner Hinrichtung gesehen. Für mich war es Liebe auf den ersten Blick. Doch dann kam uns Moreton Bay dazwischen. Die Liebe kam also für dich zu spät und für mich zu früh. Und jetzt ist sie zur richtigen Zeit wieder aufgetaucht, stimmt's? Danke für den Hinweis, Will.«

Plötzlich wurde es wieder warm im Zimmer. Die vor langer Zeit abhandengekommenen Stiefel hinter dem Vorhang waren verschwunden. Das Zwitschern der Vögel war deutlich zu hören. Fedrige Eukalyptusblätter streiften die Fenster. Raum und Zeit waren wiederhergestellt.

Mungo verstaute Felix' Sachen wieder in der Kiste und stellte sie ins Regal zurück – bis auf die Schiefertafel, die er beiseitelegte. Er griff nach seinem Strohhut und lief mit dem Päckchen für den jungen Polizisten eilig über die Seufzerbrücke.

Das Frühstück war die einzige Mahlzeit im Haus der L'Estranges, die er wirklich genoss, weil es dabei so zwanglos zuging. Sie wurde auf der Anrichte serviert, sodass sich die Anwesenden ohne die Hilfe der Dienerschaft selbst bedienen konnten.

Felix saß wie immer tadellos gekleidet am Esstisch, blickte von seinem Teller auf, auf dem er fein säuberlich Blutwurst, Eier und Bacon angeordnet hatte, und nickte Mungo höflich zu. Der erwiderte seinen Gruß mit einem Grunzen, schenkte sich eine Tasse Tee ein, strich sich Marmelade auf eine kalte Scheibe Toastbrot und schlang sein Frühstück hinunter.

Felix legte die drei Monate alte Londoner Zeitung beiseite, die gerade mit einem neuen Strafgefangenentransport eingetroffen war, und warf Mungo einen eisigen Blick zu.

»Darf ich dich fragen, ob du heute gedenkst, dich um die Geschäfte der L'Estranges zu kümmern, Mungo? Ich bedaure, aber ich bin genötigt, ein Auge auf dich zu werfen, denn Vater würde sich zweifellos freuen, wenn er sieht, dass du jetzt, da du dich hoffentlich gebessert hast, seinen Erwartungen gerecht zu werden versuchst.«

Mungo beschloss, über den dick aufgetragenen Sarkasmus hinwegzusehen.

»Gute Frage. Um dich zu beruhigen, ich habe aufgeschrieben, was ich mir für diese Woche vorgenommen habe. Der Bericht liegt auf deinem Schreibtisch.«

»Besten Dank«, erwiderte Felix kalt, nachdem sein Versuch, ihn zu provozieren, gescheitert war.

Ich lasse mich nicht von dir überrumpeln. Ich werde mir jeden Penny, den ich bekomme, redlich verdienen.

»Ich habe die Absicht, die Ländereien an der Parramatta Road zu inspizieren, Petersham, Taverner's Hill, Five Islands und Penrith. Gibt es etwas, worauf ich besonders achten sollte?«, fragte Mungo.

»Nur das Übliche. Ob Strafgefangene ausgerissen sind oder man uns Rinder gestohlen hat und so weiter. Diese Woche habe ich nicht viel Zeit. Ich habe eine Einladung, die Sternwarte des Gouverneurs in Parramatta zu besuchen, ein seltenes Privileg. Sir John Jamieson hat mir angeboten, in Regentville zu übernachten. Wie ich höre, steht er im Augenblick nicht gerade in der Gunst des Gouverneurs, trotzdem kommt mir das äußerst gelegen.«

»Wirst du lange fort sein?«, fragte Mungo scheinbar beiläufig.

»Nein, ich muss hier im Government House an einer Soiree von Mrs Darling teilnehmen – Mutter ist leider verhindert.«

Felix' gerunzelte Stirn verriet, dass ihm der Tratsch der Dienerschaft nicht entgangen war. Auch Mungo hätte gern den Grund für ihre geheimnisvollen Termine erfahren, die zwei Mal in der Woche stattfanden.

Wenn diese Frau nicht der Inbegriff der Tugend wäre, würde ich auf eine Affäre tippen. Und wer könnte es ihr verübeln? Jeder hier im Haus hat seine eigene heimliche Art, sich zu vergnügen, oder versucht es zumindest – so wie ich.

Mungo schob seine Neugier beiseite und antwortete ehrlich. »Ich finde, dass deine Mutter dafür, wie sie sich für gefallene Frauen und Straßenkinder einsetzt, einen Orden verdient.«

Als Felix ihm einen misstrauischen Blick zuwarf, fuhr Mungo hastig fort: »Und im Übrigen bin ich sehr dankbar für die Möglichkeit, für deine Familie zu arbeiten.«

Damit stand er auf und setzte sich den Hut schräg auf den Kopf. »Die Freiheit fühlt sich gut an, Bruderherz. Du solltest sie auch mal probieren.«

Felix blieb wütend sitzen. *Verdammter Idiot! Immer muss er das letzte Wort haben! Als Junge warf er mir vor, an Mutters Rockzipfel zu hängen. Aber wenn ich Vianna in Mookaboola untergebracht habe, wird ihm das Lachen schon vergehen.*

Sobald die Schriftsätze seines Vaters unterzeichnet und versiegelt waren, rief Felix George Stodge zu sich, den jungen Cockney-Diener, den er unter seine Fittiche genommen hatte.

»Diese Dokumente müssen augenblicklich zugestellt werden, die Namen stehen auf den Umschlägen … Ach so, du kannst nicht lesen. Richtig. Der große Umschlag ist für Sam Lyons Auktionshaus. Dieser hier ist für Dr. Alexander Gordon. Er hat sein Praxisschild wahrscheinlich noch nicht angebracht, aber du findest ihn in der Klinik seines neuen Partners Dr. Adam Golding in der Macquarie Street. Direkt neben den Hyde Park Barracks«, erklärte Felix, denn er wusste, dass der Junge erst in der Kaserne untergebracht gewesen war, bevor man ihn wegen guter Führung den L'Estranges als Hausdiener zugeteilt hatte. Er war immer noch auf Bewährung. »Du weißt ja, wo das ist.«

»Ja, natürlich, wie könnte ich es je vergessen, Sir? Ich habe dort in einer Hängematte geschlafen, in einem Raum mit fünfzig Gewaltverbrechern.« Der Tonfall des Jungen war lässig, sein Blick jedoch eiskalt.

Damit erinnerte er Felix daran, was alte Gefangene im Gefängnis bekanntermaßen mit den Jungs anstellten. Er versuchte, es wiedergutzumachen.

»Seitdem du bei uns bist, hast du dich gut benommen. Das ist uns nicht entgangen. Da wäre noch etwas, das du für mich erledigen kannst.«

»Sir?« Cockney George sah ihn argwöhnisch an.

»Ich habe den Dienstboten verboten, mein Teleskop und meine Bücher anzufassen. Trotzdem habe ich mehrmals bemerkt, dass sie sich nicht daran halten.«

»Ich war es nicht, Sir, ich habe nichts angerührt.«

»Ich habe dich auch nicht bezichtigt. Aber wenn du herausfindest, wer meine Anweisungen verletzt, werde ich die Angelegenheit diskret behandeln. Ich versichere dir, dass keiner den Behörden übergeben wird. Ich will nur sicherstellen, dass mein Teleskop *tabu* ist.« Dann setzte er rasch hinzu: »Das bedeutet, dass nur ich es benutzen darf.«

»Sehr wohl, Sir.«

Felix war stolz darauf, dass er die Sache ziemlich gut gehandhabt hatte. Sollte es Cockney George gewesen sein, so war er jetzt gewarnt. Ansonsten würde es sich zweifellos im Nu unter der Dienerschaft herumsprechen. Felix war sich ziemlich sicher, dass Cockney niemals einen anderen Strafgefangenen verpfeifen würde, im Unterschied zu anderen.

Mag sein, dass der Junge ein ausgekochtes Schlitzohr ist, aber er hat seine Prinzipien. Ich habe Geld herumliegen lassen, um ihn zu testen, und er hat nichts angerührt. Nur den Deckel meines Teleskops und Rümkers Berichte. Was wirklich merkwürdig ist. Denn der Einzige, der sich meines Wissens jemals für Astronomie interessiert hat, war William Eden.

Jane passte mit Einverständnis des Familienoberhaupts darauf auf, dass Vianna ihre Ruhe auf dem Dachboden der Remise hatte. Felix war irritiert, dass er die Erlaubnis einer Dienstbotin einholen musste, ehe er mit der vertraglich ihm zugesprochenen Kurtisane sprechen durfte.

Er war überrascht, als er Jane mitten in der Woche in ihrer besten Sonntagskleidung antraf, mit Haube und Handschuhen, auf dem Weg nach draußen.

»Sie ist auf ihrem Balkon. Ich soll sie zu einer Verabredung begleiten. In zehn Minuten brechen wir auf«, erklärte Jane höflich, warf ihm jedoch einen Blick zu, der besagte: *Egal, ob du der Sohn des Masters bist, ich werde meine Pflichten nicht vernachlässigen.*

Felix war es unangenehm, dass zwischen den beiden Frauen ein stillschweigendes Einverständnis zu herrschen schien. Trotz ihrer persönlichen Geschichte als Mätresse seines Vaters war Jane genauso streng wie seine Mutter, wenn es um moralische Belange ging.

Ganz gleich, welcher Gesellschaftsschicht sie angehören, Frauen sind so seltsame Wesen, dass ich sie wohl niemals verstehen werde. Vermutlich ist es für einen Gentleman einfacher, mit der Frau, die er zu seiner Geliebten machen will, zu einem finanziellen Arrangement zu kommen, als eine Ehefrau zu finden, mit der er dann sein ganzes Leben zusammenbleiben muss.

Am Seiteneingang der Remise blieb Felix plötzlich stehen, schockiert über Gefühle, die ihm sonst völlig fremd waren. *Was passiert mit mir? Möge Gott mir vergeben! Empfinde ich denn nur Lust für dieses Mädchen? Am liebsten würde ich sie vor der Welt verstecken und Tag und Nacht vögeln. Die Wahrheit ist, dass ich sie nicht auf meine Ebene erheben, sondern auf ihre herabsteigen will!*

Felix war entsetzt über die herrlich dekadenten Vorstellungen, die er von Vianna hatte … eine nackte Meerjungfrau, die mit ihrem Schwanz schnippte … Bonnards berühmtes Gemälde der Venus … und zwang sich, diese Bilder aus seinem Kopf zu vertreiben.

Schließlich rückte er seine Halsbinde gerade, strich über die Schultern des Jacketts und stieg die Leiter hinauf, so würdevoll, wie er konnte. Doch seine guten Vorsätze lösten sich in dem Moment auf, als er sah, wie Vianna auf dem Balkon saß und etwas in ihr Notizbuch zeichnete.

Sittsam gekleidet in einem schlichten Kleid mit hohem Kragen, das Haar im Nacken zusammengeknotet, sah sie mit einem derart süßen, wehmütigen Lächeln zu ihm auf, dass man sie für eine Methodistenlehrerin in einer Sonntagsschule hätte halten können.

Trotzdem sah Felix sofort wieder die schamlose, halb nackte Meerjungfrau vor sich … die Loreley, die ihn zu sich winkte, damit er in ihren Armen ertrank …

Er verbeugte sich höflich. »Ich hoffe, dass du dich gut erholt hast, Vianna.«

»Jane kümmert sich rührend um mich, trotzdem finde ich kaum Schlaf. Es ist schwer, sich nach dem Severin House an einen solchen Ort zu gewöhnen. Ich bin den Lärm der Kookaburras und das Krähen der Hähne frühmorgens einfach nicht gewohnt.«

»Kein Wunder! Der Dachboden eines Stallknechts ist kaum das Passende für eine Dame, die es gewohnt ist, im Luxus zu leben.«

»Wie idealistisch du doch bist, Felix, du siehst alles immer im bestmöglichen Licht.«

Felix wandte den Blick ab. *Du würdest ganz anders denken, wenn du meine Gedanken lesen könntest.*

»Ich will dich nicht unter Druck setzen, Vianna, aber ich habe ein Haus für dich eingerichtet, das einem feinen englischen Landhaus ähnelt. Du wirst sehen, dass Mookaboola viel eher deinem Geschmack entspricht. Der Name? Es ist ein Ausdruck der Aborigines, der so viel bedeutet wie ›die Begegnung der Wasser‹, eine sehr passende Beschreibung, denn es liegt unweit des Zusammenflusses von Parramatta und Lane Cove. Man kann es nur auf einem Kahn erreichen. Ich würde dich gerne hinbringen, um mich selbst davon zu überzeugen, dass es dir dort gefällt.«

»Du bist sehr nett, Felix, und auch geduldig.«

Geduldig? Ganz im Gegenteil, ich kann es kaum erwarten, mit dir ins Bett zu gehen.

Vianna entging seine Überraschung nicht, als er *Mansfield Park* auf dem Tisch sah. »Wanda, meine Zofe, hat das Buch zusammen mit einer Kiste voller Kleider gerettet. Ich kann nur hoffen, dass ich sie wiederfinde. Sie ist für mich eher eine Schwester als eine Dienerin.« Vianna seufzte. »Wenigstens habe ich nun ein Ballkleid behalten – auch wenn es unwahrscheinlich ist, dass ich es je wieder in der Öffentlichkeit tragen kann.«

Felix griff die vom Himmel gesandte Gelegenheit beim Schopf. »Ich bin sicher, dass du in Zukunft an vielen Bällen und Festen teilnehmen wirst. Dafür werde ich sorgen. Ich selbst muss nächsten Samstag zu einem Ball im Government House, bestimmt wird es sterbenslangweilig, aber es muss sein.« Er zögerte und wählte seine Worte vorsichtig. »Es tut mir sehr leid, dass ich dich diesmal noch nicht bitten kann, mich zu begleiten, aber man kommt nur auf ausdrückliche Einladung hinein.«

»Natürlich, bei den Damen der Kolonie sind Kurtisanen unerwünscht.« Dann fuhr sie leichthin fort: »Zum Glück sehen die Herren das anders.«

Die versteckte Anspielung machte Felix nachdenklich. »Es wird nicht immer so bleiben, Vianna. Es gibt Gentlemen in England, manche sogar im House of Lords, die ihre Mätressen geheiratet haben. Die Zeiten ändern sich, zwar nur sehr langsam, aber zu unseren Gunsten.«

Näher kann ich dem Vorschlag einer Heirat nicht kommen, ohne ihr einen förmlichen Antrag zu machen.

Plötzlich hatte er eine Idee, die so gut war, dass sie ihn selbst verblüffte. »Man hat mich auch eingeladen, die Sternwarte des Gouverneurs zu besichtigen. Würdest du mich begleiten, um die

Milchstraße durch ein besonders starkes Teleskop zu betrachten? Wir könnten am Fluss zu Abend essen, unter freiem Himmel. Und uns fern aller anderen Menschen etwas besser kennenlernen.«

Sie weiß natürlich, dass ich damit Mungo meine. Aber ich muss mit ihr allein sein, um mein Arrangement festzuklopfen.

Vianna zögerte. »Eine wundervolle Idee, Felix, aber ich bin es nicht gewohnt, mich ohne meine Zofe in der Öffentlichkeit zu zeigen. Man zerreißt sich schon mehr als genug den Mund über mich. Und ich weiß ja, was dir dein Familienname wert ist.«

Es schien, als flehten ihre Augen um etwas, doch sei sie zu stolz, um es auszusprechen.

»Wenn ich eine Dienstbotin bitte, uns zu begleiten, würdest du dann zustimmen?«

»Sehr gern, aber ich habe nur ein gutes Kleid. Würde das genügen?«

»Vollkommen.« Er versuchte, ganz beiläufig zu klingen, um nicht den Anschein zu erwecken, sie bestechen zu wollen. »Wann immer du es wünschst, mache ich einen Termin bei einem unserer besten Schneider, um deine Garderobe zu ersetzen.«

Janes Stimme drang von unten herauf. Sie erinnerte sie, dass es Zeit war aufzubrechen. Felix sprang auf und küsste ihr die Hand, die sie ihm entgegenstreckte.

Dann sagte er leise: »Verrate Jane oder sonst jemandem nichts davon, bis ich alles arrangiert habe.«

Felix stieg die Leiter hinunter und grinste der Mutter seines Halbbruders im Vorbeigehen derart breit zu, dass sie misstrauisch die Stirn runzelte.

Auf dem Weg nach Hause spiegelte sich seine gute Laune in seinem federnden Gang.

Es ist der perfekte Zeitpunkt, weil Mungo nicht da sein wird. Ich muss nur ein Hausmädchen finden, das Mutter nicht vermissen wird. Natürlich! Die Tochter der Köchin. Die junge Molly gehört offiziell ja nicht einmal zu unseren Dienstboten. Ich werde Vianna in der Sternwarte ganz für mich allein haben, wir werden die Sterne betrachten, und ich kann sie mit romantischen Geschichten einwickeln.

Felix entspannte sich und überließ sich einem herrlichen Tagtraum. Als er das Haus erreichte, drehte er sich noch einmal um und sah am Ende der Straße Viannas und Janes Umrisse. Dann tauchte der Kopf eines munteren Ponys auf, das darauf wartete, ihren Karren zu seinem Bestimmungsort zu ziehen.

Wenn sich Vianna nach mir umdreht, ist es das Zeichen, dass sie mir gehört.

Felix hielt den Atem an. Vianna schien zu zögern, doch dann sah sie sich mit einem koketten Lächeln über die Schulter um und winkte ihm mit der behandschuhten Hand zu.

Selbst wenn sie gekleidet war wie die Lehrerin einer Sonntagsschule, war sie die Verkörperung aller männlichen Fantasien.

ACHTUNDZWANZIG

Mungo fuhr den Ponywagen der L'Estranges vor das Eisentor an der Little Rockingham Street und konnte gerade noch sehen, wie Felix auf das große Haus zuging.

Unter dem Torbogen warteten Vianna und Jane im Schutz zweier dünner Sonnenschirme, die kaum dazu geeignet waren, ihre blasse englische Haut vor der sengenden Mittagssonne zu schützen. Mungo kamen die beiden Frauen, die er liebte, so leicht und flatterhaft vor wie zwei bunte Schmetterlinge.

Er sprang vom Kutschbock hinunter, um ihnen zu helfen, auf den kleinen Bänken zu beiden Seiten des Wagens Platz zu nehmen. »Wo darf ich euch hinbringen, meine Damen? Euer Wunsch ist mir Befehl.«

Seine Mutter übernahm das Kommando. »Zuerst zum Schuster. Danach in die Macquarie Street zu Dr. Gordons neuer Praxis, bestimmt weißt du, wo er zu finden ist«, sagte sie, denn schließlich war sie über die Entführungsgeschichte im Anschluss an die Vorstellung bestens im Bilde.

»Ich habe auch eine Verabredung mit dem Doktor«, sagte Vianna beiläufig. »Aber keine Angst, es ist nichts Ansteckendes.«

Jane fiel ihr ins Wort. »In der Zwischenzeit kannst du dein wichtiges Paket abgeben, Mungo, und uns in etwa einer Stunde wieder abholen.«

Sie warf einen vielsagenden Blick auf den Stoff, der aus Mungos hastig gepacktem Päckchen lugte. »Ich kann nur hoffen, dass der Polizist wegen deines dummen Streiches nicht entlassen wird.«

»Verlass dich drauf, ich bringe alles wieder ins Lot, Mam.«

»Dann müsste man den Tag im Kalender rot anstreichen«, erwiderte sie, aber sie lächelte dabei.

Fröhlich pfiff Mungo eins der Robbie-Burns-Lieder vor sich hin, die er in Moreton Bay von Sandy gelernt hatte, zog es aber vor, den Text für sich zu behalten. In Gegenwart von Damen hielt er ihn für etwas gewagt.

Vor der Schusterei entschuldigte er sich. »Ich würde ja selbst hineingehen, Mam, aber dieses Pony ist Verkehr nicht gewohnt. Es könnte sein, dass es durchgeht.«

Jane warf ihm einen Blick zu und stieg von dem Wagen hinunter.

»Fahr einmal um den Block. Ich brauche nur ein paar Minuten.«

Sobald sie im Laden verschwunden war, schnalzte Mungo mit der Zunge und fuhr los. Er fasste einen schnellen Entschluss. »Morgen will ich das Versprechen einlösen, das ich dir gegeben habe, Vianna.«

»Was für ein Versprechen? Reich zu werden? Mach dir meinetwegen bloß keine Umstände«, entgegnete sie scheinbar zuckersüß.

Mungo ließ sich nicht beirren. *Felix spielt den viel beschäftigten und pflichtbewussten Sohn. Aber die Papiere, die ich gefunden habe, zeugen von dem, was er tatsächlich im Schilde führt. Die teuren Möbel, die er in Lyons Auktionshaus bestellt hat, dienen nur dazu, Vaters Haus in Mookaboola einzurichten, um Vianna dort standesgemäß unterzubringen. Ich muss ihr etwas geben, was Felix nicht bieten kann.*

»Ich will dir Lesen und Schreiben beibringen. Morgen fangen wir mit dem Unterricht an. Jeden Tag eine Stunde. Du kannst das Alphabet auf einer Schiefertafel üben. In kürzester Zeit wirst du so weit sein, dass du Gouverneur Darling schriftlich mitteilen kannst, wie er die Kolonie zu führen hat.«

Sie lächelte wehmütig. »Du meinst es gut, aber du vergeudest deine Zeit, Mungo. Ich tauge nicht zum Lernen. Man hat mir geraten, mich an das zu halten, was ich am besten kann.« Hastig setzte sie hinzu: »Also singen.«

»Das kann dir nur ein Idiot geraten haben. Du bist ein kluges, aufgewecktes Mädchen, Vianna, du kannst alles schaffen, wenn du es dir nur vornimmst. Und ich bin ein großartiger Lehrer. Ich gebe niemals und niemanden auf. Abgemacht?«

Sie wirkte niedergeschlagen. »Es ist hoffnungslos, Mungo. Ich bin eben dumm geboren. Ich kann nicht einmal die einzelnen Buchstaben des Alphabets unterscheiden. Sie schwirren in meinem Kopf herum wie eine Herde wilder Pferde. Aber sogar Kinder haben es gelernt, und Wanda kann perfekt lesen und schreiben.«

»Weil jemand, der sie sehr liebte, es ihr beigebracht hat. Und du hast mich.«

Sein Blick fiel auf ihre Lippen. Bestimmt sah man ihm an, wie gern er sie geküsst hätte.

»Komm schon, Kleines. Ich verspreche dir, dass ich dir nach jeder Unterrichtsstunde ein Kapitel aus *Mansfield Park* vorlese. Eine sehr romantische Geschichte. Die Heldin Fanny ist ein armes zehnjähriges Mädchen, das Mündel eines sehr vermögenden Onkels. Es kommt zu einer Menge Probleme, ehe sie die Liebe ihres Lebens findet. Ist das ein Angebot? Du wärst wirklich verrückt, wenn du ablehnen würdest.«

Ich habe zwar nur die ersten Seiten gelesen, aber das müsste genügen, um sie zu ködern. Ich kann mir nicht vorstellen, dass Jane Austen eine ihrer Heldinnen im Regen stehen lässt.

Viannas kindliches Lachen wärmte ihn. »Du weißt wirklich, wie man eine Frau verführt, Mungo Quayle. Aber nur mit Worten. Das genügt, verstehst du?«

Mungo wandte den Blick von der Straße ab und reichte ihr die Hand, um den Pakt zu besiegeln. Doch dann hielt er sie so lange fest, bis sie schrie: »Pass auf!« In letzter Sekunde schaffte er es, einem entgegenkommenden Ochsengespann auszuweichen.

Nachdem er seine Mutter wieder abgeholt hatte, setzte er sie beide vor einem Haus in der Macquarie Street ab, an dem ein Dutzend Messingschilder prangten. Anschließend fuhr er zur Polizeiwache, brachte die Uniformen zurück und versüßte seine Entschuldigung wegen der Verspätung mit einer Flasche Whiskey aus dem Keller seines Vaters.

Die nächste Zwischenstation war Müllers Druckerei. *Wenn man eine perfekte Kopie braucht, kann man sich auf einen Mann verlassen, der wegen Fälscherei in die Kolonie deportiert wurde. Heute ist Harry ein ehrenwerter Bürger. Ich werde ihn davon überzeugen müssen, dass ich völlig legal an diese Einladung gekommen bin.*

»Guten Tag, mein lieber Harry. Ich habe einen eiligen Auftrag für dich. Ich brauche eine Kopie dieser Einladung zum Ball des Gouverneurs, aber lass etwas Platz frei, damit ich den Namen meiner Großmutter eintragen kann. Sie sitzt im Rollstuhl und wäre sehr glücklich, wenn sie vor ihren alten Freundinnen damit angeben könnte, dass sie auf der Gästeliste des Gouverneurs steht.«

Harry warf einen misstrauischen Blick auf die goldumrandete Karte mit dem Wappen des Gouverneurs. »Hier steht aber Felix L'Estrange.«

»Ja. Das ist der Kumpel, für den ich arbeite. Ein herzensguter Kerl. Es war seine Idee, um meine Großmutter glücklich zu machen. Was glaubst du? Oder ist das zu schwierig für dich?«

Harry stutzte. »Für mich ist das ein Kinderspiel. Morgen kannst du sie abholen.«

»Du bist ein Genie, Kumpel. Was schulde ich dir?«

»Für eine alte Dame im Rollstuhl? Nichts. Du bist ein Enkel, auf den sie stolz sein kann.«

Mungo versuchte, seine Verlegenheit zu verbergen, und beschloss, ihm trotzdem etwas zu bezahlen.

Meine Großmutter, wer immer sie auch war, wird sich wegen meiner Lüge wahrscheinlich im Grab umdrehen. Aber wie heißt es noch so schön? In der Liebe und im Krieg ist alles erlaubt. Vor allem, weil ich es mit einem Halbbruder aufnehmen muss, für den Geld keine Rolle spielt.

Er parkte den Ponywagen vor dem Sitz des Gouverneurs. Die herrliche offene Parkfläche war wie der Eingang zum Paradies und von Gouverneur Macquarie für die Öffentlichkeit bestimmt worden. Im Augenblick lag sie in der Sonne, wurde aber von einer westlichen Brise aus dem Hafen gekühlt.

Während er auf dem Rasen lag und beobachtete, wie über ihm die Wolken dahinzogen, behielt er das Gebäude auf der anderen Seite der Macquarie Street im Auge, wo die beiden Frauen Dr. Alexander Gordon besuchten.

Zwar hatte Vianna ihn gleich beruhigt, doch Mungo war keineswegs überzeugt, dass ihr Arztbesuch einen belanglosen Grund hatte. Auch das Verhalten seiner Mutter war seltsam, wenn man bedachte, wie sehr sie der Heilkraft von Kräutern vertraute, doch Mungo wollte nicht in sensiblen Frauenfragen herumstochern.

Manche Frauen würden einem Arzt erst auf dem Totenbett gestatten, sie so zu sehen, wie Gott sie erschaffen hat. Ich will mir keine Sorgen machen. Vianna und Mam wirken so gesund und munter wie ein paar junge Pferde.

Während er wartete, hatte Mungo Zeit, über sein neues Doppelleben nachzudenken – das Lavieren zwischen der Arbeit für seinen Vater und seiner eigenen Tätigkeit als Privatdetektiv auf der Suche nach Daisy. Erneut las er das Antwortschreiben der Oberin von Goulouga, das Albruna L'Estrange ihm gegeben hatte. Darin stand, dass man das Mädchen in die Obhut eines Gastwirtes gegeben hatte, nachdem Severin es versäumt hatte, für ihren Aufenthalt aufzukommen. Leider enthielt es weder einen Namen noch eine Adresse.

Mungo war empört. *Dass Severin sich davor gedrückt hat, sich um die Kleine zu kümmern, überrascht mich nicht. Und obendrein hat er Vianna zwei Jahre lang im Dunkeln über ihr Schicksal gehalten.*

Er ging eine Liste durch, die aus der erst kürzlich durchgeführten Volksbefragung stammte. Allein in Sydney Town gab es einhundertvierunddreißig zugelassene Kneipen und Gasthäuser und mindestens doppelt so viele illegale. Die Namen der Schenken, die er bereits aufgesucht und nach Daisy Byron gefragt hatte, waren durchgestrichen. Trotzdem blieben noch sehr viele übrig. In der Zwischenzeit hatte Mrs Less Verbindung zur Frauenmanufaktur und anderen Heimen aufgenommen, für den Fall, dass Daisy auf der Straße ausgesetzt worden war.

Ich muss Vianna allmählich davon überzeugen, dass ich es todernst meine, wenn ich sage, dass wir Daisy zu uns holen sollen. Egal, ob das Mädchen ihre Schwester ist oder ihre Tochter, was spielt das schon für eine Rolle? Vianna liebt sie. Nur das zählt.

Während er zusah, wie bauschige Wolken über den weiten Himmel zogen, dachte Mungo zum ersten Mal in seinem Leben darüber nach, wie es wäre, ein Kind zu haben. Schon als ganz junger Mann hatte er von Maria gelernt, wie man eine ungewollte Schwangerschaft verhindert, und jetzt konnte er es kaum erwarten, mit Vianna ein Kind zu zeugen. Es würde sie zusammenschweißen.

Doch zuerst muss ich sie überhaupt ins Bett kriegen! Niemals hätte ich mir träumen lassen, dass ich mir eines Tages aus freien Stücken wünsche, Vater zu werden. Aber mit Vianna hätte ich gern ein Dutzend Kinder, wenn sie nur wollte. Verdammt, ich würde bis nach Neuseeland schwimmen, wenn es sie glücklich machen würde. Dann fiel ihm plötzlich noch etwas ein. *Hey, wenn man Kinder haben will, braucht man eine Menge Geld!*

Er hatte jede Menge Ideen, wie er ein Vermögen machen könnte. Im Geiste sprang er von Kolonie zu Kolonie, seine Pläne umfassten Ländereien, Minen, Handel, Aktien und Bankanleihen. Und auch einen todsicheren Plan, den er seinem Vater zu erläutern gedachte …

Vianna fürchtete sich vor ihrem ersten Besuch bei einem Arzt. Dr. Gordons Sprechstundehilfe warf ihr einen strengen Blick über den Rand ihrer Brille zu, doch ihre Stimme war sanft: »Sie sind gleich nach Miss Quayle an der Reihe.«

Vianna bemerkte, dass der Arzt Jane seltsam nervös begrüßte. »Es ist mir immer ein Vergnügen, Sie zu sehen, Miss Quayle. Bitte nehmen Sie doch Platz.«

Er ließ die Tür einen Spalt breit auf, sodass sie Janes Stimme hören konnte. *Es ist fast so, als wollte sie, dass ich sie höre.*

»Ich bin in Ihrer Schuld, Doktor ... dafür, dass Sie meinen Sohn unter Ihre Fittiche genommen haben ... ihm möglicherweise das Leben gerettet ... erzählten mir die Diener ... seit seiner Rückkehr ... und ich habe es selbst miterlebt ... schreckliche Alpträume ... er schreit, als müsste er sterben ... ausgepeitscht ... schreckliche Angst ... Patrick Logans Namen ... und am nächsten Morgen erinnert er sich an nichts mehr ... zumindest behauptet er es ...«

Mungo. Vianna wurde das Herz schwer. Sie konnte die Antwort des Arztes nicht hören, doch sein Rat musste Jane beruhigt haben, denn sie dankte ihm herzlich, bevor sie zu Vianna zurückkam.

Sie drückte ihre Hand und sagte: »Er ist ein guter Mensch. Du kannst ganz frei sprechen. Es gibt nichts, was ihn erschüttern könnte.«

An der Türschwelle blieb Vianna stehen, doch als Jane sie mit einem Kopfnicken ermunterte, schob sie ihre Ängste beiseite und trat zu dem Mann, der Mungos Held war. Dr. Gordon stand auf und bat sie höflich, ihm gegenüber Platz zu nehmen. Seine ruhige Stimme hatte einen weichen schottischen Akzent, der ihr seltsam vertraut erschien.

»Wenn ich recht verstehe, kommen Sie auf Anraten von Jane Quayle? Sie ist eine beeindruckende Person mit einem gesunden Menschenverstand und einem enormen Wissen über Heilkräuter.«

Vianna wusste, dass Jane ihm auf Mungos Vorschlag hin Kräuter besorgt hatte.

»Ja, Doktor. Ansonsten wäre ich gar nicht gekommen. Ich war in meinem ganzen Leben noch nie bei einem Arzt. Jane hat mir versichert, dass alles, was ich Ihnen sage, vertraulich behandelt würde. So als würde ich mit einem Priester im Beichtstuhl sprechen«, sagte sie nervös. »Was immer das heißen mag. Auch mit Priestern habe ich keine Erfahrungen.«

Das Lächeln in seinen Augen beruhigte sie. »Aye, das stimmt, Miss Francis. Nur habe ich nicht die Macht, meinen Patienten die Absolution für ihre echten oder eingebildeten Sünden zu erteilen. Ich behandle nur den menschlichen Körper. Was mir allerdings keinerlei Recht gibt, über ihr Leben zu urteilen. Ich selbst bin nicht ohne Fehler, aber bislang habe ich noch keinen begangen, der das Leben eines Patienten gefährdet hätte, wenn Sie mir die Bemerkung gestatten. Sie können also ganz beruhigt sein, alles, was wir in diesem Raum besprechen, bleibt unter uns.«

Vianna bedankte sich stammelnd.

»Soweit ich weiß, sind Sie vierundzwanzig Jahre alt und erfreuen sich bester Gesundheit. Sie haben einen makellosen Teint, sich nie etwas gebrochen, niemals eine ernsthafte Krankheit gehabt, abgesehen von Kuhpocken als kleines Kind. Und Sie waren noch nie schwanger oder haben ein Kind zur Welt gebracht, stimmt das?«

»Fast, Doktor. Ich schäme mich, es Ihnen zu sagen, aber ich weiß nicht, ob ich jemals schwanger war.« Sie stellte das kleine grüne Fläschchen, das Wanda ihr geschickt hatte, auf den Schreibtisch und legte ihren Zettel dazu. »Ich war eine Kurtisane. Wegen meiner Arbeit als Sängerin hatte ich so gut wie nie Freizeit, und mein Beschützer sorgte dafür, dass ich nicht …« Sie zeigte hilflos auf das Fläschchen.

Er sah sich das Etikett an. »Hat er Ihnen diese Flüssigkeit regelmäßig verabreicht?«

»Jeden Monat, drei Jahre lang. Ich hatte weder Beschwerden noch Blutungen. Ich schäme mich, es zuzugeben, aber ich hatte keine Ahnung von körperlichen Prozessen. Ich wusste nur, dass ich dadurch nicht schwanger werden konnte.«

»Sie wollten keine Kinder?«

»Nein, jedenfalls nicht von Severin. Ich liebte ihn nicht, aber ich war von ihm abhängig. Jetzt, da er aus meinem Leben verschwunden ist, muss ich mich meiner eigenen Dummheit stellen.«

»Auf den Schutz eines Mannes angewiesen zu sein ist keine Dummheit, Miss Francis. Die Welt, in der wir leben, ist für Männer gemacht, sie allein profitieren davon. Eine Dummheit wäre es nur, wenn man als Frau denselben Fehler wiederholt, nachdem man die Möglichkeit erhalten hat, sich davon zu befreien.«

Vianna hatte das Gefühl, als drängen seine Worte tief in sie ein. *Er versteht alles, und er behandelt mich nicht wie eine Hure.*

»Wie alt waren Sie, als Sie Ihre erste Periode hatten? Ihre erste Blutung?«

Vianna stammelte die Wahrheit. »Ich habe ... äh ... nie eine gehabt. Meine Stiefmutter gab mich in die Dienste einer Kurtisane, als ich zwölf war. Unsere Herrin gab all ihren Dienstboten jeden Monat ein Medikament. Keine von uns wurde jemals schwanger.«

Er nickte verständnisvoll. »Aye, danke, dass Sie so ehrlich sind. Für mich ist es eine große Hilfe. Nun, was wollen Sie wissen? Ob Sie diese Medizin weiterhin ohne Probleme nehmen können? Oder ob es ungefährlichere Wege gibt, eine Schwangerschaft zu verhindern? Oder wollen Sie, dass ich Sie untersuche, um herauszufinden, ob Sie schwanger sind?«

Vianna zögerte. »Ich möchte Antworten auf all diese Fragen. Ich habe keine Ahnung von medizinischen Angelegenheiten. Verhindert dieses Medikament, dass man schwanger wird, oder tötet es das Kind im Mutterleib? Warum war ich so dumm? Ich habe nie gefragt, was es in meinem Körper anrichten konnte. Ich will nicht den Rest meines Lebens unwissend bleiben.«

»Aye, Sie sind eine intelligente Frau«, sagte er überzeugt. »Zuallererst will ich Sie aufklären.«

Vianna hörte aufmerksam zu, während er ihr die Eigenschaften der unterschiedlichen Mittel erklärte, die eine Schwangerschaft verhinderten, und alternative Methoden aufzählte. Dann riet er ihr, die Tropfen nicht weiter einzunehmen, wenn sie in Zukunft schwanger werden wollte.

»Es gibt keine Statistiken zu Kurtisanen und Prostituierten, die nicht schwanger werden konnten. Ob ihre Unfruchtbarkeit auf ihr Alter oder den regelmäßigen Gebrauch von Verhütungsmitteln oder gar Abtreibungen zurückzuführen ist. Das ist eine offene Frage.«

Kopfschüttelnd fügte er hinzu: »Ärzte wie Kleriker behaupten allzu vorschnell, dass ihre Theorien richtig sind und alle anderen, die eine abweichende Meinung vertreten, unrecht haben. Ich kann nur Möglichkeiten aufzählen, allerdings sind sie noch nicht durch wissenschaftliche Untersuchungen bewiesen worden.«

Vianna hörte seinen Worten, die frei von den üblichen Beschönigungen waren, aufmerksam zu. Seine Art ermutigte sie, Fragen zu stellen, die ihr ansonsten peinlich gewesen wären.

»Ich habe vor Monaten aufgehört, dieses Mittel einzunehmen, trotzdem habe ich keine Blutungen bekommen. Könnte es sein, dass ich schwanger bin?«

Er sah sie eindringlich an. »Dazu muss ich Ihnen einige klare Fragen stellen. Ich hoffe, dass ich Sie nicht in Verlegenheit bringe.«

Vianna spürte, wie ihr Mund plötzlich trocken wurde. »Bitte fahren Sie fort. Ich will die Wahrheit wissen.«

»Darf ich Sie fragen, ob der Geschlechtsverkehr mit Ihrem Partner Sie befriedigt? Sie wären nicht die erste Frau, die Befriedigung vortäuscht, nur um ihren Partner glücklich zu machen.«

Mein Gott, wohin führt das alles? Vianna zwang sich, ihm in die Augen zu schauen.

»Ich wurde in die Kunst einer Kurtisane eingeführt, Doktor.

Wie man einem Mann weismacht, dass er ein vorzüglicher Liebhaber ist. Ich habe meinen Beschützer überzeugt, aber meine eigene Befriedigung war häufig nur gespielt. Bis ich vor einigen Monaten einen jungen Mann kennenlernte, bei dem ich mich nicht verstellen muss.«

Er sah sie eindringlich an. »Hatten Sie jemals Schmerzen beim Geschlechtsverkehr?«

Eine Flut von Bildern übermannte sie, das erste Mal mit einem Mann im Bett, die ungeschickten Versuche, der durchdringende Schmerz, die Frustration des Pensionsgastes, seine Vorwürfe … wie Severin in ihr Leben getreten war, seine Forderung, dass sie seinen Wünschen nachkam, was häufig schmerzhafte Praktiken beinhaltete. Und schließlich das »Spielzeug«, das Severin sie gezwungen hatte zu benutzen, wenn sie allein war. Eine Prozedur, von der er sagte, sie würde seine Lust steigern …

Nachdem sie dem Doktor auch davon erzählt hatte, konnte sie über alles mit ihm sprechen. Sie verglich die Prozedur mit dem Fahren eines Fahrrads, unangenehm, aber nicht schmerzhaft.

»Severin sagte, ich solle die Dehnung über Monate hinweg immer mehr erweitern. Bis er sicher war, dass ich ihm ein Maximum an Lust verschaffen könnte.« Dann setzte sie trocken hinzu: »Meine Ausbildung war damit beendet. Aber sie umfasste kein Handbuch über die Gefahren des Sichverliebens. Diese Erfahrung machte ich erst mit – diesem anderen jungen Mann.«

»Ich gehe davon aus, dass dieser junge Mann Sie heiraten will?«

Sie nickte.

»Aye, und Sie würden gern ein Kind von ihm haben.« Dr. Gordon sah sie verständnisvoll an. »Danke für Ihre Ehrlichkeit. Auch ich will ehrlich zu Ihnen sein. Darf ich meinen Partner, Dr. Golding, dazubitten, wenn ich Sie untersuche?«

Vianna nickte. *Bitte, lieber Gott, mach, dass es bald vorbei ist.*

Der ältere Arzt hatte traurige dunkle Augen und ein markantes Gesicht. Seine Aussprache war undeutlich, eine seltsame Mischung aus dem weichen schottischen Tonfall mit noch einem anderen europäischen Akzent. Während der Untersuchung hielt Vianna die Augen geschlossen. Ohne die medizinischen Ausdrücke der beiden Ärzte zu verstehen, versuchte sie, sich ihren Körper nicht als Leiche vorzustellen.

Später, als sie wieder angezogen und allein vor Dr. Gordon saß, beobachtete sie, wie er sich Notizen machte. Schließlich sah er sie mit einem Ausdruck an, der sie beunruhigte.

»Ich kann Sie beruhigen, Miss Francis, schwanger sind Sie nicht, warum auch immer.«

»Was ist dann, Doktor? Habe ich eine schreckliche Krankheit?«, fragte sie leichthin.

»Nein. Sie sind eine der gesündesten jungen Frauen, die mir jemals begegnet ist. Sie haben gute Aussichten, steinalt zu werden.«

Sie lachte nervös. »Aber?«

Daraufhin nahm er ein Buch aus seinem Regal und wandte sich wieder zu ihr um. Sein Tonfall hatte Ähnlichkeit mit dem eines mitfühlenden Geschworenen, der zögert, ein unangenehmes Urteil zu verkünden.

»Tut mir sehr leid, dass Sie es ausgerechnet von mir erfahren müssen, meine Liebe. Ich habe Dr. Golding gebeten, mir zu bestätigen, dass meine Diagnose zutrifft. Die Natur macht nur selten Fehler, aber wenn, sind sie meistens irreversibel.«

»Was meinen Sie?«

»Sie wurden mit einer Eigenschaft geboren, die so selten vorkommt, dass nur wenige von uns sie in ihren Praxen jemals erleben. Das wird Sie keineswegs daran hindern, eine glückliche intime Beziehung zu haben. Kurz gesagt, Sie kamen mit einem unterentwickelten weiblichen Organ zur Welt, Ihrer Gebärmutter.«

»Wollen Sie mir sagen, dass ich nie ein …?

»Ich wünschte, es wäre nicht so. Sie sind in jeder Hinsicht eine ganz normale gesunde Frau, bis auf diesen einen Aspekt. Die Natur hat Ihnen die Fähigkeit verweigert, Kinder zu bekommen.«

»Ich bin also unfruchtbar.«

»Es tut mir wirklich leid. Sie müssen versuchen, eine andere Verbindung zu Kindern aufzubauen.«

Vianna starrte ihn an. Es war, als stünde die Zeit still. Um sich von den Worten zu distanzieren, die über ihr Schicksal bestimmten, betrachtete sie die Gegenstände auf seinem Schreibtisch, als hinge ihr Leben von ihrer Fähigkeit ab, sie sich zu merken. Sie befeuchtete ihre Lippen und nahm schweigend ein Glas Wasser an, das er ihr reichte.

»Na gut, ich habe ohnehin nie Kinder haben wollen, nicht wahr, Doktor?« Sie wusste, dass es ihre Stimme war, trotzdem klang sie wie die eines fremden Menschen außerhalb ihres Körpers. Erst da merkte sie, dass ihr gedankenloses Dementi eine Lüge war.

Seit ihrer Kindheit hatte sie einen vagen Traum gehabt, wenn sie sah, wie Frauen ihre Kinder stillten oder sie selbst Daisy in den Schlaf wiegte: Eines Tages würde ein besonderer Mann kommen, der sie finden und retten würde. Und zusammen würden sie ein Kind haben. Diese Fantasie war nun eine bloße Illusion. *Ich bin wie betäubt. Keine Gefühle. Keine Tränen. Keine Hoffnung. Nichts.*

Sie dankte Dr. Gordon für seine Fürsorge, weigerte sich aber ein Mittel anzunehmen, das sie beruhigen und ihr helfen würde zu schlafen.

»Jane kann mir einen Kräutertee machen. Nichts für ungut, Doktor.«

»Keine Ursache«, erwiderte er freundlich.

Im Wartezimmer stand Jane auf und suchte in Viannas Gesicht nach einer Antwort.

Sie fragt sich, ob Severin mich geschwängert hat – oder Mungo. Wie einfach die Lösung dann gewesen wäre. Das Kind töten – oder behalten.

»Du hast so lange gebraucht, Vianna. Ist alles in Ordnung?«

»Alles ist in bester Ordnung. Er hält viel von deinen Kenntnissen in der Heilmedizin, Jane.«

Während sie die Treppen hinuntergingen, redete sie unentwegt belangloses Zeug, um Jane keine Gelegenheit zu geben, irgendwelche Fragen zu stellen. Doch je mehr sie versuchte, fröhlich zu wirken, desto ernster musterte Jane sie.

Vom Kutschbock aus winkte Mungo mit seinem Hut. Er suchte in ihren Gesichtern nach irgendeinem Hinweis auf Probleme.

»Beide gesund und munter, hoffe ich?«

»Dein Freund hält mich für den Inbegriff von Weiblichkeit«, entgegnete Vianna frivol. »Mein Gott, aber jetzt habe ich einen Bärenhunger!«

Mungo zeigte auf den Picknickkorb. »Hühnchensandwiches, Pfirsiche, Trauben. Und eine Flasche Wein aus dem Keller des Masters, Mam, damit wir auf den vierzehnten Januar anstoßen, den Namenstag des heiligen Kentigern alias Mungo.«

Er sprang von seinem Sitz, um ihnen auf den Wagen zu helfen. »Ich lade euch ein zu einer Tour an Sydneys Küste entlang, auf der Straße, die von Strafgefangenen angelegt wurde, damit sich Mrs Macquarie an der schönen Hafenaussicht ergötzen konnte. Wir werden auf einer Steinbank picknicken, die eigens für sie unter einem Felsvorsprung aus dem Felsen gehauen wurde.«

Mungo schnalzte mit der Zunge, und das Pony trabte munter los. »Es gibt eine kleine Bucht, in der die Einheimischen in den Klippen Austern sammeln. Ich will sie gegen Tabak eintauschen. Frischere Austern bekommt man nirgendwo. Ihr werdet euch vorkommen wie im siebten Himmel!«

Im vagen Bewusstsein, dass Mungo wieder einmal Märchen erzählte, hielt Vianna die Haube fest, an der der Wind zauste, und zwang sich, immer an der richtigen Stelle zu lachen.

Im Geiste hörte sie immer noch den unerträglich mitfühlenden Ausdruck des Arztes, als er ihr eröffnete, womit sie niemals gerechnet hatte. Die Welt barg keine Hoffnung für die Zukunft. Es sei denn, es passierte ein Wunder. Dass sie starb und im Körper einer anderen Frau wiedergeboren wurde. In ihrem Mund blieb eine Bitterkeit zurück, die auch der beste Wein nicht wegspülen konnte.

Ich bin ein Fehler der Natur. Severin hatte recht. Ich bin nur für eins gut: Männern Lust zu bereiten, die mich dafür bezahlen.

NEUNUNDZWANZIG

Ein goldener Tag eine Woche später war wie ein Geschenk des Himmels für Mungo, denn er eröffnete ihm alle Möglichkeiten. Der nichts ahnende Grund dafür war Felix, der sich heimlich in Mookaboola aufhielt, um das dortige Haus in ein Prunkstück für seine zukünftige Mätresse zu verwandeln. Das Wetter war wie geschaffen für Mungos eigenen Geheimplan. Ein endlos blauer Himmel breitete sich über ihnen aus, mit nur wenigen, vereinzelten Wolkenfetzen, wie um zu beweisen, dass er nicht eine trügerische Spiegelung des Ozeans war. Die Sonne hatte genau die richtige Temperatur – nicht zu heiß, um die helle englische Haut zu verbrennen, aber auch nicht zu kühl, um seinen Plan für ein Biwak zu durchkreuzen.

Er war sorgfältig, aber lässig gekleidet: ausgebleichte Moleskinhose, rotes Halstuch, gestreiftes Hemd, die goldene Uhrkette über der Weste aus Schafsleder, unterstrichen von seiner üblichen, selbstbewussten Haltung.

So erschien er mit dem Pferdewagen der Familie L'Estrange vor der Tür seiner Mutter. Mit dem breitkrempigen Hut in der Hand betätigte er den neuen Türklopfer in Gestalt eines Löwenkopfes.

»Was verschafft mir diese Ehre zu so früher Stunde?«, fragte Jane misstrauisch.

Durch den Rundbogen, der die beiden unteren Räume verband, sah er Vianna am Küchentisch sitzen. Der flüchtige Blick, den sie ihm zuwarf, während sie etwas auf ihre Schiefertafel schrieb, verriet ihm zweierlei: Er war eindeutig in Ungnade gefallen, und seine Mutter hatte sich in Viannas Verbündete verwandelt.

Was zum Teufel habe ich bloß angestellt, dass Vianna so wütend ist? Seit ihrem Besuch bei Sandy benimmt sie sich ziemlich merkwürdig. Mam behauptet, ich sei schuld, angeblich habe ich sie genötigt, das ganze Alphabet auf einmal zu lernen. Aber Vianna will doch lesen und schreiben lernen, wo liegt dann das Problem?

Mungo erklärte seiner Mutter seinen Plan, sprach aber laut genug, sodass seine Worte in der Küche zu hören waren. »Ich bin auf dem Weg nach Illawarra, um mit dem Aufseher des Sägewerks zu sprechen. Die Buschräuber sind dabei, alles, was nicht niet- und nagelfest ist, mitzunehmen, sogar die Ochsengespanne, mit denen wir das Zedernholz nach Sydney transportieren.« Plötzlich verstummte er. *Verdammt, das wird sie wohl kaum ermuntern.* »Wie auch immer, es ist ein herrlicher Tag. Ich habe mich gefragt, ob Vianna Lust auf einen Ausflug hätte – wir könnten am Strand picknicken. Ich dachte, dass die Meerjungfrau vielleicht das Meer sehen möchte.«

Jane winkte ihn herein. »Klingt nach einer guten Idee. Die Kleine sitzt schon seit Tagen nur über ihren Büchern. Etwas frische Luft würde ihr bestimmt guttun.«

Vianna reagierte kühl. »Nein danke. Ich gehe nie ohne eine Zofe aus dem Haus.«

Jane hob die Augenbrauen zu einem Ausdruck, der keiner Worte bedurfte. »Na, dann setz dich erst mal, mein Junge. Das Wasser kocht, und so kannst du wenigstens noch eine Tasse Tee trinken, bevor du aufbrichst.«

Mungo setzte sich an den Küchentisch und trank seinen Tee so langsam wie möglich. Er wollte Zeit gewinnen, um jedes Quäntchen Charme, das er besaß, auszuspielen, mit dem Ziel, Vianna doch noch herumzukriegen. Er spürte, dass Jane zwar nicht offen für ihn Partei ergriff, aber sein Vorhaben insgeheim befürwortete.

»Zu dieser Jahreszeit führen die Tiere ihren Nachwuchs vor, Vianna«, erklärte er, was, zugegeben, maßlos übertrieben war. »Wetten, dass du noch nie was so Süßes gesehen hast wie eine

Wallaby-Mutter, aus deren Beutelsack der Kopf eines Kleinen lugt, während sie ihm eine Lektion im Überleben erteilt? Die Einheimischen jagen sie, um das Fleisch zu essen, aber wenn ich sehe, wie die Weißen sie wegen ihres Fells töten und dann die Jungtiere sich selbst überlassen, könnte ich die Wände hochgehen.«

Vianna starrte ihn mit großen Augen an. Ihre Lippen zitterten.

Das hat ihre Aufmerksamkeit geweckt. Wenn ich mit dem Pathos nicht übertreibe, beißt sie hoffentlich an.

Er war dankbar, dass seine Mutter ihm zur Seite stand. »Mungo hat schon als kleiner Knirps die Wallaby-Babys gerettet. Möglich, dass er manchmal ein Raubein ist, Vianna, aber er hat ein gutes Herz und kümmert sich rührend um die verletzten Jungtiere. Manchmal hat er ganze Nächte damit verbracht, die Kleinen alle paar Stunden zu füttern, damit ich schlafen konnte.«

Beeindruckt schob Vianna ihre Schiefertafel beiseite. Jane wühlte im Schrank und förderte einen Beutel aus Kattun, eine kleine Decke und eine Babyflasche zutage.

»Hier, mein Junge, für den Fall, dass du wieder ein verletztes Junges findest.«

Mungo steckte die Gegenstände in seinen Rucksack und warf Vianna einen respektvollen und zugleich bedauernden Blick zu.

»Schade, dass ich dich nicht überzeugen kann. Es ist nicht leicht, den Wagen über die holprigen Straßen zu fahren und gleichzeitig eins dieser kranken Geschöpfe auf dem Arm zu haben. Aber ich weiß, wie wichtig eine Zofe ist, um den Ruf einer Dame zu wahren.«

»Ich würde ja mitkommen, Kleines«, sagte Jane hastig, »aber ich habe dem Master versprochen, ihm einen Kräutertee zu machen, damit er endlich schlafen kann.«

Das war der Vorwand, den Viannas Stolz gebraucht hatte. »Ich will nicht, dass ein Tier nur wegen meines Rufes leiden muss.«

Mungo umarmte seine Mutter zum Abschied und half Vianna,

auf den Wagen zu steigen, den er mit Kisten, Grogfässern, Werkzeugen und Decken beladen hatte. Jane eilte in die Küche und kehrte mit einem Eintopf zurück, um »Zeit zu sparen«.

»Danke, Mam, ich denke, dass wir vor Sonnenuntergang wieder zurück sind. Ich weiß nicht genau, wann, aber mach dir keine Sorgen. Die Dame ist in guten Händen.«

Vianna hatte Janes Rat befolgt und feste Stiefel angezogen, dazu trug sie einen Schal, einen großen Hut, Handschuhe und einen mit Spitze besetzten Sonnenschirm, aus Rücksicht auf ihre Eitelkeit.

Als sie zum alten Zolltor gelangten, durch das man auf die Parramatta Road kam, pfiff Mungo einen irischen Ohrwurm vor sich hin. Er hatte nicht den Versuch unternommen, Vianna in ein Gespräch zu verwickeln, da er wusste, dass ihre Neugier schon bald die Stille unterbrechen würde.

»Man könnte meinen, dass du genug Essen eingepackt hast, um das 57. Regiment zu versorgen. Hast du vor, den ganzen Grog allein zu trinken?«

»Die Sägewerker der L'Estranges werden kurzen Prozess damit machen.« Er deutete mit dem Kopf auf das Gewehr. »Und das habe ich mitgenommen, falls wir Ärger bekommen sollten.«

»Buschräuber?«

»Schlimmer. Da, wo wir hinfahren, gibt es gewalttätige Auseinandersetzungen zwischen Siedlern und einheimischen Stämmen. Der Ausbruch der Pockenepidemie 1829 und 1830 hat an der Südküste eine Menge Aborigines dahingerafft. Kein Wunder, nachdem sie Tausende von Jahren isoliert gewesen waren, sind sie den Seuchen der Weißen hilflos ausgeliefert. Wie auch immer, jedenfalls sind die überlebenden Einheimischen ziemlich sauer auf uns. Unsere Rinder haben sie von ihren Jagdgründen vertrieben, sodass sie ihre Lebensgrundlage verloren haben. Außerdem wimmelt es dort von ausgerissenen Strafgefangenen.«

Vianna versuchte, trotz dieser Neuigkeiten ein tapferes Gesicht zu machen. »Wie weit ist es bis Illawara? Du hast Jane gesagt, dass wir vor Sonnenuntergang wieder zurück sind.«

»Ja, aber nicht, an welchem Tag. Das ist ja das Aufregende am Busch, Vianna. Man kann nie voraussehen, welches Abenteuer einem mitten im Nichts bevorsteht. Man muss mit allem rechnen, Buschräubern, einem kaputten Rad, einem verlorenen Hufeisen, Moskitostichen oder dem Biss einer Schlange. Also bin ich immer auf alles vorbereitet, insbesondere, wenn ich eine Dame dabeihabe.«

»Damen sind wohl eine Spezialität von dir, wie?«

»Das kann man wohl sagen. Vor meinem Aufenthalt in Moreton Bay, na ja, habe ich nicht gerade wie ein Mönch gelebt, weißt du.« *Maria Navarro und ihre Mädchen.*

Dann sang er *The Black Velvet Band*, und wie erwartet stimmte Vianna mit ihrer süßen Stimme ein. Sie sang die Worte, als wären sie ihrem eigenen Leben entnommen.

Mungo war frohen Mutes. Ihre Stimmen passten zueinander; das war ein gutes Zeichen.

Als sie ein paar Stunden später den Kamm eines hohen Bergpasses erreichten, hielt Mungo an und bot seiner Begleiterin die Aussicht auf die Küstenlinie, wo der weite Ozean sich mit dem Horizont vereinte. Man sah den winzigen weißen Fleck eines Segelschiffes, so weit entfernt, dass es aussah, als käme es nicht voran.

»Eine seltsame Vorstellung. Dieses Schiff kommt aus einer Welt, die mir völlig fremd ist. Der Heimat meiner Mutter, der Familie L'Estrange und auch deiner Heimat. Hast du nie Heimweh?«

»Ich vermisse den englischen Frühling. Und auch den Schnee zu Weihnachten. Aber meine ganze Familie ist tot. Daisy und ich sind die letzten Glieder der Kette.«

Gerührt von der Traurigkeit in ihrer Stimme zeigte er auf die Weite, die vor ihnen lag. »Hey, jetzt ist das hier deine Heimat.«

Vianna sagte nichts.

Unter ihnen erstreckte sich, so weit das Auge reichte, die silberne Bucht. Sie erwartete den rhythmischen Ansturm der Wellen mit den weißen Schaumkronen, die sich donnernd am Strand brachen, vom Sand verschluckt und dann mit der nächsten gewaltigen Welle wieder zurückgezogen wurden. In der Ferne erhoben sich Klippen. Jedes Mal, wenn die Brandung gegen die großen Steinbrocken vor den Felswänden klatschte, die den Ozean in Schach hielten, sprühte das Meerwasser empor wie eine Fontäne.

Vianna breitete die Arme aus, als wollte sie die ganze Landschaft umarmen. »Es ist alles so riesig. Ich habe noch nie so etwas erlebt. So sauberen, weißen Sand gesehen. Und weit und breit niemand in Sicht.«

»Freut mich, dass es dir gefällt.«

Der Ort, den er für ihr Picknick aussuchte, war eine grandiose Mischung aus den Geschenken der Natur. Er wies sie auf die Vorzüge hin, auf eine tiefe Höhle mit einem überhängenden Felsvorsprung, der sie vor allen Witterungen schützte, auf die tropischen Schatten spendenden Palmen, den Strand, der nur einen Steinwurf entfernt lag, und den Bach mit frischem Wasser aus einem Wasserfall, der durch einen hoch gelegenen Felsspalt herabstürzte.

Gruppen von Wallabys spielten in dem saftigen Tal zwischen den Hügeln. Die Vogelwelt war erstaunlich vielfältig und zeichnete lauter bunte Muster in die Luft. Vianna hatte ständig Angst, dass sie gegeneinanderprallen könnten.

Mungo zwängte den Champagner, den er aus dem Weinkeller seines Vaters »organisiert« hatte, zwischen zwei Steine im Bach, damit er kühlte.

Vianna warf einen nervösen Blick auf die Gestalt eines jungen Einheimischen, der mit einem Haufen Speere bewaffnet auf sie zukam. Einige Schritte hinter ihm folgte eine junge Schwarze mit einem Bastbeutel auf dem Rücken, aus dem das Köpfchen eines etwas hellhäutigeren Babys lugte.

Mungo stand auf und begrüßte die beiden mit einem breiten Lächeln, dann nannte er ihnen seinen Namen und bot ihnen seinen Tabakbeutel und einen Becher Tee an. Der junge Schwarze nahm die Geschenke an und revanchierte sich mit zwei dicken Fischen aus seinem Fang. Er zeigte ihnen ein strahlendes weißes Lächeln und trug nichts am Leib als ein knappes Stück roten Baumwollstoff, das von seinem Gürtel herabhing. Vianna wandte rasch den Blick ab, sah aber noch, dass die junge Frau, die jetzt ihr Kind wiegte, ihr ein schüchternes Lächeln zuwarf.

Mungo unterhielt sich eine Weile mit dem jungen Schwarzen, ehe er und sein Mädchen weitergingen.

Vianna war neugierig. »Hattest du nicht gesagt, die Einheimischen wären uns feindlich gesinnt? Er war sehr freundlich zu dir, aber mich hat er offensichtlich nicht beachtet.«

»Aborigines wenden immer den Blick ab; es gilt als Zeichen guter Manieren. Jemanden anzustarren ist ausgesprochen unhöflich.«

Die Narben, die der Einheimische auf Brust und Armen trug, hatten Mungo an die Spuren der Peitsche auf seinem Rücken erinnert, die ihn für immer begleiten würden. *Seine rituellen Narben trägt er mit Stolz als ein Zeichen der Männlichkeit und des Mutes. Meine Narben sind das Symbol einer ungerechten Strafe.* Während er den Wagen entlud, versuchte Mungo, die quälenden Erinnerungen an Moreton Bay zu vertreiben.

»Ich habe Durst, Mungo. Wäre der Champagner inzwischen kühl genug für deinen Gaumen?«, quengelte Vianna.

Er lachte erleichtert, froh, wieder in die Realität zurückzukehren: Eine schöne Frau verlangte nach Champagner! Sein eigenes Verlangen nach ihrer Nähe lag noch vor ihm. Am liebsten wäre er für immer hiergeblieben.

Der Champagner und die Hitze stiegen Vianna zu Kopf und verwandelten sie in ein fröhliches Kind, genau wie Mungo erhofft hatte.

»Ich bereite jetzt den Fisch zu. Wenn du dich erfrischen willst, geh höchstens bis zu den Knien ins Wasser. Der Sog ist so stark, dass er dich hineinziehen und bis nach Neuseeland tragen würde, ehe du dichs versiehst.«

»Verstößt es denn nicht gegen das Gesetz, bei Tageslicht zu schwimmen?«

»Im Hafen von Sydney Town schon. Aber hier gibt es meilenweit keine Gesetzeshüter.«

»Ich habe nur ein einziges Kleid und kann es mir nicht leisten, es zu ruinieren«, sagte sie.

Mungo entzündete ein kleines Feuer und wandte ihr den Rücken zu, um ihre Privatsphäre nicht zu verletzen.

»Du kannst es ja ausziehen, wenn du willst. Hier sieht uns nur der liebe Gott. Aber sprich mit mir, damit ich weiß, dass du nicht untergegangen bist.«

Aus den Augenwinkeln sah er, wie ihr Rock auf den Sand fiel, sie mit einer Hand ihre Unterröcke zusammenraffte, ins Wasser watete und über die Wellen hüpfte, deren Größe und Gefahr im flachen Wasser des Strandes harmlos erschienen.

Mungo spürte eine Woge von Glück in sich aufsteigen, nicht nur wegen des verbotenen Anblicks ihrer Knöchel und Beine, sondern auch wegen der Freudenschreie, die sie ausstieß, wenn die Wellen ihren Körper streiften. Seine Fantasie wurde belohnt, als sie plötzlich hinter ihm auftauchte und ihre nassen kalten Finger auf seine Augen legte, um ihm den Blick zu versperren.

»Rate«, flüsterte sie.

»Eine Meerjungfrau, die einzige auf der Welt, die nie schwimmen gelernt hat.«

Als sie die nassen Unterröcke wieder durch den Rock ersetzte, wandte er den Blick ab.

»Ich habe das Meer zum ersten Mal gesehen, als ich in Southhampton an Bord des Schiffes ging.«

»Du bist an den richtigen Ort gekommen. Australien ist die

größte Insel der Welt«, sagte er stolz. »An der Ostküste haben wir den Pazifischen und an der Westküste den Indischen Ozean. Wenn du willst, könnten wir irgendwann den ganzen Kontinent umrunden.«

Sie war dabei, ein paar Muscheln im Saum ihres Rocks zu sammeln, doch jetzt hielt sie inne. »Du rechnest wohl damit, eines Tages sehr, sehr reich zu werden, Mungo.«

Ihr sinnlicher Tonfall erinnerte ihn daran, dass Koketterie zu ihrem Repertoire gehörte. Der Blick in ihren Augen erregte ihn, ließ ihn aber auch unbefriedigt. *Ich will Fanny. Keine Tricks, keine künstliche Frau. Wird sie sich denn nie wieder von dem Püppchen lösen, das Severin aus ihr gemacht hat? Verdammt noch mal, es wird lange dauern, aber ich kann warten.*

»Am besten essen wir jetzt und probieren von dem L'Estrange-Wein.«

Vianna setzte sich und strich den Rock über den Knien glatt wie ein Schulmädchen. Beim Essen einer Mango stieß sie kleine Schreie des Entzückens aus, und Mungo stellte sich vor, dass sie im Bett vor Lust schrie. Mit Severin. Mit Felix. Mit jedem anderen Mann, nur mit ihm nicht. Dann sagte er sich energisch: *Eifersucht ist der Preis, den ich für eine Frau mit Vergangenheit zahlen muss. Wäre sie eine unschuldige Jungfrau, wäre sie nicht Vianna. Ich muss sie so akzeptieren, wie sie ist. Als meine einstige – und zukünftige – Ehefrau.*

Ihre Neugier war unersättlich. »Diese schwarze Frau, die wir eben gesehen haben. Wieso war das Kind, das sie dabeihatte, so viel heller als die beiden?«

Mungo wusste, dass das Kind wahrscheinlich die Folge einer Vergewaltigung durch einen weißen Mann war. »Ein einheimisches Kind ist immer genauso dunkel wie seine Eltern. In den ersten Wochen nach der Geburt hat es aber die Farbe von heller Schokolade. Die richtige Farbe beginnt an den Fingerspitzen und dehnt sich dann aus. Seine Eltern wollen, dass das Kind so schwarz wird wie sie selbst, also reiben sie seine Haut mit Holzkohle oder dem Fett eines Wombats ein. Aber nicht nur, um das Baby schwärzer zu machen, sondern auch um seine empfindliche Haut vor Sonne und Wind zu schützen. Sie sind froh, wenn die Haut des Kindes ganz schwarz wird, bis auf die Handflächen, die bleiben rosa.«

Er hielt inne und beschloss, ihr die Wahrheit zu sagen. »Angeblich glauben die Schwarzen, dass Geister die Kinder erschaffen. Sie sehen keine Verbindung zwischen Zeugung und Geschlechtsverkehr. Kannst du dir vorstellen, wie enttäuscht einige einheimische Frauen sein müssen, die mit einem weißen Mann geschlafen haben oder vergewaltigt wurden und dann ein Kind bekommen, das nie richtig schwarz wird? Für sie bedeutet weiße Haut Krankheit. Das Paar am Strand hat dich nicht angesehen, weil du ihnen leidgetan hast, sie halten dich für todkrank.«

Ihr Tonfall war wehmütig. »Wie schrecklich für diese jungen Mütter.« Doch dann beugte sie sich vor, um ihn zu testen. »Woher weißt du das eigentlich alles, Mungo?«

»Na, ich bin hier geboren. Diese Geschichten habe ich mit der Muttermilch eingesogen.«

Mungo fiel auf, dass sie anschließend eine ganze Weile in sich verschlossen wirkte. Wieder einmal schwankte ihre Laune zwischen Euphorie und Traurigkeit, eine Gemütslage, die er unbedingt verändern musste.

Als die Schatten auf der Straße, die in das Herz des majestätischen Waldes von Illawara führte, immer länger wurden und sie die charakteristischen Geräusche der Holzfäller hörten, wurde Vianna ungeduldig. Mungo erklärte ihr, dass die Stämme der gewaltigen Zedern so dick waren, dass es einen oder sogar mehrere Tage dauern konnte, bis die Männer sie mit ihren langen, doppelgriffigen Sägen durchtrennt hatten, und wieder einer dieser Riesen zwischen die anderen Bäume stürzte.

»Du hast mir Wombats, Kängurus, Beutelratten und Warane gezeigt. Sogar Leierschwänze, die die Geräusche von Menschen nachahmen können. Aber wo sind die kleinen Wallaby-Waisen, von denen du gesprochen hast?«

»Hoffen wir, dass wir keine finden. Illawara ist für mich etwas Besonderes. Als kleines Kind hat mich Kentigern L'Estrange mit hierhergenommen. Er hat niemandem verraten, dass ich sein Sohn war, aber das war mir egal, denn es war das erste Mal, dass ich ihn für mich ganz allein hatte. Ohne Felix.«

Es war ihm peinlich, dass er ihr von seiner Rivalität mit seinem Bruder erzählt hatte, deshalb lenkte er ihre Aufmerksamkeit auf einige Kängurus, die geräuschlos an den Rand der Straße gehüpft waren und sie aufmerksam beobachteten: ein rotes Riesenkänguru, das seine Fäuste erhoben hatte wie ein Boxer, und zwei Weibchen mit sanften Augen. Die beiden Jungen hüpften wie auf Befehl kopfüber in die Beutel ihrer Mütter.

»Der Große da, Red Roger, ist ein geborener Faustkämpfer. Wir haben schon mal unsere Kräfte gemessen, und er hat mich zu Boden geschlagen. Siehst du, wie er sich an mich erinnert?«

»Ist das wieder eins von deinen Märchen, Mungo?«, fragte Vianna misstrauisch.

»So wahr ich Mungo heiße. Pass auf.« Dann rief er dem alten Kängurumännchen etwas zu. »Hallo, Roger. Schön, dich und deine Familie wiederzusehen. Tut mir leid, dass ich keine Zeit für eine Revanche habe. Aber vielleicht nächstes Mal.«

Red Roger schien ihn verstanden zu haben, denn er wandte den Kopf ab und führte mit ein paar federnden Riesensprüngen seine Familie in den dunklen Wald zurück.

Vianna sah ihn ehrfürchtig an. »Er hat dich tatsächlich verstanden! Kängurus sind bestimmt die klügsten Tiere der Welt.«

»Das würde ich auch sagen«, erklärte Mungo, ohne eine Miene zu verziehen.

Ein paar Meilen weiter machte er einen Schlenker mit dem

Wagen, um einer fetten Wombat-Mutter auszuweichen, die ihre Jungen gemütlich auf die andere Straßenseite führte.

»Ich kann verstehen, warum du deine Heimat niemals verlassen willst, Mungo. Dieses Land ist voller Magie«, sagte sie achtungsvoll.

Es wurde Zeit, sie ein wenig in Zugzwang zu bringen. »Dann wirst du ja sicher gern mit Felix im Busch von Mookaboola leben, nicht wahr?«

»Ich mache niemals Pläne. Ich gehe dorthin, wohin mich das Schicksal führt. Besser gesagt, das Geld eines Gentlemans. So sind nun einmal Kurtisanen.«

Sie stieß ein sprödes Lachen aus, doch Mungo glaubte ihr kein Wort.

»Du hast etwas Besseres verdient. Ich bin stolz auf die Fortschritte, die du beim Lesen und Schreiben machst. Du könntest sein, was du willst, Hauptsache, du vergisst Severins Lügen.« Er versuchte, beiläufig zu klingen. »Mam sagt, du hättest das Zeug zu einer Mutter.«

Vianna wandte hastig den Blick ab. »Wo sind wir eigentlich? Hast du dich verfahren? Oder hast du die ganze Zeit so etwas im Schilde geführt?«

Spöttisch wiederholte Mungo ihre Ausrede von vorher. »Ich mache niemals Pläne. So sind nun mal wir Currency Lads.«

»Wie weit ist es noch bis zum nächsten Gasthaus?«

»Schätzungsweise zwei Tage in Richtung Süden, drei Tage Richtung Westen oder fünf, wenn ich ein Floß baue und wir an der Küste entlang nach Port Jackson fahren.«

Vianna sah ihn entsetzt an. »Soll das ein Scherz sein?«

»Aber ich könnte dir auch im Wagen ein Bett einrichten«, setzte er hinzu.

»Und wo willst du schlafen, wenn ich fragen darf?«

»Na, unter dem Wagen, solange es trocken bleibt. Sollte es allerdings regnen …«

»… bleibst du trotzdem da unten«, sagte sie entschieden.

Mungo servierte das Abendessen während eines spektakulären rotgoldenen Sonnenuntergangs. Janes Eintopf, über dem Feuer erhitzt, schmeckte wunderbar, vor allem zusammen mit einer Flasche Rotwein, auf der das neue Etikett der L'Estranges prangte.

»Der ist nur für Familienmitglieder und Freunde gedacht, ansonsten würde nämlich der Familienname in der Öffentlichkeit beschmutzt. Das ist wirklich die Höhe kolonialer Scheinheiligkeit. Dass Landbesitzer sich Hunderte von Zwangsarbeitern halten, die wie Sklaven für sie schuften, ist keine Schande, aber wenn dieselben Leute spitzkriegen, dass du Handel treibst, ächten sie dich. Mrs Less lebt in ständiger Angst davor.«

»Gibt es eigentlich auch etwas, wovor du Angst hast, Mungo?«, wollte Vianna wissen.

»O ja, vieles. Einzelhaft. Schwindelanfälle. Dass mich eine Frau beim Kartenspiel schlagen könnte.«

»Nun, ich spiele nicht«, entgegnete Vianna, »außer wenn ein Gentleman mich dazu einlädt.«

»Severin hat dir doch bestimmt den einen oder anderen Trick beigebracht.«

»Nein, nichts. Ich war nur da, um zu singen und seine Gäste bei Laune zu halten. Ich hatte nie Zugang zu seinen Konten oder seiner Korrespondenz. Ich wusste nicht einmal, dass man Daisy an einen Ort gebracht hatte, von dem nur Gott und Severin wussten. Aber warum hast du mich eigentlich hierhergebracht?«

»Ich wollte mit dir allein sein, mit dir reden. Ohne den ganzen Mist, den Severin dir in den Kopf gesetzt hat. Mit der echten Fanny.«

Der Wein löste ihre Zunge und erhitzte ihr Gemüt. »Meine Mutter ist an Syphilis gestorben. Mein Vater wurde im Newgate-Gefängnis als Wegelagerer aufgehängt. Meine Stiefmutter gab mich in den Dienst einer Kurtisane, als ich zwölf war. Ist das echt genug für dich, Mungo?«

»Mach weiter. Jetzt hörst du dich endlich vernünftig an.«

»Ich traue keinem Mann auf der Welt. Ihr seid alle aus demselben Holz geschnitzt. Manche von euch haben blaues Blut und gute Manieren, trotzdem seht ihr Frauen wie mich als bloße Lustobjekte. Also spiele ich euer Spiel mit und sehe zu, dass dabei so viel für mich herausspringt wie möglich.«

»Deshalb hast du dich für Felix und gegen mich entschieden, nicht wahr?«

»Ja! Aber ich will dich nicht belügen. Ich könnte nie die richtige Frau für dich sein. Ich kann dir nicht das geben, was du brauchst.«

»Das kann ich wahrscheinlich besser beurteilen.« Er schenkte ihr Wein nach. »Du weißt, dass ich dich begehre. Ich habe dir angeboten, dich zu heiraten. Dir Kinder zu schenken. Und eines Tages werde ich auch reich sein, warte nur ab!«

Sie lachte leicht spöttisch. »Du bist so naiv, Mungo! Glaubst du wirklich, ich würde in einem Stall leben wollen?«

»Warum denn nicht?«, entgegnete er pikiert. »Ein Stall war sogar für das Jesuskind gut genug. Außerdem ist es doch nur am Anfang. Für die Zukunft habe ich große Pläne. Eines Tages werde ich reicher sein als Felix. Die Frage ist, wen du willst: mich oder ihn? Er würde dir ein Leben im Luxus ermöglichen, aber er würde niemals gegen die gesellschaftlichen Regeln verstoßen und dich heiraten. Die Gesellschaft würde ihn ächten.«

»Ich werde nicht heiraten, weder jetzt noch später. Ich will einfach kein Spielball der Männer mehr sein.«

»Na schön. Jetzt weiß ich wenigstens, woran ich bin. Danke vielmals. Und hier ist das, was du von mir erwarten kannst, ohne Bedingungen. Du brauchst Severin nicht, um Daisy zu finden. Ich bin bereits auf der Suche nach ihr. Und Mrs L'Estrange hilft mir dabei, obwohl sie keine Ahnung hat, dass es eine Verbindung zwischen Daisy und *dem Hausgast* in meiner Remise gibt.«

Er zeigte ihr das Schreiben aus Goulouga und die Liste von Gastwirten, die er bereits aufgesucht hatte.

Aufgebracht, aber aufmerksam hörte sie zu; dann berührte sie seine Hand. »Du bist ein wahrer Freund.«

Er verbarg die Enttäuschung darüber, wie sich der Abend entwickelt hatte, hinter einem Achselzucken. »Komm, lass uns noch ein wenig Poker spielen.«

Er teilte die Karten aus und machte zwei gleich große Haufen mit Münzen. »Aber komm ja nicht auf die Idee zu schummeln, oder du kriegst es mit mir zu tun, Mädchen.«

Vianna spielte, als hinge ihr Leben davon ab, und Mungo staunte, dass sie tatsächlich keinen Versuch unternahm, ihn zu betrügen. Ihre Freude rührte ihn so sehr, dass er sie gewinnen ließ.

Schließlich gähnte er. »Wir haben morgen einen langen Weg vor uns. Steck deinen Gewinn ein. Du hast ihn dir redlich verdient«, log er. »Leg dir eine Socke unters Kopfkissen. Banken traue ich nicht über den Weg.«

Sie stieg in den Wagen, wo er ihr aus einer Strohmatratze und einem Kissen, das er mit weichem Gras gestopft hatte, ein Bett gebaut hatte. Darüber hatte er eine Plane gespannt, falls es regnete.

»Das soll ein Bett sein?«, murmelte sie.

»Etwas Besseres kann ich dir heute Nacht nicht bieten«, sagte er barsch. »Bis morgen früh!«

Dann wickelte er sich unter dem Wagen in eine Decke, nach wie vor enttäuscht über den Ausgang des Abends. Als der Mond aufging, kam Wind auf und rüttelte an der Plane, als wäre sie das Segel eines Schiffes. Viannas Stimme über ihm klang, als wäre sie kurz vor dem Einschlafen.

»Als wir auf hoher See waren, hat sich Daisy immer vor einem Sturm gefürchtet, und wenn das Schiff zu schlingern begann, erzählte ich ihr Geschichten. Ich frage mich, ob sie sich noch an mich erinnert.«

Dann verstummte sie, und Mungo wusste, dass sie eingeschlafen war, ehe er ganz leise antwortete: »Wer könnte *dich* jemals vergessen, Fanny?«

Die Sonne war noch nicht hinter den Hügeln aufgegangen, da schreckte Vianna mit heftig pochendem Herzen auf, als spürte sie eine unsichtbare Gefahr.

Der Busch war von fremden Klängen erfüllt, die in ihrem Kopf Bilder wie aus dunklen Märchen hervorriefen. Wahrscheinlich war es sicherer, wenn sie unter den Wagen zu Mungo kroch. Sie kletterte leise hinunter, um ihn nicht zu wecken.

Doch er starrte sie mit weit aufgerissenen Augen an und flüsterte eindringlich: »Rühr dich nicht, schrei nicht. Ich meine es todernst. *Mein Leben liegt in deiner Hand.*«

Mittlerweile wusste Vianna, wann er scherzte. Diesmal schwang pure Angst in seiner Stimme mit.

Sie folgte seinem Blick an seinem Körper hinab. *Gott steh ihm bei, dieses Mal lügt er nicht!*

Dann brach ihr der kalte Schweiß aus. Mungo lag reglos da. Er trug nur ein Hemd und hatte die Decke abgestreift, sein Atem war so flach, dass seine Brust sich kaum hob und senkte. Auf seinen Schenkeln lag, wie ein Schiffstau zusammengerollt, eine riesige schlafende Schlange und hatte ihren flachen herzförmigen Kopf auf seinen Bauch gelegt.

Von Panik erfüllt starrte Vianna auf die tödliche Schönheit. Die glänzende Haut war mit gelben Streifen gemustert und mit grauen, kieselgroßen Schuppen bedeckt, der Kopf ähnelte einem Panzer mit einer Platte zwischen den Augen, und der Schwanz endete in einer schmalen Spitze wie eine Peitschenschnur.

»Getigerte Katzennatter, tödlich«, raunte Mungo ihr zu.

Viannas Herzklopfen hallte so laut in ihren Ohren wider, dass sie befürchtete, es könnte die Schlange wecken. Es kostete sie große Anstrengung, sich nicht zu rühren; ihr ganzer Körper schmerzte vor Anspannung. Sie starrte die Augen der Schlange an, bis ihr die Tränen kamen. Es war, als wären Zeit und Raum aufgehoben, als hätte die Welt jegliche Bedeutung verloren.

Vianna betete, dass die Sonne aufging. Eine Stimme in ihrem

Kopf bombardierte sie mit Fragen. *Was willst du tun? Das Gift der Getigerten Katzennatter ist tödlich. Und meilenweit keine Spur von Hilfe. Warum hast du nicht darauf geachtet, was er dir gestern gesagt hat? Versuch, dich zu erinnern!*

»Die australischen Schlangen gehören zu den giftigsten der Welt. Die Getigerte Katzennatter und die Mulgaschlange können einen Menschen binnen wenigen Minuten töten, trotzdem sind Schlangen keine natürlichen Raubtiere. Sie greifen nur an, wenn sie sich bedroht fühlen, wenn man sie in Ruhe lässt, dann machen sie es genauso.«

Das ist im Augenblick kaum ein Trost. Aber Mungo scheint das, was er predigt, tatsächlich zu praktizieren. Er bleibt völlig ruhig.

Niemand hatte Vianna jemals beigebracht zu beten, doch jetzt wandte sie sich an Gott … *Rette Mungo, o Gott, rette ihn.*

Als es endlich hell wurde, sickerten schwache Strahlen wie dünne, schilfähnliche Lichtstreifen durch die Wipfel der Bäume. Eine Ewigkeit starrte die Schlange sie an, mit Augen, die wie dunkle Rubine funkelten. Mit nervenaufreibender Langsamkeit, als hätte sie all die Zeit der Welt, drehte sie dann den Kopf Mungos Gesicht zu. Und am Ende, als zöge es sie in die Richtung, aus der das wärmende Licht der Sonne kam, kroch sie an seinen Beinen entlang und verschwand in der Wildnis, wo sie sich wie ein Chamäleon verlor.

Vianna sprang zu ihm. Sein bleiches, schweißgebadetes Gesicht brachte ein schräges Grinsen zustande.

»Braves Mädchen. Hättest du geschrien oder eine falsche Bewegung gemacht, dann wäre ich jetzt tot.«

»Ich dachte schon, ich hätte dich verloren. Wie mutig du bist! Ich wusste nicht, was ich tun sollte.«

»Du hattest nur zwei Möglichkeiten: Dich nicht zu rühren oder zu meiner Beerdigung zu gehen.« Sein Lachen klang wie eine rostige Säge. »Glaubst du, dass du mir einen Brandy zum Frühstück besorgen könntest?«

Sie lagen eng aneinandergeschmiegt da und reichten sich die Flasche hin und her. Jetzt, da die Gefahr vorbei war, zitterte Mungo am ganzen Körper.

»Wenn ich nächstes Mal eine Schlange sehe, töte ich sie sofort und stelle erst danach die Fragen«, versprach Vianna.

»Warum? Sie hat nur das getan, was sie von Natur aus tun muss. Sich ein warmes Plätzchen gesucht, wo sie bis zum Sonnenaufgang schlafen konnte.« Sein Gelächter blieb ihm im Halse stecken, und er würgte. »Ich kannte mal einen Kerl, der von einer Getigerten Katzennatter in die Fingerkuppe gebissen wurde. Er hat sie durchgehackt.«

»Die Schlange?«

»Nein, die Fingerkuppe. Besser einen Finger zu verlieren als das Leben. Aber wenn diese Katzennatter mich gebissen hätte, hätte ich mich beim Sterben entscheiden müssen, welches Schicksal schlimmer gewesen wäre: Das Leben zu verlieren oder meine Klöten. Au, Mist! Das hätte ich nicht sagen dürfen!«

Mungos Worte waren derart grausig, der Brandy so stark und sein Lachen so ansteckend, dass Vianna sich fast hysterisch gegen ihn fallen ließ.

Als die Sonne im Zenit stand, war die Flasche leer und Mungo angenehm betrunken.

»So, zurück an die Arbeit. Wir müssen zum Sägewerk und dem Aufseher die Anweisungen meines Vaters überbringen. Aber ich warne dich, diese Kerle sind so rau wie die Stämme der Zedern. Sie werden sich darum schlagen, mit dir zu tanzen. Seit einem oder zwei Jahren haben sie keine Frau zu Gesicht bekommen, also werden sie sich auf den erstbesten Rock stürzen, den sie sehen. Ich kann nur hoffen, dass sie sich zügeln und die Frau eines anderen Mannes nicht anrühren.« Er warf ihr einen glasigen Blick zu. »Hast du was dagegen, wenn ich dich als meine Ehefrau vorstelle?«

Vianna zuckte die Achseln. »Besser das, als mich als deine Witwe ausgeben zu müssen.«

Mungo war erleichtert. Vianna wusste, dass er nicht in der Verfassung war, mit den Haarnadelkurven der Straße fertigzuwerden, die in den felsigen Abhang gehauen worden waren. Sie übernahm die Kontrolle, warf seine Decke in den Wagen und nahm auf dem Kutschbock Platz, überzeugt, dass sie nicht so betrunken war wie er.

»Ich fahre, du lenkst«, sagte sie. Dann ließ sie die Peitsche durch die Luft knallen und spornte das Pferd zu einem leichten Trab an.

Auf der Fahrt zu den Sägewerken begann Vianna, ein schlüpfriges Liedchen zu singen, mit dem sie die Spieler in Severins Spielkasino unterhalten hatte, und schickte dabei ein heimliches Gebet an Gott. *Danke, dass du Mungo vor dem Tod gerettet hast.*

Als würde Mungo ihre Gedanken lesen, sagte er: »Danke, dass du mir das Leben gerettet hast.«

»Das war nicht ich. Wenn es stimmt, dass nur die Aufrechten früh sterben, dann hast du, Mungo Quayle, noch ein sehr, sehr langes Leben vor dir.« *Das heißt, solange Severin ihm nicht auf die Spur kommt.* In dem Versuch, Severin aus ihrem Bewusstsein zu vertreiben, fügte sie hinzu: »Los, mach dich nützlich. Wo geht es zum Sägewerk? Die Vorstellung gefällt mir, die einzige Frau im Lager zu sein, unter all diesen Holzfällern, die seit Jahren keine Frau zu Gesicht bekommen haben und Schlange stehen, um mit mir zu tanzen.«

»Ja«, erwiderte Mungo resigniert. »Das glaube ich dir unbesehen.«

DREISSIG

Es klang, als wäre im Arbeitszimmer ein Bürgerkrieg ausgebrochen. Kentigern stürzte aus seinem Schlafzimmer und durch den Gang, gefolgt von Jane, doch vor der Seufzerbrücke blieb sie unvermittelt stehen.

»Worauf wartest du? Dein Sohn ist genauso beteiligt wie *ihrer*.«

Beide wussten um das unausgesprochene Gesetz. »Ich werde den Teufel tun, das Reich deiner Frau zu betreten«, erwiderte Jane kühl. »Solange sie in meins keinen Fuß setzt.«

»Soll das heißen, du stellst dich stur?«

Zur Antwort hob sie trotzig das Kinn, machte auf dem Absatz kehrt und ging.

Er versuchte, das Gesicht zu wahren. »Na schön, dann nimm die Dienstbotentreppe. Wir treffen uns dort.«

Das Geschrei in seinem Arbeitszimmer wurde lauter, je näher er kam. Drei Hausmädchen mit großen Augen stoben auseinander und verschwanden im Gang. Offenkundig hatte er sie dabei erwischt, wie sie an der Tür horchten und das Drama verfolgten.

Kentigern riss zornig die Tür auf und sah, wie Mungo und Felix sich in den Haaren lagen. Ihre blonden Köpfe und wutentbrannten Gesichter waren wie ein Spiegelbild der beiden sich prügelnden Schuljungen, die sie in ihrer Kindheit schon gewesen waren.

Mit der Autorität eines Generals, der seine fehlgeleitete Kavallerie auf Linie brachte, stieß ihr Vater seinen Gehstock in die Luft. »Was erlaubt ihr euch! Hört sofort auf damit, oder ich schlage euch die Köpfe ein! Ich dulde keinen Bruderkrieg unter meinem Dach, habt ihr verstanden?«

Beschämt ließen Mungo und Felix voneinander ab, zupften an ihren Jacketts und strichen sich hastig das Haar wieder glatt.

»Bitte um Verzeihung, Vater, ich habe mich gehen lassen«, entschuldigte sich Felix.

»Es war meine Schuld, Sir, ich habe Felix unnötig provoziert.«

»Es ist wegen dieses vermaledeiten Weibsstücks, stimmt's? Lügt mich nicht an.«

»Sie trifft keine Schuld, Sir«, entgegnete Mungo hastig.

»Es ist allein unsere Schuld, Sir«, pflichtete Felix ihm bei.

»Wenigstens darin seid ihr euch einig. Wenn ich euch noch einmal dabei erwische, dass ihr den Hausfrieden stört, setze ich diese Frau auf die Straße. Und obendrein stauche ich euch im Beisein eurer Mütter zusammen.«

Diese Drohung erschreckte Felix so sehr, dass Mungo um ein Haar gegrinst hätte.

»Lästert hier etwa jemand über mich?«, hörte man Albrunas aristokratische Stimme an der Tür.

»Ich bin fertig mit ihm, er gehört dir«, fauchte der Hausherr, während er Manschetten und Krawatte richtete und aus dem Zimmer rauschte.

Mungo fiel auf, dass Mrs Less heute ungewöhnlich attraktiv war, sie trug ein altrosa Sommerkleid, das sie sanfter und jünger wirken ließ als die förmliche Aufmachung, in der sie sich sonst zeigte.

»Es war nichts von Belang, Mrs L'Estrange«, versicherte ihr Mungo. »Sie wissen ja, wie heißblütig wir Kolonialisten sein können, wenn es um die Politik von Gouverneur Darling geht.«

Felix nahm sein Stichwort bereitwillig auf. »Ich werde dann Mrs Darling beim Ball heute Abend gern deine Grüße überbringen, Mutter. Es ist schade, dass du verhindert bist.«

»In der Tat, doch es geht nicht anders«, gab sie vage zurück. »Ich muss die Einzelheiten für die Geburtstagsfeier deines Vaters regeln. Ich hoffe, dass es eine *angenehme* Überraschung wird.«

Ihr abgewandter Blick konnte Mungo keinen Augenblick täuschen. *Das ist eine Ausrede. Mrs Less steckt bis über beide Ohren in einer Sache, die sie um jeden Preis geheim halten will.*

Mungo hielt seine eigene Ausrede aufrecht. »Na gut, Felix, ich werde dir später noch ausführlich von der Reise zum Sägewerk deines Vaters in Illawarra berichten. Und vielleicht hast du dann die Güte, mich über deine jüngsten Erlebnisse in Kenntnis zu setzen«, sagte er in listiger Anspielung auf Felix' heimliche Aktivitäten in Mookaboola.

Ihr Streit war über ihre beiderseitigen Versuche ausgebrochen, Vianna mittels eines Vorwands für sich zu gewinnen. Felix hatte getobt, als er von Mungos Reise nach Illawarra erfahren hatte, im Augenblick aber war er nur darauf bedacht, die Angelegenheit vor seiner Mutter zu verbergen.

»Wir sprechen uns später, Mungo«, sagte er mit zornig funkelnden Augen. »Entschuldige mich, Mutter. Ich muss mich auf meinen Besuch in der Sternwarte vorbereiten.« Damit verbeugte er sich vor seiner Mutter und verließ eilig das Zimmer.

Doch auch Mungo fühlte sich hintergangen. Molly hatte ihm verraten, dass Felix sie gebeten hatte, bei dessen Besuch in der Sternwarte als Anstandsdame für Vianna zu agieren.

Daher konzentrierte Mungo sich jetzt auf seinen eigenen Plan, von dem Vianna bislang keine Ahnung hatte.

Er fand seinen Vater im Herrenzimmer in einem Gespräch mit Sandy Gordon vor, das eher privater denn geschäftlicher Natur war. Mittlerweile waren sie dazu übergegangen, sich außerhalb der Öffentlichkeit zu duzen.

»Sei froh, dass du nicht geheiratet hast, Sandy. Kinder machen einem nur Probleme.«

»Noch stehe ich nicht mit einem Bein im Grab, Kentigern. Es ist nie zu spät, eine gute Frau zu finden.«

»Angeblich lebt unter Mungos Dach eine echte Schönheit. Du könntest uns einen Riesengefallen tun und sie mir vom Hals schaffen. Sie ist wie die schöne Helena von Troja, um die sich zwei Parteien streiten. Das kann ja nicht gut ausgehen«, sagte er düster.

Sandy räusperte sich. »Ich glaube, ich weiß, wen du meinst. Und je weniger ich mich da einmische, desto besser.«

Mungo hustete diskret an der Tür.

»Ach, es geht weiter«, rief Kentigern und lächelte widerwillig. »Was willst du, mein Junge?«

»Ich möchte dich um einen Gefallen bitten, Sir. Felix wird natürlich in der Familienkutsche zum Ball des Gouverneurs fahren, allein. Mrs L'Estrange benötigt die andere Kutsche.«

»Das geht mich nichts an. Sie kann machen, was sie will«, gab er missmutig zurück.

Mungo räusperte sich. »Mit deiner Erlaubnis würde ich gern die alte Kutsche ausleihen, die gerade repariert worden ist, Sir. Nur für eine Nacht. Einen Kutscher brauche ich nicht, ich fahre sie selbst. Ich werde sie blitzblank polieren und sie dir wie neu zurückgeben.«

»Nun, das ist nicht schwer. Rissige Lederpolsterung. Spinnweben.« Sein Vater warf ihm einen eindringlichen Blick zu. »Was steckt tatsächlich dahinter? Eine Frau?«

»Darauf kannst du wetten! Immerhin bin ich meines Vaters Sohn, Sir«, sagte Mungo höflich und erntete neidisches Gelächter auf seine Schlagfertigkeit.

»Warum nicht? Felix wird von Old Crawford gefahren. Natürlich hasst er gesellschaftliche Ereignisse, aber er ist eine gute Partie für die Heiratsvermittler. Der Ball heute Abend wird wohl der letzte der Saison sein. Darling hat bereits seinen Marschbefehl erhalten. Im Dezember ist er nicht mehr hier. Zum Glück!« Trotz der guten Beziehungen seiner Frau mit Mrs Darling stand der Patriarch auf der Seite von Wentworth' Zeitung *The Australian*, dem Sprachrohr der Kritiker von Gouverneur Darling, die heilfroh waren, dass er nach England zurückberufen worden war.

Dann setzte er brummig hinzu: »Wenn es nach mir gegangen wäre, wärst du auch eingeladen worden, mein Junge.«

Mungo war von der unrealistischen Erwartung seines Vaters gerührt. »Ich brauche die Gunst des Gouverneurs nicht, Sir. Ich vergnüge mich lieber im Bett als auf der Tanzfläche.«

»Na dann, *bonne chance*!«, sagte sein Vater und entließ ihn gut gelaunt. »Erspar mir die Einzelheiten. In der Liebe und im Krieg ist alles erlaubt, aber ich denke nicht dran, den Schiedsrichter zu spielen.«

Mungo verlor keine Zeit. Der Stellmacher hatte gute Arbeit geleistet, die neuen Räder funktionierten einwandfrei. Den Rest des Tages verbrachte er damit, das Äußere der Kutsche zu reinigen und auf Hochglanz zu bringen. Zwar konnte er die rissige Lederpolsterung nicht reparieren, versteckte sie aber unter einer handgenähten Steppdecke seiner Mutter. Mit einer Dose Goldfarbe und nicht ohne einen Hauch von Ironie besserte er die Kratzer auf dem Wappen der L'Estranges aus.

Dann begutachtete er sein Werk und rief: »Alles in bester Ordnung. *Ein Pferd, ein Pferd, mein Königreich für ein Pferd!*«

Er holte Boadicea aus dem Stall und redete auf sie ein.

»Ich weiß, dass du zu fein bist für so eine Arbeit, Boadicea. Aber es ist nur für einen Abend. Ich werde dein Fell derart striegeln, dass du der Sonne Konkurrenz machen kannst. Bestimmt wird die Dame dich belohnen – und mich vielleicht auch, wenn ich Glück habe.«

Unter den Arm geklemmt hielt er den Dreispitz, den er sich von Old Crawford ausgeliehen hatte. Der alte Mann hatte ihn getragen, als er in England als Kutscher arbeitete, vor seiner Deportation in die Kolonie. Bei den Anlässen, an denen er heute als Kutscher für die L'Estranges arbeitete, trug er eine elegante neue Livree.

Nur Jane war in Mungos Pläne für die Ballnacht eingeweiht.

Inzwischen saß er in Hemdsärmeln in der Küche, verdreckt, nach Politur und Terpentin stinkend, schenkte sich Tee ein und hielt sich an ihrem Manx-Schokoladenkuchen gütlich. Euphorisch ging er die Agenda für den heutigen Abend mit seiner Mutter durch.

»Sobald Vianna und Felix von der Sternwarte zurück sind, wird er sich in den Westflügel begeben, um sich für den Ball umzuziehen. Das gibt Vianna genug Zeit, um zu baden und zu tun, was Frauen mit ihrem Haar eben so machen. Hast du ihr Ballkleid gebügelt?«

»Es liegt schon seit dem Morgengrauen bereit«, erwiderte seine Mutter gelassen. »Und auf dem Herd brodelt Wasser, damit sie ein Bad nehmen kann. Ich habe ihre Tanzschuhe überprüft, damit sie keine Löcher in der Sohle haben, aber sie sind so dünn, dass sie am Ende des Balls welche haben werden. Auch dein Abendanzug ist gebügelt und hängt im Schulzimmer, du brauchst ihn nur noch anzuziehen. Vianna wird hier baden und sich umziehen. Du kannst vollkommen beruhigt sein. Alles läuft nach Plan.«

»Du bist die Beste, Mam. Du könntest ein ganzes Bataillon führen.«

Mungo versuchte, ihre Gedanken zu lesen. Obwohl Vianna jeden Tag fleißig gelernt hatte, verhielt sie sich seit ihrem Besuch bei Sandy Gordon merkwürdig. Ihre Begegnung mit der Getigerten Katzennatter hatte sie einander nähergebracht, doch seit ihrer Rückkehr gab sie sich wieder so reserviert wie vorher. Ob seine Mutter den Grund dafür kannte? *Frauen halten immer zusammen, wenn es um geheime Frauengeschichten geht.*

Seine Mutter war grob, aber sie beruhigte ihn. »Allerdings solltest du Vianna selbst allmählich einweihen. Es will mir nicht in den Kopf, warum du sie im Dunkeln hältst.«

Mungo wich ihr aus. »Ich wollte nicht, dass Felix Wind davon bekommt. Du kennst ihn ja. Er wäre strikt dagegen, dass sie im Government House auftaucht.«

»Und wie gedenkst du, sie an den Türwächtern vorbeizuschmuggeln?«

»Sesam, öffne dich!«, antwortete er und zog schwungvoll die Einladung aus der Tasche. »Ihr handgeschriebener Name und die Unterschrift des Gouverneurs sind perfekt, wenn ich das so sagen darf.«

Janes Lächeln erstarrte. »Du hast *seinen* Namen gefälscht? Dafür legen sie dich in Ketten.«

»Keine Chance, Mam. Und selbst wenn, wäre es das wert. Deshalb habe ich doch das Ganze inszeniert. Der Ball des Gouverneurs wird ihr beweisen, dass sie genauso viel wert ist wie jede hochnäsige Erbin.«

»Aber du bist doch nur ihr Kutscher. Du wirst nicht einmal mit ihr tanzen können, Mungo. Das übernimmt Felix.«

»Ja, aber Vianna wird einsehen, dass ich derjenige bin, der es möglich gemacht hat. Ich verändere die Zukunft, schreibe die Geschichte neu. Felix hätte niemals den Mut, so etwas Wahnsinniges zu machen.«

»Nein, aber Felix würde auch nie in Moreton Bay enden«, gab sie wütend zurück.

Mungo unterdrückte seine Verärgerung. »Lass mich jetzt nicht im Stich, Mam. Egal, ob ich gewinne oder verliere, ich will es riskieren.«

Jane raufte ihm das Haar. »Du bist so ein Schlawiner, mein Junge. Du könntest es tatsächlich schaffen.«

Vom Fenster seiner Mutter aus beobachtete Mungo, wie die beiden ankamen. Felix war wie immer überpünktlich. Um fünf Uhr hielt die Familienkutsche vor dem Eingang der Little Rockingham Street, Felix geleitete Vianna zu den Stallungen, und Molly lief zurück ins große Haus, nachdem sie ihre Pflicht erledigt hatte.

Mungo drückte sich an die Küchenwand und ballte die Fäuste, als er hörte, wie sich Vianna bei Felix bedankte.

»Ein faszinierender Nachmittag! Du kennst dich so gut aus mit den Sternen und … Nebelflecken, so heißen sie doch, oder? Sogar Mr Duncan, der Astronom des Gouverneurs, war von deinem Wissen beeindruckt, genau wie ich.«

Mungo biss die Zähne zusammen. *Du bist gut trainiert, Vianna. Du weißt genau, wie man einem Mann Honig um den Bart schmiert.*

»Ich nehme an, du wirst deine Pflicht tun und für jeden Tanz heute Abend aufstehen. Heiratswürdige junge Männer werden stets gebraucht, um ihre Rolle zu spielen, damit junge Damen nicht ohne Partner bleiben«, setzte Vianna kühl hinzu.

Mungo lächelte. *Gott segne dich, Vianna, das hast du aus Jane Austens Romanen.*

Vianna nahm die Tatsache, dass sie nicht zu den Festen der Oberschicht eingeladen wurde, so würdevoll hin, dass Felix vor Verlegenheit keinen Ton herausbekam. Mungo hörte verblüfft, wie sie Felix erzählte, dass sie den Abend damit verbringen würde, einen Roman zu lesen, den sie in Wahrheit überhaupt nicht lesen konnte.

Ich werde dich so weit bringen, dass du Stolz und Vorurteil *lesen kannst, noch bevor der Sommer zu Ende ist, Mädchen.*

Dann ging Felix durch den Garten auf den Westflügel des Hauses zu. Sobald er außer Sichtweite war, holte Mungo im Geiste sein Ass aus dem Ärmel und stieg die Leiter hinauf. Er verbeugte sich so beschwingt wie ein Höfling. »Eine Sonderzustellung von Seiner Exzellenz, Gouverneur Darling.«

Sie warf einen ängstlichen Blick auf den Umschlag. »Ist das einer deiner üblichen Streiche, Mungo? Wenn nicht, muss es eine Vorladung sein wegen meiner Abschiedsvorstellung im Severin House.«

»Weder noch. Heute ist der Geburtstag Seiner Majestät, König William IV.«

»Ich müsste blind sein, wenn mir das entgangen wäre. Ganz Sydney Town ist mit Rot, Blau und Weiß geschmückt, überall wehen die Flaggen von den Fahnenmasten, Kanonen feuern Salutschüsse ab. Ich wünsche unserem König alles Gute. Die Stadt feiert. Und ich habe nichts weiter vor, als auf meiner Schiefertafel Schreiben zu üben und früh ins Bett zu gehen.«

»Du irrst dich, Aschenputtel. Das Beste kommt noch. Mach den Umschlag auf.«

Zunehmend verwirrt blickte sie auf den goldenen Rand der Einladung. »Was ist das? Fanny? Das bin ich. Was steht drin?«

Mungo stand so dicht hinter ihr, wie er sich traute, legte den Arm um ihre Schulter und unterstrich jedes Wort mit dem Finger, während er ihr laut vorlas, was in der Einladung stand.

»Der Gouverneur und seine Gattin Mrs Darling geben sich die Ehre …« Er stieß sie an: »Na los, lies du weiter.«

»Miss Fanny By-ron!«, buchstabierte sie verwundert.

»Stimmt. Miss Fanny Byron am Samstag, dem 23. April, zu einem Ball und anschließendem Abendessen einzuladen, um den Geburtstag Seiner Majestät … und sie ist von Darling höchstpersönlich unterschrieben.«

Vianna bombardierte ihn mit Fragen, für deren Beantwortung er keine Zeit hatte, ehe sie ihn plötzlich mit ihrer weiblichen Logik konfrontierte. »Wie komme ich zu dieser Ehre? Und wer weiß, dass ich Fanny Byron heiße … Was um Himmels willen soll ich anziehen? Und was soll ich machen, wenn ein Gentleman mich aus dem Severin House wiedererkennt?«

»Immer mit der Ruhe! Meine Mutter hat für alles gesorgt. Und was Severins Gäste angeht, wirst du, sobald du den Ballsaal betreten hast, vom Majordomus formell als Miss Fanny Byron vorgestellt werden und alle anwesenden Damen in den Schatten stellen. Die Gentlemen werden sich duellieren, um mit dir tanzen zu dürfen. Wie Aschenputtel wirst du die Schönste im Saal sein.«

Viannas Augen leuchteten. Wie gern hätte sie ihm geglaubt! »Wirst du mit mir tanzen? Wenn du bei mir bist, habe ich keine Angst.«

Mungo legte ihr die Hände auf die Schultern, blickte ihr in die Augen und verbot sich, sie zu küssen. Vorerst. Bis zum Morgengrauen konnte noch vieles geschehen.

»Ich werde niemals vergessen, dass du das gesagt hast. Diese Worte werden mich wärmen, während ich draußen warte, um dich wieder nach Hause zu fahren.«

»Soll das heißen, du bist nicht eingeladen? Das ist nicht fair! Sogar Felix hat eine Einladung bekommen.«

»Felix hat Glück. Mein Glück besteht darin zu wissen, dass du in der Lage sein wirst, deinen Enkeln eine Geschichte zu erzählen.«

Um ein Haar hätte ich unseren Enkeln gesagt. Ich muss vorsichtig sein und Schritt für Schritt vorgehen.

Vianna fuhr zusammen und wandte sich ab. »Und ich werde niemals vergessen, dass Mungo Quayle mich zu meinem ersten Ball gebracht hat.«

»Richtig, also beeil dich. Mutter wartet unten, um dich noch schöner zu machen. Hey, warum weinst du denn?«

Vianna wischte sich die Tränen ab und zwang sich zu einem Lächeln. »Ich weiß nicht, wie du das angestellt hast. Aber ich vermute, dass du dir ein Bein ausgerissen hast, um mir etwas zu verschaffen, das unmöglich ist. Du bist ein sehr netter Kerl, Mungo. Vielleicht netter, als gut für dich ist.«

»Ich werde später darüber nachdenken. Und jetzt ab mit dir, Kleines. Ich muss deiner Kutsche noch den letzten Schliff verpassen. Boadicea wird uns hinbringen.«

Am Fuß der Leiter blickte Vianna noch einmal zu ihm auf. Aus der Vogelperspektive der obersten Sprosse wurde Mungo kurz von dem verlockenden Anblick ihres von Spitze gesäumten Dekolletés abgelenkt.

»Noch was, Mungo. Muss man Einladungen nicht bestätigen? Wie komme ich rein, wenn ich dem Sekretär des Gouverneurs keine Bestätigung geschickt habe?«

Sie ist misstrauisch. Mungo wollte nicht zugeben, dass er das tatsächlich übersehen hatte.

»Was bist du doch für ein kluges Mädchen! Die Antwort ist ganz einfach. Du zeigst bei deiner Ankunft die Einladung vor, und sie werden dich ankündigen, Miss Fanny Byron. Und sollte es Schwierigkeiten geben, besinnst du dich auf deine Schauspielkünste.« Er imitierte die hohe Stimme einer Frau. »Was soll das heißen, mein Name steht nicht auf Ihrer Liste? Das muss ein Versehen sein. Meine Bestätigung wurde von einem Kurier überbracht. Mein Beschützer, Lord Hazelnut, ist soeben aus dem Foreign Office in der Kolonie eingetroffen.«

Vianna lachte. »Du bist unmöglich. Glaubst du wirklich, dass das funktioniert?«

»Und ob. Niemand in der Kolonie, nicht einmal Gouverneur Darling, würde das Risiko eingehen, einen britischen Titelträger zu kränken, denn es könnte sein, dass Lord Bathurst ihn geschickt hat, um ihnen auf die Finger zu schauen. Vergiss nicht, Darling steht am Ende seiner Amtszeit, er wird sich hüten, einen Fehler zu begehen, der seine Pension gefährden könnte.«

»Bei dir klingt alles so plausibel, Mungo.«

»Ist es auch«, sagte er entschieden. *Ich muss ihr ja nicht auf die Nase binden, dass mich gerade das nach Moreton Bay gebracht hat.* »Obendrein wirst du so unwiderstehlich aussehen, dass selbst Gouverneur Darling dich um die Ehre eines Tanzes bitten wird.«

»Das vergesse ich dir niemals, Mungo.«

Mit einem wehmütigen Blick warf Vianna ihm einen Handkuss zu, dann hob sie den Rock und lief in Janes Küche.

In seinem Zimmer zog er die Lumpen aus, mit denen er die Kutsche geputzt hatte, schrubbte sich mit dem Wasser, das seine Mutter ihm warm gemacht hatte, und schlüpfte in den schwarzen Anzug mit Umhang, der ihm als Livree für den Abend dienen würde.

Als er sah, wie Felix durch die Seufzerbrücke ging, wartete er, bis er ihn in der Familienkutsche davonfahren hörte, und ging anschließend selbst los, um Boadicea vor die andere Kutsche zu spannen. Auf dem Weg dahin hörte er, wie die beiden Frauen aufgeregt miteinander lachten, und grinste zufrieden.

Heute ist ein denkwürdiger Abend. Alles Mögliche kann passieren, und wahrscheinlich wird es auch passieren. Für jedes andere Mädchen wäre es eine Katastrophe. Aber mein Mädchen hat den Mumm, es durchzuziehen. Sie wird alle blenden.

Der Mondschein lag über der Little Rockingham Street wie ein silberner Mantel und verbarg die scharfen Umrisse der Hütten und Remisen. Die lange Straße war gerade breit genug für eine Kutsche.

Mungo saß auf dem Kutschbock, den ausgeliehenen Dreispitz mit der goldenen Borte schräg auf dem Hinterkopf, und pfiff ein gälisches Liedchen, während er auf Vianna wartete.

Während er auf das Eisentor starrte, das wie die Tür eines Gefängnisses aussah, dachte Mungo, wie komisch es war, dass diese Tür und der Fußpfad im Garten die Dienstbotenquartiere mit dem Zwillingshaus der L'Estranges in doppelter Hinsicht verbanden.

In seiner Kindheit hatte Mungo oft gesehen, wie der Master durch diese Tür ging, um nachts seine Mutter zu besuchen. Jetzt war er die Verbindung zwischen den beiden Hälften seines eigenen Doppellebens. Er war »Gast« im Haus seines Vaters und besuchte Vianna im Dienstbotentrakt. *Die Geschichte wiederholt sich.*

Das Scheppern des Tors riss ihn aus seiner Träumerei.

Als er Vianna sah, blieb ihm das Herz stehen. Durch das Tor trat eine Prinzessin, dicht gefolgt von seiner Mutter. Mungo war schockiert, aber auch verzaubert von ihrer Verwandlung. Es war Vianna, doch das pechschwarze Haar war hochgesteckt, einige Locken fielen schlicht herab und umrahmten ein Gesicht, das eine unwiderstehliche Mischung aus Übermut und Unschuld bildete.

Die nackten Schultern und die diskrete Wölbung ihrer Brüste schimmerten im Mondlicht, das ihr weißes Seidenkleid betonte. Über die Arme war ein silbern durchwirkter Schal drapiert. Die schmalen Hände mit den weißen Handschuhen hielten einen Spitzenfächer – und ihre Einladung.

Mungos Liebe kämpfte mit einem Anflug von Eifersucht beim Anblick der Kette, die sie um den Hals trug: ein Kreis von Diamantblüten mit je einer Perle in der Mitte. *Ist das etwa ein Liebesbeweis von Felix?*

»Erkennst du mich nicht, Mungo?«, fragte Vianna und spielte nervös mit einer schwarzen Locke. »Kann ich es mit diesen vornehmen Damen aufnehmen?«

Zum ersten Mal im Leben war Mungo sprachlos. Das kleine Grübchen auf ihrem Kinn erinnerte ihn an Francis Bacons Definition von Schönheit. »Es gibt keine außerordentliche Schönheit ohne eine gewisse Verschiebung der Proportionen.« *Recht hast du, Bacon!*

Schließlich wandte er sich seiner Mutter zu. »Großartig, Mam.«

Jane erkannte seine zwiespältige Reaktion und beschwichtigte ihn hastig. »Morgen ist sie wieder blond, Mungo, die Perücke ist nur für heute Abend. Und die Halskette gehört Vianna, Wanda hat sie ihr gebracht. Der Verschluss war kaputt, ich habe die beiden Enden einfach aneinandergenäht.«

»Du bist unglaublich schön, Fanny Byron!« Die Worte kamen von ganzem Herzen.

Kurz bevor sie die Kutsche bestieg, küsste Vianna Jane spontan auf beide Wangen. »Ich kann mich zwar nicht an meine Mutter erinnern, aber ich danke dir in ihrem Namen.«

Die Geste überraschte Mungo und seine Mutter gleichermaßen.

Jane sah zu ihr auf, nachdem sie in die Kutsche eingestiegen war. »Sie wäre sehr stolz auf dich.« Dann wandte sie sich Mungo zu. »Nicht, dass es dir zu Kopf steigt, aber du bist der ansehnlichste Kutscher, den Gott je erschaffen hat. Lass bloß die Finger vom Alkohol, während du in der Kutsche auf sie wartest. Wenn ihr um zwei Uhr nicht zurück seid, schicke ich die Polizei nach dir.« Sie drohte Vianna mit dem Finger. »Das ist kein Scherz. Wenn er dir Ärger macht, bekommt er es mit mir zu tun.«

»Mach dir keine Sorgen. Ich werde schon auf ihn aufpassen«, erwiderte Vianna leise.

»Achte nicht auf meine Mutter. Seit ich aus Moreton Bay zurück bin, befürchtet sie ständig, dass ich wieder etwas anstelle und eingebuchtet werde«, sagte Mungo zu Vianna.

»Ich auch!«, gab sie zurück, und beide lachten los.

In der Auffahrt zum Government House bildeten die feinsten Kutschen von Sydney Town eine feierliche Prozession. Mungo half Vianna wie ein geborener Kutscher beim Aussteigen. Als sie vorsichtig den Rock anhob, um die Stufen zum Eingang hinaufzugehen, ließ Mungo sie nicht aus den Augen.

Mit etwas Glück werde ich eines Tages dasselbe als Vater tun, wenn ich meine Töchter auf einen Ball begleite. Aber ich muss auf dem Teppich bleiben – noch habe ich Vianna nicht gewonnen.

Normalerweise war Mungo überzeugt, dass nur Narren abergläubisch waren, trotzdem brauchte er jetzt ein Zeichen. *Wenn sie sich noch einmal umdreht und mir zulächelt, heißt es, dass sie mir gehört.*

Vianna stand am Eingang mit dem Rücken zu ihm. Er runzelte die Stirn, als ein rot gekleideter Offizier ihr höflich den Vortritt ließ. Vianna nickte huldvoll, dann warf sie Mungo einen Blick über die Schulter zu und lächelte, als wollte sie sagen: »So weit, so gut.« Im nächsten Moment verlor sie sich zwischen den Gästen, die sich in die Vorhalle drängten.

Mungo seufzte erleichtert. *Die erste Hürde hat sie genommen. Das Orchester spielt, und alles läuft nach Plan. Jetzt muss ich nur noch zu-*

sehen, dass ich nicht vor Kälte erfriere, während ich auf meinem Kutschbock auf das Ende des Balls warte.

Drei lachende Offiziere in roter Uniform gingen an ihm vorbei. Sie trugen Kniehosen und Schnallenschuhe zum Tanzen statt Stiefel. Die Farbe der Blenden auf ihren Uniformen war von Regiment zu Regiment unterschiedlich und deutete darauf hin, dass sie erst vor Kurzem ihren Dienst in der Kolonie angetreten hatten. Er sagte sich, dass diese rotwangigen Soldaten mit einer weißen Weste gekommen waren und sich noch nicht an Gefangenen vergriffen hatten. Er musste seine automatische Feindseligkeit angesichts ihrer Uniformen im Zaum halten.

Die Rotröcke werden hier sein, solange die Briten uns regieren. Ich muss lernen, mit ihnen zu leben.

Als sich die Kutsche mit dem Familienwappen der L'Estranges näherte, rückte Mungo ein Stück in den Schatten und schlug den Kragen hoch, um sein Gesicht zu verbergen. Würdevoll wie ein junger Prinz schritt Felix auf den Eingang zu.

Seine Kutsche ist vor uns losgefahren. Ich frage mich, wo er jetzt erst herkommt.

Mungo wich Old Crawfords Blick aus, obwohl er wusste, dass er ihn erkannt hatte und morgen alle Dienstboten in Rockingham Hall über seine Rolle in diesem Theater Bescheid wüssten.

Amüsiert stellte er sich Felix' Reaktion vor, wenn er Vianna sah, die gegen alle Regeln der Gesellschaft verstieß, und welches Gesicht er machen würde, wenn er erfuhr, dass sie von Gouverneur Darling höchstpersönlich eingeladen worden war.

Das wird Felix umhauen. Aber er ist zu sehr Gentleman, um Vianna zu verraten. Falls doch etwas schieflaufen sollte, kann ich mich darauf verlassen, dass Felix sie in Schutz nehmen wird. Mungo zwang sich, der Wahrheit ins Auge zu sehen. *Felix kann sich genauso wenig verstellen wie ich. Doch nur einer von uns kann sie haben.*

Um sich warm zu halten, musste er sich bewegen. Im Schutz

des Gartens überquerte er den Rasen und beobachtete von einer Stelle aus, an der man ihn nicht sehen konnte, den Ballsaal.

Mungo empfand einen Anflug von Befriedigung, vermischt mit Niedergeschlagenheit, als er sah, wie Vianna hinter den Flügeltüren tanzte, durch die das Licht auf die Fliesen der Terrasse fiel. Sie strahlte jeden Partner an, mit dem sie während einer lebhaften Quadrille tanzte. Verdammt, jetzt war Felix bei ihr. Und wieder wechselte die Formation. Nun himmelte sie den nächsten Partner an, der ihre behandschuhte Hand in seiner hielt und ihr aufmerksam den Kopf zuneigte, um zu hören, was sie sagte.

Mungo nahm einen Schluck aus seinem Flachmann. Er wusste, dass er froh darüber sein musste, dass sein Plan aufging. Stattdessen fühlte er sich leer, während er zusah, wie Vianna tanzte, lachte und mit den Männern flirtete. Fanny Byron hatte eine Welt betreten, die ihm verwehrt bleiben würde. Obwohl er keinen Wert darauf legte, von den Exclusives anerkannt zu werden, gefiel ihm die Vorstellung nicht, dass Männer, die nicht besser waren als er, jemanden aus ihren Reihen ausschließen konnten.

Mungo versuchte einzuschätzen, wie hoch die Wahrscheinlichkeit war, dass Vianna von einem von Severins Gästen wiedererkannt würde. *Es sind mindestens fünfzig Männer hier, die Hälfte davon Soldaten. Das schließt sie aus, denn mit ihrem Sold könnten sie sich einen Besuch im Spielkasino gar nicht leisten. Bleiben ungefähr zwanzig, die sie erkennen könnten. Manche würden den Mund halten, um zu verhindern, dass ihre Frauen Wind davon bekommen, wo sie gewesen waren. Doch es musste nur einer aus der Reihe tanzen, um sie zu entlarven.*

Als er eine Gestalt erkannte, die jetzt allein auf der Terrasse stand, lief es ihm kalt über den Rücken. Es war ein kräftiger Mann, dessen Abendanzug nicht verbergen konnte, dass er eine militärische Ausbildung genossen hatte.

Wo zum Teufel habe ich ihn schon mal gesehen? Im Severin House! Er hatte mit Severin gesprochen und gelacht. Bei Gott, wenn er aus demselben Holz geschnitzt ist wie Severin, könnte er vielleicht wissen, wo sich der Dreckskerl versteckt hält.

Mungo war bewusst, dass die Anwesenheit des Mannes ein zweischneidiges Schwert war.

Er könnte Vianna heute Abend verraten – oder uns zu Daisy führen.

EINUNDDREISSIG

Als Vianna den Ballsaal betrat und der Majordomus »Miss Fanny Byron« ankündigte, hallte ihr Name im ganzen Raum wider.

Anschließend wurde sie Seiner Exzellenz Gouverneur Ralph Darling und Mrs Darling vorgestellt und hatte das Gefühl, auf eine Bühne gehoben worden zu sein, um eine Rolle zu spielen, für die sie nicht geprobt hatte. Aller Augen schienen auf sie gerichtet zu sein, während sie betete, dass niemand da war, der ihre Vorstellung als Venus von Sydney Town gesehen hatte. Eine schwarze Perücke war eine hilfreiche Verkleidung, aber sie hatte sie auch im Severin House getragen, und da hatte sie niemanden täuschen können.

Sie hielt den Atem an und blickte zu den blauen Augen in einem plumpen Babygesicht mit rundem, gespaltenem Kinn und Geheimratsecken auf, ein Gesicht, das sie sofort aus Schmähschriften als das von Gouverneur Darling wiedererkannte.

Aus der Nähe sieht er eigentlich ziemlich menschlich aus. Aber mein Hirn ist absolut leer. Seine Lippen haben sich bewegt, also muss er etwas gesagt haben. Habe ich geantwortet?

Trotz ihrer zitternden Knie versank sie in einem eleganten Hofknicks vor dem Gouverneur und dann gleich noch einmal vor seiner Gemahlin, einer charmanten, zerbrechlich wirkenden Dame, deren Blässe angeblich auf ihre angeschlagene Gesundheit nach einer kürzlichen Fehlgeburt zurückging.

Jetzt musste sie den schwierigsten Test überhaupt bestehen, wenn sie die Rolle spielen wollte, für die Mungo sie auserkoren hatte. Die einer jungen englischen Frau, die gerade in der Kolonie angekommen war, Mündel ihres Onkels Lord Chimmenchester.

Ich bete zu Gott, dass dieser ausgefallene Name nicht im Adelsverzeichnis steht. Und dass niemand mich bittet, ihn zu buchstabieren!

Sie strengte sich an, um die bestmögliche Imitation eines kultivierten englischen Akzents zustande zu bringen, als sie Mrs Darlings höfliche Frage beantwortete, ob sie sich schon in der Kolonie eingelebt habe, und registrierte ihren leicht glasigen Blick, als sie den Titel ihres angeblichen Onkels vernahm.

Um ein Haar wäre Vianna in Panik verfallen. Stattdessen plapperte sie einfach drauflos, um Fragen aus dem Weg zu gehen.

»Wenn Sie erlauben, Eure Exzellenz, ich soll Sie sehr herzlich von Mrs Kentigern L'Estrange grüßen und Ihnen alles Gute für Ihre baldige Genesung wünschen.« *Verdammt, jetzt bin ich ins Fettnäpfchen getreten.*

»Bitte überbringen Sie ihr doch meinen Dank, Miss Byron. Mrs L'Estrange ist eine große Hilfe bei unserem Versuch, den Not leidenden Frauen und Waisenkindern der Kolonie zu helfen.«

Gott sei Dank, vorerst ist es gut gegangen, dachte Vianna und atmete erleichtert auf. Jetzt musste sie weiterhin ihre Rolle spielen und ihren Platz in den Formationen des Tanzes einhalten.

Als Henry Dumaresq auf sie zukam, der Privatsekretär des Gouverneurs, wie sie ebenfalls aus diversen Schmähschriften wusste, gefror ihr das Blut in den Adern. »Darf ich Ihnen einen Landsmann vorstellen, der Sie gerne kennenlernen würde, liebe Miss Byron?«

Nachdem sie einander formell vorgestellt worden waren, lächelte Vianna erleichtert und blickte Mungos Freund in die Augen. »Sie scheinen nicht überrascht zu sein, mich hier anzutreffen, Dr. Gordon.«

»Warum sollte ich? Sie haben genauso viel Recht, hier zu sein, wie jede andere Dame der Gesellschaft. Zudem sehen Sie bezaubernd aus, Mädchen. Darf ich Sie später zu einem Volkstanz auffordern? Das ist das Einzige, was ich mit meinen zwei linken Füßen schaffe.«

»Es wäre mir ein Vergnügen, Doktor. Und darf ich ein wenig höfliche Konversation mit Ihnen üben, für den Fall, dass mich auch jemand anders zum Tanz auffordert?«

»Natürlich, meine Liebe, warten Sie … Ich glaube, es wäre gestattet zu fragen, wo Sie so gut zu tanzen gelernt haben.«

»Meine Schwester und ich hatten in Bath einen Tanzlehrer«, antwortete Vianna höflich.

Ich frage mich, wie er reagiert hätte, wenn ich ihm die Wahrheit gesagt hätte. Dass ich das Tanzen gelernt habe, als ich zuschaute, wie Madame Amora und ihre Kolleginnen auf dem Ball tanzten, den sie jedes Jahr für ihre aristokratischen Freier gaben.

»Und Sie, Sir?«, fragte sie weiter, ganz im Stil von Jane Austens Heldinnen.

»Indem ich mir beigebracht habe, den Damen nicht auf die Füße zu treten«, antwortete er. »Aber ich gebe Thomas Wilson recht, der in seinem Buch *Beschreibung der korrekten deutschen und französischen Methode des Walzers* schrieb, dieser Tanz sei durchaus *kein* Feind wahrer Moral und könne die Tugend nicht gefährden.«

Vianna kicherte. »Wie nett von Ihnen, mich zu beruhigen. Jetzt werde ich kein schlechtes Gewissen mehr haben, wenn ich den Walzer genieße.«

Der Arzt zwinkerte ihr zu, als ein anderer Gentleman bat, ihr vorgestellt zu werden, ehe er sie zum Tanzen aufforderte. Nachdem die zweite Quadrille zu Ende war, hatte Vianna Zeit, sich Luft zuzufächeln. Ihre Wangen waren erhitzt, der Mund ausgetrocknet, trotzdem ermahnte sie sich, an ihrem Glas nur zu nippen, damit der Champagner ihr nicht zu Kopf stieg und sie loskicherte.

Ein kleiner Versprecher und Sydneys Venus könnte noch mehr Aufsehen erregen als damals in der Villa Henrietta. Gott segne denjenigen, der den Fächer erfunden hat. Wenn ich jemanden sehe, dem ich nicht begegnen will, kann ich mich dahinter verstecken.

Sie suchte eine ruhige Ecke neben einer der Terrassentüren, um die Gesichter der Gentlemen zu mustern, vor allem aber den Ballsaal zu bewundern. Bis zu diesem Augenblick war er ihr vorgekommen wie ein wildes Kaleidoskop aus Farben, Klängen und Licht, das von den Lüstern zurückgeworfen wurde, während die Musik in rascher Folge die Rhythmen der Tänze veränderte. Die Gesichter der Exclusives – es mochten an die hundert sein – schienen einer völlig anderen Spezies anzugehören als diejenige, die sie in den Straßen von Sydney Town gesehen hatte.

Vianna beeindruckten die Kleider und Juwelen der Damen, doch nur wenige zeigten einen individuellen Stil. Die Männer sahen blendend aus; die Hälfte trug rote Uniformen, die andere schwarze oder dunkelblaue Abendanzüge, Kniehosen, weiße Strümpfe und Schnallenschuhe.

Ihr Blick fiel auf einen großen leuchtenden Stern, der in der Mitte des Saals von der Decke hing und wie ein mit Juwelen verzierter Leuchtturm Lichtstrahlen nach allen Seiten aussandte. Wie aufregend, die Initialen W. R. auf der Krone über dem Stern lesen zu können – sie standen für die offizielle Signatur des Königs, William Rex.

Alle Kaminaufsätze waren mit einem großen Stern aus Bajonetten geschmückt, alle Kamine von Palmen flankiert, deren Wedel mit Lichtern behängt waren. Exotische, von transparenten Lämpchen beleuchtete Blumenarrangements bedeckten die Wände. Vor der Terrasse hatte man eine magische Grotte für das Orchester aufgebaut, die mit Blumengebinden und Lampen geschmückt war.

Eine Szene wie aus dem Mittsommernachtstraum.

Viannas Entzücken wurde von der Unterhaltung zweier Damen unterbrochen, einer hässlichen Matrone mit einer Diamantkette, die wie ein Hundehalsband aussah, und einer eleganten Dame, die sich betont gelangweilt gab.

Die Matrone beharrte auf ihrer Meinung. »Welche Erleichterung, sich in der exklusiven Gesellschaft von Regierungsbeamten zu befinden, von Militärs und Seeoffizieren Seiner Majestät.«

»In der Tat. Man kann die Kolonisten an einer Hand abzählen.«

Die Matrone beugte sich vertraulich vor. »Wussten Sie, dass Lady Forbes, die Ehefrau des Obersten Richters, gesagt haben soll, dass Klassenunterschiede in einer so kleinen Gemeinde wie der unseren anstößig seien? Das waren ihre Worte!«

»Das wundert mich nicht. Sir Francis ist bei den Exzellenzen in Ungnade gefallen, also entspricht ihre Äußerung einer Minderheit von gerade mal zwei Stimmen.«

Die Matrone mit dem Hundehalsband deutete mit ihrem Fächer auf das Gedränge. »Dieser attraktive junge Mann, der auf uns zukommt, ist der Erbe der L'Estranges. Ich muss ihn meiner Mary vorstellen.«

»Und meiner Charlotte! Er ist eine gute Partie, zweifellos, aber ich habe gehört, dass er sich lieber die Sterne anschaut, als Mädchen den Hof zu machen, können Sie das glauben?«

Felix ging geradewegs an ihnen vorbei auf Vianna zu.

»Wie um Gottes willen ist es dir gelungen, an den Türwächtern vorbeizukommen?«, flüsterte er ihr zu.

Sie blickte Felix in die Augen und fächelte sich kokett Luft zu.

»Ich nehme an, so wie Sie, Mr L'Estrange. Mit einer persönlichen Einladung des Gouverneurs.«

»Vianna, ich bestehe darauf, dich zu meiner Kutsche zu bringen, ehe irgendwer …«

»Sie irren, Mr L'Estrange. Ich bin Miss Fanny Byron, vor Kurzem aus England eingetroffen, Nichte von Lord Chimmenchester, wie Ihre Exzellenz weiß.«

Felix war fassungslos. »Ich kann nicht glauben, dass du wirklich hier bist.«

»Dasselbe könnte ich von dir behaupten, Felix. Um deine eigenen Worte zu zitieren, angeblich kannst du mit öffentlichen Tanzveranstaltungen nichts anfangen.«

»Spiel nicht mit mir, ich bitte dich. Ich habe mir solche Mühe gegeben, dich vor den grausamen Regeln der Gesellschaft zu beschützen. Und jetzt stellst du dich sozusagen vor ihrer Nase offen zur Schau.«

Vianna versuchte, ihr Lächeln beizubehalten. »Dann schlage ich vor, dass du den Namen deiner Familie schützt, indem du es vermeidest, dich mit Fanny Byron in der Öffentlichkeit zu zeigen. Ich kann nicht garantieren, dass jemand aus der Welt des Honorable Montague Severin sie nicht wiedererkennt.«

»Mich hat dein dunkles Haar nicht in die Irre geführt. Ich habe dich sofort wiedererkannt.« Felix wurde immer gereizter. »Ich bitte dich, folge mir auf die Terrasse. Ich muss unter vier Augen mit dir sprechen. Ich habe ein wichtiges Angebot für dich.«

»Warum wartest du dann? Ich habe nichts zu verbergen. Außer meiner berüchtigten Identität.«

Sie musste kichern, als die Perlen des Champagners ihre Nase kitzelten.

»Das ist nicht zum Lachen. Deine Maskerade ist bereits aufgeflogen. Mrs Darling hat mir für Mutters Nachricht gedankt, obwohl ich ihr gar keine überbracht hatte!«

»Nein, das hatte ich bereits erledigt«, erklärte Vianna. Der Champagner machte es ihr jetzt leichter, sich wohlzufühlen, als noch vor einer Stunde bei ihrer Ankunft.

»Du bist meiner Mutter noch nie begegnet.«

»Ich habe aber bereits genug über sie erfahren, um zu wissen, dass sie mich nicht einmal dann tolerieren würde, wenn du mich in einem Kloster verstecken würdest.«

Felix' schockierter Ausdruck belustigte sie, und sie berührte das Revers seines Anzugs so vertraulich, als würde sie mit ihm flirten. »Und das wäre doch eine grausame Verschwendung für eine Dame, die die Gesellschaft von Männern liebt, nicht wahr, Felix?«

Felix führte sie nach draußen auf die Terrasse. »Was ist mit dir los? Ich habe nur versucht, dich glücklich zu machen, aber du hast dich so sehr verändert, dass ich dich nicht wiedererkenne.«

»Vielleicht siehst du mich zum ersten Mal, wie ich wirklich bin, Felix. Was ist so falsch daran, wenn ich all das hier erleben will?« Sie deutete vage auf den Ballsaal und die weiten Rasenflächen. »Für dich ist es ein Geburtsrecht, aber du tust so, als würde es dich langweilen. Trotzdem bist du entsetzt, wenn du siehst, dass ich mich unter falschem Vorwand vergnüge. Mungo zumindest versteht mich.«

»Hätte ich mir denken können. Das ist sein Werk, nicht wahr? Nur um mich zu demütigen – und Mutter.«

»*Dich* demütigen? Nein. Er hat es getan, um *mich* glücklich zu machen. Und er hat nicht einmal angeboten, für meinen Körper zu bezahlen, so wie du.«

Felix blickte sich erschrocken um. »Nicht so laut!«

Sie lachte auf die mädchenhafte, spöttische Art, die sie im Umgang mit Severin gelernt hatte.

»O Felix, du müsstest dein Gesicht sehen! Wie schockiert es ist! Hast du überhaupt gewusst, was du kaufst, als du diesen Vertrag unterschrieben hast?«

»Wir müssen sofort hier weg. Mein Angebot gilt nach wie vor«, sagte er steif.

»Meins nicht. Ich habe nicht vor, mich in einem Haus im Busch einsperren zu lassen, mit Schafen und einem Hahn, der mich bei Sonnenaufgang weckt. Es tut mir aufrichtig leid, dass sich Severin mit deinem Geld aus dem Staub gemacht hat. Wenn ich könnte, würde ich ihn zwingen, dich für die nicht geleisteten Dienste zu entschädigen.«

»Warum hast du mich dann in aller Öffentlichkeit als deinen Beschützer proklamiert?«

»Weil ich jemanden hatte, der auf mich angewiesen ist.«

»Severin? Soll das ein Scherz sein?«

»Ein kleines Kind, meine Stiefschwester. Severin weiß als Einziger, wo sie ist. Ich kann unseren Vertrag nicht einhalten, auch wenn ich es wollte. Ich muss frei sein, um sie zu suchen.«

Felix' Ausdruck wurde sanfter; er streckte die Hand nach ihr aus. »Vergib mir, ich habe dich falsch eingeschätzt. Kann ich dir irgendwie helfen, sie zu finden?«

»Danke. Morgen erzähle ich dir alles, was ich weiß. Aber darf ich nicht wenigstens einen Abend glücklich sein?« Sie hörte, wie ihre Stimme zitterte, und wurde zornig, weil sie verriet, wie verletzlich sie sich trotz ihrer frivolen Fassade fühlte.

Felix verbeugte sich. »Darf ich dann um diesen Tanz bitten?«

»Tut mir leid, Sir, aber die Dame ist bereits für die nächste Quadrille vergeben.«

Das stimmte nicht, aber die tiefe Stimme kam ihr so vertraut vor, dass sie sich rasch umwandte, fest entschlossen zu tanzen, mit wem auch immer.

»James! Wie schön, Sie zu sehen!«, rief sie erfreut. »Darf ich Ihnen Mr L'Estrange vorstellen? Felix, das ist Major Dalby, ein guter Freund von Severin und mir.« *Das wird für neue Aufregung sorgen, aber immerhin sind beide vorgewarnt.*

Felix warf ihr einen scharfen Blick zu, nickte aber Dalby zu. »Dann lasse ich dich in guten Händen, Fanny. Wir sprechen uns sicher später noch.«

Er verließ die Terrasse, während Dalby ihm mit zynischer Belustigung nachsah. »Fanny, wie? Nun, meine Liebe, wie ich sehe, hatten Sie seit unserer letzten Begegnung eine Menge zu tun.«

Sie ging nicht auf seine Anspielung ein. »Heute Abend bin ich Fanny Byron, aus gutem Grund. Aber es überrascht mich, Sie hier anzutreffen, James.«

»Warum, meine Liebe? Das hier ist *meine* Welt.«

Die Schlussfolgerung lag auf der Hand. »Führen Sie mich zur Tanzfläche, James.«

»Ich führe Sie, wohin Sie wollen, meine Liebe. Dieses Mal allerdings zu *meinen* Bedingungen.«

Während der Quadrille musterten sie sich aufmerksam, unterhielten sich aber über Belanglosigkeiten wie das Dekor, die Musik und das Wetter, an das Engländer sich erst einmal gewöhnen mussten, wie sie übereinstimmten. Dalby erwähnte beiläufig, dass er ein neues Haus in der Stadt gekauft hätte, in der Nähe der St. Phillip's Church.

Vianna hatte keinen Zweifel, dass es das Vorspiel zu einem ernsthaften Gespräch war.

Am Ende des Tanzes verbeugte er sich. »Es wäre klug, wenn Sie mir erlauben würden, Sie zu Tisch zu führen. In meiner Begleitung wird niemand Ihre Identität anzweifeln. Obendrein habe ich Neuigkeiten, was unseren gemeinsamen Freund anbelangt.«

Vianna nickte, doch ihre anfängliche Freude fühlte sich nun bitter an.

Nicht einmal in gehobener Gesellschaft kann ich Severin entkommen.

Musik war stets Balsam für ihre Seele, sodass sie sich ganz dem Tanz hingab, flirtete und Champagner trank, wann immer er ihr angeboten wurde. Was spielte es für eine Rolle, was heute Abend passierte? Wen sie kränkte oder wessen Herz sie brach? Es war klar, dass sie nie wieder Zugang zu den Kreisen der Exclusives oder gar des Gouverneurs haben würde. Dieser Abend war etwas Besonderes, das ihr Mungo ermöglicht hatte. Sie war entschlossen, jede Minute auszukosten, die Realität hatte Zeit bis morgen.

Während einer Pause ging sie mit dem Champagnerglas in der Hand zu den Musikern, um sie zu beglückwünschen. Das ziemte sich zwar nicht besonders, aber es war ihr egal.

»Madame Francis! Sie sehen blendend aus!«

»Guido! Keiner kann so spielen wie du, deine Musik ist unwiderstehlich.« Sie senkte die Stimme zu einem Flüstern: »Aber heute Abend bin ich Fanny Byron.« Dann wandte sie sich an seine Kollegen. »Meinen Glückwunsch, die Herren! Zu dieser Musik könnte ich die ganze Nacht tanzen.«

Noch ehe Guido antworten konnte, nahm Dalby sie am Ellbogen und führte sie zu einer Bank in einer abgeschiedenen Ecke des Gartens.

»Bleiben Sie hier, und rühren Sie sich nicht von der Stelle, bis ich zurück bin.« Dieser Befehlston war neu.

Vianna blickte über den von Laternen beleuchteten Rasen, der sich bis unten zum Hafen erstreckte. Ihr Licht verlor sich in der samtigen Dunkelheit. War es eine optische Täuschung, oder hatte sie in den Schatten eine Gestalt gesehen? Sie sah das Funkeln von silbernem Metall. Dann war wieder alles dunkel.

Dalby kehrte mit einem Teller mit Häppchen und einem Champagnerglas zurück.

»Beruhigen Sie sich, meine Liebe. Wir haben etwas Ernstes miteinander zu besprechen.«

Vianna kam sich vor wie ein zurechtgewiesenes Kind und versuchte, ihre Fassung wiederzugewinnen.

»Ich vermute, dass nur Sie wissen, wo Severin sich jetzt aufhält, nicht wahr, James?«

»Natürlich. Um ehrlich zu sein, mein Freund wurde ziemlich gedemütigt, als man ihm seine Welt wegnahm und Sie gleich mit. Er duldet keinen Verrat. Sie täten gut daran, nicht zu vergessen, weshalb er in diese Kolonie deportiert wurde. Mord – verkleidet als Duell. Er ließ zwei Gräber zurück. Für den Kerl, der ihm seine Geliebte raubte, und die Geliebte selbst. Man nannte es Selbstmord.«

Vianna hatte die Wahrheit über Severin nie herausfinden wollen. Dalbys Worte erweckten den Anschein, als wären Severins Taten ein gefährlicher Präzedenzfall für ihre eigene Entführung durch Mungo.

Sie streckte die Hand aus und berührte seinen Arm, um ihn für sich zu gewinnen. »Ich brauche Ihre Hilfe, James. Ich habe mehr als einen Grund dafür. Wo ist Severin?«

»Genau da, wo Sie glauben. Er kam direkt zu mir nach Regency Park.«

Vianna wusste nicht so recht, ob das Gefühl, das sie empfand, Erleichterung oder Angst war. »Das hätte ich mir denken können. Sie waren sein Verbündeter, seit er in die Kolonie kam.«

»Ich billige nicht alle Aspekte seines Lebens, doch ich würde ihn niemals im Stich lassen. Ich habe Ihnen damals angeboten, sich an mich zu wenden, wenn Sie Probleme hätten. Doch diese Option besteht jetzt nicht mehr.«

»Das verstehe ich sehr gut«, erwiderte Vianna leise. »Der Ehrenkodex eines Gentlemans.«

»Wenn Sie Geld brauchen und einen Ort, wo Sie diskret leben können, vielleicht …?« Er ließ die Frage offen.

Er wäre also einer privaten Abmachung nicht abgeneigt, solange Severin nichts davon weiß.

»Danke, aber im Augenblick werde ich gut beschützt.«

»Hören Sie auf meinen Rat, Vianna. L'Estrange hat den Vertrag mit Severin unterschrieben, in dem er als Ihr Beschützer genannt wird. Es könnte enorm schädliche Folgen für einen anderen Mann haben, wenn er Anspruch auf Sie erhebt.«

Vianna beschloss, auf den Punkt zu kommen. »Würden Sie mir helfen, James? Nur Severin weiß, wo meine Schwester Daisy ist. Ich würde alles tun, um sie zu finden.«

»Was heißt alles, Vianna?«

Sie zögerte nicht. »Alles für den Mann, der mich zu ihr führt.«

Dalby umarmte sie hungrig. Sie gab sich seinen Küssen hin, während seine Hände über ihren Körper glitten, und belohnte ihn mit leidenschaftlichen Seufzern. Severin hatte ihr beigebracht, dass man einen Mann damit zu den wildesten Versprechen verleiten könne.

Als sie spürte, dass sie ihn geködert hatte, löste sie sich aus seiner Umarmung. »Wir müssen vorsichtig sein, James, sonst erfährt Severin noch davon.«

»Natürlich. Ich habe mich vergessen. Mein Leben mit Jeannie ist … schwer für einen Mann. Verstehst du, was ich meine?«

»Natürlich«, sagte sie leise, obwohl sie nicht die geringste Lust hatte, ihn zu verstehen. Dies war nicht der richtige Moment für Mitgefühl.

Dalby verließ sie, nachdem er ihr hastige Versprechungen gemacht hatte, die sie kaum wahrnahm.

Während sie allein im Garten saß, blickte sie auf die ferne dunkle Nordküste und den tintenblauen Himmel, der von Felix' Milchstraße erleuchtet wurde. Hell wie ein Diamant schien die Venus sich über sie lustig zu machen.

Dann sah sie, wie sich ein Schatten zwischen den Bäumen bewegte. Er kam geradewegs auf sie zu, mit erhobenen Händen wie ein Faustkämpfer, der bereit ist zuzuschlagen.

Mungo. Mit ausdruckslosem Gesicht und eiskalter Stimme sagte er: »Wir gehen! Sofort. Los!«

Er nahm ihren Arm und zwang sie, schneller zu gehen, um Schritt mit ihm zu halten.

»Ich kann dir alles erklären, Mungo. Es ist nicht so, wie du denkst. Dieser Mann ist der Schlüssel zu Daisy.«

Er stieß sie in die Kutsche hinein. Seine eisige Verachtung schockierte sie.

»Ich will kein einziges falsches Wort mehr von dir hören. Hast du verstanden? Nicht eins!«

Vianna wollte ihn berühren, doch er schob ihre Hand beiseite und sprang auf den Kutschbock. Die Peitsche knallte, und Boadicea raste in die Nacht hinein.

Ihr letzter Blick auf das Government House war das Ende eines Märchens. Der von Laternen beleuchtete Garten schaukelte im Wind, und Guidos Musiker spielten einen wunderschönen Wiener Walzer, den sie niemals tanzen würde.

Dieses letzte bittersüße Bild wurde von Felix' Anblick erschüttert, der fluchend quer über den Rasen hinter ihnen herrannte.

Während die Kutsche die Straße entlangraste, sah Vianna, wie

Felix mit funkelnden Augen auf den Kutschbock der Familiendroschke sprang. Er riss Old Crawford die Peitsche aus der Hand und brüllte die Pferde an: »Holt diesen Mistkerl ein, oder ihr landet in der Schlachterei!«

Vianna zuckte zusammen. *Lieber Gott, vergib mir; es ist alles meine Schuld.*

Felix schonte die Pferde nicht. Nur wenige Augenblicke nach seiner Beute bog auch er in die Little Rockingham Street ein und sah, wie Mungo Vianna an der Hand über den Pfad auf die Tür der Remise zu zerrte. *Der Kerl will mit ihr ins Bett!* Mit geballten Fäusten und blutrünstigem Ausdruck pflanzte er sich vor dem Eisentor auf. Er war völlig außer sich. Ein blinder Instinkt sagte ihm, dass er Mungo bis zum bitteren Ende bekämpfen musste.

Verzweifelt sah Vianna zu ihnen herüber und zögerte, die Remise zu betreten.

»Bitte, Mungo, lass es mich erklären, ich wollte unbedingt wissen …«

»Heb dir deine Geschichten für einen anderen Dummkopf auf. Geh ins Bett!«

Felix hörte seine eigene, nicht gerade feste Stimme rufen. »Mungo! Wir müssen reden. Jetzt!«

»Reden, was?«, erwiderte Mungo lakonisch. »Ich hatte etwas anderes im Sinn.«

Vianna hielt Mungo am Arm fest. »Nein! Ich will nicht, dass es meinetwegen noch mehr böses Blut zwischen euch gibt.«

Mungos Gelächter triefte vor Sarkasmus. »Du? Bilde dir bloß nichts ein! Dieser Entscheidungskampf ist fällig, seit wir zur Welt gekommen sind. Er geht dich nichts an. Mach, dass du reinkommst!« Dann schob er sie unsanft hinein und knallte die Tür hinter ihr zu.

Die Brüder standen sich gegenüber und starrten sich an. Zwei feindliche Soldaten vor der Schlacht ihres Lebens.

Mungo brach die Stille. »Wo und wann?«

Felix war mehr als bereit. »Unten am Bach. Jetzt, sofort!«

Das abnehmende Mondlicht warf graue Schatten über ihre Gesichter, als sie sich über den Boden wälzten. Ihr blondes Haar war stumpf vor Schweiß, die weißen Hemden mit Erde, Blut und Grasflecken beschmiert.

Mungo und Felix kämpften verzweifelt um die Vorherrschaft ihrer ineinander verschweißten Körper, während sie den Hügel hinunter auf den Bach zurollten. Niemand war da, um ihre Auseinandersetzung zu beobachten, außer einem alten Sträfling, der unter einem Gummibaum seinen Rausch ausschlief.

Zwei Stunden waren vergangen, seit sie aufeinander losgegangen waren, prügelnd, fluchend und spottend. Es war ein Kampf mit harten Bandagen, in dem alle schmutzigen Tricks erlaubt waren: Ringen, Boxen, Schläge auf den Kopf. Mungo dachte, dass Felix und er für jeden vorbeikommenden Bauern wie das gewalttätige, erschöpfte Spiegelbild des jeweils anderen aussehen mussten.

Sie kämpften instinktiv. Wenn einer den anderen zu Boden schlug, war der Aggressor kaum in der Lage, sich auf den Beinen zu halten. Immer wieder standen sie auf und gingen erneut aufeinander los in dem Versuch, dem anderen einen weiteren Schlag zu verpassen. Jedes Mal, wenn Mungo sich wieder aufrappelte, betete er, dass er beim nächsten Mal seinen Halbbruder endlich k. o. schlagen konnte. Felix verfolgte dasselbe Ziel. Doch keiner von ihnen hatte große Hoffnung, es zu schaffen.

Während jetzt zögernd die Sonne aufging, fiel Mungo ein, wie seine Mutter, als er noch klein war, immer gesagt hatte: »Die Sonne klettert aus ihrem Bett im Pazifik.« Dieser Gedanke führte zu Erinnerungen an seine Streitereien mit Felix, als sie beide noch klein gewesen waren. Egal, ob er gewonnen oder verloren hatte, immer hatte Jane ihn gezwungen, eine übel schmeckende Kräutermischung zu trinken, um seine Wut hinunterzuspülen. Zweifellos wäre dieser Trunk heute wieder fällig, wenn er nach Hause zurückkehrte. *Falls ich das hier überhaupt überlebe.*

Er legte sein ganzes Gewicht in einen wuchtigen Schlag, mit dem er einen Ochsen zur Strecke hätte bringen können, doch er streifte nur Felix' Haar. Mungo sackte auf ein Knie und kämpfte darum, seine Lunge mit genug Luft zu füllen, um Zeit zu gewinnen. Felix war bereits auf den Knien, die geschwollenen Fäuste aneinandergepresst wie ein Betrunkener, der betete. Dann raffte er sich wieder auf.

Mungo starrte in das blutige, zerschundene Gesicht seines Halbbruders und war sich vage bewusst, dass seines nicht viel besser aussah und beide nur noch von der Gewissheit getragen wurden, dass es sich bei ihrer Feindschaft um einen lebenslangen Pakt handelte.

Er schaffte es, diesen Gedanken laut auszusprechen. »Eins haben wir gemeinsam, Felix. Wir sind Feinde, bis dass der Tod uns scheidet.«

»Oder *du* die Wahrheit erkennst.«

»Steig von deinem hohen Ross und kämpfe wie ein Mann«, höhnte Mungo und versuchte, ihm einen Hieb zu versetzen. Stattdessen streckte Felix' gewaltiger Schwinger ihn nieder.

Mungo kroch jetzt auf allen vieren, jeder Atemzug fühlte sich an wie ein schmerzhafter Stich in der Kehle. Plötzlich hatte er das unangenehme Gefühl, dass sie nicht länger allein waren. Er drehte sich um.

Ein dunkler Schatten lehnte an dem dicken Stamm einer mächtigen Port-Jackson-Feige. In seinen Augen funkelte das Lachen. William Eden schien sich köstlich zu amüsieren.

»Du hast gut lachen. Du musst ja nicht den Kopf hinhalten«, sagte Mungo in seine Richtung.

Felix schaute in dieselbe Richtung, konnte aber offensichtlich nichts sehen außer dem Baum.

Verlegen, dass er ihn dabei erwischt hatte, sich mit einem Geist zu unterhalten, stand Mungo auf, wissend, dass Felix wie sein Spiegelbild genau dasselbe tun würde. Und so war es.

William Eden klatschte aufrichtig Beifall, doch der Applaus blieb stumm. *Verpiss dich, Will. Du lenkst mich nur ab.*

Will salutierte fröhlich – und verschwand.

Mungo und Felix stolperten erneut aufeinander zu. Nur mühevoll hielten sie sich auf den Beinen, prallten gegeneinander und waren gezwungen, sich aneinander festzuhalten oder zusammen zu Boden zu stürzen.

Mungo spuckte Blut. »Wie wär's, wenn ich dir morgen eine weitere Boxlektion erteile? Du könntest sie gut brauchen.«

Felix wollte schon losbrüllen, doch Mungo hob die Hände, um ihn daran zu hindern. »Bring mich bloß nicht zum Lachen, Felix, mein Bauch schmerzt auch so schon genug.«

»Ich jedenfalls werde nicht das Handtuch werfen«, rief Felix ohne große Hoffnung. »Und du?«

»Kann nicht. Hab nicht mal mehr Kraft, dir eins zuzuwerfen.«

Ein gurgelndes Geräusch löste sich aus Felix' Kehle, vielleicht ein Lachen.

»Wie wäre es, wenn wir die letzte Runde auf nach dem Frühstück verschieben?«, fragte Mungo wie ein kleiner Junge, dem jeden Moment die Augen zufallen würden.

»Einverstanden, wenn es dir auch recht ist«, sagte Felix, wartete aber nicht auf seine Antwort. »Das ist der erste Faustkampf, den wir seit …«

»Seit der Nacht, bevor Will und ich verhaftet wurden. Als ich dir verriet, wie wir reich hatten werden wollen und dass Will es vermasselt hatte und unsere Gesellschaft pleitegegangen war. Sie war nicht mehr zu retten, um nichts in der Welt. Du hast irgendeinen Spruch aus der Bibel zitiert. Das brachte das Fass zum Überlaufen. Ich habe zugeschlagen. Und du wolltest dich nicht wehren.«

Felix hielt sich das schmerzende Kinn, zwang sich aber trotzdem zu antworten: »Ich schlage keinen Mann, wenn er am Boden ist. Ich hätte den Mund halten sollen. Es war keine Zeit für Plattitüden. Die Exclusives waren hinter dir her. Das Gesetz hatte dich zum Opferlamm gemacht. Ich wollte nicht zusehen, wie sie dich aufknüpften. Aber ich habe dich gehasst, weil du in Vaters Augen ein Held warst. Er hatte recht. Ich habe mich geirrt. Es ist verdammt spät dafür, aber es tut mir leid.«

Mungo nickte bloß, erstaunt über das Bekenntnis.

Dann schleppten sie sich keuchend zurück zur Great Rockingham Street.

Vor dem Haus blieb Mungo stehen. Felix lehnte sich an die Tür.

»Hör zu, Mungo, wir sollten Vater nicht aufregen. Er klammert sich an die Hoffnung, dass wir eines Tages Freunde werden könnten. Und Mutter oder Jane etwas zu erzählen, bringt auch nichts, was meinst du?«

»Einverstanden. Am besten sagen wir, dass wir nach dem Ball in einer Schenke waren, um auf den Geburtstag Seiner Majestät anzustoßen …«

Dankbar griff Felix den Vorschlag auf. »Ja! Und in eine Balgerei zwischen Royalisten und irischen Republikanern geraten sind.«

»Perfekt«, sagte Mungo.

Er wusste nicht mehr, wer von beiden die Initiative ergriff, doch sie besiegelten ihre Abmachung mit einem Handschlag. Dann zogen sie ihre Stiefel aus und gingen wie zwei müde alte Männer die Treppe hinauf.

Als sie den Absatz erreichten, wo sich die Treppe teilte, steuerte der eine auf das ehemalige Schulzimmer und der andere auf die Brücke zu.

Dann drehte sich Mungo noch einmal um, als wäre ihm gerade etwas eingefallen. »Vianna kann vorerst in der Remise bleiben.

Aber eins wollte ich dir noch sagen. Du kannst sie haben, ich will sie nicht mehr.«

»Ich auch nicht«, entgegnete Felix. »Sie gehört dir.«

Mungo brauchte Felix nicht ins Gesicht zu sehen, um zu wissen, dass er nach seiner letzten spitzen Bemerkung die Zähne zusammenbeißen musste.

»Was sind wir doch für Schwindler, was, Bruderherz?«

ZWEIUNDDREISSIG

Der köstliche Duft des Sodabrots aus Janes Herd schuf eine Illusion häuslicher Harmonie, die Vianna angesichts ihres Verrats auf dem Gouverneursball wie bittere Ironie erschien.

Mein Leben ist eine Katastrophe. Mungo hat Himmel und Erde in Bewegung gesetzt, nur damit ich zu diesem Ball gehen konnte – und ich habe ihn betrogen.

Niedergeschlagen stand sie an der Tür von Janes Cottage und beobachtete, wie die Frau, die so freundlich zu ihr gewesen war, wie üblich das Frühstück für sie und die Kräutermedizin für Kentigern zubereitete.

»Guten Morgen, Jane. Ich möchte mich bedanken, dass du mir geholfen hast, mich für den Ball gestern Abend zurechtzumachen. Keiner hätte mehr für mich tun können.«

Janes grauen Augen entging nichts. »War mir ein Vergnügen, Kleines. Ich will alle Einzelheiten hören. Aber wohin willst du denn so früh am Morgen mit dieser Tasche?«

»Ich gehe fort. Es ist das Beste für alle. Gestern Abend habe ich deinen Sohn furchtbar enttäuscht. Ich habe mich vollkommen danebenbenommen. Zumindest glaubt Mungo das. Aber in einer Hinsicht hat er recht: Ich bin nun mal so, wie ich bin.«

Wütend, weil sie die Tränen nicht zurückhalten konnte, ging sie auf das Tor zu.

»Warte! Du kannst unmöglich mit leerem Magen weg. Was meinst du, wie Mungo mir die Leviten lesen würde. Und das wirst du doch wohl nicht wollen, oder? Setz dich, Kleines, und iss, danach kannst du mir erzählen, was geschehen ist.«

Vianna schüttete ihr das Herz aus, nahm jegliche Schuld auf sich und versicherte Jane, dass sich Mungo wirklich heldenhaft benommen hatte. Schließlich schniefte sie noch einmal, machte sich hungrig über das Frühstück her und trank gehorsam den Kräutertee, den Jane ihr zubereitet hatte.

»Ich weiß nicht, ob er auch gegen einen Champagnerkater gut ist, aber er hilft, wenn man Whiskey, Bier oder Grog getrunken hat, also kann er nicht so ganz verkehrt sein.«

»Warum bist du so nett zu mir? Das habe ich nicht verdient, nachdem ich mich so abscheulich benommen habe.«

»Davon geht die Welt nicht unter. Du bist nur ein Mensch. Der Champagner hat dir den Kopf verdreht. Quäl dich doch nicht, weil du mit einem mächtigen Mann geflirtet hast, der dir hätte helfen können, deine Schwester zu finden. Mungo wird das verstehen, ganz bestimmt, Kleines.«

Vianna spürte, wie ihre Beschämung in der Wärme von Janes Vernunft dahinschmolz, doch sie wollte um jeden Preis aufrichtig sein.

»Ich will dir nichts vormachen, Jane. Mungo ist ein wunderbarer Mann, aber ich bin nicht die richtige Frau für ihn.«

»Aber für Felix, wie?«, gab Jane scharf zurück. »Er braucht bloß ›Sesam öffne dich‹ zu sagen und schon kassiert er ein Vermögen. Mungo kann nur davon träumen, ein reicher Mann zu werden. Tja, aber wer will es dir verübeln, wenn du ein zugerittenes Vollblutpferd einem wilden Brumby vorziehst.«

»O nein, es ist nicht nur eine Frage des Geldes, Jane, es ist viel komplizierter.«

»Unsinn, es ist ganz einfach. Wen liebst du? Felix? Mungo? Oder gar dieses Scheusal, das dich benutzt hat, um vornehme Herrschaften auszunehmen?«

Noch ehe Vianna ihr eine ehrliche Antwort geben konnte, tauchte Molly an der Tür auf. »Guten Morgen. Ich bringe Geschenke und Nachrichten!«

Vianna nahm die Blumen und eine Nachricht von Felix entgegen, Jane die Flasche feinen L'Estrange-Wein, den ihr der Master aus seinem Keller schickte. Von Mungo kein Wort.

»Raus damit, Molly, oder willst du vor lauter zurückgehaltenem Tratsch platzen?«

»Im Morgengrauen hat sich der junge Master Felix unten am Bach einen erbitterten Faustkampf mit Mungo geliefert. Du solltest sie sehen, beide sind grün und blau. Ich hätte sie fast nicht wiedererkannt.«

»Wer hat gewonnen?«, fragte Jane selbstgefällig, während sie bereits dabei war, die Kräuter in ihren Korb zu packen.

»Schwer zu sagen. Felix' Gesicht hatte die Farbe eines Regenbogens, als er seine Mutter in die Kirche begleitete. Mungo sah wie ein Seeräuber aus mit seiner Augenbinde. Er ritt in die entgegengesetzte Richtung.«

»Bestimmt nicht zur Kirche, sondern in die nächste Kneipe«, entgegnete Jane resigniert. »Wer ist also heute Morgen zu Hause?«

»Nur der Master und Old Crawford. Die gesamte Dienerschaft ist ebenfalls in die Kirche gegangen, heißt es. Ich helfe Ma beim Sonntagsbraten.«

»Dann machst du dich am besten gleich wieder auf den Weg. Danke für die traurigen Nachrichten.«

Deutlich beflügelt von dem dramatischen Kampf hüpfte Molly fröhlich den Pfad entlang zurück zum Haus.

Vianna bedankte sich für das Frühstück und nahm ihre Tasche.

»Schneid dich nicht ins eigene Fleisch, Kleines. Du musst deine Schwester finden. Also gib nicht auf. Und entscheide dich später, wen du willst. In Manx gibt es ein Sprichwort: ›Nimm dir Zeit, dann kommt sie zu dir‹.«

»Du bist so weise, Jane.«

»Lieber Himmel, schließlich hatte ich Zeit genug, um aus meinen Fehlern klug zu werden. Am Sonntagmorgen ist das Haus verwaist. Komm mit und sieh dir an, wie die andere Hälfte der Menschheit lebt.«

Viannas Neugier war stärker als ihre Scham.

Im Ostflügel gelangten sie durch mehrere schwere Eichenholztüren in die Salons. Vianna folgte Jane auf den Fersen und betrat eine andere Welt, ein Beispiel vornehmen Lebensstils, nicht zu vergleichen mit der theatralischen Imitation im Severin House.

Jane führte sie hastig durch die Gemächer und erklärte ihr, dass dies der Teil des Hauses sei, in dem Albruna L'Estrange wohnte. Sie könne sich die Zimmer im unteren Bereich ansehen, doch die Privatgemächer der Herrin seien tabu. Sie werde inzwischen dem Master seine Medizin bringen.

Ich kann mir schon denken, was das heißt. Sie wollte mich vermutlich daran hindern, während ihrer Abwesenheit zu verschwinden. Oder will sie mir den Luxus zeigen, in dem Felix lebt, damit ich mich für ihn entscheide? Wie auch immer, dieses Haus ist so vollgestopft mit Kunst und Schätzen, dass es einem die Sprache verschlägt. Wie schade, dass man es nicht essen kann!

Dann führte Jane sie zu einem Glasschrank. »Diese seltenen Porzellanstücke gehörten zu Albrunas Mitgift. Mr L'Estrange hat mir ihre Geschichte erzählt.« Sie zeigte auf eine exquisite Porzellanblüte mit einem Stiel aus reinem Gold. »Madame de Pompadour hatte einen ganzen Wintergarten mit solchen Porzellanblüten, alle mit echtem Blumenduft besprüht! Ganz schön verrückt, wenn du mich fragst, aber Könige und Adlige können es sich leisten, exzentrisch zu sein.«

Sie deutete auf einen anderen Gegenstand. »Das da stammt aus der privaten Porzellanfabrik von König August dem Starken. Er schätzte das Zeug so sehr, dass er seinen japanischen Palast daraus bauen ließ; das Dach war mit Porzellanschindeln gedeckt und die Wände mit Porzellanfliesen verkleidet. Darin brachte er seine gesamte Sammlung unter.«

»August der Starke muss ein mächtiger Kriegsherr gewesen sein.«

Jane senkte die Stimme, obwohl niemand im Raum war. »Der Master hat mir mal erzählt, dass der Spitzname auf seine Leistungsfähigkeit im Boudoir zurückging, nicht auf dem Schlachtfeld.«

Vianna unterdrückte ein Kichern.

Jane sah, wie sie eine Harlekinsfigurine von Bustelli bewunderte. »An wen erinnert er dich?«

»Er ist Mungo wie aus dem Gesicht geschnitten.«

Vianna hatte das Gefühl, durch ein Luxuslabyrinth zu spazieren.

»Stell dir vor, was es heißt, jeden Tag deines Lebens von so viel Schönheit umgeben zu sein«, sagte Vianna ehrfürchtig.

»Felix weiß es vom Tag seiner Geburt an«, entgegnete Jane rätselhaft.

Als Jane in den anderen Flügel ging, um nach dem Master zu sehen, wandte Vianna ihre Aufmerksamkeit den Gemälden zu, fasziniert von dem Porträt eines jungen Mannes mit einer blonden Löwenmähne. Jane hatte gesagt, dass es Kentigern L'Estrange zur Zeit seiner Hochzeit war; ein namenloser Strafgefangener hatte es gemalt. Sie fragte sich, welche Bedeutung dieses einzelne Porträt wohl hatte, denn von seiner Gemahlin gab es kein entsprechendes Gegenstück.

Die Ähnlichkeit mit Mungo und zu einem geringeren Maß auch Felix war geradezu unheimlich. *Es ist, als blickte man in Mungos Augen. Derselbe spöttische Humor – als wollte er die Traurigkeit in seinem Herzen verbergen.*

In dem Bewusstsein, kein Recht zu haben, sich hier aufzuhalten, behielt sie die Standuhr im Blick. Sie war so nervös, als erforschte sie heiligen Boden.

Alles ist so prächtig, und trotzdem fehlt etwas, das ich in Janes Cottage spüre, aber hier nicht – das Gefühl von Wärme, von Liebe.

Durch eine Flügeltür gelangte sie in ein Musikzimmer mit einem prächtigen Pianoforte aus Rosenholz, das sie aus einem Katalog von Broadwood & Sons wiedererkannte. Sie hatte Severin einmal gebeten, Guido eins zu kaufen, um sie darauf zu begleiten. Sie wusste, dass es sechseinhalb Oktaven umfasste und mindestens fünfundsiebzig Guineen kostete.

Sie setzte sich ehrfürchtig auf den Klavierhocker und sah sich die Noten an. Seit vielen Wochen hatte sie nicht gespielt, aber Guido hatte sie gut unterrichtet, und nach einigen zaghaften Versuchen verlor sie sich mit zunehmendem Selbstvertrauen in der schwermütigen Melodie.

»Was für eine Überraschung, junge Dame. Es scheint, als hätten Sie Musiknoten lesen können, ehe Sie schreiben und lesen lernten.«

Erschrocken sprang Vianna auf und versank in einem Hofknicks vor dem Mann, den sie als Kentigern L'Estrange von dem Porträt wiedererkannte. An der etwas undeutlichen Artikulation erkannte sie die letzten Spuren seiner Krankheit, von der man ihr erzählt hatte.

»Verzeihen Sie, Sir. Ich hatte nichts Böses im Sinn. Ich hatte nur so lange nicht mehr gespielt.«

Er winkte ab. »Jane hat Sie auf meine Anweisung hin hierhergebracht. Das Haus ist leer, was mir die Gelegenheit verschafft, mich mit dem Hausgast der Quayles zu unterhalten.« Neugierig hob er eine Braue. »Auch bekannt unter dem Namen Fanny Byron.«

Das ist kein Mann, der mit sich spaßen lässt. Mit Charme käme ich nicht weit. Besser ich spiele, wie Felix sagen würde, »mit offenen Karten«. Aber vor allem darf ich keine Angst zeigen.

»Fanny Byron ist kein Pseudonym, Sir, sondern der Name, den mir mein Vater bei meiner Geburt gegeben hat. Ich habe ihn wieder angenommen, solange ich vorübergehend bei den Quayles wohne, um die Familie L'Estrange nicht zu kompromittieren.

Aber wie Sie bestimmt wissen, Sir, bin ich besser bekannt als die Venus von Sydney, Madame Vianna Francis.«

Stirnrunzelnd nickte er. Sein Blick war herausfordernd, aber nicht ohne einen Anflug von Bewunderung.

»Wie ich erwartet hatte. Sie sind nicht auf den Kopf gefallen und eine Frau mit Temperament.« Er deutete auf den Stuhl ihm gegenüber. »Ich kann verstehen, warum sich mein Sohn Felix und der junge Quayle in die Haare bekommen haben. Beide wollen unbedingt für Sie sorgen. Was haben Sie dazu zu sagen?«

»Es war nicht meine Absicht, dass sie sich meinetwegen streiten, Sir. Je schneller ich von hier verschwinde, umso besser ist es für alle.«

»Und was ist mit dem Vertrag, der Ihr Zeichen trägt, oder hat jemand anders es für Sie gemacht? Ist es das, was Sie hier hält? Oder handelt es sich um eine kompliziertere Herzensangelegenheit?«

»Liebe ist ein Luxus, den sich eine Mätresse nicht leisten kann, Sir.«

»Spielen Sie keine Spielchen mit mir, Mädchen. Ich finde es ganz und gar nicht erstrebenswert, zwei Hitzköpfe unter meinem Dach zu haben, die sich um eine Mätresse streiten. Um beiden gegenüber gerecht zu sein, habe ich nach Ihrer Entführung angeordnet, Ihnen Ruhe zu lassen, damit Sie sich entscheiden. Treiben Sie es nicht zu weit! Viel Zeit bleibt Ihnen nicht. Also treffen Sie eine Wahl: Felix' Mätresse oder Mungos Ehefrau.«

Vianna ließ ihn warten. *Setz mich bloß nicht unter Druck. Das kenne ich schon.*

»Und wenn ich mich für keinen der beiden entscheiden sollte?«

»Ich wäre gezwungen, Severin wegen Betrugs zu verklagen.« Dann setzte er beiläufig hinzu: »In diesem Fall müssten Sie wohl als Mittäterin vor Gericht aussagen.«

Bestimmt blufft er. Trotzdem weiß man das nie bei den vornehmen Herrschaften. Die Zeitungen sind voll mit Betrugs- und Verleumdungs-

verfahren. In dieser verrückten Kolonie scheint jeder jeden vor Gericht zu bringen – bis hin zu Gouverneur Darling.

Achselzuckend fuhr Kentigern fort: »Nun ja, so weit muss es ja nicht kommen. Ich mache Ihnen einen Vorschlag.«

Mein Gott, was kommt jetzt? Ob auch er es auf meinen Körper abgesehen hat?

»Ich zahle Ihnen eine Schiffspassage nach England, Britisch-Kanada, in die Kapkolonie oder wohin immer sonst Sie reisen wollen, und Sie bekommen obendrein eine vierteljährliche Apanage, mit der Sie ein angenehmes Leben führen können.« Als wäre es ihm gerade erst eingefallen, setzte er hinzu: »Welche Tätigkeit Sie ausüben möchten, ist ganz allein Ihre Sache.«

Einen Augenblick war sie versucht anzunehmen, doch das bedeutete, dass sie Daisy hätte aufgeben müssen.

»Sehr großzügig von Ihnen, Sir«, entgegnete sie kühl, obwohl ihre Hände nach der kränkenden Anspielung auf das älteste Gewerbe der Welt zitterten. »Trotzdem kann ich Ihr Angebot nicht annehmen. Wenn ich es täte, würde ich Ihr altes Problem nur vergrößern.«

Er sah sie verwundert an. »Wie war das?«

»Würde ich Ihr Angebot annehmen, würden Ihr Sohn und Janes Sohn Ihnen niemals verzeihen. Sie sind der einzige Mensch, der diesen lebenslangen Streit zwischen ihnen aus der Welt schaffen könnte.«

»Mein Gott, was sind Sie für ein impertinentes Frauenzimmer! Wie können Sie es wagen, so mit mir zu sprechen?«

»Ich habe Ihnen nur die Wahrheit gesagt, Sir.«

Jane stand in der Tür und verfolgte die Diskussion mit großen Augen.

Vianna war entschlossen, das letzte Wort zu haben. »Ich gebe Ihnen als Freundin von Mungo und Ihrem Sohn mein Wort, dass ich diesen Ort auf die eine oder andere Weise ohnehin in wenigen Wochen verlassen werde, Sir.«

Dann machte sie einen tiefen Knicks und verließ das Zimmer. Ihre Augen schwammen in Tränen. Und während sie auf die Türen zulief, die zum Garten hinausgingen, hörte sie die Stimmen der beiden hinter sich.

»Was um Gottes willen hast du ihr gesagt, Kentigern? Ich habe sie auf deine Bitte hin hierhergebracht. Damit du sie kennenlernst, nicht damit du sie kränkst!«

»Vergib mir, Jane. Ich musste sie prüfen. Diese Frau entspricht allem, was man sich über sie erzählt, aber sie ist noch viel mehr. Ich vermute, dass ich die perfekte Frau für einen meiner Söhne gefunden habe. Das Problem ist nur, für welchen?«

DREIUNDDREISSIG

Mungo saß am Frühstückstisch und blätterte in der neuesten Ausgabe des *Sydney Herald*. Er überschlug die erste Seite mit der Werbung, den Versandlisten, Grundstücks- und Pferdeverkäufen und blätterte bis zu den neuesten Nachrichten aus der Kolonie und dem Rest der Welt.

Während er die Ereignisse verdaute, die schon etwa vierzehn Wochen alt waren, schüttelte er ungläubig den Kopf. »Scheint ganz so, als stünde halb Europa mit dem Rücken zur Wand.«

»Kein Wunder, wenn man dran denkt, wie Briten, Preußen und Franzmänner sind«, sagte Felix nur.

Mungo war sofort auf der Hut. *Er führt irgendwas im Schilde. Sonst ist er so früh am Morgen nicht so einsilbig. Normalerweise sucht er nach irgendwelchen Nachrichten aus Preußen, die Mrs L'Estrange interessieren könnten.*

Felix summte ein Marschlied, das Mungo nicht identifizieren konnte, aber aus irgendeiner Oper kannte. Er hatte sich heute besonders sorgfältig angezogen. »Ich muss in die Höhle des Löwen, zum Direktor der Bank von New South Wales. Für Vater war er immer ein rotes Tuch. Ich hoffe, dass ich ihn überreden kann, im Interesse der L'Estranges zu handeln.«

Er trank seinen Kaffee aus und stand auf. »Und du? Geht es nach Norden, Süden, Osten oder Westen?«

»Noch habe ich keine Anweisungen erhalten.«

Felix verschwand. Mungo hatte ein mulmiges Gefühl. *Ziemlich großspurig, mein Brüderchen. Was weiß er, das ich nicht weiß? Ich werde mich bei den Bediensteten umhören müssen. Molly ist eine gute Quelle.*

Mungo begab sich ins Arbeitszimmer, wo sein Vater, gemessen an den Stapeln von Unterlagen und Dokumenten mit roten Siegeln, die Zügel wieder in die Hand genommen hatte und sich selbst um seine Ländereien, Anteile an Reedereien, Weingütern und John Macarthurs gefeierter Australian Agricultural Company kümmerte.

Der Patriarch kam sofort auf den Punkt. Mittlerweile hatte er seine Sprachfähigkeiten fast vollständig wiedergewonnen. »Dein letzter Bericht, dieser Haufen von Kleingedrucktem, das du entdeckt hast …«

»Gibt es ein Problem, Sir?«

»Nicht für dich, aber für sie. Verdammt gut gemacht! Die Bank hatte vor, mich aufs Kreuz zu legen. Du lernst schnell, mein Junge. Nicht mal Mrs L'Estrange kann dir was vormachen.«

Mungo spielte mit dem Hut, den er in der Hand hielt, froh über das unerwartete Lob. Er fragte sich, wie sein Vater seine Ehefrau wohl ansprach, wenn sie allein waren, was selten genug vorkam. Wahrscheinlich beschränkte es sich auf die neuesten Runden in ihrem ewigen Ehekrieg.

»Was soll ich heute machen, Vater? Boadicea kann es kaum erwarten rauszukommen.«

Kentigern sah von der Urkunde auf, die er gerade mit einer Lupe las. Sein Ausdruck war seltsam vorsichtig.

»Dir ist wohl klar, dass ich weder für dich noch für Felix Partei ergreifen kann. Je weniger ich von euren Privatangelegenheiten weiß, umso besser. Trotzdem kann ich meine Ohren vor dem Tratsch der Bediensteten nicht verschließen.«

Mungo seufzte. »Und was erzählen sie jetzt über mich?«

»Ihr habt euch über diese Venus gestritten, oder wie die Dame sonst noch heißt.«

»Ist das eine Feststellung oder eine Frage, Sir? Du selbst hast mir beigebracht, dass man den Namen einer Frau nicht in den Schmutz ziehen darf.«

»Nun, es fällt wohl kaum in die Rubrik Tratsch, dass du das Frauenzimmer unter meinem Dach untergebracht hast.«

»Unter *meinem* Dach, Sir. Die Dame, um die es geht, steht unter Jane Quayles Schutz. Ich würde es nicht riskieren, deinen guten Namen in den Schmutz zu ziehen, allerhöchstens meinen eigenen.«

Kentigern sah ihn unbehaglich an. »Verstehe. Ich kann es dir nicht verübeln. Ich habe sie wie Julia auf deinem Balkon sitzen sehen, sie ist wirklich eine Schönheit.«

»Das kann man nicht bestreiten, Sir.«

»Mein Problem ist Felix. Ich habe meinen Namen unter diesen verfluchten Vertrag gesetzt, ohne vorher die Lage zu sondieren. Ich will nicht, dass noch mehr Blut zwischen Brüdern fließt, hast du verstanden?«

Mungo sah, wie sehr ihm der Streit zwischen ihm und Felix zu schaffen machte.

»Wenn sie sich freiwillig für Felix entscheidet, verspreche ich, dass ich es akzeptieren werde. Aber bis dahin werde ich einem Streit mit Felix oder wem auch immer nicht aus dem Weg gehen. Es ist ein offenes Geheimnis, dass sie eine Vergangenheit hat. Und ich bin entschlossen, der *letzte* Mann in ihrem Leben zu werden.«

»Nun, ihre Wahl scheint begrenzt zu sein, entweder die Mätresse eines reichen Mannes oder die Ehefrau eines Habenichts.«

»Du hast es auf den Punkt gebracht. Ich beklage mich nicht. Ich bin dir sehr dankbar, dass du mich eingestellt und mir eine neue Chance gegeben hast. Trotzdem habe ich vor, auf meine eigene Art zu Reichtum zu kommen. So wie du als junger Mann, als du in die Kolonie gekommen bist.«

»Aye. Allerdings hatte ich einen eindeutigen Vorteil. Ein angesehener Familienname kann in einer kolonialen Gesellschaft eine Menge Türen öffnen. Mir hat er meine erste Landzuteilung durch Gouverneur Macquarie eingebracht. Aber diese Zeiten gehören nun der Vergangenheit an, sie sind endgültig vorbei.«

Gereizt deutete er auf die Zeitung auf seinem Schreibtisch. »Es heißt, dass der neue Gouverneur, Sir Richard Bourke, sich in der Kapkolonie als Liberaler entpuppt hat. Die Radikalen Wentworth und Wardell sagen, er habe vor, das System zu verändern. Offenbar beabsichtigt er, die Deportationen allmählich abzuschaffen und die Kolonie für Siedler attraktiv zu machen. Wenn das stimmt, wird der *Australian* ihn dabei unterstützen. Aber man kann nicht erwarten, dass die Exclusives das so einfach schlucken werden. Es wird Blut fließen, glaub mir.«

»Und wo wirst du stehen, Sir?«, fragte Mungo, wohl wissend, dass ihm diese Frage nicht zustand.

»Da, wo ich immer gestanden habe. Ich werde einen Drahtseilakt vollführen zwischen meinem Idealismus und dem Erhalt meines schwer erkämpften Wohlstands.«

»Gut. Und was ist meine heutige Aufgabe bei diesem Drahtseilakt?«

»Schreib mir einen ausführlichen Bericht über meine Ländereien an der Nordküste. Morgen will ich ihn auf dem Schreibtisch haben.«

»Wird gemacht, Sir.« *Hey, eine gute Gelegenheit, mir Mookaboola anzusehen.*

Bei den scheinbar beiläufigen Abschiedsworten seines Vaters stockte Mungo an der Tür. »Felix muss ja nicht unbedingt was davon mitkriegen.«

Im Gang begegnete er seiner Mutter, die wie üblich mit einem Korb voller Kräuter unter dem Arm auf ihn zukam. Als er Cockney George sah, der sich am Ende des Ganges herumdrückte, nickte Mungo ihr höflich zu.

»Guten Morgen! Mr L'Estrange wartet schon darauf, dass du ihm den Verband wechselst.« *Mal sehen, was für ein Gerücht du* daraus *machst, George.*

Boadicea freute sich immer auf Abenteuer abseits der lärmenden Stadt. Mungo spürte die nervöse Energie in ihren Muskeln, als er sie auf das Boot führte.

Silent Jack, der Fährmann, grunzte, als er am Haus seines Rivalen in Milson's Point vorbeiruderte, dem legendären Jamaikaner Billy Blue, den Gouverneur Macquarie voller Bewunderung »den kleinen Kommodore« getauft hatte. Etwas weiter nördlich lag der private Anlegeplatz, wo die Straße nach Hunters Hill begann.

Es war das erste Mal, dass Boadicea auf einem Boot den Hafen durchquerte, doch dank Mungos besänftigender Zusprache verhielt sie sich vorbildlich.

»Das Land geht vor die Hunde«, sagte Jack düster. Vermutlich war er jünger, als man dachte, wenn man sein vom Wetter gegerbtes Gesicht sah. Wortgewaltig und unbefangen tat er seine Meinung über die Veränderungen in der Kolonie und den Verleumdungskrieg kund, der zwischen Gouverneur Darling und den Herausgebern der Zeitungen wütete. Die einzige Ausnahme bildete die *Gazette;* sie war das Sprachrohr der Regierung.

Zwar war er als freier Mann geboren worden, hatte aber den irischen Akzent von seinen Eltern übernommen, ehemaligen Strafgefangenen, die es zu Ansehen gebracht hatten.

»Bist wohl auch ein Ehemaliger, wie?« Es war eine Standardfrage, er stellte sie aus beiläufigem Interesse, nicht um zu beweisen, dass einer besser war als der andere.

»Nein, Kumpel, ich bin ein Currency Lad. Ich kümmere mich um das Land meines Herrn.«

»Bist du ein L'Estrange?«

Mungo war erstaunt. »Warum willst du das wissen?«

»Seit Wochen setze ich volle Holzkisten über, die diesen Namen tragen.«

»Das kommt hin. L'Estrange ist mein Master.«

Silent Jack verzog die Mundwinkel zu einem seltsam anerkennenden Grinsen.

»Tja, dann sorg dafür, dass du in seinen Diensten bleibst, mein Junge. Der Kerl hat ja offensichtlich die Spendierhosen an.«

Mungo wusste, dass diese Anspielung auch ihm galt. Doch da er knapp bei Kasse war, konnte er dem Fährmann außer dem gewöhnlichen Fahrpreis nur den kleinen Flachmann mit Whiskey anbieten, den er in der Satteltasche hatte, als zusätzlichen Ansporn, ihn um Punkt fünf Uhr nachmittags wieder abzuholen.

»Bestimmt wäre dir irischer Whiskey lieber, was?«

»Wenn es um Whiskey geht, halte ich es mit der Ökumene, mein Junge. Für einen Schluck Whiskey würde ich sogar auf den englischen König anstoßen.«

Über das Wasser hinweg rief Jack ihm noch einmal zu, dass er ihn um fünf abholen käme. Die Sonne funkelte auf dem Flachmann und bewies, dass er bereits guten Gebrauch davon machte.

Ein dicker Teppich aus weichen, spitz zulaufenden Gummibaumblättern bedeckte die Straße, die durch das dichte Buschland führte: einheimische Eukalyptusbäume, Pinien, Palmen und Riesenfarne – kein Baum in Sicht, der kein Laub trug, mit Ausnahme derjenigen, die zum Fällen gekennzeichnet waren.

Für Mungo war dieses Land das Paradies. Er sog das berauschende Aroma der Eukalyptusbäume ein, riss einen Zweig mit schmalen Blättern ab und schlug sich damit abwechselnd auf die Schultern, um sich die Insekten vom Leib zu halten.

Er hatte es nicht eilig, nach Mookaboola zu kommen und Felix' Pläne für Viannas Unterbringung dort mit eigenen Augen zu sehen, also ließ er sich Zeit. Er rief den Pächtern auf einem kleinen Gut seines Vaters einen Gruß zu und begegnete eine Meile später einem jungen Strafgefangenen, der als Hirte arbeitete und im Schatten eines Baumes eine Pfeife rauchte. Der Junge warf Mungo einen ängstlichen Blick zu, als fürchtete er, wegen Faulheit bei der Arbeit verpetzt zu werden. Mungo stellte sich vor und beruhigte den Jungen, indem er ihm seinen Tabaksbeutel anbot und ihm nebenbei erklärte, er sei gekommen, um die Hansons in

Mookaboola zu besuchen. Es fiel ihm auf, dass die rot unterlaufenen Augen des Jungen dunkle Ringe hatten.

Das Farmhaus war wesentlich größer, als Mungo erwartet hatte. Ein doppelstöckiges georgianisches Landhaus mit zwei Mansardenfenstern im Walmdach und als Zugeständnis an das Klima eine Terrasse mit Weinreben auf zwei Seiten. Es lag auf der höchsten Stelle des Grundstücks, hatte einen freien Blick in alle vier Himmelsrichtungen und war von einem Rasen umgeben, der sich nach einem heißen Sommer langsam wieder erholte.

Mungo saß ab und hob eine Handvoll rotbrauner Erde auf. Er staunte über die erstklassige Qualität des Bodens, unerwartet viel besser als der schlechte Sandboden an der Südküste.

Während er dem Steinpfad zum Haus folgte, sah er belustigt, dass Mookaboolas kahlköpfiger Aufseher in einem Schaukelstuhl auf der Terrasse saß und schlief. Als er näher kam, schreckte der alte Mann auf und stellte sich als Hanson vor, da er nicht so recht wusste, welchen Grad an Respekt er diesem Mann entgegenbringen sollte. Offensichtlich war er bei Kentigern angestellt, sah seinem Master aber auch so ähnlich, dass er dessen Sohn hätte sein können.

Mungo bemerkte sein Dilemma und versuchte, jeglichen Tratsch im Keim zu ersticken.

»Ich heiße Mungo. Meine Mutter, Jane Quayle, wurde einem Mr L'Estrange zugewiesen, als sie 1806 auf der *Alexander* in die Kolonie kam. Ich halte ihn für einen anständigen Arbeitgeber. Behandelt er dich gut?«

Dass Mungo ein Currency Lad und Sohn einer ehemaligen Strafgefangenen war, gefiel Hanson so sehr, als wäre er ein entfernter Verwandter. »O ja, er ist ein anständiger Gentleman. Ich bin dem Master nur ein einziges Mal begegnet, aber … Komm rein, mein Junge. Meine Frau wird dir etwas Ordentliches zu essen machen. Wir pflanzen unser ganzes Gemüse und Obst selbst an. Und in der Vorratskammer hängt immer eine Hammelkeule, falls wir unerwartet Besuch bekommen. Man lebt hier einsam, aber es ist verdammt viel besser als in der Sträflingskolonne.« Sein schuldbewusstes Lachen zeugte davon, wie sein Leben in der Kolonie einst begonnen hatte.

Mungo packte seine Satteltasche aus und reichte ihm die Weinflaschen, die er mit Zustimmung seines Vaters mitgebracht hatte, um das Treffen zu feiern. Bald unterhielten sie sich über die Probleme auf der Farm und die Schafe, die den Speeren der Aborigines oder flüchtigen Strafgefangenen zum Opfer gefallen waren.

Obwohl sie allein waren, senkte Hanson die Stimme, als er ihm von dem Ärger erzählte, den ihm ein gewisser Burney machte. Er war ihm zugewiesen worden, befand sich im Augenblick aber »im Busch«, ein beschönigender Ausdruck für einen entflohenen Sträfling, der zum Buschräuber geworden war. Mungo wollte es genauer wissen. »Warum ist Burney getürmt? Wurde er ausgepeitscht? Ohne das Urteil eines Richters? Ich gehe davon aus, dass du nicht seine Rationen gekürzt hast, um ihn zu bestrafen.«

Hanson warf ihm einen gekränkten Blick zu. »Ich schwöre bei Gott, dass ich so etwas niemals tun würde, egal, ob der andere es verdient oder nicht. Mr L'Estrange wäre mit einer derartigen Strafe niemals einverstanden.«

»Darauf kannst du Gift nehmen. Er ist sehr stolz darauf, ein menschlicher Master zu sein.« Mungo schenkte dem nervösen Aufseher nach. »Hat er gestohlen?«

Hanson warf einen Blick über die Schulter auf seine Frau, die in der Küche arbeitete. »Schlimmer. Ich habe den jungen Burney *auf frischer Tat* erwischt, verstehst du? Da draußen. Und als ich ihm damit gedroht habe, ihn zu verpfeifen, hat er sich dünnegemacht.«

»Soweit ich weiß, ist Mrs Hanson die einzige Frau hier.«

»Das ist richtig«, antwortete Hanson. »Und sein Komplize war … ein anderer Kerl.«

»Verstehe.« *Wie soll ich das handhaben? Ich weiß*, *was* ich *tun würde, nämlich gar nichts. Aber wie würde Vater reagieren? Tja, jetzt bin ich hier und nicht er. Über der Tür hängt ein Kruzifix, also gehe ich davon aus, dass Hanson mit Sodomie nichts am Hut hat.*

»War es eine Vergewaltigung?«, fragte Mungo vorsichtig.

»Nein. Der andere Junge hat rote Augen vom Weinen, seit Burney getürmt ist. Ich musste Kiley daran hindern, ihm nachzulaufen.«

Mungo versuchte, ernst zu wirken. »Ich glaube, ich habe gerade eine Pfeife mit Kiley geraucht. Ich denke, Mr L'Estrange würde dir raten, den Behörden nichts zu sagen, wenn Burney zurückkehrt. Die beiden Jungs sollten nur aufpassen, dass sie nicht die Gefühle deiner Frau verletzen.«

Hanson sah ihn erstaunt an. »Willst du damit sagen, dass der Master ein Auge zudrücken würde?«

»Ich denke, dass er dir raten würde, sie in einer gemeinsamen Hütte unterzubringen. Was niemand sehen kann, ist eine Sache, die sie mit ihrem Herrgott ausmachen müssen, nicht wahr?«

Hanson war verunsichert, doch der Wein hatte ihn milder gestimmt. »Richtig, darüber sollte eigentlich nur Gott urteilen. Ich werde die Nachricht verbreiten lassen. Keine Strafe, wenn Burney zurückkommt.«

Mungo füllte das Glas des Mannes erneut nach. »Das ist das Wort eines wahren Christen.«

Anschließend inspizierte Mungo die Gebäude, die Schmiede, den Pferdestall und das Schlachthaus, die Scheune und den Hühnerhof.

»Du wirst dir sicher auch die Wohnquartiere ansehen wollen. Alles bereit für den jungen L'Estrange-Master, der hier seine Sterne beobachten will.«

Mungo inspizierte das Haus vom Keller bis zur Dachstube. Er verlangte, auch das Zimmer zu sehen, das abgeschlossen war, und Hanson holte den Schlüssel. »Danke, ich bin gleich wieder unten bei dir.«

Sobald er das Zimmer betrat, wusste er, worum es hier ging. Es war so klar, als könnte er Felix' Gedanken lesen.

Der Raum war luxuriös eingerichtet, angefangen bei dem breiten Himmelbett über die riesigen Spiegel bis zum Schrank, der mit modischen Kleidern, Schuhen, Hüten und Schmuck vollgestopft war.

Felix hat eine Kopie ihres Schlafzimmer im Severin House geschaffen. Er glaubt, dass es das ist, was sie sich wünscht! Er ist in eine Fantasie von Vianna Francis verliebt. Er will mit einer Kurtisane ins Bett. Ich dagegen will vor allem Fannys Herz – und dann mit ihr *ins Bett.*

Es gab nur einen Unterschied zu Severins Kreation: Vor der Balkontür stand ein Teleskop. Daneben lag ein Manuskript in Felix' Handschrift: *Studium des Erdmagnetismus durch Iwan Michailowitsch Simonow während der russischen Forschungsreise in der Antarktis 1820.*

Dieser gerissene Dreckskerl! Mit vierzehn hat er Simonow wie einen Helden verehrt; er hatte hier in der Nähe am North Head eine Sternwarte gebaut. Es ist sonnenklar. Felix plant, Mookaboola als Sternwarte zu benutzen und gleichzeitig seine Mätresse vor der Gesellschaft und vor seiner Mutter zu verbergen!

Mungo spielte mit dem Gedanken, sich zu rächen, doch er durfte die Feindschaft zwischen der Ehefrau und der Geliebten seines Vaters nicht noch mehr vertiefen.

Mam ist jetzt frei. Aber ist sie immer noch Vaters Mätresse? Ob sie ihn liebt? Ist sie zu stur, um sich einzugestehen, dass sie gegen Albruna den Kürzeren gezogen hat? Oder klammert sie sich an die Hoffnung, Vater würde mich zu seinem Erben machen so wie Felix? Niemand fragt mich, was ich will. Mir würde es schon reichen, wenn er mich in der Öffentlichkeit als seinen Sohn anerkennen würde.

Darauf gab es keine Antworten. Mungo schloss die Tür ab und gab Hanson den Schlüssel zurück.

Die Kirchenglocken läuteten fünf Uhr auf dem anderen Hafenufer, als Silent Jack zurückkehrte, um Mungo und Boadicea am Kai abzuholen. Der Gedanke an Felix' Liebesnest deprimierte Mungo. Er ließ Jack reden, achtete jedoch kaum auf dessen Pläne für Sydney Town, falls er je die Gelegenheit bekäme, die Kolonie zu regieren.

Nachdem er die Fähre verlassen hatte, ritt Mungo den Hügel aufwärts nach Domain.

Es wurde Abend, die Stadt warf ihre Schatten auf das offene Grasland. Die unnatürliche Stille hier oben machte ihn nervös. Kaum eine Seele war zu sehen, außer einigen Kutschern, die auf den Kutschböcken leerer Droschken saßen und ihre Tonpfeifen rauchten. Die Strafgefangenen, die in Domain arbeiteten, wurden abends in den Zellen der Hyde Park Barracks eingeschlossen.

Der Schatten eines ausgestreckten Zeigefingers lag im rechten Winkel zu dem ägyptischen Steinobelisk auf dem Charlotte Place, den Gouverneur Macquarie 1815 hatte errichten lassen. Auf ihm war die Entfernung zu den ersten Siedlungen wie Bathurst, Parramatta und Botany Bay eingraviert. Die Strafgefangenenkolonie Moreton Bay hatte es zu Macquaries Zeit nicht gegeben, doch in Mungos Herzen war verzeichnet, wie viele Seemeilen die *Amity* bei der Hinfahrt und die *Isabella* auf der Rückfahrt nach Port Jackson zurückgelegt hatten. Am liebsten hätte er eigenhändig eine zusätzliche Zeile in den Obelisken gemeißelt. *Von Sydney nach Moreton Bay – 600 Meilen Höllenfahrt.*

Müde und erschöpft schlug er schließlich den Weg nach Rockingham Hall am anderen Ende der Stadt ein, um seinen Bericht zu schreiben.

Wollte Vater, dass ich ihn speziell über Mookaboola auf dem Laufenden halte? Er hat sich geweigert, für Felix oder mich Partei zu ergreifen. Warum also schickt er mich zu Felix' Liebesnest? Um mich mit der Wahrheit zu konfrontieren? Damit ich meine Niederlage akzeptiere? Oder will er, dass ich ganz im Gegenteil um sie kämpfe?

Die Hitze der untergehenden Sonne verbündete sich mit dem Wein, den er getrunken hatte, und verstärkte Mungos Selbstbewusstsein für den bevorstehenden Abend – die Zeit, die er wie jeden Tag mit Vianna verbringen würde, um zu sehen, wie weit sie mit ihren Lektionen gekommen war. Nicht zum ersten Mal gab er sich einen guten Rat.

Wenn Vianna sich dafür entscheidet, ein luxuriöses Leben als Felix' Mätresse zu führen, soll er sie haben. Wenn Fanny mich heiraten und mit mir Kinder haben will – mein Angebot steht. Aber ich will verflucht sein, wenn ich vor ihr auf die Knie gehe. Ich habe schließlich auch meinen Stolz.

Als er das Government House sah, musste er an die Ballnacht denken, das Fiasko, als es so aussah, als wäre sein Plan endgültig in die Brüche gegangen.

Boadicea war nervös, Mungo kam es fast so vor, als könnte das Pferd seine Gedanken lesen. Ihre Anspannung wuchs, je näher sie dem Government House kamen. Von dieser Stelle aus konnte Mungo die gesamte Länge der Terrasse sehen – vor dem Hafen, die Gartenbank, wo Vianna geflirtet und diesem Mann erlaubt hatte, sie zu behandeln, als wäre sie sein Privateigentum.

Sein Scheitern hinterließ einen bitteren Nachgeschmack. *Ich habe mir ein Bein ausgerissen, um diese Frau aus Severins Klauen zu befreien, und trotzdem setzt sie nach wie vor die Tricks ihres Gewerbes ein, um das zu kriegen, was sie will. Sie würde sich selbst dann nicht ändern, wenn ich ihr mein Herz auf einem silbernen Tablett anböte.*

Heute Abend war es still im Government House. Keine Musik, keine Beleuchtung, nicht eine Seele war zu sehen, abgesehen von den gelegentlichen Wächtern in roter Uniform, die ihre Runden drehten.

Mungo spürte, wie sich seine Muskeln anspannten, als plötzlich die Balkontüren aufsprangen und eine imposante Gestalt mit im Rücken verschränkten Händen auf die Terrasse trat. Es war eine Haltung, die unmissverständlich Autorität ausstrahlte. Den eierförmigen Kahlkopf und die verkniffenen Gesichtszüge, die Karikaturisten dazu inspiriert hatten, ihn als schlecht gelauntes Baby zu verspotten, würde Mungo wohl niemals vergessen. Er hatte es aus der Nähe gesehen, bei seinem Besuch in Moreton Bay während Logans Abwesenheit. Gouverneur Ralph Darling – der Mann, der ihn zu vier Jahren in Moreton Bay verurteilt hatte. Und auch die Begnadigung unterzeichnet hatte, die nur wenige Minuten zu spät gekommen war, um William Eden die Hinrichtung zu ersparen.

Neugierig beobachtete er vom Sattel aus, wie der Mann, der über ihrer beider Schicksal entschieden hatte, langsam über den Rasen schlenderte, der sich zum Hafenufer senkte.

Boadicea wurde unerklärlich nervös und scharrte mit den Hufen. »Ganz ruhig, Mädchen. Der Mann hat das Recht, in seinem Garten spazieren zu gehen. Bestimmt haben die Zeitungen heute mal wieder eine Breitseite auf ihn abgefeuert.«

Im selben Augenblick erkannte Mungo eine weitere Gestalt in der roten Uniform eines Soldaten, die halb im Schatten versteckt auf den Gouverneur wartete.

Instinktiv fuhr Mungos Hand zu seinem Messer am Gürtel. *Irgendetwas stimmt hier nicht. Hat der Kerl es auf Darlings Leben abgesehen? Gott weiß, wie verhasst der Kerl ist. Trotzdem kann ich nicht tatenlos zusehen, wie er kaltblütig abgeschlachtet wird.*

Mungo beugte sich vor und streichelte Boadiceas Stirn. »Ganz ruhig, Mädchen. Ich bin gleich wieder da.«

Dann saß er ab und schlich auf die beiden Gestalten zu, deren Wege sich jeden Augenblick kreuzen würden. Der Soldat löste sich aus dem Schatten und forderte den Gouverneur mit einer Handbewegung auf, stehen zu bleiben.

Darling war dem Mann nun so nah, dass er ihn unmöglich übersehen konnte. Er hatte seine Arme ausgestreckt, als wollte er ihn aufhalten, doch Darling ignorierte ihn und ging einfach weiter.

Der Soldat reagierte entsetzt auf die Reaktion des Gouverneurs. Dann drehte er sich um und kam geradewegs auf Mungo zu. Dieses Gesicht. Diese unvergessliche Mischung aus Arroganz und Ärger – es war Patrick Logans Gesicht.

Einen Augenblick war Mungo wie erstarrt. Dann stolperte er über den Rasen zu Boadicea zurück und schwang sich in den Sattel. Er brachte kein Wort heraus. Doch das Pferd benötigte keine Anweisung. Boadicea verdrehte die Augen vor Angst, bäumte sich auf und galoppierte nach Hause, um Mungo in Sicherheit zu bringen.

VIERUNDDREISSIG

Vianna schreckte im malvenfarbenen Licht kurz vor Sonnenaufgang auf und wusste sofort, dass etwas nicht stimmte. Die verworrenen Bilder ihres Traums waren schon verblasst. Mungos Angstschreie nicht. Sie erinnerte sich ganz deutlich daran, was er laut ausgerufen hatte. »Du Schwein! Du hast verdient, was jetzt kommt!«

Nein! Das war mehr als nur ein Traum. Die Schreie waren echt. Mungo muss einen Alptraum haben. Jane hat Dr. Gordon erzählt, dass jeder im Haus hören kann, wie er im Schlaf schreit. Durchlebt er noch einmal die Schrecken von Moreton Bay – oder ist es etwas, das tiefer geht? Wieso kann ihm niemand helfen?

Sie kannte die Antwort: Mungo weigerte sich hartnäckig, Hilfe anzunehmen.

Hastig schlüpfte sie in einen Baumwollrock und das Oberteil, die sie im Zigeunerstil aus den Resten von Janes Flickendecken genäht hatte, und flocht sich das Haar zu einem dicken Zopf.

Da Jane noch nicht von ihrer Nachtwache beim Master zurückgekehrt war, setzte sich Vianna mit ihrem Skizzenblock auf den Balkon und behielt Mungos Zimmer im Auge, während sie ihrer Zeichnung von Kentigern, die sie nach ihrer kurzen Begegnung und dem Hochzeitsporträt begonnen hatte, den letzten Schliff gab.

Ich habe ihm versprochen, Rockingham Hall bald zu verlassen, egal, wie ich mich entscheide. Und ich werde ihm beweisen, dass selbst eine Hure Wort halten kann.

In ihrem »Tagebuch« hatte sie die Wendung, die ihr Schicksal genommen hatte, in Porträts von Wanda, Felix, Mungo, Jane und der jungen Molly festgehalten, deren Namen sie inzwischen sorgfältig in Großbuchstaben daruntersetzte.

Fast hätte sie Severins Bildnis, das viel früher entstanden war, herausgerissen, doch dann besann sie sich eines Besseren. *Ich muss mir immer wieder klarmachen, wie weit ich gekommen bin, seit er mich »erschaffen« hat.*

Als sie sah, wie Mungo in seinem typisch lässigen Gang durch den Garten auf sie zukam, begann ihr Herz heftig zu schlagen. Rasch nahm sie sich zusammen. *Sei vernünftig, Mädchen. In Liebe und Armut gibt es keine Zukunft.*

Dann erschien sein Kopf über dem Ende der Leiter, und sie zuckte beim Anblick der hässlichen Spuren aus dem Kampf mit Felix zusammen, verbot sich jedoch jedes Anzeichen von Mitleid, das er verschmäht hätte.

»Darf ich dir eine Tasse Tee anbieten?«

»Ich habe schon mit Felix gefrühstückt, danke.«

Er musterte die Blumensträuße, die Felix ihr jeden Tag durch Molly schicken ließ.

»Mittlerweile könntest du einen Blumenstand auf dem Markt aufmachen.« Er nahm die Schiefertafel. »Lass mich mal sehen, was du gemacht hast.«

Gewissenhaft ging er die Liste mit neuen Wörtern durch, die sie aufgeschrieben hatte, und hörte sich anschließend an, wie sie ihm langsam, aber ohne zu stocken, aus einem Kinderbuch vorlas, das er ihr geschenkt hatte.

»Du hast Riesenfortschritte gemacht und damit bewiesen, wie falsch Severin dich eingeschätzt hat.«

»Das habe ich nur meinem Lehrer zu verdanken«, antwortete sie höflich.

»Unsinn. Du bist diejenige, die hart arbeitet. Wenn du deine Rechenaufgaben weiterhin so gut löst, wirst du noch eine zweite Mary Reiby werden«, sagte er scherzhaft.

»Ich werde wohl kaum jemals in die Fußstapfen der erfolgreichsten Geschäftsfrau der Kolonie treten können. Soweit ich weiß, steht sie den Männern in nichts nach.«

»Warum denn nicht? Mrs Reiby musste sich auch zuerst einmal beweisen. Sie wurde als junges Mädchen in die Kolonie deportiert, weil sie ein Pferd gestohlen hatte. Und heute steht sie an der Spitze eines Geschäftsimperiums, ist grundehrlich und wird von aller Welt respektiert. Sie hat sich ganz allein hochgearbeitet. Und die Natur hat sie nicht gerade mit Schönheit ausgestattet, das zumindest hast du ihr voraus.«

Mungo betrachtete sie auf eine Art, bei der Vianna wünschte, sie wäre in einem anderen Körper geboren als ihrem eigenen. *Wenn du wüsstest, Mungo. Die Natur hat mir als Frau wirklich nichts geschenkt.*

Vianna berührte ihr Kinn, um anzudeuten, dass sein Kiefer nach dem Kampf mit Felix, der nun kein Geheimnis mehr war, noch immer geschwollen war.

»Es sieht schon viel besser aus. Und wie geht es Felix?«

»Ich wüsste nicht, was dich das angeht. Und bilde dir bloß nicht ein, dass du der Anlass warst.«

»Der Grund spielt keine Rolle. Aber ist es nicht an der Zeit, dass ihr beide endlich erwachsen werdet?«

Mungo unterdrückte seinen Ärger. »Ist es nicht auch an der Zeit, dass du deine guten Ratschläge für dich behältst?«

Vianna warf ihm einen bösen Blick zu. »Keine Sorge. Ich werde dich mit meiner Anwesenheit nicht mehr lange belästigen. Ich habe Mr L'Estrange senior mein Wort gegeben.«

Diese Nachricht brachte ihn aus der Fassung. »Vielen Dank für die Aufklärung«, fuhr er sie an. »Ich wusste gar nicht, dass du dich mit ihm unterhalten hast. Und? Ich vermute, dass du auch ihn bezirzt hast, oder?«

»Im Gegenteil. Wir waren beide ziemlich ungehobelt«, erwiderte sie hochmütig.

»Nun, dann nutz die Zeit, die dir hier noch verbleibt, wenigstens, um weiter zu lernen. Das ist die Abmachung. Ich habe zu tun. Bis später dann.«

Als Mungo die Leiter schon zur Hälfte hinabgestiegen war, hielt sie ihn mit der Frage auf, die ihr am meisten am Herzen lag. Sie beschloss, direkt zur Sache zu kommen.

»Die letzte Nacht war sehr klar, Mungo. Man hörte jedes Geräusch, und du hast im Schlaf geschrien, als hättest du einen Alptraum.«

»Ach was, ich habe geschlafen wie ein Murmeltier.« Er hielt inne. »Habe ich was Interessantes gesagt?«

»Du warst so laut, dass du einen Toten hättest aufwecken können. Ich habe gehört, wie du geschrien hast: ›Du Schwein! Du hast verdient, was jetzt kommt!‹«

Mungo wandte den Blick ab und sagte abwertend: »Das könnte auf viele Menschen in meinem Leben zutreffen. Felix eingeschlossen.«

Dann schlug er die Tür hinter sich zu und ließ Vianna ärgerlich und verwirrt zurück. *Wie hätte er wohl reagiert, wenn ich ihm den genauen Wortlaut verraten hätte: »Du hast verdient, was jetzt kommt*, Logan*!«*

Auf dem Rückweg zum Haus änderte Mungo spontan seine Pläne.

Gestern Abend vor dem Government House ist mir Logan bereits zum zweiten Mal erschienen. Warum zum Teufel lässt er mich nicht in Ruhe?

Er wusste, dass er seine Uhr nach Dr. Gordons wöchentlichen Besuchen bei seinem Vater stellen konnte. Heute war es wieder so weit. Daher ging er direkt zum Schlafzimmer seines Vaters. Kentigern lag im Bett, während Jane um ihn herumwuselte, und sah seinen Arzt finster an. »Mir geht es blendend, Doktor.«

»Aye, da stimme ich Ihnen völlig zu. Das Einzige, woran Sie

leiden, ist schlechte Laune. Sie sind nicht mehr so jung wie vor zehn Jahren, aber robust wie ein Pferd – für Ihr Alter.«

»Auf keinen Fall will ich wieder zur Ader gelassen werden!«, fauchte Kentigern.

»Beruhigen Sie sich, mein Freund. Ich lasse meine Patienten nie zur Ader.«

Überrascht bemerkte Mungo, dass Sandy seine Mutter so respektvoll behandelte, als wäre sie eine erfahrene Krankenschwester. »Sie kümmern sich wirklich vorbildlich um meinen Patienten, Miss Quayle. Ich schlage vor, dass Sie ihn weiter mit Ihren Kräutern behandeln. Zwei Tage Bettruhe, und der Mann ist wieder auf den Beinen, um seinem Personal die Hölle heißzumachen.«

Mungo hustete diskret an der Tür. »Tut mir leid, wenn ich störe, Sir. Ich wollte Dr. Gordon in die Stadt begleiten, wenn er hier fertig ist.«

»Verschwinden Sie, Doktor«, sagte Kentigern. »Hier verschwenden Sie nur Ihre Zeit und mein Geld.« Dann fügte er etwas versöhnlicher hinzu: »Und wenn Sie das nächste Mal kommen, dann als mein Gast zum Abendessen und nicht als Arzt. Wäre es Ihnen nächsten Freitagabend recht, Sandy?«

»Nächsten Freitag passt hervorragend«, antwortete Dr. Gordon. Dann verbeugte er sich höflich vor Jane und folgte Mungo.

»Ich bin in zwei Minuten wieder bei dir«, rief Mungo und lief zum Stall, um Boadicea zu satteln.

Als er die Steigbügel festzurrte, erschrak er. Vianna stand in der Tür. Ihr Zopf hatte sich halb aufgelöst wie bei einem achtlosen Schulmädchen. Sie wirkte so unsicher, dass Mungo gereizt merkte, wie er weich wurde, deshalb ignorierte er sie einfach.

»Ist es klug, so allein loszureiten? Du bist noch nicht wieder ganz auf dem Damm.«

»Ich stamme von den Wikingern und Kelten ab. Eine zähere Rasse gibt es nicht«, erwiderte er und setzte dann barsch hinzu: »Lass dich nicht aufhalten.«

Sie rührte sich nicht von der Stelle. »Ich will keine Missverständnisse mehr zwischen uns, Mungo. Mittlerweile kann ich sämtliche einhundertvierunddreißig Namen auf der Liste mit den Kneipen von Sydney Town lesen.«

»Schön für dich«, entgegnete er und fuhr fort, Boadicea zu satteln.

»Ich wollte dir sagen, dass ich dir sehr dankbar bin für all deine Bemühungen, Daisy zu finden. Trotzdem bin ich diejenige, die für sie verantwortlich ist. Deshalb werde ich heute einige dieser Häuser selbst aufsuchen.«

Er drehte sich abrupt zu ihr um. »Das lässt du lieber sein! Manche sind ziemlich heruntergekommen! Du bist wohl verrückt!«

»Ich nehme Molly mit«, entgegnete sie. »Was soll uns schon passieren?«

»Jede Menge. Die Probleme würden sich verdoppeln. Du kannst nicht zu Fuß hin. Wenn ich zurück bin, fahren wir gemeinsam mit dem Ponywagen. So lange bleibst du hier und wartest auf mich. Das ist ein Befehl!«

Sie folgte ihm auf die Little Rockingham Street hinaus. Als Mungo sein Pferd bestieg, schirmte sie die Augen vor der Sonne ab und sah zu ihm auf. »Pass auf dich auf, Mungo.«

Zaghaft berührte sie Mungos Stiefel im Steigbügel, als wollte sie ihn aufhalten. Er erstarrte, denn die Geste erinnerte ihn daran, wie Logan vor Schreck das Gesicht verzerrte, als Stimsons Geist nach Logans Steigbügel gegriffen hatte.

Er verdrängte die Erinnerung, zog hastig den Hut und setzte sich in Bewegung. Als er um die Ecke bog, um vor dem Haus zu Sandy zu stoßen, war er entschlossen, sich keinesfalls umzusehen. Doch dann tat er es trotzdem und bemerkte, dass sie immer noch dastand, ihm nachschaute und wie ein kleines Kind zögernd zuwinkte.

Mungo ritt mit Sandy zu dessen Praxis am anderen Ende der Stadt.

Kurz vor dem Friedhof in der Devonshire Street wurde Sandy ernst.

»Eines Tages muss ich mir die Zeit nehmen, Logans Grab anzusehen. Ich will sicherstellen, dass der Steinmetz alles richtig gemacht hat. Ich bin der Einzige, der noch da ist und darüber wachen kann, dass es den Wünschen seiner Witwe entspricht. Ich habe jede Menge Druck auf Darling und das Colonial Office ausgeübt, damit Letitia eine Pension gewährt wird. Scheint so, als hätte Darling das Richtige unternommen, aber die selbstherrlichen Brüder in Whitehall mit ihren verfluchten Vorschriften machen nichts als Scherereien. Es entspricht nun mal nicht den Regularien der britischen Justiz, Witwen und Kindern von Offizieren ein solches Leid zu ersparen.«

Mungo verdrängte seinen Hass auf Logan. Er konnte nicht vergessen, dass Letitia Logan mit Sandy verwandt war.

»Viel Glück. Aber vergiss nicht, wie sie einen Helden wie Horatio Nelson behandelt haben. Kurz vor seinem Tod nach der Schlacht von Trafalgar bat er die britische Nation, sich seiner Mätresse, Lady Hamilton, und ihrer gemeinsamen Tochter anzunehmen. Und was haben sie getan?«

»Aye, die arme Emma hat keinen Penny erhalten. Deshalb bin ich auch nicht allzu optimistisch, dass sie Letitia und ihre Kinder besser behandeln.«

Sie waren inzwischen an den Toren des Friedhofs angekommen. Mehrere schwarz verschleierte Witwen standen wie Wächter neben den Grüften und Grabsteinen ihrer Toten.

Mungo wandte den Blick von Logans Grab ab. Dann entfuhr ihm, ehe er sichs versah, eine Frage. »Hast du ihn jemals gesehen, Sandy?«

»Den Gouverneur? Aye, von Angesicht zu Angesicht, als ich den Fall vorbrachte.«

»Nein, ich meinte Logan. Ich dachte, du als Kelte könntest vielleicht Dinge sehen, die andere Menschen nicht sehen …«

»Er ist dir also erschienen, was?«, fragte Sandy geradeheraus. »Ich habe mir schon gedacht, wenn überhaupt irgendwem, dann dir, mein Junge.«

Mungo zuckte zusammen. »Warum ausgerechnet mir?«

»In Moreton Bay hast du behauptet, dir wären die Toten erschienen. Ich habe dir sofort geglaubt. Mir macht so schnell keiner was vor, Mungo.«

»Könnten wir uns dann irgendwann darüber unterhalten?«

»Am besten gleich. Bis meine ersten Patienten kommen, habe ich noch eine ganze Stunde Zeit. Komm mit in die Praxis. Wir trinken eine Tasse Tee – mit einem Schuss Whiskey, wenn es das leichter macht.«

Mungo nickte. *Wem kann ich vertrauen? Niemandem außer Sandy. Die Würfel sind gefallen.*

Während er im Wartezimmer saß und die Beine ausstreckte, fühlte sich Mungo erleichtert, aber auch nervös. Nirgendwo waren medizinische Geräte zu sehen, der Raum wirkte mehr wie ein privates Wohnzimmer als eine Praxis. Einige blühende Zylinderputzer dienten dazu, den schwachen Geruch nach Eukalyptusöl zu neutralisieren.

Sandy verzichtete auf den Tee und schenkte ihnen zwei Gläser Whiskey ein.

»Wir wissen beide, dass ich in Moreton Bay ziemlich außer mir war. Ich habe mich mit Gefangenen unterhalten, die zu Tode gepeitscht worden waren.«

»Aye, mit Logan als Kommandant und selbst ernanntem Richter konnte man nicht davon ausgehen, dass dem britischen Gesetz Genüge getan würde.«

»Aber es endete nicht mit Moreton Bay. Ich dachte, wenn ich wieder zu Hause wäre, würde ich all diese Gespenster hinter mir lassen und wieder gesund werden. Was für ein Esel ich doch war.«

»Ich würde meinen Kopf darauf wetten, dass du genauso gesund bist wie ich, mein Junge«, erwiderte Sandy.

»Warum sehe ich Logan dann immer wieder? Mit meinen Alpträumen kann ich leben, aber Logan ist mir bereits zwei Mal erschienen, und er war genauso wirklich wie du jetzt. Das erste Mal stand er in Uniform vor dem Altar in der St. James' Church. Damals wusste ich nicht einmal, dass er dort beerdigt worden war.«

»Ich schließe Erscheinungen nicht aus, obwohl mir selbst noch nie eine begegnet ist.«

»Und gestern Abend habe ich ihn erneut gesehen. Auf dem Rasen vor dem Government House. Zuerst dachte ich, es wäre irgendein Offizier, der dem Gouverneur eine Petition überbringen wollte. Doch dann ging Darling an ihm vorbei, als wäre er Luft.« Mungo lachte unsicher. »Für mich dagegen war er verdammt real. Warum verfolgt er mich?«

»Vielleicht kann sein Geist keine Ruhe finden, bis seiner Frau und seinen Kindern Gerechtigkeit widerfahren ist. Du kannst von dem Mann sagen, was du willst, Mungo, aber selbstsüchtig war er nicht. Manche Offiziere füllen sich die Taschen mit dem Geld der Regierung. Logan dagegen führte Buch bis auf den letzten Penny. Als er starb, war er bis über beide Ohren verschuldet. Er hatte sich Geld geborgt, um Letitia heiraten zu können.«

»Warum verfolgt Logan dann nicht dich? Du bist mit ihm verwandt, Sandy. Ich kann nicht länger schweigen. Ich vermute, dass ein anderer, dunklerer Grund dahintersteckt. Erinnerst du dich an unseren letzten Ausflug in Moreton Bay, als du mich allein losgeschickt hast, um neue Schmetterlingsarten für Mrs Logans Sammlung zu fangen?«

Sandy nickte schweigend.

Mungo wusste, dass es jetzt kein Zurück mehr gab. Er fühlte sich verletzlich und nackt. »An diese Tage, als ich durch den Busch herumirrte, habe ich gar keine Erinnerung mehr. Ich kehrte erschöpft und schmutzig zurück, meine Kleidung war zerrissen und mit Blut befleckt. Ich wusste nicht mehr, wo ich gewesen war und was ich gesehen hatte. Ich hatte nur ein Glas mit einem seltenen Schmetterling dabei.«

Sandy hörte zu, als hätte er alle Zeit der Welt. Seine Augen waren freundlich, während er ihn aufmerksam beobachtete.

»Nach meiner Rückkehr habe ich vierundzwanzig Stunden geschlafen. Habe ich damals im Schlaf etwas gesagt?«

Sandy schüttelte den Kopf. »Nein, nichts. Meine Arznei hatte dich völlig außer Gefecht gesetzt.«

»Und am folgenden Tag haben wir die Nachricht erhalten, dass Logan vermisst wurde. Wir haben uns dem Suchtrupp angeschlossen. Wir fanden Logans totes Pferd im Bach, und etwas weiter weg lag seine Leiche.«

»Aye, ich erinnere mich an jedes Detail. So etwas vergisst man nicht.«

Mungo spürte, wie sich seine Kehle zuschnürte. »Vielleicht bist du der letzte Mensch auf der Welt, dem ich das sagen sollte, Sandy, aber wenn ich es nicht tue, würde ich unsere Freundschaft verraten.«

»Was immer du innerhalb dieser vier Wände erzählst, bleibt unter uns.«

Mungo brach der Schweiß aus. »Ich weiß, dass es sich ziemlich kindisch anhört. Aber diese Alpträume sind verdammt echt. Ich kann ihnen nicht entkommen. Gestern Nacht habe ich im Schlaf gerufen: ›Du Schwein! Du hast verdient, was jetzt kommt, Logan!‹ Und dann bin ich davon aufgewacht. Ich bin zwar wieder eingeschlafen, aber der Alptraum kehrte zurück. Als ich das nächste Mal aufwachte, war ich allein und stand in der Mitte des Zimmers. Und in der Hand hielt ich ein Messer. Dieses hier.«

Mungo zog mit zitternden Händen das Messer aus der Scheide am Gürtel. Der Doktor betrachtete die Klinge und trank schweigend seinen Whiskey aus.

Dann steckte Mungo die Klinge hastig wieder in die Scheide.

»Sandy, was ist, wenn es nicht die Schwarzen waren, die Logan umgebracht haben? Was, wenn Logan mich verfolgt, weil ich ihn getötet habe?«

Die Stille schien sich endlos hinzuziehen. Mungo hatte das Gefühl, als stünde er am Abgrund von Leben und Tod und hätte Angst vor beiden.

Sandy schenkte ihnen nach. Mungo fiel auf, dass sich sein Akzent ein bisschen verstärkt hatte, als er das Wort ergriff.

»Ich glaube nicht, dass du einen Menschen kaltblütig ermorden würdest, auch wenn du und viele deiner Mitgefangenen jeden Grund hattet, ihm den Tod zu wünschen.«

»Was ist, wenn meine Alpträume keine Träume sind, sondern Erinnerungen, vor denen ich mich fürchte? Wenn ich gestehe, ihn ermordet zu haben, wird man mich hängen. Wenn ich schweige, werden womöglich irgendwelche unschuldige Schwarze für ein Verbrechen gehenkt, das ich begangen habe.«

»Das britische Gesetz ist alles andere als perfekt, aber niemand kann wegen seiner Alpträume gehenkt werden. Bislang ist kein Mensch wegen des Mordes an Logan angeklagt worden, weder ein Schwarzer noch ein Weißer. Und ich bezweifle, dass irgendwer jemals dafür zur Rechenschaft gezogen wird. Lassen wir doch einfach die Geschichte darüber urteilen.«

»Aber was ist mit mir?«

»Ich kann dir etwas zum Schlafen verschreiben, Mungo. Kannst du mit deinen Alpträumen leben? Dem Herrgott überlassen, wie er darüber urteilen will?«

»Der Herrgott wirkt für die anderen, nicht für mich. Ich muss die Wahrheit herausfinden. Ich habe Logan genug gehasst, um den Mann in der Hölle schmoren zu sehen. Aber war ich wirklich derjenige, der ihn dorthin geschickt hat?«

»Tut mir leid, wenn ich dich enttäuschen muss, mein Junge. Aber es gibt keine Garantie dafür, dass Logan tatsächlich in der Hölle schmort. Falls es sie überhaupt gibt. Ich glaube gern daran, dass Gott der Einzige ist, der über das Gute und Schlechte in uns Menschen urteilen kann. Das Paradoxe an Logan ist aber, dass er aufgrund seiner strengen Ansichten und seiner militärischen Ausbildung überzeugt war, in Moreton Bay das Gesetz zu verkörpern. Obwohl er, soweit ich gesehen habe, niemals Gnade vor Recht walten ließ.«

Sandy beugte sich vor und packte Mungo an der Schulter. »Logan ist tot und begraben, ich aber bin Arzt und kümmere mich um die Lebenden. Du bist mein Freund, und ich bewundere deinen Mut, daher glaube ich, dass du mit der entfernten Möglichkeit leben musst, dass du ihn getötet hast. Warte ab, vielleicht erinnerst du dich eines Tages. Dann ist immer noch Zeit, einen Weg zu finden, der dich von deiner grundlosen Angst befreit.«

Mungo kippte sein Glas hinunter. »Wie denn?«

»Ich beschäftige mich schon länger mit der Arbeit von Mesmer und anderen Ärzten, die versucht haben, verdrängte Erinnerungen ans Tageslicht zu bringen. Mit Hypnose habe ich keine großartigen Erfahrungen gemacht, aber wenn du einverstanden bist, könnten wir es versuchen.«

»Was würde mit mir passieren? Würdest du mir Laudanum geben?«

»Nein, keinerlei Medikamente. Man versetzt dich in einen tranceähnlichen Zustand, um die verdrängten Ereignisse ans Tageslicht zu bringen. Damit du beschreibst, was du gesehen und was du getan hast. Aber ich würde dir nicht dazu raten, bevor du dich spontan erinnerst. Also lass dir ruhig Zeit, mein Junge.«

Mungos Hände waren feucht. »Die Zeit läuft mir davon, Sandy.«

»Deine junge Freundin ist das Problem, nicht wahr?«

»Sie ist nicht mehr meine Freundin«, erwiderte Mungo allzu hastig. »Aber ich will mein Versprechen halten und ihre Schwester finden.«

»Wie ich dich kenne, wirst du dafür Himmel und Hölle in Bewegung setzen.«

Mungo dachte an Vianna. »Das bin ich ihr schuldig. Sie hat mich in Moreton Bay am Leben erhalten. Aber das ist vorbei. Sie hätte es bei Felix besser. Wie auch immer, welche Frau würde einen Mörder zum Vater ihrer Kinder machen wollen?«

Er bemerkte, dass Sandy einen Moment lang den Blick abwandte.

»Du überstürzt mal wieder alles, mein Junge. Die Richter würden über Träume und Beweise, die unter Hypnose entstanden sind, nur lachen. Möglich, dass deine Erinnerung plötzlich wiederkehrt und du dann siehst, dass du nichts anderes getan hast, als einen Schmetterling zu fangen.«

»Wieso habe ich dann dieses Messer in der Hand gehabt, als ich wieder ins Lager zurückkam?«

»Keine Ahnung, mein Junge. Aber eins würde ich jederzeit beschwören: Du wärst durchaus in der Lage, einen Menschen umzubringen, der in deinen Augen ein Tyrann war, aber ein *Pferd* würdest du niemals töten.«

Sandy griff nach der Whiskeyflasche. »Wie wäre es mit einem letzten Schluck, bevor du dich verabschiedest?«

Das brauchte er Mungo nicht zweimal zu fragen.

FÜNFUNDDREISSIG

Vianna war verletzt nach ihrem gescheiterten Versuch, sich mit Mungo zu versöhnen, doch ihre Stimmung schlug rasch in Zorn und anschließend in Beklemmung um. Sie wusste, dass ihr die Zeit davonlief und sie die Verbindung zu ihrem alten Leben kappen musste.

Sie sah sich mit anderen Augen auf dem Dachboden um. Nachdem Mungo sie hierher entführt hatte, waren ihr die Räume zuerst wie ein Gefängnis vorgekommen, doch dann hatten sie sich allmählich in eine Oase der Ruhe und Geborgenheit verwandelt, in der sie ungestört lernen konnte.

Ich komme mir vor wie eine Schildkröte, die ihr Haus auf dem Rücken schleppen muss. Doch jetzt wachse ich immer schneller aus meinem Panzer heraus.

Sie sah in den Spiegel und erblickte eine Fremde. Die Grenze zwischen ihren beiden Identitäten hatte angefangen zu verschwimmen; überrascht entdeckte sie das Auftauchen einer dritten. Die glanzvolle, oberflächliche Eitelkeit der berüchtigten Venus von Sydney Town war verschwunden. Erst recht gab es keine Spur mehr von Fanny, der Zofe mit der Straußenfeder an der Haube, dem gebrauchten Kleid einer Kurtisane und der naiven Überzeugung, sie könne ein neues Leben für Daisy aufbauen.

Wer bin ich denn dann? Eine junge Frau mit traurigen Augen und einem einfachen Kleid, das sie sich selbst genäht hatte, starrte sie an. Eine Frau, die niemals Kinder haben oder aus Liebe heiraten könnte. In diesem Augenblick erkannte sie ein Funkeln in den Augen der Fremden, das sie überraschte.

Ich bin eine Überlebenskünstlerin. *Egal, wie hoch der Preis ist, den ich zahlen muss, ich werde immer einen Weg finden, wie ich überleben kann.*

Als sie mit einem beängstigenden Gefühl von Freiheit konfrontiert wurde, für das sie noch nicht bereit war, erzitterte sie. Sie nahm ein Stück Papier und notierte sich einen Namen und eine Adresse, die sie in der Zeitung gefunden hatte.

Stimmen aus dem Garten lenkten sie ab. Von ihrem Balkon aus erkannte sie Felix. Sein formeller Anzug bildete einen seltsamen Kontrast zu den Lumpen des Gärtners, den er gerade anwies, Rosen zu schneiden, diese ja, jene nicht. Neben ihnen stand Molly mit einem flachen Korb voller Blüten.

Im nächsten Moment krochen Molly und der Gärtner auf allen vieren auf dem Boden herum, während Felix gestikulierte und ihnen Anweisungen erteilte.

Was um Himmels willen machen sie da? Ist Felix verrückt geworden oder sie?

Sie rief seinen Namen. Felix warf unwillkürlich einen raschen Blick auf die Hälfte des Hauses, in dem seine Mutter wohnte. Die Vorhänge waren zugezogen, daher winkte er Vianna diskret zu. Als sie seinen Gruß erwiderte, erschien ein strahlendes Lächeln auf seinem Gesicht. Er griff nach den Blumen, ließ die beiden beim Unkrautjäten zurück und stieg hastig die Leiter zu ihr hinauf.

»Danke, Felix. Die Blumen sind wunderschön. Aber wird deine Mutter nicht merken, dass ihr die schönsten abgeschnitten habt?«

Sie überspielte seine Verlegenheit, indem sie ihm einen Platz anbot, dann setzte sie Teewasser auf und stellte die Blumen in den letzten noch leeren Behälter, eine Gießkanne.

»Wirklich, Felix, du überraschst mich immer wieder aufs Neue. Hast du Kräuter für Jane gesammelt?«

»Nein, sie sind für dich«, stammelte er. »Molly hat mir von der Zeichnung erzählt, die du von deiner Schwester gemacht hast, auf der sie eine Kette aus Löwenzahn trägt. Und dass Löwenzahn dich an deine Mutter erinnert. Also habe ich beschlossen, in Mookaboola ein ganzes Beet anzulegen, um dich zu überraschen. Aber ich konnte nicht warten, bis die Samen aufgehen.«

»Wie rücksichtsvoll von dir, Felix.« *Trotzdem kann ich mich mit der Vorstellung, dass du mich in Mookaboola einsperrst, nicht anfreunden. Zumindest vorerst nicht.*

»Darf ich dein Tagebuch sehen?«, fragte er. »Ich habe gehört, dass du sehr gut zeichnest.«

O nein. Ich kann ihm die Zeichnungen, die ich von Mungo, Severin oder auch nur seinem Vater gemacht habe, unmöglich zeigen.

»Es ist etwas sehr Persönliches, Felix«, sagte sie hastig. »Aber ich würde sehr gern ein Porträt von dir zeichnen, wenn du nichts dagegen hast.«

»Es wäre mir eine Ehre. Wie soll ich posieren? Jeder hat angeblich eine Schokoladenseite. Welche ist meine, was glaubst du? Entschuldige, man sollte einem Künstler keine Anweisungen erteilen, das gehört sich nicht.«

»Sei einfach nur du selbst, Felix.«

Er sah sie verlegen an. »Das ist ja gerade das Problem. Ich bin mir nicht sicher, wer das ist. Offenbar verändere ich mich gerade so rasend schnell, dass ich mich manchmal selbst nicht mehr wiedererkenne. Ich muss gestehen, dass ich eine Seite an mir entdeckt habe, die … nicht gerade eines Gentlemans würdig ist. Zumindest würde Mutter das glauben.«

»Vielleicht habt ihr aufeinander abgefärbt, du und Mungo. Und seid etwas menschlicher geworden.«

»Ich bin ganz anders als Mungo«, entgegnete er entschieden. »Ich halte, was ich verspreche. Hast du etwas dagegen, wenn ich mich mit dir unterhalte, während du mich zeichnest? Ich muss dir so viel über Mookaboola erzählen. Ich hatte noch nie einen Ort, der nur mir gehört, na ja, eigentlich gehört das Haus natürlich Vater, aber ich habe es ganz nach meinem Geschmack streichen und möblieren lassen. Ich hoffe, dass es auch *deinem* entspricht.«

Vianna wechselte schnell das Thema. »Ich wollte dich schon immer etwas fragen, Felix. Jean-Baptiste Bonnard hat mir von einem anonymen Gentleman erzählt, der das Porträt von mir gekauft hat, das so viel Furore gemacht hat. Anschließend hat er es ihm übergeben, damit es niemals in die Hände von Severin fällt. Weißt du, wer für diese Tat eines Kavaliers verantwortlich war? Ich würde mich gerne bei ihm bedanken.«

»Er wollte anonym bleiben«, antwortete Felix zufrieden, aber auch ein bisschen schuldbewusst.

»Verstehe«, sagte sie. »Du bist kein allzu guter Lügner, Felix.«

Spontan beugte sie sich vor und küsste ihn auf die Wange, dann setzte sie sich hastig wieder hin, damit er es nicht als Einladung interpretierte.

»Nein! Bitte bleib sitzen. Ich will die Zeichnung noch heute beenden.«

»Darf ich sie sehen?«

»Noch nicht. Ich brauche ein bisschen mehr Zeit. In vielerlei Hinsicht, Felix.«

»Verstehe«, sagte er und seufzte. »Entschuldige, wenn ich dich bedrängt habe.«

Dann erklärte sie vorsichtig, dass sie noch etwas für Jane zu nähen habe. Eine höfliche Lüge.

Als er die Leiter hinabstieg, sagte sie beiläufig: »Wenn du Molly siehst, frag sie doch, ob sie ein bisschen von ihrer Lernzeit für mich erübrigen könnte.«

Felix nickte. Dann hörte sie ihn noch einmal tief seufzen.

Molly kam nicht sofort und auch nicht allein. Sie war gekleidet, als würde sie allzu schnell aus ihren Kleidern herauswachsen und wenig Wert auf ihr Äußeres legen, als sie mit einem kleinen Jungen im Schlepptau den Pfad entlangeilte. Er hielt eine Mütze in der Hand, während er ihr folgte und dabei ehrfürchtig den exotischen Garten bestaunte.

Papageien in leuchtenden Farben flogen über ihm von einem Zweig zum anderen. Laut kreischend saugten sie Honig aus den gelben Blüten der spät blühenden Banksien, und der Junge betrachtete sie mit offenem Mund, während sie gar keine Notiz von ihm nahmen, als wäre er nichts weiter als eine seltsame Spezies aus dem Tierreich.

Molly schien es eilig zu haben und war über die Bummelei des Jungen halb belustigt und halb verärgert. Ihr Gesicht wirkte erhitzt, Strähnen ihres braunen Haars lugten unter der weißen Haube hervor. Den Jungen hinter sich herzerrend verschwand sie schließlich aus Viannas Blick.

Dann klopfte es an Janes Tür. Neugierig auf den winzigen Besucher stieg Vianna die Leiter hinunter und sah, wie Jane die Tür öffnete und die beiden hereinbat.

»Dieser kleine Kerl stand plötzlich vor der Tür des großen Hauses«, erklärte Molly. »Er behauptet, er habe einen Brief von einer gewissen Mrs Navarro an Mungo Quayle. Ich habe ihm gesagt, dass er im Auftrag des Masters unterwegs sei, aber der Junge weigert sich hartnäckig, mir den Brief zu geben. Er wollte sich nicht von der Stelle rühren, also habe ich ihn zu dir gebracht.«

»Danke, Molly, ich kümmere mich um ihn«, erklärte Jane dem Mädchen. »Geh zurück und hilf deiner Mutter.«

Als Molly an Vianna vorbeikam, raunte sie ihr zu: »Ich komme später zu dir.« Dann eilte sie durch den Garten zurück.

Wer ist diese Mrs Navarro, und wie steht sie zu Mungo? Vianna blieb auf dem Fußweg vor Janes Tür stehen und spitzte die Ohren.

»Nun, mein Junge, Mr Mungo Quayle kommt erst später zurück. Ich bin seine Mam. Darf ich ihm den Brief geben?«

Der Junge schüttelte den Kopf und sah sie ernst an. »Mrs Navarro hat gesagt, ich muss ihm den Brief persönlich übergeben. Sonst kriege ich meinen Viertelpenny nicht.«

»Verstehe. Nun, das können wir natürlich nicht riskieren. Am besten setzt du dich neben den Kamin und trinkst erst einmal ein Glas Milch. Sie ist frisch gemolken und noch warm. Und dann sagst du mir, was du von meinem Schokoladenkuchen hältst, das heißt, wenn man als Botenjunge während der Arbeitszeit essen darf.«

Der Junge warf einen Blick auf den Kuchen und kämpfte mit der Versuchung. Dann sah er auf den leeren Stuhl neben sich. »Mein Freund hat auch Hunger. Ich esse nur die Hälfte von meinem Teil, Missus.«

»Das ist nicht nötig. Ich schneide dir gern noch ein Stück für deinen Freund ab«, erklärte Jane mit Bestimmtheit.

Vianna spähte durchs Fenster und beobachtete, wie der Junge die Milch schlürfte, sich über den Kuchen hermachte und anerkennend schmatzte. *Armes Kerlchen. Er ist hungrig, aber auch stolz und aufgeweckt genug, um einen imaginären Freund zu erfinden.*

Man merkte Janes Stimme an, dass sie lächelte. »Du denkst noch darüber nach, was du mir sagen sollst, stimmt's, Kleiner? Nun, manchmal braucht es einen Nachschlag, um urteilen zu können, ob ein Kuchen schmeckt oder nicht. Hier, nimm noch ein Stück und eins für deinen Freund.«

Das gab den Ausschlag. Die Zunge des Jungen löste sich, und er erzählte ihr mit vollem Mund von seinem Leben. »Ich schlafe in Mrs Navarros Schuppen hinter dem Haus, esse in Essies Küche und mache Botengänge. Manchmal bekomme ich einen Viertelpenny dafür.«

Vianna klopfte an Janes Tür und tat anschließend so, als wollte sie gleich wieder gehen. »Oh, tut mir leid, Jane, ich wusste nicht, dass du Besuch hast.«

»Komm rein. Deine armen Augen brauchen Erholung, ich habe gehört, wie du den ganzen Morgen auf deiner Schiefertafel herumgekratzt hast. Höchste Zeit für eine Tasse Tee und ein Stück Kuchen.«

Jane stellte die beiden einander vor. »Dieser Junge ist ein sehr tüchtiger Geschäftsmann. Er wartet auf Mungo, um ihm eine Nachricht zu überbringen«, erklärte Jane respektvoll. »Und er heißt …?«

»Toby, Missus.«

»Hallo, Toby.«

»Ich kenne Sie, Mylady«, sagte er. »Sie haben eine prächtige Kutsche. Weiße Pferde. Sie haben mir einmal alles Geld gegeben, das Sie in Ihrer Handtasche hatten.«

Jane staunte, während Vianna sich schämte, weil die Sprache auf ihr früheres Leben gekommen war.

»Ja, natürlich, jetzt erinnere ich mich wieder. Die Kutsche und die Pferde sind schon seit Langem verkauft, jetzt wohne ich hier, aber nur vorübergehend. Gehst du eigentlich in die Schule, Toby?«

»Nein. Kein Geld da. Und auch keine Zeit, Miss. Am Nachmittag halte ich ein Nickerchen, weil ich die ganze Nacht Wache halten muss wie ein Soldat im Dienst«, antwortete er, als hätte er sich diesen Ausdruck besonders gut eingeprägt.

»Warum denn das, Toby?«, fragte Vianna freundlich.

»Na, bei uns arbeitet nachts seit einiger Zeit ein neues Mädchen. Wenn die Freier sie schlagen, laufe ich auf die Polizeiwache und hole den Constable.«

Vianna und Jane warfen sich einen Blick zu. »Du bist bestimmt eine große Hilfe, Toby«, sagte sie und fuhr dann beiläufig fort: »Kennst du Mr Quayle gut?«

»Ich kenne sein Pferd. Letzte Woche durfte ich es reiten.«

Letzte Woche? Mungo geht also schon ins Bordell?

Jane sah Vianna vorsichtig von der Seite an. »Ich habe einen leckeren Eintopf mit Lamm auf dem Herd stehen, Toby, und frisch gebackenes Sodabrot. Genau das Richtige für einen Jungen, der noch wachsen will.«

Während Toby sich gierig über das Essen hermachte, folgte Vianna Jane hinaus, um sich leise mit ihr zu unterhalten.

»Denkst du dasselbe wie ich, Jane?«

»Aye, der Kleine ist ein Fußsoldat im ältesten Gewerbe der Welt.«

»Könnten wir ihm nicht irgendwie helfen?«

»Nicht solange die Bordellmutter ihn nicht freigibt. Jungs wie Toby sind nützliche Kindersklaven, die man für sich springen lassen kann. Nicht selten setzt man sie wieder auf die Straße, wenn es zu teuer wird, sie durchzufüttern. Arme kleine Teufel.«

Vianna ging zurück und beobachtete, wie Toby die Sauce des Eintopfs mit einem Stück Brot aufstippte. »Ich hoffe, dass wir uns eines Tages wiedersehen, Toby. Wenn du Mungo Quayle deine Botschaft übergibst, sag ihm bitte, dass ich nicht auf ihn warten konnte und später mit ihm reden werde.«

Vianna steuerte den Ponywagen eher mit Zuversicht als mit Erfahrung. Neben ihr saß Molly und hielt den Sonnenschirm über ihren Kopf, bis eine Windbö vom Hafen drohte, ihn umzustülpen, und sie ihn wieder zuklappen musste. Vianna war bewusst, dass Molly sie mit Argusaugen beobachtete.

»Alle Diener im Haus fragen sich, welches dein Künstlername ist – Fanny oder Vianna?«

Oje! Aber früher oder später musste das ja wohl kommen.

»Mein Künstlername ist Vianna. Aber Schauspielerinnen ziehen eine Menge Tratsch an. Deshalb nenne ich mich hier aus Respekt vor der L'Estrange-Familie Fanny, so hat man mich als Kind genannt.«

Molly dachte darüber nach. »Das verstehe ich. Keine Angst, du kannst mir vertrauen.«

Hoffentlich ist das wahr, Molly.

Die Kleine beobachtete, wie sie mit dem Pony umging, und fragte taktvoll: »Hast du schon einmal einen Wagen gesteuert, Fanny?«

»Nur einmal, im Busch. Aber wenn ich lesen und schreiben lernen kann, dann werde ich auch einen Wagen steuern können.«

»Und wohin fahren wir jetzt?«

»Zuerst müssen wir jemanden besuchen, aber das bleibt unter uns, Molly.«

Sie hielt den Wagen vor der eindrucksvollen Fassade des Entally House an und übergab Molly die Zügel.

»Wenn ich Glück habe, empfangen sie mich sofort. Wenn nicht, bin ich in ein paar Minuten wieder zurück. Sehe ich respektabel genug aus?«, fragte sie, rückte die Haube gerade und strich die Handschuhe glatt.

»Du bist wie immer wunderschön«, erwiderte Molly schwärmerisch.

Vianna klopfte an der Tür, übergab dem Butler einen Brief und nannte ihm ihren Namen.

»Erwartet Madame Sie, Miss Byron?«

»Nein, aber sie wird mich bestimmt empfangen, wenn sie den Brief gelesen hat«, erklärte Vianna selbstbewusst.

Sie wurde hereingebeten und nahm in der Halle Platz. Die Uhrzeiger bewegten sich im Schneckentempo, doch am Ende führte man sie in eine Art Arbeitszimmer.

Am Ende des Raums saß eine rundliche Matrone mittleren Alters an einem Schreibtisch. Sie trug ein einfaches Seidenkleid und eine Haube und warf Vianna über die Brille hinweg einen flüchtigen Blick zu. Anschließend las sie den Brief, den Vianna mehrmals sorgfältig abgeschrieben hatte, bis er keine Tintenflecken mehr enthielt.

»Sie wollen also für mich arbeiten, Mädchen?«, fragte sie. Fanny bemerkte, dass ihre Stimme einen Akzent aus Lancashire hatte, ihrer Heimat.

Das ist meine Chance, mich selbst zu verkaufen, ehe ich rausgeschmissen werde.

»Ja, Mrs Reiby. Ich kann nähen und Frauenkleider entwerfen. Und ich kann französische Mode dem hiesigen Klima anpassen. Ich mache große Fortschritte beim Lesen und Schreiben, und ich habe Ihnen ein paar Skizzen von Kleidern mitgebracht, falls Sie sie sehen möchten.«

Mary Reiby warf einen flüchtigen Blick darauf. »Ich betätige mich auf vielen Gebieten, aber Kleider kann ich importieren, sodass ich keine Schneiderinnen beschäftige. Wieso sind Sie ausgerechnet zu mir gekommen?«

Vianna war verzweifelt. »Ein Gentleman und guter Freund hat mir gesagt, Sie hätten eine Kehrtwendung in Ihrem Leben vollzogen, als Sie noch jung waren, und hart gearbeitet, um sich den Respekt der Leute zu verdienen. Und, na ja, ich bin sicher nicht so begabt, aber gewillt zu lernen, um so zu werden wie Sie.« Dann fügte sie resigniert hinzu: »Irgendwo muss ich ja anfangen! Wenn Sie mir eine Chance geben, würde ich auch ganz unten auf der Leiter anfangen.«

Mary Reibys rundes Gesicht verzog sich zu einem Lächeln. »Ich bin sicher, dass Sie die Leiter auch ohne mich erklimmen werden, Fanny Byron. Und ich wünschte, ich könnte Ihnen dabei helfen, aber ich stehe kurz davor, mit meiner Enkelin nach England zu fahren, um sie in die dortige Gesellschaft einzuführen.«

Vianna wurde das Herz schwer. »Nun, dann vielen Dank, dass Sie mich empfangen haben, Mrs Reiby. Ich wünsche Ihnen alles Gute für die Überfahrt.«

Mrs Reiby nickte und reichte ihr die Zeichnungen zurück. »Ihre Skizzen sind vielversprechend, Fanny. Ich gebe Ihnen denselben Rat, den mir der gute Mr Reiby gab, als wir uns das erste Mal begegnet sind. ›Die Welt gehört den Männern, Mary‹, sagte er, und die Straße zum Erfolg ist für eine Frau viel steiniger als für einen Mann. Bahnen Sie sich Ihren Weg mit den Ellbogen, Mädchen, lächeln Sie und machen Sie keine Zugeständnisse, egal, wie oft man Sie auf die Straße setzt. So werden Sie es am Ende nach oben schaffen.« Mary Reiby seufzte. »Ich habe seinen Rat beherzigt. Ich wünschte nur, mein Mann wäre noch am Leben, um es zu erleben.«

Enttäuscht, aber nicht am Boden zerstört, trat Vianna ins gleißende Sonnenlicht hinaus.

Ich soll mir meinen Weg mit den Ellbogen bahnen und lächeln. Ich muss ein tapferes Gesicht für Molly aufsetzen.

»Wie war es?«, fragte Molly neugierig.

»Fabelhaft. Ich werde Mrs Reiby wiedertreffen, wenn sie aus England zurück ist. In der Zwischenzeit habe ich noch einige wichtige Entscheidungen zu treffen.«

»Ja, stimmt. Es muss wunderbar sein, sich zwischen zwei gut aussehenden jungen Männern entscheiden zu müssen, die um einen werben.«

Vianna bemerkte den sehnsüchtigen Tonfall in ihrer Stimme. »Das würde ich nicht unbedingt sagen. Es ist ziemlich kompliziert, Molly. Doch bald wirst auch du an der Reihe sein. Die jungen Männer werden Schlange stehen, um dir den Hof zu machen. Du müsstest mittlerweile alt genug sein, um zu heiraten, mit der Erlaubnis deiner Mutter natürlich.«

»Ja, ich bin vierzehn. Genauso alt wie Mam, als sie geheiratet hat. Obwohl es ihr nicht gerade gut bekommen ist, aber was blieb ihr übrig? Ich war ja bereits unterwegs.«

»Es tut mir leid, dass deine Mutter ein so schweres Leben hatte, Molly. Aber die schlechte Ehe hat am Ende doch etwas Gutes hervorgebracht: *dich*. Du bist sehr klug und hübsch. Ihr Currency Lasses seid eine neue Generation. Ihr habt vor niemandem Ehrfurcht. Und du, Molly Baker, bist etwas ganz Besonderes. Du kannst lesen und schreiben. Du arbeitest hart, und du lässt dich nicht für dumm verkaufen. Die Welt liegt dir zu Füßen. Du musst nur darauf achten, dich in einen anständigen Mann zu verlieben.«

»Das habe ich bereits getan«, entgegnete Molly mit einem herzzerreißenden Seufzer.

Viannas Hals war wie zugeschnürt. »Du verstehst dich ziemlich gut mit Mungo, nicht?«

Molly lächelte. »Wer würde das nicht?«

Heißt es, dass Mungo ihr Herz erobert hat? Zutrauen würde ich es ihm.

Molly schien ein tapferes Lächeln aufzusetzen. »Die Dienstboten haben Wetten abgeschlossen, dass Mungo Felix schlagen und dich ins Bett kriegen wird. Ach herrje, tut mir leid!« Molly sah sie verlegen an. »Sei nicht böse, Fanny. Näher kann man als zugewiesener Diener einer Romanze nicht kommen. Einschließlich mir!«

Vianna steuerte den Wagen wieder in den Verkehr. »Unsinn, ich werde dir ein paar Tricks beibringen, wie man sich das Haar zurechtmacht, wann man etwas sagt, und wann man an den Lippen eines Mannes hängt. Wie man sie reizt und dazu bringt, einen zu begehren, ohne dass man ihnen gibt, was sie wollen.«

Molly sah sie erstaunt an. »Woher weißt du all das?«

»Ich war … ich hatte eine Zofe. Ich könnte im Handumdrehen eine sehr elegante junge Dame aus dir machen, Molly«, erklärte Vianna und schnippte mit den Fingern.

Mollys Lachen hatte einen bitteren Beigeschmack. »Kannst du dir vorstellen, was die Leute dazu sagen würden? Ich, Tochter einer Strafgefangenen und obendrein ein gefallenes Mädchen.« Molly lief rot an, als hätte sie sich in ihren unvorsichtigen Worten verstrickt.

Also hat irgendwer sie bereits verführt. Trotzdem ist sie so naiv, was Männer angeht. Ich weiß nicht so recht, worauf ich hier gestoßen bin. Vielleicht sollte ich lieber etwas vorsichtiger sein.

Beim Anblick einer eleganten Dame, der ein junger Mann in die Kutsche half, verstummten beide. Das Haar fiel ihm ins Gesicht, als er der älteren Frau galant die Hand zum Abschied küsste und mit einem innigen Lächeln belohnt wurde.

»Sieh dich nicht um!« Vianna ließ die Peitsche knallen und versetzte das Pony in Trab.

Molly konnte sich kaum zurückhalten. »Mrs L'Estrange! Was um Himmels willen treibt sie mit diesem jungen Mann?«

»Keine Ahnung, Molly, aber versprich mir, dass du niemandem etwas sagst.«

Mollys Hand fuhr zu ihrem Mund. »Glaubst du, dass sie eine Affäre hat?«

»Wenn es so ist, dann geht das nur sie etwas an. Wer könnte es ihr verübeln? Ich jedenfalls nicht. Männer haben Affären und kommen damit durch. Was dem einen recht ist, kann dem anderen nur billig sein.«

Vianna fuhr um die Ecke und blieb vor dem Eingang zu einer Schenke stehen, wo ein Schild über der Tür hing, auf dem ein Feuer speiender roter Drache abgebildet war.

»Nein! Hier arbeitet mein Vater!«

Sie drehte sich um und betrachtete Mollys hübsches Profil mit der Stupsnase, dem zitternden Lächeln und dem trotzig erhobenen Kinn. Die Kleine hatte die Hände zu Fäusten geballt, eine deutliche Erinnerung an den Terror, den ihr Vater an jenem Tag im Garten ausgeübt hatte.

Jos Baker kam über die Straße geradewegs auf die beiden zu.

»Keine Angst, Molly. Er wird sich nicht trauen, dir irgendetwas anzutun, wenn ich dabei bin.«

Das sture Pony wollte sich partout nicht von der Stelle rühren. Sie gab ihm einen Schlag mit der Peitsche.

Plötzlich packte Baker Molly an der Schulter.

»Molly, Schätzchen! Wie wär's mit einem Kuss für deinen Vater?«

Sein Blick war glasig, die Mundwinkel hingen herab. Molly wurde steif vor Angst.

Viannas Stimme war so laut, dass die Passanten auf sie aufmerksam wurden. »Lass Molly los, oder ich rufe den Constable, du Rüpel!«

»Ich kenne dich. Du bist Severins Hure, die Venus von Sydney Town. Du heruntergekommenes Weibsstück. Du wirst meine Tochter nicht verderben!«

Vianna holte mit dem Sonnenschirm aus und schlug ihm auf den Kopf, bis er aufschrie und ins Straucheln kam. In dem Moment ging das Pony durch, sodass die Wagenräder über Bakers Füße rollten. Sein wütendes Geschrei verstummte erst, als sie um die Ecke bogen.

Molly war verblüfft. »Donnerwetter! Das hätte ich dir niemals zugetraut.«

»Ich mir auch nicht!«, antwortete Vianna. Sie sahen die kaputten Speichen des Regenschirms und mussten plötzlich so lachen, dass ihnen die Tränen in die Augen stiegen.

Vianna steuerte den schäbigen Wagen, als wäre er ein Phaeton im Bewusstsein der Gentlemen, die stehen blieben und den Hut zogen.

»Morgen werde ich dir beibringen, wie man sich das Haar macht. Und dann nähen wir dir ein neues Kleid. Du bist kein Kind mehr, Molly. Die Männer fangen an, dich zur Kenntnis zu nehmen.«

»Nur ein Mann zählt, Fanny. Meinst du, dass ich eine Chance hätte, wenn ich wie eine Dame aussähe, so wie du, und nicht wie ein Schulmädchen?«

Plötzlich durchfuhr Vianna ein Stich von Eifersucht. »Da bin ich mir ganz sicher, Molly.«

SECHSUNDDREISSIG

Die kurzlebige Dämmerung am Horizont verdunkelte sich schnell zu einem verwaschenen, ins Dunkelrot spielende Grau, als Mungo in die Great Rockingham Street zurückkehrte. Er hatte das Gefühl, dass Sandy ihm eine Atempause verschafft hatte, wenn nicht vor dem Tod, so doch davor, sich der finsteren Seite seiner eigenen Natur zu stellen: der Tatsache, dass er zu einem Mord fähig wäre. Er hatte seine Ängste einem Mann anvertraut, der mehr war als nur ein Arzt. Sandy war ein Freund.

Ob meine Erinnerung an diese zwei verlorenen Tage plötzlich von selbst wiederkehren wird? Mir läuft die Zeit davon.

Als ihn Molly statt Old Crawford an der Tür empfing, setzte er eine unbekümmerte Maske auf. »Was machst du denn hier, Molly?«

»Man hat Mrs L'Estranges neue Haushälterin sternhagelvoll im Weinkeller erwischt und in die Manufaktur zurückgeschickt. Old Crawford ist heute nicht ganz bei sich. Er hält sich für den Chefkoch und macht Ma in der Küche die Hölle heiß. Also vertrete ich ihn vorübergehend.«

»Was hast du mit deinem Haar angestellt?«

»Gefällt es Ihnen? Fanny hat mich unter ihre Fittiche genommen. Ach, fast hätte ich es vergessen. Die Herrin will Sie sofort sehen, es ist wichtig«, erklärte sie.

Mungo fand Albruna L'Estrange in ihrem Wohnzimmer. Zu seiner Verwunderung läutete sie die Glocke und bestellte Tee. *Welche Wendung! Sie behandelt mich ja fast wie ein Familienmitglied. Und irgendwie sieht sie anders aus. Jünger und lebendiger. Was ist bloß in sie gefahren?*

Bei einer Tasse Tee, wie sie sonst nur für Gäste reserviert war, beglückwünschte sie ihn zu den Fortschritten in seiner Arbeit, ehe sie auf den Punkt kam. »Es gibt zweierlei, das ich mit dir besprechen möchte, Mungo. Die erste Angelegenheit betrifft deine Suche nach diesem Kind. Meine Nachforschungen in Goulouga waren ziemlich enttäuschend. Wir müssen andere Kanäle auskundschaften. Hier hast du den Namen und die Anschrift eines Anwalts bei Gericht, mit dem ich zusammenarbeite, wenn es um mittellose Frauen und Kinder geht. Morris will uns über Gerichtsverfahren auf dem Laufenden halten, die mit Mädchen im Alter von Daisy zu tun haben, egal, um welche Namen es sich handelt.«

»Vielen Dank, Mrs L'Estrange. Ich bin Ihnen sehr verbunden, Daisys Schwester natürlich auch.«

»Es ist, als würde man eine Nadel im Heuhaufen suchen, aber wir beide haben etwas gemein: Wir geben nie auf.« Sie zögerte. »Ich habe gehört, dass dieses Kind etwas mit der jungen Frau zu tun hat, die als Hausgast bei dir wohnt, Fanny, nicht wahr?«

Will sie das wissen, weil sie vermutet, dass Felix etwas damit zu tun hat? Oder weil sie hofft, dass Fanny zu mir gehört? Wie auch immer, am besten schenke ich ihr reinen Wein ein.

»Da liegen Sie ganz richtig. Daisy ist eine Stiefschwester von Fanny Byron, die vor Kurzem in die Kolonie gekommen ist. Sie musste ihre Stellung aufgeben, nachdem ihr Master ihr unziemliche Anträge gemacht hatte.«

»Eine traurige Geschichte, die leider immer wieder vorkommt. Sucht Fanny Byron Arbeit?«

Fast hätte Mungo sich an seinem Tee verschluckt. »Danke, aber im Augenblick nutzt sie die Zeit, um lesen und schreiben zu lernen. Ich habe ihr vorübergehend meine Wohnung als Zuflucht überlassen, bis wir Daisy finden. Danach werden sie und ihre Schwester ihrer Wege gehen.«

»Du hast ein gutes Herz, Mungo. Es tut mir leid, wenn ich dich in der Vergangenheit falsch eingeschätzt habe.«

»Ich stehe in Ihrer Schuld. Wenn ich Ihnen auch einmal helfen kann, lassen Sie es mich wissen.«

Dankbar für das Stichwort schenkte sie ihm Tee nach. »Tatsächlich gibt es etwas, das du für mich tun könntest. Ich muss ein größeres Paket hierherschaffen lassen, ohne dass jemand davon erfährt.« Sie sah ihn nervös an. »Ich muss es verstecken. Es ist ein Geheimnis, verstehst du? Du weißt ja, wie die Leute in Sydney Town tratschen.«

»Allerdings. Ich werde es gern für Sie abholen. Ich kann es in der Remise aufbewahren, bis Sie wissen, was Sie damit machen wollen.«

Was soll diese Geheimniskrämerei?

Ihre Erleichterung war beinahe spürbar. Sie reichte ihm einen Zettel. »Hier ist die Anschrift.«

»Sie können sich auf mich verlassen.« Mungo verbeugte sich respektvoll und verließ den Raum.

Er dachte über ihre Unterhaltung nach, seltsam berührt von ihrem verletzlichen Ausdruck. Die Anschrift war in Großbuchstaben geschrieben, damit man an der Handschrift nichts erkennen konnte, nicht einmal, ob der Schreiber eine Frau oder ein Mann war.

Scheint ganz so, als wäre an den Gerüchten etwas dran. Albruna muss irgendwas angestellt haben, das ihre Stellung in der Gesellschaft gefährden könnte, wenn es bekannt würde. Sie kann es nicht einmal Felix, ihrem perfekten Sohn, anvertrauen. Deshalb ist sie auf mich verfallen, das schwarze Schaf der Familie.

Während Mungo auf das Cottage seiner Mutter zuging, wappnete er sich gegen das einladende Licht einer Sturmlaterne, das aus Viannas Fenster fiel.

Sobald ich Daisy gefunden habe, bin ich aus dem Schneider. Wenn sie sich dafür entscheidet, mit Felix in Mookaboola zu leben, ist das ihre Sache. Hauptsache, sie verschwindet aus meinem Leben – und aus meinem Kopf. Aber mache ich mir da nicht was vor? In Wahrheit sehne ich mich so sehr nach ihr, dass ich allmählich den Verstand verliere.

Er betrat Janes Cottage und bekam einen Schreck, als er den Jungen auf dem Sofa liegen sah.

Liebe Güte, das ist doch Toby, der kleine Botengänger. Das hat mir gerade noch gefehlt!

Der Junge schlief. Seine Haut war viel heller, als Mungo sie in Erinnerung hatte, nachdem er ein Bad genommen und Jane ihn tüchtig abgeschrubbt hatte. Er trug eins von Mungos Hemden, dessen Ärmel hochgekrempelt waren. Der Anblick seiner Mutter, die mit in die Hüften gestemmten Händen vor ihm stand, machte ihm klar, dass er ihr eine Erklärung schuldig war.

»Tut mir leid, Mam, ich hätte dich warnen sollen, dass ich eine Nachricht von der Arbeitgeberin des Jungen erwarte. Mit einem Hausgast hatte ich allerdings gerechnet.«

Jane warf ärgerlich die Hände in die Luft und dämpfte die Stimme, um den Jungen nicht zu wecken. »Willst du damit sagen, du wusstest, dass er kommen würde? Wolltest du dieses arme Waisenkind einfach vor meiner Tür abladen wie früher die elternlosen Beutelratten, Nasenbeutler und mit Flöhen verseuchten Welpen?«, zischte sie ihn an. »Ganz zu schweigen von der Meerjungfrau, die du entführt hast!«

»Hey, lass Fanny da raus, Mam, ja? Sie wird bald wieder verschwinden. Oder meinst du, dass jemand wie sie in einem ehemaligen Stall glücklich werden könnte?« Der bittere Unterton in seinen Worten überraschte ihn und ließ seine Mutter verstummen.

Jane zeigte auf den Jungen. »Und was machen wir mit diesem armen Kerlchen? Seine Beine sind so krumm, dass ein Ochsengespann hindurchpassen würde. Und er hat einen solchen Hunger, dass er sogar das Frühstück von morgen früh schon verdrückt hat. Weiß seine Mutter, dass er hier ist? Und was hast du in einem Bordell verloren? Machst du dieser Meerjungfrau da oben nicht angeblich den Hof?«

»Alles mit der Ruhe, Mam. Gib mir wenigstens die Chance, eine Frage nach der anderen zu beantworten.«

»Er hat dir einen Brief gebracht. Besser, du liest ihn erst mal.«

Mungo war halb durch, als er auf einen Stuhl sank. »Ich habe Mrs Navarro versprochen, dass ich ihr helfen würde, falls sie eines Tages Hilfe braucht. Jetzt ist es so weit.«

»Wie lange soll er hierbleiben?«

»Weiß der Kuckuck!«

»Eine Nacht!«, warnte Jane. »Morgen bringst du Toby dorthin zurück, wo er hingehört, bevor die Polizei vor meiner Haustür steht und uns beschuldigt, ihn entführt zu haben.«

»Sei kein Unmensch, Mam. Sieh dir den armen Wurm doch nur an. Er wird es nicht mal bis zu seinem nächsten Geburtstag schaffen, wenn wir ihn nicht aufpäppeln.«

Mungo warf ihr den treuherzigen Hundeblick zu, der unweigerlich gewirkt hatte, als er noch klein gewesen war. »Ich dachte, ich könnte mich auf dich verlassen.«

»Du brauchst kein Süßholz zu raspeln. Wir Manx-Leute wissen, was es heißt, arm zu sein. Wir weisen Hungernde nicht ab. Oder glaubst du, ich würde einen so kleinen Jungen in einer Schneenacht vor die Tür setzen?«

In Sydney hatte es seit einer Ewigkeit nicht geschneit, trotzdem war ihr Mungo für die Aussage dankbar. »Stimmt. Wenn du dich also beruhigst, will ich es dir erklären, Mam. Eigentlich ist es ganz einfach. Maria, Mrs Navarro, ist eine verwitwete Mätresse und lebt in einem Haus, das *unser Freund Felix* gemietet hat.«

»Nun, das hätte ich Felix gar nicht zugetraut.« Jane lächelte boshaft. »Weiß Mrs Less, dass ihr vorbildlicher Sohn eine Mätresse aushält?«

»Nein, und von mir wird sie es auch niemals erfahren. Das ist Felix' Sache. Ich habe es dir nur deshalb gesagt, weil der kleine Toby damit zu tun hat.« Mungo nahm sich ein Stück Kuchen. »Mrs Navarro ist in der Klemme, verstehst du? Sie hat den Heiratsantrag eines puritanischen Priesters angenommen, da sie nicht mehr die Jüngste und obendrein krank ist. Aber wenn sie ihn heiratet, wird es in ihrem neuen Zuhause keinen Platz mehr geben für ihre Schwester Essie und den Jungen. Deswegen hat mich Maria gefragt, ob ich ihn nicht zu mir nehmen könnte, bevor sie ihn in ein Waisenhaus gibt.«

»Sie sollte sich schämen, dass sie auch nur daran gedacht hat, den armen Wicht vor die Tür zu setzen.«

Mungo dachte schnell nach. »Der Junge könnte doch Botengänge für uns erledigen. Ich würde ihm Lesen und Schreiben beibringen, und wenn er älter ist, besorge ich ihm vielleicht eine Lehrstelle. Na ja, du weißt schon, so etwas wie ein Pate für ihn sein.«

»Ich hätte nichts dagegen, aber warum du? Warum nicht Felix, er ist doch ihr Beschützer.«

»Da hast du recht, Mam. Aber kannst du dir vorstellen, dass Felix Pate für einen Straßenjungen spielt? Dass der Junge bei ihm in Rockingham Hall wohnt?«

»Ja, verstehe. Aber wieso hat diese Mrs Navarro ausgerechnet dich ausgesucht?«

»Weil … nun ja, als ich sechzehn wurde, war sie die erste …«

Er führte den Satz nicht zu Ende. Doch seine Mutter war nicht auf den Kopf gefallen. »… die erste Frau, die dich zum Mann gemacht hat? Na gut. Aber was ist mit der Mutter des Jungen, dieser Haushälterin, hat sie da nicht ein Wörtchen mitzureden?«

»Tja, da liegt der Hase ja gerade im Pfeffer. Die Köchin ist nämlich gar nicht seine *wirkliche* Mutter, sondern Maria. Toby wurde von der Köchin aufgezogen, weil Maria … ihren Beruf ausüben musste.«

»Und sie hat den armen Wurm im Schuppen hinter dem Haus schlafen lassen, hat Mrs Navarro dir das vielleicht auch erzählt?«

»Nein, das habe ich erst bei meinem letzten Besuch erfahren. Nicht so, wie du denkst, sondern als Freund. Bei der Gelegenheit habe ich auch erfahren, dass Felix möglicherweise …«

Jane fiel es wie Schuppen von den Augen. »Tobys Vater ist?«

»So ist es. Wir werden es wohl nie mit Sicherheit wissen, aber zeitlich gesehen käme es hin. Toby wurde etwa zu der Zeit geboren, als Felix die Miete für das Haus in der Foveaux Street übernahm. Du kennst ihn ja, er würde ein uneheliches Kind niemals anerkennen.« Mungo lachte spöttisch. »Die L'Estranges würden nicht einmal *mir* in der Öffentlichkeit Guten Tag sagen!«

Jane musste diese Information erst einmal verdauen. »Dann könnte Toby der Sohn deines Halbbruders sein, stimmt's?«

»Ja. Aber so einfach ist es nicht, Mam. Ich habe Tobys Geburtsurkunde gesehen. Er kam zur Welt sechs Monate, nachdem man mich nach Moreton Bay geschickt hat. Verstehst du, es bestünde auch die minimale Chance, dass er …«

Mungo zählte die Sekunden auf dem Ziffernblatt der Uhr, während seine Mutter ihn schweigend ansah.

»Mungo, willst du mir etwa sagen, dass er dein Neffe sein könnte – oder dein Sohn?«

Er nickte und sah sie bewundernd an. »Ich wusste, dass du es verstehen würdest, Mam.«

Jane sank auf ihren Stuhl und schloss die Augen, um die Welt einen Moment lang auszublenden. Doch es dauerte nicht lange, bis sie sich wieder aufrichtete und erneut das Kommando übernahm. »Schenk dir ein Glas von dem Glen Kella Whiskey ein, und wenn du schon dabei bist, mir auch.«

Die Sturmlaterne brannte noch immer, als Mungo im Garten stand, zu Viannas Balkon aufblickte und hin- und hergerissen war, ob er sie besuchen oder ignorieren sollte.

Er wollte gerade weitergehen, als er einen Stoß im Rücken spürte. Mit geballten Fäusten drehte er sich um, bereit, sich erneut mit Felix zu schlagen.

Die Stimme war ihm vertraut, aber es war nicht die seines Halbbruders. »Bilde dir bloß nicht ein, dass du mich schlagen könntest, Mungo. Ich würde mich im Handumdrehen in Luft auflösen.«

Vor ihm stand William Eden mit vor der Brust verschränkten Armen. Er musterte Mungo so spöttisch, dass dieser ihm am liebsten die Fresse poliert hätte.

»Wie viele Jahre würde ich dafür bekommen, einen Geist zu verprügeln?«, fragte Mungo.

»Reg dich ab, ich stehe auf deiner Seite. Ich bin nur aus einem Grund gekommen. Und es wundert mich, dass du das immer noch nicht kapiert hast.«

»Na schön, ich gebe auf. Kannst du mir verraten, warum du mir nachstellst?«

Will sah zu Viannas Balkon auf. »Das Letzte, was ich auf der Welt gesehen habe, war das Gesicht eines Engels, der mir sagte, er würde mich niemals vergessen. Ich will, dass diese Frau zu ihrem Recht kommt. Ich will dafür sorgen, dass sie einen guten Mann abbekommt, der sich um sie kümmert. Und es ist mir völlig egal, ob dieser Mann Felix ist oder du.«

Mungo sah ihn wütend an. Die Vorstellung, Felix könnte Viannas Erlöser werden, war ihm zuwider, andererseits wollte er diese Rolle auch nicht selbst übernehmen.

»Ich sollte dich warnen, wir werden beobachtet, Mungo. Felix tut zwar so, als betrachtete er die Sterne, aber in Wirklichkeit verfolgt er jeden Schritt, den du tust.«

Mungo drehte sich hastig um. Das Auge des Teleskops war auf ihn gerichtet, also stieß er den Mittelfinger in die Luft, weil er wusste, dass es Felix schockieren würde. Felix erwiderte die Geste.

Mungo drehte Felix den Rücken zu. »Kann Felix dich sehen, Will?«

»Leider hast nur du dieses Privileg, Mungo. Und es ist mit einer gewissen Verantwortung verbunden. Tu mir den Gefallen und danke Kentigern L'Estrange, dass er meiner Mutter eine Rente zahlt. Manche Leute würden sagen, dass es das Mindeste ist, was er tun kann. Aber viele hätten sich nicht einmal diese Mühe gemacht.«

»Aus den Augen, aus dem Sinn, meinst du das?«

»Genau. Deshalb bin ich froh, dass du mich sehen kannst.«

»Bilde dir bloß nichts darauf ein. Der verdammte Logan lässt sich auch hin und wieder ungebeten bei mir blicken.«

»Ich weiß.« Will seufzte resigniert. »Und ich fürchte, dass du ihn noch öfters sehen wirst. Kannst du es ihm verübeln? Es ist verdammt einsam, wenn man unsichtbar ist. Doch daran kann ich nichts ändern. Meine einzige Sorge ist, was Felix und du mit Fanny machen wollt.«

»Sag *du* es mir.«

»Das kann ich nicht. Ihr beide habt einen freien Willen, Mungo. Du musst nur den Mut aufbringen, etwas zu unternehmen.«

»Nun, mir kann man bestimmt nicht vorwerfen, ich hätte nur Däumchen gedreht! Ich habe Himmel und Hölle in Bewegung gesetzt, um dieser Frau zu helfen. Ich wollte sie sogar heiraten. Und sie hat mich belogen und betrogen.«

»Und du hast wohl noch nie im Leben gelogen, wie?«, entgegnete Will spöttisch.

Mungo hatte genug. »Es war ein anstrengender Tag. Nichts für ungut, Will, aber warum verschwindest du nicht einfach und lässt mich mit meinem Leben allein weitermachen?«

»Gesagt, getan, mein Junge, aber ich komme wieder.«

Ein Rascheln im Wind – und Will war verschwunden.

Dann erschien Vianna auf dem Balkon und rief: »Was ist los, Mungo? Mit wem hast du dich gestritten?«

»Nichts, ich habe nur mit mir selbst gesprochen.«

»Hast du getrunken?«

»Nein, aber ich würde gern. Ist das eine Einladung?«

»Ich muss mit dir reden. Und ich will wirklich nicht die ganze Nachbarschaft aufwecken.« Damit wandte sie sich ab und schloss die Balkontür hinter sich.

Mungo sah sich im leeren Garten um. »Besten Dank, Will. Würdest du bitte so nett sein, dich aus meinem Leben herauszuhalten?«

Er erhielt keine Antwort. Trotzdem war er dankbar, dass Will ihm die Entscheidung abgenommen hatte, und kletterte die Leiter hinauf.

Bei ihrem Anblick versuchte Mungo, nicht schwach zu werden. Sie hatte einen japanischen Kimono an, den sie gebraucht erstanden hatte. Vianna sah süß und jung aus, ganz anders als die Kurtisane, die Severin aus ihr gemacht hatte. Das Haar fiel ihr in zwei langen Zöpfen bis auf die Hüften, sie sah aus wie eine holländische Puppe. Die dunklen Ringe unter ihren Augen und das blasse Gesicht zeugten davon, dass sie viele Stunden mit Lernen verbracht hatte. Unwillkürlich rührte es Mungo, wie verletzlich sie wirkte, bis sie den Mund aufmachte. »Ich könnte einen Whiskey vertragen, was ist mit dir, Mungo?«

»Lieber Himmel, wo hast du die Flasche her?«

»Von deiner Mutter natürlich. Sie meinte, ich sollte dir einen Whiskey anbieten, nachdem du den ganzen Tag gearbeitet und mir dann noch ein paar Unterrichtsstunden gegeben hast.«

»Gegen ein Gläschen ist nichts einzuwenden«, erwiderte er großzügig.

Sie tranken schweigend. Mungo betrachtete ihre Füße, die unter dem Saum des Kimonos hervorlugten. Es war sicherer, ihre Füße anzustarren, als ihr in die Augen zu sehen, die so blau, so unschuldig und vertrauensvoll wirkten, dass er meinte, eine Spur der alten Fanny Byron darin zu erkennen.

»Ich wollte es dir lieber selbst sagen, ehe du es von jemand anders erfährst.«

»Ja?« Eigentlich wollte er gar nicht wissen, was jetzt kam.

»Felix will seinem Vater ein Pferd zum Geburtstag schenken. Er hat mich gebeten, ihn zum Pferdemarkt zu begleiten und ihm zu helfen, eins auszusuchen.«

»Klar. Du bist ja Expertin in Sachen Pferde«, erwiderte Mungo verärgert darüber, dass seine eigentlich scherzhaft gemeinte Bemerkung so sarkastisch klang.

»Das einzige Pferd, das mich jemals interessiert hat, ist Boadicea«, erwiderte sie leise. »Trotzdem habe ich Felix gesagt, dass ich ihn begleiten und Molly als Anstandsdame mitnehmen werde. Das Mädchen wird so schnell erwachsen und hat Selbstvertrauen nötig, um sich in der Gesellschaft zurechtzufinden. Ich habe sie irgendwie unter meine Fittiche genommen.«

»Ja, das hat sie mir erzählt.«

»Molly ist sehr reif für ihr Alter, wie du bestimmt bemerkt hast.«

Mungo stellte sein leeres Glas ab. »Meine unfaire Bemerkung von eben tut mir leid. Eigentlich bin ich nur eifersüchtig.« Dann korrigierte er sich hastig. »Weil Felix Vater ein teures Geschenk machen kann, während meins im Vergleich dazu wie das eines Almosenempfängers aussehen wird.«

»Ist dir nicht klar, dass du deinem Vater bereits das schönste Geschenk überhaupt gemacht hast? Du hast dein Leben verändert. Er ist sehr stolz auf deine Arbeit. Felix hat mir erzählt, dass du die Bank dabei erwischt hast, wie sie ihn übers Ohr hauen wollte.«

Immer wieder kommt sie auf den verdammten Felix zu sprechen.

Er sah zu, wie Vianna barfuß durch den Raum lief und mit einem Teller zurückkam.

»Deine Mutter meinte, es wäre dein Lieblingskuchen. Ich habe ihn selbst gebacken unter ihrer Aufsicht. Du kannst ruhig ehrlich sein. Ich habe noch nie zuvor im Leben einen Kuchen gebacken.«

Mungo aß gehorsam ein Stück, und der Honig versüßte seine Stimmung. »Gut, sehr gut. Du würdest direkt als Klassenbeste aufgestellt.«

Ihr Lächeln verzauberte ihn. Er sprach, ohne sich dessen bewusst zu sein. »Ich bin zu Vaters Geburtstagsessen eingeladen. Aber ich glaube nicht, dass ich hingehen werde. Mutter kann sich nicht im selben Raum wie Mrs Less aufhalten, sie wird nicht mal als Dienstbotin anwesend sein.«

Trotzdem wird sie wahrscheinlich die Nacht mit ihm verbringen.

»Jane hat mir aber gesagt, dass sie es gerne sähe, wenn du hingehen würdest. Außerdem hast du dasselbe Recht darauf wie Felix.«

»Willst du mitkommen?« Er versuchte, beiläufig zu klingen, da er eine Absage erwartete, und dann fiel ihm siedend heiß ein, dass er niemanden gefragt hatte, ob er sie mitbringen dürfte.

»Nein danke. Das würde nur für Aufregung sorgen. Ich will nicht schon wieder Grund für einen Streit zwischen Felix und dir sein.«

»Auf einen Streit mehr oder weniger kommt es jetzt auch nicht mehr an. Seit wir klein waren, stehen wir auf Kriegsfuß. Und unsere Mütter schütten immer wieder Öl ins Feuer, damit es dabei bleibt.«

»In Wirklichkeit bewundert Felix dich, Mungo. Er würde sein letztes Hemd opfern, um so zu sein wie du. Und ich nehme an, dass du ihn um seine guten Eigenschaften beneidest.«

»Angenommen, man würde dir eine Million Pfund anbieten, um dich zwischen Felix und mir zu entscheiden. Wen würdest du wählen?«

»Ich glaube, ihr beide zusammen wärt das Beste ...«

»Das sind die Worte einer echten ...«, rasch änderte Mungo den eigentlich beabsichtigten Ausdruck, »... Diplomatin.«

»Du wolltest Kurtisane sagen. Ich werde diesen Makel wohl niemals loswerden, was, Mungo? Ich kann mir vorstellen, wie sich Maria Magdalena gefühlt haben muss. Man kann leicht zu einem gefallenen Mädchen werden, aber wenn man es erst einmal ist, bleibt man es ein Leben lang.«

Mit klopfendem Herzen erhob Mungo herausfordernd die Stimme. »Das hängt ganz davon ab, wie weit man seinem alten Leben wirklich abschwört. Nach allem, was ich gesehen habe, wärst du jederzeit bereit, wieder ein Leben im Luxus zu führen, wenn du die Möglichkeit dazu hättest.« Er sah sie eindringlich an. »Stimmt es? Sag die Wahrheit!«

»Ich wäre lieber reich als arm, das ja! Aber sag du mir auch die Wahrheit, Mungo«, erwiderte sie scharf. »Du würdest gern mit einer Frau in dieser Wohnung leben, die dir jedes Jahr ein Kind schenkt. Ist es nicht das, was du dir wünschst?«

»Eine Frau, die Kinder will, ja natürlich. Aber ich würde sie nicht in Armut aufziehen wollen, darauf kannst du Gift nehmen. Egal wie, ich werde zu Geld kommen. Ist es zu viel verlangt, dass eine Frau bei mir bleibt und nicht jedem schöne Augen macht, der ihr über den Weg läuft und mehr Geld hat als ich?«

Die Stille hatte etwas Endgültiges. Mungo ärgerte sich über seine Worte, die jetzt zwischen ihnen hingen.

Vianna stand auf und senkte den Kopf mit einer kühlen Würde, die ihn beschämte. »Danke, Mungo. Die Wahrheit ist bitter, aber ich habe auch nichts anderes verdient. Geh jetzt bitte. Ich will noch ein bisschen lernen, bevor ich mich hinlege. Wenn ich in ein paar Wochen weggehe, will ich dir jeden Penny zurückzahlen, den ich dich gekostet habe.«

»Davon will ich nichts hören. Hör mal, Vianna … Ich wollte dich nicht, ich meine … ich habe die Beherrschung verloren.«

»Nein, du hast die Wahrheit gesagt. Es ist zu spät, ich kann mich nicht mehr ändern. Ich werde im Grunde meines Herzens immer eine Kurtisane sein … oder eine Hure, nenn es, wie du willst. Aber ab jetzt werde ich so leben, wie ich will. Anders als Severin bezahle ich meine Schulden. Und wie ich mein Geld *verdiene*, ist meine Sache.«

Vianna zeigte gebieterisch auf die Leiter. Mungo blieb nichts anderes übrig, als zu gehen.

Bevor er hinunterstieg, blieb er noch einmal stehen. »Wenn Felix mit dir zum Pferdemarkt fährt, sorg dafür, dass er einen schwarzen Hengst aussucht, vorzugsweise vom selben arabischen Blut wie Boadicea. Vater hat sie für mich ausgesucht, deshalb weiß ich, dass er diesen Stammbaum bevorzugt.«

Als sie schweigend nickte, fügte er hinzu: »Ich wollte dir noch sagen, dass ich in der Suche nach Daisy nicht nachlasse. Ich habe eine Anzeige in einer Zeitung aufgegeben. Sie ist heute erschienen. Ich lese sie dir vor.«

»Nein danke«, erwiderte sie kühl, »ich habe eine Ausgabe hier.«

Vianna hob die Zeitung auf. Auf der ersten Seite hatte sie in der Rubrik Kleinanzeigen einen Absatz eingekreist. »Vermisst: Gentleman sucht die sechs Jahre alte Daisy Byron, die 1827 auf der *City of Edinburgh* in die Kolonie kam. Alle Hinweise werden vertraulich behandelt. Einhundert Guineen Belohnung …«

»Moment mal! Einhundert Guineen? Das ist nicht meine Anzeige. Und das ist der *Sydney Herald*.«

»Hier steht, man solle sich in Verbindung mit ›einem Gentleman‹ setzen, zu Händen des Herausgebers. Felix vielleicht?«

Mungo machte einen Satz auf sie zu und zog einen Zeitungsausschnitt aus der Tasche. »Hier ist meine Anzeige im *Australian*. Identischer Text, nur ist hier von einer ›ordentlichen Belohnung‹ die Rede, und als Kontaktperson wird M. Q., zu Händen des Herausgebers, angegeben.«

Ruhig studierte Vianna den Ausschnitt. »Das war sehr großzügig von dir, Mungo. Auch wenn es leichtfertig war, deine Initialen anzugeben. Severin ist nicht dumm. Jetzt wird er es leicht haben, dich zu finden. Wie viele Nachnamen beginnen in Sydney wohl mit Q? Bitte sei vorsichtig.«

»Mach dir wegen Severin keine Sorgen. Ich bin in Moreton Bay mit weitaus gefährlicheren Schurken fertiggeworden.« Er drehte sich um und fügte hinzu: »Deine Lesekünste machen gute Fortschritte. Ich bin stolz auf dich. Du wirst mich bald nicht mehr brauchen.«

Er wünschte, sie würde ihm widersprechen, doch ihre letzte Bemerkung war kein Trost.

»Ich will keinen Mann mehr brauchen müssen. Trotzdem bin ich dankbar für alles, was du für mich getan hast. Ich werde dich nie vergessen, Mungo.«

Mein Gott. Das sind dieselben Worte, die Will Eden im Gefängnis zu ihr gesagt hat.

Mungo zündete sich eine Pfeife an, setzte sich unter einen Baum und blickte zu dem dunklen Dachboden hinauf. Er schämte sich wegen seiner barschen Worte. *Wer zum Teufel hat mir das Recht gegeben, so moralisch überlegen zu tun? Ausgerechnet ich – der Mann, der Angst hat, dass er Patrick Logan getötet haben könnte?* Er war wütend, dass Felix ihn in seinem Plan, Daisy zu finden und mit seiner Anzeige Viannas Gunst zu gewinnen, übertrumpft hatte, indem er eine verlockende Belohnung versprochen hatte, der niemand widerstehen konnte. *Einhundert Guineen ist mehr, als ein Beamter im ganzen Jahr verdient. Welcher Goldregen für einen Informanten, der ein Kind gegen bare Münze tauschen will!*

Mungo blickte zu Felix' Balkon auf. Die Fensterläden waren geschlossen. Kein Teleskop in Sicht. Dann sah er sich in dem leeren Garten um und murmelte: »Willst du mir nicht einen Tipp geben, Will? Wo zum Teufel steckst du, wenn man dich braucht?«

SIEBENUNDDREISSIG

Die Aura des Schweigens, die nun über den beiden Zwillingshäusern lag, beunruhigte Vianna noch mehr als die vorangegangenen Spannungen, die Rivalität und der Ausbruch von Gewalt, die sie in Rockingham Hall ausgelöst hatte.

Um nicht einen Halbbruder dem anderen vorzuziehen, hatte Vianna Mungo und Felix bei unterschiedlichen Gelegenheiten mit dem Urteil konfrontiert, das sie zuvor schon bei Kentigern über seine Söhne gefällt hatte.

»Ich mag euch beide, aber ihr seid nicht fehlerlos. Eure besten Eigenschaften zusammengenommen würden den perfekten Mann ergeben.«

Beide waren gleichermaßen schockiert über eine weitere Erklärung gewesen. »Und bildet euch bloß nicht ein, ihr könntet mich teilen. Polygamie bringt einer Frau keine Vorteile, egal, wie lukrativ die Abmachung auch ist.«

Die Illusion, Frieden zwischen beiden stiften zu können, hatte einen hohen Preis. Mungo kam abends nicht mehr vorbei, um sie zu unterrichten. Und Felix kämpfte mit den Folgen einer Grippeepidemie, die in der Kolonie wütete.

Als Vianna hörte, wie es an der Tür klopfte, kletterte sie rasch die Leiter hinunter und war enttäuscht, als Molly vor ihr stand. Sie hatte die Rolle einer Mittlerin übernommen, die Botschaften und Blumen von Felix überbrachte.

»Warte mal, Molly, falls ich dir eine Antwort mitgeben muss.«

Schweigend las Vianna die Nachricht, froh, dass Molly ihr nicht länger vorlesen musste. Felix entschuldigte sich, dass er nicht in der Lage gewesen sei, auf die erste Meldung zu antworten, die er auf seine Vermisstenanzeige erhalten hatte. Dann fuhr er fort:

Er schrieb mir zu Händen des Herausgebers und unterzeichnete mit J. D. Esquire, Charlotte Place. Ich versichere dir, dass ich den Gentleman sofort aufsuchen werde, sobald ich wieder auf den Beinen bin, um herauszufinden, was er über den Verbleib deiner Schwester weiß.

»Bitte nimm Felix das Porträt mit«, sagte sie zu Molly, »und wünsche ihm rasche Besserung.«

Als Vianna allein war, studierte sie die Nachricht, hin- und hergerissen zwischen Freude und Frustration. James Dalby hatte ihr erzählt, er würde sie kontaktieren, sodass höchstwahrscheinlich er hinter J. D. Esquire steckte und der vornehme Charlotte Place die Anschrift seines neuen Stadthauses war.

Als Felix das bevorstehende Familienessen der L'Estranges erwähnte, musste sie daran denken, welche Ironie des Schicksals es war, dass sie mit ihrem ambivalenten Status am »schäbigen Ende« von Rockingham Hall gelandet war.

Jane und ich haben vieles gemein. Die eine ist die Mätresse des Vaters, die andere die seines Sohnes – wir beide sind in ihren Betten willkommen, aber als Gäste ihres Hauses inakzeptabel.

Mit einem Mal wurde ihr bewusst, dass Severins Lektionen, wie man wohlhabende Männer um ihr Geld erleichterte, ihr heute nichts mehr nützten. Inzwischen ging es um echte Gefühle. Sie hatte nicht den Wunsch, einen der verfeindeten Halbbrüder zu verletzen.

Es ärgerte sie über alle Maßen, dass Mungo seit ihrem letzten Krach nicht mehr erschienen war, um ihre Fortschritte zu begutachten. Gelegentlich schickte er ihr kurze Berichte zu den Gasthäusern, die er auf der Suche nach Daisy abgeklappert hatte. Normalerweise enthielten sie keine persönlichen Bemerkungen, nur einmal hatte er einen Nachtrag geschrieben: »Gib das Lernen nicht auf, du machst dich.«

Näher kann Mungo einer Entschuldigung offenbar nicht kommen. Aber wenn er sich einbildet, ich würde mich bei ihm entschuldigen, kann er warten, bis er schwarz wird.

Sie versuchte, ihr Herz vor ihm zu verschließen, hatte aber ein schlechtes Gewissen. Mungo war so nah und trotzdem so fern. Jeden Tag besuchte er Jane, und manchmal bekam sie Bruchstücke ihrer Gespräche mit.

Als sie jetzt durch die Vorhänge auf die Little Rockingham Street hinunterspähte, schlug ihr Herz schneller, als sie sah, wie Mungo Boadicea aus dem Stall holte.

Heute war er lässig gekleidet, und sie konnte die Umrisse seines kräftigen, männlichen Körpers bewundern. Er trug eine hautenge helle Baumwollhose, blitzblank polierte Reitstiefel und ein blau gestreiftes, offenes Hemd ohne Kragen unter einer Weste aus Schafsfell, über die sich die Kette seiner goldenen Uhr spannte, auf die er so stolz war. Gerade zog er seinen breitkrempigen Hut vor einer älteren chinesischen Frau, die unter dem Gewicht von zwei schweren Körben an ihrem hölzernen Tragjoch wie eine menschliche Waage schwankte, während sie ihrem Mann, der sein Haar im Nacken zusammengebunden hatte, auf den Markt folgte.

Ungeduldig blieb er vor Janes Cottage stehen, steckte zwei Finger in den Mund und stieß einen lauten Pfiff aus, woraufhin seine Mutter auf der Straße erschien. Hinter ihr kam Toby; er trug die neuen Stiefel und den eleganten Anzug. Jane hatte ihn genäht, und Vianna war ihr zur Hand gegangen. Er hielt seine Mütze in der Hand und hüpfte von einem Bein aufs andere, als könnte er es kaum erwarten aufzubrechen.

Jane drohte Mungo mit dem Zeigefinger. »Hat dir deine Mutter nicht beigebracht, wie man sich benimmt? So ruft man einen Hirtenhund, aber keine Frau!«

»Tut mir leid, Mam, aber ich habe es eilig. Ich habe Toby versprochen, ihn auf einen Ausflug mitzunehmen, aber ich muss für Vater einige Adressen in der Parramatta Road aufsuchen – und mich weiter nach Daisy erkundigen.«

Das war für mich bestimmt. Warum kann er es mir nicht persönlich sagen?

Jane sah ihn vorsichtig an. »Einige Adressen? Du meinst wohl einige Schenken. Da hat ein kleiner Junge nichts verloren. Ich glaube, es ist besser, wenn du Toby bei mir lässt. Vianna hat angeboten, ihm das Alphabet beizubringen.«

»Ach ja?« Mungo sah misstrauisch zu Viannas Fenster auf.

Ihre Blicke kreuzten sich. Die Zeit schien stillzustehen. Viannas Herz raste. Obwohl sie sich fest vorgenommen hatte, nonchalant zu bleiben, beugte sie sich so weit aus dem Fenster, dass ihr Haar im Wind flatterte, und warf Toby einen Handkuss zu.

»Die Einladung bleibt bestehen, Toby«, rief sie hinunter, »für dich und deinen Freund. Ich würde mich freuen, wenn du mir Gesellschaft leisten würdest. Wir könnten zusammen lernen und uns Geschichten vorlesen, wenn Mungo dich entbehren kann. Aber ich weiß ja, wie sehr er deine Hilfe schätzt.«

Tobys mickrige Brust schwoll vor Stolz, und Jane nickte zustimmend, Mungo dagegen wollte los. »Danke. Morgen vielleicht. Heute brauche ich Tobys Hilfe.«

Mungo bestieg sein Pferd und half dem Jungen hinter sich auf den Sattel, während er ihm einschärfte, sich mit beiden Armen an ihm festzuhalten.

»Vor dem Abendessen sind wir wieder da, Mam.«

»Sorg dafür, dass er anständig isst. Er muss noch wachsen.«

»Keine Bange. Ich mache ihn auch nicht betrunken.«

Dann gab er dem Pferd die Sporen. Als sie um die Ecke verschwanden, hörte man Tobys hohes Stimmchen, das fröhlich »Wiedersehen!« rief.

Vianna blieb ruhelos zurück; sie konnte es nicht abwarten, ihr Leben selbst in die Hand zu nehmen.

Das Schicksal hat für mich entschieden. Hastig zog sie das einzige Kleid an, in dem sie wie eine Dame aussah, drapierte sorgfältig einen Schal um die Schultern und zerrte an ihrem Mieder, um ihre Brüste besser zur Geltung zu bringen.

Als sie entscheiden musste, ob sie das verbliebene Paar eleganter Schuhe mit Absätzen aus der Severin-House-Ära oder die stabilen Stiefel tragen sollte, die Mungo ihr gekauft hatte, kämpfte ihr gesunder Menschenverstand mit ihrer tief verwurzelten Eitelkeit. Ausnahmsweise behielt die Vernunft diesmal die Oberhand. Sich ohne Mungos Einwilligung erneut den Ponywagen aus den Stallungen zu borgen, wäre genauso riskant gewesen, wie einem Stier ein rotes Tuch zu zeigen. Daher beschloss sie, zu Fuß zu gehen.

Spontan schmückte sie ihre Haube mit der Feder eines Geldhaubenkakadus, streifte die Spitzenhandschuhe über, die sie sorgfältig gestopft hatte, und trat hinaus in die Welt, während ihr Sonnenschirm mehr ein tapferes Symbol eleganter Koketterie war als ein Schutz gegen Sommersprossen. Als sie sah, dass sie nur noch ein paar Pennys in ihrer Handtasche hatte, seufzte sie resigniert.

Wie sagen noch die Franzosen? »Je mehr sich die Dinge ändern, desto weniger ändern sie sich.« Ich bin immer noch eine Mätresse, die nie Geld bei sich hat. Nur dass jetzt Mungo mein Beschützer ist und sein Vermögen bloß ein Luftschloss.

Sie erinnerte sich auch an das Sprichwort von der Isle of Man, das sie bei Jane einmal gehört hatte. »Heirate nie des Geldes wegen, aber verliebe dich auch nicht in jemanden, der keins hat.«

Von den wenigen Wolkenfetzen am sonnigen Winterhimmel drohte kein Regen, also machte sich Vianna zuversichtlich auf den Weg zum Charlotte Place. Sie hatte beschlossen, auf Mollys Gesellschaft zu verzichten, da sie von der Loyalität des Mädchens den beiden Halbbrüdern gegenüber wusste. Würde sie gefragt, würde sie sich verpflichtet fühlen, von Viannas Aktivitäten zu berichten.

Ab jetzt geht alles, was ich tue, nur noch mich etwas an. Felix und Mungo können machen, was sie wollen. Ich werde die Dinge auf meine Art regeln.

Charlotte Place war doch weiter entfernt, als es auf der Karte, die Mungo ihr zur Orientierung gegeben hatte, den Anschein erweckte. Was dort wie nur ein paar Zentimeter erschien, die man mit der Kutsche im Nu zurückgelegt hätte, erwies sich zu Fuß als etwas ganz anderes.

Die Entfernung lag keineswegs außerhalb ihrer Möglichkeiten, aber sie hatte die neuen Stiefel noch nicht eingelaufen. Die Blase an der Ferse würde auf dem Rückweg noch schlimmer sein.

Fast wäre ich der Versuchung erlegen, meine hochhackigen Schuhe anzuziehen, nur damit James Dalby nicht merkt, wie verletzlich ich bin, jetzt, da ich nicht mehr die Mittel besitze, mich modisch zu kleiden, so wie früher, als ich eine in Severins Netz gefangene Fliege war.

Sie setzte sich auf einen Pferdetrog und zwang sich, ehrlich zu sein. »Ich kann nicht ständig Severin für meine eigenen Schwächen verantwortlich machen. Ich hatte viel zu viel Angst, meinen eigenen Weg zu gehen. Jetzt bin ich vier Jahre älter. Trauriger, aber auch klüger … nun ja, wenigstens manchmal.«

Am Ende der grünen Raseninsel in der Mitte von Charlotte Place erhob sich eine Reihe von identischen dreistöckigen Häusern. Sie wusste nicht genau, welches das von Dalby war, daher ging sie zuerst zu der ältesten in der Kolonie erhaltenen Kirche. Auf der einen Seite der St. Phillip's Church stand ein mit Zinnen verzierter Uhrturm, auf der anderen die Military Windmill.

Der Kirchendiener war ein freundlicher alter Mann, der ihr gern die Kirche gezeigt hätte, doch Vianna machte ihm klar, dass sie es eilig hatte.

Er zeigte auf das Haus am Ende der Reihe. »Major Dalby ist ein feiner Herr, immer sehr großzügig den Bedürftigen gegenüber.«

Als sie merkte, dass dies eine subtile Anspielung auf ein Almosen war, bedankte sich Vianna verlegen, weil sie nur einen Penny für den Opferstock hatte, doch der Kirchendiener beruhigte sie. »Besuchen Sie uns gern wieder, Miss. Bis demnächst also.«

Sie überquerte die Straße, und plötzlich bekamen ihre geschundenen Füße Flügel.

Als dann das Hausmädchen ihr die Tür aufmachte, blieb ihr die Spucke weg.

»Wanda! Ich dachte, ich hätte dich für immer verloren. Wie lange bist du schon hier?«

Vianna trat ein und umarmte sie wie eine Schwester, doch im nächsten Augenblick merkte sie, dass Wanda erstarrte und über ihre Schulter hinweg nervös auf die Straße blickte.

»Was ist denn los, Wanda? Das ist doch Major Dalbys Haus, nicht wahr?«

»Es ist gefährlich für dich hier. Bitte geh, ich kann es dir nicht erklären.«

Wanda wollte sie hinausbefördern, und im gleichen Augenblick spürte Vianna einen Anflug von Panik. Hinter sich, auf der Straße, hörte sie die Stimme eines Mannes.

»Vianna, Liebling, was für eine Überraschung! Du kommst gerade richtig zum Tee.«

Sie fuhr herum. Es war zu spät, um zu fliehen. Vor ihr stand Severin mit weit ausgebreiteten Armen, als wollte er sie willkommen heißen, in Wirklichkeit jedoch versperrte er ihr den Fluchtweg. Er sah schneidig aus wie immer, in Umhang und Zylinder; die kunstvoll verzierte Krawattennadel und seine Ringe funkelten im Sonnenlicht. Doch bei seinem Ausdruck lief es ihr eiskalt über den Rücken. Sie hatte ganz vergessen, wie sehr sie sich vor diesem Lächeln fürchtete.

Er verhakte ihre Hand fest in seiner Armbeuge und führte sie ins Haus zurück, dann übergab er Wanda Mantel, Hut, Handschuhe und Gehstock.

»Wenn ich es mir recht überlege, trinken wir statt Tee lieber den besten Champagner deines Masters, Wanda. Bring ihn in mein Zimmer hinauf. Vianna und ich haben eine Menge zu besprechen.«

Severin schlang den Arm um Viannas Taille und zerrte sie die Treppe hinauf zu einer eleganten Suite im ersten Stock. An den Fenstern hingen dunkelrote Damastvorhänge. Durch einen Rundbogen im Wohnzimmer gelangte man in ein Schlafgemach, in dem ein riesiges Himmelbett mit gemusterten Seidenvorhängen stand.

Vianna setzte sich in den Sessel, den er ihr anbot, und versuchte, sich selbstbewusst zu geben, um sich ihre Nervosität, die sie von den Premieren auf der Bühne kannte, nicht anmerken zu lassen. Wanda brachte ein Tablett mit französischem Champagner, zwei eisgekühlten Gläsern, einem Silberteller mit Beeren und Bonbons und einer Fingerschale, in deren Wasser Rosenblüten schwammen.

Severin war völlig entspannt. »Danke, Wanda, das wäre alles.«

Vianna bemerkte ihren bekümmerten Blick, als sie an der Tür stand.

»Rufen Sie mich, Sir, wenn Sie noch irgendetwas brauchen; ich bleibe in der Nähe.«

Sie will mich beruhigen, dachte Vianna gerührt, doch als sie allein mit Severin war, verflog ihre Selbstsicherheit.

»Freut mich, dass du dich von deinem Rückschlag erholt hast, Severin. Aber du solltest wissen, dass ich nur gekommen bin, um mit James Dalby zu sprechen«, sagte sie zögernd, denn sie wollte keine Erklärung zum Thema Felix abgeben.

»J. D. Esquire, nehme ich an? James hat es versäumt, mich davon zu unterrichten, aber ich habe Felix L'Estranges Anzeige zufällig im *Sydney Herald* gelesen. Ich muss gestehen, dass ich mit *deinem* Erscheinen hier nicht gerechnet hatte. Wie mutig von dir, Vianna! Du überraschst mich.«

»Mein Leben hat sich in vielerlei Hinsicht verändert, Severin. Jetzt gibt es keinen Grund mehr, dass Daisy und ich voneinander getrennt leben. Wenn du dich weigerst, mir zu sagen, wo sie ist, wird vielleicht James es tun, schließlich ist er ein *echter* Gentleman.«

Severin machte eine lässige Geste. »J. D. Esquire, zu Diensten, Madame.«

Vianna lief es kalt über den Rücken. »Du hast also den Köder ausgeworfen, nicht James.« Sein Schweigen war eine Bestätigung. »Warum überrascht mich das nicht wirklich?«, fragte sie leichthin, um ihre Enttäuschung zu überspielen.

Er wandte sich ab, um die Gläser mit Champagner zu füllen.

»Du wirst lange auf James warten müssen. Er ist gerade nach Regency Park zurückgekehrt, um seine kranke Frau zu besuchen. Ich habe dich also ganz für mich, meine Liebe.«

Mit zitternder Hand inspizierte Vianna einen silbernen Kerzenhalter auf dem Tisch und nahm ihren ganzen Mut zusammen, um ihn Severin an den Kopf zu werfen. Der machte sich nicht einmal die Mühe, sich umzudrehen. »Stell ihn lieber wieder an seinen Platz, Vianna.«

Dann sah sie sein Lächeln im Spiegel, der sie verraten hatte.

Er reichte ihr ein Glas. »Stoßen wir auf unser glückliches Wiedersehen an.«

»Auf mein Wiedersehen mit Daisy«, sagte Vianna fest. »Darum geht es mir.«

»Selbstverständlich. Ich erinnere mich sehr gern an sie.« Er stieß sein Glas an das ihre. »Auf Daisy.«

Vianna löschte dankbar ihren Durst, froh, nichts sagen zu müssen.

Severin warf ihr einen nachdenklichen Blick zu. »Zuallererst müssen wir über *unsere* Zukunftspläne sprechen. Du kennst mich besser als jeder andere, meine kleine Kurtisane. Du müsstest wissen, dass ich keine Ruhe gegeben hätte, bis du zu mir zurückgekehrt wärst, aus freien Stücken. Und jetzt bist du endlich da.«

»Du irrst dich, Severin. Das kommt nicht infrage. Wir haben

einen Vertrag unterschrieben, wonach ich unter Felix' Schutz stehe, oder hast du das schon wieder vergessen?«

»Wie könnte ich das jemals vergessen?«, erwiderte er kühl. »Aber noch bist du nicht L'Estranges Mätresse. Du brauchst mich nicht zu belügen, Vianna. Ich kenne die Wahrheit.«

Wie viel von der Wahrheit? Weiß er von unserer seltsamen ménage à trois*?*

Severin fügte sanft hinzu: »Wenn du dich weigerst, unseren Vertrag mit Felix L'Estrange einzuhalten, ist er null und nichtig, was bedeutet, dass du nach wie vor unter meinem Schutz stehst.«

»In dem Fall gehe ich davon aus, dass du Gentleman genug bist, um ihm das Geld, das er dir im Voraus bezahlt hat, zurückzuerstatten.«

Severins Lachen klang tolerant. »Wie ich sehe, hast du dir deine kindliche Naivität erhalten. Findest du wirklich Gefallen daran, in einem Stall zu leben?«

Severin weiß alles. Das heißt, dass Mungo in schrecklicher Gefahr ist. Ich darf nichts unternehmen, was ihn aufbringen könnte. Ich muss Zeit gewinnen.

»Das ist nur vorübergehend. Felix hat andere Pläne für uns, ein sehr schönes Haus in der Nähe von Hunters Hill. Nicht gerade das, was du oder ich ausgesucht hätten und bestimmt sterbenslangweilig nach unserem aufregenden Leben im Severin House, aber du hast mir ja versprochen, dass es nur für ein Jahr sein wird, nicht wahr?«

Vianna warf ihm ein kokettes Lächeln zu, mit dem sie ihn immer hatte einwickeln können. Dann stand sie auf. »Wir werden uns also bald wiedersehen. Du hast doch bestimmt schon Pläne für ein größeres Severin House?«

»Du bleibst jetzt hier«, sagte er mit ruhiger Zuversicht.

»Nur, wenn du mich zuerst zu Daisy bringst, in dem Fall werde ich alles tun, was du willst.«

»Tut mir leid, wenn ich dich verletzt habe, Liebling. Glaub mir, der Wirt, der Daisy in seiner Familie aufgenommen hat, war gut zu ihr. Anscheinend hat diese Scharlachepidemie vor drei Jahren vielen Kindern das Leben gekostet, denn seitdem gibt es weder von ihr noch von dem Wirt eine Spur. Es tut mir aufrichtig leid, Vianna.«

Tot? Der Boden unter ihr erbebte. »Das glaube ich dir nicht. Sie lebt.«

»Du weißt doch, dass ich alles tun würde, um sie dir zurückzugeben. Ich hatte nur nicht den Mut, es dir zu sagen. Ich bin schließlich kein Ungeheuer, verstehst du?«

Ihre Stimme hörte sich seltsam an, als gehörte sie nicht ihr. »Du weißt nicht, wo sie ist? Hast du überhaupt versucht, sie zu finden? Nein, ich glaube dir nicht. Nicht einmal du könntest so herzlos sein und die Wahrheit vor mir verbergen. Drei Jahre lang! Du weißt doch, wie sehr ich gehofft habe, dass wir eines Tages wieder vereint wären.«

Er zuckte traurig die Achseln. »Ich hatte Angst, dass du mich verlassen würdest, wenn du die Wahrheit erfährst.«

Gott steh mir bei. Das klingt wie die Wahrheit!

Es war Severins sanfte Resignation, bei der sie zusammenbrach. Er strich ihr zärtlich über das Haar. »Ich werde versuchen herauszufinden, wo sie begraben liegt. Das zumindest wäre ein Trost, Liebling.«

Vianna starrte ihn an und bemühte sich, die Worte, die wie Konfetti im Wind durch ihren Kopf wirbelten, zu leugnen. Bis sie ihm in einem plötzlichen Anfall von Wut über den falschen, kummervollen Ausdruck ins Gesicht schlug.

Blind vor Zorn merkte sie nicht einmal, dass sie einen verhängnisvollen Fehler begangen hatte. Schmerz verstärkte Severins Begierde. Sie versuchte, ihn wegzustoßen. Dann machte sie einen Schritt auf die Tür zu und zögerte. Sie sah, wie Severin einen Blick auf ihr Champagnerglas warf und dann bedauernd die Achseln zuckte. »Ja, Liebling!«

Es war, als würde ihr der persische Teppich unter den Füßen

weggezogen, als dehnte er sich aus, als nähme er Farben an, die sie blendeten. Die Türverkleidung zerfloss, als schwebte sie wie die Kajüte eines sinkenden Schiffes unter der Wasseroberfläche …

Severins lächelnder Mund wurde immer breiter, seine Zähne wirkten jetzt spitzer – wie bei einem gut aussehenden Wolf. Dann lachte er leise, als sie kopfüber in seine Arme fiel, und sie hörte, wie er ihr etwas ins Ohr flüsterte, als er sie zum Bett trug.

»Süße Träume, Vianna, Champagner und Laudanum ist genau das, was wir brauchen, um diese Nacht unvergesslich zu machen. Wir können alles tun, was wir uns erträumen.«

Die Nacht hatte alle Dimensionen von Raum und Zeit verloren. Die Stunden flossen ineinander wie Blut durch lange dunkle Adern aus Dunkelheit und Kerzenlicht. Geräusche wurden lauter, verzerrt. Oberflächen verwandelten sich unter der geschickten Hand eines Meisters.

Vianna lag nackt und widerstandslos quer über dem Bett. Severins Körper roch nach Wein, Räucherwerk, Pomade, Schweiß und etwas, das sie nicht kannte. Er stand lächelnd über ihr, reizte sie, tat mit ihrem Körper das, was ihm Lust bereitete, benutzte sie, erniedrigte sie – alles im Namen seiner ewigen Liebe. Worte, die aus seinen Lippen wie eine exotische Obszönität klangen.

Nach einer Weile, die sie nicht messen konnte, war er frustriert, weil sie nicht reagierte. Er schlug ihr ins Gesicht, sein großer, schwerer Ring riss ihr die Wangen auf, sodass sie spürte, wie ein Rinnsal aus Blut auf ihre Lippen sickerte. Der körperliche Schmerz kam in Wellen, und er sagte, sie würden ihre Lust verstärken, eine Lust, die nie kam. Und der Schmerz war nichts im Vergleich mit dem Ekel, den sie spürte, wenn er ihr zärtliche Worte zuflüsterte.

»Vergib mir, wenn ich dir wehtue, aber du warst sehr ungezogen. Ich werde es wiedergutmachen.«

Als sie vorübergehend das Bewusstsein wiedererlangte, war Severin über sie gebeugt, hatte einen silbernen Phallus umgeschnallt und rammte ihn so brutal in ihren Körper, dass sie vor Schmerz erneut ohnmächtig wurde.

Viel später erwachte sie unter dem Gewicht seines schlafenden Körpers. Unfähig, sich zu bewegen, versuchte sie, sich im sternenübersäten Nachthimmel zu verlieren, um den Stunden bis zum Morgengrauen zu entfliehen.

War es das Krähen der Hähne oder Wanda, was sie weckte? Die leuchtenden Augen der jungen Frau waren ausdruckslos wie die einer Fremden, die Severins Körper bewachte, während er benommen auf dem Bett lag und Speichel aus seinem Mundwinkel sickerte.

Vianna gehorchte ihr wie ein Kind, nahm ihre Kleider und taumelte mit den Stiefeln in der Hand die Treppe hinunter. Wanda schloss die Tür von Severins Schlafzimmer hinter ihnen ab.

Am Eingang umarmte Wanda sie kurz, schob sie durch die Tür und sagte: »Lauf und hör nicht auf zu laufen!«

Viannas Gesicht war derart geschwollen, dass sie kaum sprechen konnte. »Du bist bei ihm nicht sicher. Komm mit mir.«

Wanda schüttelte den Kopf. »Severin würde es nicht wagen, mich anzurühren. Ich stehe unter Dalbys Schutz. Er ist gut zu mir. Und ich bin gut zu seiner Frau Jeannie. Es könnte mir viel schlechter gehen. Ich bitte dich, geh jetzt!«

Vianna nahm ihre Stiefel und lief über den Rasen von Charlotte Place. Die Uhr auf dem mit Zinnen bewehrten Kirchturm schlug sieben. Die Kirchenglocken läuteten und riefen die Gläubigen zur Andacht.

Vianna lief und hörte nicht auf zu laufen, wo immer die Straße sie hinführte.

Aus der öffentlichen Wasserpumpe kam nur tröpfchenweise Flüssigkeit. Vianna pumpte mit der wenigen Kraft, die ihr noch verblieben war, und hielt den Kopf unter den dünnen Strahl, um den

Segen kalten Wassers auf dem geschundenen Gesicht zu spüren. Sie hatte das verzweifelte Bedürfnis, ihren Körper von Severins Erniedrigung reinzuwaschen, doch das Wasser war schmutzig und floss nach der Trockenzeit nur spärlich. Und plötzlich packte sie die absurde Vorstellung, man könnte sie wegen des Waschens in der Öffentlichkeit verhaften.

Sie hatte kaum noch Kraft und Orientierungssinn, um sich einen Weg durch die Straßen zu bahnen, war taub und gleichgültig gegenüber den eleganten Kirchgängern, die ihr aus dem Weg gingen, auch wenn die Männer sie lüstern anstarrten. Ein betrunkener Marinesoldat aus einer fremden Kriegsflotte bot ihr schamlos eine Münze an; die Einladung war eindeutig.

Überall in Sydney Town läuteten die Glocken. Blind folgte sie den vorbeifliegenden roten, grünen und violetten Papageien, in der kindlichen Hoffnung, dass sie ihr den Weg nach Hause zeigten, wo immer das war.

Schließlich erkannte sie das Schild über dem Eingang einer Schenke wieder, die niemals geschlossen war außer sonntags. Auf dem Schild des Jolly Roger prangte der Kopf eines Piraten mit einem schwarzen Dreispitz, einem roten Schal und einem goldenen Ohrring, der auf die Besucher hinunterstarrte.

Vianna blickte zu dem einen blauen Auge des Piraten auf, das andere war unter der Augenklappe versteckt, und sagte: »Danke!« Jetzt wusste sie, dass sie nicht mehr weit von der Little Rockingham Street entfernt war.

Kaum hatte sie an die Tür des Cottages geklopft, brach sie auf der Türschwelle zusammen. Jane öffnete die Tür, schnappte nach Luft und führte sie hinein.

Sie stellte keine Fragen. Wortlos reichte sie ihr einen Kräutertrank und schloss dann die Tür zu dem Zimmer, in dem Toby schlief. Mit steifem, ausdruckslosem Gesicht zog sie ihr vorsichtig die Kleider aus, dann wusch sie ihr Gesicht und behandelte die blauen Flecken mit einer Kräutersalbe.

Als Jane die untere Hälfte ihres Körpers entblößte, um sie zu waschen, bedeckte Vianna instinktiv ihre haarlose Scham und wandte beschämt und erschrocken den Blick ab.

Zum ersten Mal stellte Jane eine Frage. »Sag mir eins, Kleines. Hast du den Mann, der dir das angetan hat, dazu eingeladen?«

Viannas lauter Aufschrei klang wie der eines verletzten Tieres. Mit letzter Kraft packte sie Jane am Arm. »Ich schwöre dir bei meinem Leben, ich habe nicht freiwillig mit dem Mann geschlafen, der mir das angetan hat. Mungo darf es niemals erfahren. Versprich es mir!«

Jane blickte sie kühl an. »Ja, ich verspreche es dir. Aber nicht nur deinetwegen. Mungo würde den Mann, der dir das angetan hat, umbringen und dafür gehenkt werden.«

Schließlich kamen Vianna die Tränen, sie waren bitter und bar jeder Hoffnung. »Ich danke dir von Herzen. Aber ich kann dich nicht anlügen. Ich kann Mungo nicht heiraten. Er ist ein guter Mann, er verdient etwas Besseres als mich.«

Janes Stimme wurde sanfter. »Das hat Zeit bis morgen, Kleines. Ich helfe dir, die Leiter hinaufzusteigen. Bleib im Bett und wag es nicht aufzustehen. Ich werde dir zu essen bringen und deine Wunden verarzten. Und ich werde niemanden in deine Nähe lassen, zumindest bis dein Gesicht verheilt ist. Komm jetzt, bevor Toby aufwacht.«

Jane versuchte, sie zu stützen, doch es gab keinen Körperteil, der nicht schmerzte. Sie half ihr die Leiter hinauf, eine Sprosse nach der anderen, und dann ins Bett.

Etwas später kam sie mit einem seltsam riechenden Kräutertrank zurück und fragte geradeheraus: »Sag mir die Wahrheit, Mädchen, besteht die Möglichkeit, dass du von Mungo schwanger bist?«

Vianna schüttelte heftig den Kopf.

»Dann trink das hier in einem Zug«, sagte sie und wickelte Handtücher um Viannas nackte Schenkel. »Möglich, dass du starke Blutungen bekommst. Vielleicht auch nicht. Aber eins steht fest: Du wirst kein Kind bekommen. Niemand sollte eine Frau zwingen, das Kind einer Vergewaltigung auszutragen.«

Jane verdunkelte das Zimmer, stieg die Leiter hinunter und schloss die Tür hinter sich ab.

Viannas Augen brannten vor salzigen Tränen. Sie drehte den Kopf zur Wand und akzeptierte die bittere Wahrheit. Sie würde niemals ein Kind bekommen, weder jetzt noch später. Und während sie langsam einschlief, klammerte sie sich an einen letzten Strohhalm der Hoffnung.

Severin … hat er gelogen oder die Wahrheit gesagt? Lebt Daisy, oder liegt sie in einem namenlosen Grab? Severin ist ein Lügner … Warum sollte er dann jetzt die Wahrheit gesagt haben? Trotzdem hatte er mit einem recht … Hätte ich vor drei Jahren schon gewusst, dass Daisy tot ist, hätte ich ihn tatsächlich verlassen …

ACHTUNDDREISSIG

Höchstens meine eigene Beerdigung könnte mich davon abbringen, an Vaters Geburtstagsessen teilzunehmen, Mama. Wenn es sein muss, krieche ich auf allen vieren die Treppen hinunter. Ich will verflucht sein, wenn ich zulasse, dass Mungo die Reden hält. Das ist meine Aufgabe!«

Während Albruna L'Estrange auf der Bettkante ihres Sohnes saß, versuchte sie, ein Lächeln zu verbergen. »Du klingst so, als wärst du wieder bei Kräften, Felix. Das ist ein gutes Zeichen. Willst du mir vielleicht einen Brief diktieren, den ich für dich schreiben könnte?«

»Nein danke. Das ist nicht nötig.«

Wie soll ich meiner Mutter die Liebesbriefe diktieren, die ich Vianna im Geiste schreibe? Meine verfluchte Grippe hat uns voneinander getrennt. Und ich weiß gar nichts über ihre geheimnisvolle Krankheit.

»Ich bin zwar mit den modernen Methoden von Dr. Gordon nicht einverstanden, aber was die Gesundheit deines Vaters angeht, da hat er gute Resultate erzielt. Und bei dir auch. Diese Grippeepidemie hat viele Menschen dahingerafft, also werde ich seine Anweisungen haargenau befolgen, bis es dir besser geht. Keine Sternguckerei, die kühle Nachtluft könnte deine Genesung gefährden. So, und jetzt überlasse ich dich wieder deinen Astronomiebüchern. Das ist doch sehr nett von Mungo, dass er dir die Zeitungen gebracht hat, nicht wahr?«

Mungo scheint neuerdings bei meiner Mutter einen Stein im Brett zu haben. Ich frage mich nur, warum?

Notgedrungen musste er ihr zustimmen. Kurz nach dem Eintreffen eines Gefangenenschiffes hatte Mungo einen Stapel Zeitungen aus London mit den »neuesten« Nachrichten aus England und dem Krieg in Europa abgeholt.

Albruna hatte verfügt, dass Felix nicht einmal am Schreibtisch sitzen durfte und Mungo an seiner Stelle die übliche Geschäftskorrespondenz erledigte, bis Felix wieder völlig genesen war.

Ausnahmsweise ist es wirklich ein Segen, dass meine Eltern kaum miteinander sprechen. Vater würde ihr niemals verraten, dass ich Mookaboola für meine Geliebte eingerichtet habe, aber die Tratscherei unter der Dienerschaft ist wie eine niemals endende Seuche. Obendrein halten Molly und Vianna zusammen wie Pech und Schwefel.

Wie damals, als er klein war und seine Umgebung vom Krankenbett aus tyrannisierte, hatte Felix darauf bestanden, dass man sein Bett so verrückte, dass er in den Garten blicken konnte, um Viannas Balkon im Auge zu behalten.

Er musste sich damit begnügen, dass Molly die Liebesbotin spielte, und verbarg seine Frustration mit einer Demonstration von gutem Willen, während er ungeduldig darauf wartete, dass Dr. Gordon ihn für gesund erklärte.

Ehe sie ging, versuchte seine Mutter noch einmal, ihn zu trösten. »Es ist enorm wichtig, dass du als Zeremonienmeister für deinen Vater agierst. Er ist sehr enttäuscht, dass sein alter Freund Captain Piper nach Allaway zurückgekehrt ist, um Mary Annes neuntes Kind zu feiern – oder ist es bereits ihr zehntes? Ich habe den Überblick verloren.« Ihre Stimme klang wehmütig.

Das erinnerte Felix daran, dass seine Mutter bereits mehrere Fehlgeburten hinter sich hatte, ehe sie ihn zur Welt brachte, und seitdem nie mehr schwanger geworden war. *Ob meine Eltern seit meiner Geburt je wieder miteinander geschlafen haben? Oder war Vater zu sehr mit Jane Quayle beschäftigt?*

Schockiert von seiner eigenen Neugier brachte er das Gespräch hastig auf die Gästeliste, darunter nun Richter Kennedy und seine Gattin, die Trauzeugen bei der Heirat seiner Eltern gewesen waren, aber auch Vaters neuer Freund und Verbündeter, Dr. Gordon.

Albruna sagte vorsichtig: »Ich werde Mungo bitten, den kleinen Freund mitzubringen, der bei ihm wohnt.« Dann warf sie Felix einen raschen Blick zu, um zu sehen, wie er darauf reagierte.

Seltsam. Was führt sie im Schilde?

Der Grund für den kleinen Kreis von Gästen bei dem Geburtstagsabendessen blieb unausgesprochen. Sein Vater war sich seiner immer noch leicht undeutlichen Artikulation bewusst und beschränkte sein gesellschaftliches Leben auf diejenigen, die das Problem verstanden.

Kurz nachdem seine Mutter gegangen war, klopfte es erneut an der Tür. Felix richtete sich im Bett auf und fuhr sich schnell über das Haar, um Dr. Gordon zu empfangen.

Stattdessen lugte ein zerzauster Wuschelkopf durch die Tür. Dann trat Molly strahlend mit einem Stapel Bücher auf dem Arm ins Zimmer. *Wie merkwürdig. Die Kleine scheint über Nacht erwachsen geworden zu sein. Und sie ist ganz passabel, auf ihre Currency-Art, kein Wunder, dass Cockney George ein Auge auf sie geworfen hat.*

Molly schwatzte drauflos, während sie seine geliebten malvenfarbenen Damaszenerrosen in einer Vase arrangierte. Es schien ihr zu gefallen, ihn bei seinem Vornamen zu nennen, wie er es ihr erlaubt hatte, solange seine Mutter nicht in der Nähe war. Er erinnerte sich daran, dass Molly streng genommen nicht zur Dienerschaft gehörte, obwohl sie die Tochter der Köchin war. Sie war als Freie zur Welt gekommen, wie sie ihn bei mehr als einer Gelegenheit erinnert hatte.

Ihr Lächeln enthielt einen Hauch von Rätselhaftigkeit, als sie ihm zwei Briefe überreichte. Auf dem einem stand sein Name. Er erkannte die Handschrift sofort. Vianna.

Mit gemischten Gefühlen riss Felix den Umschlag auf; einerseits war er froh über die Fortschritte, die sie machte, andererseits eifersüchtig, weil sein Halbbruder dafür verantwortlich war.

»Entschuldige mich«, sagte er automatisch und dann: »Nein, warte, ich gebe dir meine Antwort mit.«

Felix verbarg seine Freude darüber, dass es in gewisser Hinsicht der erste Liebesbrief war, den er je erhalten hatte. Ein kostbarer Schatz. Er suchte nach versteckten persönlichen Hinweisen, für den Fall, dass jemand den Brief abfangen könnte, und war gerührt, als er die fehlerhafte Rechtschreibung sah, denn sie war ein Zeichen dafür, dass niemand den Brief verbessert hatte.

Lieber Felix,
vielen dank für die wunderschönen Blumen. Es freut mich, dass es Dir besser geht.

Ich hoffe, dass Mungo und Du Euch zusammenreißt, um das Geburtstagsfest Eures Vaters zu einem Erfolg zu machen.

Ich muss Dir etwas gesteen. Ich hoffe, Du kannst mir verzeihen. Da ich es nicht abwarten konnte, mehr über Daisy zu erfahren, habe ich eine Adrese am Charlotte Place aufgesucht, da ich glaubte J. D. Esquire wäre Major James Dalby, ein Gentleman, der mir gut bekannt ist. Dort musste ich feststelen, dass es ein schwindel war. Bitte kontaktiere diese quele nicht und erzähl auch Mungo nichts davon.

Ich bin nicht mehr diejenige, die ich bei unserer ersten Begegnung war, Felix, aber ich werde immer Deine Freundin bleiben und Deine Güte zu schezen wissen.

Deine aufrichtige Freundin
F.

Felix redete sich ein, dass es ein versteckter Liebesbrief war, trotzdem verstörte es ihn, dass Vianna diesen Gentleman ohne Begleitung aufgesucht hatte. Ihre Ungeduld, etwas über Daisys Aufenthalt zu erfahren, war verständlich, aber dass sie ihm nichts gesagt hatte, bekümmerte ihn. Und warum war es so wichtig, dass er den Schwindel vor Mungo verheimlichte?

Erneut empfand Felix einen Anflug von Eifersucht, als er sich daran erinnerte, dass Major Dalby der Mann war, den er auf dem Ball mit Vianna zusammen gesehen hatte. Und wenn es nicht Dalby gewesen war, der am Charlotte Place gewesen war, wer steckte dann hinter dem Schwindel?

Plötzlich bemerkte er, dass Molly ihn neugierig beobachtete. »Ich werde antworten, wenn ich diese Nachricht verdaut habe, Molly.«

»Ich bin dir gerne behilflich, wenn du jetzt antworten willst«, antwortete sie steif, »aber heute Nachmittag muss ich Ma in der Küche helfen. Obwohl nur sehr wenige Gäste kommen, will Mrs L'Estrange ein königliches Bankett haben, sagt Mungo.«

Eine neue Welle von Irritation erfasste Felix. *Mungo sagt dies, Mungo sagt jenes.* »Wie geht es meinem Bruder? Macht er sich unentbehrlich während meiner Abwesenheit?«

»Hat er dich denn nicht besucht?«, fragte Molly überrascht.

»Ich will nicht, dass er sich ansteckt. Die Ärzte sagen, dass man sich über die Atemwege infiziert, und Dr. Gordon hat ihm geraten, sich von mir fernzuhalten.«

Molly reichte ihm ein Buch über Astrologie. »Mungo hat es aus der Leihbücherei ausgeliehen. Für dich.«

»Aber die Regeln schreiben vor, dass nur Gentlemen Mitglieder der Leihbücherei sein dürfen«, entgegnete Felix überrascht.

»Du kennst doch Mungo. Er schafft es immer, sich über die Regeln hinwegzusetzen. Er hat gesagt, dass das, was du über den Himmel weißt, ausreichen würde, um einen Atheisten zu bekehren.«

»Das hat er gesagt? Wie seltsam.«

Molly holte tief Luft und sagte hastig: »An dem Tag, als du uns zu der Sternwarte mitgenommen hast, habe ich übrigens nicht zum ersten Mal die Sterne angesehen.«

Sie zeigte auf das Teleskop und lief rot an.

Felix staunte. »Mein Gott, du warst das? Und ich habe diesen frechen Cockney George bezichtigt. Warum hast du mir nichts gesagt?«

»Ich hatte Angst, du würdest mich aus dem Haus jagen. Aber ich wollte nicht, dass George Ärger bekommt.«

»Ich muss gestehen, dass ich verblüfft bin. Ausgerechnet du?«

Sie sah ihn entrüstet an. »Was ist daran so erstaunlich? Du wolltest Fanny mit deinen Kenntnissen über die Sterne beeindrucken. Wieso nicht mich? Ich kann lesen und schreiben, und ich bin wissbegierig.«

»Das ist etwas völlig anderes. Du bist noch ein Kind.«

Mollys Wangen brannten, als sie ihm stammelnd widersprach. »Bin ich nicht. Ich bin fast schon fünfzehn. Ich könnte heiraten. Ich kann alles lernen, was mich interessiert. Ich bin nicht eine von deinen vornehmen Damen, die sich damit begnügen, Klavier zu spielen, Aquarelle zu malen, zu sticken und zu tratschen!«

Mein Gott, die Kleine hat Mut. Trotzdem ist sie empfindlich und den Tränen nah. Was um Himmels willen habe ich getan, um sie so zu kränken? Ich müsste derjenige sein, der sich über ihre Frechheit ärgert.

Molly stand mit einer Würde auf, die ihn verunsicherte. »Ich gehe meiner Mutter und den Dienern heute Abend gern zur Hand. Aber ich werde nicht ewig hier sein, um dich zu bedienen, Felix. Ich habe vor, meinen eigenen Weg zu gehen. Nur weiß ich im Moment noch nicht genau, wie der aussehen wird.«

Felix streckte die Hand aus, um sie aufzuhalten. »Entschuldige, Molly, du hast mich einfach nur überrumpelt. Ich will dir gerne mehr über Astronomie beibringen. Hier, nimm das Buch und lies es. Und hab keine Angst, mich zu fragen, wenn du etwas nicht verstehst.«

Molly nahm das Buch und verließ das Zimmer ohne den üblichen Knicks.

Verwirrt, dass Molly ihn auf seinen Platz verwiesen hatte, griff er nach dem anderen Brief und öffnete ihn. Als er den Inhalt las, entfuhr ihm ein Fluch: »Verdammter Mist!«

In der Remise hievte sich Mungo das flache Paket mit der Aufschrift »Zerbrechlich« vorsichtig auf den Rücken, während Toby ihm die Tür aufhielt.

»Für wen ist das Geschenk, Mungo?«

»Das ist ein Geheimnis. Ich habe Mrs L'Estrange versprochen, es ihr zu bringen.«

»Sie ist sehr nett. Neulich hat sie mir beigebracht, *Hickory Dickory Dock* zu spielen. Sie meinte, ich soll ruhig wiederkommen, um noch mehr zu lernen.« Toby bemerkte Mungos überraschten Ausdruck und fragte ängstlich: »War das schlimm?«

»Ach wo, Kumpel. Ich wusste nur nicht, dass du sie kennst. Felix' Mutter bringt nur klugen Kindern wie dir etwas bei. Aber jetzt will ich ihr das Paket bringen.«

Toby ging zum Musikzimmer vor und klopfte an die Tür. Dann wurden sie hereingebeten.

Albruna wirkte nervös. »Tausend Dank, Mungo. Könntest du es bitte nach oben tragen? Ich bin dir sehr verbunden für deine Diskretion. Noch etwas: Am Tisch ist noch ein Platz frei, falls du heute Abend jemanden mitbringen willst.«

Einen wilden Augenblick lang glaubte Mungo, sie meinte Vianna, doch die Art, wie sie Toby anblickte, war unmissverständlich.

»Gehe ich davon aus, dass Sie meinen kleinen Freund hier meinen?«

»Warum nicht? Felix war auch nicht älter, als er an seinem ersten formellen Essen teilnahm. Dein Vater hat darum gebeten. Ich habe Toby an deine Seite gesetzt, damit du ihn unter deine Fittiche nimmst. Heute Abend steht Felix zum ersten Mal wieder auf. Also werden wir früh essen. Um halb sieben.«

Was ist hier eigentlich los? Sie können doch von Tobys Hintergrund keine Ahnung haben. Der Junge sieht weder Felix noch mir ähnlich. Liegt es daran, dass die Drachenfrau eine Schwäche für Kinder hat? Dass sie Toby ins Herz geschlossen hat, ist jedenfalls nicht zu übersehen.

»Wir nehmen die Einladung mit größtem Vergnügen an, Mrs L'Estrange«, sagte Mungo und stieß Toby in die Seite. Der machte eine perfekte Verbeugung, ehe sie zusammen den Raum wieder verließen.

Trotz seines neuen maßgeschneiderten Abendanzugs empfand Mungo einen Hauch von Neid, als er in den Stall ging, um nach Kaiser zu sehen. Der prächtige schwarze Hengst, ein Halbbruder von Boadicea, wurde gerade gestriegelt, damit Felix ihn ihrem Vater vorführen konnte.

Mungo hatte das Gefühl, dass sein eigenes Geschenk dagegen nicht mehr als eine pflichtschuldige Geste war, doch Jane hatte es in einer Schachtel verpackt und mit einer Schleife geschmückt.

Als er das Cottage seiner Mutter betrat, lächelte Jane ihm stolz zu. Toby schien mindestens zehn Zentimeter gewachsen zu sein, seit er am Morgen eingeladen worden war. Er trug seinen Sonntagsstaat, dazu ein neues Hemd mit hohem Kragen und eine seidene Krawatte. Jetzt sah er aus wie eine Miniaturausgabe von Mungo.

»Junge, Junge! Du bist ja ein echter Gentleman, Toby. In dieser Aufmachung könntest du mit dem König in Clarence House zu Abend essen.« Dann wandte er sich zu Jane um. »Du scheinst wirklich Wunder zu wirken, Mam.«

»Die Meerjungfrau hat mir dabei geholfen.«

Cockney George kam mit einem Tablett, das mit einem weißen Tuch bedeckt war, und zwinkerte Jane breit grinsend zu.

»Mit den besten Empfehlungen des Masters, wenn du weißt, was ich meine, Jane.«

Dann schlenderte er zurück ins große Haus, während Jane vor Wut kochte.

»Beachte ihn nicht, Mam. Das Essen schickt euch Vater. Der Champagner stammt aus dem Weinkeller, damit ihr auf die Gesundheit Seiner Majestät anstoßen könnt.«

Jane senkte den Kopf im Bewusstsein ihres ambivalenten Status. Öffentliche Dienerin und private Mätresse.

Mungo deutete mit dem Kinn in Richtung Remise. »Geht es ihr besser? Warum machst du so ein Geheimnis daraus?«

»Ja, sie ist fast wieder ganz gesund. Ich sagte dir doch, dass ich mit meinen Kräutern so gut wie alles heilen kann. Nur ein gebrochenes Herz nicht. *Das* ist die Aufgabe der beiden, um die es geht.«

Mungo reichte Toby ein kleines Päckchen. »Hier, für dich, damit du dich bei Fanny bedankst, dass sie dir das Abc beigebracht hat. Und vergiss nicht, dich vor ihr zu verbeugen. Damen mögen so etwas.«

Toby umfasste das Geschenk mit beiden Händen, so wie ein Messdiener den verlorenen Heiligen Gral. Dann blieb er an der Türschwelle stehen. »Was ist denn drin?«

»Eine Muschel. Wenn du sie ans Ohr hältst, kannst du das Rauschen des Ozeans hören.«

Sobald Toby verschwunden war, fühlte sich Mungo unbehaglich. »Eigentlich müsstest du heute Abend neben Vater sitzen, Mam. Nicht nur Toby und ich.«

»Kentigern L'Estrange kennt die Regeln. Und ich auch. Also benimm dich. Lass Felix in Ruhe. Sieh zu, dass dein Vater einen schönen Geburtstag hat, mein Sohn.« Es waren sanfte Worte, die jedoch nicht über ihre Besorgnis hinwegtäuschen konnten.

»Was ist denn los, Mam? Hattest du eine deiner Vorahnungen?«

»Es ist nichts«, log sie. »Und jetzt macht, dass ihr wegkommt, und genießt den Abend. Aber pass auf, dass Toby nicht zu viele Süßigkeiten isst, sonst muss ich die ganze Nacht neben ihm sitzen. Er ist es nicht gewohnt, sich den Bauch vollzuschlagen. Ich wette, dass diese Mrs Navarro dem armen Jungen nur die Reste zu essen gegeben hat, die man sonst den Hunden vorsetzt.«

Als sie Tobys Schritte hörten, mussten beide lächeln.

»Was hat Fanny gesagt?«, wollte Mungo wissen.

»Sie meinte, sie könnte das Meer bis nach Engel-land hören.«

»Und sonst nichts?«, fragte Mungo.

Toby dachte nach. »Dass du sie nach dem Abendessen gern besuchen darfst.«

Mungo versuchte, sich nichts anmerken zu lassen. »Na schön. Dann lass uns gehen, Toby. Du darfst das Geburtstagsgeschenk für Mr L'Estrange tragen.«

»Ich weiß, was es ist«, sagte Toby. »Deine Mutter hat den ganzen Tag daran genäht. Aber warum hat sie dabei geweint?«

»Vor Glück, Toby«, antwortete Mungo leichthin, um sich seine Sorgen nicht anmerken zu lassen. Seit seiner Kindheit hatte er seine Mutter niemals weinen sehen.

Nachdem sie in Rockingham Hall angekommen waren, zeigte Mungo Toby, wo die Toilette war, damit er sich die Hände waschen konnte. Ihr Geschenk legte er auf einen Tisch in der Halle.

»Das gibst du Mr L'Estrange, nachdem Felix ihm sein Geschenk gezeigt hat. Wenn es so weit ist, stoße ich dich leicht an. Und jetzt gehen wir hoch und gratulieren Mr L'Estrange zum Geburtstag.«

Mungo wollte die beiden einander vorstellen, bevor die übrigen Gäste eintrafen, und mit etwas Glück einen Hinweis darauf bekommen, was sein Vater über Tobys Herkunft wusste.

Toby war begeistert von der Seufzerbrücke und drückte sich die Nase an der Glaswand platt, um in den Garten hinunterzuspähen. »Wo ist denn das Wasser für die Boote?«, fragte der Kleine, denn natürlich ging er davon aus, dass die Brücke über ein Wasser führte.

»Es herrscht gerade Dürre, mein Junge. Wenn die Regenzeit kommt, werden wir ein Segelschiff organisieren, und dann kannst du unter der Brücke hindurchsegeln«, sagte Mungo und zwinkerte ihm zu.

Toby verstand ihn, beharrte aber trotzdem auf seiner Fantasie. »Darf ich der Kapitän sein?«

»Du darfst sogar Kapitän eines Piratenschiffs sein, wenn du willst.«

»Captain Toby Navarro.«

Mungo zögerte. »Der Vater von Mrs Quayle war Kapitän auf seinem eigenen Fischerboot.«

Ich wünschte, ich könnte ihm sagen, dass der Mann sein Urgroßvater war. Aber das werden wir wohl nie mit Sicherheit wissen.

Alles schien nach Plan zu verlaufen, bis sie den Gang erreichten, der zu den Gemächern seines Vaters führte. Als er zwei Stimmen hörte, die sich vor Wut überschlugen, und eine dritte versuchte zu schlichten, wusste Mungo, dass irgendetwas furchtbar schiefgegangen war.

Er scheuchte Toby auf einen Stuhl am Ende des Gangs.

»Setz dich dahin, Kumpel, und rühr dich nicht vom Fleck, bis ich dich rufe.«

Sobald er das Zimmer seines Vaters betrat, wusste er, warum sein Vater und Mrs L'Estrange sich anschrien. An Felix' Ausdruck erkannte er, dass sein Halbbruder wieder in eine Szene geraten war, die er schon so oft im Leben hatte miterleben müssen.

»Ah, ihr seid beschäftigt«, sagte Mungo und wollte sich schon zurückziehen, als sein Vater ihm bedeutete zu bleiben. Von diesem Augenblick an war es so, als seien Felix und er buchstäblich unsichtbar, Statisten in der Tragödie zweier Opernsänger, die im letzten Akt in eine tödliche Auseinandersetzung verwickelt sind.

Mungo und Felix drückten sich gegen die Wand, um nicht in die Schusslinie zu geraten.

Auf einem Stuhl in der Mitte des Raums lag – mit einem Leinentuch bedeckt – das Paket, das Mungo am Nachmittag gebracht hatte. Albrunas behandschuhte Hand zeigte herausfordernd darauf, aber in ihren Augen lag eine Verletzlichkeit, die sie nur selten zeigte.

»Herzlichen Glückwunsch zum Geburtstag, Kentigern. Ich denke, dass mein Geschenk für sich allein sprechen wird.«

»Du weißt ganz genau, dass ich Überraschungen nicht ausstehen kann, vor allem, wenn ich dafür aufkommen muss!«, brüllte ihr Mann und riss das Tuch weg, um ihr Geschenk aufzudecken.

Mungo war sprachlos. Felix rang hörbar nach Luft. Kentigern lief knallrot an, seine Augen funkelten unnatürlich hell. »Was in Gottes Namen hast du dir dabei gedacht, Albruna?«, fragte er.

Es war in all seinem schockierenden Glanz das Porträt einer schönen Frau. Ihr Lächeln war genauso geheimnisvoll und betörend wie das einer modernen Mona Lisa. Das Kerzenlicht hob ihr Gesicht hervor, in der eleganten Hand hielt sie einen Fächer aus Straußenfedern. Alles an dem Porträt leuchtete – das blonde Haar, der helle Teint und die nackten Schultern über dem Schwall elfenbeinfarbener Spitze, der ihre prallen Brüste säumte. An den Ohren hingen Perlenanhänger, die Brust war mit einer Brosche verziert, aber es war vor allem der breite goldene Ehering, der im Licht des Lüsters strahlte.

Das Porträt hatte nichts offen Sinnliches – nur der Blick verriet sie. Mungo hatte keinen Zweifel. Dies war das Gesicht von Albruna L'Estrange, gesehen mit den Augen eines Liebhabers. Dieses Gesicht blickte sie jetzt an, ohne Angst vor der Zensur der Welt, eine schöne Frau, die bereit war, sich dem Geliebten hinzugeben. Ihr rätselhaftes Lächeln verriet, dass es nicht das erste Mal wäre.

Mungo suchte Felix' Blick und deutete diskret auf die Tür. Felix zuckte die Achseln, es wäre zwecklos – sie waren beide gefangen.

Kentigern konnte seine Wut nicht unterdrücken. »Das ist einfach skandalös! Du hast Schande über mich gebracht!« Er trat einen Schritt auf sie zu und blieb dann stehen, überrascht, als sie nicht von der Stelle wich.

»Ich? Schande über *dich*?«, fragte sie gefährlich ruhig.

»Du bist meine *Frau*!«, brüllte er.

»Wie hätte ich das jemals vergessen können? Dieser Titel bindet mich an dich, seit ich vor dreißig Jahren als Sechzehnjährige hierherkam.«

»Wer ist der Künstler? Der Kerl ist ein Schurke. Ich werde ihn zur Rede stellen!«

»Das wirst du nicht tun. Jean-Baptiste Bonnard ist ein ehrenhafter junger Mann.«

Kentigern wäre an seinen Worten fast erstickt. »Ehrenhaft? Dieser Franzmann ist bekannt dafür, dass er halb nackte Huren wie diese Venus von Sydney malt!«

Felix verdrehte die Augen vor Schreck. Mungo war inzwischen klar, was hier vor sich ging.

Zum ersten Mal in ihrem Leben hat sich Albruna über die gesellschaftlichen Normen hinweggesetzt. Aber warum? Ist es nur Rache? Oder steckt mehr dahinter?

Ihre Antwort war eisig. »Selbst ein Blinder könnte sehen, dass ich angekleidet war.«

»Du bist seine Geliebte. Es steht dir im Gesicht geschrieben!« Er zeigte auf das Porträt, und seine Stimme bebte unter seiner undeutlichen Aussprache.

»Er hat dich so gemalt wie eine Frau, nach der es ihn gelüstet, die er mit ins Bett nimmt!«

Albruna zuckte verächtlich die Schultern. »Was hast du erwartet? Er ist jung und ein Künstler. Für einen Franzosen käme es einer Beleidigung gleich, wenn er einer Frau das Gefühl gäbe, sie sei nicht begehrenswert. Das hat nichts zu bedeuten. Typisch französische Galanterie.«

»Gib es zu! Du bist seine Geliebte. Verdammt noch mal, Albruna, hör auf, mich zu belügen!«

Es folgte ein langes Schweigen, dann entgegnete sie: »Besser eine Geliebte, die geliebt wird, als eine Ehefrau, die ignoriert wird. Und zweifellos würde Jane Quayle mir zustimmen.«

Die Stille war aufgeladen. Mungo erkannte, dass sein Vater

wenigstens den Anstand hatte, ein schuldbewusstes Gesicht aufzusetzen. Als er das Wort ergriff, schwang in seiner Stimme ein Unterton von Niederlage mit.

»Warum hast du mir das angetan? Ausgerechnet heute Abend?«

»Ich wollte dich daran erinnern, wer ich *bin*, wer ich *war*. Dass ich meinen englischen Cousin liebte, seit ich dich mit zwölf Jahren zum ersten Mal gesehen habe. Und trotzdem hast du mich all diese Jahre zurückgewiesen. Aber es ist so, wie wir in Preußen sagen: Alte Liebe rostet nicht.«

Kentigern schwankte. »Ich bin keineswegs stolz darauf, was ich dir angetan habe. Aber musstest du mich unbedingt in aller Öffentlichkeit erniedrigen?«

Ihre Augen wurden kalt. »Ach so, das ist es also, was dich bedrückt: der Skandal. Du kannst beruhigt sein, niemand in der Gesellschaft wird es jemals erfahren. Ich habe alles vorbereitet, um nach Preußen zurückzukehren. Felix kann mich besuchen, wenn er will. Ich jedenfalls werde nie wieder in diese Kolonie zurückkehren.«

»Aha, dann ist also alles schon arrangiert. Und dieser niederträchtige Bonnard wird dich begleiten!«

Albruna zuckte die Achseln. »Was in Zukunft geschehen wird, spielt jetzt keine Rolle. Mach, was du willst. Ich gehe jetzt nach unten, um unsere Gäste zu empfangen.«

Mungo bewunderte die Art, wie sie erhobenen Hauptes und ohne mit der Wimper zu zucken an Felix und ihm vorbeiging. »Was für eine Frau!«, sagte er leise, ohne nachzudenken.

»Darf ich dich daran erinnern, dass diese Frau meine Mutter ist!«, empörte sich Felix.

»Es wird ein langer Abend werden, Felix. Nehmen wir uns ausnahmsweise zusammen, ja?«

Mungo streckte ihm die Hand entgegen, und Felix schlug ein.

Sie ließen ihrem Vater Zeit, sich wieder zu fangen, ehe sie ihn anblickten.

Mungo brach das Schweigen. »Ich möchte dir etwas Wichtiges sagen, Vater. Bitte, hör mir zu.«

»Bitte sehr«, antwortete Kentigern steif.

»Seit ich mich zurückerinnern kann, hat es in deinem Leben zwei Frauen gegeben. Ich wurde angehalten, für die eine und gegen die andere Partei zu ergreifen. Ich kann doch davon ausgehen, dass du Manns genug bist, die Wahrheit zu hören, nicht wahr?«

Kentigern kniff die Augen zusammen. »Raus damit.«

»Ich glaube nicht, dass dieses Porträt aus Rache gemalt wurde. Es sollte dir zeigen, was du verlierst, wenn dich deine Frau verlässt. Ich weiß nicht, ob eine Affäre dahintersteckt oder nicht. Das geht mich nichts an. Doch zum ersten Mal sind Felix und ich einer Meinung.«

Sie standen in schweigendem Einvernehmen vor ihm, Schulter an Schulter.

Mungo sah seinen Vater entschlossen an. »Wir beide werden nicht zulassen, dass du Felix' Mutter vor Familienmitgliedern und Freunden erniedrigst. Wir werden das Porträt unten aufhängen, selbst wenn es nur für eine Nacht ist. Und du, Vater, wirst den Künstler und die Schönheit deiner Frau loben. Und dich in aller Öffentlichkeit für ihr Geschenk bedanken.«

Mungo erhob die Stimme, ehe sein Vater protestieren konnte. »Und wenn du das nicht tust, bist du nicht länger mein Vater.«

»Oder meiner!«, sagte Felix. »Dann kehre ich mit meiner Mutter nach Preußen zurück.«

In der angespannten Stille, die folgte, sahen sich Mungo und Felix gegenseitig an.

Um seinen verletzten Stolz zu verbergen, machte der Patriarch eine wegwerfende Gebärde und sagte: »Bringt das Gemälde nach unten. Und geht damit vorsichtig um. Wahrscheinlich hat mich das verdammte Ding ein Vermögen gekostet.«

NEUNUNDDREISSIG

Arrogant und aufrecht schickte sich Cockney George in seiner neuen goldbestickten Livree an, Wein einzuschenken. Doch Mungo winkte ab. Er wollte bei einem einzigen Glas Wein bleiben, um auf König, Vaterland und alles, was Felix als Zeremonienmeister noch aus dem Ärmel schütteln würde, anzustoßen. Er war sich bewusst, dass er heute Abend Toby ein Vorbild sein musste, indem er Limonade aus dem Glaskrug trank, der in Reichweite stand.

Mungo wusste, dass die der Familie zugewiesenen Diener sich nicht mit den in Europa geborenen Bediensteten messen konnten, trotzdem bemerkte er, dass sie heute ihr Bestes gaben und die diskreten Anweisungen der Hausherrin streng befolgten. Albruna war charmant und aufmerksam gegenüber all ihren Gästen, vor allem aber gegenüber Toby. Entschlossen, dem Jungen die Befangenheit zu nehmen, lobte sie ihn vor allen, besonders vor ihrem Mann, der am anderen Ende des Tisches saß.

»Dieser kleine Gentleman, Toby heißt er, ist ein sehr vielversprechender Musiker. Er lernt so schnell wie der junge Mozart, ein richtiges Wunderkind.«

Ein interessiertes Raunen erhob sich anlässlich eines so überschwänglichen Kompliments, doch Tobys ängstliche Frage schallte über den ganzen Tisch. »Was ist ein Wunakind, Mungo?«

Kentigern beantwortete die Frage selbst. »Ein sehr, sehr intelligenter kleiner Junge, der Musik liebt, Toby. Mrs L'Estrange ist normalerweise sehr sparsam mit Komplimenten. Und sie sagt *immer* die Wahrheit.«

Sein Schweigen hing für einen Augenblick in der Luft, doch nur seine Frau und seine Söhne erkannten die darin liegende Zweideutigkeit. Dann wandte er sich Toby zu. »Ich würde mich freuen, wenn du eines Tages für mich spielst, Toby. Willst du?«

Toby nickte ernst. »Ja, das will ich, Sir.«

Kentigern musterte den Jungen so aufmerksam, dass Mungo befürchtete, er könne nach einer Ähnlichkeit mit der L'Estrange-Familie suchen.

»Man wirft uns Gentlemen oft vor, dass wir Frauen für etwas Selbstverständliches halten. Ich kann mich da nicht ausnehmen. Aber nachdem ich in der Öffentlichkeit noch nie davon gesprochen habe, wird es höchste Zeit, dass ich es nachhole.«

Albruna saß stocksteif da, Felix und Mungo sahen ihn besorgt an.

»Wie ihr wisst, genießt meine Frau wegen ihrer Arbeit mit Frauen und Kindern im Waisenhaus in allen gesellschaftlichen Kreisen hohes Ansehen. Aber sie ist nicht nur eine Galionsfigur. Nur wenige wissen von ihren Besuchen in der Frauenmanufaktur und bei Gericht, wo sie Kinder vor Lastern rettet, die ihre einzige Überlebensgrundlage bilden. Ich will hiermit ausdrücklich darauf hinweisen, dass meine Frau dem Namen der L'Estranges alle Ehre gemacht hat.«

Albruna senkte den Kopf als wortlose Reaktion auf diese unerwartete Erklärung.

Mungo war genauso überrascht. *Wäre ich nicht eben Zeuge ihres Streites geworden, würde ich jetzt glauben, dass die beiden eine glückliche Ehe führen.*

Er konnte nicht anders, als zu bewundern, welch vorbildliche Gastgeber die beiden Streithähne waren. Lächelnd und angeregt ließen sie sich Anekdoten von Dr. Gordon und ihren ältesten Freunden erzählen, Richter Kennedy und seiner Gattin, die ihre Trauzeugen gewesen waren.

Die schüchterne Mary Kennedy, der der Wein ein wenig

Selbstvertrauen geschenkt hatte, schwelgte eifrig in Erinnerungen. »Die Braut war gerade sechzehn geworden und so schön wie eine Prinzessin, aber es war auch die nervöseste Braut, die ich je gesehen habe. Als der Priester die traditionelle Frage stellte: ›Nimmst du, Albruna Dorothea, deinen Bräutigam Kentigern George zu deinem rechtmäßig angetrauten Ehemann?‹, war sie so zerstreut, dass sie auf Deutsch antwortete! Dann errötete sie wie eine Rose. Doch der Priester war taub, deshalb machte er weiter, ohne ihren Fauxpas zu bemerken.«

Der leutselige Richter nahm den Faden auf. »Ich war Kentigerns Trauzeuge. Nach der Zeremonie kam die junge Braut zu mir, sie war sehr aufgeregt und hatte Angst, dass durch ihren Fehler die Ehe nun unter dem englischen Recht ungültig sein könnte!«

Alle Anwesenden mit Ausnahme von Kentigern lachten aus Mitgefühl für die naive Braut.

Mary Kennedy lächelte nachsichtig. »Du warst so unschuldig, aber trotzdem entschlossen, alles richtig zu machen, meine Liebe.«

»Ja, stimmt, man kann sich darauf verlassen, dass Albruna stets tadellose Manieren hat.«

Dieses Mal war Kentigerns Giftpfeil so eindeutig, dass Mungo eine stumme Botschaft an Felix schickte. *Lass ihm das nicht durchgehen!*

Sandy Gordon musste die Spannung bemerkt haben, denn er füllte die Lücke mit einer anschaulichen Beschreibung der einzigartigen Fauna und Flora auf der abgelegenen Insel St. Helena, auf der er gestrandet war, als sein Schiff die Fahrt nach Australien hatte unterbrechen und nach Rio zurückkehren müssen, um Reparaturarbeiten durchzuführen.

Mungo genoss Sandys Erzählungen, und heute Abend lief sein Freund zur Hochform auf, wobei sein schottischer Akzent sich verstärkte, je öfter sein Weinglas gefüllt wurde. Toby saß mit offenem Mund da, verzaubert von den Beschreibungen seltener Tiere. Mungo war erleichtert, dass offenbar alle die Anwesenheit des Jungen akzeptierten, abgesehen von Felix, der ihm neugierige Blicke von der Seite zuwarf.

Während Toby Sandys Erzählungen gebannt folgte, raunte Felix seinem Bruder zu: »Ich habe einen außergewöhnlichen Brief von unserer *gemeinsamen Freundin* in der Foveaux Street bezüglich meiner potenziellen Beziehung …« Er warf Toby einen Blick zu. »Aber es gibt keine Möglichkeit, es zu beweisen.« Mungo ärgerte sich, dass Maria auch Felix eingeweiht hatte. »Ja, glücklich der Sohn, der weiß, wer sein Vater ist. Aber das werden wir wohl nie erfahren. Immerhin hat Maria *mich* gebeten, ihn zu mir zu nehmen. *Ich* bin für ihn verantwortlich.«

Deshalb starrt der L'Estrange-Clan ihn also die ganze Zeit an.

Als die Unterhaltung in eine lebhafte Debatte über die koloniale Politik ausartete, die der Junge nicht verstand, wandte sich Felix an Toby. »Mungo ist so etwas wie ein Schlangenbeschwörer. Ich nehme an, dass er dir von den Giftschlangen erzählt hat.«

»Ja«, gestand Toby, »eines Nachts hat eine Getigerte Katzennatter auf seinen Beinen geschlafen, um sich warm zu halten. Stell dir bloß mal vor, was passiert wäre, wenn sie ihn gebissen hätte – da unten.«

Plötzlich wandten sich alle Köpfe Toby zu, daher ging Mungo hastig dazwischen. »Hey, Toby, kennst du eigentlich die Geschichte von der Regenbogenschlange?«

Dann erzählte er rasch die Legende der Aborigines über die Erschaffung der Welt in der Traumzeit, als alles noch unter der Erde schlief, und beschrieb, wie die Regenbogenschlange durchs Land reiste und Seen, Flüsse, Gras, Bäume und Berge zum Leben erweckte. Plötzlich fiel ihm auf, dass alle Toby beobachteten.

»Ein Tier nach dem anderen erwachte, Kängurus, Emus, Beutelratten, Nasenbeutler und Schlangen. Alle folgten glücklich der Regenbogenschlange durchs Land. Sie war wie ihre Mutter, die Mutter des Lebens. Und sie stellte strenge Regeln auf. Die guten Tiere, die ihre Regeln befolgten, verwandelte sie in Menschen.«

»Zauberei«, sagte Toby atemlos.

»Ja, aber die bösen Tiere, die gegen die Regeln verstießen, verwandelte sie in Berge und Hügel, damit sie niemals wieder gehen konnten.«

Toby sah bedrückt aus, daher fuhr Mungo hastig fort: »Die Regenbogenschlange war sehr weise. Sie unterteilte die Menschen in verschiedene Stämme, jeden mit einem eigenen Tiertotem, dem Namen ihres speziellen Tiers. Deshalb dürfen Jäger alle Tiere töten und essen, mit Ausnahme desjenigen, das ihr Totem ist. Weißt du, warum die Regenbogenschlange diese Regel aufgestellt hat?«

Gäste und Dienstboten gleichermaßen waren von dem staunenden Kind verzaubert.

Toby dachte angestrengt nach. »Damit niemand Hunger leiden musste?«

»Genau! Damit immer noch etwas zu essen da war für die Stämme, die ihnen folgten. So lernten sie zu teilen, was das Land hergab, und nicht gierig zu sein. Du bist ein schlauer Kerl, Toby«, erklärte Mungo stolz und warf Felix einen Blick zu.

Dann erzählte Toby den versammelten Gästen, was Mungo ihm über die giftigste aller Schlangen beigebracht hatte, die Mulgaschlange.

Mungo und Felix warfen einen verstohlenen Blick auf das verdeckte Gemälde am Ende des Speisesaals und auf ihre Uhr. Die Zeit verflog.

Schließlich wurde der letzte Gang serviert – Früchte, Käse und Petits Fours – und Wein nachgeschenkt. Felix überwand seine typische Schüchternheit, stand auf und erhob sein Glas nacheinander auf seine Eltern, abwesende Freunde und die Ehrengäste, die von weit her gekommen waren, um Kentigerns fünfzigsten Geburtstag zu feiern.

Daraufhin erhoben sich auch die anderen Männer von ihren Plätzen und stießen mehrmals an, unter anderem auf Kentigerns Gesundheit und Ihre Majestäten, König William und Königin Adelheid.

Gegen einen Namen aber sträubte sich der Gastgeber. »Ihr werdet es mir nachsehen, wenn ich mich weigere, auf Gouverneur Darling anzustoßen. Ich kann diesem Mann niemals verzeihen, dass er einen Hinrichtungsaufschub geschickt hat, *nachdem* der Junge gehenkt worden war.«

Richter Kennedy brach die peinliche Stille. »Darling wird uns verlassen, noch ehe das Jahr zu Ende geht. Vielleicht ergeht es uns unter Sir Richard Bourke besser.«

Die Unterhaltung wandte sich dem Nachfolger von Gouverneur Darling zu.

Mungo flüsterte Felix zu: »Wenn du es nicht tust, mach ich es.«

Felix sprang auf. »Entschuldigt. Vater hat mich ausdrücklich gebeten, ihn zu einer besonderen Rede aufzufordern. Ladys und Gentlemen, Toby, ich bitte um Ihre Aufmerksamkeit für Kentigern L'Estrange.«

Alle wandten sich ihrem Gastgeber zu und murmelten Ermunterungen, da sie wussten, wie schwer ihm das Sprechen noch immer fiel.

Kentigern warf Felix einen eisigen Blick zu, stand aber trotzdem auf und ließ seinen Blick über den Tisch schweifen.

»Wenn ihr erwartet, dass ich einen Schwall von Bonmots aus fünfzig Jahren von mir gebe, muss ich euch leider enttäuschen. Doch wer mich kennt, würde nicht gerade behaupten, dass mein Leben ein offenes Buch war … bis heute Abend!«

Mungo griff nach seinem Glas. *O Gott, was wird er als Nächstes sagen?*

»Ich möchte diesem Mann aus den Highlands danken, Mr Sandy Gordon, der mir die Hoffnung schenkte, noch ein paar Jährchen leben zu können. Jetzt habe ich einen modernen Arzt und muss mir nicht mehr von einem Quacksalber das letzte Blut aus den Adern saugen lassen!«

Er hob die Hand, um das Raunen im Keim zu ersticken. »Ich weiß, dass es zwei verschiedene Lehrmeinungen gibt, aber ich bin der lebende Beweis dafür, dass meine Genesung nichts mit Blutegeln zu tun hat.«

Er erhob die Stimme. »Was jetzt kommt, wird euch vielleicht überraschen oder gar schockieren.« Er sah jeden einzeln an, damit niemand sich erdreistete, ihn daran zu hindern. »Ich will euch eine Frau in meinem Leben vorstellen, die nie das Lob erhalten hat, das sie verdient. Jahrelang hat sie meine strapaziöse Gesellschaft klaglos erduldet. Ich bitte Mrs L'Estrange um Nachsicht, wenn ich euch heute zum ersten Mal diese andere Frau vorstelle. Eine Frau, die nicht mehr ganz jung ist, aber eine Schönheit besitzt, die nichts mit Jugend zu tun hat.«

Mungo und Felix sahen sich entsetzt an.

Meine Mutter! Unfassbar! Und Mrs Less sieht aus, als bliebe ihr die Luft weg.

Er wandte seinen Gästen den Rücken zu und stützte sich auf seinen Gehstock, als wollte er auf die Tür zugehen. Doch dann blieb er plötzlich stehen und zog das Tuch von dem Gemälde.

»Darf ich euch eine Frau von überwältigender Schönheit vorstellen, gesehen durch die Augen von Jean-Baptiste Bonnard? Albruna L'Estrange.«

Alle Gäste sprangen gleichzeitig auf, brachen in tosenden Beifall aus und versammelten sich um das Gemälde, um es aufrichtig zu loben.

»Darauf noch ein Glas Limonade, was, Toby?«, meinte Mungo und hob das Glas, um mit dem Kleinen anzustoßen.

Nachdem er seine Pflicht erledigt hatte, warf Kentigern seinen Söhnen einen Blick zu, der besagte: »Nun, seid ihr jetzt zufrieden?«

Inzwischen hatten die Gäste das Gemälde ausgiebig gepriesen

und wurden nun von Felix auf die vordere Terrasse geführt, wo die letzte Überraschung des Abends wartete. Felix stand unter dem schmiedeeisernen Torbogen vor dem Portal und gab einem jungen Stallburschen ein Zeichen. Dieser überreichte ihm die Zügel eines prächtigen schwarzen Hengstes, dessen Fell glänzte wie poliertes Ebenholz. Er trug keinen Sattel, um die makellosen Linien seines Rumpfes zur Geltung zu bringen.

»Das ist Kaiser, mein Geburtstagsgeschenk für dich, Vater.«

Kentigerns Überraschung und Freude waren so groß, dass er Felix umarmte, bevor er die Stufen hinunterhumpelte und sein Geschenk in Besitz nahm. Mungo trat einige Schritte zurück, damit alle das Pferd bewundern und Felix zu seiner Wahl gratulieren konnten. Er hatte nicht den geringsten Wunsch, seinen Triumph zu schmälern.

Kurz ehe das Pferd in den Stall zurückgebracht wurde, gab Mungo Toby sein Geschenk. »So, jetzt bist du an der Reihe, Kumpel.«

Toby überreichte es Kentigern mit einer tiefen Verbeugung.

»Was ist denn das? Noch ein Geschenk? Danke, mein Junge. Komm, hilf mir, es aufzumachen.«

Zusammen packten sie das Geschenk aus. Es war eine feine grüne Pferdedecke, auf der, von einem goldbestickten Lorbeerkranz umrandet, der Name Kaiser stand.

Kentigern warf Mungo einen scharfen Blick zu. Es war ihm bewusst, dass Jane sie gemacht hatte. »Das perfekte Geschenk für ein perfektes Pferd«, sagte er und legte die Decke auf den Rücken des Pferdes.

Alle schlossen sich seinem spontanen Beifall an. Dann sagte er an Toby gewandt: »Ich bestehe darauf, dass du bald mit mir ausreitest, mein Junge«, woraufhin der Kleine selig grinste.

Mungo hatte das Gefühl, seine Mission erledigt zu haben, und klopfte Felix auf den Rücken, als sie ins Haus zurückgingen. »Du verstehst wirklich was von Pferden. Das war das beste Geschenk, das du einem Menschen machen konntest, der bereits alles hat: ein prächtiges Tier.«

Felix gab das Kompliment ebenso gelassen zurück. »Oh, ich habe mich beraten lassen – von meinem Halbbruder.«

Unaufgefordert verbeugte sich Toby vor seinen Gastgebern und dankte ihnen. Mungo benutzte den Jungen als Vorwand, um sich nicht den Männern im Herrenzimmer auf ein letztes Glas anschließen zu müssen. Mungo trug Toby huckepack zu Jane, die den erschöpften Jungen ins Bett brachte. Ihr angespannter Gesichtsausdruck beunruhigte Mungo, sodass er wartete, bis sie die Kerze am Bett ausblies und Toby in einem abgeschnittenen Hemd von Mungo eingeschlafen war.

Er setzte sich zu ihr an den Tisch und schenkte sich einen Drink ein. »Ich habe den ganzen Abend keinen Tropfen getrunken. Höchste Zeit, dass ich es nachhole. Leben den Menschen, Tod den Fischen«, sagte er und leerte sein Whiskeyglas in einem Zug. Jane schob wortlos die Flasche zur Seite.

»Okay, Mam. Was ist los? Ich kann in deinem Gesicht lesen wie in einem Buch.«

»Wie ich sehe, war der Abend ein Erfolg.«

»Das kann man wohl sagen. Perfekt wäre er gewesen, wenn du auch dabei gewesen wärst. Für Toby war es wie Weihnachten. Der Abend begann als Rosenkrieg, aber nachdem Felix und ich uns zusammengetan hatten, ja, ich weiß, das klingt unwahrscheinlich, aber es war so, haben wir dafür gesorgt, dass alles gut ausging. Das heißt, zumindest dachte ich das, bis ich hierherkam und dein Gesicht sah. Willst du mir sagen, was los ist, oder muss ich es dir aus der Nase ziehen?«

»Das ist nicht meine Aufgabe. Das muss Vianna dir sagen.«

Mungo schlug sich in gespielter Verzweiflung die Faust gegen die Stirn. »Raus damit!«

»Ich werde nichts sagen. Ich weiß nur, dass es nicht ihre Schuld ist.«

Mungo küsste sie auf den Scheitel. »Ich werde es schon früh genug erfahren. Bei ihr brennt noch Licht, ich nehme an, dass sie auf mich wartet. Bis morgen, Mam.« An der Tür blickte er noch einmal zurück. »Die Decke für Kaiser war ein voller Erfolg. Vater wird dir bestimmt noch persönlich danken.«

Dann verschwand er endgültig.

Im ehemaligen Schulzimmer putzte sich Mungo die Zähne, kämmte sich und band sich ein dunkelblaues Halstuch aus Seide um, passend zu seinem Frack, ehe er sich ein letztes Mal in dem hohen Spiegel betrachtete. Dann sagte er zu seinem Ebenbild: »Du bist wirklich ein Geschenk Gottes für die Frauen, Kumpel. Wenn Vianna das nicht begreift, ist sie die Mühe nicht wert.«

Doch der Mann im Spiegel war offenbar nicht überzeugt.

Mungo steckte die Börse mit den Goldmünzen ein, die er mit Boadicea gewonnen hatte, und machte sich auf den Weg zur Remise. Der Garten duftete nach einheimischen Pflanzen und elisabethanischen Rosen. Auf halbem Weg blieb er stehen, um seine geplante Rede noch einmal durchzugehen, doch die wohlüberlegten Gedanken zersplitterten zu Fragmenten, über die er keine Kontrolle hatte. Schließlich gab er den Versuch auf und sagte leise: »So, Will, ich kandidiere. Heute Nacht oder nie. Sprich jetzt oder schweig für immer.«

Die einzige Antwort war das Schnüffeln und Fauchen eines Warans im Gestrüpp. *Wahrscheinlich der Nachkomme von einem der verletzten Tiere, die ich mit nach Hause gebracht habe, damit sich Mam um ihn kümmert.*

Im Cottage seiner Mutter war es still, die Fensterläden waren geschlossen. Viannas Licht leuchtete wie ein letzter winziger Hoffnungsschimmer in einem dunklen Ozean. Der Himmel war schwarz, Sturmwolken verbargen die Sterne, und plötzlich begann ein tropisches Gewitter.

Mungo kreuzte die Finger und klopfte an Viannas Tür, bevor

er sie aufstieß. Gerade wollte er selbstbewusst die Leiter hinaufsteigen, als er einen ungewohnten Duft von Parfüm wahrnahm, wo es sonst immer nach Heu und Erde gerochen hatte.

Neben der Eingangstür stand ein großer Korb voller Blumen. Teuren Blumen. An der roten Schleife hing eine Karte mit der Aufschrift: »Madame Vianna Francis von Severin.«

Plötzlich wurde Mungo kalt wie Stahl. Er wusste nicht, ob er die Leiter hinaufspringen und sich mit Gewalt nehmen sollte, was ihm gehörte, oder die Remise verlassen und in den Busch reiten sollte, um niemals wiederzukehren.

Dann hörte er Viannas leise Stimme von oben. »Bist du das, Mungo?«

»Ja, wer denn *sonst*?«

VIERZIG

Kentigerns letzte Gäste waren bereits aufgebrochen. Rockingham Hall und der Garten lagen im Dunkeln mit Ausnahme einer einzigen Öllampe, die die ganze Nacht in der Halle brannte.

Das Kerzenlicht schmeichelte Viannas Spiegelbild. Die Prellungen verzerrten ihre Gesichtszüge nicht mehr. Die blauen Flecken waren jetzt nur noch feine Schatten, die mit Leichtigkeit den langen Nächten des Lernens zugeschrieben werden konnten.

Jane hatte sie zärtlich und zuversichtlich gepflegt. Vianna war froh, dass sie ihr keine peinlichen Fragen gestellt hatte, nachdem sie ihr versichert hatte, dass sie nach ihrem Kräutertrank keine Blutungen gehabt hatte. Nach Janes Ansicht war sie daher nicht schwanger. Vianna hatte sich geschworen, niemandem zu verraten, was Dr. Gordon ihr gesagt hatte. Und Mungo durfte nie erfahren, dass Severin sie vergewaltigt hatte. *Er würde ihn aus Rache töten.*

Vianna hatte sich sorgsam zurechtgemacht, während sie auf Mungos ersten Besuch nach Wochen wartete. Die neue, modische Pelerine breitete sich wie ein fächerförmiger Kragen über den tiefen V-Ausschnitt des Kleides, das sie sich selbst genäht hatte. Der Stoff war nicht teuer, aber die neue schmale Taille und der gepaspelte Saum des Rocks verliehen ihm einen deutlich französischen Touch. Sie hatte sich das Haar hochgesteckt und die Locken an den Seiten kunstvoll arrangiert, sodass sie die blauen Flecken auf dem Hals verbargen. Severins Fingerabdrücke auf ihrem Körper zeugten von seiner Wut und Frustration. Sie waren so etwas wie seine Signatur.

Sie musste sich eingestehen, dass ihr Besuch am Charlotte

Place eine Dummheit gewesen war. Seitdem hatte sie sich auf ihre Bücher konzentriert und keinen Schritt vor die Tür gesetzt, nicht nur, um ihre Wunden zu verstecken, sondern auch, um vor Severin zu verbergen, dass sie in Mungos Wohnung lebte.

Severin hat sich geirrt. Ich tauge durchaus zum Lernen. Und ich kann auch ohne Luxus leben, bis ich durch eigene Anstrengungen eigenes Geld verdiene.

Allerlei Bilder schwirrten ihr durch den Kopf: wie sie Kleider für die Vornehmen entwarf oder einen eigenen Laden für Modeartikel eröffnete. Sie führte imaginäre Gespräche mit Mrs Mary Reiby, in denen sie sie um Rat bat. *Ich besitze nicht den Geschäftssinn von Mrs Reiby, aber Jugend und gutes Aussehen sind ein Vorteil. Ich kann lesen und schreiben lernen und wie man mit seinem eigenen Geld umgeht. Ich kann mir eine eigene Zukunft aufbauen!*

Jetzt fühlte sie sich mehr als gewappnet, Mungo gegenüberzutreten. Doch der Abend zog sich in die Länge. Als sie bei seinem typischen Klopfzeichen an der Tür aufschreckte, wurde ihr bewusst, dass sie auf dem Stuhl eingeschlafen war. Mungo. Ihr Herz schlug heftig, als sie hörte, wie er neben der Leiter stehen blieb. *Wie seltsam. Zögern ist eigentlich nicht seine Art.*

»Bist du das, Mungo?«, rief sie leise, um Jane nicht zu wecken.

»Ja, wer denn *sonst*?«

Als sie sah, wie er die Leiter hinaufstieg, überschlug sich ihr Herz wie das der Heldin in einem Liebesroman. Doch Mungo war mehr als ein Held aus einem Buch, er war ein Mensch aus Fleisch und Blut, er war wirklich. Attraktiv auf unkonventionelle Art, sein Mund war zu breit, die Wangenknochen zu ausgeprägt für klassische Proportionen. Die gebräunte Haut des Gesichts wurde von einer feinen weißen Narbe auf dem Kinn unterstrichen. So stand er vor ihr, mit gespreizten Beinen, gekleidet wie ein Gentleman. Sein Jackett aus dunkelblauem Samt bildete einen Kontrast zu der hellen Weste, der gelbbraunen Hose und dem gestärkten weißen Leinenkragen.

Das Kerzenlicht spielte auf seinem Haar, das wie die Mähne eines Tigers mit blonden Strähnen durchsetzt war und über den hohen Kragen des Fracks fiel. Sie ärgerte sich, dass er so perfekt war, in jeder Hinsicht. Und dennoch stimmte etwas nicht. Seine Augen waren kalt, sehr kalt.

»Würde es dir etwas ausmachen, mir zu verraten, wer dir diesen Haufen Blumen geschickt hat?«

»Diese?« Sie zeigte auf die Vase auf dem Tisch. »Molly hat sie gebracht mit einem Zettel von Felix, in dem er mir gute Genesung wünscht. Aber jetzt bin ich wieder gesund, wie du siehst.« Sie begann zu stottern, als sie sah, wie er die Lippen zusammenpresste. »Bitte … äh … richte Mr L'Estrange meinen Dank für das Essen und den Champagner aus. Jane und ich haben seit Wochen nicht mehr so gut gegessen.«

Wie taktlos. Das klingt ja, als wollte ich mich über Janes Essen beschweren. Warum starrt er mich bloß so an? Sein Schweigen macht mich ganz nervös.

Als Mungo schließlich sprach, war sein Ton spöttisch und schärfer als sonst. »Machst du eigentlich je den Mund auf, ohne dass ein Schwall von Lügen herauskommt?«

»Was meinst du? Die Blumen sind von Felix. Sie sind aus dem Garten.«

»Nicht die. Ich meine den üppigen Strauß da unten. Wie ihn Gentlemen ihrer Mätresse oder einer Hure schicken. Hier, lies den Zettel, den er beigelegt hat.«

Mungo setzte sich mit dem autoritären Gehabe des rechtmäßigen Hausherrn auf den Stuhl. Sein Gesicht war erhitzt vor Wut und vielleicht auch vom Alkohol. Der Umschlag war verschlossen, also hatte er ihn zumindest nicht gelesen. Als sie Severins Name sah, lief es ihr kalt über den Rücken.

»Lies ihn! Ich habe schon lange nicht mehr herzhaft gelacht.«

Sie las ihn langsam für sich. »Es ist privat. Hat nichts zu bedeuten. So ist er nun einmal.«

Er schlug mit der Faust auf den Tisch. »Lies ihn mir vor! Ich habe dir zumindest das Lesen beigebracht! Jetzt bist du eine gebildete Hure, entschuldige, hätte es fast vergessen, der höflichere Ausdruck ist Kurtisane.«

»Schrei nicht so, Mungo. Ich will nicht, dass Jane davon erfährt.«

»Was erfährt? Die Wahrheit über dich?«

»Na gut, du hast es so gewollt. Dieser Brief ist nichts als eine einzige Lüge. Ich weiß es besser.« Sie las stockend, als wären es Zeilen aus einem Theaterstück, mit einem Hauch von Verachtung, um über das Zittern in ihrer Stimme hinwegzutäuschen.

»›Vianna, mein Liebling. Es war herrlich, die Nacht in deinen Armen zu verbringen und zu hören, wie du sagtest, ich solle dich nie wieder verlassen. Ich gebe dir mein Wort eines Gentlemans. Du gehörst mir und wirst mir immer gehören. Ich warte darauf, dass du zurückkehrst. *Du* kommst zu *mir*. So wie du es immer tust, dein Severin.‹«

Vianna warf ihm die Karte zu. »Hier, lies seine Lügen selbst. Du kannst ihm glauben oder mir, das liegt ganz bei dir!«

Mungo knüllte die Karte zusammen und schleuderte sie ungelesen in die Ecke. »Du hast Severin in *mein Haus* gebracht! Seine Blumen liegen neben *meiner Tür*!«

»Das beweist nur, dass er weiß, wo ich wohne. Ich habe ihn nicht einmal gesehen. Das ist Severins Art, Katz und Maus zu spielen. Ich hatte die Tür nicht abgeschlossen, weil ich dich erwartete. Erinnere dich!«

Sie versuchte, selbstbewusst zu klingen, aber die verräterischen Zeichen seiner Wut, seine pochenden Schläfen, erschreckten sie noch mehr als Severins heimlicher Besuch.

Trotzdem fuhr sie fort: »Du hast gesagt, du wolltest etwas mit mir besprechen. Also bitte, hier bin ich.« Sie fummelte nervös an ihrem Kragen, da, wo er gegen den letzten blauen Fleck drückte.

»Das spielt jetzt keine Rolle mehr. Esel, der ich bin, war ich gekommen, um Fanny Byron zu bitten, mich zu heiraten. Mir ist jetzt klar, dass sie nicht hier lebt und es auch nie getan hat. Also, wird Vianna Francis mich auf ein Glas einladen?«

Mungo ist noch beängstigender, wenn er ruhig ist, aber ich darf mir nichts anmerken lassen.

»Natürlich. Jane sagte, ich soll den Champagner für dich aufheben.«

»Das ist typisch meine Mutter. Eine unverbesserliche Romantikerin. Das war ihr Ruin. Sie hat viele Heiratsanträge bekommen. Aber sie bleibt ihrer ersten Liebe treu, meinem Vater.«

Er hob das Glas zu einem ironischen Trinkspruch. »Auf die berüchtigte Vianna Francis.«

»Ich würde lieber auf meinen Lehrer anstoßen, der mir Lesen und Schreiben beibrachte.«

»Auf Vianna Francis!« Er trank sein Glas in einem Zug aus und schleuderte es so heftig in den Kamin, dass es zerbarst. »Das ist ein uralter Brauch. Ein Trinkspruch, der so wichtig ist, dass niemand mehr aus demselben Glas trinken darf.«

»Warum bist du gekommen, Mungo?«, fuhr sie ihn an. »Das habe ich nicht verdient. Ja, richtig, ich habe Severin vor ein paar Wochen getroffen, zufällig. Ohne dass Felix etwas davon wusste, habe ich auf die Anzeige reagiert, die er aufgegeben hatte. Ich hoffte, dort J. D. Esquire zu treffen, der behauptete, etwas über den Verbleib von Daisy zu wissen. Severin hat mich reingelegt.«

Mungo warf den Kopf nach hinten und lachte, doch es klang nicht fröhlich. »Bei Gott, was bist du für eine gute Schauspielerin, Kleines. Du könntest auf die Bretter eines Theaters an der Drury Lane klettern, und ganz London läge dir zu Füßen.«

»Wenn du nur gekommen bist, um mich als Lügnerin zu beschimpfen, dann geh bitte. Ich werde dir alles zurückzahlen, was du für mich ausgegeben hast.«

Mungo schenkte ihnen zwei neue Gläser ein, setzte sich wieder und lächelte ihr zu. »Ach wirklich?«

»Sobald ich dazu in der Lage bin.«

»Heute Nacht?«

Worauf will er hinaus? Ihr Kopf schmerzte vor Verwirrung, und der Champagner tat sein Übriges.

Er nahm einen Geldbeutel aus seiner Westentasche und legte ihn auf den Tisch.

»Du magst doch Liebesgeschichten, Vianna. Sie sind für dich wie das tägliche Brot, stimmt's?«

Sie nickte unsicher, denn ihr war bewusst, dass sie gefangen war.

»Dann will ich dir eine wahre Geschichte erzählen. Sie wird dich entweder zum Lachen oder zum Weinen bringen. Wer weiß?«

Er trat auf den Balkon und warf einen Blick auf die Sterne. Oder wollte er sehen, ob sie von Felix' Teleskop beobachtet wurden? Wie auch immer, Mungo zog die Vorhänge zu, um die Außenwelt auszuschließen. Dann warf er sein Jackett über den Stuhl.

»Es gibt ein Sprichwort«, sagte er. »Wer sich nie auf den ersten Blick verliebt, hat nicht geliebt. Ich weiß nicht, wer das gesagt hat, aber ich musste feststellen, dass es auf mich zutrifft. Damals, als ich dich zum ersten Mal sah, habe ich dir viel mehr gegeben als nur einen Kuss. Ich habe dir mein Herz geschenkt. In Moreton Bay war ich auf dem besten Weg, verrückt zu werden. Manche Gefangene zerbrachen unter der Peitsche. Sie riefen nach ihren Müttern. Ich nicht. Mich zerbrach erst die Einzelhaft. Ich redete mit Geistern und sie mit mir. Und nur eins hielt mich davon ab, völlig den Verstand zu verlieren: Eine wundervolle Frau kam mich nachts besuchen. Sie sagte, dass sie mein goldenes Mädchen sei, egal, was sie mir antaten. Manchmal kam sie in einer weißen Wolke, Hochzeitskleid und Schleier schwebten hinter ihr her … so wirklich war sie. Sie legte sich zu mir. Sagte mir, dass sie mich liebte. Dass sie auf mich warten würde. Sie hielt mich *am Leben*.«

Vianna spürte, wie sich ihre Kehle zuschnürte. Das war kein Märchen.

»War sie ein Traum, eine Erinnerung, nur eine Halluzination?«, fragte er. »Mir war es egal. Ihr Versprechen hinderte mich daran, völlig wahnsinnig zu werden.«

Mungo drehte sich zu ihr um. Er war stark und männlich, zeigte keinerlei Anzeichen von Emotionen, doch die Bilder in ihrer Vorstellung genügten, um ihr das Herz zu brechen.

Sie versuchte, ihr Gesicht in den Händen zu verbergen, doch Mungo hielt ihre Handgelenke fest. »Sieh mich an, Vianna. Ich bin noch nicht fertig. Noch habe ich dich nicht zum Lachen gebracht – oder zum Weinen!«

Sie zwang sich, seinen durchdringenden Blick zu erwidern, doch es gab keine Worte, die seinen Schmerz hätten lindern können.

»Als ich entlassen wurde, kam ich nach Sydney Town, um Fanny zu suchen, die Frau, die ihren Schal dem richtigen Mann mit dem falschen Namen gegeben hatte. Mir. Als ich dir dann wieder begegnete, damals in der Kutsche, sah ich, dass Severin dich wie ein Puppenspieler beherrschte. Du hattest Angst vor ihm. Und ich hatte nur eine Möglichkeit, dich von ihm zu befreien: indem ich dich zu meiner Frau machte. Dir meinen Namen gab.« Er zuckte die Achseln. »Quayle ist der Name eines Bastards, trotzdem trage ich ihn mit Stolz.«

»Jede Frau wäre stolz darauf, dich zu heiraten. Aber du verdienst etwas Besseres.«

»Genug!«, sagte er. »Seit dem Tag, als ich dich hierhergebracht habe – eine schreiende, strampelnde Meerjungfrau –, habe ich dich respektvoll behandelt. Das weißt du. Trotz meiner Begierde, trotz der Fantasien in meinem Kopf, des Verlangens, dich auf das Bett zu werfen und dich die ganze Nacht zu lieben. Ich habe gewartet, ich habe dir Zeit gelassen, damit du deinem alten Leben den Rücken zukehren kannst. Zeit, dir eine Chance zu geben, *mir* eine Chance zu geben!« Er deutete spöttisch auf den Geldbeutel. »Das war für dich, damit du dir einen Ballen Seidenstoff für dein Hochzeitskleid kaufst.«

»Nein!«, entfuhr es ihr.

Er drehte ihr Gesicht zu sich, sodass sie gezwungen war, ihn anzusehen. »Ich kann dich nicht heiraten, Mungo. Glaub mir, wenn ich jemanden lieben könnte, dann dich.«

»Komm schon, Vianna, möglich, dass ich nicht alle Tassen im Schrank habe, aber ich bin noch einigermaßen bei Verstand. Mein Angebot, dich zu heiraten, besteht nicht mehr. Aber wenn du mir deine Schulden zurückzahlen willst, hast du jetzt die Gelegenheit dazu.« Er zeigte auf die Goldmünzen. »Nur für eine Nacht in deinem Leben erfüll mir meine Fantasien. Schenk mir *meine Hochzeitsnacht*. Das wird einer Kurtisane doch wohl nicht schwerfallen. Morgen bist du frei, dann kannst du das Geld nehmen und verschwinden. Ich verspreche dir, dass ich dich nicht mehr behelligen werde, nie wieder.«

Vianna hatte das Gefühl, nichts sei mehr wirklich. »Eine Nacht. Danach wirst du mich für immer gehen lassen?«

»Eine Nacht. Ich gebe dir mein Wort. Nicht als Gentleman. Das Wort eines Currency Lads.«

Sie warteten. Die dunkle Stille draußen wurde nur durch die klagenden Rufe eines Dingos unterbrochen. Schließlich fand Vianna die Worte, die sie beide befreien würden.

»Wenn du akzeptierst, dass ich dich niemals heiraten kann, Mungo, schenke ich dir eine Hochzeitsnacht, an die du noch auf deinem Sterbebett denken wirst«, sagte sie kühl.

Plötzlich hatte sie das Verlangen, ihn zu verletzen. Wollte sie ihren eigenen Schmerz lindern oder den seinen? Sie wog die Münzen in ihrer Hand. »Etwas wenig, aber genug für eine Hochzeitsnacht – in einem Stall.«

Vianna trat zu ihm und kniete neben seinem Stuhl nieder. Sie löste ihr Haar, das nun wie ein Mantel um ihre Schultern fiel – uraltes Symbol der Verführung. Dann hob sie seinen Fuß und setzte ihn auf ihre Brust. Mit einem angedeuteten Lächeln, das ihm die ganze Welt versprach, zog sie ihm beide Stiefel aus. Ohne den Blick von ihm abzuwenden, löste sie sein seidenes Halstuch, knöpfte ihm das Hemd auf, streichelte und küsste seine nackte Brust.

Mungo beobachtete sie mit einem schwachen Lächeln, doch sie konnte den Ausdruck in seinen Augen nicht deuten. Er ließ sich streicheln und erregen, rührte sie selbst aber nicht an. Ihre Hände zitterten, als sie ihm das Hemd auszog, und als er ihre Hand festhielt, protestierte sie nicht, da sie wusste, dass er ihr nicht absichtlich wehtat. Sie spürte, dass sie nicht einmal an der Oberfläche seiner Wut gekratzt hatte.

»Nein, lass das«, sagte er. »Mein Rücken ist voller Narben. Es ist kein schöner Anblick.«

»Ich bin deine Braut. Es darf keine Geheimnisse zwischen deinem Körper und meinem geben.«

Nachdem sie ihn ausgezogen hatte, schmiegte sie sich dicht an ihn, küsste seinen Nacken und anschließend seinen Rücken, wo die weißen Striemen, die die Peitsche hinterlassen hatte, längst verheilt waren und doch für immer ein Teil von ihm sein würden. Sie erinnerten an die Narben der Einheimischen nach ihrer Initiation.

Schließlich gab Mungo seinem Verlangen nach und berührte sie.

Leise flüsterte sie die Worte, die alle Männer erregten. »Ja, mein Liebling. Ich will dich erlösen. Mach mit mir, was du willst. Alles. Es gibt keine Regeln, keine Schranken zwischen uns.«

»Wirklich?«, fragte er. »Dann sag mir, dass du mich liebst.«

Sie zögerte keine Sekunde. »Ich liebe dich von ganzem Herzen, Mungo.«

»Worte sind leicht. Jetzt kommt der schwierige Teil. Zeig es mir, damit ich es glaube!«

Sie öffnete das Oberteil ihres Kleides und ließ es neben ihm zu Boden fallen. Jetzt stand sie da, mit zerzaustem Haar. Das schlichte weiße Unterkleid hatte nichts zu tun mit der raffinierten französischen Unterwäsche im Repertoire einer Kurtisane. Das Höschen fiel zu Boden, und jetzt war sie ganz nackt, nur mit dem ausgestattet, was sie besaß, um ihm Lust zu bereiten – ihrem Mund, ihren Händen, ihrem Körper und ihrer wilden Fantasie.

»Gib mir das Gefühl, dass du mich liebst, Vianna. Nur für eine Nacht. Es wird sich für dich lohnen. Mit Geld kann man bei einer Kurtisane schließlich alles kaufen, oder nicht?«

»Dein Geld reicht nicht, um meine Liebe zu kaufen. Höchstens meine Freiheit. Wir haben uns zur falschen Zeit kennengelernt. Daran ist niemand schuld. Deshalb kommen diese Worte zu spät. Aber jetzt weiß ich zum ersten Mal in meinem Leben, was es heißt, einen Mann zu lieben.« Sie wandte sich ab. »Wenn der Morgen graut, wirst du wissen, ob es wahr ist oder nur die Lüge einer Hure.«

Er stand auf, um ihr zu folgen, doch Vianna machte ihm ein Zeichen. »Warte noch einen Augenblick.«

Sie schloss die Tür zwischen ihnen und öffnete mit zitternden Händen eine Schachtel.

Als sie zurückkam, reichte sie ihm die Hand und sah an seinem Gesicht, wie sehr er sich zu beherrschen versuchte.

Vor ihm stand Vianna, so reglos wie die lebendigen Porträts, die sie auf der Bühne im Severin House verkörpert hatte. Die lange Wolke aus Tüll, die Jane ihr als Hochzeitsschleier genäht hatte und von einem Diadem aus Orangenblüten gehalten wurde, umhüllte sie wie ein seidener Kokon. Darunter war sie nackt, mit Ausnahme eines dunklen, um den Hals geschlungenen Tuchs.

Mungo sagte mit heiserer Stimme: »Mein Halstuch. Bedeutet es, dass …?«

»Ich habe dir vor Jahren mein Halstuch gegeben. Heute trage ich deins, Mungo Quayle, und getreu dem Ehrenkodex der Diebe und Huren bin ich – nur heute Nacht – deine Frau.«

Splitternackt trat er auf sie zu und trug sie ins Bett. Zuerst noch rau und unbeholfen fand er bald seinen Rhythmus, schenkte ihr rückhaltlos seinen Körper, leidenschaftlich, wütend und fordernd.

Und da sie seit Langem mit der Art der Männer vertraut war, reagierte Vianna auf seine Bedürfnisse, spürte genau, wann er sie beherrschen, sie erregen, sie benutzen wollte, sich wünschte, dass sie ihn benutzte, sie befriedigen, verzaubern oder betteln lassen wollte.

Irgendwann während der Vereinigung ihrer Körper verschwanden alle Tricks, die ihr zur zweiten Natur geworden waren, und lösten sich auf wie Nebel über einem Berg. Es war, als betrachtete Vianna Francis sich aus der Ferne ... ersetzt von der naiven Fanny Byron, die gierig und überschwänglich zum ersten Mal in ihrem Leben einen Mann wirklich liebte. Sie gab jede Zurückhaltung auf, sie schrie vor Lust, vor Schmerz, sie verlor etwas und entdeckte etwas anderes. *Das also ist wahre Liebe. Warum habe ich sie so spät entdeckt?*

Alle Barrieren zwischen ihren Körpern lösten sich auf. Sie verzichtete auf ihr Recht, sich vor dem zu schützen, was sie am meisten fürchtete ... sich selbst zu verlieren in einem Akt der Liebe, von dem es kein Zurück mehr gab.

Der Hahn krähte und wurde übertönt von den wetteifernden Kookaburras, die den neuen Tag ankündigten. Mungos Stimme war warm und schelmisch. Jetzt, da er seine Selbstsicherheit wiedergefunden hatte, rieb er Nase, Lippen und sein unrasiertes Kinn an ihrem Hals und dem warmen Tal zwischen ihren Brüsten. Er strich ihr übers Haar, als wollte er ein Kind belohnen.

»Das war gar nicht schlecht, Kleines. Gib es zu. Es tut dir leid, dass du mich so lange hast warten lassen, stimmt's? Mach dich auf was gefasst, du wirst staunen, was mir noch alles einfällt.«

Seine Zunge leckte über ihre Lippen und schlängelte sich in ihren Mund. Und jetzt, da sie sich ihrer beider Körper sicher waren, kämpften sie gegenseitig um die Vorherrschaft, darum, wer dem anderen mehr Lust verschaffen konnte.

Dieses Mal liebten sie sich lange und heftig, unterbrochen von ersticktem Gelächter. Manchmal brachten sie sich gegenseitig zum Schweigen, um ihre unfreiwilligen Schreie zu unterdrücken, weil sie wussten, dass Janes Schlafzimmer auf der anderen Seite der Wand lag.

Als Vianna dann erschöpft in seinen Armen lag, fühlte sie sich sicher genug, um ihn daran zu erinnern. »Warum bist du noch da, Mungo? Du hast nur für eine Nacht bezahlt.«

»Ich habe gelogen«, sagte er selbstgefällig. »Und du hast es gewusst.«

Vianna nahm sein Gesicht in ihre Hände und öffnete sanft seine schweren Lider, um seine volle Aufmerksamkeit zu gewinnen, während er sich an die letzten Augenblicke der Lust klammerte, so lange er noch in ihr war.

»Ja, Mungo, aber auch ich habe dich letzte Nacht belogen und dir dennoch die Wahrheit gesagt. Ich bezweifle allerdings, dass du klug genug bist, um den Unterschied zu erkennen.«

»Welches war die Lüge? Dass du mir gesagt hast, ich sei der sinnlichste Mann auf der Welt? Oder dass ich dich nur für eine Nacht kaufen könne? Oder als du gesagt hast: ›Ich werde dich niemals heiraten, Mungo?‹ und mir daraufhin deinen Körper angeboten hast, mit nichts anderem bekleidet als meinem Halstuch? Du wusstest genau, was das mit mir anstellen würde.«

Dieses Mal konnte sie ihre Worte ebenso wenig zurückhalten wie ihre Begierde, die zwischen ihnen hin und her schaukelte, als wären sie kleine Kinder, die mit Streichhölzern spielen. Sie gab und nahm alles, was er wollte – das Einzige, was ihr nicht über die Lippen kam, war: Ich liebe dich.

Gesättigt schlief sie ein und schreckte erst auf, als sie das laute Trommeln des Regens auf dem Dach hörte und sah, wie Mungo die Leiter hinunterstieg.

»Was ist los? Wo gehst du hin?«

Von unten rief er: »Irgendein Krawall da draußen. Bleib hier, ich kümmere mich darum.«

Dann fiel die Tür hinter ihm ins Schloss. Der Regen übertönte den Lärm der ersten Farmer, die mit ihren Karren unterwegs zum Markt waren. Er prasselte auf Viannas Haar, als sie aus dem Fenster auf die Straße schaute. Sie konnte nichts sehen außer einer einsamen Hansom-Kutsche ganz am Ende der Little Rockingham Street.

Im nächsten Moment wurde sie abgelenkt von dem seltsam betörenden Anblick eines Schwalls exotischer Blüten, die sich in die Luft erhoben und dann wie Konfetti herabfielen und von den plötzlich hervorbrechenden Rinnsalen in den Abflussgräben davongespült wurden. *Severins Blumen.*

Die einzige Gestalt auf der Straße war ein Verrückter. Nass bis auf die Knochen, mit nichts als einem Tuch um die Hüften wie ein Tahitianer, kniete er vor der Remise auf der Straße. Er hob die Arme in den Himmel, drehte sich in alle vier Himmelsrichtungen und schrie sich die Lunge aus dem Leib: »Hey, wacht auf! Hört ihr? Meine Braut liebt mich!«

Sein Gesicht leuchtete vor Glück. Wie ein Betrunkener auf der Suche nach Alkohol öffnete Mungo den Mund und trank den strömenden Regen, als wäre es Champagner.

Zwischen Schrecken und Gelächter hin- und hergerissen fuhr Vianna mit der Hand zum Mund. *Jetzt hat er endgültig den Verstand verloren!*

»Sag es. Sag der ganzen Welt, dass du mich liebst, Vianna!«

»Mungo, bitte, komm rein«, bettelte Vianna.

Jane Quayle warf einen Blick von ihrem Schlafzimmer auf die Straße und verdrehte die Augen.

»Um Gottes willen, sag es. Sonst stecken sie ihn noch in die Irrenanstalt.«

Dann knallte Jane ihr Fenster zu.

Vianna lachte, und die Tränen auf ihrem Gesicht vermischten sich mit dem Regen.

»Gott steh mir bei, Mungo Quayle. Ich liebe dich und nur dich.«

Die Kutsche kam näher und verlangsamte ihre Fahrt, als sie an ihnen vorbeifuhr. Der alte Kutscher schüttelte verwundert den Kopf über Mungo, dann fiel sein Blick auf Vianna.

Hastig bedeckte sie ihre Brüste mit den Händen und duckte sich, sodass nur noch ihr Kinn auf dem Fenstersims zu sehen war. Zu spät!

Der Kutscher winkte Mungo fröhlich zu. »Aye. Recht hast du, mein Junge!«

Plötzlich schüttelte sie den Kopf und lächelte wie eine Mutter über die wilden Eskapaden ihres ausgelassenen Kindes. Doch im selben Augenblick gefror ihr Lächeln. Als die Kutsche weiterfuhr, wurde ein Vorhang im Innern beiseitegeschoben. Nur einen Augenblick lang sah sie die Augen und wusste, wer er war.

Severins Bluthund, Blewitt.

EINUNDVIERZIG

Felix zog einen Kreis um das Datum auf seinem Kalender, um einen Triumph im doppelten Sinn zu feiern: Der 19. Oktober 1831 bildete eine Zäsur in der Geschichte der Kolonie. Heute würde Gouverneur Ralph Darling abreisen. Doch für ihn persönlich hatte das Datum eine viel wichtigere Bedeutung. Es markierte einen Wendepunkt, den Vorabend seines neuen geheimen Lebens mit Vianna in Mookaboola.

Heute ist der Höhepunkt von vierundzwanzig Jahren erreicht, in denen ich versucht habe, den Erwartungen meiner Eltern zu genügen.

Er hatte allen Grund zu jubeln. Am Morgen hatte ihm Molly eine Botschaft von Vianna gebracht, in der sie ihn bat, heute Abend allein zu ihr zu kommen. Das Timing war perfekt. Der gesamte Haushalt der L'Estranges wäre abwesend, um Darlings Abreise zu feiern, so wie die meisten in der Kolonie.

Die ganze Stadt wusste, dass William Charles Wentworth, dessen *Australian* eine lange Kampagne gegen Darling gefahren hatte, Hunderte von Freunden auf sein Anwesen Vaucluse eingeladen hatte, wo ein Feuerwerk und ein Lagerfeuer warteten. Ein Ochse und zwölf Schafe sollten geröstet werden. Es gab außerdem Zelte mit Unmengen von Brot und Fässern voller Cooper's Gin und Wright's Starkbier für die unteren Schichten von Sydney.

Eine solche Einladung würde den Mob in Scharen nach Vaucluse locken. *Zweifellos hat Wentworth seine politische Karriere im Sinn. Aber das ist egal. Heute Nacht wird niemand hier sein, der mich ausspionieren kann. Ich werde das beanspruchen, was mir gehört, und darauf pochen, dass der Vertrag eingehalten wird.*

Er blickte zu dem Dachboden auf, wo das Licht so hell schien wie die Venus. Dann nahm er den Brief aus seiner Brusttasche und las ihn erneut durch. Er war in der überraschend makellosen Handschrift eines Schulmädchens geschrieben, und seine Worte waren Balsam für sein Herz.

Lieber Felix,
es ist wichtig, dass wir Deine Pläne für Mookaboola besprechen, bevor ich meinen Vertrag erfülle. Bitte triff Dich heute Abend mit mir. Ich werde nach dem Abendessen das Tor an der Little Rockingham Street offen lassen. Wenn Du nicht kommen kannst, gehe ich zum Park, um das Feuerwerk zu sehen. Ich muss Dich heute Abend unbedingt allein treffen.
Deine treue Freundin
F.

Nicht kommen kannst? Ich würde durch die Hölle gehen, wenn es sein muss!

Ein Hauch von schlechtem Gewissen trübte seine Freude. Dass er Vianna zu seinem Besitz erklärte, war eine eigenwillige Entscheidung, die seine Mutter tief verletzen würde.

Unwillkürlich musste er an seine frühesten Erinnerungen denken … als kleines Kind irgendwo in Preußen … wie er schluchzend durch den Schnee gestampft war, bis seine Mutter ihn auf den Arm genommen und getröstet hatte. Wie überrascht er gewesen war, als er die Tränen von *ihrer* Wange gewischt und geahnt hatte, dass sie weinte, weil sie seinen Schmerz spürte …

Mama war immer der Dreh- und Angelpunkt in meinem Leben. Doch jetzt wird eine andere Frau meine Venus sein.

In seinem neuen schwarzen Abendanzug aus Samt stand er vor dem Spiegel und straffte die Schultern. Ein Gentleman, der bereit war, seinen Sieg für sich zu beanspruchen. Durch das Fenster, das zum Garten ging, sah er, wie Toby das Gesicht an Janes

Fenster presste, während er darauf wartete, dass Mungo ihn zum Lagerfeuer mitnahm.

Das eifrige Gesicht des Jungen erinnerte ihn an die Guy-Fawkes-Feuer seiner Kindheit, an denen er mit Mungo teilgenommen hatte. An ihre Aufregung, wenn sie das Holz aufschichteten, und die große Puppe mit dem Gesicht eines Mannes, die Jane mit Stroh ausgestopft hatte, damit sie sie auf dem Höhepunkt in das lodernde Feuer warfen. Wie Mungo am Ende unweigerlich schmutzig und mit Ruß beschmiert war, das Gesicht vom Feuer rot beleuchtet, das Haar von den Flammen versengt, während er fröhlich in zerschlissener Hose und barfuß herumsauste. Und er selbst hatte am Rand gestanden, behindert von seiner roten Soldatenuniform, die er auf Geheiß seiner Mutter nicht schmutzig machen durfte, und Mungo Anweisungen erteilte, die dieser ignorierte.

Ich habe letztendlich keine militärische Karriere eingeschlagen, wie Mutter es gewollt hätte. Vater hatte recht. Ich bin eher für einen Großgrundbesitzer geeignet, der die Sterne beobachtet. In Mookaboola werde ich beides tun.

Während er durch die Seufzerbrücke ging, erinnerte er sich irritiert daran, wie Mungo das seit Generationen überlieferte englische Kinderlied gesungen hatte:

»Remember, remember the Fifth of November
Gunpowder, treason and plot;
I know of no reason why gunpowder treason
Should ever be forgot.«

Absurde Erinnerungen, ausgerechnet heute Abend. Mungo gehört der Vergangenheit an. Meine Geduld hat über seine vermessene Theatralik gesiegt. Ich bin der richtige Mann für Vianna!

Er gesellte sich zu Sandy Gordon und Mungo, die im Salon, wo sein Vater widerwillig Bonnards Gemälde hatte aufhängen lassen,

Champagner tranken. Vor dem Feuerwerk, für das sein Vater der gesamten Dienerschaft freigegeben hatte, war ein leichtes Abendessen vorgesehen.

Felix warf Mungo einen missbilligenden Blick zu. Obwohl sein Halbbruder fast genauso elegant gekleidet war wie er, sah er immer so aus, als hätte er in seinen Kleidern geschlafen. Seine Halsbinde aus Leinen und die Krawatte waren bereits von der Hitze zerknittert.

Offenbar ist es ihm völlig egal. Aber vielleicht macht er auch nur ein Pokergesicht, um seine Ängste zu verbergen. Ich habe den Bericht gelesen, den er für Vater über Mookaboola verfasst hat, also weiß er Bescheid. Wieso kann Mungo nicht einfach wie ein Gentleman seine Niederlage zugeben?

Die Unterhaltung sprang von einem politischen Thema zum nächsten, der Abreise von Darlings Gefolge zum Jubel der Kinder und Erwachsenen, die schon seit Tagen zum Park am Bach liefen, Pyramiden aus kaputten Möbeln, Baumästen und Kisten aufstapelten, um gewaltige Feuer zu entzünden.

Von seinen privaten Plänen beseelt ließ Felix die Unterhaltung um sich herumplätschern, ohne daran teilzunehmen. Er versuchte, höflich zu sein, und vertraute darauf, dass in puncto Vianna er die Karten in der Hand hielt. Aber was war mit seiner Überraschung?

Sollte ich es tun, ehe ich mit ihr im Bett war oder danach?

»Was meinst du, Felix?« Kentigerns dröhnende Stimme verlangte nach einer Antwort, sodass Felix schuldbewusst zusammenfuhr. Er hatte keine Ahnung, worüber sie sprachen, versuchte aber verzweifelt, eine peinliche Situation zu vermeiden.

»Ich habe mich noch nicht eingehend genug damit befasst, Vater«, sagte er ernst, »aber egal, welche Meinung Mungo in diesem Punkt vertritt, wahrscheinlich ist meine das genaue Gegenteil davon.«

Als alle drei Männer in schallendes Gelächter ausbrachen, und sogar seine Mutter ein Lächeln verbergen musste, wusste er, dass er sich blamiert hatte.

O Gott, schon wieder ins Fettnäpfchen getreten, wie Mutter sagen würde.

Sie kam ihm gelassen zu Hilfe. »Die Frage war, ob du die roten oder die weißen Weine deines Vaters bevorzugst.«

Mungo mischte sich mit einem gespielt ernsten Ausdruck ein. »Ich will es dir leichtmachen, Kumpel. Ich würde jederzeit auf den Rotwein setzen.«

Felix zögerte nicht. »Falsch! Unser Weißwein ist wesentlich besser als der Rotwein.«

Zu seiner großen Erleichterung übertönte das fröhliche Lachen den Fauxpas von vorher.

Als die Dienstboten den Raum kurz verlassen hatten, wurde sein Vater ernst. »Vielleicht wissen Sie es noch nicht, Sandy, aber der Gouverneur ist nicht der Einzige, der uns verlässt. Auch Mrs L'Estrange hat beschlossen, in ihre Heimat zurückzukehren, für eine unbestimmte Zeit. Jetzt müssen Felix und ich uns ohne sie durchschlagen, so gut es geht.«

Ist Vater nur sarkastisch? Oder spüre ich da einen Hauch von Wut, vielleicht sogar Traurigkeit?

Felix blickte Mungo an und sah, wie er leicht die Stirn runzelte.

»Mein Porträt wird dir Gesellschaft leisten, mein Lieber«, entgegnete Albruna in einem Tonfall, der ihre Ironie kaum verbergen konnte, wie Felix registrierte.

Zu seiner Erleichterung wurde die Anspannung von den Dienstboten gebrochen, die mit vollen Schüsseln zurückkehrten. Überrascht bemerkte er den leichten Unterschied zwischen Mollys Auftreten und dem der Hausmädchen. Ihre Uniform aus gestärkter weißer Haube, Kragen, Manschetten und Schürze war identisch, aber Mollys schwarzes Kleid schien beinahe maßgeschneidert für ihre Figur. Sie sah aus wie eine als Dienstbotin verkleidete Märchenprinzessin.

Vianna hat sie gut beraten. Molly sieht jetzt aus wie eine erwachsene Frau. Vielleicht sollte ich sie als Gesellschafterin für Mookaboola einstellen. Das würde Viannas Einsamkeit während meiner Abwesenheit lindern.

Felix warf seiner Mutter einen verstohlenen Blick zu. Seit der Nacht der Enthüllung von Bonnards Gemälde wirkte sie gedämpft. Auf ihre Bitte hin hatte er sich nach Schiffen erkundigt, die nach Europa ausliefen. Die peinliche Frage war nicht gestellt worden. Hatte sie vor, zu ihrer Familie nach Preußen zurückzukehren oder – Gott behüte – Bonnard nach Paris zu folgen?

Felix betrachtete seine Eltern. Was empfand sein Vater wirklich angesichts ihrer endgültigen Trennung, auch vor dem Gesetz? Würde sie den Weg freimachen für Jane Quayle?

Felix trank seinen Wein, zunehmend verärgert über diese Aussicht. Er hatte nichts gegen Jane, doch es war unvorstellbar, dass sie die Rolle seiner Mutter übernahm, auch wenn diese beschlossen hatte, nie wieder in die Kolonie zurückzukehren. Aber war Rockingham Hall wirklich ihr Zuhause? Oder war es von so vielen Jahren unglücklicher Erinnerungen erfüllt, dass es eine Erleichterung wäre, für immer wegzugehen? Felix konnte sich mit der Vorstellung anfreunden, dass seine Mutter gut versorgt in einem Haus in Preußen lebte, mit einer Loge für Oper und Ballett, während sie im Kreis ihrer aristokratischen Verwandtschaft in Würde alt wurde. Doch die Vorstellung, sie könnte mit Jean-Baptiste Bonnard durch Europa gondeln …

Wenn Vater Jane als offizielle Mätresse im Haus unterbringt, wird Mungo eine noch stärkere Position haben. Das werde ich nicht zulassen!

Aber ironischerweise würde er dann mit Vianna in Mookaboola leben. Die Vorstellung schockierte ihn. Nicht nur das Leben in der Kolonie, sondern auch das Epizentrum seiner Familie wurde gerade schwer erschüttert.

Felix war so angespannt, dass ihn alles ringsum irritierte, selbst der Anblick eines Fischs auf einem silbernen Tablett, der aus dem

Hafen von Sydney stammte. *Hat die Köchin den Verstand verloren? Frischer Fisch ist eine offenkundige Missachtung aller gesellschaftlichen Normen in der Kolonie. Nur die Unterschichten essen frischen Fisch. Es ist ein Symbol für den Makel, den Strafgefangene mit sich herumschleppen.*

Kentigern war nun in seinem Element. »Du hast meine Meinung soeben bestätigt, Mungo. Die ganze Kolonie leidet – oder aber genießt einen Ausbruch von egalitärem Fieber, Leidenschaft oder Plage, je nachdem, auf welcher Stufe der Leiter man steht.«

»Leitern sind dazu da, um sie zu erklimmen, Sir«, erwiderte Mungo, »nicht um den Status jener zu untermauern, die von Geburt an auf den untersten Sprossen stehen.«

Es war, als ginge ein Stromstoß durch die versammelten Dienstboten.

»Von Geburt an, wie?« Kentigern wiederholte die Worte und brach die peinliche Stille. Er blickte von einem Sohn zum anderen, wie in einer stummen Bestätigung, dass er sich für Mungos Position im Leben persönlich verantwortlich fühlte. Dann hellte sich seine Stimmung auf. »Ich nehme an, dass wir den frischen Wind akzeptieren müssen. Weg mit Darlings Vetternwirtschaft. Geben wir den neuen Besen von Sir Richard Bourke eine Chance.«

Felix bemerkte, wie der Doktor mit den Augen zwinkerte. »Aye, und wenn wir nicht aufpassen, werden wir bald alle dieselben Rechte haben, genau wie britische Untertanen – zum Beispiel bei Schwurgerichtsverhandlungen!«

Felix nahm das Stichwort höflich auf. »Wenn es nach Zeitungsverlegern wie Wentworth, Wardell und Smith Hall geht, werden ehemalige Strafgefangene schon bald auf den Geschworenenbänken sitzen. Ich persönlich habe keine Einwände, Hauptsache, es bleibt auf respektable Gentlemen wie Samuel Terry, Simeon Lord und Dr. William Bland beschränkt.«

Mungo hatte viel radikalere Veränderungen im Sinn. »Seht euch unser komplexes Kastensystem nur an. Nicht nur die reinrassigen Merinos ganz oben, wir alle sind von Geburt an für das ganze Leben gekennzeichnet. Strafgefangene, freie Siedler, jene von uns, die in der Kolonie geboren wurden, andere, die gänzlich oder nur teilweise begnadigt wurden, und alte Gefangene, die nach angemessen langer Zwangsarbeit befreit wurden. Wenn die Gerüchte zutreffen, plant Bourke ein Gesetz, das die Gefangenentransporte beendet und neue Siedler in die Kolonie lockt. Wurde auch Zeit, wenn ihr mich fragt!«

Der Doktor wandte sich an seine Gastgeberin. »Welche Veränderungen sind Ihrer Ansicht nach die wichtigsten?«

Albruna zögerte nicht lange. »Gleiche Rechte für Katholiken, Protestanten und alle anderen Religionen.«

Mungo trieb das Argument auf die Spitze. »Richtig. Und niemand darf wegen Gotteslästerung am Sabbat eingesperrt werden. Oder Gefangene zwingen, am Gottesdienst teilzunehmen – obendrein in Ketten!«

Albruna dehnte ihre Missbilligung bis auf ihren Mann aus. »Ich verabscheue diesen heidnischen Brauch der Briten, Puppen zu verbrennen, so wie sie es heute mit Darlings Abbild vorhaben.«

Felix wurde blass, als er sah, wie sein Vater nach dem Köder schnappte. *Keiner wird auch nur einen Deut nachgeben. Das kann ein langer Abend werden.*

»Als ich klein war, habe ich Gott für die riesigen Feuer gedankt«, sagte Mungo fröhlich. »Und jedes Jahr habe ich Pennys für den Guy gesammelt. Die versteckte ich dann unter dem Bett. Banken habe ich schon damals nicht vertraut, und so ist es bis heute geblieben.«

Kentigern ergriff die Gelegenheit, das strittige Thema rivalisierender Banken in der Kolonie zu erörtern, und die Unterhaltung wendete sich einer anderen heiß debattierten Frage zu.

Felix war verzweifelt. *Wann werden sie endlich Ruhe geben und das verdammte Feuer anzünden, damit ich zu Vianna gehen kann?*

Mungo entschuldigte sich, um mit Toby aufzubrechen. Albruna täuschte Kopfschmerzen vor und sagte, sie wolle früh zu Bett gehen. Dann erklärte Kentigern: »Die Dienerschaft kann jetzt gehen.« Felix sprang sofort auf.

Gott sei Dank. Jetzt ist die Stunde meines Triumphs gekommen.

Felix eilte in sein Zimmer, um das Geschenk für Vianna zu holen. Auf der Treppe liefen sich die beiden Brüder über den Weg. Mungo trug jetzt einfache Kleidung und Arbeitsstiefel, ein rotes Hemd und ein Halstuch.

Entschlossen, seine Absichten zu verbergen, ging Felix den Korridor entlang und stellte verärgert fest, dass Mungo ihm folgte. Als sie sich der offenen Tür des Herrenzimmers näherten, horchten beide auf, als der Patriarch Janes Namen erwähnte.

Mungo blieb stehen.

Felix war entsetzt. »Du kannst doch nicht an der Tür horchen.«

Mungo hatte solche Skrupel nicht. »Warum nicht? Sie ist meine Mutter. Und alles, was sie betrifft, könnte auch die Pläne *deiner* Mutter beeinflussen.«

Felix musste ihm beipflichten.

Kentigern war gereizt. »Warum fragst du mich um Erlaubnis? Die Frau kann machen, was sie will.«

»Aye, theoretisch«, entgegnete Sandy. »Aber sie ist dir ergeben. Und absolut loyal.«

»Ich will dir nur eine Ablehnung ersparen. Jane Quayle hat viele andere Anträge bekommen und alle Bewerber abblitzen lassen.«

Der Tonfall des Doktors war ruhig, fast professionell, doch sein schottischer Akzent wurde immer stärker – ein sicheres Zeichen für seine unterdrückten Gefühle. »Du verstehst mich falsch, mein Freund. Ich bitte dich nicht um die Erlaubnis, mit der Frau ins Bett zu gehen. Ich habe vor, Jane meinen Namen anzubieten. Mir bleibt nicht mehr so viel Zeit auf dieser Erde, wie ich es mir gewünscht hätte. Aber eine Eheschließung würde ihr eine gewisse

Sicherheit geben. Jetzt und auch später, wenn der Herrgott mich zu sich gerufen hat.«

»Ich habe bereits für ihre Zukunft gesorgt. Sie ist seit über fünfundzwanzig Jahren bei mir. Oder meinst du etwa, ich wäre herzlos? Ich habe ihr das Cottage überschrieben und ihr ein bescheidenes Einkommen garantiert. In ihrem Alter hat sie es gar nicht mehr nötig, einen Mann zu heiraten.«

»In ihrem Alter?« Sandy lachte. »Meine Güte, Kentigern, die Frau könnte noch Kinder zur Welt bringen. Und sie wird selbst mit achtzig verdammt gut aussehen.«

Kentigern hob die Stimme. »Jane ist launisch wie ein Wetterhahn. Am Ende wird sie dich zum Teufel schicken.«

»Ich bin schon mehrmals zum Teufel geschickt worden und habe es überlebt. Ich bin zäher, als es den Anschein erweckt.«

»Du verstehst nicht, wie es in dieser Kolonie zugeht. Du hast keine Ahnung, auf was du dich da einlässt. Andere Ärzte haben sich der Gesellschaft angepasst und Frauen als Mätressen genommen. Redfern, D'Arcy Wentworth und Balmain, um nur einige zu nennen. Das wird allgemein akzeptiert. Aber wenn du eine ehemalige Strafgefangene heiratest, wird dich die feine Gesellschaft verstoßen.«

»Höchste Zeit, dass man dieser Gesellschaft eine lange Nase macht«, entgegnete Sandy fröhlich.

Felix wich Mungos Blick aus, da er wusste, dass beide darauf brannten zu hören, wie Sandy und Kentigern sich einigen würden.

»Jane Quayle wird dich niemals wegen eines anderen Mannes verlassen, es sei denn, du hast den Anstand, sie freizugeben«, sagte Sandy ruhig.

»Sie freigeben? Sie ist seit Jahren frei, und das hat sie mir zu verdanken. Ich habe sie für eine Bewährung vorgeschlagen, und Gouverneur Brisbane hat den Vorschlag angenommen.«

»Ich meine nicht juristisch frei, sondern frei von den Ketten der Loyalität. Ich habe beobachtet, dass Frauen viel treuer sind als Männer, und zwar zu ihrem eigenen Nachteil.«

Kentigern klang eher ermattet als ärgerlich. »Du bist ein anständiger Mensch und ein guter Arzt. Aber ich warne dich. Du wirst mir Jane niemals abspenstig machen können.«

»Dann lassen wir sie doch selbst entscheiden, was meinst du?«

Mungo warf Felix einen Blick zu. »Jetzt wird es spannend.«

Felix nickte und drehte sich um, während Mungo sich auf den Weg zu Janes Cottage machte. *Mungo hat keine Ahnung, wie spannend. Heute Abend spiele ich nach seinen Regeln. Ich nehme mir das, was mir gehört, und stelle die Fragen später.*

Am Fenster von Janes Cottage sah Felix, wie Toby das Gesicht an die Scheibe presste wie ein neugieriges Vögelchen und kaum abwarten konnte, dass Mungo ihn endlich abholte.

Kann es sein, dass dieser Junge mein Fleisch und Blut ist? Oder Mungos? Das werden wir wohl nie erfahren.

Er spürte einen Anflug von Schuld, weil er seiner Mutter nichts von Dr. Gordons Interesse an Jane erzählen würde. Es hätte ihre Entscheidung, nach Preußen zurückzukehren, beeinflussen können.

Das hat bis morgen Zeit. Ich werde zum ersten Mal im Leben meine Zukunft vor alles andere stellen. Wenn sie sich doch nur beeilen und endlich zu diesem verdammten Feuer gehen würden!

Toby und Jane waren bereit, als Mungo das Cottage betrat. »Keine Minute zu früh«, sagte Jane. »Der Junge hüpft schon seit Stunden auf und ab wie ein ganzer Heuschreckenschwarm.«

»Wo sind denn die anderen im Bund? Tobys unsichtbarer Freund? Und Vianna?«

Mungo war fröhlich, denn er ging davon aus, dass seine »Hochzeitsnacht« ihre gemeinsame Zukunft besiegelt hatte.

»Offensichtlich liegt Tobys Freund mit einer Erkältung im Bett, was seinem Appetit auf meinen Kuchen allerdings keinen

Abbruch getan hat«, erklärte Jane ironisch. »Und deine Meerjungfrau hat gesagt, ihr sollt schon mal vorgehen. Sie kommt später nach.«

»Das ist keine gute Idee, Mam. Es könnte gefährlich werden bei den vielen Kerlen, die da herumschwirren. Es wird bestimmt so viele Betrunkene geben, dass man ein Kriegsschiff damit füllen könnte.«

»Da hast du recht. Dann warte ich hier auf sie und komme auch erst später. Also ab mit euch.«

Toby umarmte sie hastig und bekam noch eine Lektion mit auf den Weg.

»Vergiss nicht, was ich dir gesagt habe, Toby. Halt dich nicht zu nah am Feuer auf. Weich nicht von Mungos Seite. Sprich nicht mit Fremden. Und heb keine Feuerwerke auf, die verpufft sind. Sie könnten doch noch explodieren und dich schwer verletzen.«

»Du machst dir zu viele Sorgen, Mam. Ich passe schon auf ihn auf«, sagte Mungo, doch er kannte ihren Blick. Sie witterte Gefahr, so wie ein Farmer schlechtes Wetter voraussagt.

»Was ist denn los, Mam?«

»Das weiß ich noch nicht. Aber in dieser Kolonie lassen sich Schreckensnachrichten nicht geheim halten.«

ZWEIUNDVIERZIG

Draußen hörte man das laute Lachen von Kindern und die grölenden Stimmen streitsüchtiger Betrunkener. Der Horizont schwamm in allen Farben des Sonnenuntergangs, Rauch und Flammen stiegen von zahlreichen Feuern auf, Böller krachten, und einzelne Feuerwerkskörper schossen in den Himmel, um dann in einem Sternenregen zu zerplatzen.

In der Remise übte sich Vianna in Geduld und wartete auf Felix.

Sie überprüfte ihr Äußeres im Spiegel. Das elegante dunkelrote Kleid, das sie sich selbst genäht hatte, betonte die kunstvoll arrangierten blonden Locken, die sie in Form einer Krone hochgesteckt hatte. Ihr blasses Gesicht wirkte traurig; es war ein Ausdruck, den sie keinem Menschen jemals zeigte.

Die Grenze zwischen ihren beiden Identitäten war nun von einer dritten überdeckt worden, die der Überlebenden, die sich selbst nichts mehr vormachte. *Nur ich bin für das verantwortlich, was ich war.*

Ihr anfänglicher Schock darüber, dass sie niemals Kinder würde haben können, war in Resignation umgeschlagen. Doch auch erste Anzeichen einer schwer erkämpften Einsicht machten sich bemerkbar. Sie klammerte sich immer noch an die Hoffnung, Daisy zu finden. *Wenn ich diese Hoffnung aufgebe, verliere ich alles.*

Vianna besaß keine Erinnerung an ihre Mutter, bis auf den Klang ihrer Stimme und die Löwenzahnkränze, die sie ihr auf den Kopf gesetzt hatte. Jetzt war Jane an ihre Stelle getreten.

Jane versucht, mich über das Leben zu belehren, und hält sich nicht gerade zurück. Sie hat mir klargemacht, dass sie mich wieder ins Meer werfen würde, aus dem ich gekommen bin, falls ich Mungo das Herz breche. Sie hatte recht, was mich angeht.

Vianna blickte sich in ihrem Nest um, zwei Zimmer und ein schmiedeeiserner kleiner Balkon, von wo sie wie Julia in den friedlichen Garten hinabsehen konnte. Doch jetzt hatte sich ihre neue Freiheit als Illusion entpuppt. *Severins Bluthund weiß, wo er mich finden kann.*

Sie ging im Zimmer herum und berührte all die Dinge, die Jane für Mungos zukünftige Frau angefertigt hatte: die Flickendecke, die spitzengesäumten Kissenbezüge mit dem eingestickten M und der noch freien Stelle für die Initialen der Braut, die dicken, strohfarbenen Vorhänge aus Parramattatuch, das weibliche Häftlinge in der Manufaktur gewebt hatten, den bunten runden Vorleger, den sie aus Streifen von alten Kleidern genäht hatte, die Tonvasen aus der Umgebung mit einheimischen Blüten und englischen Rosen und die Spiegel, deren dunkle Flecken in den Ecken verrieten, wie alt sie waren.

In dem kleinen Schrank befanden sich Kleider, die Vianna aus Material genäht hatte, das in den feuchten Laderäumen der Gefangenenschiffe aufbewahrt worden war und aus dem sie Stockflecken und Schimmelspuren sorgfältig herausgeschnitten hatte. Sie hatte sich an französische Schnittmuster gehalten und einfache, aber elegante Kleider genäht, die sie hoffentlich auf dem Markt verkaufen könnte.

Wohlhabende Männer hatten sie einst mit Juwelen überschüttet, damit sie ihnen ihre Gunst schenkte. Als sie sich die Muschel ans Ohr hielt, wurde ihr bange ums Herz. Das Rauschen des Meeres erinnerte sie daran, dass Mungos erstes Geschenk nichts gekostet hatte – und trotzdem alles bedeutete.

Sie strich mit dem Finger über die an die Wand gehefteten Zettel, Tobys erste Buchstaben und seine Zeichnungen von Buschtieren: ein Känguru, ein Waran, ein Wombat, eine Beutelratte. Seine regenbogenfarbene Schlange hatte etwas Ironisches; sie war nicht nur der Grund für Evas Vertreibung aus dem Paradies, sondern auch für ihre Wiedervereinigung mit Mungo.

Ihr Blick fiel zum wiederholten Mal auf das große einladende Bett. Bis zu jener unglaublichen Nacht der Offenbarungen, in der Mungo und sie so erbittert miteinander gestritten und sich dann gegenseitig verführt hatten, um eine neue Dimension von Zeit und Leidenschaft zu entdecken, die sich mit keiner anderen Erfahrung vergleichen ließ, hatte sie allein darin geschlafen. Mungo war anders als alle Männer, die sie je gekannt hatte.

Die Erinnerungen schienen in den Tränen enthalten zu sein, die ihr in die Augen stiegen, süß und schmerzhaft zugleich, denn heute Abend würde sie alles aufs Spiel setzen, was sie gewonnen hatte. Es war ein Wagnis, ein Trick, sie musste eine Schuld begleichen, in voller Höhe, wenn sie ihr altes Leben abstreifen und vor allem nicht mehr der Grund für die Rivalität zwischen zwei Brüdern sein wollte. Überrascht entdeckte sie die Wahrheit.

Ich liebe beide – auf unterschiedliche Weise. Aber Mungo hat mir nie gehört, so wie auch ich niemals ihm gehört habe. Es war nur eine wunderbare Illusion, die ich bis an mein Lebensende nicht vergessen werde.

Als die Uhr sieben schlug, stieg Vianna die Leiter hinunter. In Janes Cottage herrschte Stille; bestimmt war Mungo mit Toby und Jane bereits zum Feuerwerk aufgebrochen. Sie suchte Boadicea im Stall auf, streichelte ihr sanft über das glänzende Fell und die Blesse auf der Stirn und flüsterte ihr Dinge zu, die nur für sie bestimmt waren. Es war so etwas wie ihre Geheimsprache, denn Boadicea stellte ihre engste Verbindung zu Mungo dar.

»Du verstehst mich, nicht wahr, meine Schöne? Früher machte es mir nichts aus, die Eitelkeit der Männer zu verletzen. Aber das war in einem anderen Leben. Mungo und Felix sind anders, sie verdienen es nicht. Ich will ihnen nicht wehtun, aber ich muss es, um selbst zu überleben. Bitte vergib mir.«

An der Art, wie Boadicea instinktiv die Nase an ihren Hals

drückte, erkannte Vianna, dass das Tier sie besser verstand, als ihr Besitzer es jemals tun würde. Mit einem tiefen Seufzer schloss sie die Seitentür des Stalls und entriegelte das eiserne Tor zur Straße. In der schmalen Little Rockingham Street wimmelte es von Menschen, die unterwegs zum Park waren. Männer, Frauen und ausgelassene Kinder trugen Flaschen, Feuerwerkskörper und Kisten aus Pinienholz für das Feuer, manche hatten einander untergehakt, andere stützten einen betrunkenen Partner.

Trotz ihrer Fröhlichkeit, ihrer gut gemeinten Flüche und Rempeleien erschauerte Vianna bei ihrem Anblick wie damals, als sie als Kind manchmal urplötzlich eine Gänsehaut bekommen hatte.

Vorahnungen, die sie immer erschreckt hatten. Der Abend, der vor ihr lag, würde vielleicht nicht so verlaufen, wie sie geplant hatte.

Schon jetzt war die Luft schwer vom Rauch der Holzfeuer, die überall in Sydney Town loderten. Die kleine Brise, die ihn herüberwehte, drohte, in einen wilden Sturm umzuschlagen, und barg die Gefahr einer Feuersbrunst. Feuerwerkskörper flogen in den sternenübersäten Himmel, leuchteten ein paar Sekunden auf und fielen anschließend in einer Wolke von Sternschnuppen wie eine bourbonische Lilie wieder herab.

Sie sah sich nach beiden Seiten der Straße um und versuchte auszumachen, was diesen unsichtbaren verhängnisvollen Schatten auf die jubelnde Menschenmenge warf.

Und dann sah sie ihn. Felix. Er kam vom nördlichen Ende der Straße auf sie zugeritten, um seine Spuren zu verwischen. *Um in der Öffentlichkeit eine Verbindung zwischen seiner Familie und meinem schlechten Ruf zu vermeiden.*

Vianna lächelte über ihre wachsende Reputation in der Nachbarschaft. Einmal hatte sie gehört, wie eine schlampige Frau sie als »die blonde Hure in der Remise« bezeichnet hatte. »Wenn das keine ehemalige Strafgefangene ist, fress ich einen Besen.« Ironie des Schicksals!

Felix tippte sich an den Hut, als er an ihr vorbei zu den Stallungen ritt. Vianna erwiderte seine Begrüßung mit einem unmerklichen Kopfnicken.

»Wie schön es ist, der Welt zu entfliehen«, sagte Felix, als er ihr die Leiter hinauffolgte und besitzergreifend den Arm um die Taille legte.

Sie bot ihm etwas zu trinken an. Wie seltsam, ihm dabei zuzusehen, wie er den Whiskey aus Manx trank, den Jane ihr für Mungo gegeben hatte.

Aber das ist nicht der richtige Zeitpunkt für Feinheiten.

Sie ließ sich von ihm auf die Wange küssen, wich aber seinem Mund aus, indem sie ihn auf dem abgewetzten Sofa ihr gegenüber Platz nehmen ließ.

Ihre ausdrückliche Einladung, jetzt endlich allein mit ihr zu sein, hatte seine Selbstsicherheit deutlich beflügelt. Vianna warf ihm einen schüchternen Blick zu. Obwohl er fast genauso groß und beinahe auch so attraktiv war wie Mungo, strahlte Felix eine völlig andere Aura aus. Mungo erfüllte mit seiner Energie fast jeden Raum, den er betrat. Und hier fühlte er sich wohl, war er der Herr im Haus. Felix schien die Umgebung nur mit Mühe zu ertragen, als könnte er es kaum abwarten, sie in die luxuriöse Welt zu entführen, die er in Mookaboola für sie erschaffen hatte.

»Dein Brief heute hatte etwas von dem Liebesbrief, auf den ich so lange gewartet habe. Darin hast du deine Gefühle nicht mehr versteckt. Als ich las: ›Ich muss heute Abend allein mit dir sein‹, wollte ich deine Worte am liebsten vertonen. Nun, da bin ich. Dein Wunsch ist mir Befehl.«

Er führte ihre Hand an die Lippen und küsste sie, ohne sie wieder loslassen zu wollen, bis sie sie zurückzog unter dem Vorwand, ihm eine Schale Erdbeeren aus dem Gewächshaus zu reichen.

»Ich habe dich gerufen, um mit dir etwas zu besprechen, das uns beide betrifft, Felix. Es geht um die Zukunft. Aber zuerst muss ich dir etwas sagen, das du wissen solltest.«

»Du kannst die ganze Nacht reden«, entgegnete er und warf einen unwillkürlichen Blick auf das Bett. »Es wird an meinen Gefühlen für dich nichts ändern. Doch bevor du zu sprechen anfängst, will ich dir ein Geschenk machen.«

Vianna hob die Hände, um ihn aufzuhalten. »Bitte nicht. Ich muss einen klaren Kopf behalten, damit ich nur das sage, was ich wirklich empfinde. Ich schätze unsere Freundschaft, und ich will nicht, dass du deine gute Meinung über mich änderst, trotz meiner bewegten Vergangenheit.«

»Genug, Vianna.« Er lächelte, obwohl er vor Ungeduld beinahe platzte. »In deinem Brief hast du von deinem Wunsch gesprochen, den Vertrag, den wir geschlossen haben, einzuhalten, und so ...«

»Unter gewissen Bedingungen«, entgegnete sie, und als sie sah, wie er das Gesicht verzog, fügte sie hastig hinzu: »Nein! Ich meine nicht finanzielle Bedingungen. Du bist immer sehr großzügig gewesen.«

»In dem Fall möchte ich, dass du das hier von mir annimmst, bevor wir dieses Thema abschließen und nie wieder darüber sprechen.«

Er nahm eine kleine Schachtel aus der Tasche und öffnete sie. Vianna hielt die Luft an, als sie den ovalen, von Diamanten umgebenen Rubinring in der schwarzen Samtschachtel sah.

»Unser Verlobungsring«, sagte er lächelnd. »Aus Indien. Ich weiß, wie sehr du Geschichten magst. Dieser Ring hat eine Legende. Ein junger Maharadscha ließ ihn von einem Handwerker für ein schönes, aber armes Bauernmädchen herstellen, das er heiraten wollte. Der Juwelier fertigte ihn an, obwohl auch er selbst in dieses Mädchen verliebt war.«

Vianna biss an. »Wen hat sie geheiratet, den Maharadscha oder den Juwelier?«

»Unglücklicherweise fanden alle drei während einer Choleraepidemie den Tod.« Felix lachte entschuldigend. »Wie ungeschickt von mir! Ich hätte mir lieber ein romantisches Ende für dich ausdenken sollen. Trotzdem hoffe ich, dass der Ring dir gefällt. Ich würde mich geehrt fühlen, wenn du ihn trägst, aber natürlich erst, wenn wir in Mookaboola sind.«

»Ein Verlobungsring, wie schön und wie tragisch zugleich«, sagte sie mit ausdrucksloser Stimme. »Aber es ist … das hätte ich nie von dir erwartet, Felix. Mir fehlen die Worte …«

»Du musst nur Ja sagen«, erklärte er, nahm sie in die Arme und küsste sie mit einer Leidenschaft auf den Mund, die sie erstaunte.

Vianna wehrte sich nicht, versuchte aber auch nicht, seine Glut zu steigern. Sie sank zurück auf das Sofa und schloss mit zitternden Händen die Schachtel.

Ich kann ihn weder abweisen noch seinen Antrag annehmen, ehe ich meine letzten Karten ausgespielt habe. Ich muss auf alles zurückgreifen, was mir Severin in puncto Gentlemen – und Männer – beigebracht hat. Und das läuft nicht immer auf dasselbe hinaus.

»Felix, mir ist bewusst, dass dieser Ring eine heimliche Verbindung darstellt, verständlicherweise, aber …«

»Es ist nur eine zeitlich begrenzte, aber notwendige Maßnahme, bis ich von meinem Vater finanziell unabhängig bin. Bis es so weit ist, darf meine Mutter niemals etwas davon erfahren. Es könnte sein, dass ich dich in die Swan River Colony oder nach Van Diemen's Land, Neuseeland oder die zukünftige Kolonie Südaustralien bringe. Irgendwohin, wo uns niemand kennt.«

»Irgendein Mann wird immer da sein, der mich wiedererkennt, Felix. In einer so kleinen Bevölkerung wie der unsrigen werde ich niemals anonym sein können. Dieser Tatsache musst du ins Auge blicken. Jede Hoffnung darauf, deinen Platz in der Gesellschaft behalten zu können, wäre illusorisch.«

»Verstehst du nicht? Alles hat sich verändert. Ich habe mich verändert. Ich liebe dich. *Liebe* dich. Jenseits von Worten, jenseits der Notwendigkeit, von der Gesellschaft respektiert zu werden.«

»Und was ist mit deiner Mutter?«

Felix seufzte. »Dem werde ich mich stellen, wenn es so weit ist. Bitte, ruiniere nicht unser Glück. Heute ist die Nacht, nach der ich mich gesehnt habe, seit ich dich zum ersten Mal sah.«

Vianna stand auf, ging im Zimmer herum und kämpfte darum, ruhig zu bleiben.

»Felix, dieser Ring … dein ehrenhafter Heiratsantrag ändert alles. Ich habe das Gefühl, das Gleichgewicht zu verlieren. Ich habe dir geschrieben, damit wir über den Vertrag sprechen, den ich gewillt war einzuhalten, aber jetzt hast du eine ganz neue Dimension eingeführt. Und ich finde einfach nicht die richtigen Worte, um dieser Situation gerecht zu werden.«

»Worte verändern gar nichts. Mein Entschluss steht fest.«

Vianna hob die Hand, um ihn zum Schweigen zu bringen. »Bitte hör dir an, was ich dir sagen wollte, bevor du mir diesen wundervollen Liebesbeweis eines Maharadschas geschenkt hast.«

Sie versuchte, Zeit zu gewinnen und einen klaren Kopf zu bekommen, schenkte ihm und sich selbst Whiskey nach, um ihren rasch schwindenden Mut wiederzufinden. *Ich will ihn nicht verletzen. Aber ich muss seinen romantischen Fantasien ein Ende setzen, ehe ich noch selbst den Kopf verliere.*

»Felix, du bist so ein Gentleman, dass du entschlossen bist, über die schäbige Rolle in der Liaison, die Severin geplant hatte, hinwegzusehen. Bitte, sieh der Wahrheit ins Auge. Ich stimmte mit offenen Augen diesem Vertrag zu, aus persönlichen Gründen. Der Vertrag ist nach wie vor gültig. Severin hat dein Geld akzeptiert, für ein Jahr hast du ein Anrecht auf meinen Körper.«

Felix stand auf, ebenso enttäuscht wie wütend. »Vianna, ich verbiete dir, so über die Vergangenheit zu reden!«

»Die jüngste Vergangenheit, Felix. Du musst die ganze Wahrheit akzeptieren und nichts als die Wahrheit, wenn unsere Beziehung eine Zukunft haben soll. Viele vornehme Gentlemen waren in Severins Spiel involviert, die Auktion, bei der er mich an den Meistbietenden versteigert hat. Ich hatte ein gewisses Recht, jemanden abzulehnen. Ich habe dich wirklich gemocht und bewundert, aber hätte jemand mehr geboten als du, hätte ich es akzeptiert.«

In seinen Augen spiegelte sich der Schock wider, und Vianna hasste sich für ihre Grausamkeit. Sie legte ihm die Hände auf die Schultern und bat ihn, sich wieder hinzusetzen. »Die Einhaltung unseres Vertrags wäre die einfachste Sache der Welt gewesen. Aber als Severin seinen Spielsalon verlor, änderte sich alles.«

»Nur wegen Mungo und seiner verdammten Entführung! Es war ein Racheakt, weil er nicht in der Lage gewesen war, mit mir zu konkurrieren.«

»Er konnte es nicht, weil er nicht wie du das Vermögen der L'Estranges im Rücken hatte.«

Felix' Zorn wuchs, als sie die unfairen Bedingungen ansprach.

Vianna fuhr fort: »Als Severin sich mit deinem Geld davonmachte, hatte ich keine Mittel, um dir dein Geld zurückzuzahlen. Es blieben mir zwei Möglichkeiten. Entweder unseren Vertrag zu brechen und moralisch seine Komplizin bei einem Diebstahl zu werden. Oder ihn einzuhalten. Die Wahrheit ist, dass ich jahrelang eine Lüge lebte, indem ich mich selbst täuschte und mir einredete, eine Kurtisane zu sein, nur um zu vertuschen, was längst Wahrheit war: dass ich sein Köder war, um Spieler in den Salon zu locken.«

»Was dir durchaus gelungen ist, meine Liebe«, erwiderte er kühl.

Vianna zwang sich, die letzten Überbleibsel ihres falschen Stolzes zu zerstören.

»Ich glaubte, ich wäre eine Unterhalterin. Ich sang so gern, obwohl ich in Wirklichkeit gar keine so gute Stimme hatte. Letzten Endes war ich nur ein nackter Körper, der vorgeführt wurde. Niemand in dieser Kolonie wird es jemals vergessen, Felix, egal, wie viele Ringe du mir schenkst.«

»Dann wandern wir nach Amerika aus und fangen noch einmal ganz von vorn an«, hielt Felix verzweifelt dagegen.

»Felix, wenn ich einen Mann liebte, würde ich für ihn durch die Hölle gehen. Ich habe dich sehr gern, und es gibt niemanden auf der Welt, den ich so bewundere wie dich. Aber eine Tatsache steht unumstößlich fest: Als Mann liebe ich Mungo.«

Als er sich abwandte, um seinen Schmerz vor ihr zu verbergen, wurde Vianna beinahe übel wegen der Worte, die sie gewählt hatte, um ihn zu verletzen.

Meiner Stiefmutter zufolge behauptet die Bibel, dass die Wahrheit uns befreit. Ich glaube, auf mich trifft genau das Gegenteil zu.

Felix' Augen waren voller Trauer. Trotzdem erkannte sie in seinem Gesicht eine raue Entschlossenheit, die sie ihm gar nicht zugetraut hätte.

»Das ist mir egal. Wenn wir erst allein und weit weg von Mungo sind, werde ich dafür sorgen, dass du mich lieben kannst.«

Vianna sank zusammen. Die Hände, mit denen sie die Schachtel umklammerte, zitterten. Jetzt hatte sie nur noch zwei Karten, die sie ausspielen konnte. Beide waren ebenso wahr wie schmerzhaft.

»Ich weiß es aus zuverlässiger Quelle. Es gibt keinerlei Hoffnung, dass ich dir jemals ein Kind schenken könnte.«

Er runzelte überrascht die Stirn und winkte anschließend ab. »Das ist mir nicht wichtig. Ich bitte dich nur darum, unseren Vertrag einzuhalten. Irgendwann werde ich dich heiraten. Du hast mein Ehrenwort.«

Wie oft hat Severin dieselben Worte gesagt. Sie stehen für eine Geschichte voller Lügen, die so alt ist wie die Menschheit. Jetzt muss ich meine letzte Karte ausspielen. Gott steh mir bei, damit sie sticht.

»Na schön, Felix. Ich bin alles Mögliche, aber keine Diebin. Und das ist der einzige Grund, weshalb ich unseren Vertrag einhalten will. Aber heiraten werde ich dich niemals. Und jedes Mal, wenn du mit mir schläfst, was dein gutes Recht ist, darfst du eins nicht vergessen: Ich werde alles tun, was du von mir verlangst, egal was. Ich werde so leidenschaftlich oder passiv sein, wie du es willst. Aber jedes Mal, wenn du mich küsst, jedes Mal, wenn du mich in Besitz nimmst, wirst du wissen, dass ich Mungos Gesicht vor mir sehe. Ich werde *deinen* Körper benutzen, um Mungo zu lieben!«

Einen endlosen Moment lang sah Felix sie an, als wollte er sie töten – oder meinte er in Wahrheit seinen Bruder?

Sie beugte sich vor und forderte ihn heraus »Bist du bereit, meine Bedingungen zu akzeptieren?«

Felix' Stimme war kalt. »Ich glaube nicht, dass ich dich bis zu diesem Augenblick wirklich gekannt habe, Vianna. Aber ja, ich nehme sie an. Morgen fahren wir nach Mookaboola. Ich werde eine Kutsche kommen lassen, die dich vor mir zum Hafen bringt. Wir müssen natürlich getrennt reisen, um zu vermeiden, dass der Tratsch der Dienerschaft Mutter zu Ohren kommt.«

Vianna gab sich mit einem Seufzer geschlagen. *Meine letzte Karte war der Joker.*

Dann stand er auf. »Und jetzt wartet dein Bett auf uns.«

»Nein, Felix. Hier nicht. Das kann ich nicht.«

Aber Felix war entschlossen. Als seine Mundwinkel sich zu einer geraden Linie verfestigten, wurde ihr klar, dass er sie bewusst gezwungen hatte, die Wahrheit zu sagen.

»Niemand soll sagen können, ich hätte mich herabgelassen, im Bett meines unehelichen Halbbruders mit einer Frau zu schlafen. Wir sehen uns morgen Abend wieder.«

Dann machte er einen Schritt auf sie zu und presste sie gegen die Wand. Er umfasste ihr Gesicht und packte ihr Haar, um sie festzuhalten. Sein Kuss war wütend, gierig, er biss sie in die Lippen. Hatte er ihr absichtlich wehgetan? Um sie zu erregen – oder zu bestrafen? Wie auch immer, Vianna ließ den Schmerz an sich abperlen.

»Wie du willst, Felix. Dann bis morgen Abend.«

In diesem Augenblick hörten sie unten auf der Straße die Stimme einer Frau. »Hilfe!«

Das ist Jane! Vianna stürzte die Leiter hinunter. Felix eilte ihr nach auf die Straße und stellte sich schützend vor sie.

Jane stand mit schreckverzerrtem Gesicht da, das Haar fiel ihr aufgelöst über eine Seite des Gesichts, ihr Ausschnitt war zerfetzt. Um sie herum stand eine neugierige Menschenmenge und gaffte sie an. Am ganzen Leib zitternd zeigte sie auf eine Gestalt, die hoch zu Ross um die Ecke verschwand.

»Ich konnte die Bestie nicht aufhalten! Gott steh mir bei, ich habe es versucht – aber er hat mich in die Gosse geschleudert!«

Vianna folgte ihrem Blick. Die Türen des Stalls standen weit offen. Das Schloss war aufgebrochen, der Stall leer.

Noch während Vianna aufschrie, weil sie es nicht wahrhaben wollte, wusste sie, was geschehen war.

Severins letzte Rache an Mungo – und mir. Blewitt hat Boadicea nicht nur gestohlen, er wird sie töten.

DREIUNDVIERZIG

Als sich die Nacht herabsenkte, zog sich ein Ring aus Feuern um Surry Hills. Allein im Park loderten sechs große Feuer, kreisförmig angelegt wie in einem heidnischen Ritual. Die wilden gelben und roten Flammen warfen Schatten und entstellten die Gesichter der Menschen, die sich rings um die brennenden Holzstöße versammelt hatten.

Mungo schienen viele dieser Gesichter geradewegs einer von Augustus Earles Zeichnungen entsprungen zu sein, der die Strafgefangenen und Landstreicher der Kolonie als Mischung aus menschlichen Wesen und archaischen Neandertalern porträtiert hatte.

Mungo war halb belustigt, halb in Sorge angesichts der Tatsache, dass sie von ehemaligen und zukünftigen Verbrechern umgeben waren, von Räubern, Taschendieben und sogar dem einen oder anderen Mörder. *Doch wer bin ich, um darüber zu urteilen?*

Es war bezeichnend, dass die Vornehmen sich hier nicht blicken ließen. Dieser verwahrloste Mob war entweder trunken vom Grog, dem Geschmack der Freiheit oder den Flammen des Feuers. Trotz der Ausgelassenheit, die Alkohol und Tanz erzeugten, spürte Mungo eine unterschwellige Spannung, die ihn beunruhigte. Er setzte sich Toby auf die Schultern, nicht nur, um dem Jungen einen besseren Überblick zu ermöglichen, sondern auch, um ihn vor Betrunkenen und Raufbolden zu schützen. Außerdem musste man bei Severin mit allem rechnen. *Wer versucht, Toby etwas anzutun, ist ein toter Mann.*

»Hey, Toby! Sieh dir die Feuerwerkskörper an. Hast du so was schon mal gesehen?«

»Zauberei!«, antwortete Tony ehrfürchtig. Doch kurz darauf fragte er: »Können Raketen eigentlich Vögel verletzen, wenn sie vorbeifliegen?«

»Niemals. Australische Vögel sind viel zu schlau, um ihnen in die Quere zu kommen.«

Tobys aufgeregtes Kreischen und die Art, wie er sich an Mungos Kopf festklammerte, verrieten ihm alles, was er über den Jungen wissen musste. Manchmal glaubte er, eine vage Ähnlichkeit mit Kentigern und einmal sogar Mrs Less erkannt zu haben. *Mir ist es egal, ob sein Vater Felix ist oder ich oder irgendein anderer von Marias Freiern. Toby ist mein Kumpel. Er kann bei mir bleiben, so lange er will. Möglich, dass ich nicht der beste Vater auf der Welt bin, aber immer noch besser als gar keiner.*

Ob in ihren Adern dasselbe Blut floss oder nicht, Mungo hatte eine viel stärkere Verbindung zu dem Jungen als zu jedem anderen Mitglied der L'Estrange-Familie. *Wir sind beide gebürtige Currency Lads.*

Während er sich in der Menschenmenge umsah, musste er zugeben, dass sie nicht unbedingt eine Empfehlung war. *Wenn das die Gründungsväter einer neuen Nation sein sollen, so stehe Gott Australien bei. Die meisten sind sternhagelvoll und schmutzig und würden ihre Großmutter für eine Flasche Rum verkaufen. Aber ich muss gerade reden. Ich bin nur deshalb ausnahmsweise nüchtern, weil ich Toby ein Vorbild sein muss.*

Seine Träumereien wurden von dessen ängstlicher Frage unterbrochen. »Ist der Mann da drüben tot?«

Toby zeigte auf die Menschenmenge, die in einer makabren Beerdigungsprozession den Körper eines Mannes zum Feuer schleppte. Die schlaffe weiße Baumwollpuppe trug eine zerlumpte blaue Uniform, und das gemalte Mondgesicht sah Gouverneur Darling verdächtig ähnlich.

Wie zum Teufel sollte man einem sechsjährigen Kind erklären, was ein symbolisches Modell ist?

»Keine Sorge, Kumpel. Das ist kein Mensch, sondern eine mit Stroh ausgestopfte Puppe, so etwas Ähnliches wie eine Vogelscheuche. Meine Mam hat früher für Felix und mich auch eine zum Guy-Fawkes-Fest gemacht.«

»Warum?«

»Warum? Vielleicht, um die Menschen daran zu erinnern, dass sie am Galgen enden, wenn sie Böses tun.«

Toby beobachtete, wie die Jungen die große Puppe durch die Luft warfen und sie in einem Funkenregen ganz oben auf dem Feuer landete.

»Aber wenn man böse Menschen henkt, können sie ja nicht lernen, wieder gut zu werden. Warum schickt man sie nicht für eine Weile ins Gefängnis und lässt sie dann wieder nach Hause gehen?« Flüsternd setzte Toby hinzu: »So wie dich.«

Mam hat recht. In dieser Kolonie lassen sich Schreckensnachrichten nicht geheim halten.

»Das ist eine gute Frage, Toby. Ich wünschte, jeder würde so denken wie du.« Dann wechselte er hastig das Thema. »Hey, guck mal, jetzt zünden sie ein Feuerrad an.«

Mungo hielt Tobys Beine fest und drängte sich durch die Menschenmenge. Er war unerklärlich nervös und spürte förmlich, wie die Feindseligkeit um sie herum immer stärker wurde. Eine falsche Bewegung, und die Stimmung des Mobs würde kippen und in ein Handgemenge oder eine Massenpanik ausarten.

Höchste Zeit, dass Jane und Vianna kommen. Mein verdammter Fehler. Ich hätte auf sie warten sollen.

Toby erspähte sie von seiner erhöhten Stellung aus und strampelte heftig mit den Beinen. »Hey, hier sind wir!« Der Junge winkte ihnen derart aufgeregt zu, dass Mungo seine Beine festhalten musste, um nicht das Gleichgewicht zu verlieren.

Beim Anblick seiner schönen Geliebten, die mit flatterndem Haar auf ihn zugelaufen kam, blieb Mungo das Herz stehen. Aber warum waren Felix und Sandy an ihrer Seite und Jane nervös hinter ihr? Viannas Gesicht versetzte ihm einen Schrecken, aber derselbe Ausdruck spiegelte sich auch in denen der anderen. War es Angst, Verwirrung oder Wut? Irgendetwas stimmte nicht.

Felix kam mit großen Schritten auf ihn zu. Ängstlich und erschöpft stürzte sich auch Vianna auf Mungo. »Jemand hat Boadicea gestohlen. Als Jane versuchte, den Dieb aufzuhalten, hat er sie geschlagen.«

Felix fiel ihr ins Wort. »Vater ist sofort zum Watch House gefahren, um Anzeige zu erstatten und eine Belohnung auszusetzen. Du brauchst nur ein Wort zu sagen, und ich mache mich auf die Suche nach dem Dieb.«

Toby stand nun zwischen ihnen und beobachtete mit emporgewandtem Gesicht, wie sie Mungo Vorschläge, Entschuldigungen und Unterstützung anboten.

Jane beschrieb den Mann. »Dunkelhaarig und groß wie ein Bär.«

Felix mischte sich ein. »Er muss den Stall beobachtet und gewusst haben, dass niemand da war und ein Vollblüter darin stand. Obendrein war er gewillt, ein hohes Risiko einzugehen. Auf Pferdediebstahl steht die Todesstrafe.«

»Nein, das war nicht Habgier«, rief Vianna verzweifelt. »Das trägt Severins Handschrift. Er würde niemals das Risiko eingehen, selbst am Galgen zu enden.«

Mungo sprach den Namen im gleichen Moment aus wie Vianna: »*Blewitt*. Ich werde dafür sorgen, dass beide baumeln, und wenn sich der Henker weigern sollte, kümmere ich mich selbst darum.«

Felix schlug ruhig vor, einen Plan zu machen, um nach dem Dieb zu suchen. Dann übernahm Mungo die Initiative. »Sandy, du bringst Toby und die Frauen nach Hause. Vianna, du bleibst bei Jane, da bist du in Sicherheit.«

Als Vianna sich weigerte, von seiner Seite zu weichen, schrie Mungo sie an, doch dann fuhr er plötzlich herum. Toby war verschwunden. »Um Gottes willen, wo steckt der Junge? Das hat mir gerade noch gefehlt!«

Mungo rannte los, und die anderen stoben auseinander, jeder in eine andere Richtung. Sie liefen um die Feuer und riefen Tobys Namen.

Während Mungo gegen seine Panik ankämpfte, hatte er das seltsame Gefühl, dass sich die Atmosphäre irgendwie verändert hatte. Nicht weit entfernt, abseits der Menschenmenge, sah er eine einsame kleine Gestalt. Toby. Er blickte zu jemandem auf, der hinter einer gewaltigen Port-Jackson-Feige im Dunkeln stand. Toby nickte ernst, als prägte er sich jedes Wort ein. Dann rannte er plötzlich zu Mungo zurück und warf sich ihm in die Arme.

»Habe ich dir nicht gesagt, dass du bei mir bleiben sollst? Mit wem zum Teufel hast du da gesprochen?«

»Mit einem Mann. Er hat mir eine Botschaft für dich mitgegeben. Er sagte, dein Pferd wäre dahinten.«

Toby zeigte auf die dichte Dunkelheit, wo der Busch an eine Schlucht grenzte. Mungo lief zu dem Baum. Doch der Mann war verschwunden.

Er packte den Jungen an der Schulter. »Gut gemacht, Toby. Es ist sehr wichtig, also denk scharf nach. Was hat der Mann genau gesagt?«

»Er sagte, du würdest Boadicea unten in der Schlucht finden.«

»Er hat das Pferd also beim Namen genannt, richtig? Hat er gesagt, wer es dahin gebracht hat?«

Toby schüttelte den Kopf und zog Mungo an der Hand. »Nur dass du dich beeilen sollst!«

»Warte. Wie sah der Mann aus? War er so groß wie ein Bär?«

»Nein, eher wie der Doktor. Er war nett. Und irgendwie glänzend.«

»Glänzend? Was soll das heißen?«

»Seine Stiefel glänzten in der Dunkelheit. Und auch sein Gesicht und sein Halstuch. Aber Mungo, der glänzende Mann hat gesagt, du müsstest dich beeilen, sonst wäre es zu spät.«

Der glänzende Mann. Will Eden.

»Keine Sorge, Toby. Der Mann ist ein Freund von mir. Bring du die Frauen nach Hause. Ich werde Boadicea schon finden. Ich verspreche es dir.«

Jane nahm Toby unter ihre Fittiche, doch Vianna sträubte sich.

»Ich lasse dich nicht allein, Mungo. Es ist alles meine Schuld. Blewitt macht die schmutzige Arbeit für Severin. Er ist gefährlich.«

»Tu, was ich dir sage, um Gottes willen!«, schrie Mungo sie an. »Mich will er, nicht dich!«

Dann rannte Mungo den Hügel hinab in die Dunkelheit und schlug sich durch den dichten Busch. Sein Bewusstsein spaltete sich zwischen den chaotischen Bildern der Vergangenheit und der augenblicklichen Gefahr. Er atmete stoßweise und hatte das Gefühl zu ersticken. Den letzten Teil des steilen Hangs rollte er hinunter und rappelte sich wieder auf, übersät von blutenden Kratzern und Schrammen, in der festen Gewissheit, dass er in der Nähe von etwas Bösem war, vor dem er sich fürchtete. Doch er hatte keine Wahl und ging weiter darauf zu.

Und dann hörte er es, verhüllt von grauem Dunst, durch eine Lücke in der dichten Wand der Dunkelheit: ein schreckliches Wiehern. Boadicea! Er sah, wie sich die schwarze Stute aufbäumte und ausschlug, während Blewitt die Peitsche hob und sie ihr auf den Kopf schlug. Von Panik erfüllt rollte sie mit den Augen. Ein blutroter Schleier blendete Mungos Sicht. Als er auf den Mann zulief, brach die Realität zusammen. Mit einem Mal war er außerhalb der Zeit gefangen, wild entschlossen zu töten.

Rot … schwarz … nichts als Fragmente … Er roch das brackige Wasser des Bachs, die Rohrkolben, die alles Leben darin erstickten, nahm das Ächzen eines Mannes wahr, einen widerlichen Gestank, das verletzte Tier … im Sumpf gefangen, mit offenen Stichwunden im schwarzen Fell … Keuchend vor Wut sprang

Mungo in den zähen Morast, blieb darin stecken, unfähig, sich zu bewegen. Verzweifelt versuchte er, den Kopf des Pferdes über dem Schlamm zu halten … wiederholte immer wieder dieselben Worte, um das Tier zu beruhigen, das darum kämpfte, sich zu befreien und dabei immer tiefer in den Sumpf versank … Er vertrieb die Mücken, die es zum Wahnsinn trieben, hörte das Röcheln der sterbenden Kreatur, sein eigenes mühsames Keuchen … schwitzend, kämpfend, während es um ihn herum schwarz wurde … Er wusste es, wollte es aber nicht akzeptieren … Es war bereits zu spät, der Tod ließ sich nicht überlisten …

Mungo blickte zu Felix' Gesicht auf. Er fühlte, wie sein schlaffer, schwerer Körper die steile Uferböschung hinaufgeschleift wurde. Als er sich bewusst wurde, dass Felix eingegriffen hatte und ihn jetzt mit stoßweise hervorgebrachten Worten zu beruhigen versuchte, nahm er seine ganze restliche Kraft zusammen und widersetzte sich. Er hörte seine eigene Stimme, die es nicht wahrhaben wollte, und klang wie das gutturale Geschrei eines Fremden. »Lass mich los!« Er wollte Boadicea nicht verlassen und wehrte sich wie ein Verrückter, bis Felix, der über größere Kraftreserven verfügte als er, ihn zu Boden warf.

»Es ist gut, Mungo«, wiederholte er ein ums andere Mal. »Boadicea ist in Sicherheit. Du hast sie gerettet. Sie hat ein paar Striemen von der Peitsche, aber ich verspreche dir, dass sie sich erholen wird.«

Mungo stand unter Schock. Brutale Bilder schwammen vor seinen Augen. »Nein, sie steckt fest! Ich muss sie da rausholen.«

»Hör auf mich! Du hast sie bereits herausgeholt. Du hast sie aus dem Sumpf befreit. Aber du warst völlig erledigt. Du bist in Panik verfallen, konntest gar nicht mehr aufhören zu kämpfen.«

Mungo schloss die Augen und kämpfte mit äußerster Anstrengung darum zu verhindern, dass der Boden sich weiter unter ihm bewegte. Dann half ihm Sandy auf die Beine. »Aye, mein Junge, wir gehen nach Hause. Es ist alles vorbei. Du warst außer dir, als du gesehen hast, wie Blewitt sie auspeitschte. Er hat sein Messer gezogen und du das deine.«

Mungo horchte auf. »Wo ist der Dreckskerl? Konnte er flüchten?«

Er wollte schon zur Schlucht zurück, doch mit vereinten Kräften hielten sie ihn davon ab.

»Blewitt hat das bekommen, was ihm zustand«, erklärte Sandy sachlich. »Jetzt ist alles vorbei.«

»Ich habe ihn getötet.« Das war eine Feststellung, keine Frage.

»Ich wünschte, ich könnte das bestätigen. Aber er ist geflüchtet, nachdem er den Kampf verloren hatte.« Dann sagte Felix mit einem Unterton von Endgültigkeit: »Blewitt hat noch gelebt. Das können wir bezeugen.«

Sie glauben, sie wüssten, was passiert ist. Aber das weiß nur ich. Boadicea war im Bach. Sie steckte im Sumpf fest, genau wie Logans Pferd … Jetzt gibt es kein Zurück mehr. Und auch kein Vorwärts.

Der verlassene Park lag unter einer dichten Rauchwolke, die nach Asche und glimmender Kohle von den fast erloschenen Feuern roch. Mungo legte die Hand auf Boadiceas Hals, während die Stute auf Rockingham Hall zutrottete.

Felix und Sandy folgten schweigend. Bis Mungo sich zu Felix umdrehte und in einem Tonfall, der keinen Widerspruch duldete, erklärte: »Vianna gehört dir, Kumpel. Ich will sie nicht. Aber wenn du der Mann bist, für den ich dich halte, tust du das einzig Richtige und heiratest sie. Du kannst ihr das Leben bieten, das sie braucht.«

Felix wandte den Blick ab, zu überrascht, um zu antworten.

Als sie das Eingangstor erreichten, beruhigte Sandy Mungo.

»Ich kümmere mich um Boadiceas Wunden. Sie wird bald wieder auf dem Damm sein. Es ist alles vorbei, mein Junge.«

»Das ist es ja, Sandy. Es wird nie vorbei sein. Jetzt weiß ich, dass es Mord war.«

»Das war es nicht, mein Junge. Du stehst unter Schock. Du bist fast wahnsinnig geworden und hast auf Blewitt eingeschlagen, als wäre er ein Sandsack. Es war Notwehr. Felix und ich können es unter Eid bezeugen. Blewitt ist auf sein eigenes Messer gefallen, als er versuchte, das Weite zu suchen. Wenn er an seinen Wunden krepiert, hast nicht *du* ihn auf dem Gewissen.«

»Ich meine nicht Blewitt. Als ich Boadicea im Sumpf sah, kam alles wieder. Moreton Bay. Der Tag, bevor sie Logans Leiche fanden. Deshalb verfolgt er mich, Sandy. Ich war derjenige, der ihn getötet hat.«

»Schweig, mein Junge. Geh nach oben und leg dich ins Bett. Heute Nacht kannst du nichts mehr tun. Wir sprechen morgen darüber.«

Im Morgengrauen schob Mungo zwei Briefe unter dem Türspalt seiner Mutter durch. Einen kurzen Abschiedsbrief, in dem er sich bei Jane entschuldigte, weil er ihr diese Enttäuschung zugefügt hatte, und sie bat, sich um Toby zu kümmern. Sein Brief an Vianna enthielt vier Zeilen:

Es ist alles vorbei. Ich bin nicht gut für Dch oder eine andere Frau. Ich muss mich meinen Taten stellen. Felix ist der richtige Mann für Dich. Geh zu ihm. Erlaube ihm, Dich zu lieben. Alles andere wird sich mit der Zeit ergeben, Mungo.

VIERUNDVIERZIG

Felix warf einen Blick auf seine goldene Uhr, so wie er es in den letzten zwei Stunden in immer kürzeren Zeitabständen getan hatte. Silent Jack, der Fährmann, redete wie ein Wasserfall, während die Schatten des späten Nachmittags den Hafen in eine graublaue Spiegelung des Himmels verwandelten.

In den Wellen der aufkommenden Flut schaukelnd wartete die mit Kisten und Bündeln von Farmausrüstung beladene Fähre. All das war für die überall am nördlichen Ufer um Hunters Hill verstreuten Anwesen bestimmt, darunter auch eine an der Reling festgebundene Kuh für Mookaboola.

»Wollen Sie noch länger warten, Mr L'Estrange? Es geht mich zwar nichts an, aber die Warterei kostet Sie ein kleines Vermögen.«

»Ich sage Ihnen schon, wenn es so weit ist«, entgegnete Felix unwirsch.

Felix redete sich ein, dass er ein reines Gewissen hatte. Letzte Nacht war extrem schwierig gewesen, denn sie hatte ihm ungewollt offenbart, welche Gefühle Vianna ihm entgegenbrachte. Und für Mungo. Aber sie hatte versprochen, ihren Vertrag einzuhalten.

Er sagte sich, dass er es sich leisten konnte, großzügig zu sein, zumindest was Boadiceas Rettung anging. Trotzdem wollte er gern wissen, warum Mungo so plötzlich das Handtuch geworfen hatte. Er dachte über die seltsamen Worte nach.

Vianna gehört dir, Kumpel. Ich will sie nicht. Aber wenn du der Mann bist, für den ich dich halte, tust du das einzig Richtige und heiratest sie. Du kannst ihr das Leben bieten, das sie braucht.

Felix verspürte einen Anflug von Gereiztheit. Mungo spielte

den Helden und gab Vianna frei, damit sie Felix als zweite Wahl akzeptierte. Dabei war es genau umgekehrt. Er war stolz darauf, keine Kosten und Mühen gescheut zu haben, um Vianna glücklich zu machen. Die trächtige Kuh an Bord war ein Geschenk für sie; sie sollte sie nicht nur mit frischer Milch zum Trinken versorgen, sondern auch zum Baden. So hatten die sagenumwobenen Kurtisanen der Vergangenheit die Vollkommenheit ihrer Haut bewahrt. Er hegte den leisen Verdacht, dass Kleopatra in Eselsmilch gebadet hatte, hielt aber trotzdem an der Vorstellung fest, dass Vianna in Kuhmilch badete; es wäre ein Luxus, den sie bestimmt zu schätzen wüsste.

Felix nahm einen weiteren Schluck Brandy aus dem silbernen Flachmann, der heute Nachmittag zu seinem engsten Begleiter geworden war. Er hatte seinen ursprünglichen Plan geändert und eine Kutsche organisiert, die Vianna direkt zu ihm in den Hafen bringen sollte. Gestern Abend schien sie genauso nervös gewesen zu sein wie er, doch eine solche Kette dramatischer Ereignisse hätte jedes weibliche Wesen aus der Fassung gebracht. Er bezweifelte nicht, dass sie mit ihm nach Mookaboola kommen würde, allerdings machte ihm ihre Verspätung allmählich Sorgen, trotz des traditionellen Rechts der Frauen, überall zu spät zu kommen.

Ich kann diese verfluchte Kuh nicht mehr lange so angebunden lassen. Ich müsste sie so schnell wie möglich den Hansons übergeben. Was, wenn sie mitten im Hafen ihr Kalb zur Welt bringen will? Ich habe von Viehhaltung keine Ahnung. Mungo könnte wahrscheinlich mit geschlossenen Augen ein Kalb zur Welt bringen. Zum Teufel mit ihm.

Silent Jack riss ihn aus seinen Gedanken. »Ich kann nicht mehr warten, Sir. Entweder wir brechen jetzt auf, oder wir bleiben hier.«

Felix warf reflexartig einen Blick auf die Uhr. Die verfluchte Kuh gab schließlich den Ausschlag. Beflügelt vom Alkohol gab er die Anweisung aufzubrechen.

»Du kannst mich übersetzen und anschließend zurückkommen, um die Dame abzuholen.«

Als die Kuh klagend muhte, fuhr Felix innerlich zusammen. Sie hatte einen irren Blick und deutlich Angst vor der scharfen, salzigen Seebrise, der weißen Gischt auf den Wellen, die gegen die Kaimauer klatschten und einen bevorstehenden Sturm ankündigten, und der schlingernden Fähre unter ihren Hufen. Sie zerrte an ihrem Strick und wirkte so verzweifelt, als könnte sie jeden Augenblick springen und in den Fluten versinken.

Felix' Mitleid hielt sich jedoch in Grenzen angesichts seiner zunehmenden Angst und eines dunklen, dumpfen Gefühls von Ablehnung. Immer noch keine Spur von ihr am Kai. Mit dem Gefühl, in dem müden Körper eines alten Mannes gefangen zu sein, klammerte er sich an sein Mantra: *Vianna hat versprochen, unseren Vertrag einzuhalten. Und bei Gott – ich werde sie daran erinnern.*

Silent Jack trieb ihn zur Weißglut mit seinen endlosen Fragen, die er sich selbst beantwortete, um die einseitige Unterhaltung aufrechtzuerhalten. Felix suchte Trost bei seinem Flachmann, der ihn anfänglich bei Laune gehalten hatte, jetzt aber das Gegenteil bewirkte und seine Welt verdunkelte. *Was, wenn sie es sich doch anders überlegt hat?*

Die Schönheit um sich herum nahm er gar nicht wahr. Die Vorstellung einer Zukunft ohne Vianna dehnte sich zu einer endlosen Kette von düsteren, hoffnungslosen Tagen vor ihm aus. Nichts anderes spielte eine Rolle. Die Pläne seiner Mutter, nach Preußen zurückzukehren, der unsichere Zustand der Familienhypotheken, die von Wentworth' Bank of Australia gehalten wurden, seine Sternbeobachtungen – nichts war mehr von Belang. Es gab nur eine Realität: Vianna. Gerade als sein Traum, die Venus von Sydney zu besitzen, endlich wahr zu werden schien, hatte ihm sein Halbbruder einen Strich durch die Rechnung gemacht, so wie der Dreckskerl es schon das ganze Leben lang gehalten hatte.

Es war ihm kein Trost, dass Mungo sie zurückgewiesen hatte und aus seinem Leben verschwunden war. Es kam einfach zu spät. Er konnte die Wahrheit nicht länger ignorieren. Viannas Geständnis hatte ihm die Augen geöffnet. *Mein romantischer Traum ist zu einem Alptraum geworden.*

Während er in die Tiefen des Hafenbeckens starrte, versuchte er, sich an seine Fantasie zu klammern … sich in das Himmelbett zu versetzen, das er für sie beide in Mookaboola aufgestellt hatte … sie zu lieben mit all der Leidenschaft, die sich seit Langem in seiner Seele und seinem Körper aufgestaut hatte. Sie gehörte ihm! Und dann, kurz vor dem Höhepunkt, blickte er tief in Viannas Augen und sah – Mungos Spiegelbild!

»Herrgott! Nein!« Sein gequälter Schrei brachte selbst Silent Jack zum Schweigen.

Ich würde Mungo umbringen, wenn ich Vater damit nicht so viel Leid zufügen würde. Vianna ist die einzige Frau, die ich jemals wollte. Sie an Mungo zu verlieren ist unerträglich. Schon in Vaters Augen war ich immer nur der Zweitbeste. Und so ist es jetzt auch bei Vianna, obwohl ich alles getan habe, um sie glücklich zu machen.

Die Wirkung ihrer Worte kehrte zurück und verletzte ihn wie eine tödliche Stichwunde. »Ich bewundere dich mehr als jeden anderen Mann, den ich kenne, Felix, aber als Mann liebe ich Mungo.«

Felix nahm noch einen Schluck Brandy. Die Trauer lag auf ihm wie ein Leichentuch. Er blickte in das bodenlose Hafenbecken, spürte, wie eine heimtückische Kraft ihn in die Tiefe zog, um seinem Schmerz zu entfliehen.

In diesem Moment fühlte er sich dem jugendlichen Helden in Goethes *Die Leiden des jungen Werther* ganz nah.

Selbstmord als Mittel gegen unerwiderte Liebe …

Er drehte sich um und betrachtete die Villa Henrietta, die Szene seines Triumphs. Dort hatte er Vianna gerettet. Wird das das Letzte sein, was ich auf dieser Welt sehe? Wie leicht es wäre, sich umzubringen.

Felix dachte zurück an den Abend, an dem er zu Captain Pipers letztem verschwenderischem Fest gegangen war. Ohne dass seine

Familie oder Freunde davon wussten, hatte Piper an schweren Depressionen gelitten. Seine finanziellen Angelegenheiten waren mit denen seiner Regierungsstellung als Marineoffizier und seinen anderen Verpflichtungen dermaßen verstrickt gewesen, dass die gesellschaftliche Ächtung unvermeidlich war. Piper hatte das Fest unbemerkt verlassen, die Musiker angewiesen, auf einem Schiff weiterzuspielen, und war aufs Meer hinausgefahren. Draußen vor den Heads war er über Bord gesprungen. Ein Geiger, der einzige Mann an Bord, der schwimmen konnte, war ihm gefolgt und hatte ihn gerettet.

Pipers Welt war zusammengebrochen. Wahrscheinlich hat er den Mann, der ihm das Leben rettete, verflucht.

Während Felix seinen Flachmann bis zum letzten Tropfen leerte, erkannte er mit blendender Klarheit, dass dies die beste Lösung wäre. *Ich werde es wie einen Unfall aussehen lassen, um meiner Familie die Schande eines Selbstmordes zu ersparen.*

Silent Jack hatte ihm den Rücken zugewandt. Gerade als Felix sich unbemerkt ins Wasser fallen lassen wollte, stieß die trächtige Kuh ein lautes Muhen aus, und dann hörte er eine vertraute Stimme am Ufer. Der Aufseher winkte ihm zu.

Verfluchter Hanson. Er würde sehen, dass es Selbstmord war. Das kann ich Mama nicht antun. Ich muss nach einem anderen Weg suchen, um meinen Schmerz zu lindern.

Er tastete nach den Münzen in der Jackentasche. Es war ihm nicht gelungen, sich mit Geld das zu kaufen, was er sich am meisten ersehnte: Viannas Liebe. Jetzt brauchte er den schnöden Mammon nicht mehr, nur die paar Münzen für den legendären Fährmann, der ihn über den Styx ins Jenseits bringen würde.

Stattdessen bezahlte er Silent Jack.

»Einen schönen Abend wünsche ich, Mr L'Estrange, wenn Sie wissen, was ich meine.«

Die Anspielung war klar. Seit Wochen hatte der Fährmann Möbel für Viannas Boudoir herübergebracht.

Felix versuchte, seinen unsicheren Gang zu verbergen, als Hanson ihn mit angemessenem Respekt begrüßte und die Kuh über den Pfad nach Mookaboola führte. »Scheint, als wäre sie so weit, Sir. Jetzt ist sie in guten Händen. Und alles ist bereit, so wie Sie uns angewiesen haben. Frische Rosen täglich und eisgekühlter Champagner. Ich habe heute Morgen persönlich die Austern in den Klippen gesammelt. Die Dame fühlt sich sehr wohl. Sie sagte, sie wäre vorher noch nie hier gewesen, und es wäre viel schöner, als sie vermutet hätte.«

»Die Dame?« Felix blieb abrupt stehen, überwältigt von der Verwirrung und einem wundervollen Gefühl der Hoffnung, als hätte die Sonne gerade die Gewitterwolken vertrieben und den Sommer eingeläutet.

Vianna hat den Vertrag eingehalten! Mungo ist aus ihrem Leben verschwunden. Meine Geliebte ist wieder zu Verstand gekommen. Und wenn ich denke, dass ich fast ins Wasser gesprungen wäre! Möge Gott mir vergeben!

Er ließ seinen Gehstock fallen und rannte los, schlitterte und rutschte über den vom Regen aufgeweichten Pfad, lachte fröhlich, trotz der Flecken, die der Schlamm auf seiner Hose und seinen Stiefeln hinterließ. Schwer atmend erreichte er einen Punkt, von dem aus er Mookaboola sehen konnte, und da blieb ihm das Lachen in der Kehle stecken. Er sah, wie sich das Teleskop bewegte. Sie beobachtete ihn. Diskret schloss eine weiße Hand die Vorhänge im Schlafzimmer, das er für sie geschaffen hatte. Oben auf der Gartentreppe warf er triumphierend seinen Hut in die Luft.

Himmel auf Erden. Sie wartet auf mich. Mungo ist weg! Sie gehört mir!

Im Innern des Hauses stieß er mit Mrs Hanson zusammen, die ihn anstrahlte, als wäre er ihr Lieblingssohn.

»Die Dame wartet oben auf Sie, Sir. Und wenn Sie erlauben, sie ist eine echte Schönheit, Sir.«

Felix glaubte selbst nicht, was er dann tat. Wie ein galanter französischer Gentleman küsste er die alte Dame auf beide rosige Wangen und nahm dann zwei Stufen auf einmal. *Soll ich anklopfen? Oder einfach ins Zimmer platzen und sie ins Bett tragen?*

Er warf seinen Umhang auf einen Stuhl im Gang, fuhr sich mit den Fingern durchs Haar, klopfte an und drückte gleichzeitig die Türklinke herunter.

Ihr Anblick raubte ihm den Atem. Sie stand mit dem Rücken zu ihm, eingerahmt von den offenen Balkontüren. Die Umrisse ihres nackten Körpers waren deutlich unter der dunklen Spitze eines französischen Negligés zu sehen, das er für sie ausgesucht hatte. Als böte Vianna ihm diese Vision als Geschenk, die Erfüllung der Fantasie, die er um sie herum erschaffen hatte.

Im Nacken hatte sie eine malvenfarbene Rose festgesteckt, seine Lieblingsblume, wie sie wusste. Das dichte Haar hatte sie bewusst über die Schulter geschoben und bot ihm somit einen erregend klaren Blick auf ihren milchweißen Rücken und die wunderschönen langen Beine unter dem hauchzarten Stoff.

»Mein Gott, du bist unvergleichlich schön, Liebste. So lange habe ich auf diesen Augenblick gewartet, dass mir die Worte fehlen.«

»Ich hoffe, dass ich dich nicht enttäuschen werde, Felix«, antwortete sie mit einer Stimme, die leicht und jung war, aber keineswegs kokett klang.

Und als sie sich zu ihm umdrehte, sah er, dass ihre Finger noch auf dem Ende des Teleskops lagen, durch das sie die ersten Sterne am Nachthimmel beobachtet hatte.

Langsam fügten sich die Puzzlesteine zu einem Ganzen zusammen. Schließlich verstand Felix.

Mollys Hand am Teleskop hatte gezittert, aber ihre Stimme klang sicher und süß.

»Nimmst du mich mit zu den Sternen, Felix?«

Er konnte nicht antworten. *Es ist alles vorbei … alles vorbei … alles vorbei …*

»Ich verspreche dir, dass ich dich von deinem Schmerz erlöse, wenn du mir nur Zeit gibst.«

Ihre Stimme bebte, doch ungeachtet seiner Verwirrung war sich Felix des außerordentlichen Mutes dieser jungen Frau bewusst.

Erschöpft und aller Gefühle beraubt lehnte er sich an die Tür und atmete schnell, unfähig, irgendetwas zu tun, außer die junge barfüßige Nymphe anzusehen, die sich selbst in seine Fantasiewelt eingeladen hatte ... Jetzt kam sie durch das Zimmer auf ihn zu, die sonnengebräunten Arme zu einer offenen Einladung ausgebreitet ...

Sie stellte sich auf die Zehenspitzen, zog seinen Kopf zu sich herab, näherte sich seinem Mund zu einem Kuss. Sie bot ihm ihr ganzes Herz an.

Felix nahm sacht ihre Hände von seinem Gesicht und hielt sie fest. Schließlich fand er die Worte, düster und traurig. »Vergib mir, Molly, ich habe nichts mehr in mir, das ich dir oder irgendeiner anderen Frau geben könnte.«

Mit einer spöttischen Geste deutete er auf das romantische Schlafzimmer, das er für Vianna erschaffen hatte. »Das hier war mein Traum.«

»Ich weiß«, entgegnete sie. »Aber *ich* bin wirklich.«

Barfuß ging sie zum Bett, ohne seinen Blick loszulassen, und löste die Schleife an ihrer Brust. Ihre Augen waren resolut, aber ihre Hand zitterte, als sie das Ende der Schleife um die Finger wickelte und ihm entgegenstreckte.

»Ich bitte dich nur um eins, Felix. Lehre mich alles, was ich wissen muss, um zu den Sternen zu reisen. Alles andere ist egal. Ich habe genug Liebe in mir für uns beide.«

FÜNFUNDVIERZIG

Miss Weekes, die verhutzelte Sprechstundenhilfe in Sandys Praxis, besaß eine Resolutheit, die ihre Statur entschieden übertraf. Sie reichte Mungo zwar kaum bis zur Gürtelschnalle, weigerte sich jedoch kategorisch, ihn zu Dr. Gordon vorzulassen. »Junger Mann, und wenn Sie der Gouverneur persönlich wären. Sie können nicht einfach hier hereinspazieren und vorgelassen werden, wenn Sie keinen Termin haben. Der Doktor erwartet einen wichtigen Patienten und möchte nicht gestört werden.«

Mit dem Hut in der Hand versuchte Mungo, Respekt und Entschlossenheit in ein Gleichgewicht zu bringen.

»Tut mir leid, wenn ich darauf bestehe, Miss Weekes, aber es ist wirklich eine Frage von Leben und Tod. Wenn Sie also nichts dagegen haben, warte ich solange.«

»Wenn Sie unbedingt wollen. Wie ist Ihr Name?«

Mungo zögerte. »Sean O'Connor, Ma'am.«

Natürlich war ihr sofort klar, dass es nicht sein richtiger Name war. »Dann füllen Sie bitte dieses Formular aus. Wenn Sie nicht lesen können …«

»Geht schon, danke, Ma'am.«

Mungo füllte das Formular aus und nahm Platz. Eine halbe Stunde verging. Als Sandy an der Tür auftauchte, begrüßte ihn Miss Weekes nervös.

»Diese Person, Mr O'Connor, hat sich geweigert zu gehen, Doktor. Aber Sie wollten ja nicht gestört werden, bis Mr Quayle da ist.«

»Aye, in der Tat. Sie haben richtig gehandelt. Dann empfange ich an seiner Stelle eben Mr O'Connor. Wären Sie wohl so freundlich, uns eine Kanne Tee zu bringen?«

Mungo nahm Platz in Dr. Gordons Allerheiligstem und spielte nervös mit seiner Hutkrempe. Er bemerkte, dass ein Buch über Mesmer auf dem Schreibtisch lag. »Ich bin gekommen, um mich zu verabschieden«, erklärte Mungo. »Aber offensichtlich hast du mich erwartet.«

»Aye, so ist es.« Sandy sah ihn neugierig an. »Was soll das Theater mit Mr Sean O'Connor? Ich dachte, den hättest du in Moreton Bay gelassen?«

»Ich will meiner Familie nicht noch mehr Schande machen. Hör zu, Sandy, wegen gestern Abend. Ich habe mich entschieden. Ich wollte nur dir gegenüber reinen Tisch machen, bevor ich abreise. Ich habe für morgen eine Überfahrt auf der *Isabella* gebucht.«

»Du willst also an den Ort des Geschehens zurückkehren, stimmt's, mein Junge?«, fragte Sandy lässig. »Das tun Mörder ja angeblich. Aber vielleicht hast du auch nur Heimweh nach Moreton Bay. Jedenfalls ist es einer der schönsten Flecken, die Gott jemals auf dem Planeten erschaffen hat. Ich selbst hätte nichts gegen einen kleinen Urlaub in Brisbane Town einzuwenden.«

Jetzt verlor Mungo die Fassung. »Sandy, um Gottes willen, da gibt es nichts zu lachen. Hast du nicht kapiert, was ich dir gestern Abend gesagt habe? Als ich sah, wie der Dreckskerl Boadicea auspeitschte, ist es mir plötzlich wieder eingefallen. Aber was ich sah, war nicht das, was sich vor meinen Augen abspielte.«

Er brach ab, als Miss Weekes mit dem Tee eintrat. Es war ihm bewusst, dass seine zitternden Hände ihn verrieten, dennoch nahm er die Tasse, die sie ihm reichte, verschüttete ein wenig auf die Untertasse und stellte sie verlegen auf den Tisch. Sobald sie die Tür hinter sich geschlossen hatte, nahm Sandy die Whiskeyflasche aus der Schublade seines Schreibtisches und schenkte ihm ein Glas ein.

»Der Tee soll nur den Schein wahren. Miss Weekes ist Methodistin und hat nichts übrig für Alkohol. Aber dort, woher ich komme, ist das hier das einzige Getränk, das zählt.«

Mungo umklammerte das Glas mit beiden Händen.

»Also, was willst du genau gesehen haben?«, fragte der Arzt.

»Es war, als wäre ich plötzlich gleichzeitig an zwei verschiedenen Orten. Es klingt verrückt, ich hatte das Gefühl, als wäre ich in zwei unterschiedlichen Zeitzonen. Als würde ich durch einen Schleier von einem Ort auf einen anderen sehen. Ich war wieder in Moreton Bay, an der Stelle, wo sie Logans totes Pferd gefunden hatten.«

Mungo sah ihm in die Augen. »Ich wünschte, es wäre eine Halluzination gewesen, Sandy, aber sie war so lebendig, dass ich weiß, dass sie echt war. Ich erinnerte mich daran, wie Logan mich angesehen hatte. Ich habe geschrien, mit meinem Messer ausgeholt und auf ihn eingestochen ... Das Messer war rot.«

Mungo starrte voller Grauen auf seine ausgestreckten Hände. »Logans Blut. Was brauchst du noch für einen Beweis?«

»Der Mann ist tot. Seine Leiche wurde nach Sydney Town gebracht, und er bekam ein anständiges Begräbnis. Warum also erzählst du mir all das?«

»Warum? Weil du mehr als alle anderen verdienst, die Wahrheit zu erfahren. Du bist mit Logans Witwe verwandt. Du hast ein Anrecht, es zu erfahren. Und auch seine Familie, seine Zwillingsschwester in Schottland, alle. Niemand kennt bislang die Wahrheit. Manche machen die Schwarzen für seinen Mord verantwortlich. Andere meinen, es wären flüchtige Strafgefangene gewesen, die sich den Schwarzen angeschlossen hatten. Sie liegen alle falsch. *Ich* war es, niemand sonst. Ich muss Manns genug sein, mich meiner Verantwortung zu stellen, ich kann mit einer solchen Schuld nicht leben.«

Ich habe seinen Landsmann getötet. Warum sagt er nicht etwas, warum brüllt er mich nicht an?

Mungo stand auf. »Ich hatte das Bedürfnis, dir die Wahrheit zu sagen, von Angesicht zu Angesicht, bevor ich nach Moreton Bay gehe und mich Logans Nachfolger stelle. Ich habe bereits alle Brücken hinter mir abgebrochen und Abschiedsbriefe an meine Mutter und Vianna geschrieben. Ich habe ihr gesagt, dass sie Felix heiraten soll. Ihr Vater wurde im Gefängnis von Newgate gehenkt. Sie verdient etwas Besseres als einen Mann, den man hängen wird. Mein Schicksal steht fest.«

Sandy zog betroffen die buschigen Augenbrauen zusammen. »Aye, also hast du dich schon ohne ein Gerichtsverfahren selbst verurteilt. Das entspricht wohl kaum britischem Recht.«

»Ist denn Patrick Logan Recht widerfahren? Warum sollte es mir anders ergehen?«

Er ging auf die Tür zu. »Ich habe gesagt, was ich zu sagen hatte. Tut mir leid, wenn ich dich enttäusche, Sandy. Das nächste Mal wirst du in der Zeitung von mir lesen. Wenn sie mich wegen Mordes an Logan anklagen.«

»Immer mit der Ruhe, Mungo Quayle. Es gibt noch etwas Wichtiges, das erledigt werden muss, bevor du diesen dramatischen Schritt tust.«

»Was ist das?«

»Du musst deinen Arzt davon überzeugen, dass du die Wahrheit sagst. Ansonsten kann ich nicht bestätigen, dass du bei Sinnen bist.«

»Hältst du mich für einen Lügner? Warum sollte ich ein Verbrechen gestehen, das ich nicht begangen habe?«

»Du wärst nicht der Erste, der eine falsche Aussage macht, nur um gehenkt zu werden. Weil du nicht bei Verstand bist, aus Selbsttäuschung, Schuldgefühlen, um einen anderen Mörder zu decken, ja selbst aus einem verdrehten Bedürfnis heraus, berühmt zu werden. Aber auf dich treffen all diese Gründe nicht zu.«

»Es tut mir nicht leid, dass ich mir seinen Tod *wünschte*. Das ging Hunderten von anderen ganz ähnlich. Aber ich war derjenige, der die Motivation und die Gelegenheit hatte, ihn zu töten. Und nachdem ich es getan hatte, habe ich meine Erinnerung verloren. Vielleicht wollte ich mir selbst etwas vormachen, um straffrei auszugehen. Bis Logan zurückkam, mich verfolgte und ich langsam, aber sicher den Verstand verlor. Er findet keine Ruhe, deshalb wird sein Geist nicht zulassen, dass sein Mörder Ruhe findet.«

Sandy beugte sich vor und sah ihn mit zusammengekniffenen Augen an. »Möglich, dass du ihn getötet hast, Mungo. Aber ein Feigling bist du nicht. Ich glaube nicht, dass du einen unbewaffneten Mann mit dem Messer angegriffen hast. Willst du beweisen, dass du Logan umgebracht hast – oder auch nicht? Bist du Manns genug, um den Rest deines Lebens mit den Konsequenzen zu leben?«

»Bis sie mich hängen.« Mungo stieß ein hohles Lachen aus.

Sandy nickte. »Aye, bis sie dich hängen. Oder du als alter Mann im Bett stirbst.«

Mungo versuchte sich in Galgenhumor. »Ich denke, Hängen ist besser, als für den Rest meines Lebens von Logans Geist verfolgt zu werden.«

»Ich bin Arzt und kein Zauberer. Ich kann nicht garantieren, dass ich seinen Geist daran hindern kann zurückzukehren. Aber erinnere dich an Platon. Er spricht von Geistern als Schattenbildern, ›welche nicht rein abgelöset sind, sondern noch teilhaben an dem Sichtbaren, weshalb sie denn auch gesehen werden‹. Meiner Meinung nach ist es nicht abwegiger, dass ein Mensch über das zweite Gesicht verfügt, als dass ein Wunderkind musikalische Meisterstücke schafft. Beide besitzen eine seltene Gabe.«

»Ich kann damit leben, dass Will Eden sich immer mal blicken lässt, er war ein Freund. Aber Logan hat es auf seinen Mörder abgesehen.«

»Hast du nie daran gedacht, dass es für sein Auftauchen noch einen anderen Grund geben könnte?«

»Welchen?«

»Du kannst ihn *sehen*! Wenn Platon recht hat und Logans Seele sich noch nicht von der materiellen Welt gelöst hat, könnte es sein, dass er seiner Witwe Gerechtigkeit widerfahren lassen will«, erklärte Sandy. »Ich mache dir einen Vorschlag. Wenn du schuldig wärst, würdest du gehenkt werden, aber das würde Letitia nicht helfen. Wenn du aber unschuldig bist, würdest du dann helfen, Druck auf die britische Regierung auszuüben, damit Letitia und seinen Kindern Gerechtigkeit widerfährt, egal, wie lange es dauert?«

»Du hast mein Wort darauf.«

»Dann werde ich mein Bestes tun, um dir zu helfen. Ich bin kein Experte, was die Methoden von Mesmer und seinesgleichen angeht, aber ich werde dich in einen hypnotischen Zustand versetzen, der so ähnlich ist wie ein Tiefschlaf. Ich lasse dich die Vergangenheit erneut durchleben. Du wirst dir dessen bewusst sein, was du sagst, aber du wirst nicht in der Lage sein zu lügen, so wie ein Mensch auch Gott nicht belügen kann.«

»Ich bin nicht sicher, dass ich an Gott glaube. Aber dir glaube ich, Sandy.«

»Ich muss dich allerdings warnen, denn es könnte schmerzhaft werden. Du wirst dieselben Gefühle durchmachen wie während dieser Tage in Moreton Bay, an die du dich nicht erinnern kannst. Aber wenn du aus der Hypnose erwachst, wirst du die Wahrheit kennen, auf Gedeih und Verderb.«

Mungo war bewusst, dass Sandy ihn beobachtete, jetzt war er nicht nur ein Freund, sondern ein Arzt, der an die Tradition seines Berufes gebunden war: Erster Grundsatz – füge niemandem Schaden zu.

»So sieht es aus, Mungo Quayle. Bist du bereit, dein Schicksal in meine Hände zu legen? Ohne zu wissen, wie lange es dauert?«

Mungo nickte langsam und dachte an die Maxime seiner Mutter: *Nimm dir Zeit, dann kommt sie zu dir.*

Zuerst war nichts da als Dunkelheit. Mungo nahm nur seinen Atem wahr, während er ruhig in einem unbekannten Meer trieb. Seine Augen waren wie im Schlaf geschlossen, trotzdem hatte er das Gefühl, als sei sein Geist in dem schlafenden Körper hellwach. Die Stimme, die er hörte, schien aus weiter Ferne zu kommen. Als er aufgefordert wurde, zu dem Tag zurückzukehren, an dem sein Vater seinen fünfzigsten Geburtstag feierte, und zu beschreiben, was er sah, hörte und fühlte, fiel es ihm nicht schwer zu antworten.

Entspannt und gelassen stand Mungo auf der vorderen Terrasse von Rockingham Hall, hielt Tobys Hand und bewunderte Kaisers glänzendes Fell. Eine Woge von Freude durchflutete ihn, als sein Vater die Pferdedecke entgegennahm, die Toby ihm überreichte.

»Und jetzt wirst du noch weiter zurückgehen, zu einem Tag im Jahr 1830. Es ist der siebzehnte Oktober. Erzähl mir, wo du bist.«

Lichtstreifen fielen durch das tropische Blätterdach und versperrten ihm den Weg.

»Ich weiß es nicht. Ich habe mich verirrt. Ich bin im Busch, irgendwo westlich von Moreton Bay, glaube ich.«

»Bist du frei oder gefangen?«, wollte die Stimme wissen.

»Ich bin ein Strafgefangener. Weshalb sollte ich sonst dort sein.« Es war eine Feststellung, keine Frage.

»Unter welchem Namen stehst du auf der Sträflingsliste?«

»Sean O'Connor.«

»Wie lautet dein Geburtsname?«

»Das kann ich dir nicht sagen.« Mungo zögerte, denn er wusste, dass er die Wahrheit verbergen musste. Doch das erforderte eine sehr starke Überwindung.

Die Stimme war ruhig und überzeugend. »Dir kann nichts passieren. Niemand hat die Macht, dir zu schaden. Wie lautet der Name, den deine Mutter dir gab?«

Mit einem Seufzer der Erleichterung sprach er ihn aus. »Mungo Quayle.«

Die Stimme stellte eine Reihe von einfachen Fragen, bat ihn, zu beschreiben, was er sehen, berühren und riechen konnte.

Mungo blickte sich verwundert um. Der tropische Wald wimmelte von seltenen bunten Vögeln. Er hörte das merkwürdige leise Summen, die Stimme des Urwalds, in dem es niemals ganz still ist. Die wilde Schönheit seiner Umgebung umschloss ihn wie ein warmer tropischer Mantel, die Luft streifte seine Haut, während er durch das Unterholz ging … Er wusste, dass er sich verirrt hatte und wahrscheinlich Meilen von Sandys Zelt entfernt war; er hatte sich verirrt, aber er hatte keine Angst. Er war froh über das Erlebnis seiner seltenen Freiheit, die intensiv leuchtenden Farben, den Glanz auf den wächsernen Blättern, die üppigen Farne, über die leisen Geräusche der Tiere überall ringsum, Eidechsen, Schlangen, die träge durch die unterschiedlichen Schichten des Dschungels glitten …

An einem überhängenden Ast entrollte eine Schlange ihren geschmeidigen, mit juwelenartigen Schuppen bedeckten Körper. Mungo blieb stehen, um sie zu bewundern, und sagte leise: »Wenn ich jetzt sterben würde, wäre ich zufrieden, denn ich weiß, dass ich das Paradies gesehen habe.«

Doch sein Instinkt warnte ihn, sich nicht zu rühren. Er wartete, bis die Schlange am Baumstamm herabgeglitten war, wobei sie sich rhythmisch, in einer Reihe von miteinander verbundenen S-Formen vorwärtsschlängelte, die rote Erde überquerte und im goldbraunen Unterholz verschwand.

Aus weiter Ferne bat ihn die ruhige, körperlose Stimme zu beschreiben, was als Nächstes passierte. Ohne Vorwarnung verwandelte sich die Szene.

Mungo spürte, dass sich im Paradies etwas verändert hatte. Bilder folgten aufeinander in rascher Folge, als er blindlings losrannte … Er hörte das Geräusch von Schritten im Busch, die Stimme eines Mannes, der in Panik schrie, das entsetzliche Wiehern eines Pferdes … Er wusste, dass es kein Entkommen vor der Angst gab … Als er durch eine Bresche im Busch stürzte, sah er es … das Pferd, das im Morast feststeckte … ein langer Speer durchbohrte seine Kruppe.

Mungo brach der kalte Schweiß aus, denn er fürchtete, dass es bereits zu spät sein könnte, um es aus dem Morast zu retten. Je mehr er kämpfte, um es zu befreien, desto tiefer versank er. Er hielt den Kopf des Pferdes über den Schlamm und versuchte, es zu beruhigen. Der Schweiß lief ihm über den Körper und vermischte sich mit dem Angstschweiß des Pferdes. Mungo wollte nicht aufgeben ... Er sah das Weiße in seinen verdrehten Augen, und dann hörte er sein entsetzliches Todesröcheln.

Jetzt konnte er nur noch darum kämpfen, sich selbst zu retten. Schluchzend vor Wut und überwältigt von Erschöpfung schleppte er sich zum Ufer, sein Atem rasselte vor Angst ...

Die körperlose Stimme sprach leise auf ihn ein und versicherte ihm, dass ihm nichts geschehen konnte. Sie schlug vor, weiterzugehen und alles zu beschreiben, was er sah. »Egal, was du dabei fühlst, es gibt nichts da draußen, das dich verletzen könnte.«

Die Angst war so real, dass er sie mit Händen greifen konnte. Mungo hörte ein Durcheinander von menschlichen Stimmen und dann einen grauenerregenden Schrei. Er hatte das Gefühl, von unsichtbaren Gestalten umzingelt zu sein, doch er wusste nicht, wie nah sie waren ... Kein Zweifel, das war die Stimme von Patrick Logan, die »Coo-ee!« rief. Mungo wartete. Wenn Hilfe in der Nähe war, würde man als Antwort ein Coo-ee hören. Er wusste, dass der Ruf der Aborigines, durch die gewölbten Handflächen ausgestoßen, über sieben Meilen hinweg zu hören war. Doch der Busch schwieg.

Logans Stimme klang unheimlich und sehr nah. Es gab keine Antwort. Militärische Hilfe konnte nicht in der Nähe sein.

Mungo spürte, dass er sich in Todesgefahr befand. Er versuchte, sich zu verstecken, warf sich unter das Dickicht und zog sein Messer aus der Scheide, um sich zu verteidigen ...

Schließlich war alles wieder still, eine unnatürliche Stille. Er stand auf, das gezückte Messer in der Hand, während er auf eine Lichtung zuging. Auf dem Boden lagen Kastanien verstreut. Eine dünne Rauchwolke stieg von einem schwelenden Feuer in einem hohlen Baumstamm auf. Der Wind wehte weiße Blätter über die Erde wie Spielzeuge.

Ein paar Meter von ihm entfernt lag Logan auf dem Boden und starrte ihn an, die Augen vor Panik aufgerissen. Sein weißes Hemd war blutverschmiert. Mungo lief auf ihn zu, das Messer in der Hand, und schrie ihn an, es klang wie der gutturale Schrei eines Hundes … Ein roter Schleier trübte seine Augen … Blutdurst … und dann hörte er die Stimme in seinem Kopf … »Stirb, Tyrann!«

Mungo sah auf die Klinge herab, kalt vor Grauen. Rot. Seine Hände waren mit Logans Blut befleckt. Er schleifte Logans Leiche zu einer flachen Mulde … an beiden Enden waren Speere in die Erde gebohrt. Bei dem Ausdruck in Logans Augen wurde ihm übel … Trotzdem … er konnte den Blick nicht abwenden von dem Grauen in den schwarzen Pupillen, die ihn anstarrten.

Die unsichtbare Stimme forderte ihn auf, ruhig zu bleiben und alles zu beschreiben, was er sah. Keuchend vor Anstrengung beschrieb Mungo die schrecklichen Augen.

Er drehte Logans Körper auf den Bauch. Mit beiden Händen stach er das Messer in den Boden, um die Erde zu lockern. Er bedeckte den Körper, bis nur noch ein flacher Hügel aus weicher roter Erde zu sehen war …

Dann war er wieder im Busch und rannte, hörte sein unregelmäßiges Keuchen, während er durch den Busch taumelte und spürte, wie das dornige Gestrüpp gegen seine Haut peitschte und sie aufschürfte … das Entsetzen, als sich die Haut unter dem getrocknetem Blut spannte … Logans Blut.

Und dann hörte er es – wie eine spöttische Antwort. Aus weiter Ferne kam ein Ruf: »Coo-ee!«

Waren es Logans Soldaten, die zu spät nach ihm suchten? Oder war es das verzweifelte Echo – von Logans Geist?

Sandys ruhige Stimme holte ihn langsam wieder in die Gegenwart zurück. Mungo fühlte sich wie ein Taucher, der aus der Tiefe des Ozeans aufstieg, aus dem Abgrund des Schreckens – in Sicherheit.

Mungo lag auf dem Sofa in Sandys Büro, ohne jedes Gefühl, ohne Wut; sein Körper war schlaff, als hätte er Blut verloren.

Wortlos nahm er das Glas Wasser, das Sandy ihm anbot, und sie saßen stumm da, bis Mungo sich kräftig genug fühlte, eine Frage zu stellen. »Siehst du? Ich hab dir doch gesagt, dass ich nicht gelogen habe. Jetzt weißt du das Schlimmste.«

»Aye, es ist eine schreckliche Erinnerung für einen Menschen. Und niemand kann dir diese Last abnehmen. Aber die Wahrheit wird dich erlösen.«

»Erlösen?« Mungo spürte eine Mischung aus Wut und Erschöpfung. »Hast du überhaupt gehört, was ich gesagt habe? Ich habe nichts zurückgehalten. Ich habe es so gesagt, wie ich es erlebt habe. Ich habe die Angst in seinen Augen gesehen. Ich habe mit dem Messer auf ihn eingestochen, Sandy!«

»Kein britisches Gericht würde dich wegen Mordes verurteilen. Die Angst, die du in Logans Augen gesehen hast, wurde hervorgerufen durch seinen letzten Blick auf den Mann, der ihn ermordete.«

Sandy beugte sich vor und sah ihm in die Augen. »Du *wolltest* ihn töten, Mungo, geblendet durch Zorn auf das, was er dir und vielen anderen Gefangenen in Moreton Bay angetan hatte. Aber du *hast* ihn nicht getötet. Du hast auf den Körper eines Mannes eingestochen, der *bereits tot war*!«

»Woher willst du das wissen?«

»Weil du mir unter Hypnose die Wahrheit erzählt hast. Du hast Logans Körper bis ins Detail beschrieben. Die Pupillen, die im Augenblick des Todes erstarrt waren. Schwarz. Ohne Licht, die gültige Beschreibung eines Laien. Das beweist nur, dass du deine Wut an einer Leiche ausgelassen hast.«

Mungo vergrub das Gesicht in den Händen.

»Hör auf, dich zu quälen, mein Junge. Ich gebe dir mein Wort als Arzt. Logan war bereits tot, als du ihn gefunden hast. Du hast ihn in dem Grab begraben, das seine Mörder ausgehoben hatten.

Einer oder mehrere, weiß oder schwarz, egal, du hast sie nie gesehen. Aber Logan schon. Zweifellos haben sie seine Leiche einfach liegen lassen und sind geflüchtet, als sie den Suchtrupp hörten, der nach ihm rief. Du hast ihn mit dem Gesicht nach unten begraben, um diese Augen nicht ansehen zu müssen. Glaub mir, nach all den Jahren als Arzt, habe ich mich nie an den grausigen Blick eines Toten gewöhnen können.«

»Das sagst du nur, um mich zu beruhigen.«

Einen Augenblick lang vergaß Sandy seine professionelle Haltung. »Letitia Logan ist meine Verwandte. Glaubst du wirklich, ich würde zögern, den Mörder ihres Mannes der Polizei zu übergeben, wenn ich diesen Feigling in meiner Gewalt hätte?«

Mungo schwieg, Sandy hatte recht.

»Ich kenne dich besser als du selbst, Mungo. Nicht einmal blind vor Wut wärest du in der Lage, einen Menschen kaltblütig zu ermorden. Du standest unter Schock, als du ihn in diesem Grab begraben hast, und du hast die ganze schreckliche Wahrheit verdrängt.«

»In Moreton Bay hat mich Stimson gewarnt, besser gesagt, sein Geist. Er prophezeite, dass ich in einen Mord verwickelt würde. Es wäre eine Art Prüfung. Ich weiß nicht, was ich denken soll. Aber bei Gott, ich würde *dir* gern glauben.«

»Dir bleibt nichts anderes übrig, mein Junge. Ich habe mir alles notiert, was du unter Hypnose ausgesagt hast.«

Sandy griff nach der Whiskeyflasche. »Ich weiß nicht, wie es dir geht, Mungo, aber ich habe das Gefühl, dass sich Sean O'Connor nach dieser Anstrengung ein Gläschen verdient hat.«

Miss Weekes Missbilligung war ihr im Gesicht abzulesen, als Mungo und Sandy aus dem Büro kamen und über ein Gedicht von Robbie Burns lachten, das sie auf Gälisch zitierten, weil es zu ungehörig für die Ohren einer Dame war.

Sandy nahm seinen Zylinder aus Biberfell vom Hutständer

und warf seiner Sprechstundenhilfe einen verlegenen Blick zu. Nie würde Mungo den Ausdruck der Frau vergessen, als Sandy sich mit den Worten verabschiedete: »Der Tee war ausgezeichnet, Miss Weekes, und kam genau zur rechten Zeit. Denn dieser Gentleman hier und ich haben gerade einen Mord aufgeklärt.«

Mungo trat in die sonnenüberflutete Macquarie Street hinaus. Bei der Hitze brach ihm der Schweiß aus und lief ihm in Strömen über den Rücken. Was für eine Erleichterung!

Sandy stieß ihn in die Seite. »Ich schlage vor, dass du nach Hause reitest und deine arme Mutter nicht länger auf die Folter spannst, ganz zu schweigen von deiner leidenschaftlichen Geliebten. Ich nehme an, dass Mrs Francis das Leben durch die rosarote Brille eines Liebesromans betrachtet. Wenn du nicht aufpasst, schnappt dein Halbbruder sie dir vor der Nase weg und heiratet sie, obwohl sie eigentlich dich will!«

Der Gedanke ernüchterte Mungo. »Felix! Was bin ich bloß für ein gottverdammter Esel. Warum gerate ich immer nur von einem Schlamassel in den nächsten?«

»Ja, mein Junge!«, sagte Sandy. »Das scheint ein besonderes Talent von dir zu sein.«

Beflügelt von dem Bedürfnis, seine Welt wieder ins Lot zu bringen, sprang Mungo auf Boadiceas Rücken und galoppierte dem Wind entgegen.

SECHSUNDVIERZIG

Nach der Rückkehr in die Remise war Vianna hin- und hergerissen zwischen ihrem Schock über Boadiceas Diebstahl, Mungos Weigerung, sie an der Suche teilnehmen zu lassen, und ihrer Entschlossenheit, wach zu bleiben, bis alle sicher wieder zu Hause waren.

Als sie in den frühen Morgenstunden Schritte hörte, schlich sie barfuß die Leiter hinunter und horchte an Janes offener Tür. Dr. Gordon saß bei ihr und erzählte, dass Mungo in Rockingham Hall schlief und es Boadicea gut ging.

»Dein Junge hat Blewitt dabei erwischt, wie er Boadicea auspeitschte, und sich einen Kampf mit ihm geliefert. Der feige Kerl ist auf der Flucht in sein Messer gefallen. Ich habe selbst gesehen, wie er um sein Leben rannte, du brauchst dir also keine Sorgen zu machen, dass man Mungo anklagen könnte, Jane.«

Vianna war beruhigt. Auch sie war schließlich eingeschlafen, tief bewegt von Janes seltenen Tränen, als Sandy sie tröstend in die Arme nahm.

Hoffen wir, dass diese Tragödie ein glückliches Ende nimmt.

Später hatte sie angekleidet nach Jane sehen wollen und mit klopfendem Herzen den Zettel entdeckt, der unter der Tür durchgeschoben worden war. Als sie ihn stockend las, verwandelte sich ihre anfängliche Erleichterung in Wut.

»Geh zu Felix. Erlaube ihm, dich zu lieben.«

Verfluchter Mungo! Für wen hält er sich, dass er mich behandelt, als wäre ich seine Ware! Ich entscheide selbst, was ich mit meinem Leben mache.

Nachdem sie den Brief zum dritten Mal gelesen hatte, legte sich ihre Wut allmählich. Sie sah ein, dass Severins Racheakt am gestrigen Abend alles verändert hatte. Severin hatte bereits mindestens einen Menschen getötet, wahrscheinlich auch seine eigene Frau und es wie Selbstmord aussehen lassen. Der Versuch, Boadicea zu töten, war eine letzte an sie gerichtete Warnung gewesen. Egal, für welchen der beiden Brüder sie sich jetzt entschied – er schwebte in Lebensgefahr.

Keiner von uns ist jetzt noch sicher, es sei denn, ich verschwinde ganz aus ihrem Leben. Hier jedenfalls kann ich nicht bleiben. Doch wo um Gottes willen soll ich ohne Geld hin?

Die wertvolle Halskette hatte sie längst verpfändet, um Stoffe für ihre Kleider zu kaufen, und sie hatte kein Geld, um sie auszulösen und sie zu verkaufen. Dann fiel ihr ein kluges jüdisches Sprichwort ein: »Wenn du dich nicht zwischen zwei Optionen entscheiden kannst, denk dir eine dritte aus.« Der Gedanke an Daisy ernüchterte sie.

Wieso habe ich dieses merkwürdige Gefühl, dass sie nicht weit von mir entfernt ist?

Bildete sie es sich ein, oder hörte sie tatsächlich den Klang einer Geige? Guido hatte einmal gesagt: »Die Geige gilt als das Instrument des Teufels.« Doch als die eindringliche Musik jetzt immer näher kam, klang sie wie die Botschaft eines Engels.

Engel oder Teufel, sie spielte *The Black Velvet Band*, jene irische Ballade, die sie an dem Abend in The Rocks gesungen hatte, als sie Severin zum ersten Mal begegnet war, und später auch bei ihren Auftritten. Sie trat ans Fenster und blickte auf den jungen Geigenspieler hinunter. Das dunkle Haar fiel ihm in die Stirn, während er mit geschlossenen Augen dastand und spielte, ganz in die Musik versunken. In dem Hut zu seinen Füßen lagen ein paar Kupfermünzen.

Guido! Was macht er hier in dieser Gasse? Als ich ihn das letzte Mal sah, spielte er mit seinem Orchester auf dem Ball des Gouverneurs.

Schäbig gekleidete Passanten blieben bei seinem unerwartet betörenden Spiel stehen und warfen weitere Münzen in seinen Hut.

Vianna nahm das bisschen Geld, das sie noch in der Handtasche hatte, und stieg hastig die Leiter hinunter.

Guido hielt die Augen geschlossen, bis er das Lied zu Ende gespielt hatte. Vianna umarmte ihn voller Freude.

»Guido, mein Freund! Wie schön, dich wiederzusehen. Was machst du hier?«

»Es ist kein Zufall, *bella*. Ich soll hier spielen, bis du aus dem Haus kommst. Egal, wie lange es dauert. Dann soll ich dich zu ihm bringen.«

»Meinst du Severin?«, fragte sie erschrocken.

Zur Antwort strich sich Guido mit dem Bogen über den Hals. »Aber nein! Du kennst den Mann, er ist ein echter Gentleman. Aber er darf sich hier nicht zeigen.«

Guido bettete seine Geige so vorsichtig in den Geigenkasten, als wäre sie ein Kind, steckte die Münzen in die Tasche, setzte den Hut wieder auf und bot ihr seinen Arm an. »Komm, ich bringe dich zu ihm.«

Etwas weiter weg, außerhalb der Sichtweite von Rockingham Hall, wartete eine Droschke. Ein schwarz gekleideter junger Mann mit einem Tuch um den Hals sprang heraus, verbeugte sich wie ein Kavalier und zog schwungvoll seinen mit Federn geschmückten Hut vor ihr.

»Jean-Baptiste!«, rief sie fröhlich und umarmte ihn.

Wie immer, wenn er bewegt war, wurde sein charmanter französischer Akzent stärker.

»Ich befürchte, dass Sie mir immer noch nicht wegen des anderen Porträts, das ich von Ihnen gemalt, verziehen haben.«

»Es gibt nichts zu verzeihen, Jean-Baptiste. Dein einziges Vergehen war, dass du Severin vertraut hast. Wie könnte ich dich dafür verantwortlich machen? Mich hat er doch ebenfalls jahrelang beschwindelt.«

Dankbar küsste er ihr die Hand. »Sie kommen mit mir, ja?«

Vianna stieg in die Kutsche, während der Künstler Guido für seinen ungewöhnlichen Auftritt entlohnte. Mit dem Geigenkasten in der Hand rief dieser ihr zu: »Bis zum nächsten Mal, *bella*.«

Vianna versuchte, ein Grinsen zu unterdrücken. »Ich muss schon sagen, Jean-Baptiste, du hast eine ziemlich außergewöhnliche Art, die Aufmerksamkeit einer Dame zu wecken.«

»Verzeihen Sie mir meine Aufdringlichkeit. Ich musste mit Ihnen sprechen, aber ich durfte mich nicht in der Nähe von Rockingham Hall blicken lassen.«

Das wundert mich nicht, wahrscheinlich ist an den Gerüchten über Mrs L'Estrange doch etwas dran.

Während sie ihm gegenübersaß, hatte sie Zeit, sein Gesicht zu studieren. Bildete sie es sich ein, oder war er tatsächlich in einem Jahr gealtert? Das Gesicht besaß noch seine jugendliche Frische, doch die Melancholie hatte feine Fältchen um die leuchtenden Augen gezeichnet. Oder war es der Schnurrbart, den er sich seit ihrer letzten Begegnung hatte wachsen lassen?

Vianna fuhr sich lächelnd über die Oberlippe, um darauf anzuspielen. »Der Schnurbart ist neu. Wolltest du, dass ein eifersüchtiger Ehemann dich nicht wiedererkennt?«

»Nein! Gefällt er Ihnen nicht? Dann rasiere ich ihn sofort wieder ab! Er soll mich in der Gesellschaft von meiner neuen Mäzenin, eine sehr charmante Dame, hervorheben. Deshalb konnte ich nicht zu Ihnen nach Hause kommen und mit Ihnen sprechen.«

Das hätte ich mir denken können. Mollys Tratsch stimmt also.

Jean-Baptiste war eifrig darauf bedacht, dass sie sich wohlfühlte. »Diese abenteuerliche Begegnung ist der einzige Weg, um Sie zu kontaktieren. Ich muss Ihnen wie ein Dieb in der Nacht vorkommen, der sich um Ihre Remise herumdrückt.«

»Ja, ich wohne jetzt in dem ehemaligen Stall«, sagte sie stolz. »Severin ist aus meinem Leben verschwunden, für immer.«

»Verzeihen Sie, Madame, aber hat Mr Felix ihn ersetzt?«

»Kein Mann hat ihn ersetzt. Wie hast du mich gefunden?«

»Severins Leibwächter, man kann ihn ganz leicht kaufen.« Er rieb Daumen und Zeigefinger in einer verächtlichen Geste aneinander.

»Du hast dir eine Menge Mühe gemacht, um mich zu finden, Jean-Baptiste. Warum?«

»Ich will Ihnen ein Angebot machen. Nein, nein! Ich versichere, dass ich keine Hintergedanken habe. Ich will nur etwas wiedergutmachen, da ich Sie damals in große Verlegenheit gebracht habe. In zwei Wochen kehre ich nach Europa zurück. Dank meiner Mäzenin.«

»Mrs L'Estrange, nehme ich an«, sagte sie, um es ihm leichter zu machen.

Er sah sie erschrocken an. »Ja. Ihr zuliebe hat sich ein Aristokrat in London bereitgefunden, eine Ausstellung zu organisieren. Die Europäer sind fasziniert von den Antipoden. Ich werde mein gesamtes Werk ausstellen, Landschaften, seltene Tiere und Pflanzen, die exotische Schönheit der Polynesier, Maori und Aborigines. Ihre schwarze Zofe hat mir Modell gestanden.«

»Wanda? Wie geht es ihr? Ist sie immer noch bei Major Dalby?«, fragte sie ängstlich.

»Nein, leider nicht.« Er zuckte die Achseln. »Severin hat ihr große Probleme gemacht. Ich habe sie als Modell eingestellt. Jetzt sie ist verschwunden. Keine Ahnung, wohin.«

Bedrückt über den Schmerz, den er ihr mit dieser Neuigkeit zugefügt hatte, wechselte er hastig das Thema. »Während der Auktion im Severin House konnte ich das Porträt zurückkaufen, das ich von Ihnen gemacht hatte. Aber da ist noch das andere *privat*e, das Felix L'Estrange gekauft und mir zur Aufbewahrung gegeben hat. Ich habe versprochen, es niemals zu zeigen. Aber jetzt, vielleicht ... in London?«

Ich wusste doch, dass es einen Haken gibt. Selbst die nettesten Männer auf der Welt wollen etwas.

»Verstehe. Du möchtest also die *Venus von Sydney Town* ausstellen, die in der Kolonie für einen solchen Aufruhr gesorgt hat.«

Er sah sie verlegen an. »Bah! Das waren Banausen! Die Europäer werden von so viel Schönheit nicht schockiert sein.« Er legte die Hand aufs Herz. »Madame, ich schwöre bei der Jungfrau Maria, das Bild wird in der Öffentlichkeit nie gezeigt werden ohne Ihre Erlaubnis.«

»Ich erlaube es dir, Jean-Baptiste. Ich habe ohnehin keinen Ruf mehr, den ich schützen müsste. Nenn das Porträt, wie du willst. Aber bitte sag Vianna und Du zu mir. Wir sind doch immer noch Freunde, nicht wahr?«

Er beugte sich vor und gab ihr einen Handkuss, dann nutzte er das Schlingern der Kutsche, um sich neben sie zu setzen.

»Danke von ganzem Herzen, Vianna. Dieses Porträt wird mir eine *bonne chance* bringen. Aber das ist nicht der einzige Grund, weshalb ich dich gesucht habe. Ich wollte dir eine Passage nach England anbieten.«

»Jean-Baptiste, ich muss ehrlich zu dir sein …«

»Wie immer, deshalb ich liebe dich ja. Aber mein Angebot hat keinen Haken. Ich werde dich unter Druck nicht setzen, verstehst du?«

Ich zweifle nicht daran, dass er es im Augenblick ehrlich meint. Aber nach drei Monaten auf hoher See? Ein leidenschaftlicher Franzose? Ich würde nicht darauf wetten.

»Du bist ein wahrer Gentleman. Trotzdem würde ich niemals zulassen, dass du meine Schiffspassage bezahlst.«

»Nein, nein. Du wirst nicht in meiner Schuld stehen. Ich wollte mit meiner Mäzenin reisen. Aber jetzt hat sie beschlossen, ihre Abreise zu verschieben, und es wäre nicht klug, wenn wir beide in der Öffentlichkeit gesehen würden. Ihre Luxussuite auf der *Bussorah Merchant* ist bereits gebucht, sie segelt in ein paar Wochen direkt nach Cork und dann weiter nach London. Verstehst du? Das würde dir eine gute Gelegenheit geben, ein neues Leben zu beginnen, weit weg von Severin. Die Dame zieht es vor, inkognito zu reisen, daher wurde die Passage unter dem Namen Mrs Brown gebucht. Niemand erfährt, dass du die Kolonie verlässt. Ist das nicht ein guter Plan?«

»Ich bin überwältigt, Jean-Baptiste. Es wäre der perfekte Plan, und ich danke dir von ganzem Herzen. Aber ich kann hier nicht weg, nein, nein, es ist nicht wegen eines Mannes. Ich bin nicht länger an irgendwen gebunden. Es handelt sich um ein verlorenes Kind, meine kleine Schwester. Ich kann die Kolonie nicht verlassen, ohne herauszufinden, was mit ihr geschehen ist.«

»Und wenn du sie findest, würdest du mit mir auf der *Bussorah Merchant* abreisen?«

Vianna seufzte wegen des Angebots, das ihr der Himmel geschickt hatte. »Wenn ich Daisy finde, ja, dann würden wir gern mit dir nach England zurücksegeln.«

Er küsste leidenschaftlich ihre Hand. »Möge Gott dir helfen, sie zu finden.«

Ja, mit Gottes Hilfe finde ich sie.

»Vianna, du bist hier nicht sicher vor Severin. Deshalb biete ich dir an, bei mir zu wohnen, bis wir an Bord gehen. Du kannst in meinem Bett schlafen, ich kann im Atelier übernachten«, fügte er hastig hinzu. »Bei mir wirst du in Sicherheit sein.«

Vianna beugte sich vor und küsste ihn spontan auf die Wange. »Du bist ein Schatz. Ich werde über dein Angebot nachdenken, das verspreche ich dir.«

Als sie nach Rockingham Hall zurückkehrte, winkte sie ihm zum Abschied, während sie die Schiffspassage in der Hand hielt, ihre Eintrittskarte in ein neues Leben – ein unerwartetes Geschenk, das sie nicht ignorieren konnte.

Das ist das Zeichen, dass das Schicksal dabei ist, mir die Tür zu einem neuen Leben zu öffnen. Dass meine Suche nach Daisy ein glückliches Ende nehmen und Severin der Vergangenheit angehören wird.

Ein Stich durchfuhr sie, als sie daran dachte, dass die Trennung von Mungo leichter zu ertragen wäre, wenn sie dreizehntausend Meilen von ihm entfernt war.

Mit der Zeit wird er mich vergessen und eine Frau heiraten, die ihm Kinder schenken kann. Trotzdem werde ich ihn niemals vergessen und auch nicht den liebenswürdigen, naiven Felix.

Das wenige Hab und Gut, das Vianna brauchte, um ein neues Leben zu beginnen, hatte in einer einfachen Reisetasche Platz. Ihre Erinnerungen hingegen ließen sich nicht so leicht wegpacken. Entschlossen, sich so zu verhalten, als wäre ihre glückliche Zukunft bereits in Stein gemeißelt, packte sie ihre selbst geschneiderten Kleider ein und schließlich auch die Stoffpuppe, die sie für Daisy gemacht hatte.

Fast ehrfürchtig strich sie über die Schiefertafel, die Mungo benutzt hatte, um ihr Lesen und Schreiben beizubringen. Spontan nahm sie ein Stück Kreide und schrieb darauf:

Lieber Toby,
wenn Du meiner magischen Muschel lauschst, wirst Du die Stimme der Meerjungfrau hören. Vergiss nicht, dass sie Dich immer lieben wird, so wie auch ich.
Vianna

Die Worte erinnerten sie daran, dass der Schrank nun leer war mit Ausnahme eines einzigen Gegenstands: Den zerrissenen Schwanz der Meerjungfrau hatte sie nicht wegwerfen können. Er war ein seltsames Symbol für ihre beiden Leben. Das letzte Glied, das sie mit dem Severin House verband und das sie dann mit in diese seltsame Remise gebracht hatte.

Als ihr Blick auf das Bett fiel, schnürte sich ihre Kehle zu. Hier hatte sie zum ersten Mal im Leben zusammen mit Mungo entdeckt, wie zwei Menschen auf magische Weise die Vereinigung ihrer Körper in einen Akt der Liebe verwandeln können, der alles auf einmal ist: leidenschaftlich, romantisch, stürmisch und strahlend wie die Sonne. Und doch eine Liebe, die ihre eigene Tragik und ihr unausweichliches Ende in sich trug.

Mungos Brief hatte bewiesen, dass er ihr für immer den Rücken zugekehrt hatte. Sie musste ihre Erinnerungen vergraben wie eine Zeitkapsel in einem Grundstein – nicht für ein neues Haus, sondern für ein neues Leben.

Sie packte ein Buch ein, wieder aus und dann doch wieder ein. *Mansfield Park*, das Mungo benutzt hatte, um ihr das Lesen beizubringen. Sie hatte sich anstelle von Jane Austens Heldin Fanny gesehen, dieser Frau, die ihr vollkommenes Gegenteil war, gut erzogen, bescheiden, unschuldig, jungfräulich, und die ihre wahre Liebe erst verloren und dann doch wiedergefunden hatte.

Ein Glück, dass es Liebesromane gibt. Sie machen den Schmerz des wirklichen Lebens wenigstens erträglich.

Der Spiegel reflektierte Viannas Kleid, für das sie tagelang gebraucht hatte. Es war aus schwarzer indischer Seide, mit Biesen am Oberteil, breitem Spitzenkragen und Manschetten. Wie alle Kleider, die sie sich selbst genäht hatte, verlieh ihr die vorn angebrachte Knopfleiste ein Gefühl von Freiheit. Ganz gleich, was die Zukunft bringen würde, nie mehr würde sie zulassen, dass eine Zofe ihr beim Ankleiden half.

Mit geschickten Bewegungen steckte sie sich das Haar zu einem Knoten auf. Es war so dicht, dass sie es mit einem fächerförmigen Kamm feststecken konnte. Ihr Spiegelbild entsprach dem, was sie sehen wollte: eine fast sechsundzwanzigjährige Frau, elegant und doch unabhängig, weder den Launen des Schicksals noch romantischen Träumen der Jugend preisgegeben. Eine Frau, die gewillt war, ihr Leben selbst in die Hand zu nehmen.

Mir ist es egal, was die Welt von mir denkt, aber ich würde es nicht ertragen, dass Jane schlecht von mir denkt.

Aus einem Impuls heraus schrieb sie den schwierigen Brief an Jane, eine heikle Mischung aus Dankbarkeit und Ehrlichkeit. Sie nahm all ihren Mut zusammen und setzte noch einige schmerzhafte Wörter hinzu, die sie in Janes Gegenwart nicht hätte aussprechen können.

Mungo ist jetzt frei, eine junge Frau zu heiraten, mit der er die Kinder haben wird, die ich keinem Mann auf der Welt schenken kann.

Sie unterzeichnete den Brief nicht, denn keiner ihrer früheren Namen schien ihr mehr zu gehören. Sie war weder die naive, romantische Fanny Byron noch die oberflächliche, egozentrische Vianna Francis. Beide hatte sie abgestreift wie eine Schlange ihre Haut.

Wenn ich – falls ich – Daisy finde, werde ich als Mrs Brown reisen. Dies ist eine Kolonie voller Pseudonyme. Mrs Brown wird jeden in die Irre führen, der versucht, uns nachzustellen, einschließlich Severin. Aber ohne sie kann ich hier nicht weggehen.

Nachdem sie fertig gepackt hatte, beobachtete sie von ihrem Balkon aus den großen blassen Vollmond, der selbst tagsüber sichtbar war und angeblich eine Sonnenfinsternis ankündigte.

Sie sog den berauschenden Duft ein, der aus dem Garten aufstieg. Ihr Blick schweifte über die Linie der beiden Herrenhäuser, die durch eine Brücke verbunden und ein Vierteljahrhundert lang Hort unzähliger Familiengeheimnisse gewesen waren, angefangen bei der verbotenen Dreiecksbeziehung zwischen Master, Ehefrau und Mätresse bis hin zu dem Krieg zwischen zwei rivalisierenden Brüdern, und alle hatten sich um den Mann gedreht, der weder ein Bösewicht noch ein Held war, Kentigern L'Estrange.

Vianna tröstete sich mit der Vorstellung, dass die Rivalen nur etwas Zeit und Abstand brauchten, um sie zu vergessen, um zueinander zu finden und sich der rechtmäßigen Liebe ihres Vaters erfreuen zu können.

Plötzlich erschrak sie, als sie hörte, wie jemand die Leiter heraufstieg. Unter der Kapuze ihres Umhangs erblickte sie das traurige Gesicht von Molly. »Ich muss dich sprechen, Vianna – unter vier Augen.«

»Was ist denn los? Ich glaubte, du wärst mit Felix in Mookaboola, aber er ist gestern zurückgekehrt.«

»Ja, vor mir. Um meinen guten Ruf zu schützen. Zu spät!«

Molly brach in Tränen aus. Dann blickte sie entsetzt auf Viannas Tasche.

»Du fährst doch nicht weg, oder? Das darfst du nicht machen! Bitte, lass mich nicht allein.«

»Pst, Molly. Nichts ist so schlimm, dass wir nicht zusammen damit fertigwerden könnten.«

Vianna führte sie zum Stuhl und ließ eine Binsenwahrheit nach der anderen los, um sie zu beruhigen.

Wenn sie wüsste, was ich für ein Chaos aus meinem Leben gemacht habe. Was um Himmels willen hat Felix ihr angetan? Ich habe sie in Mookaboola ins kalte Wasser geworfen. Was immer schiefgelaufen sein mag, es ist meine Schuld.

Molly warf ihr einen tragischen Blick zu. »Bitte, kommst du heute mit mir zum Gericht? Ich kann ihm unmöglich allein entgegentreten.«

Zum Gericht? Mein Gott, was ist jetzt wieder passiert?

»Aber ja, Molly. Wozu sind Freunde da?«

SIEBENUNDVIERZIG

Mungo hatte den Eindruck, als hätte man ihn aller Gefühle beraubt, als hätte ein Vampir ihm sein Blut und damit alle Gefühle ausgesaugt. Er hielt zwar die Zügel in der Hand, doch es war Boadicea, die ihn im schnellen Galopp nach Hause brachte.

Nach der außerordentlichen Erfahrung der Hypnose hätte er eigentlich ein starkes Gefühl von Befreiung empfinden müssen. Doch die Realität war schwer zu begreifen. Nachdem er mit dem konfrontiert worden war, was Sandy von Anfang an für die Wahrheit gehalten hatte, war er nicht mehr in einem Alptraum gefangen, hatte aber das Gefühl, zwischen der Wahrheit und Wellen von wirren Gedanken hin und her geschleudert zu werden.

In meiner Fantasie habe ich Logan umgebracht. Der Mann war bereits tot. Aber das beschert mir kein reines Gewissen. Ich bin der Absicht schuldig, wenn auch nicht der Tat. Doch zumindest hat mich die Wahrheit so weit befreit, dass ich nun mein Leben neu aufbauen kann.

Sein erster Instinkt war es gewesen, tief in den Busch zu reiten, weit weg von den Menschen und jeglicher Verantwortung. Doch dann folgte ein zweiter Instinkt: Panik.

Ich muss mein Leben in Ordnung bringen. Vianna. Mam. Toby. Ich war nicht bei Sinnen, als ich sie ohne jede Erklärung im Stich gelassen habe. Bitte, o Herr, lass es nicht zu spät sein, um es wiedergutmachen zu können.

Als sie sich dem eisernen Tor des Friedhofs an der Devonshire Street näherten, regnete es. Boadicea schnaubte warnend. Mungo sah den Grund. Am Gitter lehnte ein Mann mit vor der Brust verschränkten Armen, als hätte er alle Zeit der Welt.

Trotz des Regens schien die Sonne auf Will Eden herab. Der Scheitel seines kurz geschnittenen Haars und seine blank polierten Stiefel glänzten so hell, dass es Mungo seltsam vorkam, dass er für andere unsichtbar war.

Er saß ab und folgte Wills Gestalt den Pfad entlang, der sie zu Patrick Logans Grab führte. *Würde der Mistkerl nur endlich Ruhe geben?*

Logans Grab sah ganz anders aus als bei seinen früheren Besuchen dort. Auf Sandys Betreiben war es nun von einem Stein bedeckt, auf dem sein Name, der seines Regiments, Ort und Datum seiner Geburt und seines Todes eingemeißelt waren, zusammen mit den Namen seiner Ehefrau und seiner Kinder. Daneben stand eine Vase mit regennassen, welken Blumen aus dem Busch.

Seite an Seite stand er mit Will davor. Mungo hielt den Hut in der Hand und fühlte sich unbehaglich, hatte aber nicht mehr das Gefühl, sich rächen zu müssen, das ihm so lange zugesetzt hatte. Niemand sonst war zu sehen, nur die Gestalt eines Totengräbers in der Ferne, der sich über ein frisch ausgehobenes Grab beugte, das mit Blumen bedeckt war.

»Was wollen wir hier, Will? Du hast Logan doch gar nicht gekannt. Sein Regiment ist jetzt in Indien. Nur Sandy und ich sind noch da, um seiner zu gedenken, jeder aus eigenen Gründen.«

Wills Antwort hatte etwas Nachdenkliches. »Logan war einer der letzten *Die Hards* in der Kolonie. Ein einsames Grab, ein Schicksal, das Soldaten seit Jahrhunderten ertragen müssen.«

»Ja, schon, aber wenigstens steht auf seiner letzten Ruhestätte jetzt sein Name. Das ist mehr, als man dir zugestanden hat. Das tut mir wirklich sehr leid, Will. Du weißt es ja vermutlich: Vater hat sich dafür eingesetzt, dass man deine Leiche freigibt, damit du ein ordentliches Begräbnis erhältst, aber die Behörden haben seinen Antrag abgelehnt.«

»Das ist das Schicksal, das alle Gehenkten erleiden. Ein anonymes Loch unter den Steinplatten eines Gefängnisses, manche werden auch aus sogenannten wissenschaftlichen Gründen seziert. Mach dir nichts draus, mein Freund. Es ist erstaunlich, wie wenig das eine Rolle spielt, wenn man weitergezogen ist.«

»Warum bist du dann hier?«

»Na, ich dachte, du könntest ein bisschen Gesellschaft brauchen. Jetzt bist du gekommen, um die Sache mit Logan zu bereinigen. Und deine falschen Selbstbezichtigungen ad acta zu legen.«

Mungo sah ihn verdutzt an. »Herrgott noch mal, Will! Du hast die ganze Zeit gewusst, dass ich ihn nicht ermordet habe? Und wieso hast du mir nichts gesagt? Ich hätte mich stellen können und wäre für ein Verbrechen gehängt worden, das ich niemals begangen habe!«

»Ich bin dein Kumpel, Mungo, nicht dein Gewissen. Das musstest du selbst herausfinden. Und meinst du wirklich, dass du mir überhaupt noch Glauben geschenkt hättest, nach all den Scherereien, die ich dir eingebrockt hatte, als unser großer Plan, reich zu werden, schiefging?«

Mungo lachte. Es war ein aufrichtiges Lachen ohne Vorbehalte. »Nein, wahrscheinlich hast du recht. Trotzdem, ich bin kein Heuchler. Ich werde nicht hier stehen und ein Loblied auf Logan singen. Ist dir das klar? Ich weiß, dass ich *irgendwas* sagen muss, aber beten war noch nie meine Stärke. Fällt dir etwas ein?«

»Sag einfach, was du fühlst. Wie lautet noch dieses Sprichwort aus Manx, auf das Jane immer so stolz ist?«

»Nimm dir Zeit, dann kommt sie zu dir?«, fragte Mungo.

»Aye, genau.«

Mungo nahm sich Zeit. Schließlich fielen ihm die Worte ein. Er sprach Logan direkt an, den er diesmal nicht sehen konnte. Aber vielleicht beobachtete er umgekehrt ja ihn.

»Wenn es einen Gott gibt, sollte ich ihm wahrscheinlich dankbar sein, denn er hat mir bewiesen, dass nicht ich dich ermordet habe. Und je mehr ich von dir weiß, Logan, desto weniger verstehe ich, was für ein Mensch du warst. Als ich noch dein Gefangener war, habe ich dich gehasst. Aber jetzt, nachdem ich dich durch Sandys Augen gesehen habe, weiß ich, dass du auch eine gute Seite hattest.«

»Weiter so, das ist nicht schlecht«, sagte Will.

»Ist Logan da?«

Will zögerte. »Sagen wir so – er hört dir zu.«

Mungo vertrieb das Bild von Logans Leiche aus seinem Bewusstsein und ersetzte es durch eins in seiner Erinnerung, als er noch lebte. Er stellte sich vor, wie er in seiner roten Uniform neben seiner Frau und seinen Kindern auf der Veranda stand. Er erinnerte sich an den kleinen Jungen in seiner roten Uniform, der zu seinem Vater aufsah, und wie dieser ihm durchs Haar fuhr.

»Ich sah Moreton Bay durch das andere Ende des Teleskops, Logan. Ich glaube immer noch, dass du deine eigenen Gesetze aufstelltest und keine Gnade kanntest. Trotzdem komme ich allmählich dahinter, wie es sein kann, dass manche Menschen, wenn sie Macht haben, zu Tyrannen werden. Ich glaube, dass Sandy recht hatte. Dass du ein tapferer Soldat im Krieg und in deinen eigenen Augen wahrscheinlich auch nie ungerecht warst. Wenn du jemanden für unschuldig hieltest, hast du für seine Freilassung gekämpft. Deine mutigen Entdeckungsreisen haben deiner Familie Ruhm eingebracht, und zumindest dafür verdienst du, dass man dich in Erinnerung behält. Sandy behauptet, du wärst ehrlich gewesen, was Geld betrifft, und hättest dich niemals bereichert, anders als viele andere in dieser Kolonie, die sich die Taschen vollstopften, als sie noch im Amt waren.«

Er wandte sich Will zu. »Genügt das? Ich weiß wirklich nicht, was ich sonst noch sagen könnte.«

»Warum zahlst du nicht die Schulden ab, die du bei ihm hast?«

Mungo holte tief Luft und sagte hastig: »Du hast mein Wort, ich werde diese Mistkerle in der Regierung unter Druck setzen, egal, wie lange es dauert. Ich werde keine Ruhe geben, bis das Land, dem du im Krieg gedient hast, deiner Familie die Pension gewährt, die ihr zusteht.« Zähneknirschend wandte er sich um. »Und? Bist du jetzt zufrieden?«

Will nickte stumm.

Daraufhin setzte Mungo noch eins drauf. »Hör zu, Logan, wenn du mich weiterhin verfolgen willst, kann ich dich nicht daran hindern. Aber ab jetzt werde ich es nicht mehr als Zeichen der Rache ansehen. Um deinet- und auch meinetwillen hoffe ich, dass du Frieden findest.«

Während sie zu Boadicea zurückgingen, spürte Mungo Wills Hand, die leicht auf seiner Schulter ruhte.

Nachdem er neue Kraft getankt hatte, brachte Mungo Boadicea zurück in den Stall, nahm ihr den Sattel ab und versorgte sie. Dann rief er nach Vianna und kletterte, ohne auf ihre Antwort zu warten, die Leiter hinauf, um enttäuscht festzustellen, dass sie nicht da war. Als er den gepackten Koffer und den an Jane gerichteten Brief sah, lief er zu seiner Mutter hinüber.

Toby saß an Janes Tisch und machte sich über eine dampfende Schale Haferbrei her. Eine zweite stand vor einem leeren Stuhl auf dem Tisch.

»Die ist für mich, stimmt's, Kumpel?«, fragte Mungo fröhlich, bevor er am Ausdruck des Jungen zu erkennen versuchte, was man ihm über sein plötzliches Verschwinden ohne ein Abschiedswort erzählt hatte.

Ich komme mir vor wie ein Schuft. Kann es dem Jungen nicht verübeln, dass er sauer auf mich ist. Es muss eine furchtbare Enttäuschung für ihn gewesen sein.

Toby sah ihn mit traurigen Augen an. »Die ist für meinen Freund.«

»Dein Freund ist ein echter Nimmersatt, wie?«

Toby zuckte die Achseln. »Du kannst die Hälfte von meiner Schale haben, wenn du willst. Ich bringe dir einen Löffel. Du wirst ja bestimmt nicht mit leerem Magen aufbrechen wollen.«

Dasselbe sagt Mam auch immer. Mungo machte seine Großzügigkeit verlegen.

»Keine Angst, mein Junge. Ich habe heute Morgen bereits gefrühstückt. Und ohne dich werde ich auch nirgendwohin gehen.«

Dann betrat Jane die Küche. Schon auf den ersten Blick wusste Mungo, was ihm bevorstand.

»Wie nett von dir, dich wieder mal blicken zu lassen«, sagte sie scharf. »Wem oder was verdanken wir diese Ehre?«

»Tut mir leid für das ganze Durcheinander, Mam. Aber keine Angst, ich habe gute Neuigkeiten. Ich habe meine Vergangenheit abgestreift. Sandy hat mir geholfen, klar zu sehen und den Grund für meine Alpträume zu erkennen. Alles ist gut ausgegangen. Ich erzähle es dir später ausführlich, aber es ist nur für deine Ohren bestimmt. Zuerst muss ich mit Vianna sprechen. Hat sie etwa vor abzureisen? Ich muss einiges mit ihr klären.«

»Allerdings!« Janes Gesicht war zornig, aber in Tobys Anwesenheit behielt sie die Ruhe. Schließlich schickte sie den Kleinen nach draußen, um ihr ein Bund Karotten aus dem Gartenbeet der Köchin zu holen. Dann schimpfte sie los.

»Ich hatte die Meerjungfrau davor gewarnt, dir das Herz zu brechen. In Wahrheit hätte ich sie vor dir warnen sollen! Jetzt kannst du lange warten, um dich bei ihr zu entschuldigen. Vor einer halben Stunde ist sie mit Molly losgezogen. Ich habe keine Ahnung, wohin die beiden wollten, aber Molly war ganz schön außer sich, das kann ich dir sagen, und es hatte irgendetwas mit Felix zu tun.«

Mungo spürte, wie die alte Wut in ihm hochkam. »Was hat Felix ihr angetan? Wenn er Molly unter Druck gesetzt hat, um an Vianna heranzukommen, kriegt er es mit mir zu tun.«

»Nur die Ruhe, zuerst musst du herausfinden, worum es überhaupt geht.« Sie reichte ihm einen Brief. »Den hat mir Cockney George heute Morgen gegeben. Von Mrs L'Estrange höchstpersönlich«, fügte sie hinzu, ohne dass es ihr gelang, ihre Neugier zu verbergen. »Sieht verdammt formell aus, wenn du mich fragst.«

Mungo riss das Wachssiegel der Familie auf dem Umschlag auf und las den Brief, ohne ein Wort zu sagen. Dann warf er einen nervösen Blick auf die Uhr über dem Kamin. »Entschuldige, Mam. Es ist wichtig. Ich muss sofort los, aber bitte, halt Vianna fest, bis ich zurück bin. Das heißt, wenn du in diesem Leben noch Enkel haben willst.«

Als sie ihn erschrocken ansah, küsste er sie hastig auf die Stirn und rannte quer durch den Garten und das Haus auf die Great Rockingham Street hinaus.

Eine Vorladung von Mrs Less ist wie ein königlicher Befehl. Ich wünschte, ich wüsste, was Felix mit den Frauen vorhat.

Die Familienkutsche wartete bereits, die unruhigen Stuten scharrten mit den Hufen. Albruna sah ihn ängstlich an. »Beeil dich, steig ein. Ich dachte schon, du würdest nicht kommen. Ich hoffe, du hast niemandem etwas von dem Inhalt des Briefes verraten?«

Mungo schüttelte den Kopf und setzte sich ihr gegenüber.

Sie war mit ihren Gedanken sichtlich woanders. »Ich bin froh, dass du da bist, Mungo. Im Augenblick bist du der einzige Mensch, dem ich vertrauen kann. Und das, was du heute mit ansehen wirst, darfst du niemandem erzählen.«

»Sie können sich auf mich verlassen.« Dann beschloss er, sein Glück herauszufordern. »Wo fahren wir hin?«

»Zum Obersten Gericht.« Dann sah sie aus dem Fenster, um weiteren Erklärungen aus dem Weg zu gehen.

ACHTUNDVIERZIG

Mit seinem alten Dreispitz und der Livree, die er schon getragen hatte, als er in Kentigern L'Estranges Dienste getreten war, spornte Old Crawford die Pferde zum Galopp an und ließ sie erst vor dem Gebäude des Obersten Gerichts in der King Street wieder anhalten. Dabei bremste er die Kutsche so scharf, dass Mrs L'Estrange um ein Haar auf Mungos Schoß gefallen wäre.

»Liebe Güte«, sagte sie leise. »Ein Segen, wenn Old Crawford wieder einfällt, dass er eigentlich unser Butler ist.«

Mungo grinste. *Seltsam, mir ist nie aufgefallen, wie menschlich sie sein kann.*

Der Anblick des von Strafgefangenen erbauten Backsteingebäudes weckte schlimme Erinnerungen an seinen letzten Besuch. Vor vier Jahren hatte sein eigenes Verfahren hier stattgefunden.

Während sie auf das Gebäude zugingen, hakte sich Albruna bei ihm ein. Elegant wie immer trug sie, dem Anlass angemessen, ein schlichtes graues Kleid. Die Straußenfeder am Hut, die Glacéhandschuhe und die Brosche mit dem Familienwappen hoben sie als Dame der oberen Gesellschaft von der Menschenmenge ab, die sich bereits auf dem Gehweg versammelt hatte. Das heutige Verfahren hatte nicht den Querschnitt von Klassen angezogen, der sonst bei Mordprozessen üblich war, sondern eine explosive Ansammlung von Aufwieglern. Die Luft knisterte vor Erregung.

»Danke, dass Sie mich auf diesen Prozess aufmerksam gemacht haben, Mrs L'Estrange«, sagte Mungo leise. »Egal, worum es geht.« *Hoffentlich bringt er etwas Licht in Daisys Schicksal.*

Albruna erwiderte Mungos Dank mit einem knappen Nicken. Sie wirkte ungewöhnlich angespannt, sodass Mungo versuchte, sie zu beruhigen.

»Ich suche Ihnen einen Platz so weit wie möglich von der lärmenden Menge entfernt. Theoretisch ist es ja sehr demokratisch, allen Menschen Zutritt zum Gerichtssaal zu verschaffen, aber in der Praxis stellt es eine offene Einladung an Grobiane und Trunkenbolde dar, die von der Straße hereinkommen und sich lautstark zu Wort melden, wenn sie mit den Entscheidungen des Richters nicht einverstanden sind.«

»Das ist mir durchaus bewusst, Mungo. Es ist nicht das erste Mal, dass ich an Prozessen teilnehme, bei denen es um Not leidende Frauen und Kinder geht. Du hast eine bemerkenswerte Zurückhaltung an den Tag gelegt, indem du nicht gefragt hast, was wir hier zu suchen haben. Es gibt zwei Gründe dafür. Der eine ist eine mögliche Verbindung zu dem verlorenen Kind deiner Freundin. Trotzdem will ich ihr keine falschen Hoffnungen machen. Die ganze Sache ist wie die Suche nach der berühmten Stecknadel im Heuhaufen. Aber wir geben nicht auf, nicht wahr?«

Und was ist der zweite Grund? Wozu diese Geheimnistuerei?

Er führte sie zu einem Platz in der Nähe eines Fensters, wo sie geschützt war vor der Hitze und dem Gestank ungewaschener Körper, die sich nach vorn drängten, um eine bessere Sicht zu haben. Er bemerkte, dass das Verhältnis von Frauen und Männern höher war als die übliche Quote von eins zu fünf. Im Gegensatz zu den ungehobelten Männern blieben die Frauen, obwohl sie schäbig gekleidet waren, ruhig und aufmerksam, was darauf schließen ließ, dass der Fall für sie eine besondere Bedeutung hatte.

Das Verfahren begann mit allen Formalitäten des britischen Rechts, doch an diesem kolonialen Verhandlungsort war der Glanz roter Uniformen nicht auf die Roben der Richter beschränkt. An Stelle der traditionellen »zwölf ehrbaren Männer« war eine Militärjury erschienen, die in der Kolonie verhasst war.

Der Anblick der sieben Offiziere in ihren Rotröcken weckte unangenehme Erinnerungen an die militärischen Geschworenen, die, so glaubte Mungo, damals Will und ihn selbst des Betrugs für schuldig befunden hatten, noch ehe sie Platz genommen hatten.

Er wandte seine Aufmerksamkeit dem Richter zu, der erst vor Kurzem in die Kolonie gekommen war.

Albruna flüsterte ihm zu, er sei ein einfacher Richter am High Court of Justice, und Mungo folgerte daraus, dass er nicht dieselbe Stellung hatte wie der Oberste Richter Forbes. Das Gebaren des Mannes war bedächtig und steif. Obwohl er noch nicht besonders alt war, wirkte er eindeutig krank. Seine Gesichtsfarbe war ebenso blass wie die traditionelle grauweiße Allongeperücke aus falschen Locken, die ihm über die Schultern fiel. Unter der roten Richterrobe verbarg sich ein eingefallener Brustkorb.

Zwei junge Strafgefangene wurden vorgeführt und beschuldigt, das Geschäft ihres Masters ausgeraubt zu haben. Die Beweise gegen sie waren dürftig. Trotzdem wurden beide rasch für schuldig befunden. Der jüngere bekam sieben Jahre in Moreton Bay. Und als der Richter eine schwarze Mütze auf seine Perücke setzte, Zeichen dafür, dass der ältere Straftäter zum Tode verurteilt würde, brach Unruhe im Saal aus.

Die lauten Protestschreie, die aus allen Ecken des Saals kamen, legten sich erst, als der Richter durchblicken ließ, dass die Todesstrafe höchstwahrscheinlich in lebenslänglich umgewandelt würde.

Als das nächste Verfahren angekündigt wurde, wurde Albruna stocksteif. »Deswegen habe ich dich gebeten, mich zu begleiten.«

Mungo erkannte den gut gekleideten Mann erst, als seine diversen Pseudonyme vorgelesen wurden: »Jack Barnes alias John Border alias Jos Baker.«

Ich hätte den Kerl umbringen sollen, als ich Gelegenheit dazu hatte.

Der Gerichtssaal platzte aus allen Nähten, als Vianna mit Molly hereinkam und sie in eine Ecke bugsierte. Vianna sah sich rasch die Männer an, die um sie herumsaßen, und suchte sich einen aus, dem sie ihr strahlendstes Lächeln schenkte. Augenblicklich stand der auf und bot ihr seinen Platz an. Mit einem dankbaren Lächeln setzte sie Molly auf den frei gewordenen Platz, damit sie den Prozess verfolgen konnte, ohne von dem Angeklagten gesehen zu werden.

Molly wrang ihr Taschentuch in den Händen und flüsterte: »O nein! Da drüben sind Mungo und Mrs L'Estrange. Was machen die denn hier? Jetzt wird Felix alles erfahren!«

Man verlas die Anklageschrift. Baker wurde der versuchten Vergewaltigung bezichtigt.

Vianna legte Molly den Arm um die Schulter und bemerkte, dass sie eiskalt war.

»Molly, bist du sicher, dass du dir das ansehen willst?«

Diese nickte, schien aber in ihrem Sitz zusammenzuschrumpfen.

Eine unscheinbare Frau, Mrs Foley, hatte Baker angezeigt. In ihrem fleckigen Gesicht, das an eine schmutzige Tapete erinnerte, entdeckte Vianna eine seit Generationen überlieferte, tief verwurzelte Armut, die vielen Sträflingen gemein war.

Jos Baker erkannte sie kaum wieder. Das war nicht der gewalttätige Trunkenbold, den sie im Garten von Rockingham Hall gesehen hatte. Baker saß mit erhobenem Haupt auf der Anklagebank, sein dunkles Haar war in der Mitte gescheitelt und mit Pomade glatt gekämmt. Er trug einen ordentlichen Anzug, ein bisschen zu groß, aber Leinenhemd und Halsbinde waren makellos. Er sah aus wie ein Mann, der sich aus eigener Kraft hochgearbeitet hatte.

Vianna versuchte, Molly Zuversicht einzuflößen. *Mich kannst du nicht täuschen, Baker, einmal prügelnder Ehemann, immer prügelnder Ehemann. Ich würde zehn Jahre meines Lebens geben, um jetzt mit auf der Geschworenenbank zu sitzen.*

Vianna und Molly verfolgten aufmerksam, wie Kate Foley sich von ihrem Platz erhob, um sich vor dem Richter als die Frau auszuweisen, die Baker angezeigt hatte. Doch die Gestalt, die dann den Gerichtssaal durchquerte, das Opfer der vermeintlichen Vergewaltigung, war keine Frau.

Annie Cole war ein mickriges kleines Ding, kaum zehn Jahre alt.

Also noch minderjährig. Ich kann von Glück sagen, dass es nicht Daisy ist.

Molly sah das Kind ausdruckslos an, trotzdem bemerkte Vianna, dass sich ihre Knöchel weiß verfärbten, als sie die Rückenlehne des Stuhls vor ihr umklammerte.

Annie Cole stand eingeschüchtert von den Rotröcken vor dem Richter. Sie atmete durch den Mund, als litte sie an einer chronischen Erkältung, und zupfte nervös am Saum ihrer Schürze. Das strähnige braune Haar lugte aus der Morgenhaube. Als sie in den Zeugenstand trat, hob sie kurz den Rock an, um nicht zu stolpern. Ihre Beine waren mit blauen Flecken übersät.

Der Richter sprach sie förmlich, aber freundlich an. »Bevor wir mit dem Fall fortfahren, Annie Cole, muss ich dir einige Fragen stellen, so sieht das Gesetz es vor. Verstehst du mich, mein Kind?«

Die Kleine warf Mrs Foley einen Blick zu, ehe sie sagte: »Ja, Sir.«

Dann beantwortete sie die Fragen des Richters mit kindlicher Klarheit.

»Wie alt bist du, Annie?«

»Das weiß ich nicht. Man hat es mir nie gesagt.«

»Gehst du in die Kirche, Annie?«

»Nein, Sir.«

»Weißt du, was eine Kirche ist?«

»Der Ort, wo sie Jesus an einem Kreuz aufgehängt haben.«

Als lautes Gelächter im Saal ausbrach, erteilte der Richter den Zuschauern einen Verweis.

»Sprichst du deine Gebete, Annie?«

»Das habe ich nie gelernt.«

»Kennst du den Katechismus?«

»Was ist das, Sir?«

»Weißt du, wer Gott ist? Achtest du ihn?«

Als Kate Foley den Blick abwandte, sagte Annie Cole ängstlich: »Ich kenne keinen, der so heißt, Sir.«

Wieder brach der Saal in Gelächter aus. Vianna hätte am liebsten geschrien. *Hören Sie auf, das Mädchen zu quälen.*

Der Richter fuhr fort: »Liest deine Mutter gelegentlich in der Bibel?«

»Ich war nie dabei, wenn sie irgendwas gelesen hat.« Dann setzte sie hilfreich hinzu: »Aber ich habe gesehen, wie sie mit einem Kreuz unterschrieben hat, Sir.«

»Hast du deine Mutter je beten sehen? Ist sie katholisch oder evangelisch?«

Annie Cole dachte angestrengt nach. »Mutter sagt immer, sie sei katholisch. Ist das dasselbe wie irisch?«

»Dumm wie Bohnenstroh!«, schnaubte eine unsichtbare männliche Stimme, woraufhin der Richter erneut um Ruhe bat.

»Kennst du einen Priester oder Geistlichen, Annie?«

»Einmal ist ein Priester in unsere Pension gekommen. Um nach einer alten Frau zu sehen, die krank war. Sie ist gestorben. Danach ist er nie wiedergekommen.«

»Hat dir jemand gesagt, was du vor Gericht antworten sollst, Annie?«

»Nein, Sir. Was soll ich denn sagen, Sir?«

Der Richter blickte sie verwirrt an, entließ sie sanft und rief Mrs Foley in den Zeugenstand. »Sind Sie die Mutter von Annie Cole?«

»Ich bin die Frau, die Annie als ihre Mam bezeichnet. Aber sie wurde mir als kleines Kind von ihrer sterbenden Mutter anvertraut.«

»Es scheint, dass Sie ihr nie etwas über Gott oder Religion beigebracht haben.«

»Das stimmt nicht, Euer Ehren. Ich habe mein Bestes getan, aber sie ist furchtbar dumm. Man kann ihr nichts beibringen.«

»Haben Sie dieses Kind jemals in die Schule geschickt?«

»Das wäre eine Vergeudung von Zeit und Geld gewesen. Nach zwei Tagen hat sie alles wieder vergessen.«

»Haben Sie Annie gesagt, was sie über den Mann sagen soll, der hier angeklagt ist?«

»Nein, Sir.«

»Na schön, Sie können wieder Platz nehmen, Mrs Foley. Trotzdem muss ich Sie ermahnen, in Zukunft mehr auf die religiöse Erziehung der Kleinen zu achten.« Er warf einen besorgten, wässrigen Blick in Annies Richtung. »Ich fürchte, wir können dieses Verfahren nicht fortsetzen, denn die Zeugenaussage eines Kindes, das keine Ahnung von Gott hat, den Unterschied zwischen Gut und Böse nicht kennt oder weiß, was eine Lüge ist, können wir nicht verwenden.«

Vianna zischte Molly zu: »Dieses Verfahren ist eine Farce. Willst du gehen, Molly?«

Molly schüttelte den Kopf.

»Trotzdem will ich gestatten, das Verfahren ohne die Zeugenaussage des Kindes fortzuführen, in diesem Fall mit der Aussage des Angeklagten.«

Baker beantwortete höflich die Fragen, die ihm gestellt wurden, und gab sich nach außen wie ein Mann, dessen guter Ruf in den Schmutz gezogen wurde. »Wie hätte ich wissen können, wie alt sie war, Euer Ehren? Sie haben es ja gehört. Sie weiß nicht einmal selbst, wie alt sie ist. Aber sie ist ein großes Mädchen und hat den Körper einer Frau.«

Als er befragt wurde, gab er zu, das Mädchen an einer Straßenecke von The Rocks gesehen zu haben, wo sonst die Huren auf den Strich gingen. »Sie hat mich an der Hand genommen und zu einer kleinen Gasse in der Nähe geführt. Dort hat sie sich angeboten, Geschlechtsverkehr mit mir zu haben.«

Vianna wurde übel. Sie legte Molly den Arm um die Schultern.

Als er aufgefordert wurde fortzufahren, beklagte sich Baker: »Die Kleine hat kein einziges Mal Nein gesagt, Euer Ehren. Sie hat sich nicht gesträubt. Kein Wort … nein, nein, geblutet hat sie nicht. Sie war keine Jungfrau mehr. Sie ist ein großes Mädchen, wie Sie selbst sehen können. Ich hatte jeden Grund anzunehmen, dass sie schon elf war. Deshalb verstieß der Geschlechtsverkehr mit ihr nicht gegen das Gesetz, nicht wahr?«

Dann nahm er die Rolle des Opfers an. »Es gab kein Problem, bis dieses Weibsstück, Foley, plötzlich aus dem Gebüsch sprang und schrie, ich hätte das Mädchen vergewaltigt. Und als ich mich weigerte, ihr noch mehr Geld zu geben, lief sie zur Polizei, und der Constable verhaftete mich.«

»Sie sagten, die Kleine hätte sich bereitgefunden, mit Ihnen Geschlechtsverkehr zu haben?«

»In der Tat, Sir. Sie war diejenige, die mich ansprach, Sir. Sie bettelte um einen Penny, und ich habe ihn ihr gegeben.«

Der Richter stellte seine nächste Frage sehr bedächtig. »Dieses Kind bat Sie um einen Penny. Haben Sie nicht daran gedacht, Annie Cole nach ihrem Alter zu fragen, Baker?«

»Sie haben es ja selbst gehört, Euer Ehren. Das kleine Flittchen ist so dumm, dass es nicht einmal weiß, wer unser Herrgott ist.«

Vianna zwang sich zur Ruhe. *Schade, dass es kein Gesetz gegen Heuchelei gibt. Baker würde lebenslänglich kriegen.*

Der Richter starrte Baker an, bis der so nervös wurde, dass er an seinen Fingernägeln zu kauen begann. Die Geschworenen berieten sich und kamen bald zu einem Urteil. Der Richter verkündete es sichtlich resigniert. »Der Fall konnte die entscheidenden Punkte nicht erbringen, die als Beweis für eine Vergewaltigung erforderlich sind. Mir bleibt keine andere Wahl, als die Klage abzuweisen. Jos Baker oder wie Sie sonst heißen mögen, Sie können den Saal als freier Mann verlassen. Ich rate Ihnen jedoch, in Zukunft Ihre Aktivitäten auf Menschen zu beschränken, die wissen, was Sie von ihnen wollen, und egal, ob einverstanden oder nicht, keinesfalls minderjährig sind.«

Trotz der kaum verhohlenen Verachtung des Richters bedankte sich Baker ausgiebig bei ihm und heuchelte Überraschung, als mehrere Frauen lauthals gegen das Urteil protestierten. Jetzt, da er offiziell freigesprochen war, wollte er auch noch das letzte Wort haben und wandte sich an die Zuschauer. »Dem britischen Recht wurde Genüge getan. Ich würde einem Kind niemals Unrecht tun. Ich bin ein Familienmensch und habe selbst eine Tochter.«

Vianna hielt vor Schreck die Luft an. In diesem Moment sprang Molly auf und schrie den Richter an: »Glauben Sie ihm kein Wort! Er lügt!« Am ganzen Leib zitternd zeigte sie auf Baker. »Gott ist mein Zeuge, er ist mein Vater! Er hat *mich* vergewaltigt, als ich zehn Jahre alt war.«

Verwirrte Stimmen erhoben sich, als Vianna neben Molly die Faust in die Luft stieß.

Ihre klare Stimme hallte durch den ganzen Saal, sodass der erschrockene Richter, der in Begleitung der Militärjury gerade den Saal verlassen wollte, sich noch einmal umdrehte.

»Eine Schande ist das!« Vianna ließ sich nicht zum Schweigen bringen. »Diese Militärjury ist eine Farce. Nach britischem Recht steht uns eine zivile Jury zu!«

Stimmen nahmen den Schrei auf, und die Rufe wurden lauter. »Wir fordern eine zivile Jury!«

Mungo bahnte sich einen Weg durch die aufgeregte Menschenmenge auf Molly zu, die versuchte, zu ihrem Vater vorzudringen, und schrie: »Nehmen Sie *mich* unter Eid, ich glaube an Gott!«

Als er Mollys Stimme hörte, suchte ihr Vater hinter einem Gerichtsdiener Schutz. Mungo umarmte Molly und drückte sie an sich, während er gleichzeitig den Constables zu verstehen gab, dass es keinen Grund gab, sie in Gewahrsam zu nehmen.

Vianna streichelte Mollys Haar. »Du bist der tapferste Mensch, dem ich je begegnet bin.«

»Nein, ich bin ein Feigling. Ich hatte Angst vor ihm!«

Mungo war unnachgiebig. »Er ist heute ungestraft davongekommen, Molly. Aber das Gesetz wird ihn einholen. Irgendwann landet er auf Norfolk Island.«

Molly wandte sich verzweifelt an Mungo. »Für mich ist es zu spät, um meinen Vater anzuklagen, nicht wahr? Aber kann man denn wenigstens etwas für dieses arme Ding tun?«

Albruna zögerte nicht. »Ich verspreche dir, ich werde mich persönlich darum kümmern, dass man Annie Cole dieser Frau wegnimmt und ihr eine gute Familie sucht.«

Mungo übernahm das Kommando. »Du kannst dich auf sie verlassen, Molly. Und jetzt bringe ich euch nach Hause.«

Er führte Molly durch die Menschenmenge, die sich um die Frauen versammelt hatte.

Eine Männerstimme rief triumphierend: »Hey, das ist ja die Venus von Sydney!«

Vianna sah Albrunas schockiertes Gesicht, als sie sie wiedererkannte. Doch dann hob sie nur den Kopf ein wenig höher und legte den Arm um Mollys Schulter, um sie zur Kutsche zu bringen. Dort sah sie Vianna direkt an und sagte steif: »Sie kommen am besten bei uns mit.«

Mungo kletterte auf den Kutschbock neben Old Crawford. Die Augen des alten Mannes waren trübe.

»Nach Hause? Welchen Weg sollen wir nehmen? Die Straße nach Cotswolds oder die nach Bath?«

Mungo erkannte, dass der Alte im Geiste ganz woanders war.

»Keine Sorge, Crawford. Ich kenne einen schnelleren Weg«, sagte er sanft und nahm ihm die Zügel aus der Hand.

Vianna hielt wortlos Molly umarmt, hin- und hergerissen zwischen Wut über das Versagen des Gerichts, Bewunderung für Mollys Mut und Respekt vor Mrs L'Estranges Engagement für die Opfer der Rechtsprechung. Eine Woge von Hoffnung stieg in ihr auf. Vielleicht gelang es dieser entschlossenen Frau, Daisy doch noch zu finden.

Als sie in Rockingham Hall eintrafen, hielt Mungo sie fest. »Ich muss dich unter vier Augen sprechen. Es hat sich alles verändert. Ich bin frei.«

Sie sah durch ihn hindurch. »Nichts hat sich verändert, Mungo, ich muss gehen.«

Molly klammerte sich an ihr fest, doch Vianna sah, wie die Hausherrin sie anstarrte.

Tja, jetzt ist die Katze aus dem Sack.

»Es wäre besser, wenn Sie mit hereinkommen, Miss Byron«, sagte Mrs L'Estrange steif. »Molly braucht jetzt eine gute Freundin, die sie unterstützt.«

»Danke, Ma'am.«

Später, nachdem sie Molly getröstet und gewartet hatte, bis sie sich in der Dachkammer hingelegt hatte, war Vianna überrascht, als Mrs L'Estrange zu ihr kam. »Soweit ich verstanden habe, sind Sie Mungo Quayles Freundin, die nach ihrer Schwester sucht. Ich bedaure es, dass wir noch keinen Erfolg hatten, aber wir geben nicht auf. Unterdessen habe ich Nachricht von einer Bekannten von Ihnen, der ich eine Arbeitsstelle verschaffen konnte. Elizabeth Stewart.«

»Wanda! Wie schön! Wo ist sie, Ma'am?«

»Sie arbeitet jetzt in einem Haushalt an der Südküste. Sie hofft, den Stamm ihrer Mutter in Illawarra zu finden. Ich soll Ihnen sagen, dass sie in Sicherheit ist und dass es ihr gut geht.«

»Haben Sie vielen Dank, Ma'am – mehr als ich sagen kann.«

Vianna versank in einem Hofknicks, als die Hausherrin sie verließ. Sie war erstaunt, wie anders Mrs L'Estrange sein konnte.

Eine vornehme Dame, die bestrebt ist, ihre Stellung in der feinen Gesellschaft zu erhalten. Trotzdem muss sie gewusst haben, dass Mungo eine berüchtigte Frau unter seinem Dach untergebracht hatte. Sie hat ein Auge zugedrückt und ihm obendrein geholfen, Daisy zu suchen. Offenbar ist keiner in diesem Haus so, wie es nach außen scheint!

Am Abend saß Mungo an einem Gummibaum gelehnt im Garten und rauchte seine Pfeife. Sein Blick war auf Viannas Balkon gerichtet, bis er aus dem Augenwinkel den glänzenden Stiefel eines Mannes erspähte. Als er aufblickte, sah er Will Eden, der ihn grinsend beobachtete.

»Wie läuft's, Mungo? Du siehst ziemlich niedergeschlagen aus.«

»Vianna will nicht mit mir reden. Und ich kann es ihr nicht einmal verdenken. Schließlich war es nicht gerade romantisch, der Frau, die ich liebe, zu sagen, dass sie mit meinem Halbbruder ins Bett gehen soll.«

Will warf ihm einen mitfühlenden Blick zu. »Offenbar könntest du wieder mal Hilfe brauchen. Meine letzte grandiose Idee brachte dich nach Moreton Bay. Aber *dieser* Plan ist wasserdicht. Du wirst ein Vermögen machen.«

»Ach ja? Geht es etwa wieder um eine Insel mit einem aktiven Vulkan?«

»Nein, sondern um eine wundervolle Stadt namens Melbourne.«

»Melbourne? Hab nie davon gehört.«

»Klar, sie existiert ja auch noch gar nicht. Aber es wird eine sagenhafte Stadt sein, unten im Süden in Port Phillip Bay. Willst du mehr wissen?«

Mungo hob resigniert die Arme. »Schieß los, verdammt! Was habe ich schon zu verlieren?«

NEUNUNDVIERZIG

Alles hat seine guten Seiten«, sagte meine Stiefmutter immer. Doch was an einem Prozess gegen Baker Gutes sein soll, ist mir ein Rätsel.

Vianna saß zitternd unter einer Decke in der kleinen Dachstube in Rockingham Hall, wo Molly erschöpft in ihrem Bett lag. Ihr sonnengebräuntes Gesicht war verhärmt und blass halb unter der Flickendecke verborgen. Jane hatte sie ihr gebracht, zusammen mit einem Kräutertee, der ihr beim Einschlafen helfen würde. Das Haar des Mädchens klebte von den vielen Tränen durchnässt an ihren Wangen, während sie die Stirn im Schlaf runzelte, als versuchte sie, den düsteren Bildern eines Alptraums oder ihrer Kindheit zu entkommen.

Innerhalb einer Stunde nach ihrer Rückkehr hatten sich die Einzelheiten des Gerichtsverfahrens und Mollys Wutausbruch im Gerichtssaal wie ein Lauffeuer im ganzen Haushalt der L'Estranges verbreitet. Vianna hatte sogar Kentigern L'Estranges dröhnende Stimme gehört, als seine Frau ihm von Mollys mutigem Auftritt erzählte. Offenbar waren alle wütend, aber nur wenige erstaunt über das Urteil, welches das Gericht gefällt hatte.

Vianna schlich die Treppe der Bediensteten hinunter zur Küche, um die Köchin nach einer Wärmflasche für Molly zu fragen, und fand sich inmitten einer hässlichen Szene wieder. Mrs Baker war von einem Haufen zugewiesener Dienstboten umringt, die sie ins Kreuzfeuer nahmen, wobei sich Cockney George am meisten hervortat. »Und was hat der Richter gesagt, als Molly ihren Vater beschuldigte?«

Ein Hausmädchen mischte sich ein. »Molly hat sich selbst gebrandmarkt, jetzt wird niemand sie mehr heiraten wollen.«

Und ein anderes: »Sie war doch noch ein Kind. Wieso hast du sie nicht vor deinem Ehemann beschützt?«

Mrs Baker war rot vor Wut. »Ihr habt doch gesehen, wie brutal der Kerl ist. Ich habe mein Bestes getan, ich habe ihn verlassen und Molly mitgenommen. Rockingham Hall ist der einzige Ort, an dem wir vor ihm sicher waren, dank Master Felix und Mungo Quayle.«

Vianna setzte der Diskussion ein Ende. »Lasst Molly in Frieden. Ich war mit im Gerichtssaal, ihr nicht. Was sie getan hat, erforderte eine Menge Mut. Ihr habt überhaupt kein Recht, über sie oder ihre Mutter zu urteilen. Ihr müsstet erst einmal selbst mit einem solchen Ungeheuer gelebt haben, um mitreden zu können.«

Das brachte die Meute zum Schweigen. Dann meldete sich Cockney George zu Wort. »Jawohl, und jetzt an die Arbeit. Haltet die Klappe und geht an eure Plätze, bevor die Herrin euch erwischt.«

Das hatte die erwünschte Wirkung. Sie stoben in alle Richtungen davon.

Vianna kehrte mit der warmen Wasserflasche in die Dachkammer zurück und empfand einen Anflug von Stolz, wenn sie an die Beschützerrolle dachte, die die Brüder L'Estrange gespielt hatten. Doch wo steckte Felix? Was immer in Mookaboola passiert war, Mollys Tränen und die Andeutungen, die sie gemacht hatte, vermittelten Vianna den Eindruck, dass Felix sich von Molly hatte trösten lassen – und jetzt kalte Füße bekam.

Vianna wusste, dass es zu spät für Molly war, vor Gericht zu ziehen. Das Gesetz war blind gegenüber den Rechten von Kindern. Trotzdem glaubte sie, Felix besser zu kennen als er sich selbst. Er war ein Träumer, der in den Sternen lebte, und vor allem war er darauf bedacht, die Ehre der Familie zu retten. Jetzt war Mollys Trauma der Vergangenheit öffentlich geworden, obwohl sie selbst nicht daran schuld war. Vianna war überzeugt, dass Felix sie privat unterstützen würde, doch wenn seine Beziehung zu der Tochter der Köchin publik wurde, würde er sich vermutlich in sein schützendes Schneckenhaus zurückziehen.

Das ist ein Problem, das nur Felix lösen kann. Ich muss Daisy finden. Ich bin sicher, dass Severin weiß, wo sie steckt. Und die Zeit rennt mir davon. Die Bussorah Merchant *ist meine einzige Chance auf eine kostenlose Passage nach Europa. Aber warum bloß habe ich das seltsame Gefühl, dass Daisy ganz in meiner Nähe ist? Nur kann ich sie nicht sehen …*

Erschöpft und behutsam, um sie nicht zu wecken, schob sie die Wärmflasche unter Mollys Füße. In der Dachkammer war es kalt, der Wind pfiff durch das offene Fenster. Sie trat näher, um es zu schließen, und entdeckte Toby, der im Garten Blumen pflückte.

Als sie sah, wie er sich mit seinem imaginären Freund unterhielt, spürte sie einen Kloß im Hals.

Einsame Kinder erfinden sich oft einen Spielkameraden. Na ja, wenigstens ist Toby nicht mehr ganz allein. Jane wird sich um ihn kümmern. Und jetzt ist auch Mungo wieder da, aber wer weiß, wie lange? Ich wünsche ihm eine gute Frau, die ihm ein Dutzend Kinder schenkt. Hauptsache, ich bin nicht hier, um sein Glück mit anzusehen.

Mungo brannte darauf, sich mit Vianna auszusprechen. Wenn er als Kind bis zum Hals im Schlamassel steckte, hatte er vor Felix damit geprahlt, sich immer irgendwie herauswinden zu können. Gegen den gesunden Menschenverstand seiner Mutter aber hatte er keine Chance. Es lief unweigerlich darauf hinaus, dass sie ihm eine Standpauke hielt. *Manche Dinge ändern sich nie.*

Jane Quayle stand in der Küche und fütterte eine winzige Beutelratte mit einem Babyfläschchen. Wie immer brodelte Wasser für Tee auf dem Herd, als Mungo hereinkam.

»Ich glaube, dass ich dir eine Erklärung schuldig bin, Mam.« Mungo setzte sich rittlings auf einen Stuhl und griff nach einem Stück Kuchen.

Jane schlug ihm mit einem hölzernen Küchenlöffel auf die Finger. »Wasch dir die Hände. Ein schönes Vorbild bist du für deinen Sohn, den du obendrein schon im Stich gelassen hattest.«

»Ich habe ihn nicht im Stich gelassen, Mam, sondern bei dir. Wie auch immer, ich gebe ja zu, dass Toby sich anfühlt, als wäre er mein Sohn. Doch das werden wir wohl niemals ganz genau wissen. Wie soll ich ihm später erklären, dass ich nur zur Hälfte Anspruch auf ihn anmelden kann? Dass sein Onkel Felix ebenfalls beteiligt war und vielleicht er sein richtiger Vater ist? Nicht dass es eine Rolle spielen würde. Ich mag den Kleinen.«

»Na, Gott sei Dank. Aber dein Tonfall hat sich verändert. Vianna hat mir den Brief vorgelesen, den du mir geschrieben hast, um mir anzukündigen, dass du für immer fortgehen wirst. Was also ist passiert?«

Mungo war zutiefst zerknirscht. »Tja, das war wohl etwas voreilig. Ich dachte, ich müsste wieder nach Moreton Bay. Aber das hat sich jetzt erledigt. Ich bin wieder da und diesmal für immer.«

»Und was hat das für Toby zu bedeuten? Wann wirst du endlich erwachsen und handelst dementsprechend? Versteh mich nicht falsch. Ich habe das Kind längst ins Herz geschlossen, aber du hast dein ganzes Leben lang alles bei mir abgeladen, Kängurus, Wombats, Beutelratten und Warane – bis hin zu der Meerjungfrau da oben.«

»Die Meerjungfrau da oben ist meine zukünftige Ehefrau«, entgegnete er.

»Weiß sie schon davon?«

»Noch nicht, aber ich arbeite dran.«

Jane schenkte ihm Tee ein und fügte einen Schuss Whiskey hinzu. Sie selbst genehmigte sich auch einen, allerdings einen kleineren.

»Hey, Mam. Methodisten sind Abstinenzler, heißt es immer«, neckte Mungo sie.

»Ja, das sind wir auch. Aber es gibt Tage, da ist mir eher nach einem Schluck Whiskey als nach methodistischen Vorschriften.« Sie reichte ihm einen Brief. »Den hat sie dagelassen. Ich glaube, sie hat sich aus dem Staub gemacht.«

Mungo las den Brief laut vor und staunte über die Botschaft zwischen den Zeilen.

»Sie verabschiedet sich von dir, Mam. Aber mich will sie nicht, weil sie keine Kinder bekommen kann. Sie meint, das wäre das Einzige, was mich glücklich machen könnte.«

»Und hat sie recht? Denk gut darüber nach, bevor du antwortest.«

Mungo zögerte nicht. »Ich will *sie*. Egal wie. Verdammt noch mal, wenn ich unbedingt was aufziehen will, kann ich mir einen Hengst für Boadicea kaufen und Pferde züchten.«

Jane deutete mit dem Kinn zum Nebenraum, wo Toby in sein Alphabet vertieft war, wie man am Kratzen auf der Schiefertafel hörte.

»Es könnte Vianna helfen, wenn sie wüsste, dass du bereits einen Sohn hast. Denn Toby ist dein Sohn, daran gibt es keinen Zweifel.«

Mungo stieß ein kurzes Lachen aus. »Das hat dir wohl der liebe Gott gesagt, was? Oder war es eine deiner Manx-Feen? Wie kannst du dir so sicher sein?«

»Alles deutet in diese Richtung. Letzte Woche hat er mir eine Elster mit einem gebrochenen Flügel, eine Eidechse mit einem fehlenden Bein und eine Babyschlange mit nach Hause gebracht. Die Schlange habe ich sofort wieder in den Busch getragen. Die anderen Patienten leben in Schachteln hier in der Küche.«

»Das beweist nur, dass er ein gutes Herz hat. So etwas tun viele Kinder.«

»Stimmt, aber wie viele Kinder haben das zweite Gesicht? Können sehen, was *du* siehst? Was meine Großmutter sehen konnte? *Geister*. Als du klein warst, hast du mit ihnen gesprochen, genauso wie Toby. Diese Woche hat er mir eine Botschaft von einem siebenjährigen Jungen gebracht, der ihm erzählt hat, dass er mit dem Boot zum Fischen rausgefahren und verloren gegangen sei.«

»Was soll das denn beweisen?«

»Mir sträubten sich die Haare. Mein jüngster Bruder ist während eines Sturmes mit Vaters Boot zum Fischen rausgefahren und wurde über Bord gespült. Wir haben seine Leiche nie gefunden.« Sie machte eine Pause. »Er war damals sieben.«

Mungo spürte, wie sein Herz schneller schlug. Er wartete.

»Willst du noch mehr Beweise? Ich wette, dass du den Jungen noch nie gebadet hast, nicht wahr?«

»Was zum Teufel willst du damit sagen?«

»Toby kann nicht Felix' Sohn sein. Er ist ein Quayle. Und hier ist der Beweis.«

Jane streifte einen ihrer Pantoffeln ab und wackelte triumphierend mit ihrem Fuß. »Toby hat meine zusammengewachsenen kleinen Zehen geerbt.«

Mungo warf den Kopf nach hinten und lachte los. Als seine Mutter einstimmte, hörte es sich an wie die Vereinigung eines tiefen Flusses mit einem gurgelnden Bach. Ihr Lachen war derart ansteckend, dass Toby einen Blick in die Küche warf.

»Wir feiern gerade eine gute Nachricht, Toby«, erklärte Jane.

Mungo zog den Jungen an sich. »Wie würde es dir gefallen, einen neuen Namen zu bekommen? Wie findest du Toby Quayle? Mungo und Toby Quayle, Vater und Sohn! Dann kann uns niemand mehr voneinander trennen.«

Toby grinste so breit, dass er wie ein kleiner Clown aussah.

Mungo fuhr dem Jungen durchs Haar. »Und das bedeutet auch, dass du jetzt eine neue Großmutter hast. Wie sagt man noch Großmutter auf Manx, Mam?«

»Es gibt zwei Ausdrücke, aber am leichtesten ist *mwarree*«, erklärte Jane. »Es hat einen schönen Klang. Willst du mich so nennen, Toby?« Das Grinsen des Jungen wurde noch breiter. »Na gut, das wäre geklärt.«

Mungo war froh, dass diese Entdeckung ihn für immer mit Toby verbunden hatte, doch dann fiel ihm ein, dass er noch weit davon entfernt war, sein größtes Problem zu lösen, und das ernüchterte ihn. Vianna. Eine ganze Reihe von unerhörten Ideen schoss ihm durch den Kopf wie die Funken eines Feuerwerkskörpers.

Mein Gott, damit muss ich aber wirklich sehr vorsichtig sein.

Er klang so, als hätte er es sich gut überlegt. »Glaubst du, dass du eine deiner eisernen Regeln brechen könntest? Nur dieses eine Mal?«

Jane sah ihn misstrauisch an. »Zuerst will ich hören, was du meinst.«

»Würdest du mich begleiten, um mit Mrs Less zu sprechen? Ich muss sie um einen Riesengefallen bitten.«

Jane sagte nicht Ja. Aber auch nicht Nein. Jetzt musste er handeln.

»Ich erkläre es dir später.« Mungo blieb am Türeingang stehen. »Ich habe dir das noch nie gesagt. Und ich werde es dir nie wieder sagen. Aber ich weiß, welchen Preis du bezahlt hast. Dass du in Albrunas Schatten gelebt hast, damit ich in der Nähe meines Vaters aufwachsen konnte. Das hat dir die Möglichkeit einer Heirat genommen. Gute Männer wachsen nicht auf Bäumen, Mam. Sandy möchte dich zu einer ehrbaren Frau machen. Deshalb bitte ich dich, ihn nicht voreilig abzulehnen.«

Als sie keine Antwort gab, setzte er hinzu: »Nimm dir Zeit, dann kommt sie zu dir.«

Mungo wies Toby an, einen Strauß Blumen zu pflücken, trichterte ihm seine Botschaft ein und schickte ihn in die Dachkammer der Dienerschaft.

Vianna hörte die leichten Schritte eines Kindes, das die Treppe der Bediensteten hinauflief, gefolgt von Cockney Georges Stimme: »Hey, immer langsam, Jungchen. Molly muss sich ausruhen.«

Vianna öffnete ihnen die Tür. »Schon gut, George. Sie schläft ganz fest. Wie nett von dir, ihr Blumen zu bringen, Toby. Ich stelle sie in eine Vase.«

George ging wieder die Treppe hinunter, während Toby sich nicht von der Stelle rührte. »Blumen für Molly. Die Botschaft für *dich*.« Er blähte seine Brust auf wie eine Taube, während er angestrengt die Stirn runzelte, um seine Nachricht zu überbringen.

»Mungo sagt, dass Jane sagt, du solltest etwas wissen, was du noch nicht weißt.«

Vianna unterdrückte ein Lächeln. »Wer könnte sich einer so charmanten Einladung widersetzen?«

Molly öffnete halb die Augen. Sie lächelte dankbar angesichts der Blumen und schlief wieder ein.

Vianna nahm die Hand, die Toby ihr anbot, und dann eilten sie zusammen zu Janes Küche. Das beste Porzellan stand auf dem Tisch, zusammen mit einer vollen Teekanne. Auf den ersten Blick war es ein gemütliches, häusliches Bild, trotzdem zitterte Vianna. *Schon wieder diese Gänsehaut.*

Jane hatte ihnen gerade Tee eingeschenkt, und Mungo beobachtete sie aufmerksam, als Viannas Blick auf den Schaukelstuhl fiel. Die Stoffpuppe, die sie vor langer Zeit für Daisy gemacht hatte, mit dem rätselhaften Lächeln, das sie selbst für sie entworfen hatte. Sie hatte die Puppe mit eingepackt, das wusste sie genau.

»Wie ich sehe, haben wir Gesellschaft«, sagte Vianna und nickte in Richtung der Puppe.

Jane sah sie überrascht an. »Toby, hast du die Puppe genommen, ohne zu fragen? Ich habe dir doch beigebracht, dass man die Sachen anderer Menschen respektieren muss.«

»Ist nicht schlimm«, sagte Vianna rasch.

Toby wirkte nervös. »Ich war es nicht.«

»Sag die Wahrheit, mein Junge, niemand wird mit dir schimpfen«, sagte Mungo ruhig.

»Ich war es aber wirklich nicht. Meine Freundin hat sie genommen.«

Er stopfte sich ein Stück Kuchen in den Mund und zeigte auf seine Lippen, um anzudeuten, dass er jetzt nicht sprechen konnte. Vianna hob sanft Tobys Kinn an. Seine Augen waren so unschuldig wie die eines Engels.

»Schon gut, Toby. Ich bin dir nicht böse. Sag mir nur die Wahrheit. Wo hast du deine Freundin gesehen? War es in Mrs Navarros Haus?«

Er schüttelte den Kopf. »Nein, hier.«

Die Worte verschlugen Vianna die Sprache. »Wie heißt denn deine Freundin?«

»Das weiß ich nicht«, entgegnete er. »Sie kommt manchmal, um mit mir zu spielen.«

Sie – ein Mädchen also. Vianna spürte, wie ihre Knie nachgaben. Mungo trat einen Schritt näher, und dann kreuzten sich ihre Blicke. Beide dachten dasselbe.

»Wo wohnt sie, Toby?«, fragte Mungo.

»Weiß ich nicht. Aber manchmal schläft sie hier. Im Stall.« Er sah von einem zum anderen. »Sie hat mir erzählt, dass sie bald weggeht.«

Jane legte die Hand auf den Mund und starrte den Jungen an. Vianna hatte Angst, ihn zu fragen. »Kannst du mich zu ihr bringen, Toby?«

Toby nahm ihre ausgestreckte Hand und führte sie auf die Straße hinaus. Die vorbeifahrenden Kutschen, die Karren hinter den schweren Zugpferden, beladen mit Bierfässern aus der Albion-Brauerei, die Kutscher, die pfiffen und theatralisch ihre Peitschen knallen ließen – all das nahm Vianna nur verschwommen wahr.

Die Zeit schien sich aus ihrer Verankerung gelöst zu haben.

Mungo holte sie ein. Er führte die ungesattelte Boadicea am Zügel und bot Vianna seinen Arm an, doch sie schüttelte den

Kopf. Irgendwie schien es wichtig zu sein, dass sie ohne Hilfe das Gleichgewicht behielt.

Schließlich blieb Toby unsicher stehen und öffnete ein eisernes Tor. Mungo band das Pferd am Geländer fest und folgte ihnen einen schmalen Pfad entlang.

Namen sprangen sie an. Sie waren in Stein gemeißelt oder ins Holz geschnitzt, manche waren berühmt und glanzvoll, andere alt und verwittert. Es waren Namen von Anglikanern, Katholiken, Presbyterianern, Juden und anderen Menschen, alle hatten einen eigenen Teil. Einige Grabstellen waren namenlos, verloren und vernachlässigt.

Toby blieb verwirrt stehen. »Hier ist sie nicht.«

In diesem Augenblick entdeckte Vianna es. Ein kleines Grab, wo weiße Gänseblümchen darum kämpften, sich gegen das Unkraut zu behaupten. Vianna folgte den Worten auf der hölzernen Markierung, als würde sie sie auf die Schiefertafel eines Kindes schreiben. *Daisy … geboren 1824 in London. Gestorben in Goulouga im Dezember 1828.*

Das zweite Datum loderte wie eine Flamme in ihrem Kopf auf. *Zwei Jahre bevor ich in Goulouga war. Severin ließ mich glauben, dass sie dort im Garten spielte. Er las mir die Berichte über die Fortschritte vor, die sie gemacht hatte – Jahre, nachdem sie bereits tot war!*

Reglos stand sie da, hatte keine Kraft mehr, sich zu bewegen. So verzweifelt, dass sie vor Schmerz hätte schreien können, doch ihr fehlten die Worte. Keine Tränen. *Gott möge mir vergeben, Daisy. Ich habe es für dich getan! Doch du hast es niemals erfahren und bist allein gestorben!*

Mungo kniete nieder und schob das Unkraut beiseite, das die Inschrift verdeckte.

Seine Stimme war heiser. »Geliebtes Kind des Honorable Montague Severin! Kein Wunder, dass wir sie in den Archiven nicht entdeckt haben.«

Vianna fand ihre Stimme wieder, sie war flach und ohne Emotionen. »Sie gehörte zu *meiner* Familie, nicht seiner. Severin hat sie sogar noch im Tod kontrolliert.«

Dafür bringe ich ihn um! Ich habe nichts mehr zu verlieren.

Plötzlich schlug sie um sich, wild, blindlings, verzweifelt, als wollte sie etwas zerstören, den physischen Schmerz fühlen, der sie von dieser Qual befreite. Gegen ihren Willen aber wurde sie festgehalten, gehindert von den kräftigen Armen des Mannes, der immer wieder sanft auf sie einredete. Mungos Arme, Mungos Stimme.

»Daisy weiß, dass du sie geliebt hast, Liebling. Sie weiß es. Deshalb konnte sie dich nicht verlassen. Was Toby gesagt hat, ist wahr, Liebling. Und jetzt ist es Zeit, sie loszulassen.«

Vianna sah ihn vorwurfsvoll an. »Seit wann weißt du es?«

»Sicher bin ich mir erst jetzt. Aber ich hätte es mir denken können. 1828 gab es eine Epidemie, bei der viele Kinder starben. Toby ist wie ich. Er kann Dinge sehen, die andere nicht sehen.«

Toby pflückte eine Wildblume, die im Gras wuchs, und reichte sie Vianna. Sie zupfte ein wenig Unkraut aus und legte die Blüte zwischen die Gänseblümchen auf die weiche dunkle Erde.

Vergib mir, meine kleine Schwester. Ich kann nicht weinen – nur hassen.

Dann sah sie, wie Toby sie ängstlich anstarrte. Sie fühlte sich wie ein Automat, der auf Knopfdruck reagierte. »Du hast recht. Es ist Zeit, dass Daisy zu ihrer Mutter zurückkehren kann.«

Aller Gefühle beraubt folgte Vianna gehorsam Mungos Anweisungen und ließ sich von ihm auf Boadicea hieven. Sie spürte Tobys Arme, die sich um ihre Taille schlangen, als er hinter ihr aufstieg. Seine warmen kleinen Hände auf ihren eiskalten Fingern.

Mungo brachte sie stumm nach Hause.

Es ist alles vorbei. Die Lügen. Die Träume. Meine falschen Hoffnungen für Daisy. Mein ganzes Leben hier ist vorbei. In diesem gottverfluchten Land habe ich nichts mehr verloren.

FÜNFZIG

Der letzte Trubel der Silvesterfeierlichkeiten war gerade erst verebbt, als man von den benachbarten Farmen die ersten Hähne krähen hörte. Vianna trocknete sich auf dem Balkon das Haar, ihr gepackter Koffer stand herausfordernd neben dem Bett und wartete, dass sie an Bord der *Bussorah Merchant* ging.

Wie ein Symbol für ihr neues Leben hing der Kalender des neuen Jahres 1832 an der Wand. Doch jetzt hatte sie keinen Grund mehr, auch nur einen Tag länger in der Kolonie zu bleiben. Jean-Baptistes Angebot, in seiner Wohnung zu übernachten, um sich vor Severin zu verstecken, hatte sie abgelehnt und stattdessen beschlossen, ein oder zwei Tage vor Auslaufen des Schiffes an Bord zu gehen. Das hielt sie für sicherer.

Die Vorstellung eines anhaltenden Kontakts mit Mungo und Felix war unerträglich.

Dieses Kapitel meines Lebens ist zu Ende. Es ist besser, einen sauberen Schnitt zu machen, so wie das Skalpell eines Chirurgen einen Körperteil abtrennt, wenn keine Aussicht auf Heilung besteht.

Im selben Moment riss der durchdringende Schrei einer Frau sie aus ihren Gedanken. Die Tür am Ostflügel des Hauses von Rockingham Hall sprang auf, und ein Schwarm von Menschen ergoss sich in den Garten. Wie ein Magnet zog der Schrei die Dienerschaft an, die sich aus den Fenstern beugte oder die Szene aus dem Hintergrund verfolgte.

Im Zentrum des Sturms stand Molly. Mrs Baker lief mit zornesrotem Gesicht hinter ihr her und schwang einen Suppenlöffel aus Metall. Molly wich dem Schlag aus, hob die Arme schützend vor den Kopf und verteidigte sich mit Worten: »Du verstehst nicht, Ma. Hör zu! Hör doch erst mal zu!«

»Du kannst mir keinen Sand in die Augen streuen, Mädchen. Ich weiß genau, was du getan hast. Deinetwegen wird man mich in die Manufaktur zurückschicken!«

Ein kräftiger Schlag brachte Molly aus dem Gleichgewicht. Sie stürzte zu Boden. Während der Kochlöffel ihrer Mutter wie ein Damoklesschwert über ihr schwebte, kauerte sie sich keuchend zusammen. »Ich bin keine Lügnerin, Ma. Was immer geschieht, man wird dich nicht meinetwegen von hier verjagen. *Ich* packe die Koffer, nicht du.«

Die Köchin stieß ein so durchdringendes Geheul aus, dass Vianna alarmiert war. Was um Gottes willen war schiefgelaufen? Obwohl sie versuchte, Abstand zu allem zu finden, ehe sie dieses Haus für immer verließ, fühlte sie sich für Mollys Leid irgendwie mitverantwortlich.

Hastig schlang sie ihr feuchtes Haar zu einem Knoten im Nacken und eilte hinunter in den Garten, obwohl sie sich der Gefahr ihrer Einmischung bewusst war, denn die Dienstleute konnten unberechenbar sein, wenn sie Streit führten. *Molly zuliebe muss ich einen kühlen Kopf behalten.*

Doch die Diplomatie hatte keine Chance. Als Molly Vianna erblickte, flüchtete sie schluchzend in ihre Arme. Vianna warf der Köchin, die mit erhitztem Gesicht dastand und schrie, einen mitfühlenden Blick zu. Ihre Worte waren mit gälischen Ausdrücken durchsetzt, sodass Vianna Mühe hatte zu verstehen, worum es eigentlich ging.

Die Köchin war ein paar Schritte zurückgetreten, zu zwei neu zugewiesenen Dienerinnen, die versuchten, sie zu beruhigen – oder der Wahrheit der Gerüchte auf den Grund zu gehen.

Molly hatte die Selbstsicherheit einer Currency Lass verloren. »Ich wünschte, ich wäre nie zur Welt gekommen! Es ist alles meine Schuld. Der Master und Mrs L'Estrange schreien sich so laut an, als wollten sie die Toten aufwecken. Mutter und ich können uns auf was gefasst machen.«

Es braucht nicht viel, um die L'Estranges zu einem Streit zu provozieren, aber wieso sind Molly und ihre Mutter der Grund dafür?

Vianna setzte sich mit Molly auf eine Gartenbank und versuchte, sie aufzumuntern. »So schlimm kann es doch nicht sein. Was wirft man dir denn vor? Hast du einen der guten Teller zerbrochen? Oder den Pudding anbrennen lassen?«

»Schlimmer als das. Sie befragen Felix und Mungo. Du kennst ja Felix, er hat sich immer im Griff, er ist kein Hitzkopf wie Mungo. Aber diesmal scheinen sie die Rollen vertauscht zu haben. Mungo ist ganz ruhig, und Felix tobt!«

Felix? Mungo? Das klingt ernst. Vianna bemühte sich, ihre Beunruhigung zu verbergen. »Wenn man dich fälschlicherweise des Diebstahls bezichtigt, wird Felix deine Ehre verteidigen.«

»Das kann er nicht. Ich habe sie bereits verloren.«

Sie hat ihre Ehre verloren? Damit kann nur ihre Affäre mit Felix gemeint sein.

»Das liegt in der Natur der Dinge«, flüsterte Vianna. »Aber es ist doch nicht das Ende der Welt.«

»Es ist das Ende *meiner* Welt«, erwiderte Molly traurig.

Vianna warf einen Blick auf den Bauch des Mädchens und spürte unwillkürlich einen Anflug von Neid.

»Glaubst du denn, dass du schwanger bist? Es ist doch noch viel zu früh, um es sicher zu wissen.«

»Dafür ist nur eine Nacht notwendig, oder? Aber mach dir keine Sorgen. Ich habe mich zwar jeden Morgen hundeelend gefühlt, aber das lag nur an den Nerven. Und jetzt, da mein Ruf hin ist, werden sie mich in die Manufaktur schicken, wo keiner mich mehr sieht.«

»Das werden sie bestimmt nicht tun. Was hat Felix gesagt?«

»Ich habe ihn nicht zu Gesicht bekommen, seit ich zurück bin. Und jetzt ist alles zu Ende.«

»Das ist nur meine Schuld, Molly. Es tut mir so leid.«

»Nein, ich bin selbst schuld. Ich war so glücklich damit, Felix aus der Ferne zu lieben. Ich wusste ja, wie unglücklich er deinetwegen war. Ich wollte ihn nur trösten. Und das habe ich auch getan. Aber es hat nicht gereicht.«

»Die Liebe macht sich ihre eigenen Gesetze«, sagte Vianna wehmütig.

Am Ostflügel des Hauses steckte Cockney George den Kopf durch den Türspalt.

»Hey, Köchin! Man verlangt nach dir, du sollst dich ebenfalls äußern. Und danach bist du an der Reihe, Mädchen«, erklärte er und zwinkerte Molly zu. Es konnte freundlich gemeint, aber ebenso gut ein Hinweis darauf sein, dass es schlecht für sie aussah.

Vianna wurde das Herz schwer, als sie sah, wie Mungo auf die lässige Art eines Currency Lads, den nichts erschüttern kann, auf Molly und sie zuschlenderte. *Verfluchter Kerl, ihm macht es anscheinend nichts aus, dass ich in wenigen Stunden für immer aus seinem Leben verschwinden werde.*

Als er Mollys rot umrandete Augen sah, veränderte sich sein Ausdruck. »Was hast du denn, Kleines? Du kennst mich, es gibt kein Problem, das ich nicht lösen könnte.«

War damit auch sie gemeint?

Vianna war sich nicht sicher. *Aber was ändert das schon? Es gibt Dinge, die kann nicht einmal Mungo ändern.*

Dann sahen sie, wie die Köchin durch eine der hinteren Türen in ihre Domäne zurückkehrte, die Küche im anderen Flügel. Ein Haufen kichernder Dienstmädchen folgte ihr, gespannt auf das Urteil nach ihrer Befragung. Im Vorübergehen rief sie ihrer Tochter zu: »Kommt nicht infrage!«

George konnte sein Grinsen kaum verbergen. »So, und jetzt du, Molly.«

Mungo drehte Molly zu sich um, damit sie ihm in die Augen schaute. »Vergiss nicht, du bist hier geboren. Das heißt, dass du genauso viel wert bist wie die vornehmen Herrschaften. Lass dich von niemandem ins Bockshorn jagen. Wir sind Currencys. Wir gehen unseren eigenen Weg in dieser Welt, klar?«

Molly reagierte mit einem dünnen, zögernden Lächeln.

Vianna nahm ein Taschentuch und tupfte ihr die Tränen vom Gesicht, dann band sie ihr das Haar zusammen und zog ihr die Schürze aus. »So, jetzt kannst du gehen.«

»Ich komme mit, Molly, wir gehen zusammen da rein.« Mungo bot ihr seinen Arm an, und sie schritten den Pfad entlang, Molly mit erhobenem Haupt.

Sie sehen aus wie ein Paar. Vianna spürte einen Kloß im Hals, hielt aber die Tränen zurück, obwohl die Wahrheit sie schockierte. *Wie ähnlich sie sich sind! Ich habe Molly dazu ermutigt, Felix' Herz zu gewinnen. Wie sehr ich mich geirrt habe! Mungo ist der beste Mann für sie. Und sie ist die Frau, die ihm Kinder schenken wird.*

Der förmliche Salon, den Kentigern für die Befragung ausgewählt hatte, unterstrich den Ernst der Angelegenheit. Mungo erkannte, dass es mehr war als nur ein Verstoß gegen die Umgangsregeln zwischen den Dienstleuten und der Herrschaft, die von den Statuten der Kolonie bestimmt wurden.

Es ist ein Scheingericht. Sie ist schuldig, noch ehe sie den Mund aufgemacht hat. Vater ist ein Hitzkopf: Was Mrs Less sagt, ist Gesetz, und Felix ist viel zu sehr darauf bedacht, der perfekte Gentleman zu sein, als den Mut aufzubringen, sich wie ein Mann zu verhalten.

Kurz bevor sie eintraten, sagte Molly traurig: »Du kannst mir nicht helfen, Mungo. Es ist zu spät.«

»Vertrau mir«, raunte er ihr zu. »Ich weiß schon, was ich tue.« *Herrgott, ich wünschte, es wäre so.*

Der bewundernde Blick, den Molly ihm zuwarf, verstärkte Mungos Entschlossenheit.

Kentigern L'Estrange saß auf einem Wappenstuhl mit hoher Rückenlehne. Als sich ihre Blicke kreuzten, blitzten die Augen seines Vaters auf – offensichtlich verärgert über seine Anwesenheit.

Vater will das Verbrechen unter den Teppich kehren, was auch immer es ist. Aber er weiß, dass ich das nicht zulassen werde.

An Albrunas Ausdruck war nicht zu erkennen, was sie wirklich empfand. Ihr Gesicht war blass, aber die intensiven blauen Augen musterten sie kühl.

Sollte sie die Jury in diesem Verfahren stellen, ist das Urteil noch offen.

Wie ein vornehmer Gentleman, der in den Zeugenstand treten würde, um den Namen seiner Familie reinzuwaschen, saß Felix erhobenen Hauptes da. Nur sein Blick verriet, wie nervös er war.

Mungo kam sofort auf den Punkt. »Ich bin auf die Bitte von Miss Baker hier. Angesichts der Tatsache, dass sie keinen Anwalt hat, der sie auf ihre Rechte aufmerksam machen könnte, werde ich als ihr Zeuge auftreten, sollte jemand ihren Ruf beschädigen.«

Kentigern schnaubte verächtlich, als wollte er Mungos Annahme zurückweisen oder seine Taktik kritisieren. »Nicht so förmlich, Mungo. Du bist zu voreilig wie immer. Es handelt sich nicht nur um eine juristische Sache, sondern um eine Familienangelegenheit, die schnell und diskret erledigt werden muss. Ich würde keinen meiner Bediensteten vor ein Gericht stellen, nicht einmal dann, wenn ich von seiner Schuld überzeugt wäre.«

»Freut mich zu hören, Sir. Was immer man der Köchin vorwerfen mag, ich darf dich daran erinnern, dass Miss Molly Baker dir *nicht* als Bedienstete zugewiesen wurde. Sie ist nicht einmal eine bezahlte Bedienstete, sondern hilft nur ihrer Mutter, so wie jede pflichtbewusste Tochter es tun würde. Deshalb fällt sie nicht unter das Gesetz, das die Beziehung zwischen Herr und Dienstboten in der Kolonie regelt.«

»Richtig«, sagte Kentigern, deutlich verwirrt, als er sah, dass er in der Defensive war. »Trotzdem ist das Mädchen in eine wichtige Angelegenheit verstrickt, die von mir eine Entscheidung verlangt.«

»Und von mir.« Auf Albrunas ruhigen Einwurf hin warf er ihr einen gereizten Blick zu, trotzdem nickte er zustimmend.

Mein Gott, was geht hier vor? Vater ist nicht dafür bekannt, dass er den Schwanz einzieht. Es muss etwas Ernstes sein.

»Darf ich fragen, ob die Stelle der Köchin gefährdet ist, Sir?«

Albruna kam ihrem Mann zuvor. »Natürlich nicht, Mungo. Wir würden sie gern als *Angestellte* weiter beschäftigen, solange sie unter unserem Dach wohnt. Allerdings hat sie selbst unser Angebot abgelehnt.«

Mungo war überrumpelt.

»Familienehre«, erklärte Kentigern entschieden. »Das darf man nicht auf die leichte Schulter nehmen.«

»Wessen Ehre steht denn auf dem Spiel?«, fragte Mungo erstaunt. »Deine, Mrs Bakers oder Mollys?«

»Meine!«, erklärte Felix und sprang erregt auf. »Willst du die Wahrheit hören, Mungo? Die Köchin, Mollys Mutter, ist so stolz, dass sie beschlossen hat, diesen Haushalt zu verlassen, wenn Molly unser Angebot annimmt.«

»Welches Angebot? Würde uns bitte jemand erklären, worum es hier eigentlich geht?«

Kentigern winkte ab und zeigte auf Felix. »Dieser junge Mann hat eine voreilige Entscheidung getroffen, ohne über die Folgen nachzudenken. Er hat Molly ohne meine Zustimmung ein Angebot gemacht. Und die Köchin stimmt mir zu, dass es ein Ding der Unmöglichkeit ist. Die Gesellschaft würde es niemals akzeptieren. Eine Hochzeit kommt überhaupt nicht infrage.«

»Eine Hochzeit?« Mungo warf Felix einen Blick zu. *Das hätte ich ihm nie zugetraut.*

»Eine *Hochzeit*?«, flüsterte Molly und klammerte sich an Mungos Arm.

Felix sah sie an. »Es tut mir aufrichtig leid, Molly. Ich übernehme die volle Verantwortung für das, was geschehen ist. Ich habe mein Bestes getan, um alles ins Lot zu bringen, aber du bist zu jung, um ohne die Erlaubnis deiner Mutter heiraten zu können. Deine Mutter weigert sich, weiterhin hier zu arbeiten, wenn ich dich heirate. Sie meint, sie würde ihre Stellung in der Dienerschaft verlieren. Deshalb weigert sie sich, dir die Erlaubnis zu erteilen.«

»Und ich auch«, warf Kentigern ein. »Jedenfalls, wenn du mein Sohn und Erbe bleiben willst.«

Felix wurde kreidebleich. »Ich respektiere dein Urteil, Vater. Trotzdem werde ich dafür geradestehen, was ich einer Minderjährigen angetan habe. Und wenn sie volljährig ist, werde ich sie zu einer ehrbaren Frau machen.«

»Eine arme, ehrbare Frau«, warnte ihn Kentigern.

»Wenn das der Preis ist, den ich zahlen muss, um meine Ehre zu retten, dann soll es so sein.« Felix' Stimme war heiser, aber er blieb standfest.

»Deine Ehre? Moment mal.« Molly errötete vor Verlegenheit.

»Sei still, Molly. Lass mich das machen«, sagte Mungo hastig.

Sie fiel ihm ins Wort. »Niemand hat mich gefragt, was *ich* will. Du hast nie das Wort Heirat in den Mund genommen, Felix. Höchstens bei deiner poetischen Beschreibung von Sonnen- und Mondfinsternis.«

Mungo verzog den Mund. *Typisch Felix. Aber jetzt kann niemand mehr Molly aufhalten!*

»Ich will keinen Mann heiraten, der sich schuldig fühlt, weil er mit mir geschlafen hat. In Mookaboola hast du nicht gesagt, dass es falsch wäre, warum also soll es das jetzt sein? Ich dachte, dass ich dich liebe. Aber inzwischen bin ich mir nicht mehr so sicher.«

Die Stille im Raum war derart durchdringend, dass Mungo um ein Haar losgeprustet hätte.

»Ich wollte dir eine ehrenwerte Lösung anbieten«, stammelte Felix.

»Es scheint so, als hättest du damit jeden glücklich gemacht, nur mich nicht. Ich will keinen Mann, der kalte Füße bekommt.

Die Wahrheit ist, dass du immer noch Vianna hinterherweinst. Ich habe keine Lust, die zweite Geige zu spielen!«

Felix wurde blass. Kentigern warf die Hände in die Luft. Albruna hustete hinter ihrem Taschentuch, doch Mungo entdeckte ein seltsames Funkeln in ihren Augen – war das etwa Bewunderung?

Was für ein mutiges Ding. Felix' Gesicht ist unbezahlbar. Jetzt bin ich gefragt.

Mungo ging quer durchs Zimmer auf seinen Bruder zu und sagte leise: »Wenn ich dir einen guten Rat geben darf: Jetzt wäre der richtige Zeitpunkt gekommen, Molly beiseitezunehmen und die Sache unter vier Augen zu besprechen. Dein Angebot war zwar ehrenwert, aber nicht besonders romantisch.«

Daraufhin richtete sich Mungo an seinen Vater und Mrs L'Estrange. »Dürfte ich um eine kurze Unterbrechung bitten, damit sich die Gemüter beruhigen? Immerhin geht es hier um die Zukunft von zwei Menschen. In einigen Monaten werden es sogar *drei* sein.«

Bei dieser Ankündigung wurde Albruna kreidebleich. Kentigern stand unbeholfen vom Stuhl auf, sein Gesicht war gerötet. Aller Augen wandten sich Felix zu. Sein Kinn bewegte sich, als hätte er plötzlich keine Kraft mehr, etwas zu sagen. Dann trat er zwei Schritte vor.

»Molly! Wir müssen reden – allein!«

Er nahm sie an der Hand und verließ das Zimmer so schnell, dass sie kaum mitkam.

Mungo setzte sich hin und lächelte den beiden Zurückgebliebenen freundlich zu.

Dass sein Vater vor Wut toben würde, war zu erwarten gewesen. Doch Mungos Blick kehrte immer wieder zu Mrs L'Estrange zurück. In ihren Augen glänzte etwas, das er einfach nicht durchschaute.

Jetzt hängt alles von Felix ab. Aber Frauen sind seltsame Geschöpfe. Alles ist möglich. Ich jedenfalls würde nicht drauf wetten.

Felix fiel auf die Schnelle nur ein Ort ein, an dem sie frei von den neugierigen Blicken und dem Tratsch der Diener wären. Er lief durch die Seufzerbrücke und sah sich weder nach rechts noch nach links um, erleichtert, dass Molly ihm blind folgte, ohne ein einziges Wort von sich zu geben

Ich weiß nicht, ob ich Mungo ins Gesicht schlagen oder ihm die Hand schütteln soll. Zumindest hat er mir die Gelegenheit gegeben, mich mit Molly auszusprechen. Hoffentlich laufen wir ihrer Mutter nicht über den Weg. Ich könnte dieser Frau jetzt nicht gegenübertreten, sie ist so unberechenbar wie die Kelten und hat mehr Stolz als eine Herzogin.

Er schloss die Tür zu seinem Schlafzimmer auf und führte Molly hinein.

»Hoffentlich hat uns niemand gesehen. Es ziemt sich zwar nicht für eine junge Dame, ins Schlafzimmer eines Junggesellen zu treten, aber es muss sein.«

»Warum? Ich bin unzählige Male mit dir allein hier gewesen.«

»Da warst du aber nur die Tochter der Köchin.«

»Ich bin immer noch die Tochter der Köchin, vergiss das nicht«, brauste Molly auf.

»Natürlich, das meinte ich auch nicht, sondern … Ach verflucht noch mal, Molly, musst du denn alles, was ich sage, auf die Goldwaage legen? Ich habe deiner Mutter ein offizielles Heiratsangebot gemacht.«

»Und? Hat sie angenommen?«, sagte sie böse. »Wenn ja, dann wärst du demnächst mein Stiefvater.«

»Molly, um Himmels willen. Es ist ernst. Stimmt das, was Mungo behauptet hat? *Drei*. Bedeutet es, dass wir das Pech hatten, in nur einer einzigen Nacht?«

»Ein Baby? Nun, Felix, dein Glück hat sich gewendet. Ich bin nicht schwanger, und ich habe es Mungo gegenüber auch niemals behauptet. Ich nehme an, dass er uns nur helfen wollte.«

»Helfen? Vater hat fast einen Herzanfall bekommen. Und was meine Mutter angeht, nun, sie wurde kreidebleich.«

»Tja! Jetzt weiß ich wenigstens, woran ich bei dir bin. Ich gehe runter und packe meine Sachen. In diesem Haus habe ich eine Menge gelernt, Felix. Viele Tricks, die mir Vianna beigebracht hat, werde ich benutzen können. Und obendrein dafür bezahlt werden.«

Sie war fast schon an der Tür, als Felix ihr nachlief und sich ihr in den Weg stellte. »Wag es nicht, mich in diesem Schlamassel allein zu lassen, Molly!«

»*Wag es nicht?* Wer bist du eigentlich, um mir Befehle zu erteilen, Felix?«

Er umfasste ihr Gesicht mit beiden Händen und sah ihr in die Augen. »Ich befehle dir nicht, dass du mich heiraten sollst, Molly. Ich … ich flehe dich an. Wir müssen alles wiedergutmachen.«

»Nun, für mich wäre es nicht gut. Wie soll ich einen Mann heiraten, der eigentlich in meine beste Freundin verliebt ist?«

»Das bin ich nicht. Verflucht noch mal. Das Problem ist, dass du viel zu viel über mich weißt. Ich habe mich zum Narren gemacht wegen einer unglücklichen jungen Frau, die mich zwar gernhat, aber noch nie einen Mann geliebt hat. Mit Ausnahme von Mungo vielleicht. Meinem … meinem … Mungo eben.«

»Deinem Bruder«, half sie ihm auf die Sprünge.

»Du hast es *gewusst*?«

»Nur ein Blinder würde nicht bemerken, dass ihr euch ähnelt wie ein Ei dem anderen.«

»Aha. Nun, wie auch immer. Mungo und ich wurden zu Rivalen in der Liebe, so wie wir es unser Leben lang in allen Belangen waren.«

»Dann hast du mich nur begehrt, weil du meintest, ich liebte Mungo? Es stimmt sogar, allerdings auf eine andere Art.«

Felix ergriff ihre Hände und zwang sie, sich auf das Bett zu setzen. Auf beiden Stühlen stapelten sich Astronomiebücher. Er zeigte auf das Teleskop. »In Wahrheit ist mir erst jetzt bewusst geworden, dass ich die Liebe immer für etwas ganz anderes gehalten habe. Weißt du noch, wie Admiral Horatio Nelson das Teleskop absichtlich an sein blindes Auge hielt, um das Signal zum Rückzug aus der Seeschlacht zu ignorieren?«

»Ja, und er entschied die Schlacht bei Kopenhagen für sich. Aber was hat das mit mir zu tun?«

»Nun ja, irgendwie war ich so blind, dass ich nicht erkannte, was wahre Liebe ist. Bis zu jener Nacht in Mookaboola. Da ist mir bewusst geworden, dass du mehr Liebe und Mut besitzt, als ich jemals aufbringen werde.« Als sie schwieg, wurde er nervös. »Darf ich dich küssen?« Ohne ihre Antwort abzuwarten, küsste er sie und flüsterte ihr zärtlich ins Ohr: »Würdest du mir noch eine Chance geben, mein geliebtes kleines Mädchen?«

Als sie zögerte, flehte er verzweifelt: »Molly, ich brauche dich. Du bist mein *Leitstern*!«

Diese Worte gaben den Ausschlag. Mollys Augen weiteten sich, und sie erwiderte seinen Kuss voller Leidenschaft. Bis ihr plötzlich etwas einfiel. »Ja. Aber nur, wenn wir reinen Tisch machen. Wir müssen deinen Eltern und meiner Mutter sagen, dass ich *nicht* schwanger bin.«

»Das sollten wir auf keinen Fall tun«, widersprach er hastig. »Sollen sie es ruhig glauben, umso schneller können wir heiraten. Es ist ja keine Lüge. Ich werde ein Kind mit dir zeugen, sobald wir verheiratet sind.«

Molly kicherte. »Das klingt genau wie bei Mungo. Er verdreht die Wahrheit so lange, bis die anderen tun, was er will.«

Felix war verstimmt. »Wie bei Mungo? Meinst du das wirklich? Aber wenn ich es recht bedenke, reagieren wir gelegentlich tatsächlich gleich.«

Sie streckte die Hand aus. »Komm, mein Liebster, stellen wir uns ihnen gemeinsam.«

Als das Paar ins Zimmer zurückkehrte, seufzte Mungo erleichtert. Molly versuchte, ein Lächeln zu verbergen, während Felix an seiner Halsbinde zupfte, die wahrscheinlich zum ersten Mal im Leben unordentlich war.

Mungo wusste, dass die Schlacht vorbei war. Nach einigen wohlbedachten Worten von Felix wollte sein Vater protestieren, doch Mrs L'Estrange legte ihm die Hand auf den Arm und flüsterte ihm etwas zu. Danach hielt er sich zurück.

Sie klingelte und bestellte Tee, das traditionelle englische Heilmittel für alle Gelegenheiten. Sie schenkte ihn aus dem russischen Samowar in ihre besten Tassen ein, begleitet von den eleganten Petits Fours der Köchin, Teegebäck und dünn geschnittenen Gurkensandwiches. Scheinbar hatte die Köchin nach einer kurzen, aber hitzigen Debatte in der Küche mit Molly klein beigegeben.

Mungo nippte an seinem Tee. *Niemand, der uns jetzt sehen könnte, käme auf die Idee, es nicht mit einer wohlerzogenen Familie zu tun zu haben.*

Er war sich bewusst, dass die Hausherrin als Einzige die Teezeremonie wirklich genoss. Molly hatte man nach oben gebracht, damit sie sich ausruhte. Felix beäugte ihn misstrauisch und goss ihnen stumm einen Schuss Whiskey in den Tee.

Schließlich rang er sich zu einer leisen Frage durch: »Du bist mir die Wahrheit schuldig. Was für eine Beziehung hast du zu Molly? Sie himmelt dich ja geradezu an.«

»Ich war nie mehr als ihr großer Bruder«, entgegnete Mungo ruhig. »Du warst immer ihr Held, du warst nur zu blind, um sie wahrzunehmen. Aber wenn du mir nicht glaubst, frag sie selbst. Sie ist der ehrlichste Mensch, den ich kenne.«

»Das weiß ich«, erwiderte Felix nachdenklich. »Heißt das, dass deine Rede von den dreien nur ein Bluff war?«

»Klar, um die Sache ins Rollen zu bringen. Es läuft doch prima, oder etwa nicht? Und du bist auf diese Weise an eine ganz besondere Frau gekommen.«

Mungo streckte ihm die Hand entgegen. Und Felix schlug ein, ohne zu zögern.

Als sie aufblickten, waren beide von der Wandlung überrascht, die die streitenden L'Estranges durchgemacht hatten. Sie saßen in einem Alkoven und steckten die Köpfe zusammen. Hin und wieder schwirrte ein Satz durch den Raum. Mungo schnappte den Namen des Richters Kennedy auf. Offensichtlich führten sie etwas im Schilde. Er hielt die Spannung nicht aus.

»Was hecken die beiden wohl aus?«

»Eine diskrete Hochzeit im kleinen Kreis. Die aus einleuchtenden Gründen so schnell wie möglich stattfinden soll.«

»Verstehe«, nickte Mungo. »Damit keiner aus den dreizehn vornehmsten Familien an den Fingern abzählen kann, wer zuerst da war, die Henne oder das Ei.«

Felix wurde rot vor Verlegenheit. »Scheint mir eine ganz gute Idee gewesen zu sein, diese Notlüge.«

»Eines Tages wirst du mir dankbar sein«, sagte Mungo zuversichtlich.

»Könntest du dich dazu durchringen, mein Trauzeuge zu sein?«

»Mit Vergnügen. Wenn du als Bräutigam dich dazu durchringen kannst, mich darum zu bitten.«

Erneut reichte Felix ihm die Hand. »Danke.«

Beide sahen zum Alkoven hinüber, als sein Vater Albruna fragte: »Bist du noch da, um an der Hochzeit teilzunehmen, ehe dein Schiff nach Hamburg ausläuft? Das wird wohl bald der Fall sein, oder? Willst du denn wirklich für immer gehen?«

Albruna machte eine Pause und stellte ihre Tasse ab.

»Du stellst mir zwei Fragen. Lass mich zuerst die eine beantworten. Egal, was wir über die Hochzeit denken, ich finde, wir sollten beide daran teilnehmen, was meinst du? Wir müssen zusammenhalten, zumindest, bis die Hochzeit unter Dach und Fach ist.«

»Einverstanden«, antwortete er schnell.

»Molly ist eine junge Braut, so wie ich damals. Angesichts der Einstellung ihrer Mutter und ihres heiklen Zustands wird Molly während der Hochzeit weibliche Unterstützung brauchen. Und was die *Bussorah Merchant* angeht, das Schiff hat nach der Choleraepidemie die Gesundheitsbescheinigung bekommen und soll noch diese Woche auslaufen.«

Es folgte ein Schweigen. »Verstehe. Es ist sehr nett von dir, bis zur Hochzeit hierzubleiben, Albruna. Du scheinst dich schneller als ich mit dem *fait accompli* deines Sohnes abgefunden zu haben. Ich werde noch einige Zeit brauchen, um mich mit der Vorstellung anzufreunden, dass ein L'Estrange eine Dienstbotin heiratet.«

»Ich muss gestehen, dass ich ganz andere Pläne für Felix hatte. Aber ich beobachte Molly seit Längerem. Die Kleine ist sehr mutig und besitzt eine natürliche Würde. Außerdem scheint sie sich für Astronomie zu interessieren. So eine Frau gibt es nur eine unter einer Million.«

»Aye, da hast du recht. Du wirst dich wundern, aber sie erinnert mich an dich, als du jung warst und wir uns kennenlernten. Weißt du noch?«

»Wie könnte ich das jemals vergessen? Ich kann mich noch sehr gut daran erinnern, wie mich Großmutter zum ersten Mal nach London schickte, und wie nervös ich war, meinem Cousin zu begegnen, diesem gut aussehenden englischen Gentleman. Ich habe mich auf den ersten Blick verliebt.«

»Nicht nur du.«

Als wäre er von seinen eigenen sentimentalen Worten überrascht, schenkte er sich noch ein Glas Whiskey ein. »Ganz gleich, was dann geschah und wie sehr ich dich später enttäuscht habe, am Anfang haben wir uns geliebt, Albruna. Ich denke, dass das etwas zu bedeuten hat, nicht wahr?«

Albruna senkte die Stimme. »Ich habe nichts vergessen. Weder das Gute noch das Schlechte. Ich kann mich noch genau daran erinnern, wie deine Familie gegen deine verarmte preußische Cousine wütete, obwohl ich blaues Blut hatte. Trotzdem hast du dich gegen sie durchgesetzt. Du hast die spärliche Mitgift, die meine Mutter aufbringen konnte, abgelehnt. Und gegen den Willen deines Vaters bist du hierher in die Kolonie gekommen, um dein Glück zu suchen. Ich war so stolz auf dich.«

»Und später habe ich dir das Herz gebrochen«, sagte er bedrückt.

Albrunas Stimme war so leise, dass Mungo und Felix sich anstrengen mussten, um sie zu verstehen.

»Ja. Aber ich werde auch niemals vergessen, dass du mich geheiratet hast, obwohl du wusstest, dass mein Vater im Krieg gefallen war, noch ehe ich zur Welt kam.«

»Unsinn. Ein Kind ist doch nicht für seine Eltern verantwortlich.«

»Nein. Aber während all dieser Jahre, als wir uns ständig gestritten haben, hast du mir nie vorgeworfen, dass ich ein uneheliches Kind war. Dafür werde ich dich immer bewundern, Kentigern.«

Dann verließ Albruna rasch und anmutig den Raum, um nach Molly zu sehen, und ließ ihren Mann nachdenklich zurück.

Mungo und Felix vermieden jeglichen Blickkontakt, so peinlich war es ihnen, ein Familiengeheimnis belauscht zu haben.

Schließlich brach Mungo die Stille. »Was für eine Frau, deine Mutter!«

»Deine aber auch«, erwiderte Felix seufzend. »Schade, dass sie sich nicht vertragen.«

Mungo trank aus. »Ich bin noch nie Trauzeuge gewesen. In Moreton Bay gab es nicht viele Gelegenheiten zum Heiraten. Aber du kannst dich auf mich verlassen.«

»Danke.«

»Und noch was, Kumpel. Falls du dir Fragen über Toby gestellt hast – dieses Rätsel hat meine Mutter gelöst. Er ist *mein* Sohn. Und damit dein Neffe.«

Felix dachte darüber nach. »Toby ist der einzige Mensch, den ich gern mit dir teile.«

»Darauf stoßen wir an.«

EINUNDFÜNFZIG

Möwen glitten über das tiefblaue Wasser des Hafens und tauchten spielerisch nach winzigen Fischen. Die Muster von Licht und Schatten wurden immer wieder von Wellen mit weißen Schaumkronen gebrochen. Unaufhörlich brach sich die einsetzende Flut an den zahlreichen Buchten und Stränden von Port Jackson.

Vianna beobachtete vom King's Wharft aus den Sonnenuntergang, ihre Reisetasche stand neben ihr auf dem Boden. Die *Bussorah Merchant* lag vor Anker und wurde mit Getreide für den Export und Merinowolle für die Wollfabriken in Yorkshire beladen. Bestimmt würden morgen auch preisgekrönte australische Zuchtpferde für die britische Armee in Indien an Bord gebracht.

Hinter dem Fluss Parramatta, der in den Hafen mündete, versank die Sonne langsam in einem verschwenderischen Farbenmeer. Es erinnerte an die gewaltige Palette der italienischen Meister.

Flussboote, die in der Kolonie gebaut worden waren, darunter auch die *Surprize*, der erste Raddampfer der Kolonie, beförderten ihre Waren zwischen Sydney Town und Rosehill. Die zweitälteste Stadt der Kolonie wuchs jetzt schnell unter ihrem ursprünglichen Namen Parramatta. Diesen seltsamen Ausdruck der Aborigines hatte ihr Mungo einmal als »Ort, wo die Aale sitzen« übersetzt.

Der Gedanke an Mungo lastete schwer auf Vianna, während sie sich stumm von dem Hafen verabschiedete, in dem sie weniger als fünf Jahre zuvor als vermeintliche Diebin vor dem Gesetz Zuflucht gesucht hatte.

Wie einem Ertrinkenden schwirrten ihr alle möglichen Bilder aus der Vergangenheit durch den Kopf, und viele hatten etwas mit Mungo zu tun. Seit ihrer Begegnung am zweiten Tag nach ihrer Ankunft in der Kolonie hatte Mungo unauslöschliche Spuren in ihrem Leben hinterlassen. *Dabei war fast alles, was er sagte, gelogen! Ich fühlte mich unwiderstehlich zu ihm hingezogen, seit wir uns zum ersten Mal begegneten und ich »Will Eden« seinen letzten Wunsch erfüllte: mich vor seinem Tod zu küssen. Was war ich bloß für ein Dummkopf!*

Als sie daran dachte, musste sie trotz des Schmerzes lächeln. Die Brise vom Hafen streifte ihre Lippen, als wollte sie sie an den Zauber dieses Kusses erinnern, der ihr Leben unwiderruflich verändert hatte. Denn welche Erniedrigung mit Severin auch gefolgt war, dieser Kuss erinnerte sie daran, dass wahre, romantische Liebe eine kostbare Erinnerung war.

Die flüchtigen Bilder von Mungo brachten Augenblicke der Leidenschaft zurück, aber auch den Humor, die Wut und Verzweiflung, die sie mit ihm erlebt hatte. Einfache verführerische Gesten, die Art, wie sein Finger über ihren Nacken strich, ehe er diesen empfindlichsten Teil ihres Körpers geküsst hatte. Und seine Stimme, die sie mit seinen wilden Geschichten und wundervollen Lügen verzaubert hatte. Mungos Geduld, als er sie davon überzeugt hatte, dass sie keineswegs zu dumm war, um lesen und schreiben zu lernen. Die lässige Art, mit der er auf ihren Balkon und den Leuchtturm von Macquarie geklettert war, trotz seiner Schwindelanfälle. Am meisten schmerzten die Erinnerungen an Mungo als Liebhaber, und das nicht nur wegen seiner Leidenschaft und Männlichkeit. Er hatte sie im Bett zum Lachen gebracht, und sie hatte zum ersten Mal im Leben erfahren, was es hieß, ihre Seele und ihren Körper einem Mann hinzugeben, ohne Angst davor zu haben oder sich dazu zwingen zu müssen.

Ich weiß, dass ich nie wieder eine solche Erfahrung machen werde. Aber weil er mir gezeigt hat, was wahre Liebe ist, werde ich meinen

Körper nie mehr verkaufen und die Erinnerung daran verraten, was Liebende einander schenken können.

Jetzt wird eine andere Frau all das mit ihm erleben. Der schmerzhaften Erinnerung an diese Wahrheit konnte sie nicht entkommen. Als sie mit der Reisetasche in der Hand den Stall verlassen wollte, hatte sie vom Fuß der Leiter aus mit angehört, wie Cockney George der erstaunten Jane diese verdrehte Geschichte erzählt hatte.

»Du hättest dabei sein sollen, Jane. Teufel noch mal! Was ist dein Mungo für ein schlauer Fuchs! Er hat Master Felix ausgetrickst und Molly Baker für sich gewonnen. Ich habe es selbst gehört, bald werden sie zu dritt sein. Herzlichen Glückwunsch. Du wirst Großmutter!«

Ich wollte ohnehin gehen, trotzdem fühlte es sich an, als hätte man mir Salz in die Wunden gerieben.

Während sie jetzt die Flaggen aller Länder betrachtete, die von den Masten wehten – die der ausländischen Fregatten, Walfänger, Sträflingstransporter und Handelsschiffe –, suchte Vianna nach den Marryat-Signalen und Wimpeln, die britische Frachter von den ausländischen Kriegsschiffen in der Neutral Bay am nördlichen Ufer unterschieden. Felix hatte versucht, ihr etwas über die Bedeutung der Sterne für die Navigation beizubringen. Mungo hatte ihr die Unterschiede zwischen Zweimastern, Schonern, Kuttern, Schaluppen und den mit gelb-blau karierten Flaggen gekennzeichneten neuen Küstendampfern erklärt.

Jetzt war nur der Blue Peter wichtig, die Abfahrtssignalflagge, die vom Masttop der *Bussorah Merchant* wehte und besagte, dass das Schiff bereit zum Auslaufen war, wenn die Flut kam und das Boot, das sie zu den Heads schleppen würde, eingetroffen war. Der Blue Peter war das Symbol für ihre Zukunft.

Was immer sie für mich bereithält, ich kann es kaum erwarten. Für manche ist Australien die Hölle, für andere das Paradies, doch für mich ist es jetzt ein abgeschlossenes Kapitel.

Ihr einziges Gepäckstück, die Reisetasche mit ihren Kleidungsstücken, ihrem Tagebuch und *Mansfield Park*, konnte jederzeit in die Suite gebracht werden, die auf den Namen Mrs Brown gebucht war.

Vianna fragte sich, ob Kentigerns treulose Ehefrau eines Tages als Jean-Baptistes Mäzenin, ständige Begleiterin, Geliebte oder alles auf einmal durch Europa reisen würde.

Und wer kann es ihr verübeln? Sie ist immer noch eine schöne Frau. Bestimmt war ihre lange Ehe eine schmerzhafte Erfahrung, weil sie ihren Mann mit Jane teilen musste.

Doch auch Jane konnte sie nicht verurteilen. *Ich muss ihr dankbar sein, dass sie Kentigerns Geliebte war, sonst wäre Mungo nie geboren worden, ich hätte nie die Liebe meines Lebens kennengelernt und wäre immer noch Severins Geschöpf.*

Sie schämte sich, wie leicht sie sich von ihm hatte verführen lassen. Wie aufgeregt und eingeschüchtert sie von dem Luxus gewesen war, den er ihr geboten hatte. *Der lasterhafte Weg ins Verderben. Und ich musste dafür bezahlen. Ich habe Daisy verloren und werde selbst mein ganzes Leben unfruchtbar sein.*

Trotzdem hatte das Schicksal sie jetzt wieder einmal gerettet, mit Jean-Baptistes Hilfe.

Der Klang einer betrunkenen Stimme schwebte über den Hafen und erinnerte sie an den Text von *Botany Bay*, jene spöttisch-fröhliche Klage der Strafgefangenen, die mit »Leb wohl für immer, altes England« begann. *Meine Reise ist genau umgekehrt. »Leb wohl für immer, altes Sydney …«*

Als ein braun gebrannter junger Matrose ihren Ellbogen streifte, erschrak sie. Sein fröhlicher Akzent wies ihn als Currency Lad aus. »Sie wollen bestimmt an Bord gehen, Miss, nicht wahr? Das ist das Beste, was Sie machen können. Die *Bussorah Merchant* ist der solideste Ostindienfahrer, der auf den sieben Weltmeeren segelt. Sie wurde in Kalkutta gebaut, wiegt fünfhundertunddreißig Tonnen und ist so fein ausgestattet, dass selbst die Königin Adelheid mit ihr zufrieden wäre. Sie werden gefahrlos segeln. Aber vergessen Sie nicht, wieder nach Hause zu kommen. Bumerangs kommen immer zurück, nicht wahr?«

Nicht wenn ich es vermeiden kann. Wo ist schon zu Hause? Sie reichte ihm eine Münze, doch er winkte ab. »Es bringt Unglück, wenn man von einer schönen Frau Geld annimmt, Mylady.«

Dasselbe würde Mungo auch sagen. Sie schenkte ihm ein strahlendes Lächeln und kletterte dann mit seiner Hilfe an Bord.

Ihr erster Blick auf Mrs Browns Kajüte verschlug ihr den Atem. Es war ein außergewöhnlicher, eleganter Kontrast zu der überfüllten Zwischendeckkabine, die sie sich auf der *City of Edinburgh* mit Daisy und zwölf weiteren Männern und Frauen geteilt hatte. Sie war kleiner gewesen als Mungos Dachboden, und alle hatten monatelang dieselbe verbrauchte Luft atmen müssen.

Blumen in Hülle und Fülle, Champagner in einem eisgekühlten Kübel und eine Schüssel mit Käse und Biskuits erwarteten sie. Ein Vogelkäfig, bedeckt mit einem dunklen Tuch, überraschte sie weniger; bestimmt schlief darin ein regenbogenfarbener Lori oder ein australischer Papagei, Statussymbole dieses exotischen Landes, die viele Reisende mit nach England nahmen.

Als sie die Reisetasche auspackte, um ihre Kleider aufzuhängen, entdeckte sie, dass der Schrank bereits voller Seidenkleider war, Schals, Pantoffeln, Spitzenhauben und sogar einem Sonnenschirm – teure Kleidungsstücke, neben denen sich ihre eigenen wie die Garderobe eines Waisenkindes ausnahmen.

»Ich muss in der falschen Kabine sein. Vielleicht gehören die Kleider Mrs L'Estrange. Oder sind es Geschenke von Jean-Baptiste?«

»O weh, mein Lieb', tust Unrecht mir, grob fortzustoßen mich …« Die raue Stimme des Papageis war die Parodie einer menschlichen Stimme.

Doch diejenige, die die Liedzeile zu Ende führte, war ihr nur allzu bekannt. »… im Streit!«

»Greensleeves.« Unwillkürlich fröstelte sie, als sie herumfuhr, um der Quelle der Stimme auf die Spur zu kommen. Der Vogelkäfig stand jetzt offen. Ein Gelbhaubenkakadu stolzierte hin und her, neigte den Kopf zur Seite und starrte sie mit einem traurigen glänzenden Knopfauge an. Dann flog er von seiner Stange auf die Schulter des Mannes, der lächelnd vor ihr stand. Vianna stockte das Herz.

»Das hätte ich mir denken können«, sagte sie scharf. »Bei dir ist nichts so, wie es scheint, Severin. Hast du Jean-Baptiste bezahlt, damit er mich an Bord lockt? Oder hast du Blewitt befohlen, ihn über Bord zu werfen, damit die Haie etwas zu fressen haben?«

»Ganz so melodramatisch ist es nicht, meine Liebe.«

Wie immer löste Severins vermeintlicher Charme eine Fülle verworrener Gefühle aus: Verachtung, Angst und Hass, die die anfängliche Anziehungskraft verdrängt hatten, Gefühle, die so lange ein wesentlicher Teil von ihr gewesen waren, dass sie nun für immer untrennbar waren. Allerdings war die seidenweiche Stimme, verbunden mit einem unbeugsamen Willen, inzwischen überlagert von etwas anderem, das sie nicht definieren konnte.

Traurigkeit kann es doch wohl nicht sein, oder?

Mit seinem sanften, toleranten Lachen hatte er stets Freunde und Vertraute für sich einnehmen können. »Wie sehr du deine Bewunderer beschützt, meine Liebe! Bonnard wird sich zu uns gesellen, ehe das Schiff morgen ausläuft. Du kannst ganz beruhigt sein, ich habe keine Probleme mit dem jungen Franzmann. Der Krieg ist vorbei, vergiss das nicht. Briten und Franzosen sind keine Feinde mehr.«

»Dass mein Freund in Sicherheit ist, glaube ich erst, wenn er an Bord ist.«

»Na schön. Dass es ihm gut geht, ist auch in meinem Interesse. Ich will ihm dabei helfen, sich in der Londoner Kunstszene einen Namen zu machen.«

Severin stellte ihr den Kakadu als Sir Sydney vor, setzte ihn auf die Vogelstange in seinem Käfig und bot ihm lässig ein Biskuit an. Sir Sydney nahm den Leckerbissen mit seiner Kralle an, führte ihn zum Schnabel und knabberte behutsam daran.

»Warum gehst du das Risiko ein, nach England zurückzukehren, Severin? Du wirst doch bei deiner Ankunft dort sofort verhaftet.«

»Ah, wie ich sehe, haben deine Freunde die jüngste Ausgabe der *Gazette* nicht gelesen. Eine der letzten Amtshandlungen von Ralph Darling war es, mich *vollends* zu begnadigen. Dank James Dalby und anderer in der Gesellschaft ist mein guter Name rehabilitiert worden.«

»Bestimmt allesamt Spieler«, sagte sie leise, um ihren Schock zu kaschieren.

»Keineswegs. Wentworth und Dr. Wardell haben ehemalige Strafgefangene in ihrem *Australian* schon lange unterstützt. Tatsache ist, dass ich mich jetzt in der ganzen Welt frei bewegen kann. Und natürlich werde ich zuallererst nach England reisen, wo ich nicht länger eine Persona non grata bin, sondern eine amüsante Quelle von allerlei Abenteuern in der Kolonie. Ich kann Jean-Baptiste von unschätzbarer Hilfe sein, wenn er wohlhabende Sammler kennenlernen will.«

Er schenkte Champagner in zwei Gläser und bot ihr eins an. »Stoßen wir auf unsere Heimreise an. Auf das Wiedersehen von zwei alten Freunden – und Liebenden.«

Er wird mich nicht gehen lassen, bis der Tod uns scheidet.

Vianna konnte dem Drang, ihm das Glas ins Gesicht zu schleudern, kaum widerstehen. »Nein danke. Als ich das letzte Mal ein Glas von dir annahm, stand ich anschließend unter Drogen.«

Ein Funke von Bedauern schien in seinen Augen aufzublitzen. »Eine Fehleinschätzung meinerseits, Vianna, für die ich mich entschuldige. Die Dosis sollte dir Lust bereiten, nicht dich außer Gefecht setzen.«

Außer Gefecht setzen? Du hast mich vergewaltigt. Sie zügelte ihre Wut, denn sie wusste, dass sie sich auf sein Spiel einlassen musste. Severin versperrte ihr den Weg aus der Kabine. Sie konnte nicht darauf zählen, dass irgendjemand ihr zu Hilfe kam. Niemand würde sich mit einem Aristokraten anlegen wollen.

»Du siehst mich falsch, Severin. Ich bin nicht mehr das verzweifelte junge Ding, das du aus der Gosse gerettet hast. Ich habe mich verändert. Ich übernehme die volle Verantwortung für meine Fehler. Aber hast du wirklich geglaubt, dass du Daisy beiseiteräumen kannst, ohne dass es mir etwas bedeutet? Ich habe ihr Grab gefunden, und das ist keineswegs dir zu verdanken. Du behauptest, du wärst kein Ungeheuer, aber als du mir ihren Tod verschwiegst, hast du mir bewiesen, dass du keine menschlichen Gefühle kennst.«

Severins Blick war ernst. Zum ersten Mal erkannte sie, wie faltig und hager sein einst so anziehendes Gesicht geworden war. Seine Worte wurden immer wieder von Husten unterbrochen.

»Du irrst dich, meine Liebe. Auch ich habe mich völlig verändert. Ich bin nicht mehr der Mann, der ich war. Ich will das Leid, das ich der einzigen Frau angetan habe, die ich jemals liebte, wiedergutmachen. Ich meine dich, Vianna. Jetzt verfüge ich über die Mittel, um dir zu bieten, was du verdienst. Es ist für alles gesorgt. Neue Kleider, Schmuck, und Blewitt hat eine freigelassene Strafgefangene eingestellt, die sich auf der Reise um dich kümmern wird.«

»Blewitt? Offensichtlich hat er mehr Leben als eine Katze«, sagte sie scharf.

Severin fuhr fort: »Morgen, sobald wir außer Sichtweite des Landes sind, wird uns der Kapitän trauen. Und zurück in England werde ich dich in die gehobene Gesellschaft einführen als Gattin des ehrenwerten Montague Severin.«

Welche Ironie des Schicksals: von einer Zofe zu einer echten Lady.

»Niemand wird etwas über deine Vergangenheit erfahren, Vianna. Wir können unser Leben zwischen einem Haus in Knightsbridge und dem Landsitz meiner Familie verbringen. Ich werde eine Loge im Theater an der Drury Lane mieten, wir werden nach Paris fahren, um dich nach der letzten Mode einzukleiden, und reisen, wohin wir wollen. Wir können eine Kavalierstour durch Europa machen«, fügte er sarkastisch hinzu, »jedenfalls in alle Länder, in denen kein Krieg herrscht. Und am Ende nach Indien …«

Er beugte sich vor und gab ihr einen Handkuss. »Alles, was ich dir jemals versprochen habe, kann ich jetzt einlösen. Als Gegenleistung bitte ich dich nur darum, mich ein paar kurze Jahre zu begleiten.«

»Warum denn diese Zeitbegrenzung?«, fragte sie scharf. »Hast du etwa vor, dein Vermögen in Spielkasinos durchzubringen?«

In diesem Moment wurde Severin plötzlich von einem Hustenanfall übermannt, unter dem sein ganzer Körper erbebte. Er zog ein Taschentuch hervor, um sich den Mund abzuwischen. Mit einer raschen Handbewegung versuchte er, das zusammengeknüllte Beweisstück zu verbergen, war aber nicht schnell genug.

Vianna erstarrte bei dem Anblick. Das weiße Leinen war mit Blut besprenkelt.

»Zwei Jahre maximal, mehr kann ich dir nicht bieten. Für Schwindsucht gibt es keine Heilung. Wie der Dichter Keats erkannte ich, dass es Blut aus meiner Lunge ist, ein Todesurteil. Verstehst du, Vianna? Wir müssen das Leben auskosten, zumindest während der wenigen Jahre, die noch verbleiben.«

Angesichts seines bevorstehenden Todes hätte Vianna Genugtuung empfinden müssen, doch sie fühlte sich einfach nur leer.

Severin beruhigte sie sanft. »Für dich, meine Liebe, wird es ein neues Leben bedeuten. Die Ehe mit mir wird dich als ehrbare Witwe zurücklassen, die von der höheren Gesellschaft anerkannt wird. Du kannst einen anderen Mann heiraten, du wirst eine selbstständige und wohlhabende Frau sein.«

»Warum ausgerechnet ich? Du könntest jede andere Frau kaufen.«

»Der Tod macht uns alle zu Narren. Du hast mich einmal geliebt, Vianna. Verurteile mich jetzt nicht dazu, einsam und ungeliebt zu sterben.«

Severins Lächeln war derart traurig und derart entwaffnend, dass Vianna für einen zögernden Augenblick durch das gealterte, ausgezehrte Gesicht hindurchsah und den eleganten, jungen Mann wiederentdeckte, der in der ersten Nacht mit ihr geschlafen und ihr die ganze Welt versprochen hatte.

Wo ist der Haken? Bei Severin gibt es immer einen. Ich muss weg von diesem Schiff, bis ich weiß, dass Jean-Baptiste an Bord ist.

»Um ein Haar hätte ich vergessen, wie charmant und verführerisch du bist, Severin. Sollen wir nicht an Deck gehen und die Einzelheiten der Zeremonie mit dem Kapitän besprechen?«

Severin lockte den Kakadu wieder auf seine Schulter. »Komm, Sir Sydney, etwas frische Seeluft wird uns beiden guttun.«

Selbstsicher bot er ihr seinen Arm an. »Ich wusste, dass ich mich auf dich verlassen kann, Vianna. Und ich verspreche dir, dass du es nie im Leben bereuen wirst.«

Vianna zögerte, seinen Arm anzunehmen. Bildete sie sich das ein, oder hatte Severin eine besondere Betonung auf diese letzten Worte gelegt?

Deutlich unsicher versuchte sie, die Worte mit einem anderen Gedanken in Verbindung zu setzen, der sich ihr auf quälende Weise immer wieder entzog. Und dann fiel es ihr wie Schuppen von den Augen. Dieser andere seltsame Halbsatz, den er wie zufällig an seine Pläne für ihre gemeinsame Zukunft angehängt hatte. *Und am Ende nach Indien* … Als diese beiden Gedanken sich zu einem Ganzen zusammenfügten, stolperte sie. Im Geiste hörte sie wieder, was er vor langer Zeit einmal zur Belustigung seiner betrunkenen Freunde gesagt hatte: »… in Indien weiß man, wie es laufen muss. Dort begleiten die Witwen ihre Ehemänner bis zuletzt – auf den Scheiterhaufen.«

O Gott! Blewitt befolgt seine Befehle immer bis aufs i-Tüpfelchen. Sati, *das war der Name für die indische Zeremonie. Severin plant, mich zusammen mit seiner Leiche lebendig verbrennen zu lassen!*

ZWEIUNDFÜNFZIG

Silent Jack war gerade dabei, seine Fähre zu verlassen und sich in eine Kneipe von The Rocks zu begeben, wie immer am Ende einer Arbeitswoche, um dort seine Einnahmen zu verjubeln. Er kniff die Augen zusammen, um die beiden jungen Reiter zu identifizieren, die im vollen Galopp auf den Hafen zukamen und lauthals seinen Namen riefen. Sie schlangen die Zügel ihrer Pferde um die Brüstung, rannten über den Pier und bedeuteten ihm mit erhobenen Armen, auf sie zu warten.

Jack kannte beide, obwohl er sie noch nie zusammen gesehen hatte. Von Größe und Aussehen her hätten sie Brüder sein können, doch Namen und Temperament waren völlig verschieden. Er wusste, dass der makellos Gekleidete der hochnäsige Erbe der L'Estranges und Besitzer von Mookaboola war. Der andere war so etwas wie der Aufseher der Familie, ein redseliger Currency Lad namens Mungo Quayle. Beide riefen ihm etwas zu.

Silent Jack hob die Hand. »Immer mit der Ruhe. Wen von euch beiden soll ich zuerst übersetzen?«

»Beide.«

»Darf ich auch mit?«, fragte eine junge Stimme.

Mungo Quayle fuhr herum und entdeckte, dass der Junge an seinen Rockschößen zupfte.

Um seine Verlegenheit zu verbergen, schwindelte er hastig: »Aber klar, Toby, mein Junge. Ich hatte dich nicht vergessen.«

»Ein feiner Vater bist du«, murmelte Felix.

Silent Jack hatte es eilig. »Und wohin wollt ihr drei?«

»Zur *Bussorah Merchant*«, antwortete Toby hilfsbereit. Als er

Felix' verwirrtes Gesicht sah, setzte er hinzu: »Ich habe gehört, wie Cockney George es Mwarree erzählt hat.«

»Mwarree? Wer zum Teufel soll das sein?«, fragte Felix.

Toby erklärte es ihm hastig: »Das ist Jane, ein Manx-Ausdruck für Großmutter. Sie hat gesagt, dass meine Füße der Beweis dafür sind, dass ich ihr Enkel bin, weil wir dieselben komischen Zehen haben. Sie sehen aus wie der Anfang vom Schwanz einer Meerjungfrau.«

Felix sah ihn verblüfft an, Silent Jack dagegen war beeindruckt. »Aye, das ist eine schöne Geschichte. Ich werde sie einem alten Kumpel von mir erzählen, der behauptet, er hätte schon mal Meerjungfrauen gesehen.« Dann wandte er sich an die beiden Brüder. »Nachdem der Junge uns aufgeklärt hat, könnt ihr an Bord kommen; ich bringe euch zur *Bussorah Merchant*. Aber das ist meine letzte Fahrt für heute. Ich will nicht, dass das Lord Nelson zumacht, ehe ich meine Portion Grog intus habe.«

Mungo hielt Toby fest, während die Fähre durch die Wellen tanzte.

»Halt nach dem Blue Peter Ausschau, Kumpel. Einer quadratischen blauen Flagge mit einem Kreis in der Mitte. Sie bedeutet, dass das Schiff bereit zum Auslaufen ist.«

Felix suchte den Hafen ab. »Was, wenn sie bereits ausgelaufen ist? Molly hat sich geweigert, mich zu heiraten, wenn Vianna nicht ihre Brautjungfer wird. Mama sagt, es sei ganz normal, wenn die Braut ohne ersichtlichen Grund sentimental wird.«

»Das ist mehr als ein ersichtlicher Grund, wenn du mich fragst«, gab Mungo leise zurück.

Toby sichtete als Erster den Blue Peter und die *Bussorah Merchant* in der Ferne. »Da, dort drüben steht Vianna!«, rief er und schwenkte den Arm, um sie auf sich aufmerksam zu machen.

Mungo blieb das Herz stehen, als er Viannas Haar sah, das sie in der Sonne umstrahlte wie ein goldener Heiligenschein, und beobachtete, wie ihre Hand zum Mund fuhr, als sie sie erkannte und Tobys Winken eifrig wie ein Kind erwiderte.

Silent Jack durchschaute die Situation sofort. »Der Kerl neben ihr scheint ja nicht besonders erfreut zu sein, euch zu sehen.«

»Das beruht auf Gegenseitigkeit«, erklärte Mungo.

Als die Fähre neben dem Schiff anlegte, verlor Mungo keine Zeit und kletterte zusammen mit Toby an Bord. Felix blieb zurück.

»Moment mal. Wer bezahlt mich?«, rief Silent Jack.

Felix war verdutzt. »Warten Sie auf uns. Wir sind keine Passagiere. In ein paar Minuten kehren wir zu viert zurück.«

»Aye, das ist schön und gut, aber ich habe schon öfter Passagiere befördert, die sich anschließend verdrückt haben, ohne einen Penny zu berappen. Entweder Sie zahlen jetzt, oder ich warte nicht.«

Felix konnte die Hartnäckigkeit des Mannes nicht fassen. »Wie bitte? Ich möchte Sie darauf hinweisen, dass ich ein Gentleman bin!«

»Das sind die schlimmsten. Die glauben, unsereins könnte sich von nichts als Salzluft ernähren.«

Jack streckte die flache Handfläche aus, während Felix in den Taschen seines Jacketts und seiner Weste kramte und ein paar Münzen zutage förderte.

Sie blickten nach oben, wo die Stille plötzlich von dem Stimmengewirr wütender Männer und dem Schrei einer Frau zerrissen wurde: »Nein!«

Als er Viannas Stimme erkannte, kletterte auch Felix an Bord.

Als der Konflikt ausbrach, eilten von allen Seiten Matrosen herbei, angelockt von der Aussicht auf eine anständige Prügelei. Vianna stellte sich schützend vor Toby, und als Mungos Sprache allzu unflätig wurde, hielt sie dem Jungen auch noch die Ohren zu.

Der stämmige Kapitän kam die Stufen herunter und fragte mit rauer, vom Whiskey gefärbter Stimme, was hier vor sich gehe.

»Sie gehören nicht zu meinen Passagieren und haben an Bord meines Schiffes nichts verloren. Ich verlange, dass Sie das Schiff augenblicklich verlassen, oder ich bin gezwungen, Gewalt anzuwenden.« Dann beging er den Fehler, Mungo den Finger in die Brust zu stoßen.

»Verpiss dich, Kumpel«, fuhr Mungo ihn an.

Felix entschuldigte sich überschwänglich. »Es handelt sich um eine Familienangelegenheit, Captain. Bitte lassen Sie Nachsicht gegenüber meinem Bruder walten. Er ist ein Currency Lad, verstehen Sie?«

Severin nahm die Gelegenheit wahr. »Ich kenne diese Männer, Captain. Sie werden beide von der Justiz gesucht wegen Amtsanmaßung und der Entführung dieser Dame. Ich rate Ihnen, sie sofort an die Behörden zu übergeben. Miss Francis ist meine zukünftige Ehefrau. Wie wir bereits mit Ihnen besprochen haben, wollen wir heiraten, sobald wir auf hoher See sind.«

Der Kapitän warf Vianna einen misstrauischen Blick zu. »Können Sie das bestätigen, Miss Francis?«

»Ja und nein«, entgegnete Vianna, »auf alle Fälle sind die beiden jungen Männer alles andere als Verbrecher. Es handelt sich um die Söhne einer der führenden Persönlichkeiten in der Kolonie, Kentigern L'Estrange, ein guter Freund des Gouverneurs. Können Sie mir versprechen, dass weder dieser junge Gentleman noch ich in Gefahr geraten, Herr Kapitän? Angesichts Ihrer großen Erfahrung werden Sie die Angelegenheit doch gewiss ohne Blutvergießen lösen können.«

Mungo grunzte. *Sie ist wie die Helena aus diesem verdammten Troja. Ihr Lächeln könnte tausend Schiffe in Bewegung setzen – oder sie versenken.*

Die Brust des Kapitäns schwoll vor Stolz an. »Sie können sich auf mich verlassen, Miss Francis.«

Felix verbeugte sich vor dem Kapitän. »Sie haben mein Ehrenwort als Gentleman. Ich werde diese junge Dame morgen zurückbringen, rechtzeitig, ehe das Schiff ausläuft. Aber inzwischen muss sie an einer dringenden Familienangelegenheit teilnehmen.«

»Mollys Hochzeit«, warf Mungo ein als Erklärung für Vianna.

Vianna warf ihm einen kühlen Blick zu. »Du brauchst ja wohl nicht mich, um sie zum Altar zu führen.«

Mungos Gesicht war völlig unschuldig. »Ich nicht. Ich bin nur der Trauzeuge.«

»Molly wird mich heiraten, wen sonst«, erklärte Felix. »Allerdings nur unter der Bedingung, dass du ihre Brautjungfer bist. Bitte!«, flehte er sie an. »Sie regt sich so leicht auf. Du weißt doch, wie junge Bräute sind.«

Vianna zögerte. *Ich habe das Gefühl, dass man mich wieder mal hinters Licht führt. Aber ich könnte es vielleicht zu meinem Vorteil ausnutzen.*

Severin erläuterte dem Kapitän lauthals seinen gesellschaftlichen Status und seine gesetzlich verankerten Rechte. Vianna bemerkte, dass der verstörte Kakadu Severins Schulter verlassen und sich auf eine Kiste aus Pinienholz gesetzt hatte. Gerührt beobachtete sie, wie hingerissen Toby war, als er den Vogel krächzen hörte: »Hast du einen Keks für mich?«

Severin spielte seinen Trumpf aus. »Ich versichere Ihnen, dass es sich hier um einen üblen kolonialen Trick handelt, Captain. Und ich warne Sie, Lord Bathurst wird es umgehend von mir erfahren und entsprechende Konsequenzen ziehen. Ich bestehe darauf, dass Sie uns trauen, sobald sich das Schiff auf hoher See befindet. Wenn morgen Abend die Sonne untergeht, wird diese junge Dame Lady Severin sein.«

Mungo trat einen Schritt vor. »Nicht so hastig. Sie sollten wissen, dass Sie sich der Mithilfe zur Bigamie schuldig machen, Captain, wenn Sie diese beiden Personen tatsächlich verheiraten.«

»Das ist eine Lüge!«, rief Severin. »Ich bin seit zehn Jahren Witwer.«

Mungo schwindelte ziemlich überzeugend. »Nicht den Gesetzen des neuen Gouverneurs zufolge, Sir Richard Bourke. Er hatte mehrere Briefe von Mr Severins Gemahlin dabei, als er aus London kam. Seit Jahren versucht sie, ihn ausfindig zu machen. Der Kerl hat sie ganz allein zurückgelassen, als er 1822 als Strafgefangener auf der *Mangles* in die Kolonie gebracht wurde.«

Der Name dieses berühmten Gefangenentransporters war jedem der Anwesenden bekannt.

Mungo nutzte die allgemeine Verwirrung: »Kein Wunder, dass seine Frau ihn nicht finden konnte. Der ehrenwerte Montague Severin ist nur ein Pseudonym. In Wirklichkeit heißt er Smith.«

Severins Gesicht lief puterrot an. Mit lautem Gebrüll stürzte er sich auf Mungo, warf ihn zu Boden und packte ihn mit beiden Händen am Hals.

Der Kapitän feuerte seine Pistole ab und befahl seinen Männern, die beiden zu trennen.

Vianna war erschüttert. Einer von beiden lügt, entweder Severin oder Mungo. Aber was macht das schon aus? Mir geht es nur darum, dieses Schiff zu verlassen, bis Jean-Baptiste an Bord kommt. Das ist die Gelegenheit.

Plötzlich fiel ihr ein, dass sie Toby beschützen musste, und sah, wie er auf Händen und Füßen vor Sir Sydney hockte und dessen Federkleid streichelte, um ihn zu beruhigen. »Keine Angst, Kumpel. Ich kümmere mich um dich.«

Der Kapitän wandte seine Aufmerksamkeit Vianna zu. »Tut mir sehr leid, dass Sie in diesen Zirkus verstrickt wurden, Miss Francis. Ist an der Anschuldigung des jungen Mannes etwas dran?«

Vianna trat einen Schritt auf ihn zu und sagte leise: »Das ist eine lange Geschichte, Herr Kapitän. Aber soweit ich weiß, ist dieser Gentleman tatsächlich auf der *Mangles* in die Kolonie gekommen.« Die diskrete Art, wie sie ihren Blick senkte, bestätigte seinen Status als Strafgefangenen.

Kluges Mädchen. Mungo wandte sich an den Kapitän. »So, wir machen uns jetzt auf die Socken. Morgen bringen wir Ihnen die Dame zurück.«

Damit drehte er sich um und suchte Toby. Doch der Junge war verschwunden.

Severin strich sein Jackett glatt und stritt sich weiter mit dem Kapitän, während sich Mungo und Felix fieberhaft nach dem Jungen umsahen.

Es war Vianna, die als Erste den dünnen Schrei über ihnen hörte. Sie schirmte mit der Hand ihre Augen ab und deutete auf die Spitze des Masttops. Toby war in dieser Höhe nur noch ein winziger Punkt. Er hielt sich an der Strickleiter fest und streckte eine Hand nach Sir Sydney aus, der krächzend auf einem Querbalken hin und her stolzierte und empört seine gelben Kopffedern sträubte.

Mungo wurde kreidebleich. »Großer Gott!«

Der Junge rief mit zittriger Stimme zu Mungo hinunter: »Der Cocky hat Angst, aber ich kann ihn nicht erreichen.«

Jetzt verlor der Kapitän die Geduld und befahl seinem Fähnrich: »Hol den Jungen da runter, bevor er sich den Hals bricht!«

»Danke, aber das ist Sache seines Vaters«, rief Mungo und fing an, die Strickleiter hinaufzusteigen, wobei er Toby Anweisungen zurief.

»Warte auf mich, mein Junge. Ich hole dich runter. Rühr dich nicht vom Fleck. Versuch nicht, nach dem Vogel zu greifen. *Und schau vor allem nicht nach unten!*«

»Ich kann mich gar nicht rühren. Ich sitze fest. Und meine Beine sind ganz wacklig.«

»Meine auch, Kumpel. Aber ich bring dich schon heil wieder runter, warte nur ab.«

Viannas Hand fuhr zum Mund. Sie war erfüllt von Angst, Liebe und Bewunderung, denn sie wusste, dass Mungo in dieser Höhe und bei dem Wind, der dort oben wehte, garantiert schwindelig werden würde.

Für Toby ist er ein Held. Gott sei Dank lasse ich den Jungen in guten Händen zurück.

Mungo kletterte immer höher und unterhielt sich dabei mit Toby über alles, was ihm gerade einfiel, so beiläufig, als würde er im Hyde Park spazieren gehen.

Sir Sydney hatte aber etwas ganz anderes im Kopf. Der Kakadu marschierte am Mast auf und ab und gab fröhlich seine Version von *Greensleeves* zum Besten.

»O weh, mein Lieb', tust Unrecht mir, tust Unrecht mir …« Dann hielt er inne. »Du dämlicher Vogel«, krächzte er, und Vianna erkannte, wie er Severins Stimme imitierte.

Mungo lieferte dem Vogel das fehlende Wort: »Im Streit!«, während er eine Sprosse weiter hinaufstieg und jetzt nur noch wenige Meter von Toby entfernt war. Der Kakadu nahm das Wort auf und stieg noch weiter hoch, von Mungo weg, während er es wiederholte.

Dann rief Toby: »Bitte, rette den Cocky!«

»Jetzt hör mal gut zu, Toby. Kakadus sind intelligente Tiere. Er kann fliegen, im Gegensatz zu uns. Wenn wir ihn also jetzt nicht einfangen können, müssen wir zuerst einmal hinuntersteigen. Danach hole ich ihn, ich verspreche es dir.«

Viannas Herz schlug heftig, als Mungo sagte: »Vertraust du mir, mein Junge?«

Toby nickte.

»Na gut, dann lass uns jetzt runterklettern.« Mungo machte noch einen Schritt weiter und schirmte den Jungen mit seinem Körper ab. Dann streckte er die Hand aus, berührte das Federkleid des Vogels und murmelte ihm etwas zu, so leise, dass niemand es hören konnte. Im nächsten Augenblick bewegte sich der Kakadu vorsichtig auf Mungos Finger und kletterte dann auf seine Schulter.

»So, jetzt steigen wir ganz langsam nach unten, mein Junge, einen Schritt nach dem anderen. Wie wäre es, wenn du Vianna zeigst, wie schlau du bist? Sie hat dir doch beigebracht, wie man zählt, oder? Also los.«

Vianna ertappte sich dabei, wie sie zusammen mit Toby eine Sprosse nach der anderen zählte. Auf der Hälfte des Weges rutschte Mungo kurz ab. Die Menge hielt den Atem an. Der Kakadu flatterte von seiner Schulter in die Takelage.

»Keine Sorge, Toby, der kommt schon runter, wenn er Hunger kriegt.«

Vianna verfolgte ihren quälend langsamen Abstieg, bis beide endlich sicher wieder an Deck standen und die Seeleute Beifall klatschten.

Sie lief zu Toby und küsste ihn auf beide Wangen. »Du bist der tapferste kleine Junge, den ich je gesehen habe.«

Am liebsten hätte sie auch Mungo geküsst, doch sie konnte nichts anderes tun, als stumm in sein angestrengtes, fahles Gesicht zu schauen, während sie gleichzeitig gegen das Gefühl ankämpfte, sich in der Tiefe seiner spöttischen blauen Augen zu verlieren.

»Und du warst auch nicht schlecht, Mungo.«

Mungo lachte auf. »Ich hätte mir vor lauter Schiss beinahe in die Hose gemacht.«

Sir Sydney flog in einer Spirale hinunter und setzte sich auf Severins Schulter.

Diese Gelegenheit nutzte Mungo. Er bat Felix, sich des Jungen anzunehmen, und ging auf Severin zu.

»Ich würde dir nur allzu gern sagen, was ich von dir halte, aber ich muss dem Jungen ein Vorbild sein und mich wie ein echter Gentleman benehmen. Jetzt hast du deinen Vogel wieder. Die Dame bringe ich morgen zurück.«

»Du hast mein Wort, Severin«, sagte Vianna hastig. Sie beugte sich vor und küsste ihn auf die Wange. »Bis morgen.«

»Das habe ich nie bezweifelt«, entgegnete Severin mit kaltem, selbstbewusstem Blick. Der Grund dafür wurde unversehens klar.

Blewitt kam auf sie zu, mit einem glänzenden Schlagring aus Messing.

Vianna sah, dass Felix bereits mit Toby auf dem Arm über die Reling verschwunden war. Sie wehrte sich nicht, als Mungo sie an der Hand nahm, zur Seite des Schiffes lief und nach unten blickte. Felix hielt sich knapp über der Wasseroberfläche an der Strickleiter fest und sah verzweifelt zu ihnen auf.

»Silent Jack hat uns sitzen lassen. Er wollte wohl nicht warten. Bis zum Ufer ist es nicht weit. Ich kann es mit Toby schaffen. Und ihr?«

»Haltet sie auf«, brüllte Severin. »Die Dame kann nicht schwimmen!«

Mungo drehte sich zu Vianna um. »Ist das wahr?«

Vianna wurde ganz mulmig. »Ich habe es noch nie ausprobiert.«

Blewitt rannte über das Deck auf sie zu und drohte, Mungo zu töten.

Vianna blickte hinunter in den Hafen. Er sah so tief aus, als würde er bis nach England reichen.

»Vertrau mir«, sagte Mungo.

»Habe ich eine Wahl?«

»Nein.«

Vianna griff nach seiner Hand, und zusammen sprangen sie und flogen wie Vögel der Sonne entgegen, wo das Blau des Wassers sich mit dem Blau des Himmels vereinte.

Alle vier spuckten Salzwasser, als die Flut sie ans Ufer spülte. Eng umschlungen stolperten sie über den schneeweißen Sand des kleinen Strandes und sanken am Rand der einheimischen Gräser zu Boden.

Vianna folgte den anderen. Sie konnte unter dem Gewicht ihrer nassen Kleider und Unterröcke kaum gehen und spähte durch ihr nasses, von Seetang verfilztes Haar. Daran hatte Mungo sie gepackt, um ihren Kopf über Wasser zu halten und ans Ufer zu zerren.

Der Kleine ging zwischen Felix und Mungo und hatte beide an die Hand genommen. Das seltsame Trio erinnerte sie an drei schmutzige Musketiere.

Sieht aus, als hätte Toby sie vereint und so etwas wie Frieden gebracht.

Felix drehte sich um. »Danke, dass du mitgekommen bist, Vianna. Mach dir keine Sorgen, zu Hause wartet ein Kleid auf dich, das du zur Hochzeit anziehen kannst.«

Vianna nickte unverbindlich. *Allmählich fühlt sich das Ganze an wie eine Familienverschwörung. Wieso waren sie so sicher, dass ich mitkommen würde?*

Severin rief ihr von Bord etwas nach, in seiner Stimme schwang etwas Trauriges mit, das sie noch nie von ihm gehört hatte. »Bis morgen, Vianna. Versprich es mir.«

Aus der Sicherheit einer kleinen Sandbucht rief sie zurück: »Ja, versprochen.«

Das Einzige, was ich dir verspreche, ist, dass ich nicht mit dir nach Indien reisen werde, Severin, aber auf die Überfahrt nach England werde ich nicht verzichten.

Als Toby sie nicht hören konnte, sagte sie zu den Brüdern: »Ich bin nur mitgekommen, um an Mollys Hochzeit teilzunehmen, sonst nichts, versteht ihr?«

»Abgemacht«, sagte Felix hastig.

»Abgemacht«, erklärte Mungo zähneknirschend. »Und du sollst wissen, dass wir all diese Mühe nur wegen Molly auf uns genommen haben. Morgen früh bist du wieder an Bord, auch wenn du dich mit Händen und Füßen dagegen sträubst.«

DREIUNDFÜNFZIG

Der Garten lag im samtweichen Zwielicht, das eine Fülle von Düften mit sich gebracht hatte. Am Fenster des Gästezimmers, das man Molly zugewiesen hatte, um sich auf ihre Hochzeit vorzubereiten, blieb Vianna einen Augenblick stehen, um das geschäftige Treiben dort unten zu betrachten. Aufgeregt liefen die Dienstboten durcheinander und rempelten sich dabei lachend und kreischend an. Dies war die erste Hochzeit im Haus, seit Albruna hergekommen war, um Kentigern L'Estrange zu heiraten. Vianna wusste, dass der heutige Tag noch etwas Besonderes hatte, weil Molly »eine von ihnen« war.

Sie wandte sich der jungen Braut in der Badewanne zu. Man hatte den Teppich mit einer Plane abgedeckt, um ihn vor Wasserflecken zu schützen.

»Ich weiß nicht, wie die vornehmen Damen es aushalten, sich von Dienstboten baden und anziehen zu lassen. Ich kann das auch allein.« Dann setzte Molly rasch hinzu: »Aber ohne dich an meiner Seite hätte ich das hier nicht überstanden. Danke, dass du zurückgekommen bist, um mich zu unterstützen, Vianna.«

»Es ist mir eine Ehre, deine Brautjungfer zu sein. Es war sehr nett von Jane, Mrs L'Estranges Kleid so zu ändern, dass es mir passt. Aber dir ist klar, dass ich morgen nach Hause fahre, nicht wahr?«

»Ich frage mich, wie lange ihr englischen Siedler braucht, um Australien als euer Zuhause zu begreifen. Schotten, Iren und andere scheinen nicht dieselben Schwierigkeiten zu haben. Vielleicht, weil die meisten als Strafgefangene hergekommen sind –

und dann am Ende ein besseres Leben hatten als in ihrer Heimat.«

Vianna wusste, dass es so einfach nicht war, wurde aber abgelenkt vom Anblick des Mondes, der seltsam groß und geheimnisvoll war, als wollte er die bevorstehende Sonnenfinsternis ankündigen.

»Es heißt, eine Sonnenfinsternis bringe radikale Veränderungen im Leben mit sich. Für dich als junge Mrs L'Estrange trifft das bestimmt zu.«

Molly erschauerte wohlig. »Sind die ersten Gäste schon da?«

Vianna beschrieb ihr, was sie sah. Old Crawford, Cockney George und die beiden ihnen frisch zugewiesenen irischen Dienstboten kletterten Leitern hoch und hängten chinesische Lampions in die Zweige der Bäume, während ein Haufen lachender, barfüßiger Kinder ihnen Anweisungen gab. Als alle Lampions erleuchtet waren, sahen sie aus wie das magische Abbild eines bunten chinesischen Papierdrachens, der in der Brise schaukelte.

Dem halb fertigen Pavillon fehlte noch das Dach, aber auch er war bereits mit Lampions geschmückt. Kichernde Dienstmädchen hatten ihre Röcke hochgesteckt und behängten den Rahmen mit Geranien. Sie liefen um die Wette wie Kinder und schleppten einen weiß gedeckten Tisch und ein Pult herbei. Ihre überschäumende Vorfreude schien sich über Viannas wehmütige Resignation lustig zu machen. *Der Anfang von Mollys neuem Leben – und das Ende von meinem.*

Bei Mollys theatralischem Aufschrei fuhr sie herum. »Ich kann nicht heiraten! Mein Hochzeitskleid ist geliehen, meine Schuhe sind neu, aber ich habe weder etwas Altes noch Blaues. Ich werde Felix Unglück bringen!«

»Du bist das Beste, was Felix je passieren konnte«, gab Vianna ruhig zurück. »Aber ich werde dir etwas Altes und etwas Blaues besorgen.« An der Tür wandte sie sich noch einmal um. »Jane hat bestimmt blaue Blumen in ihrem Kräutergarten – für deinen Brautstrauß.«

»Gott segne dich, Vianna, du wärst wirklich eine perfekte Braut*jungfer*«, zog Molly sie auf.

»So sehe ich meine Zukunft zwar nicht, aber trotzdem vielen Dank für das Kompliment.«

Vianna rannte durch den Garten und fand Jane in ihrem Kräutergarten, wo sie bereits dabei war, Vergissmeinnicht und blaue Bergamottblüten zu pflücken.

»Woher wusstest du, dass Molly sie braucht?«

»Meine Großmutter war eine Hellseherin. Ein bisschen davon hat auf mich abgefärbt – und auf Mungo auch.«

»Du wärst heute besonders stolz auf ihn gewesen, Jane. Trotz seiner Höhenangst ist er bis ins Krähennest geklettert, um Toby zu retten.«

»Man hat es mir erzählt. Was immer er sonst für Fehler haben mag, ein Feigling ist er jedenfalls nicht.« Jane reichte ihr die Blumen und setzte spitz hinzu: »Manchmal braucht man nur ein bisschen Mut, um glücklich zu sein. Aber einer Meerjungfrau kann man vermutlich keine neuen Tricks beibringen.«

Wahrscheinlich habe ich das verdient. Aber sie hat trotzdem keine Ahnung.

»Molly jedenfalls gebührt ein glücklicher Ausgang«, sagte Vianna schnell. »Danke für die Blumen. Ich muss noch etwas Altes finden, um der Tradition zu entsprechen.«

Als bedauerte sie ihre scharfen Worte, zog Jane die Schärpe um Viannas Taille ein bisschen enger. »Du siehst entzückend aus – wenn man bedenkt, dass ich nur eine Stunde hatte, um Abnäher und ein paar Rüschen anzubringen. Übrigens, wo ist eigentlich deine restliche Garderobe?«

Vianna zögerte. »Ich habe sie an Bord der *Bussorah Merchant* gelassen.«

Jane zuckte nicht mit der Wimper. »Versehentlich oder absichtlich?«

»Das ist eine lange Geschichte, Jane, und ziemlich kompliziert.«

Jane seufzte resigniert. »So ist das immer mit dir und Mungo. Und jetzt lauf, sonst schickt Albruna L'Estrange noch einen Suchtrupp los.«

Vianna raffte ihre Röcke zusammen und eilte zurück zum Haus.

Die ersten Gäste drängten sich schon in den Garten, als Vianna in die Küche platzte. Die Köchin war erhitzt und ärgerlich und gab Kommandos in alle Richtungen.

»Ich weiß, dass Sie zu tun haben, Mrs Baker, aber Molly braucht ...«

»Was immer es sein mag, am besten kümmern Sie sich selbst drum. Molly handelt gegen meinen Rat. *Ich* kenne meinen Platz. Aber um ein Hochzeitsbankett in derart kurzer Zeit zu organisieren und dabei den hohen Erwartungen der Herrin zu entsprechen, muss man schon die Geduld einer Heiligen haben.«

»Natürlich. Trotzdem braucht Molly etwas Altes, das sie bei der Hochzeit tragen kann. Sie wäre sehr dankbar, wenn Sie etwas für sie hätten. Ein Taschentuch vielleicht?«

»Ich habe nichts, was sich für eine L'Estrange-Braut eignen würde!«, fuhr die Köchin sie an, und Vianna sah, dass es lange dauern könnte, bis sie sich endgültig mit Mollys Hochzeit abfand.

Wie hat Mungo es noch mal genannt? Verkehrten Snobismus.

Als sie sich abwandte, um zu gehen, stockte ihr unwillkürlich das Herz beim Anblick einer Gestalt, die in der Küchenecke saß. Eine hübsche junge Frau mit einem Baby auf dem Arm, das zufrieden an ihrer üppigen Brust nuckelte.

»Ich bin Sadie«, sagte sie mit einem vielsagenden Lächeln. »Und Sie sind sicher Fanny, oder ist es Vianna? Wir sind uns noch nicht begegnet, aber Mungo hat mir von Ihnen erzählt. Ich habe vor Jahren hier als zugewiesenes Dienstmädchen gearbeitet. Mungo, Felix und ich waren als Kinder immer zusammen. Wir haben verrückte Sachen angestellt. Aber mit einem Anführer wie Mungo ist das ja kein Wunder.«

Zärtlich streichelte sie den Kopf des Babys. Vianna sah den

Verlobungsring an ihrem Finger und hatte den Verdacht, dass Sadie es darauf anlegte, dass sie ihn bemerkte. »Was für ein süßes Kind.«

Sadie nickte. »Das sind sie alle.«

»Entschuldigen Sie mich. Ich muss die Blumen für den Brautstrauß nach oben bringen.«

»Warten Sie. Brauchen Sie nicht etwas Altes für Molly? Es ist nichts Besonderes, aber es könnte reichen.« Sie zog einen Kamm aus ihrem dunkel schimmernden, hochgesteckten Haar, das daraufhin bis über ihre Schultern herabfiel. »Mungo hat ihn mir geschenkt, als ich vor ein paar Jahren von hier wegging.«

Vianna erstarrte innerlich, zwang sich zu einem knappen Dankeschön und flüchtete mit dem Kamm in der Hand.

Die Anordnung der Räume in den beiden Flügeln des Hauses war ihr nicht vertraut, deshalb hielt sie ein Dienstmädchen an, um nach dem Weg zu fragen.

»Wo ist die *Braut*?«, wiederholte Vianna ihre Frage. War die Kleine taub?

Die Antwort bestand aus einem Gemisch aus unverständlichen Worten und Zeichensprache. Vianna begriff, dass das Mädchen nur Gälisch sprach. Daher lief sie weiter die Gänge entlang.

Das ist ja das reinste Labyrinth. Ich würde eine Karte brauchen, um mich hier zurechtzufinden.

Als sie durch die Seufzerbrücke kam, die sie bislang nur aus der Perspektive von Mungos Dachboden kannte, blieb sie an einer offenen Tür stehen.

Mungo versuchte, seinen Bruder auf die ihm eigene Art zu beruhigen. »Warte mal, deine Halsbinde sitzt nicht richtig, Felix. Und deine Hände zittern dermaßen, dass man dich für einen Alkoholiker halten könnte.«

»Ich wollte so gut wie möglich aussehen«, gab Felix verzweifelt zurück. »Aber wie soll ich das schaffen? Es war keine Zeit, bei Blooms einen neuen Frack zu bestellen. Und Silent Jack hat dafür gesorgt, dass mein Anzug vom Salzwasser getränkt ist. Sind eigentlich alle Hochzeiten so nervenaufreibend?«

»Auf dich achtet sowieso keiner. Die Braut zieht alle Aufmerksamkeit auf sich.«

»Verdammt, Mungo! Das ist jetzt die dritte Halsbinde, die du ruiniert hast! Kriegst du es wirklich nicht besser hin? Du sollst mein Trauzeuge sein – kein Saboteur.«

Vianna sah, dass es höchste Zeit war, einzugreifen. »Kann ich vielleicht helfen? Ich war eine Zofe, bin aber ziemlich sicher, dass ich auch mit der Halsbinde eines Mannes zurechtkomme.«

Der Himmel weiß, mit wie vielen Männern ich zu tun hatte; ich könnte meine eigene Armee aufstellen.

In kürzester Zeit hatte sie beiden Brüdern die Halsbinde gebunden. »So, ihr seid fertig. Aber jetzt muss ich Molly noch beim Anziehen helfen. Wärt ihr wohl so freundlich, mir den Weg zu zeigen?«

Felix sprang auf, um sie hinzubringen, als Vianna einen entsetzten Schrei ausstieß. »Nein! Es bringt Unglück für den Bräutigam, wenn er die Braut sieht, bevor sie beide vor dem Altar stehen.«

»Es gibt keinen Altar«, sagte Mungo. »Es ist eine rein standesamtliche Trauung. Keine Zeit für die Kirche.«

»Die Tradition gilt trotzdem.« Dann raunte sie Mungo diskret zu: »Vergiss die Ringe nicht. Das ist deine Aufgabe als Trauzeuge.«

Mungo hob den Daumen als Zeichen dafür, dass er alles unter Kontrolle hatte, und erklärte ihr, wo sie Molly wiederfand. Mit den Blumen in der Hand wiederholte Vianna seine Anweisungen und rannte los.

Erleichtert, das Zimmer gefunden zu haben, stürzte sie hinein – und blieb wie angewurzelt stehen. Albruna L'Estrange stand neben Molly vor dem Spiegel, um das Äußere der Braut zu begutachten; beide hatten ihr den Rücken zugewandt.

»Mein Hochzeitskleid passt dir wie angegossen, Molly. Das hat Jane sehr gut gemacht.«

Vianna versank in einem respektvollen Knicks vor der Herrin des Hauses. »Tut mir leid wegen der Verspätung. Diese blauen Kräuter stammen aus Janes Garten. Und eine junge Frau namens Sadie bietet Molly ihren Kamm als etwas Altes an.« Vianna konnte sich nicht dazu durchringen, das Geschenk mit Mungo in Verbindung zu bringen.

Albruna nahm den Kamm lächelnd entgegen. »Das ist nett von Sadie. Wir kennen sie sehr gut. Aber ich habe etwas noch viel Älteres, das du vielleicht gern tragen würdest, Molly.«

Die Braut war den Tränen nah. »Was für ein Glück für mich, dass wenigstens Sie mich unterstützen, Ma'am! Ich hatte schon Angst, dass du wieder ausgerissen sein könntest, Fanny. Ohne dich schaffe ich das nicht. Ma will nichts mehr mit mir zu tun haben – und ich habe noch nicht einmal einen anständigen Vater, der mein Brautführer sein kann.«

»Für meinen Mann wäre es eine Ehre, diese Rolle zu übernehmen, wenn du es möchtest, Molly«, sagte Albruna sanft.

»Wirklich? Das wäre wundervoll!« Und schon drehte sich Molly um ihre eigene Achse wie ein fröhliches Kind. Im nächsten Moment sah sie, was die ältere Frau in der Hand hielt, und hielt abrupt inne.

»Wir Preußen sind nun mal sehr weitblickend, meine Liebe«, sagte Albruna und streckte ihr eine goldene Kette mit einem exquisiten Medaillon entgegen.

»Ich habe sie behalten, um sie Felix' Braut an ihrem Hochzeitstag zu übergeben. Ich trug sie an meinem Hochzeitstag, so wie meine Großmutter an dem ihren, irgendwann in den 1760er Jahren. Ist das alt genug für dich, meine Liebe?«

Wie seltsam. Ihre Mutter und deren Hochzeitstag hat sie weggelassen.

Molly war so aufgeregt, dass sie sich auf die Zehenspitzen stellte, doch dann mitten in dem Versuch, ihre zukünftige Schwiegermutter zu küssen, erstarrte. Vianna ahnte den Grund. Mollys Mutter war eine Angestellte von Felix' Mutter, und selbst an einem solchen Freudentag ließen sich fest verankerte Klassenschranken nur mühsam überwinden.

Doch dann staunte sie. Es war Albruna, die die Initiative ergriff, sich vorbeugte und die Braut auf die Wange küsste. »In einer Stunde bist du meine Tochter. Ich glaube, dass Felix eine gute Wahl getroffen hat.«

Als sie zur Tür ging, raschelte ihr fliederfarbenes Seidenkleid. »Ich werde meinem Mann erzählen, dass du ihn als Brautführer auserkoren hast.« Dann nickte sie Vianna zu. »Du bist in guten Händen, Molly.«

Im Pavillon stand Mungo Seite an Seite mit Felix vor dem Tisch, an dem Richter Kennedy in seinen prächtigen Freimaurergewändern wartete. Aus dem Innern des Hauses ertönte Musik, die einer von Albrunas Musikschülern auf dem Klavier spielte.

Mungo fiel auf, dass Felix extrem blass war und seine Hände nervös zitterten, als er ein ums andere Mal seine Taschenuhr herauszog und einen Blick darauf warf. Dann fiel ihm ein, dass es zu seiner Rolle als Trauzeuge gehörte, für die richtige Stimmung zu sorgen.

»Keine Panik. Es gehört dazu, als Braut zu spät zu kommen.«

»Ein absurder Brauch, der nur dazu da ist, den Bräutigam nervös zu machen«, fauchte Felix. Einen Moment später fragte er: »Glaubst du, dass es regnen wird?«

»Das würde der Himmel bestimmt nicht wagen, Kumpel. Nicht mit Mrs Less als Zeremonienmeisterin.«

Mungos Blick schweifte über die Gesichter der Gäste, die zu beiden Seiten des Mittelgangs Platz genommen hatten. Zu seiner Genugtuung, aber keineswegs erstaunt sah er, dass Felix' Mutter und Jane ausnahmsweise ein paar höfliche Worte wechselten.

Sicher ist auch Will zufrieden mit den Ereignissen des heutigen Tages.

Wie auf ein Stichwort hin spürte er einen leichten Windzug. Aus dem Augenwinkel erkannte er den Grund dafür. Felix stand links von ihm, Will Eden rechts. Sein Gesicht war dem Anlass entsprechend ernst, doch seine Augen funkelten zufrieden. Trotz der unter seinem Hosenbein sichtbaren eisernen Fußfesseln waren seine Stiefel blitzblank poliert. Will sah so tadellos aus, wie es in Gefängniskleidung nur möglich war.

»Was machst *du* denn hier«, flüsterte Mungo. »*Ich* bin der Trauzeuge hier.«

»Ich dachte, Felix und du könntet ein bisschen Unterstützung brauchen.«

»Nett, dass du es einrichten konntest«, log Mungo.

»Ich habe Neuigkeiten über diese Gelegenheit, von der ich dir erzählt habe. So eine, wie es sie nur einmal im Leben gibt.«

Will klärte ihn in aller Kürze auf – und verschwand.

Mungo beschloss, Felix, der so jämmerlich aussah wie ein Strafgefangener im Arbeitslager, ein bisschen aufzumuntern. »Hey, Felix, ich habe in letzter Zeit eine Menge Gerede über diese verrückten Unternehmer gehört, die Henty-Brüder, die unten im Süden Land beschlagnahmt haben, westlich von Port Phillip Bay. Und wie es scheint, gibt es einen Kerl namens John Batman in Van Diemen's Land, der den fantastischen Plan hat, hinter Gouverneur Bourkes Rücken ein Syndikat aufzubauen, die Bass Strait zu durchqueren und Land in Port Phillip Bay zu besetzen. Es kann noch ein, zwei Jahre dauern, aber du und ich – wir könnten ein Vermögen machen, wenn wir rechtzeitig genug einsteigen.«

Felix sah ihn misstrauisch an, doch immerhin war seine Neugier so weit geweckt, dass er fragte: »Wer hat dir das erzählt? Ich habe ähnliche Gerüchte gehört. Aber die Sache ist riskant. Und verstößt eindeutig gegen das Gesetz.«

»Ich habe es von höchster Stelle. Du und ich könnten ein Riesengeschäft machen – und glaub mir, meine Quelle weiß, wovon sie spricht.«

»Ich kann nur hoffen, dass deine Quelle zuverlässiger ist als diejenige, die du bei deinem letzten irrsinnigen Plan benutzt hast – eine pazifische Insel zu kaufen, die, wie sich dann herausstellte, einem Vulkan zum Opfer gefallen war. Diese grandiose Idee hat dich nach Moreton Bay gebracht, weißt du noch?«, fragte Felix gereizt.

»Das war ganz was anderes«, versicherte Mungo ihm. »Dieses Land *existiert*. Es ist Teil der Kolonie. Batman hat bereits Besitzer großer Ländereien und Kolonisten in Van Diemen's Land hinter sich gebracht. Es gibt dort ein riesiges Stück Land, das sie *Australia Felix* nennen wollen. Wenn das kein glückliches Omen ist!«

Mungo sah, wie ein Funke von Interesse in den Augen seines Bruders aufblitzte. »Tja, vermutlich kann es nicht schaden, die Sache im Auge zu behalten. Aber jetzt ist nicht der richtige Zeitpunkt dafür. Ich übernehme gerade die zusätzliche Verantwortung für eine Frau.«

»Solche Gelegenheiten wachsen nicht auf Bäumen, Felix. Wenn du einsteigen willst, gut. Wenn nicht, mache ich mein Vermögen allein. Warte nur ab.«

Mungo war zufrieden; seine Idee war auf fruchtbaren Boden gefallen. Das Timing war perfekt. Er war ziemlich sicher, dass er seinen Vater zur Geheimhaltung verpflichten und ihm die Chance geben könnte, sich den Plänen für die zukünftige Stadt Melbourne anzuschließen.

In diesem Moment wurde das Pianoforte im Innern des Hauses dramatisch laut. Albrunas Schüler legte sein ganzes Gefühl in den Hochzeitsmarsch, und am anderen Ende des Gartens erschien die Gruppe der Braut.

Vianna. Mungos Herz klopfte schneller. Groß, schlank und ätherisch wie Botticellis blonde Nymphe, einfach atemberaubend in einem pfirsichfarbenen Kleid, das zu ihrem Bukett passte und die Schultern freiließ, ging sie vor den anderen her zum Pavillon.

Richter Kennedy erwartete sie. Er war sich seines Amtes bewusst, aber es gefiel ihm auch, die Aufgabe zu erfüllen, die er am meisten genoss – Ehen zu schließen.

Mungo war sehr stolz, als er Kentigern L'Estrange in der Rolle des Brautführers sah. Mit aufrechtem Rücken, den Blick fest auf seine Söhne gerichtet, führte er Molly am Arm auf sie zu.

Felix starrte verwundert auf die Braut, die im Hochzeitskleid seiner Mutter wie eine Prinzessin wirkte. Ein goldenes Medaillon funkelte unter der Wolke ihres Tüllschleiers. *Heute ist Felix' großer Tag. Ich muss ihm ja nicht erzählen, dass meine Mutter diesen Schleier genäht hat – für* meine *Braut.*

Der Anblick löste eine Erinnerung an Vianna in der Remise aus, eingehüllt in diesen Schleier, nackt bis auf sein Halstuch.

Vermutlich werde ich tatsächlich diese Nacht bis an mein Lebensende nicht vergessen.

Dann wechselte er einen vielsagenden Blick mit Sadie, der er eine Menge Dank schuldete. Fröhlich reichte sie ihr Baby jedem, der es einmal an sich drücken wollte, darunter auch Cockney George, der offenbar eine gewagte Bemerkung machte, nach der Sadie in herzhaftes Gelächter ausbrach.

Gemessenen Schrittes hatte die Gruppe der Braut jetzt die Hälfte des Pfads zurückgelegt. Das Licht des chinesischen Drachens fiel auf Viannas Haar. Sie hatte mehr Ähnlichkeit mit einer Göttin als einer Frau. Ihr Haar war hochgesteckt, einzelne Strähnen fielen bis auf die Schultern. Das verlieh ihr einen Hauch von Verruchtheit, als wäre sie geradewegs aus dem Bett eines Mannes gekommen – die verführerische Geliebte der Welt.

Mungo seufzte. *Ach, wenn sie doch …*

Doch trotz aller Voreingenommenheit Vianna gegenüber musste er zugeben, dass die Braut alle Blicke auf sich zog.

Mungo brauchte sich nicht umzusehen, um zu wissen, dass alle anwesenden Dienstmädchen davon träumten, einen anständigen Mann zu heiraten, wenn nicht unbedingt aus Liebe, so doch um wenigstens Herrin im eigenen Haus zu sein, selbst wenn es nur eine einfache Hütte im Busch war. Er vermutete, dass alle jungen Mädchen sich an Mollys Stelle sahen, die jetzt vor der Erfüllung des unvorstellbaren Traums von einer guten Partie stand.

Molly hat den Vogel abgeschossen – Sohn und Erbe des Herrn.

Alle hörten, wie Felix seufzte, als Vianna den Brautschleier anhob, um ihm seine strahlende Braut zu zeigen.

Richter Kennedy fragte mit strenger Stimme nach dem Brautführer, woraufhin Kentigern L'Estrange seinen Namen nannte und dann zurücktrat, um neben seiner Frau Platz zu nehmen.

Mungo bemerkte, dass Kennedy in seiner Ansprache auf politische Reden zurückgriff, die er bei seiner Kandidatur für die Wahlen gehalten hatte. Kennedy genoss es, im Rampenlicht zu stehen. Statt die kurze Formel der standesamtlichen Trauung zu sprechen, pries er »das Land, in dem wir leben – Australien« und hielt erst einmal einen Vortrag über die Unantastbarkeit der Ehe, die Pflichten von Mann und Frau und ihre Verantwortung, ihre Kinder zu freien Bürgern Australiens zu erziehen.

Mungo hatte das unwiderstehliche Bedürfnis, einen Blick auf die Uhr zu werfen. Diese Rede kam seinen Plänen in die Quere. Er stand hinter Vianna und raunte ihr zu: »Wenn man ihn so sprechen hört, könnte man meinen, dass er es war, nicht Captain James Cook, der die britische Fahne in australischen Boden gepflanzt hat. Ich wünschte, er käme endlich zur Sache.«

»Pst. Du bist ja noch nervöser als Felix.«

Dafür habe ich auch einen verdammt guten Grund, Kleines.

Während Kennedy weiterredete, betrachtete Mungo sehnsüchtig Viannas Nacken und erinnerte sich, wie aufregend es gewesen war, ihre empfindlichste Stelle zu entdecken. Er musste nur ihren Nacken küssen, und schon wechselte sie von Ablehnung zu jener glühenden Leidenschaft, die sie beide in jener Nacht beflügelt hatte.

Ich frage mich, ob je ein Trauzeuge mit der Brautjungfer im Bett war, bevor das Brautpaar seine Heiratsurkunde unterschrieben hat.

Diese reizvolle Vorstellung kippte in väterliche Gefühle um, als er sah, dass Toby das Kissen für die Eheringe an sich drückte, als wäre es ein Geschenk für die Götter.

Mungo war nachdenklich. *Gottes Wege sind wirklich unergründlich. Hier haben wir diesen großartigen kleinen Kerl, gezeugt in einem zufälligen Augenblick der Lust, ohne dass zwischen Maria und mir mehr gewesen wäre als eine Menge Spaß – und Geld.*

Und doch stehe ich jetzt hinter der einzigen Frau auf der Welt, mit der ich gern einen ganzen Haufen von Kindern hätte – und das Schicksal hat uns dieses Privileg verwehrt. Vianna ist so stolz und so verletzt, dass sie mir einfach nicht glaubt, dass ich nur sie *will, egal wie.*

Toby riss ihn aus seinen Gedanken, indem er ihn anstieß, damit er die beiden Ringe auf das Kissen legte.

Dann flüsterte der Junge dem Richter höflich zu: »Der kleine Ring ist für Molly, Sir.«

»Danke, mein Junge, ich komme oft durcheinander und weiß dann nicht mehr, welcher für wen ist.« Kennedys Antwort sorgte für allgemeines Schmunzeln.

Toby lauschte aufmerksam auf jedes Wort der Zeremonie.

»Was sagst du zu dem Jungen?«, fragte Mungo Vianna mit kaum verhohlenem Stolz.

»Er ist aufgeweckt, intelligent und hat ein Herz aus purem Gold.«

»Ja, er hat alles, was man braucht, bis auf anständige Eltern – aber ich arbeite dran.«

Richter Kennedy kam zu dem Augenblick, auf den alle gewartet hatten. »Hiermit erkläre ich euch zu Mann und Frau. Du darfst die Braut küssen, Felix.«

Felix beugte sich mit geschlossenen Augen zu Molly herab, und in seinem Lächeln spiegelte sich der Himmel auf Erden.

Diesen Augenblick machte sich Mungo zunutze. Er reichte Toby den Strauß, den Vianna in der Hand hielt, umfasste ihre Schultern und küsste verzweifelt und zärtlich ihren Nacken.

»Was um Himmels willen tust du da? Ich bin nicht die Braut!«, japste Vianna, doch dann gaben die Beine unter ihr nach, und er musste rasch den Arm um sie legen, um sie zu stützen.

»Ich mache die Dinge auf meine Art«, sagte er mit heiserer Stimme.

Verschwörerisch lächelnd traten Molly und Felix Hand in Hand einen Schritt zurück, sodass Vianna und Mungo jetzt direkt vor dem Richter standen.

»Meine Damen und Herren, wir sind heute hier versammelt, um Zeugen einer zweiten wichtigen Familienangelegenheit zu werden.«

Vianna errötete vor Wut, als sie Mungo anfauchte: »Wenn du glaubst, dass du mich mit einem Trick dazu bringen kannst, dich zu heiraten, musst du völlig übergeschnappt sein!«

Mungo warf einen Blick auf Jane und Sandy. In ihren Gesichtern spiegelte sich seine eigene Resignation angesichts dieser neuerlichen Niederlage.

Nun gut, einen Versuch war es wert. Jetzt habe ich nur noch eine letzte Karte.

Mungo drehte sich zu Vianna um und versuchte zu lächeln, während er mit zusammengebissenen Zähnen sagte: »Man kann einen Mann nicht aufhängen, weil er es versucht hat. Aber ich muss wirklich den Verstand verloren haben. Du bist launisch wie eine Wetterfahne in einem Hurrikan.«

»Nun, meine Meinung über dich hat sich jedenfalls nicht verändert.«

»Dein Pech. Hab jetzt wenigstens den Anstand zu bleiben, damit du siehst, was nun kommt.«

Richter Kennedy spähte so feierlich über den Rand seiner Brille, als wäre er bereit, ein Todesurteil zu verkünden. »Verstehe ich recht, es wird keine zweite Hochzeit geben – jedenfalls heute?«

Mungo und Vianna antworteten wie aus einem Mund: »Niemals!«

Richter Kennedy trug es mit Fassung. »In diesem Fall kommen wir zum nächsten Punkt der Familienfeier. Während meiner langen Jahre der Freundschaft mit Kentigern L'Estrange habe ich miterlebt, welches vorbildliche Beispiel er als Vater bei der Erziehung seines Sohnes Felix abgegeben hat. Und daher möchte ich …«

Kentigern fiel ihm ins Wort. »*Söhne*, Kennedy. Ich bin der Vater zweier Söhne, Felix und Mungo!«

Kennedy wirkte leicht verwirrt. »Genau. *Zwei* Söhne.«

Mungo war sprachlos. Die Gäste ebenfalls.

Felix drehte sich zu ihm um und umarmte ihn. »Wurde ja auch langsam Zeit.«

Mungo sah seine Mutter unter Tränen lächeln. *Unfassbar! Vater hat mich offiziell als Sohn anerkannt. Das ist alles, was Mam je wollte.*

Sandy Gordon sah so zufrieden aus, als wäre die ganze Welt in Ordnung gebracht worden. Zu Mungos großer Überraschung nickte Mrs Less ihm schweigend und zustimmend zu.

Lieber Himmel, sie *steckt also dahinter!*

Viannas Gesicht wurde einen Augenblick lang ganz weich. »Ich weiß, was das für dich bedeutet, Mungo.«

Dann forderte Kennedy erneut ihre Aufmerksamkeit. »Dann werden wir nun mit unserem nächsten Grund zum Feiern fortfahren. Komm nach vorn, mein Junge.«

Toby nahm die Rolle, die der Richter ihm reichte, so ernst entgegen, als wären es die Zehn Gebote. »Dieses Dokument hält fest, dass dein wahrer Vater dir vor dem Gesetz seinen Namen gegeben hat. Von heute an sollst du Toby Mungo Quayle heißen.«

Vianna warf Mungo einen ungläubigen Blick zu, bückte sich dann und gab Toby einen Kuss auf die Wange. »Ich möchte die Erste sein, die dir gratuliert, Toby Quayle.«

Jane lachte und weinte durcheinander, und als dann einer nach dem anderen Toby in die Arme schloss, brach unter den Gästen spontaner Beifall aus.

Der Richter bat um Ruhe. »Gestatten Sie! Ich weiß, dass Sie alle darauf brennen, mit dem guten Wein der L'Estranges anzustoßen, aber zuerst muss ich noch eine überraschende Ankündigung machen.«

Damit deutete er theatralisch auf Albruna – und dann zum allgemeinen Erstaunen auf Jane.

Mungo und Felix wandten sich um, als Sadie mit dem in einen blauen Schal eingewickelten Baby zu ihnen trat. Sie warf Vianna einen selbstbewussten Blick zu und nahm dann den Platz neben Mungo ein, der sie auf beide Wangen küsste.

Kennedy fuhr fort: »Wie jedem in der Kolonie auf traurige Weise bewusst ist, werden Dutzende von Kindern jede Woche auf der Straße ausgesetzt und brauchen dringend Hilfe. Man muss schon sehr viel Mut haben, um ein namenloses Waisenkind unter seine Fittiche zu nehmen.«

Aus dem Augenwinkel sah Mungo, wie Vianna nach Luft schnappte.

»Mungo Quayle ist ein solch mutiger Mann. Dank des Einflusses von Mrs L'Estrange wurden die erforderlichen Dokumente mit dem Waisenhaus von Sydney unterzeichnet, und dieser sechs Monate alte Junge heißt nun vor dem Gesetz Gordon Quayle.«

Mungo nahm das Kind auf den Arm und küsste es auf die Stirn.

Felix lächelte. »Darauf müssen wir anstoßen! Ein dreifacher Grund zum Feiern.«

Mungo wandte sich Vianna zu. »Könntest du ihn mal eben halten?«

Er wartete die Antwort nicht ab. Vianna sah ihm nach, als er in der Menge verschwand. Alle, die ihm begegneten, klopften ihm auf den Rücken und gratulierten.

Vianna hielt das Bündel sprachlos auf dem Arm. Jane und Sandy traten zu ihr, um das Kind mit den großen Augen zu bewundern, das Viannas Finger umklammerte. Sandy tätschelte sein Köpfchen. »Ein hübsches Kind, genau, wie es sich für einen Gordon gehört!«

Jane war vorsichtiger. »Niemand kann behaupten, dass ich dich nicht gewarnt habe. Seit er laufen konnte, hat er mir Waisenkinder ins Haus geschleppt.«

Vianna fand ihre Stimme wieder. »Versteh mich nicht falsch, Jane. Mungo hat etwas Bewundernswertes getan. Aber diese Kinder haben nichts mit mir zu tun. Ich bin nur wegen Mollys Hochzeit zurückgekommen. Mungo weiß genau, dass ich an Bord der *Bussorah Merchant* gehe – und nie wieder in die Kolonie zurückkehre.«

Sandy Gordon sagte nichts, doch sein Schnurrbart zuckte, und der Blick seiner blassblauen Augen war scharf wie ein Stück Glas.

Jane machte keinen Hehl aus dem, was sie dachte. »Du bist eine freie Frau, Vianna. Ich habe keinen Zweifel, dass Mungo mit seinen Kindern alles richtig machen wird. Er ist ein echter Currency Lad. Er wird sie niemals im Stich lassen.«

Vianna konnte nicht an sich halten. »Ich bin sicher, dass die junge Frau, Sadie, ihm eine große Hilfe sein wird.«

»Sadies Mut kann man nur bewundern«, sagte Jane. »Ihr eigenes Kind war eine Totgeburt. Daraufhin wurde sie Amme für Waisenkinder wie Gordon, damit sie eine Chance zum Überleben haben.«

Vianna suchte nach Worten und fand keine.

Jane griff nach dem Arm des Arztes und ließ noch eine letzte spitze Bemerkung los: »Ich habe dich immer gemocht, Vianna. Aber ich hatte von Anfang an den Verdacht, dass Mungos Meerjungfrau eines Tages ins Meer zurückkehren und ihm das Herz brechen würde. Schade, dass ich recht hatte.«

Als sie sich zum Gehen wandten, hörte sie, wie der Arzt leise mit ihr schimpfte. »Sei nicht so streng mit der Kleinen. Die Dinge sind nicht immer so, wie es nach außen scheint.«

Vianna stand mit dem Baby auf dem Arm da und sah, wie das Paar auf das Bankett zuging, wo ein fröhliches Stimmengewirr herrschte und dann jemand ein Lied anstimmte. Der Blick des kleinen Gordon war unverwandt auf sie gerichtet.

»Sieht aus, als hätte man uns auf dem Trockenen sitzen lassen, mein Kleiner.« Im gleichen Moment ergoss sich etwas Warmes über ihr Kleid. »Hm, oder vielleicht nicht ganz. Dein Vater amüsiert sich mit Sadie. Da bleibt mir wohl nichts anderes übrig, als reinzugehen und ein Handtuch zu suchen, um dich trockenzulegen.«

Ich hatte kein Baby mehr auf dem Arm seit – Daisy. Verfluchter Mungo. Er reibt auch noch Salz in die Wunde.

VIERUNDFÜNFZIG

Die letzten Geräusche der Feiernden im Garten waren verebbt und von periodisch aufbrandendem Gelächter aus dem Innern von Rockingham Hall abgelöst worden.

Vianna zog das pfirsichfarbene Kleid und den Unterrock aus, tupfte den Fleck, den das Baby gemacht hatte, mit Wasser ab und hängte beides neben ihr vom Hafenwasser durchnässtes Kleid auf eine Leine, die sie quer über ihren Balkon gespannt hatte. Aus purem Stolz hatte sie vor, ihr eigenes Kleid zu tragen, wenn sie am Morgen an Bord der *Bussorah Merchant* ging.

Ihre gesamte Garderobe befand sich bereits an Bord des Schiffes, daher blieb ihr nichts anderes übrig, als nackt in eins von Mungos alten Hemden zu schlüpfen. Ihre Gefühle schwankten zwischen Zorn und Traurigkeit, als sie auf das Baby hinabsah, das in einem mit Kissen gepolsterten Wäschekorb lag und fest schlief.

Armes Würmchen. Mungo wird als Held gefeiert, aber ich wette, dass er sich aus dem Staub macht, sobald die erste Einladung zu einem wilden Abenteuer winkt. Er wird sich niemals ändern.

Zwei Stunden später erstarrte sie, als sie hörte, wie jemand die Leiter heraufstieg. Mungo war nicht betrunken, aber er hatte eindeutig ein paar Gläser Wein intus und war anscheinend mit sich und der Welt im Reinen. »So oder so war es ein toller Abend«, erzählte er fröhlich. »Felix hat geheiratet. Ich habe vor dem Altar einen Korb bekommen, dafür aber zwei neue kleine Quayles. Und mein Vater hat endlich öffentlich seinen unehelichen Sohn anerkannt. Ich würde sagen, das bringt mich um einige Punkte voran.«

»Glückwunsch«, gab sie kühl zurück. »Aber nicht, dass wir uns falsch verstehen. Ich reise morgen früh auf der *Bussorah Merchant* ab, egal, was passiert.«

»Keine Einwände, was das angeht. Ich habe dir mein Ehrenwort gegeben, oder? Inzwischen habe ich einen Lehrer für Toby gefunden, und Sadie bleibt die Amme für das Baby, also wirst du nicht länger gebraucht.«

Vianna spürte den unerwarteten Stich eines Gefühls, das sie nicht wollte – Neid. Plötzlich wollte sie ihm wehtun. »Dir ist hoffentlich klar, dass du einen schrecklichen Fehler machst, oder?«

»Mit dir?«

»Nein, mit dem Baby. Es ist wirklich hoffnungslos mit dir, Mungo. Du kannst noch nicht mal ein Kind aus dem Waisenhaus holen, ohne dass was schiefgeht.«

Mungo wirkte plötzlich ernüchtert. »Warum? Was stimmt denn nicht mit dem Kind?«

»Du hast das falsche genommen!«

»Was du nicht sagst.« Er unterdrückte ein Lachen. »Nun ja, für mich sehen Babys irgendwie alle gleich aus.«

Jetzt konnte Vianna ihren Ärger nicht länger beherrschen. »Was bist du für ein Idiot! Du verdienst es gar nicht, Vater eines Kindes zu sein. Du musst dieses arme kleine Ding ins Waisenhaus zurückbringen.«

»Warum denn?«

»Gordon Quayle ist ein Mädchen!«

Mungo trat zu dem Korb, vorsichtig, um das Kind nicht zu wecken. »Tja, und woher soll ich das wissen? Aber sie ist doch wirklich süß, oder? Kein Grund, sie umzutauschen.«

Vianna war vor lauter Wut den Tränen nah. Sie packte ihn am Revers und schüttelte ihn. »Wach auf, Mungo! Sie ist ein Mädchen, kein verwaistes Wallaby-Junges. Du kannst nicht mal das richtige Kind mitnehmen, wie willst du also mit all den Dingen fertigwerden, die ein kleines Mädchen braucht, um groß zu werden? Du kannst nicht weiter durchs Leben gehen und deiner

Mutter Kinder aufhalsen, so wie Toby. Jane muss ihr eigenes Leben führen – wenn sie vernünftig genug ist, um Sandy Gordon festzuhalten. Dir ist einfach nicht zu helfen, Mungo!«

Er packte sie an den Handgelenken, um sie daran zu hindern, weiter auf seine Brust einzutrommeln.

»Ruhig Blut, Kleines. Ich halse meine Kinder niemandem auf. Außerdem drücke ich alle Daumen, dass Sandy Mam dazu überreden kann, ihn zu heiraten. Aber was auch geschieht, ich habe meine eigenen Pläne. Und zwar ohne dich! Ich habe mit Vater und Albruna schon alles abgesprochen. Ich werde mit den Kindern nach Mookaboola ziehen und mich für ein Jahr um die Farm kümmern. Dort gibt es eine erstklassige Kuh, die erstklassige Milch gibt. Und wenn dieses Baby alt genug ist, werde ich mit beiden Kindern nach Port Phillip gehen und mein Vermögen machen.«

»Werd endlich erwachsen, Mungo! Es reicht nicht, Süßholz zu raspeln und sich aus allen Problemen herausreden zu können. Man kann Kinder nicht mit Luft und Liebe großziehen. Guck dir dieses winzige Mädchen an. Du hast kein Recht, Chaos in ihrem Leben zu stiften. Und was ist mit dem richtigen kleinen Jungen, den du im Waisenhaus zurückgelassen hast? Was wird aus ihm?«

Mungo zuckte die Achseln. »Mach dir darüber keine Sorgen. Jungs finden viel schneller ein Zuhause als Mädchen. Farmer brauchen Söhne, die ihnen bei der Arbeit helfen können. Er wird schon irgendwie durchkommen.«

»Was? Du machst dir nicht einmal Gedanken deswegen?«

Mungo änderte seine Taktik. »Was zum Teufel erwartest du von mir, Vianna? In dem Waisenhaus leben Dutzende von Kindern, die ein neues Zuhause brauchen. Ich kann sie doch nicht alle zu mir holen. Albruna hat mir ein großartiges Empfehlungsschreiben ausgestellt. Ich bin dorthin gegangen, um einen kleinen Bruder für Toby zu finden. Als ich die Kinder sah, habe ich eine Münze geworfen. Gordon hat gewonnen. Aber dieses hier tut's auch.«

»Eine Münze geworfen! Schäm dich!«

Beide gestikulierten und redeten so laut, dass das Baby aufwachte und anfing zu schreien.

»Du Unmensch! Sieh nur, was du anrichtest. Du hast ihr Angst gemacht.«

Vianna sprang auf und nahm das Kind aus dem Korb. »Ja, ja, mein Kleines, ist ja gut.« Sie warf Mungo einen vernichtenden Blick zu. »Ich kann sie nicht Gordon nennen, wie heißt sie?«

»Sie hatte keinen Namen. Ihre Mutter starb kurz nach ihrer Geburt an Milchfieber. Wie wär's mit Fanny?«

Fanny? Für Mungo ist das alles bloß ein Spiel.

Hilflos und zornig wiegte Vianna das Kind auf ihrem Arm. »Ich weiß nicht, was ich tun soll. Ich kann es nicht ertragen, dass sie so schreit. Sie ist trocken, daran kann es also nicht liegen.«

»Und Sadie hat sie erst vor wenigen Stunden gestillt, Hunger kann sie auch nicht haben.«

Mungo war schon halbwegs die Leiter herunter. »Ich bin gleich wieder da. Mam hatte einen Trick, der bei Känguru-Jungen immer geholfen hat. Wäre einen Versuch wert.« Er verschwand.

»Kängurus? O Fanny, du armes Würmchen! Er hat einfach keine Ahnung.«

Mungo kramte so leise wie möglich in Janes Schrank herum, besorgt über das Geschrei des Babys.

Eigentlich bin ich noch gar nicht bereit, Vater zu sein. Aber wahrscheinlich lerne ich es mit der Zeit. Wo ist nur das verdammte Glas?

Da er wusste, dass er ganz allein im Raum war, fuhr er bei dem Geräusch des quietschenden Schaukelstuhls zusammen.

»Die Hochzeit hat mir gefallen«, sagte Will Eden und schaukelte friedlich vor der letzten Glut im Kamin. »Damit wäre Felix versorgt. Aber ich warne dich. Ich werde nicht eher verschwinden, bis irgendwer eine ehrbare Frau aus Vianna gemacht hat.«

»Gott steh mir bei! Das bedeutet, dass ich dich bis an mein

Lebensende nicht loswerde. Sie kann mich nicht ausstehen. Ich habe getan, was ich konnte, um ihr zu geben, was sie braucht – die Kinder, die sie selbst nicht haben kann. Aber sie ist fest entschlossen, morgen früh nach England abzureisen. Es gibt zwei Typen an Bord, die scharf auf sie sind. Einer davon ist ein Schurke, der andere ein Franzmann. Und du weißt ja, was man sich über sie erzählt: dass sie die besten Liebhaber der Welt sein sollen.«

Will nickte weise. »Ja, Frauen sind da sehr komisch.«

»Verdammt, Will. Kannst du mir nicht einen Rat geben, wie ich meine letzte Karte spielen soll?«

Will schüttelte den Kopf. »Das verstößt gegen die Spielregeln. Ich darf mich nicht in das Leben der anderen einmischen.«

»Nein? Und was ist mit dem glorreichen Melbourne, von dem du gefaselt hast?«

»Das ist was anderes – Geografie, Anteile, Geschäfte. Liebe ist eine heikle Sache, Mungo. Man kann niemanden zwingen, einen zu lieben.«

»Vielen Dank, du bist ein echter Kumpel«, sagte Mungo sarkastisch und warf einen Blick zum Dachboden hinauf, genervt vom Geschrei der kleinen Fanny.

Jetzt verstieß Will doch noch gegen die Regeln. »Was du suchst, ist in der Küche, im obersten Regal.«

Mungo kam mit dem Glas in der Hand zurück und blieb in der Tür stehen. »Danke, Will. Aber halt dich zurück, ja? Die Nacht ist noch nicht vorbei. Der einzige Ort, wo ich deinen Rat nicht brauche, ist im Bett.«

»Wir sehen uns«, versprach Will und verschwand.

Mungo erinnerte sich daran, wie seine Mutter den kleinen Finger in Honig getunkt hatte, um das quengelige Kind eines Dienstmädchens zu beruhigen. Auf der Hälfte der Leiter fiel ihm ein, was sie ihm neulich vertraulich erzählt hatte: »Vianna fühlt sich betrogen, weil sie nie erfahren wird, wie es sich anfühlt, ein Kind zu stillen.«

Als er auf das Bett zuging, war er vorsichtig. »Versteh mich nicht falsch, Vianna, aber knöpf bitte dein Hemd auf.«

Vianna war so erschöpft und verängstigt über das schreiende Kind, das sie einfach tat, was er sagte.

Behutsam tauchte Mungo den Finger in den Honig und tupfte ihn auf Viannas Brustwarze. Dann schob er die Hand unter Fannys Köpfchen und dirigierte ihren winzigen Mund dorthin. Innerhalb von Sekunden nuckelte sie an dem Honig und patschte mit dem Händchen zufrieden auf Viannas Brust.

Mungo war stolz auf sich. »Siehst du? Sie hatte eigentlich gar keinen Hunger, sie wollte nur, dass du ein bisschen mit ihr schmust.«

In Viannas Augen brannten Tränen. »Das werde ich dir nie verzeihen, Mungo. Wie grausam, mir ... etwas zu zeigen, das ich nie haben kann.«

Mungo streckte sich neben ihr auf der Flickendecke aus und streichelte Fannys flaumiges, goldenes Haar.

»Wie wär's, wenn ich ihr eine Geschichte erzähle, hm? Zum Einschlafen.«

Mit gedämpfter Stimme entwarf er ein Gewebe aus lauter Bildern der Zukunft. Es war eine von Mungos magischen Geschichten, diesmal ging es um die Buschtiere in Mookaboola. Trotz ihres tief verwurzelten Misstrauens ließ sich Vianna von seiner Erzählung mitreißen und lauschte aufmerksam.

»... und später, wenn Toby und du ein bisschen älter seid, segeln wir alle nach Süden zu einer wunderbaren neuen Stadt an einem schönen Fluss namens Yarra Yarra. Sie ist noch nicht gebaut, aber sie wird sehr groß, elegant und modern, so wie Paris oder London, mit prächtigen Häusern, herrlichen Theatern, Parks und breiten Boulevards. Ein Bursche namens John Batman will sie Batmania nennen, aber ich schätze, es wird auf Melbourne hinauslaufen wegen des englischen Politikers, Lord Melbourne. In wenigen Jahren wird Melbourne überall auf der Welt bekannt sein. Es liegt in einem neuen Staat namens Victoria, benannt nach der Thronfolgerin, Prinzessin Vicky. Und dann wird es einen gewaltigen Goldrausch geben, der Tausende von Goldschürfern aus allen Winkeln der Erde anlocken und deinen Daddy zu einem sehr, sehr reichen Mann machen wird. Ich baue uns eine große Blausteinvilla in der Stadt und ein Landhaus in Australia Felix, wo wir verwaiste Kängurus und Beutelratten retten, mit denen ihr spielen könnt. Toby und du könnt zur Schule gehen und tanzen und singen lernen … und wir werden durch ganz Australien reisen … die Nullarbor-Ebene Richtung Westen durchqueren … Weinberge in den Adelaide Hills anlegen … nach Van Diemen's Land und Neuseeland segeln … unbeschreibliche Abenteuer erleben, wohin wir auch gehen …«

Wider alle Vernunft und Logik war Vianna verzaubert von der anschaulichen Geschichte und der Zukunft, die er vor ihren Augen entwarf.

»… der Melbourne Cup, ein Pferderennen für Vollblüter, das in der ganzen Welt berühmt sein wird … und natürlich wird Melbourne ein Modegeschäft für Damen haben, Viannas Boutique, wo gefallene Mädchen von der Straße gerettet und zu Schneiderinnen ausgebildet werden, damit sie Kleider für vornehme Damen nähen … Hey, guck mal, es hat geklappt.«

Eingelullt vom Klang seiner Stimme, war Fanny in Viannas Armen eingeschlafen.

Mungo betrachtete sie mit seinem traurigen Hundeblick, der Vianna wahnsinnig machte, weil sie immer kämpfen musste, um ihm zu widerstehen. Sie gab sich kühl. »Was für ein schönes Märchen, Mungo. Man könnte beinahe glauben, dass es wahr wird.«

Mungo legte das Kind behutsam in den Korb zurück.

»Ich gehe jetzt am besten«, sagte er zögernd.

Beim Klang eines tropischen Platzregens auf dem Blechdach gab Vianna nach. »Du bleibst am besten hier. Auf diese Weise kann ich sicher sein, dass ich das Schiff morgen früh nicht verpasse. Du kannst auf der Flickendecke schlafen. Aber vergiss nicht, morgen früh reise ich ab, egal, was passiert.«

»Keine Einwände, Kleines. Ich weiß, wann ich mich geschlagen geben muss.«

Seine Kapitulation machte sie misstrauisch. Sie drehte sich auf die Seite und legte den Kopf auf den Arm. »Es gibt noch etwas, das du mir nicht erzählt hast, stimmt's? Über Severins Frau.«

»Versprichst du, dich zu beherrschen und Fanny nicht zu erschrecken?«

»Spuck es aus, und zwar sofort – oder du kannst draußen im Regen schlafen.«

»Das Zeug, was ich über den Gouverneur und Severins Frau gesagt habe, war – erfunden.«

»Du meinst, ausnahmsweise hat Severin diesmal die Wahrheit gesagt? Er ist tatsächlich Witwer, nicht verheiratet?«

»Frei wie ein Vogel. Es ist vollkommen legal, wenn du ihn morgen heiratest – falls du das willst. Du könntest natürlich auch diesen französischen Künstlertyp nehmen, Bonnard. Guck mich nicht so an – es war doch nur eine harmlose kleine Notlüge, um dich für Mollys Hochzeit vom Schiff zu locken.«

»*Eine harmlose kleine Notlüge?* Das ist unerhört – selbst für dich!«

Mungo fing an, sich eine ihrer Locken um seinen Finger zu wickeln. »Um ehrlich zu sein, Vianna, diese Lüge … wird wahrscheinlich nicht meine letzte sein.«

Dann schlüpfte seine Hand unter das gestreifte Hemd, das sie trug. »Die Wahrheit ist, es ging nicht nur um Mollys Hochzeit. Ich wollte dich ein letztes Mal küssen – allein. Es so beenden, wie es begonnen hat … mit einem einzigen Kuss. Ungefähr so.«

Er zog sie an sich und küsste sie. Und sie spürte die Hitze in ihren Körpern und gab sich seinem Kuss hin, seinen Händen, seinen zärtlichen Worten. Die Zeit stand still.

Doch eins musste sie noch loswerden. »Versteh mich endlich,

Mungo. Ich bin nicht die richtige Frau für dich. Ich bin nicht dafür gemacht, Ehefrau und Mutter zu sein. Wenn wir jetzt zum letzten Mal miteinander schlafen, musst du mir versprechen, mich morgen früh zur *Bussorah Merchant* zu bringen.«

Sein Blick war traurig, doch er hob die rechte Hand zum Schwur. »Du hast das Wort eines Currency Lads.«

Kurz ehe sie sich ganz ihrer Lust überließen, flüsterte sie ihm sanft, aber endgültig zu: »Hätte ich überhaupt jemals einem Mann gehören können, dann dir.«

Mungo wusste, dass er sie verloren hatte. Aber für heute Nacht hatte er gewonnen. Diesen letzten Kuss würde er bis zum Morgengrauen ausdehnen.

Sonne und Wind streiften Viannas Haut und peitschten ihr das Haar ins Gesicht, als sie hinter Mungo im Sattel saß. Ihre Unterröcke flatterten, sodass ihre langen Beine bis zu den Schenkeln sichtbar waren. Was spielte es für eine Rolle, wenn Sydney Town schockiert war? In wenigen Stunden wäre sie nur noch die verblassende Legende der berühmt-berüchtigten Venus von Sydney Town.

Mungos Blick war auf die Straße vor ihnen gerichtet. Er klang unbeschwert. »Keine Angst, ich bringe dich rechtzeitig an Bord. Ich habe es dir versprochen, oder?«

Vianna wusste, dass ihre Gereiztheit unbegründet war. *Sieht ganz so aus, als wäre er froh, mich endlich los zu sein. Trotzdem hat er mich heute Nacht geliebt, als wäre ich die letzte Frau auf dem Planeten und als würde er mich niemals gehen lassen.*

Lange Schatten lagen auf den Grabsteinen des Friedhofs an der Devonshire Street, als sie vorbeiritten. *Ich weiß, dass du nicht dort bist, Daisy. Ich weiß, dass du nach Hause zurückgekehrt bist. Aber ich werde dich immer in meinem Herzen behalten, Kleines.*

Sie war misstrauisch, als Mungo eine andere Route einschlug und vor den Toren des Government Houses die Zügel anzog.

Ohne weitere Erklärung saß er ab und überreichte dem wachhabenden Rotrock einen Brief.

Ihre Neugier war ungebrochen. »Warum sind wir hierhergekommen?«

»Ich möchte mein Versprechen Sandy gegenüber halten. Das war eine Petition an die britische Regierung, damit sie Logans Frau eine Witwenpension bezahlt.«

Als sie am King's Wharf ankamen, konnten sie sehen, wie sich eine Jolle rasch mit Passagieren füllte. Sie alle wollten an Bord der *Bussorah Merchant* gehen.

Mungos Gesicht war unbewegt, doch Boadicea spürte seine Anspannung. Vianna brach als Erste das Schweigen. »Ich konnte mich nicht von Toby verabschieden, aber wenigstens habe ich ihm eine Nachricht hinterlassen. Glaubst du wirklich, dass Mookaboola das Richtige für die kleine Fanny und ihn sein wird?«

»Ganz bestimmt. Sie haben mich. Die Haushälterin von Mookaboola liebt Kinder. Hat selbst nie welche haben können. Felix' preisgekrönte Kuh wird ihnen Milch geben, sobald Sadie die Kleine abgestillt hat. Wir kommen schon zurecht.«

Sein Lächeln ist so selbstbewusst. Ich bin ihm vollkommen egal.

Er deutete auf das Ruderboot. »Worauf wartest du? Severin und der französische Künstler warten schon auf dich. Du wirst es genießen, sie gegeneinander auszuspielen, so wie du es mit allen Männern tust, nicht?«

Vianna zwang sich zu einer Entschuldigung. »Es tut mir leid, dass ich so viel Unfrieden zwischen Felix und dir gestiftet habe.«

»Ohne dich wird es uns beiden besser gehen.«

Er sagte es achselzuckend, doch Vianna entging nicht, dass er immer wieder einen Blick über die Schulter warf.

»Hey, wartet auf uns!«

Vianna fuhr herum, als sie den Klang von Tobys hoher Stimme hörte und verblüfft die beiden Kutschen sah, die auf die Werft zurasten – die Familienkutsche und den Einspänner. Felix ritt Kaiser.

»Was um Himmels willen ist jetzt los, Mungo?«

Toby rannte auf sie zu und fuchtelte wild mit den Armen. Felix sprang aus dem Sattel und half Molly beim Aussteigen. Sandy Gordon eskortierte Jane Quayle, die das Baby auf dem Arm hatte. Im Hintergrund stiegen Kentigern L'Estrange und seine Frau aus der zweiten Kutsche. Und alle bewegten sich wie eine Phalanx auf sie zu.

»Deine Mutter hat die kleine Fanny also doch in ihre Obhut genommen.«

Mungo machte ein seltsames Gesicht. »Das ist nicht Fanny. Das ist Little Gordon.«

»*Gordon?* Und wen hat Mrs L'Estrange auf dem Arm?«

»Little Fanny natürlich.«

»Du hast *drei* Kinder adoptiert? Alle auf einmal?«

Mungo zuckte die Achseln. »Was blieb mir anderes übrig? Das Waisenhaus hätte sie in verschiedene Familien vermittelt. Albruna und Jane waren sich einig, dass man Zwillinge nicht trennen darf.«

»Zwillinge! Was bist du für ein elender Schwindler, Mungo! Felix und du, ihr habt die ganze Adoptionsgeschichte von Anfang an geplant – mithilfe eurer Mütter.«

Mungo spielte den Philosophen. »Das zeigt nur, dass Wunder möglich sind.«

Felix raunte ihr zu: »Der erste Waffenstillstand unserer Mütter seit fünfundzwanzig Jahren.«

Molly sah ihren Mann bewundernd an. »Felix war einfach großartig. Zusammen mit seinen Eltern und Richter Kennedy hat er die Unterlagen in null Komma nichts erledigt.«

Albruna lächelte, als sie die kleine Fanny in Viannas Arme legte. »Das war das wenigste, was ich für Mungo tun konnte, meine Liebe.«

Dann schaltete sich Sandy ein. »Ich habe die Kleinen von Kopf bis Fuß untersucht. Sie sind beide kerngesund«, sagte er beruhigend.

Er legte den Arm aufmunternd um Janes Schultern. Mungos Mutter durchbohrte sie mit ihrem Blick. »Ich hoffe, dass ich mit den Meerjungfrauen falschgelegen habe.«

Vianna sah einen nach dem anderen verwirrt an. »Ihr habt euch alle verbündet, um Mungo zu helfen. Aber versteht ihr denn nicht? Ich habe damit nichts zu tun!«

Mungo drohte jeden Moment zu explodieren, deshalb ging Felix dazwischen. »Wir sind eine *Familie*, Vianna. Kann sein, dass die L'Estranges und die Quayles wie Hund und Katze sind, aber wenn alle Stricke reißen, schließen wir die Reihen.« Dann setzte er entschuldigend hinzu: »Die Metaphern stimmen nicht ganz, aber du weißt, was ich meine.«

Mungo legte Toby die Hand auf den Kopf. Der Blick des kleinen Jungen war herzzerreißend, als er Vianna fragte: »Magst du uns denn nicht?«

O mein Gott, ich habe ihn verletzt. »Doch, doch, Toby. Ihr seid alle großartig – aber ich kann nicht ...«

Mungo schnitt ihr das Wort ab. »Die Kinder werden es gut bei mir haben. Was geht dich das an? Du hast behauptet, dass du Kinder willst. Aber das war nur ein Trick, um Mitgefühl zu bekommen, stimmt's?«

Viannas Stimme überschlug sich. »Das ist grausam – und das weißt du auch.«

Ihr Blick schweifte von Gesicht zu Gesicht, gedemütigt von der Wahrheit, die sie in ihren Augen las.

Irgendwie wissen sie es alle. Ich bin nur eine halbe Frau.

Jetzt strömten die Tränen, die sie so lange unterdrückt hatte, über ihr Gesicht.

Schockiert mischte sich Felix ein. »Hey, Mungo, lass es gut sein!«

»Halt dich da raus, Felix. Ich weiß schon, was ich tue.«

Mungo stellte sich vor sie. Er breitete beide Arme aus, als wollte er die ganze Familie einschließen, sein langes Haar und seine Kleider flatterten im Wind. Er sah aus wie eine attraktive, verzweifelte Vogelscheuche. »Sieh der Wahrheit ins Gesicht, Kleines. Das ist das beste Angebot, das du je bekommen hast. Ich bin der Mann, der dich liebt. Ich habe drei wunderbare Kinder im Schlepptau. Ich biete dir ein Zuhause und eine eigene Familie – und du lässt uns abblitzen. Na schön, dann verschwinde nach England. Vielleicht liegt dir London zu Füßen. Viel Glück. Wir schaffen es auch ohne dich. Ich suche mir eine Frau, die den Mumm hat, zu uns zu stehen – eine Frau, die denselben Traum hat wie ich. Ich werde ihn wahr machen, warte nur ab!«

Seine Worte zerrissen sie. Doch eine Rechtfertigung blieb ihr erspart, als jemand von der *Bussorah Merchant* ihren Namen rief.

Severin stand am Bug über der Galionsfigur einer barbusigen Frau. Und am Heck stand Jean-Baptiste, schwenkte seinen Hut und rief ihren Namen.

»Ich bin hier!« Viannas Stimme wurde vom Wind zum Schiff hinübergetragen.

Jean-Baptiste rief durch die gewölbten Hände: »Beeil dich! Wir segeln mit der Flut!«

Severin deutete auf eine schäbig gekleidete junge Frau an seiner Seite. Ihr Hofknicks deutete an, dass sie die Zofe war, die er Vianna versprochen hatte.

Toby zupfte an ihrem Ärmel. Seine Augen waren vor Angst geweitet. »Du kommst doch zu uns nach Hause zurück, nicht wahr?«

»Bumerangs kommen immer zurück, Toby«, sagte Kentigern mit tiefer Stimme.

Vianna klammerte sich an ihre einzige Chance auf ein neues Leben am anderen Ende der Welt – ohne Mungo. *Nichts wird meinen Entschluss verändern!*

Sie las die Verzweiflung in Mungos Augen. Sie wusste, dass es für jede Frau, die verrückt genug war, ihn zu lieben, so sein würde. Liebe. Lust. Lügen. Lachen. *Und Mungos magische Geschichten. Nie weiß sie, was der nächste Tag bringt – alles oder nichts. Das wird mir nicht passieren!*

Sie sah die Gestalten, die steif und ernst dastanden, als posierten sie für ein Familienporträt. Aller Augen ruhten auf ihr – wartend.

Und plötzlich fiel es ihr wie Schuppen von den Augen.

Sie drückte Mungo die kleine Fanny auf den Arm. »Hier, halt sie mal eben.«

Dann raffte sie ihre Röcke zusammen, rannte zum Rand der Kaimauer und rief durch die gewölbten Hände hinüber zur *Bussorah Merchant*: »Tut mir leid! Ich kann nicht mitkommen. Meine Familie braucht mich!«

Jean-Baptiste zuckte wie ein echter Franzose die Schultern und rief zurück: *»Bonne chance!«*

Severins Ausdruck war versteinert. In einer raschen Bewegung fuhr er sich mit dem Finger über den Hals.

Mungo reichte das Baby weiter an Molly. Dann umfasste er Viannas Gesicht mit beiden Händen und küsste sie so lange und so leidenschaftlich, als gäbe es niemanden sonst auf der Welt.

Atemlos hielt Vianna sich an seinem Arm fest, um nicht das Gleichgewicht zu verlieren. »Aber heiraten werde ich dich trotzdem nicht, Mungo. Ich bin eine Geliebte und keine Ehefrau.«

»Wie du willst. Damit kann ich leben«, antwortete er. Und sie wusste, dass es gelogen war. Vianna sah sich unbehaglich um, als Silent Jack die Fähre durch das aufgewühlte Meer an die Küste im Norden steuerte. Mungo hielt Tobys Schulter fest, während der Junge Boadicea streichelte, um sie zu beruhigen. Zu ihren Füßen lagen Little Gordon und Little Fanny in zwei Bastkörben und gurrten in ihrer eigenen Sprache vor sich hin.

Vianna fuhr zusammen, als sie an der *Bussorah Merchant* vorbeikamen, die Richtung Heads und offenes Meer geschleppt wurde. Severin war nirgends zu sehen.

»Ist dir klar, dass ich nur das Kleid besitze, was ich am Leib habe, Mungo?«

»Mach dir keine Sorgen. *Heute Nacht* brauchst du keine Kleider«, versprach er.

Was mache ich hier? *Ich muss verrückt sein. Mit meinen Porträts hätte ich ein Star in London werden können … eine Schauspielerin an der Drury Lane. Ich hätte mein eigenes Vermögen machen können – ohne Severin …*

Plötzlich hatte sie das Bedürfnis, laut loszulachen. *Und stattdessen? Habe ich drei Kinder, eine Kuh, ein einziges anständiges Kleid – und Mungo.*

Er stand vor ihr im Gegenwind und wandte sich um, als hätte er ihre Gedanken gelesen. Ihre Blicke kreuzten sich. Sie spürte eine Woge von Hitze und so viel Liebe, dass es ihr die Kehle zuschnürte.

»Sag mir eins, Mungo. Diese Geschichte über deine Pläne in einem glorreichen Melbourne, der Goldrausch – und Viannas Boutique. Das war doch nur ein Märchen über die Zukunft, oder?«

Die Sonne schien direkt in Viannas Augen. Eine Sekunde lang glaubte sie, einen jungen Mann hinter Mungo stehen zu sehen. Sein Gesicht glänzte, als er sich wie bei einem kleinen Abschiedsgruß an die Stirn tippte.

Natürlich war sie nur von der Sonne geblendet. Da war sonst niemand.

»Also, Mungo – war es wahr oder nicht?«

Mungo streckte den Arm aus und strich ihr eine Haarlocke aus ihren Augen.

»Wenn es gelogen ist, war es eine Lüge, die mir erzählt wurde.«

ANMERKUNGEN DER AUTORIN

In einem weiten Land ist Fiktion, eine Mischung aus Fantasie und historischen Ereignissen vor dem Hintergrund der Strafkolonie New South Wales in den Jahren 1827–32. Damals umfasste diese auch die Sträflingssiedlung Moreton Bay in Queensland (heute berühmt für ihre Schönheit) und Port Phillip Bay im Süden (Stätte des zukünftigen »glorreichen Melbourne« in Victoria).

Dieses Buch wäre undenkbar ohne die Hilfe, das Fachwissen und die Ermutigung zahlreicher Mediziner, Historiker, Bibliothekare und Archivare, für deren Informationen ich zutiefst dankbar bin.

Angesichts der widersprüchlichen Berichte anerkannter Historiker oder Artikel in den Zeitungen aus der Zeit, aber auch der dreimonatigen Verzögerung, mit der die Segelschiffe damals Nachrichten von Kriegen, politischen Umwälzungen und der neuesten Mode in der nördlichen Hemisphäre nach Australien brachten, legte ich meinen Helden Ansichten in den Mund, die sie in *ihrer* Ära vertreten hätten. Ich stimme nicht unbedingt mit ihnen überein, allerdings hatten sie nicht wie ich die Möglichkeit eines historischen Rückblicks.

Fiktive Charaktere: Fanny Byron alias Vianna Francis, die Familien L'Estrange, Quayle und Baker, William Eden, Honorable Montague Severin, Dr. Sandy Gordon, Jean-Baptiste Bonnard, Major James Dalby und Wanda Stewart.

Manche Namen habe ich meinem eigenen Familienstammbaum entliehen. Ich gehe davon aus, dass meine respektablen Vorfahren einen gewissen Sinn für Humor bewiesen hätten, wenn sie erführen, dass sie ihren guten Namen für Charaktere mit einem schlechten Ruf hergeben mussten. Einer dieser Namen stammt direkt aus meiner Kindheit.

Als Fünfjährige lebte ich in Melbourne und eröffnete meinen erstaunten Eltern, dass ich nicht ihre Tochter sei, sondern Vianna Francis aus Wonthaggi (einer Küstenstadt in Victoria, deren Namen ich wahrscheinlich in den Radionachrichten gehört hatte). Obwohl ich Vianna Francis bewusst als Pseudonym für Fanny gewählt hatte, fiel mir erst nach Fertigstellung des Buchs wieder ein, dass mein kindliches Alter Ego ebenfalls Sängerin gewesen war.

Während ich ihre Reise von der Zofe zur Kurtisane skizzierte, faszinierten mich Biografien von englischen und französischen Kurtisanen, jenen stilbildenden Führungspersönlichkeiten der *demi-monde*, die ihre Liebhaber aus Mitgliedern des Königshauses, der Aristokratie und der Politik wählten und für die Schwangerschaftsverhütung selbst sorgten (nur die wenigsten bekamen Kinder). Sie nahmen auf verblüffende Art die Unabhängigkeit der modernen Frau vorweg, indem sie ihre Angelegenheiten in krassem Gegensatz zum legalen Status respektabler Frauen ihrer Zeit regelten. Letztere verloren normalerweise bei einer Eheschließung alle Rechte auf Eigentum und persönliches Vermögen bis hin zum Sorgerecht für ihre Kinder.

Felix L'Estranges Rolle in der Gesellschaft, die Unternehmerkarriere von Mungo Quayle und Will Eden, die gegen das Gesetz verstießen, und der Sonderstatus des Honorable Montague Severin als »privilegierter Gefangener« wurden von entsprechenden Biografien aus den frühen Jahren der Kolonie inspiriert.

Historische Figuren: Der Gouverneur von New South Wales, Sir Ralph Darling (und seine Entourage aus Mitgliedern der Familien Dumaresq und Darling, darunter auch der Kolonialminister Alexander McLeay), Captain John Piper, Mrs Mary Reiby, Sir John Jamieson, Theaterdirektor Barnett Levey, W. C. Wentworth (Sohn des Sträflings Dr. D'Arcy Wentworth), die ehemaligen Strafgefangenen Samuel Lyons und Samuel Terry (die später zu den reichsten Männern der Kolonie gehörten), die scharfsinnigen, mutigen Zeitungsredakteure von *The Australian*, *The Sydney Herald* und *The Monitor* sowie englische, deutsche und russische Astronomen – sie alle sind echte Figuren aus der Vergangenheit.

Captain Patrick Logan ist der historische Dreh- und Angelpunkt des Buchs. Logan interessierte mich, seit ich als Teenager zum ersten Mal die Ballade *Moreton Bay* hörte. Die Grausamkeit des Textes im Gegensatz zu der unheimlichen Schönheit der Melodie (ursprünglich als *The Convict's Lament* komponiert von Francis MacNamara alias »Frank, der Dichter«, und dann zu einer irischen Ballade verarbeitet) erschütterten mich.

Logans paradoxer Charakter gab mir immer neue Rätsel auf, als ich seine Rolle als bekannter Entdecker, tapferer Soldat, liebevoller Ehemann und Vater, aber auch als grausamer Kommandant und Richter recherchierte. Er brach alle Rekorde, wenn es darum ging, Gefangene für kleinste Vergehen brutal auspeitschen zu lassen, obwohl die neunschwänzige Katze damals als Instrument der Bestrafung durchaus üblich war. Die anonymen Tagebucheinträge in dem Buch basieren auf dem historischen Journal des Stellvertretenden Sträflings-Inspektors in Moreton Bay, Peter Beauclerk Spicer. Darin hielt er fest, dass Logan 1828 in einer Periode von nur acht Monaten einhundertsiebenundneunzig Urteile gesprochen hatte, die vom niedrigsten Strafmaß (zweiundsiebzig Sträflinge zu jeweils fünfundzwanzig Schlägen) bis zum höchsten rangierten (siebzehn Gefangene erhielten je hundert, zehn je zweihundert und einer sogar dreihundert Peitschenhiebe). Die erstaunliche Gesamtzahl von elftausendeinhundert Schlägen wurde tatsächlich ausgeführt – trotz anderslautender Befehle seitens des Gouverneurs Darling und der Behörden in Sydney, die über Logans freizügigen Gebrauch der Peitsche und der entsetzlich hohen Zahl von Toten unter den Gefangenen während seiner Herrschaft beunruhigt waren. Zwei Sträflinge ermordeten vorsätzlich und mit dessen Einverständnis einen Mitgefangenen, weil sie wussten, dass man sie nach Sydney Town schicken würde, um sie vor Gericht zu stellen. Auf diese Weise konnten sie die Aufmerksamkeit auf Logans brutales Vorgehen in Moreton Bay richten, bevor sie selbst gehenkt wurden.

Widersprüchliche historische Theorien darüber, ob Logan von Aborigines oder entkommenen Sträflingen ermordet worden waren, brachten mich auf die Idee, meine eigene Version zu entwickeln.

Ich danke Lauren McCunnie, weil sie mir eine private Besichtigung des einzigen bekannten Porträts von Logan ermöglicht hat. Ebendieses hübsche Ölgemälde verkaufte Logans Enkelin Miss L. M. Logan im Jahr 1934 an die Mitchell Library – und beiden gebührt Dank dafür, dass dieses unersetzliche Stück australischer Geschichte für zukünftige Generationen erhalten blieb.

Ich stand vor Logans Porträt – ein attraktiver junger Offizier in scharlachroter Uniform –, sah ihm in die Augen und fröstelte unwillkürlich vor Angst. Der unbekannte Künstler hatte eine abschreckende Facette des jungen Mannes festgehalten, die sich Jahre später in Moreton Bay materialisieren sollte. Ich hatte eine Kopie dieses Porträts auf meinem Schreibtisch stehen, während ich diesen Roman schrieb. Es erinnerte mich an die Ungerechtigkeit, die seine verarmte Witwe Letitia Anne erleiden musste, als sie siebzehn Jahre lang vergeblich Petitionen an die Regierung in London verfasste, um eine Pension als Entschädigung für die Ermordung ihres Mannes zu erhalten.

Ich bedanke mich bei Katy Roberts an der State Library of Queensland, die anhand von Dokumenten aus Irland nachweisen konnte, dass Logans Witwe dorthin zurückgekehrt war, zusammen mit ihren beiden Kindern Robert Abraham (der später eine hervorragende militärische Karriere machte) und ihrer Tochter Letitia Bingham, die mit vierzig Jahren noch vor ihrer Mutter verstarb. Ebenso danke ich Dr. Kay Cohen, Ehrenamtliche Historikerin der Royal Historical Society Queensland, die mich bei meinen Recherchen unterstützte.

Logans letzte Ruhestätte bleibt ein Geheimnis. Seine Bestattung auf dem Devonshire Street Cemetery im Jahr 1830 wurde in allen Einzelheiten überliefert, doch was geschah mit seinem Bleisarg, als das Grundstück des Friedhofs im Jahr 1901 von der Stadt zurückgefordert wurde, um Sydneys Central Railway zu bauen? Hunderte von Gräbern wurden auf Kosten der Regierung in die Friedhöfe Bunnerong und Botany verlegt, dem heutigen Eastern Suburbs Cemetery, doch deren Archivare haben bestätigt, dass Logans sterbliche Überreste und der Grabstein nicht darunter waren. Es wäre erfreulich, wenn eines Tages jemand Aufschluss über dieses letzte Stück der Logan-Saga geben könnte.

Medizin, Gesundheit, Behandlung von Krankheiten: Medizinische Behandlung in den 1830er Jahren und die spezifischen Erfahrungen meiner Hauptfiguren spielen eine bedeutende Rolle in diesem Roman. In dieser Ära verstand man unter der Bezeichnung Arzt alles Mögliche, angefangen bei Säufern, die mit einem Minimum an medizinischer Ausbildung praktizierten und kaum besser als Scharlatane waren, bis hin zu erstklassigen Medizinern, die in London und Edinburgh ausgebildet worden waren – so wie die fiktiven Ärzte Dr. Sandy Gordon und Dr. Adam Golding.

Niemals hätte ich dieses Buch ohne die verständnisvolle Unterstützung diverser medizinischer Kapazitäten recherchieren oder schreiben können. Ihre Hilfe war von unschätzbarem Wert. Alle potenziellen Missverständnisse gehen zu meinen Lasten.

PROFESSOR WILLIAM LEDGER, erfahrener Feritilitätsspezialist und Gynäkologe beim IVF Australia, Direktor und Professor für Geburtshilfe und Gynäkologie am Royal Hospital for Women, Leiter der Fakultät für Geburtshilfe und Gynäkologie an der Universität von New South Wales; Fachbereich Frauenleiden und Kinderkrankheiten an der University of New South Wales:

Ich danke Professor Ledger, dass er sich trotz seiner anstrengenden beruflichen Termine die Zeit genommen hat, in unterschiedlichen Entwicklungsstadien meines Buchs entscheidende Passagen in ihrer Rohfassung zu lesen, mir darüber hinaus Einblicke in Viannas Charakter gewährte und mir erläuterte, wie damals noch unbekannte Beschwerden von gut ausgebildeten Ärzten in den 1830er Jahren in Sydney diagnostiziert und behandelt worden wären. Ohne seine großzügigen Informationen hätte ich diesen schwierigen Abschnitt nicht schreiben können. Ich bin ihm zutiefst verpflichtet, und auch hier übernehme ich die Verantwortung für alle eventuellen Irrtümer.

DR. JANE NOVOTNY, MBBS BSc (Med) (Hons):

Dr. Jane Novotny, meine hervorragende, langjährige Hausärztin, verdient meinen ganzen dankbaren Respekt. Schon während der Arbeit an *Die Blüte des Eukalyptus* und *Wilde Akazien* hat sie mir ihr Interesse und ihre Unterstützung geschenkt; jetzt bin ich ihr insbesondere dankbar für ihre Ratschläge und Erklärungen zu einer seltenen Krankheit und ihre Empfehlung, Professor Ledger und Dr. Terri Foran zu kontaktieren.

DR. TERRI FORAN, Spezialistin für Sexualhygiene, Dozentin an der Universität von New South Wales im Fachbereich Frauenleiden und Kinderkrankheiten, Amtsärztin an der Forschungsstelle des Royal Hospital for Women, Präsidentin der NSW Sexual Health Society.

Ihr gilt mein aufrichtiger Dank für ihre Erläuterungen über seit Jahrhunderten bekannte, aber noch nicht erforschte körperliche Beschwerden, Symptome und Einsichten in die weibliche Psyche aus Sicht der 1830er Jahre.

DAVID RUSSELL, Bibliothekar am Royal Australasian College of Physicians, danke ich für den Zugang zu medizinischen Werken über die Geschichte der Schwangerschaftsverhütung und damit verwandte Erkrankungen für den historischen Hintergrund dieses Buchs.

Schauplätze: Die Welt von Rockingham Hall, Severin House, Major Dalbys Anwesen und das ländliche Internat in Goulouga (ein Aborigine-Ausdruck für »Kind«) ist meine Erfindung; weitere Inspiration bildeten historische Stätten in Sydney, Moreton Bay, Parramatta, Illawarra, der Swan River Colony im damaligen Western Australia und Will Edens zutreffende Prophezeiung eines »glorreichen Melbourne«.

Ich habe das Grundstück der L'Estranges in eine fiktive Gegend unweit der Surry Hills verlegt, wo das historische Cleveland House liebevoll restauriert wurde.

Die spannende Beziehung zwischen den Zwillingshäusern von Rockingham Hall und den beiden Dienstboten-Quartieren geht zurück auf ein tatsächlich existierendes Anwesen. Ich wohnte einmal vorübergehend im Dachgeschoss eines Hauses, das durch einen Fußweg mit »Jane Quayles« weiß gekalktem Cottage verbunden war. Dort malte ich mir das romantische Leben aus, das die ersten Besitzer der Zwillingshäuser am anderen Ende des Gartens geführt haben mochten. Die Idee der beiden rivalisierenden Brüder Mungo und Felix entwickelte sich aus tatsächlich existierenden Bruchstücken der Realität, und beim Schreiben geisterte ich in Gedanken durch alle vier Gebäude.

Für mich persönlich ist es immer eine besondere Freude, historische Schauplätze aufzusuchen. Dank der Voraussicht jener, die bis heute dafür gekämpft haben, unsere Vergangenheit zu erhalten (darunter der Historic Houses Trust of NSW), konnte ich viele Orte besichtigen, die in den Stoff des Buchs eingegangen sind – Moreton Bay, Parramattas Old Government House, William Charles Wentworth' Vaucluse House, Alexander McLeays Elizabeth Bay House, Sydneys ursprüngliches Oberstes Gericht und die Hyde Park Barracks. Während eines Ausflugs zum Leuchtturm von South Head war ich nicht nur überwältigt von seiner Schönheit, sondern wurde auch von einem echten Anfall von Höhenangst gepackt, die mich mit Mungo Quayle verbindet.

Mein aufrichtiger Dank geht an den Archivar der St. James' Church, der mich persönlich herumführte und mir einen faszinierenden Einblick in den ursprünglichen Aufbau gewährte, den sie 1830 zur Zeit von Logans Beerdigung noch hatte. Damals verfügte sie über eine Empore, wo aneinandergekettete Gefangene aller Konfessionen gezwungen waren, am Gottesdienst teilzunehmen, nachdem sie von bewaffneten Wärtern von den Hyde Park Barracks über den großen Platz hierhergebracht worden waren.

Wundervolle frühere Reisen zur Isle of Man (ursprünglich Isle of Mann, nach dem keltischen Meeresgott Mannanin) und Deutschland bildeten die Inspiration für die Heimat der fiktiven Strafgefangenen Jane Quayle und der preußischen Aristokratin Albruna L'Estrange.

Ich danke meiner Großmutter Rosie Parsons und ihren Geschichten über unsere deutschen Vorfahren Müller und Jung, den Manx für ihre legendäre Gastfreundschaft und ihre Geschichten, der Isle of Man Family History Society für ihre großzügige Hilfe bei der Recherche und ihre Legenden, darunter auch die von den kleinen Meereskindern. Andrew Dixons wackerem Einsatz haben wir es zu verdanken, dass Glen Kella Manx Whiskey unter dem Label ManXRed und ManXBlue weiterhin produziert wird.

Die harte Bestrafung für Schmuggelei basiert auf historischen Berichten. Wie die fiktive Jane bauten sich viele Strafgefangene ein respektables neues Leben in der Kolonie auf.

Historische Prozesse: Im Fall Annie Cole habe ich die Namen geändert, doch sowohl die Verhandlung als auch das Urteil basieren auf einem Fall aus der Zeit, in dem es um die Vergewaltigung von Kindern ging. Einem Mann war der Geschlechtsverkehr mit elf- oder zwölfjährigen Mädchen vor dem Gesetz gestattet – daher machten viele Vergewaltiger gegenseitiges Einvernehmen geltend und verließen den Gerichtssaal als freie Bürger. Das Mündigkeitsalter blieb unverändert bis zum Jahr 1883, als mit knapper Mehrheit ein Gesetz verabschiedet wurde, das es auf vierzehn Jahre festsetzte. Mehrere Jahrzehnte später wurde es in ganz Australien auf das heutige gültige Alter von sechzehn (unter bestimmten Umständen achtzehn) Jahren erhöht.

Annies Verfahren beruht auf einem Fall, der im *Sydney Monitor* und in der *Sydney Gazette* veröffentlicht worden war. Ein vierzehnjähriges Mädchen konnte nicht gegen den erwachsenen Mann aussagen, der es vergewaltigt hatte, weil das britische Recht auf einem religiösen Schwur besteht, der gewährleisten soll, dass im Gerichtssaal die Wahrheit gesagt wird. Ein Kind, das keine religiöse Erziehung erhalten hatte, wurde für unfähig gehalten, zwischen der Wahrheit und einer Lüge zu unterscheiden. Dies betraf insbesondere Aborigines, die generell daran gehindert wurden, Aussagen vor Gericht zu machen.

James Pearsons Geschichte ist wahr. Er war bei der Volkszählung von 1828 als englischer Siedler und erster Organist der St. James' Church aufgeführt. In dem Buch *Illawarra and South Coast Aborigines 1770–1850*, erschienen beim Aboriginal Education Unit der Universität von Wollongong, kann man in einem aus der *Sydney Gazette* reproduzierten Artikel nachlesen, wie Pearson unweit des ehemaligen Rennplatzes (heute Hyde Park) sieben oder acht Männer entdeckte, die dabei waren, ein Aborigine-Mädchen zu vergewaltigen. Er rief zwei Polizisten zu Hilfe, die die beiden letzten Männer, James Wright und James Hunter, auf frischer Tat ertappten und festnahmen. Wright konnte flüchten. Hunter wurde vernommen, die Aussagen von Pearson und den Polizisten wurden zu Protokoll genommen und der Fall auf Eis gelegt, »um die Meinung des Stellvertretenden Generalstaatsanwalts bezüglich des weiteren Vorgehens einzuholen«. Offensichtlich kam dabei nie etwas heraus.

Auch eine verspätete Wiedergutmachung kann diesem namenlosen Aborigine-Mädchen nicht mehr helfen, doch ich habe mir versprochen, seine Geschichte zu erzählen. Ich wünschte nur, ich könnte die acht feigen Vergewaltiger, die dem Gesetz entkommen sind, alle beim Namen nennen und sie der öffentlichen Schande preisgeben.

Während der Recherche für das Buch erhielt ich wertvolle Unterstützung von vielen Bibliothekaren und Archivaren. Ihre Liebe zu Australien und Kenntnisse seiner Geschichte stellen eine menschliche Ressource dar, die hoffentlich nie von der aktuellen Welle der Digitalisierung überschattet wird.

Ich bedanke mich für die wertvolle Recherche-Hilfe bei den Special-Editions-Bibliothekaren an der Mitchell Library, darunter JULIE SWEETEN, die die Briefe von Mrs Elizabeth Shaw aus der Swan River Colony fand.

MATTHEW STEPHENS, Forschungsbibliothekar, und JENNIE RAYNER, Bibliothekstechnikerin an der hervorragenden Simpson Library and Research Collection, lieferten mit ihrem unschätzbaren Fachwissen und ihrer Begeisterung erneut unzählige Aspekte von Design, Mode, Möbeln, Sammelbänden, Karten usw. aus der Periode.

Ebenso wie DAVID SCOTT MITCHELL, der lebenslang Fundstücke zur Geschichte Australiens gesammelt hatte und später die Mitchell Library gründete, hinterließ auch CAROLINE SIMPSON, geborene FAIRFAX, ihre Privatsammlung als Geschenk der gesamten Nation. Zukünftige Generationen werden für immer in der Schuld dieser außerordentlich großzügigen australischen Wohltäter stehen.

FRANCES PRENTICE, seit fünfundzwanzig Jahren Bibliotheksleiterin am Australian National Maritime Museum im Darling Harbour, verdanke ich wundervolle Einblicke in die Schifffahrtsgeschichte von Port Jackson.

Den Bibliothekaren an der Balmain and Leichhardt Library danke ich von Herzen für ihre Unterstützung bei der Recherche für meine drei historischen Romane, ebenso Lindsay Allan und den Archivaren des State Records Office von New South Wales.

Zum Schluss möchte ich mich bei meinem verstorbenen Vater Fred Parsons bedanken, der mich als Erster auf die vielen schmiedeeisernen Verzierungen an Gebäuden aus der Kolonialzeit aufmerksam machte, ganz gleich, ob es sich um Villen der Oberschicht oder Balkone der Arbeiterklasse handelte. Es ist ein unverwechselbarer Zug, der die charmanten kolonialen Wurzeln der australischen Architektur freilegt.

Ich hatte lange an den populären Mythos geglaubt, dass dieses Schmiedeeisen als Ballast auf Segelschiffen nach Australien gekommen war. Tatsächlich aber wurde es sorgfältig in Kisten verpackt aus England (Bath und Bristol) und aus Frankreich hierher transportiert. Bald ging man in der Kolonie dazu über, eigene Schmiedeeisen nach europäischem Design herzustellen und später um australische Darstellungen von Kookaburras, Koalabären und Emus zu erweitern.

Es heißt, was lange währt, wird endlich gut. Heute lebe ich in einem von Sträflingen erbauten Cottage in Sydney und bin dabei, einen schmiedeeisernen Balkon zu restaurieren, den ich von einem Schrottplatz gerettet habe.

Ich habe das große Glück, auch den dritten Roman *In einem weiten Land* dem Wilhelm Goldmann Verlag in München anvertrauen zu können, der schon meine beiden früheren historischen Romane *Die Blüte des Eukalyptus* und *Wilde Akazien* veröffentlicht hat.

Ich danke dem gesamten Team, das an der deutschen Fassung beteiligt war, insbesondere der Lektorin Barbara Heinzius sowie den Übersetzern pociao und Jean Paul Ziller.

Auf Selma Anthony, meine Agentin und Freundin seit der Entstehung meines ersten Buchs *Die Blüte des Eukalyptus*, ist in puncto offene Worte und Mitgefühl gleichermaßen hundertprozentig Verlass. Ich bin Selma zutiefst verpflichtet für alles, was sie für mich getan hat. Ebenso herzlich danke ich meinem Agenten in Deutschland, Bastian Schlück, für seine Rolle bei der Veröffentlichung meiner drei Bücher in Deutschland.

Meinem Vater Fred Parsons verdanke ich ein großartiges Geschenk – die Unterstützung einer Reihe von Freunden, die Dad wegen ihrer Professionalität, Integrität und Loyalität verehrte. Dazu gehören der Radiomoderator Philip Brady, der Comedyschreiber und Autor Mike McColl Jones sowie der Ned-Kelly-Historiker und Autor Ian Jones.

Wie immer schenkt mir meine Familie den größten Halt. Autor und ehemaliger TV-Produzent Brian Nicholls war mir in allen Etappen des Manuskripts eine unschätzbare Hilfe. Die Schauspieler in meiner Familie, mein Sohn Nicholas Cassim und seine Partnerin Niki Owen, meine Enkel Eadie Cassim (sieben) und Gus Cassim (vier) halten meinen Sinn für Humor auf Trab und sorgen dafür, dass meine Energie auch angesichts drohender Abgabetermine nicht nachlässt.

Ich freue mich immer, von meinen deutschen Lesern zu hören – bitte kontaktieren Sie mich über Simon and Schuster, Australien.

Constanze Wilken
Der Duft der Wildrose

416 Seiten
ISBN 978-3-442-47961-0
auch als E-Book erhältlich

Als ihre Tante Birdie sie um sofortiges Kommen bittet, macht sich die junge Caitlin Turner auf den Weg in das hübsche walisische Küstenstädtchen Portmeirion. Dort führt Birdie einen kleinen Porzellanladen, den Cait hüten soll, während sich ihre Tante einer Operation unterzieht. Kurz bevor Birdie ins Krankenhaus geht, deutet sie Cait an, in ihrer Familie gebe es ein dunkles Geheimnis – mehr verrät sie nicht. Dann lernt Cait den wortkargen Ranger Jake kennen – und schon bald kommen sich beide einander näher. Doch Jake ist einem Verbrechen im Snowdonia Nationalpark auf der Spur, und die Ereignisse drohen sich zu überstürzen ...